U0536851

新世纪长篇小说观察

王春林◎著

春声林浪（代序）

吴克敬

与春林兄的友谊，算起来有些年头了。

这几年又在高聪先生持续开展的“春天·翡翠与诗的情话”活动里，得到了一次一次的加强。所以说是一次一次的加强，正是因为我俩此前就已认识，而且有了非常顺畅的交流。他是山西大学的教授，术业为文学评论，曾数次被中国作家协会于专家库里抽出，担当中国文学界最为令人注目的“茅盾文学奖”和“鲁迅文学奖”的评委工作。第五届鲁迅文学奖，我的中篇小说《手铐上的兰花花》幸运获奖，那时我们还不认识，他也没给我说过，他当评委时，可是给了我帮助的。但我知道，他对我的作品是熟悉的，2013年的春天，他抽出一段时间，把我的小说作品读了一遍，写了篇《纷繁世相呈现中的伦理追问》的评论，并把我的散文随笔读了一遍，写了篇《吴克敬散文中的乡土情结试评》的评论，两篇评论文字，都在一万五千字以上，于2014年秋，收录在陕西师范大学出版社为我出版的《吴克敬研究》一书里。

近三十万字的评论文集，春林兄的两篇评论，被编者排在前三位，这足以说明，编者对春林兄的评论，是看得很重的。他评论的是我，我为了提高自己的创作水平，自然看了全部评论，评论家们对我的批评和分析，我深以为然，特别是春林兄的评论，我看了一遍又一遍，我不能辜负他，而要深刻领会他评论的要义，化入我的血液，成为我今后创作的营养。

正是怀着这样的感情，参加高聪先生开展的活动，我俩聚在一起，先太原，再石家庄，最后西安。几届活动下来，我们俩的友谊，自然深了许多。

我感动他对文学事业的一往情深，更感动他为文学事业鼓呼的不懈努力。主编《长城》文学双月刊的李秀龙先生，给我赠阅他们的杂志，几年了没有断过，这叫我惊愕不已，掐指算来，已经整整六个年头了。我所以惊愕，自然还包含了《长城》杂志的大方，试看国内的文学刊物，有哪一家为一个人开设专栏，能连开六年？这是好人李秀龙的大气了。他大气，还要有王春林的勤勉和毅力。前头的专栏文章不说了，只说2016年第一期的《小说艺术的沉重与清逸》，春林兄是要热读多少他人的新作呀！仅副题提到的篇什，就有“70后”作家张好好刊发在《中国作家》的长篇小说《禾禾》，李燕蓉的《出口》，陈应松的《还魂记》，何顿的《黄埔四期》等5部，阅读全文，发现还有雪漠的《野狐岭》，孙惠芬的《后上塘书》，艾伟的《南方》，陈亚珍的《羊哭了，猪笑了，蚂蚁病了》等作品。如此宽泛的阅读，除了春林兄，别人行吗？反正我是不行的。春林兄不仅阅读了，而且还要分析，还要研究，并要写出自己的批评文章，两月一篇，他不吃不喝吗？他不睡不歇吗？我可以这么问，从和他的接触中我发现，他很能吃，很能喝，而且睡眠也极好。他所以这么做得出，并且做得这么好，我想只有一个理由，他是为文学而生的，除了热爱文学，他更是一位文学批评的超人。

前年我们同去云南采风，和春林兄又是几日厮混，我写了四个字的礼品，附加了一副对联，送给了春林兄。四个字是“春声林浪”。

那么，何谓春声？又何谓林浪？唐人元稹在他的《和乐天早春见寄》里写了这样的诗句：“雨香云淡觉微和，谁送春声入棹歌？”后来的宋人苏东坡亦有诗句，他是写在《春贴子词· 夫人阁二》里的：“细雨晓风柔，春声入御沟。”由此可见，春声可谓春水流响、春芽萌发及雀鸟鸣啭的声音了。春天，与春林兄约会翡翠，畅游云南，听他言语，可不正是这样的感觉吗！而林浪，在唐人陆龟蒙的《樵人十咏·樵经》里就有，他是这样写的：“争推好林浪，共约归时节。”几日同游，春声听不够，林浪犹在耳，真的不想早早归去。但各人还有各人的事务，别离是必然的。

与四字“春声林浪”联袂相送的对联是：春声花放蜂蝶飞，林浪高树云色浓。

这些都是前事了，这次他把《新世纪长篇小说观察》的专著交给我，我私下揣测他的意思，就找了家相熟的出版社，看能否出版。出版社看了，深以为是部难得的好书，遂决定予以出版。稿件编辑出来，将要付梓之时，编辑打电话给我，言及有篇序或者后记便最好了。我听懂了编辑的好意，拿起手机找到春林兄的号码，就要拨打的时候，心里一阵悸动，想起他把书稿交给我时，没有说序也没有说后记，他可是给我空间，让我来填吗？我这么想了，就把手机合上，自己动手来写了。

写了一堆，可能不得要领，但却是我的一片真情，春林兄，你说呢！

2017年8月26日于西安曲江

目录

卷一　喧嚣与澄明共存的现实观照

卷二　理性与感性交织的历史情怀

卷一
喧嚣与澄明共存的现实观照

《带灯》：那些被“囚禁”的生命存在

一、关于“50后”作家

在2012年的中国文坛，围绕乡村题材与所谓“50后”作家的创作，曾经发生了一场文学论争。其中，批评家孟繁华的观点颇为引人注目。为了尽可能地不至于曲解孟繁华的原意，本文必须以较大篇幅引用他的相关看法：“考察当下的文学创作，作家关注的对象或焦点，正在从乡村逐渐向都市转移。这个结构性的变化不仅仅是文学创作空间的挪移，也并非是作家对乡村人口向城市转移追踪性的文学‘报道’。这一趋向出现的主要原因，是中国的现代性——乡村文明的溃败和新文明的迅速崛起带来的必然结果。这一变化，使百年来作为主流文学的乡村书写遭遇了不曾经历的挑战。或者说，百年来中国文学的主要成就表现在乡土文学方面。即便到了21世纪，乡土文学在文学整体结构中仍然处于主流地位。2011年第八届茅盾文学奖的获奖作品基本是乡土小说，足以说明这一点。但是，深入观察文学的发展趋向，我们发现有一个巨大的文学潜流隆隆作响，已经浮出地表，这个潜流就是与都市相关的文学。当然，这一文学现象大规模涌现的时间还很短暂，它表现出的新的审美特征和属性还有待深入观察。但是，这一现象的出现重要无比：它是对笼罩百年文坛的乡村题材一次有声有色的突围，也是对当下中国社会生活发生巨变的有力表现和回响。值得注意的是，这一文学现象的作者基本来自‘60后’‘70后’的中、青年作家。而‘50后’作家（这里主要指那些长期以乡村生活为创作对象的作家）基本还固守过去乡村文明的经验。因此，对这一现象，我们可以判断的是：乡村文明的溃败与‘50后’作家的终结就这样同时发生。”

那么，导致“50 后”作家终结的主要原因究竟何在呢？“‘50 后’是有特殊经历的一代人，他们大多有上山下乡或从军经历，或有乡村出身的背景。他们从登上文坛到今天，特别是‘30 后’退出历史前台后，便独步天下。他们的经历和成就已经转换为资本，这个功成名就的一代正傲慢地享用这一特权。他们不再是文学变革的推动力量，而是竭力地维护当下的文学秩序和观念，对这个时代的精神困境和难题，不仅没有表达的能力，甚至丧失了愿望。而他们已经形成的文学观念和隐形霸权统治了整个文坛。这也正是我们需要讨论这一文学群体的真正原因。”

与此同时，孟繁华也认为：“乡村文明的危机或崩溃，并不意味着乡土文学的终结。对这一危机或崩溃的反映，同样可以成就伟大的作品，就像封建社会大厦将倾却成就了《红楼梦》一样。但是，这样的期待当下的文学创作还没有为我们兑现。乡村文明的危机一方面来自新文明的挤压，一方面也为涌向都市的新文明的膨胀和发展提供了多种可能和无限空间。乡村文明讲求秩序、平静和诗意，是中国本土文化构建的文明；都市文化凸显欲望、喧嚣和时尚，是现代多种文明杂交的集散地或大卖场。新乡土文学的建构与‘50 后’一代关系密切，但乡村文明的崩溃和内在的全部复杂性，却很少在这代作家得到揭示。这一现象表明，在处理当下中国面临的最具现代性问题的时候，‘50 后’作家无论愿望还是能力都是欠缺的。上述提到的作家恰好都是‘60 后’‘70 后’作家。”①

从以上的转引中，我们即不难看出，孟繁华的主要看法，大约有这么几点。其一，伴随着中国社会迅速的城市化进程，都市文明已经或者说正在取代百年来曾经长期作为主流存在的乡村文明。与此相对应，一种以都市文明为主要表现对象的新的文学形态，也正在形成过程之中。这就是所谓“乡村文明的溃败”。其二，从一种文学代际的意义上说，所谓的“50 后”作家，业已功成名就，不仅不再是文学发展过程中的变革力量，反而变成了阻碍变革的文学现实秩序的维护者。其三，也仍然还是从代际的意义上说，与越来越趋向于保守的“50 后”作家相比较，未来文学发展的希望，恐怕只能够

---

① 孟繁华：《乡村文明的变异与“50后”的境遇》，载《文艺研究》2012年第6期。

寄托在更善于处理“当下中国面临的最具现代性问题”的所谓“60后”“70后”作家身上。

孟繁华是我非常敬重的优秀批评家，我自己的文学批评写作就曾经多方面受惠于他的启迪。而且，就此篇文章的写作初衷来说，我也特别理解孟繁华希望当下时代的中国文学能够有所变革的强烈诉求。但是，对于他在这篇文章中的一些看法，我确实也还有着一些不同的理解。其一，当下时代的中国的确出现了一种发展迅猛的城市化进程，都市文明的异军崛起，诚然是一种不争的事实，但这是否就意味着乡村文明的彻底衰败呢？未来的中国果真就没有了乡村文明的容身之处么？这些问题的答案恐怕都还是不确定的。退一步说，即使乡村文明真的彻底衰败了，那么，文学世界中的乡村文明恐怕也不会同样衰败。对于这一点，孟繁华自己实际上也有所强调“乡村文明的危机或崩溃，并不意味着乡土文学的终结”。但一方面强调都市文明对于乡村文明的取替，另一方面却又认为乡土文学并没有终结，前后文之间隐隐然存在着某种看似自我矛盾的状况。同时，我们还应该注意到，在谈到“50后”作家的写作取向的时候，孟繁华还曾经讲过这样一段话：“但是，文学创作不只是要表达‘政治正确’，重要的是他们在多大程度上关注了当下的精神事物，他们的作品在怎样的程度上与当下建立了联系。遗憾的是，他们几乎无一例外地走向了历史。当然，‘一切历史都是当代史’。但是，借用历史来表达当代，它的有效性和针对性毕竟隔了一层。另一方面，讲述历史的背后，是否都隐含了他们没有表达的‘安全’考虑？表达当下，尤其是处理当下所有人都面临的精神困境，才是真正的挑战，因为它是‘难’的。”[①] 姑且不论这批“50后”作家的写作是否已经无一例外地走向了历史，单只是作者对于所谓历史与现实题材价值的对比性谈论，就是我们难以认同的。在这里，一种无法否认的潜台词，恐怕就是认定书写当下时代的作品较之于书写历史的作品具有更重要的价值。从其中，我们隐隐约约可以嗅出一点题材决定论的意味来。

其二，关键的问题是，我们到底应该如何评价看待“50后”作家。从根本的意义上说，作家的写作是一种个体性的创造性劳动，即以孟繁华在这

---

① 孟繁华：《乡村文明的变异与“50后”的境遇》，载《文艺研究》2012年第6期。

里主要讨论的那些“50后”作家为例，他们之间的个体性差异也绝对要大于共同性的。很多时候，笼统地谈论某一个代际的作家，是需要特别谨慎的一件事情。当然，我们也并不全然否认代际视角观察的有效性，也承认从代际的角度出发，的确可以洞悉某些共同的特征或者问题。但真正的问题在于，难道说这些“50后”作家真的已经如孟繁华所言“对这个时代的精神困境和难题，不仅没有表达的能力，甚至丧失了愿望”了么？难道说那些后来的“60后”“70后”作家确实较之于“50后”作家更善于处理“当下中国面临的最具现代性问题”么？别的且不说，单就孟繁华在文章中罗列出的那些作品，以及对于这些作品所进行的分析，真还不足以说明以上的问题。不仅如此，依照我个人一种真切的阅读感受，假若要说“60后”“70后”作家那些作品的思想艺术成就已经超过了“50后”作家，这一结论真还是无法成立的。首先，究竟什么问题才算得上“当下中国面临的最具现代性问题”，本就是一个人人言殊众说纷纭的话题。其次，就我个人的阅读体验，则无论是贾平凹的《废都》《秦腔》，张炜的《你在高原》，莫言的《蛙》，抑或是刘醒龙的《天行者》，等等，这些“50后”作家的作品，都强有力地切入并且思考表现这个时代所面临着的精神困境和难题。更何况，当孟繁华对比性地谈论着“50后”与“60后”“70后”作家的时候，一种带有时间神话色彩的“进化论”意味的存在，却也是难以被否认的。

之所以要在一篇并非辩难文章的起始部分，以如此大的篇幅来讨论究竟应该如何评价看待“50后”作家的问题，原因在于，我们这里的主要讨论对象贾平凹，恰好是孟繁华所谓“50后”作家中极具代表性的一位。需要特别注意的是，在孟繁华的这篇文章中，也还曾经有专门一段谈及贾平凹：“贾平凹的创作几乎贯穿新时期文学30年。他1978年发表《满月儿》引起文坛注意，但真正为他带来较高文学声誉的，是1983年他先后发表的描写陕南农村生活变化的‘商州系列’小说。其中代表性的作品是：《鸡窝洼人家》《小月前本》《腊月·正月》《远山野情》以及长篇小说《商州》《浮躁》等。这些作品的时代精神使贾平凹本来再传统不过的题材走向了文学的最前沿。那时的乡村改革还处在不确定性之中，没有人知道它的结局，但是，政治正确与否不能决定文学的价值。遗憾的是，这两位‘50后’的代表性作家离开了青年时代选择的文学道路和立场。他们的创作道路，在某种意义上就是一部‘衰败史’，他们此后的创作再没有达到那个时代的高度。”[①]应该指出的是，孟繁华这里说到的另外一位“50后”作家，就是莫言。这也就意味着，孟繁华试图通过对于贾平凹与莫言前后期的一个比较，达到“终结”他们以及他们所归属于其中的这一代“50后”作家的基本意图。我实在搞不明白，作者文中的“衰败史”究竟是什么意思？细细追究这一段文字，所谓“衰败”的意思大概是，莫言与贾平凹在20世纪80年代的作品中，曾经有过批判精神，承载过时代精神，而这一切，到了他们后来的作品中，却都已经丧失殆尽了。我不知道其他朋友会怎样评价看待莫言、贾平凹他们前后期的小说创作，反正，对我自己来说，尽管我也承认他们早期小说创作的重要价值，但相比较而言，他们思想更尖锐艺术更成熟的一些作品，恐怕还是后期更多一些。无论是莫言的《生死疲劳》《丰乳肥臀》《蛙》，还是贾平凹的《废都》《秦腔》《古炉》，都在很大程度上标志着这两位作家小说创作所能企及的思想艺术高度。无论如何，也不应该把这两位作家的小说创作历程，看作是一部令人失望的“衰败史”。

二、社会问题与被“囚禁”的生命存在

以上对孟繁华相关看法的质疑，与我最近对于贾平凹长篇小说《带灯》（人民文学出版社2013年版）的阅读有着直接的联系。孟繁华曾经专门指出“50后”作家更多地驻足于历史题材，“对这个时代的精神困境和难题，不仅没有表达的能力，甚至丧失了愿望”。但我从《带灯》中所得到的，却恰恰是一种完全相反的感受。其实，也不仅仅是《带灯》，贾平凹后期的作品中，除了《古炉》在书写表现着“文革”，似乎属于孟繁华所谓表现历史的作品之外，其他的一些，诸如《废都》《秦腔》《高老庄》《高兴》等，又有哪一部不是直接触及当下时代社会现实的作品呢？即使是《古炉》这样一部以“文革”为书写对象的长篇小说，其突出的意义和价值，在当下的思想文化语境中也绝对不能够被低估。因此，我真的想不明白，面对着如同贾平凹这样一种显豁的写作个案，孟繁华怎么就能够断言“50后”作家“几

---

① 孟繁华：《乡村文明的变异与“50后”的境遇》，载《文艺研究》2012年第6期。

乎无一例外地走向了历史”呢？唯其如此，我之对于贾平凹的基本判断，就与孟繁华截然不同。在我看来，贾平凹既没有失去关注表现时代精神困境和难题的愿望，更没有失去表达的能力。又或者说，乡村也罢，都市也罢，现实也罢，历史也罢，关键的问题还在于能否直击表现出人类存在的某种精神困境来。而贾平凹的《带灯》，很显然就是这样一部直击当下时代中国乡村的社会现实，直击“这个时代精神困境和难题”的长篇小说。

尽管说早在阅读作品之前，就已经有了足够的精神准备，但贾平凹在《带灯》里对于当下时代乡村现实冷酷一面的尖锐揭示，对于笔下那些人物精神困境的有力表现，却还是让我倍感震惊。之所以能够取得如此一种突出的艺术效果，与贾平凹对于乡村世界的熟悉和思考程度有关：“不能说我对农村不熟悉，我认为已经太熟悉，即便在西安的街道看到两旁的树和一些小区门前的竖着的石头，我一眼便认得哪棵树是西安原生的哪棵树是从农村移栽的，哪块石头是关中河道里的哪块石头来自陕南的沟峪。可我通过写《带灯》进一步了解了中国农村，尤其深入了乡镇政府，知道着那里的生存状态和生存者的精神状态。我的心情不好。可以说社会基层有太多的问题，就如书中的带灯所说，它像陈年的蜘蛛网，动哪儿都落灰尘。这些问题不是各级组织不知道，都知道，都在努力解决，可有些解决了，有些无法解决，有些无法解决了就学猫刨土掩屎，或者见怪不怪，熟视无睹，自己把自己眼睛闭上了什么都没有发生吧，结果一边解决着一边又大量积压，体制的问题，道德的问题，法制的问题，信仰的问题，政治生态问题和环境生态问题，一颗麻疹出来了去搔，逗得一片麻疹出来，搔破了全成了麻子。”[①] 从小说后记中的这段话，我们就不难看出，实际上，尽管贾平凹对于乡村生活已经足够熟悉了解，但长期以来，他却一直紧密关注着乡村生活所发生的最新变化，并且要力争以如同《带灯》这样的作品把这些变化以及他自己对于这些变化的深度思考与认识传达给读者。

只要把贾平凹那些事涉乡村的长篇小说罗列在一起，我们就可以看到“文革”结束之后，中国乡村社会变迁被高度浓缩后的一部“简史”。写作于20世纪80年代后期的《浮躁》，书写的是改革开放包产到户时期的乡村生活。

① 贾平凹：《<带灯>后记》，人民文学出版社2013年版。

在经过了阶级斗争与政治运动的长期折腾之后，乡村世界终于步入了一个正常发展的快车道。虽然说也出现了各种复杂的矛盾冲突，但从总体上说，身处改革开放时代的农民还是扬眉吐气精神昂扬的。但是，仅仅过了十多年的时间，到了2005年出版的《秦腔》之中，乡村生活就已经发生了严重的恶化："我的写作充满了矛盾和痛苦，我不知道该赞歌现实还是诅咒现实，是为棣花街的父老乡亲庆幸还是为他们悲哀。"[①]贾平凹之所以会产生如此复杂的一种感受，正是缘于在现代化的强烈冲击之下，曾经一度朝气蓬勃的乡村世界已经陷入了某种空前凋敝的残酷状态。一个有力的例证，就是村里边有人要下葬时，居然凑不齐抬棺材的青壮小伙。在很大程度上，是因为乡村现实已经处于凋敝的残酷状态，所以，才会有大量的青壮年农民，被迫离开故土，进入城市，试图以打工的方式寻找出路。这样，自然也就有了贾平凹那部专门描写打工农民苦难生活的《高兴》的写作。某种意义上，《秦腔》与《高兴》具有孪生的性质。所谓"孪生"，就意味着正因为有了《秦腔》中乡村世界的凋敝，也才有了《高兴》中的打工。但反过来，也正因为刘高兴他们纷纷涌入城市打工，所以清风街才愈益凋敝衰败了。接下来，就是这部《带灯》了。虽然说刘高兴们早已离开乡村进入城市打工，虽然说清风街早已是一片凋敝，但无论如何，在一个很长的时期内，乡村世界都不可能因以上种种缘由而消失。那么，当下的乡村现实中，最为关键紧迫的社会问题又是什么呢？尽管说不同的人可能提供不同的答案，但如何采取有效的方法维持社会的稳定，也即做好我们平时所谓的"维稳"工作，恐怕却是最关键紧迫的问题之一。而贾平凹的《带灯》，则正是这样一部以"维稳"工作为叙事聚焦点的密切关注乡村现实的长篇小说。

为什么要"维稳"？关键就在于基层乡村实际上存在着太多的问题。问题多了，必然会影响稳定。于是，怎么样维持社会的稳定局面，自然也就成了各级政府最重要的一项工作，并且形成了"维稳"工作一票否决的基本规则。对于这一点，贾平凹在《带灯》中有着直接的揭示："以前镇政府的主要工作是催粮催款和刮宫流产。后来，国家说，要减轻农民负担，就把农业税取消了。国家说，计划生育要人性化，没男孩的家庭可以生一个男孩了，也不

① 贾平凹：《〈秦腔〉后记》，作家出版社2005年版。

再执行计生工作一票否决的规定。本以为镇政府的工作从此该轻省了，甚至传出职工要裁员，但不知怎么，樱镇的问题反倒越来越多，谁好像都有冤枉，动不动就来寻政府，大院里常常就出现戴个草帽的背个馍布袋的人，一问，说是要上访。”“根据形势的发展，镇政府的工作重点转移到了寻找经济新的增长点和维护社会稳定上。镇政府于是成立了社会综合治理办公室。”既然“维稳”工作如此关键迫切，俨然已经成为当下政府工作的重中之重，那么，把“维稳”作为《带灯》的叙事聚焦点，并由此而深入展开对于当下乡村现实的真切扫描，也就成为贾平凹的一种必然选择。具体来说，贾平凹这次把自己的关注点集中到了樱镇这样一个镇政府身上。众所周知，在中国现行与乡村有关的行政序列里，乡镇政府属于最基层的一种行政建制。尽管说也存在着村一级政权，但所有的村干部，他们自身的身份依然是农民，并不属于国家干部。也正因此，最起码从理论上说，我们所实行的是一种“村民自治”制度。之所以要搞村民选举，就与这种“村民自治”制度有关。尽管从严格的意义上说，这种村民选举其实存在很多问题。对于这一点，《带灯》中，同样有着相应的描写再现。既然是“村民自治”，那么，乡镇政府也就成了直接面对农民的最基层的一级政权。这样，面对乡村社会中发生的一切问题，首当其冲者，就是乡镇政府，是乡镇政府中的那些工作人员。贾平凹之所以要把自己的关注点集中到樱镇这样一个镇政府身上，其根本原因正在于此。

更进一步说，贾平凹的关注点，更在“维稳”工作，更在镇政府下设的综合治理办公室。“维稳”工作到底有多么重要？只要看一看竹子罗列出来的综合治理办公室面临的工作任务，就可对此有一目了然的了解：“一、要扎实细致地做好全镇村寨的矛盾纠纷的排查和调处。二、要及时掌控重点群众和重点人员。三、要下大气力处置非正常上访。四、要不断强化应急防范措施。”在这样的四项总体原则之下，竹子更是耐心细致地罗列出了多达28项的“樱镇需要化解稳控的矛盾纠纷问题”。其中大多都是围绕土地、林木所发生的纠纷问题，以及乡村干部的贪污腐败问题。既然一个普普通通的乡镇，一年内的上访案例就达到了这么多，那么，上访问题在全国范围内的普遍与重要，也就是可想而知的。细读《带灯》，就可以知道，贾平凹在小说中写到了许多上访的个案。对于这些个案，我们当然不可能一一予以罗列分析，这里只能对王随风的上访情况稍作展开。王随风为什么要一再上访呢？却原来，她在县医药公司承包了三间房做生意，很是赚了一些钱。但后来医药公司职工下岗要求收回房子，而与王随风签订的租房合同却并未到期。在未征得王随风同意的情况下，医药公司不仅硬性单方面终止合同，而且还强行把她的东西扔到了外边。“三年半前打官司，对方给予补偿，她不同意，走了上访路。县上曾想结诉给她七万元，她仍不行，要十二万。事情就这么拖下来。”照理说，既然双方签订有合同，就应该严格按照合同办事。从这一点看，医药公司显然属于理亏的一方。县上曾经想以七万元的赔偿了结此事，而王随风提出的要求却是赔偿十二万。尽管表面上看来，王随风实在有点不识抬举，很有一些狮子大张口的味道，但从根本上说，此事的主要责任却在于医药公司的单方面撕毁合同。从法理的角度来说，无论王随风提出怎样过分的要求，违规者都只能接受。即使实在无法承受，也应该进行多方面的说服工作。但从小说中王随风的实际遭遇看，情况显然并非如此。在双方谈判无果，王随风执意上访的情况下，镇政府实际上采取了一种非常野蛮的手段应对王随风的上访行为。“村长就对王随风说：我可认不得你，只认你是敌人，走不走？王随风说：不走！村长一脚踢在王随风的手上，手背上蹭开一块皮，手松了，几个人就抬猪一样，抓了胳膊腿出去。从过道里抬到楼梯口，王随风突然杀猪一样地叫，整个楼上都是叫声。”既然对调解处理结果不满意，王随风就有上访申诉的权利。但她的上访所遭遇到的却是一种非人的对待。请一定注意以上所引话语中诸如“敌人”和“抬猪”这样的语词。明明是讨要维护自身合法权益的农民，结果却被当作“敌人”来看待，被像对付畜生一样随意处置。通过这样的描写，我们就可以略窥樱镇镇政府的“维稳”工作之一斑。在这样的描写过程中，贾平凹一方面真切地揭示出了当下乡村社会存在着的严重问题，另一方面却也生动展示着如同王随风这样普通乡民的严酷的生存状态。

尽管王随风的上访遭遇已经足够悲惨，但更应该引起我们高度关注的，却是另一位被称为上访专业户的王后生。虽然说从王后生的包揽上访行为中，我们可以明显看出这一人物身上存在着的某种国民劣根性来，但话又说回来，王后生之所以能够处处插手上访事件，关键原因还在于客观上就存在着这么多不公平的上访事件。王后生在《带灯》中的重要性，就在于由他而牵连出了一系列大事件。仅就这一点来说，这一人物的结构性意义也是不容忽略的。

王后生的重要性，首先在于，由他而牵连到了大工厂。当下时代，就实质而言是一个经济时代无疑。贾平凹的书写，当然不能忽略这一方面。对于大工厂之进入樱镇的描写，就在凸显着经济时代的特征。但王后生却起意要去告大工厂。为什么呢？“他说，樱镇交通这么不便，大工厂为什么能选择建在这里？是这个大工厂生产着蓄电池。蓄电池生产是污染环境的，污染得特别厉害，排出的废水到了地里，地里的庄稼不长，排到河里，河里的鱼就全死。大工厂是在别的地方都不肯接纳了才要落户樱镇的。”借助于王后生要告大工厂，贾平凹实际上非常巧妙地写出了两个方面的复杂性。首先写出了发展与环境保护之间的矛盾纠葛。一方面，樱镇要想改变贫穷落后的状况，就必须得设法发展经济。要想发展经济，如同大工厂的落户建设，恐怕就是无法避免的一件事情。更何况，大工厂的建设与否，不仅直接关系着樱镇的经济发展，而且也还直接影响着书记与镇长他们的仕途升迁。但在另一方面，大工厂的建设，就意味着自然环境的被破坏。就此点而言，王后生关于大工厂所带来危害的描述绝非危言耸听。这样的一种矛盾纠结，不仅仅是樱镇，而且在全国范围内也有着极大的普遍性。其次，贾平凹还写出了王后生人性构成的某种复杂性。一方面，正所谓无利不早起，作为一个专业上访户，嗅觉格外灵敏的王后生，非常清楚大工厂的建设对于书记镇长仕途升迁的重要性。从个人利益的角度来说，只有紧紧抓住大工厂不放，王后生才可能求得上访利益的最大化。但另一方面，我们却也不能简单断言，王后生的上访就仅仅只是着眼于自己的个人利益。作为生于斯长于斯的一位樱镇农民，从内心说，王后生当然不希望看到自己本来山清水秀的家乡被严重污染。凭借着如此一种私心与公愿的纠结缠绕，贾平凹就活脱脱地写出了王后生真实人性世界的某种复杂性。

之所以说王后生这一人物具有结构性意义，就是他的因大工厂事件而上访，又勾扯出了樱镇的元家与薛家两大家族之间的恩怨纠葛。大工厂在樱镇的落户建设，不仅影响着樱镇的自然生态环境，而且还牵连出了各种经济利益纠葛。这方面，最值得注意的，就是元家和薛家的矛盾冲突。无论是元家，还是薛家，都清楚地意识到，大工厂的建设，不仅将从根本上改变樱镇的传统生存格局，而且也是一个发展自身获取巨大经济利益的良机。于是，他们就采取先下手为强的方式率先抢占优质资源，以求谋取高额经济回报。具体来说，元黑眼等五兄弟在准确预测到大工厂的建设肯定需要大量天然河沙之后，抢先跑马占地，把本来属于公共资源的河滩硬性地据为己有，办起了沙厂。而薛家的换布、拉布兄弟，则是要通过改造老街为农家乐的方式发财："带灯说：又要住回老街呀？换布说：把这些旧房新盖了，可以办农家乐呀。镇上大工厂一建成，来人就多了，办农家乐坐在家里都挣钱哩。带灯说：你行！樱镇上真是出了你们薛家和元家！换布说：我见不得提元家！带灯说：一山难容二虎么。元黑眼兄弟五个要办沙厂，你换布拉布要改造老街，这脑瓜子怎么就想得出来！换布说：元黑眼要办沙厂？！这是真的？带灯说：是真的。换布说：这狗日的！办沙厂倒比农家乐钱来得快。"没想到的是，换布的感觉居然十分灵验，后来的事实证明，办沙厂果然比改造老街办农家乐要来钱快得多。于是，换布、拉布兄弟的心态终于失去了平衡，通过县委书记秘书的关系，强行地介入办沙厂的行列之中，要硬生生地从元家嘴里分一杯羹。眼看着到手的肥肉要被别人瓜分，元家五兄弟自然一万个不乐意。却又毕竟胳膊拧不过大腿，只能眼睁睁地看着肥水流入外人田。就这样，现实中的经济利益纠葛，再加上固有的家族矛盾，这所有的一切，最后因为杨二猫的被打而酿成了一场惨不忍睹的械斗悲剧。杨二猫之所以被元老三打，是因为他在挖沙时总是要越过边界去占元家沙厂的便宜。而拉布要手执钢管去打元老三，从表面上看是因为信奉打狗还要看主人面的原则，实际上也是要借这个机会出一口憋闷了许久的恶气。元老三惨遭毒打，在樱镇霸道惯了的元家兄弟自然不会善罢甘休。他们与同样不情愿服软的换布、拉布兄弟碰撞在一起，也就有了双方的一场拼死械斗。从小说结构的角度来说，这场械斗的发生，不仅契合着"维稳"的总主题，而且也可以被看作是小说矛盾的一次总爆发，明显地构成了整部《带灯》的情节高潮。当然了，同样不容忽视的是，在元家与薛家围绕着沙厂发生的争斗过程背后，实际上却也潜隐着他们与书记镇长等樱镇当权者之间的某种权钱交易。说实在话，能够通过一场械斗，把经济发展、生态保护、家族矛盾、权钱交易以及上访"维稳"这众多的因素同时凝结表现出来，所强烈凸显出的，正是贾平凹一种超乎群伦的艺术构型表现能力。

论述至此，或许有读者会形成贾平凹的《带灯》不过是一部关切表现当下社会问题的问题小说的印象。但只要更加深入地体察分析一下，我们就不难断定，贾平凹一方面诚然强烈地关注思考着社会问题，但在另一方面，他的这部《带灯》却又绝不仅仅只是一部透视表现社会问题的小说。在我看来，既关注社会问题却又超越一般的社会问题层次，进而抵达一种生命存在的层次，才可以被看作是对于贾平凹这部《带灯》的一种准确定位（在一篇关于《古炉》的文章中，我曾经做出过这样一个论断："读《古炉》，印象格外深刻者，除了作家对于'文革'以及潜藏人性的深入描写之外，就是他对于具有相对恒久性的乡村常态世界的敏锐发现与艺术书写。对于乡村世界，我的一种基本理解是，在时间之河的流淌过程中，有一些东西肯定要随着所谓的时代变迁而发生变化，我把这些变化更多地看作是非常态层面的变化。比如，鲁迅笔下民国年间的乡村世界，与赵树理笔下解放区或者共和国成立之后的乡村世界相比较，肯定会发生不小的变化，这些变化就被我看作是一种非常态层面的变化。相应地，在自己的小说创作过程中，着力于此种非常态层面描写的，就可以说是一种非常态生活层面的书写。然而，就在乡村世界伴随着时间的长河而屡有变化的同时，也应该有一些东西是千古以来凝固不变的，某种意义上，也正是这些凝固不变的东西在决定着乡村之为乡村，乡村之绝不能够等同于城市。这样一些横越千古而不轻易变迁的东西，相对于非常态层面的变迁，就显然应该被看作是一种常态的层面。在自己的小说写作过程中，更多地把注意力停留在常态的生活层面，力图以小说的形式穿透屡有变迁的非常态层面，直接揭示乡村世界中常态特质的，就可以说是一种对于常态世界的发现与书写。如此看来，贾平凹的《古炉》更加值得注意的一个方面，很显然就在于对乡村世界常态世界的发现与书写。"[①] 实际上，不止《古炉》的情形如此，这部《带灯》也同样可以做这样一种理解。尽管说"维稳"这个问题在文本中有着突出的位置，但细细读来，通观全篇，栩栩如生地凸显出乡村世界的日常生存样态，却依然是贾平凹的根本追求所在。贾平凹之所以要在小说后记中特别强调"可我通过写《带灯》进一步了解了中国农村，尤其深入了乡镇政府，知道着那里的生存状态和生存者的精神状态"，其具体的落脚点，也显然在此。归根到底，超越问题小说的思路，把当下时代乡村社会人们一种普遍的生存状态描摹呈现出来，方才算得上是贾平凹的根本

---

① 王春林：《"伟大的中国小说"（上）》，载《小说评论》2011年第3期。

写作意图所在。说到生存状态，那些曾经出现在《带灯》当中的樱镇上访者的群像就会以历历在目的形式逐一浮现在我们眼前。王后生、王随风、朱招财、张正民、李志云等等，都给读者留下了难忘的印象。尽管说这些上访者都各有各的理由，而且其中偶尔会有如同王后生这样貌似“无理取闹”的专业上访户，但从总体上说，这些生存境况特别艰难的贫苦农人们，之所以要饱经屈辱地坚持上访，根本原因在于他们确实有现实的冤屈，确实置身于不公平的境遇之中。现实生活中，极少有人会放着舒服日子不过，以无事生非的方式非得去体验承受上访之苦。无论是从日常情理的角度，还是从法理的角度来说，既然遭受了不公平的冤屈，那么，向政府各级部门上访申诉就是合情合理的事情。但没想到的是，本来已经饱尝生活屈辱的他们，居然会因为上访而一再地遭受更大的屈辱。关于这一点，前面所引述的王随风上访时的悲惨遭遇，就是一个典型不过的例证。“我可认不得你，只认你是敌人”“村长一脚踢在王随风的手上，手背上蹭开一块皮”“几个人就抬猪一样”就这样，明明是遭受了冤屈的上访者，结果却被当作敌人、被当成猪一样的畜生对待。阅读这个段落，我们完全可以感受到贾平凹在进行书写时那强压下去的满腔愤怒。

但是，与王随风的遭遇相比较，更让我们倍感惨不忍睹的，恐怕却是《带灯》中关于王后生遭受残酷惩罚的多少带有一点自然主义色彩的描写。因为串联了十三个人要去为大工厂的事情再度上访，所以，王后生便被“请”到了镇政府来接受拷问。王后生嘴很硬，坚持着不肯说出那十三个人的名字，于是便遭到了简直就是非人的折磨。与王后生的遭遇相比较，前面王随风的遭遇，就只能说是小巫见大巫了。请看这样的一段描写：“王后生进了会议室，会议室里站着白仁宝，白仁宝是已端着一杯水，说：喝呀不？王后生说：喝呀。白仁宝都一下子把水泼在王后生的脸上，说：喝你妈的X！王后生哎哎地叫，眼睛睁不开，说：你们不是请我来给镇政府工作建言建策吗？侯干事吴干事翟干事已进来，二话不说，拳打脚踢，王后生还来不及叫喊就倒在地上，一只鞋掉了，要去拾鞋，侯干事把鞋拾了扇他的嘴，扇一下，说：建言啊！再扇一下，说：建策啊！王后生就喊马镇长，马镇长，马，镇长！他的喊声随着扇打而断断续续。”就这样，为了能够彻底征服王后生，让他说出那十三个人的名字来，三位干事乱哄哄你方唱罢我登场，简直就是无所不用其极地采用了各种色彩严酷的非人手段来折磨王后生。以至于王后生在万般无奈之下居然说出了"镇政府的会议室是渣滓洞么"的话语来（行文至此，应该稍加补充的就是，小说中所写到的镇政府侯干事吴干事翟干事三位，尽管在折磨王后生的时候可谓是使尽了百般残忍的手段，显得特别气焰万丈，但我们也必须看到他们身上另一面的存在。那就是，只要面对着书记或者镇长，他们就会表现出一种令人厌憎的奴才相来。常言道，可怜人必有可憎之处，我要说，可憎者也自有可怜之处。非常明显，只有把这三位镇政府干事的嚣张气焰与奴才相结合起来，方才算得上是对他们的一种完整理解）。是的，实际的情况也正是如此，只要是认真地读过这一节"折磨"的读者，我想，就都会认同王后生的这种说法。但是，请一定注意，渣滓洞是当年国民党关押折磨共产党人的地方，当王后生把镇政府的会议室比作渣滓洞的时候，他实际上就已经把自己比作了被关押的囚犯。必须承认，王后生被逼无奈之下的这种说法，具有相当的合理性。细细地想一想，出现在贾平凹《带灯》中的这些上访者，某种意义上，不都可以被看作是处于被囚禁状态的囚犯么？本来是拥有正当表达权利的公民，结果却因为上访而变成了被囚禁的囚犯。思之想之，端的是情何以堪啊！其实，又何止是那些如同王后生、王随风这样的上访者呢？只要你再去关注一下那个本来因为在大矿区打工而患有严重的硅肺病，然而却硬是死要面子不肯承认的毛林，看看那东岔沟村因为同样的有因患上硅肺病的十三个农人以及他们那同样可怜至极的妻子，你难道能够说，他们就不是被囚禁的存在么？假若我们的思路再稍稍打开一些，你就会认识到，某种意义上，如同带灯、竹子这样每天忙于处理上访问题的镇政府综合治理办公室的工作人员，也都可以被理解为被"囚禁"的存在。

在这里，就应该提及贾平凹小说中极睿智的一个艺术处理了。带灯与竹子这两位综治办工作人员的主要工作职能，本来是如何想方设法地稳控各类上访者。然而，到了最后，明明是带灯和竹子两位率先抵达元家与薛家的械斗现场，而且还奋不顾身地拼命阻止械斗的扩大，但县委调查组最后做出的处理结果，却硬是让带灯和竹子变成了替罪羊："给予带灯行政降两级处分，并撤销综治办主任职务。给予竹子行政降一级处分。"既然遭受了如此不公平的待遇，那么，竹子的愤而上诉就是顺理成章的事情："她原本是反映着带灯的病情的……回想也正是因处分之后带灯才出现了这些病情，那么一不做二不休，干脆就将樱镇如何发生斗殴事件，带灯和她如何经历现场，最后又如何形成处分，一五一十全写了。”让专门负责稳控上访者的工作人员，最终变身为上访者，贾平凹的如此一种艺术处理方式，充满着反讽意味，带有非常突出的黑色幽默色彩。在此处，作家不仅极富艺术智慧地表现出了一种存在的悖谬状态，而且也还成功地写出了某种生命深层的痛感。写及此处，忽然想起了莎士比亚悲剧《哈姆雷特》第二幕第一场中一段影响极大的台词："丹麦是一所牢狱……世界也是一所牢狱……里面有许多监牢、囚房、地牢，丹麦是其中最坏的一间”“在这一种抑郁的心境下，仿佛负载万物的大地，这一座美好的框架，只是一个不毛的荒岬，这个覆盖众生的苍穹，这一顶壮丽的帐幕，这个金黄色的火球点燃着的庄严屋宇，只是一大堆污浊瘴气的集合。”或者，我们也可以在如此一种意义上理解看待出现在贾平凹《带灯》中的这些被“囚禁”的生命存在吧。某种意义上，贾平凹《带灯》关于被“囚禁”的存在的真切艺术描写，也能够促使我们联想到著名的自由主义思想家伯林，在谈到帕斯捷尔纳克的《日瓦戈医生》时曾经讲过的这样一段话：“它的主题是普世性的，与大多数人的生活（人的出生、衰老和死亡）密切相关。与屠格涅夫、托尔斯泰和契诃夫作品中的主人公一样，该书的主人公处于社会的边缘，与社会发展的趋势和命运密切相连，但又不与之同流合污，在面对各种毁灭社会、摧残和消灭许许多多其他同类的残暴事件时，仍然保持着人性、内在的良心和是非感。”[①]

更深一步地思考贾平凹在《带灯》中所真实呈现出的那一幕幕被“囚禁”的生命存在悲剧，我们就应该注意到小说中的这么一个段落：“她问带灯：咱不是法制社会吗？带灯说：真要是法制社会了哪还用得着个综治办？！竹子不明白带灯的意思，带灯倒给她讲了以前不讲法制的时候，老百姓过日子，村子里就有庙，有祠堂，有仁义礼智信，再往后，又有着马列主义毛泽东思想，还有阶级斗争的政治运动，老百姓是当不了家也做不了主，可倒也社会安宁。”带灯的这段话，让我们想起了余虹的一种真知灼见：“德国诗人里尔克曾慨叹一切存在者都处于无庇护状态，人尤其如此，也正因为如此，人需要创建自己的保护以维护生存的安全。人的庇护从何而来呢？现世的社会

① 以赛亚·伯林：《苏联的心灵》，译林出版社2010年版，第15页。

和彼世的信仰，前者给人以生之依靠，后者给人以死之希望。所谓善（社会正义与神圣信仰）者非他，人的终极依靠是也。在人类的历史上，人们以各种方式创建着这种善，也以各种方式摧毁着这种善。在中国历史上，人们曾经创建了一个以家庭、家族、乡里、民间社团、宗法国家和儒家道德为社会正义的此世之善，也创建了以各种民间信仰（迷信）和道释之教为灵魂依托的彼世之善。尽管这种善并不那么善，但好歹还是一种脆弱的依靠和庇护，可悲的是，近百年来连这种依靠与庇护也几乎在革命与资本的折腾中消失殆尽了。”[①] 联系《带灯》中那样一种真切的社会生活图景，端详小说中那些飘荡在樱镇的古老大地上毫无依傍的孤苦灵魂，细细地品味余虹的这段话语，我们当更能体会出内中所潜隐的深刻意蕴来。

三、人性深度与带灯形象的塑造

能否刻画塑造出若干具有深度人性内涵的人物形象来，是衡量评价一部长篇小说优秀与否的重要标准。贾平凹从事小说创作多年，早已积累了足够丰富的塑造人物形象的艺术经验，可谓一个塑造人物形象的高手。这一点，同样非常突出地体现在《带灯》这部长篇小说之中。尽管说诸如王后生、竹子、马副镇长、侯干事、镇长、书记、毛林等若干人物也都堪称形象生动，但相比较而言，最值得引起我们高度关注的，恐怕还应该是作为小说主人公的带灯这一形象。很显然，小说的标题也正由此而来。应该说，在贾平凹的创作历程中，《带灯》并不是第一部以主人公名字命名的作品，此前也曾经有过几部以人物形象直接命名的作品，比如中篇小说《黑氏》《天狗》，长篇小说《高兴》。既然径直以人物形象而命名，那就说明着人物形象本身在小说文本中的重要性。从小说艺术的角度看，这类小说的写法肯定与其他小说的写法有所差异。这一方面一个非常明显的特点，就是这个小说的主人公会成为整部小说的叙事聚焦点。这样，就逻辑层面而言，《带灯》中就应该同时出现两个叙事聚焦点。从故事情节看，是我们前面已经一再提及的“维稳”工作。从人物形象看，则是带灯。尽管说一部长篇小说肯定允许同时存

---

① 余虹语，转引自唐小兵《惊鸿一瞥识余虹》，载《随笔》2012年第6期。

在若干个叙事聚焦点，但细细体察一下文本，我们却发现，情况并非如此。因为带灯的身份是樱镇镇政府的综治办主任，主抓的就是“维稳”工作，所以小说中的两个叙事聚焦点实际上呈现为一种合一状态。

虽然贾平凹此前就曾经有过数部径直以人物形象命名的小说作品，但细致分析一下，我们却不难发现，带灯这一女性形象，确实是贾平凹笔下饶有新意的一个人物形象。根据叙述者的交代，带灯是一位中专生，是某一个农校的毕业生。她之所以来到樱镇镇政府工作，主要因为她丈夫就是樱镇人，在镇小学工作。尽管没有做过明确的交代，但带灯毕业时居然还存在分配一说，就不难判断出，她最早来到樱镇工作的时候，应该是在20世纪90年代的末期。因为差不多从进入新世纪开始，不要说中专生，就是大学生、研究生，国家也都不再统一分配工作了。带灯虽然只是一个普普通通的中专生，却在骨子里拥有一种非同于流俗的出淤泥而不染的精神气质。大约也正因为如此，所以才多年不得提拔：“萤从那以后，没事就在她的房间里读书。别人让她喝酒她不去，别人打牌的时候喊她去支个腿儿，她也不去，大家说她还没脱学生皮，后来又议论她是小资产阶级情调，不该来镇政府工作的，或许她来镇政府工作是临时的，过渡的，踏过跳板就要调到县城去了。可她竟然没有调走，还一直待在镇政府。待在镇政府过了一年又过了一年，萤读了好多的书。”尽管只是简简单单的一种概括性介绍，但一个很有个性的青年女性形象，却已经出现在读者面前。好读书、不喝酒、不打牌，而且又谈不上什么后台，这几个因素结合到一起，就注定了带灯只能够以普通干事的身份“待在镇政府过了一年又过了一年”，“差不多陪过了三任镇党委书记、两任镇长，已经是非常有着农村工作经验的镇政府干部了”。实际上，也正是这个过程中，乡镇政府的工作重心逐渐地由以前的“催粮催款和刮宫流产”转移到了“维稳”上面。把贾平凹在小说中的这种描写与现实社会对照一下，就可以发现，所谓“催粮催款和刮宫流产”，正是20世纪末21世纪初乡镇政府的工作重心，而“维稳”则在近些年才开始取代前者成了新的工作重心。因为带灯当年曾经帮过新任镇长的忙，当然也因为新任镇长内心里对于带灯有某种欲求，所以，就力荐带灯担任了新成立的综治办主任。而综治办最重要的工作内容，就是“维稳”。就这样，个性化十足的“不合时宜”的带灯，拥有了一个体现自身价值的历史舞台。她出色的工作能力与丰厚深邃的人性内涵，也正是在完成“维稳”工作的过程中，才获得了一种充分的展示机会。

从本质上说，带灯是一位具有坚定务实品格的理想主义者。或者说，带灯是一位好人形象。熟悉小说写作规律的朋友都知道，某种意义上，塑造一个恶人，或者一个善恶参半的人物形象易，但要想塑造一个具有理想主义精神内涵的好人却很难，尤其是还得让读者真正地信服接受。但，贾平凹在《带灯》中却相当完满地做到了这一点。作为一位富有经验的乡镇综治办工作人员，带灯非常熟悉乡村现实生活状况，差不多在全乡镇的每一个村寨，都有自己十分要好的“老伙计”。有了这些“老伙计”的普遍存在，不仅使得带灯能够及时深入地了解乡村世界的真实情况，更是为她以尽量化解矛盾稳控上访者为基本目标的“维稳”工作提供了诸多便利条件。说实在话，在带灯身上，几乎很难看到当下时代乡镇干部身上所普遍存在着的贪污腐化与工作懈怠状况。在这一方面，带灯（当然也包括竹子）与樱镇镇政府的其他一些工作人员，可以说形成了极其鲜明的对照。由于上访者大都身负冤屈，也由于他们大都有着一种上访不成誓不罢休的执拗个性，所以，“维稳”工作难度极大。虽然工作难度大，虽然也并非最后的决策者，但带灯她们在具体的工作过程中，却一直坚持以一种温和说理的方式苦口婆心地试图化解种种社会矛盾。关于这一点，只要把带灯她们对待上访者的态度，与前面已经提及的非人性的简单粗暴稍作对比，我们即可有一目了然的认识。面对着王随风，当村长他们把王随风当作“敌人”、当作“猪”对待的时候，“带灯说：心慌得很，让我歇歇。却说：你跟着下去，给村长交待，才洗了胃，人还虚着，别强拉硬扯的，也别半路上再让跑了”。与侯干事他们以种种令人发指的非人方式折磨王后生形成突出对比的是，带灯反复叮咛：“去了不打不骂，让把衣服穿整齐，回来走背巷。”以至于侯干事对此很是无法理解：“咱是请他赴宴呀？！”所有这一切，当然也包括带灯她们主动帮助那些因为在大矿区打工而患上硅肺病的农民的行为，都充分地凸显着带灯身上一种难能可贵的人道主义悲悯情怀。同样给读者留下了深刻印象的，是到了小说情节的高潮处，面对着手持凶器大打出手的元家和薛家兄弟，当其他在场者都唯恐避闪不及的时候，不顾自己的身家性命，依然挺身而出阻止械斗者，只有带灯和竹子：“带灯和竹子压根没想到又一场殴打来得这么快，打得这么恶，要去阻止，已不能近身，就大声呐喊：不要打！谁也不要打！……带灯跑到院门口，抱了个花盆就扔到了门槛上，想着使拉布和元老四打不成”，“带灯是急了，跳到了院子中间，再喊：姓元的姓薛的，你们还算是村干部哩，你们敢这样打？！我警告你们，我是政府，我就在这儿，谁要打就从我身上踏过去”，“带灯被甩到厨房台阶上，头上破了一个窟窿，血唰地就流下来”。只要读一读这些惊心动魄的场景描写，你就不难体会到带灯她们的挺身而出阻止械斗，究竟需要具有多大的勇气和胆魄。在这个过程中，一种富有牺牲色彩的理想主义精神的支撑就完全是必要的。

小说中，贾平凹曾经以带灯自己的口吻讲过这么一句话：“或许或许，我突然想，我的命运就是佛桌边燃烧的红蜡，火焰向上，泪流向下。”虽然不能用所谓一语成谶的成语来加以评价，但非常明显，带灯这句话确实在很大程度上可以被看作是她这样一个坚忍的理想主义者悲剧命运的真切写照。实际上，也正是在这个意义上，我们才可以理解贾平凹在小说后记中的如下一些话语：“所以，我才觉得带灯可敬可亲，她是高贵的，智慧的，环境的逼仄才使她想象无涯啊！我们可恨着那些贪官污吏，但又想，房子是砖瓦土坯所建，必有大梁和柱子，这些人天生为天下而生，为天下而想，自然不会去为自己的私欲而积财盗名好色和轻薄敷衍，这些人就是江山社稷的脊梁，就是民族的精英”“地藏菩萨说：地狱不空，誓不为佛。现在地藏菩萨依然还在做菩萨，我从庙里请回来一尊，给它献花供水焚香。以前从来没有注意过土地神，印象里胡子那么长个头那么小一股烟一冒就从地里钻出来，而现在觉得它是神，了不起的神，最亲近的神，从文物市场上买回来一尊，不，也是请回来的，在它的香炉里放了五色粮食。”①很显然，理想主义者带灯，就是贾平凹这里所说的地藏菩萨，就是土地神。

说到带灯，我们还必须注意她的命名问题。不能不承认，贾平凹在这一人物的命名问题上真的是做足了文章。带灯的名字本来单名一个萤火虫的“萤”字，她后来自己对这个名字不满意，就把它改成了“带灯”。“读到一本古典诗词，诗词里有了描写萤火虫的话：萤虫生腐草。心里就不舒服，另一本书上说人的名字是重要的，别人叫你的名字那是如在念咒，自己写自己的名字那是如在画符，怎么就叫个萤，是个虫子，还生于腐草？她便产生

① 贾平凹：《〈带灯〉后记》，人民文学出版社2013年版。

了改名的想法。但改个什么名为好，又一时想不出来。”忽一日，工作之余，带灯看到萤火虫在飞，“萤就站起来要到门前去，却看见麦草垛旁的草丛里飞过了一只萤火虫。不知怎么，萤讨厌了萤火虫，也怨恨这个时候飞呀什么呀飞！但萤火虫还在飞，忽高忽低，青白色的光一点一点的在草丛里，树枝中明灭不已。萤忽然想：啊它这是夜行自带了一盏小灯吗？于是，第二天，她就宣布将萤改名为带灯。”关键在于，这个改名的过程，贾平凹有着一种深刻的象征内涵寄予其中。萤火虫尽管很弱小，但它却一直默默无闻地努力向这个充满苦难的世界输送着光明与温暖。在这个意义上，小说中的带灯，就特别类似于自然界的萤火虫了。以此对应于小说文本，带灯这一人物，不也正像萤火虫一样一直努力以自己的默默奉献给那些苦难民众带去温暖与安慰么？！既然说到萤火虫，那我们就应该注意到小说结尾处关于萤火虫阵描写的强烈隐喻性。“带灯用双手去捉一只萤火虫，捉到了似乎萤火虫在掌心里整个手都亮透了。再一展手放去，夜里就有了一盏小小的灯忽高忽下地飞，飞过芦苇，飞过蒲草，往高空去了，光亮越来越小，像一颗遥远的微弱的星。竹子说：姐，姐！带灯说：叫什么姐！竹子顺口要叫主任，又噎住了，改口说：哦，我叫萤火虫哩！就在这时，那只萤火虫又飞来落在了带灯的头上，同时飞来的萤火虫越来越多，全落在带灯的头上，肩上，衣服上。竹子看着，带灯如佛一样，全身都放了晕光。”必须承认，这是《带灯》中最感人的一段文字。这一段文字极富感染力地以一种象征隐喻的方式传达出了带灯那样一种如佛一般自我牺牲而普度众生的高远精神境界。

要想更好地把握带灯这一形象，我们还不能够忽略她那饱满丰富的精神情感世界。虽然说带灯之所以要到樱镇镇政府来工作，与自己的丈夫有直接关系，但从她的日常生活状态来判断，她和丈夫之间的感情关系其实存在着很大的问题。否则，就不可能长期分居，而且，丈夫仅有的一次露面，也是充满着吵架的声音。那么，带灯那种精神力量的源泉，究竟从何而来呢？这就必得提到她写给元天亮的那些短信了。元天亮是《带灯》中一位虽然一直都没有出场但却位置特别重要的人物。元天亮是樱镇人，是元老海的本族侄子，就连元黑眼他们也都得叫他是叔。这个人既能够写书又能够做官，可以说既是作家，又是政府官员。按照小说中的介绍，尽管元天亮未出场，但他却凭借自己的影响力给家乡做过一些事情。但我们这里之所以要特别提及元天亮，却是因为他和带灯之间的关系。其实，他们俩从来就没有见过面，说是关系，也只是带灯一种带有自我幻想色彩的一厢情愿。因为读过不少元天亮的作品，而且也知道元天亮就是樱镇人，所以，带灯一时冲动就给自己的崇拜者发了一条短信，没想到居然还收到了元天亮的回复。就这样，不间断地给元天亮发短信，就成为带灯精神生活中非常重要的一项内容。以至于，带灯发给元天亮的短信，俨然构成了《带灯》中极其重要的一条结构线索。结构的问题我们稍后展开分析，这里要强调的，是元天亮的存在对于带灯精神情感生活的重要性。尽管说只是带灯个人的一种情感意愿，但毫无疑问地，这样一种臆想出的情感联系，实际上构成了带灯一个特别关键的精神支柱。很大程度上，这位看似柔弱的女性形象，之所以有足够的勇气面对现实中的生活苦难，端赖元天亮这位自始至终都未出场者在精神上所提供着的强力支撑。有了这样一个潜隐性人物的存在，就使得带灯的理想主义特质拥有了更充分的艺术说服力。

四、结构、细节及其他

结构，对于小说创作有着重要的意义。凡是成功的长篇小说，都拥有一种合理的结构方式。作为一位创作经验老到的小说家，贾平凹非常清楚恰当艺术结构的重要性。这一点，在《〈带灯〉后记》中同样有着突出的表现："在终于开笔写起《带灯》，逢着了欧冠赛，当我一场又一场欣赏着巴塞罗那队的足球，突然有一天想：哈，他们的踢法是不是和我《秦腔》《古炉》的写法近似呢？啊，是近似。传统的踢法里，这得有后卫、中场、前锋，讲究的三条线如何保持距离，中场特别要腰硬，前锋得边路传中，等等等等。巴塞罗那则是所有人都是防守者和进攻者，进攻时就不停地传球倒脚，烦琐、细密而眼花缭乱地华丽。一切都在耐烦着显得毫不经意了，突然球就踢入网中。这样的消解了传统的阵型和战术的踢法，不就是不倚重故事和情节的写作吗，那烦琐细密的传球倒脚不就是写作中靠细节推进吗？我是那样的惊喜和兴奋。和我一同看球的是一个搞批评的朋友，他总是不认可我《秦腔》《古炉》的写法，我说，你瞧呀，瞧呀，他们又进球了！他们不是总能进球吗？！""《秦腔》《古炉》是那一种写法，《带灯》我却不想再那样写了，《带灯》是不适那种写法，我也得变么，不能在一棵树上吊死。”[1]首先必须强调，我是贾平凹《秦腔》《古炉》那样一种依靠细节推进小说发展的写作方式的激赏者。某种意义上，那样一种写作方式，带有非常突出的先锋意味，有相当重要的艺术革命价值。尽管有朋友认为贾平凹的那种写作方式存在问题，最起码明显缺少可读性。但不知道为什么，我却读来感觉很是津津有味。很显然，那两部长篇小说的成功，与那样一种写作方式的采用有着特别紧密的内在关联。之所以要引述贾平凹的这段言论，是因为他非常巧妙地把足球与小说联系在一起，用巴塞罗那队的踢法来比拟《秦腔》《古炉》的写法，不仅形象生动，而且极有说服力。但文学创作贵在创新，即使《秦腔》《古炉》的写法再成功，贾平凹也不能够继续沿用那样一种写法了。更何况，与《秦腔》《古炉》以一个村落为叙事聚焦点不同，《带灯》又是一种明显以人物形象为叙事聚焦点的小说类型。这就要求贾平凹首先必须在小说结构上寻找一种新的方式，实现一种自我艺术突破。

在我看来，贾平凹《带灯》小说结构上的突破，主要表现在以下三个方面。其一，以“维稳”工作为中心的樱镇现实生活的真实摹写与带灯写给元天亮的那些短信，构成了两条并行不悖的结构线索。两条结构线索的具体扭结交叉点，就是带灯这一小说的主人公。某种意义上，《带灯》的这种结构方式，能够让我们联想到《红楼梦》的两条结构线索。《红楼梦》非常明显地存在着两条线索，一条是贾府的日常生活，另一条则是包括太虚幻境、还泪神话等在内的形而上的线索。有了这样两条结构线索的水乳交融，也才有了《红楼梦》的艺术成功。具体来说，前者是接地气的，而后者则意味着某种艺术境界的飞升。然而，同样是两条结构线索，《带灯》却又与《红楼梦》有所不同。樱镇现实生活这条线索，一方面固然是在描写带灯与竹子她们综治办的“维稳”工作，但更主要的，恐怕却在于充分展示樱镇芸芸众生在当下这个特定时代的众生相，展示他们的苦难生存状态。尤其在于，通过那些上访者不幸遭遇的具体状写，强有力地揭示现实生活残酷凄楚的一面。而带灯写给元天亮的短信这条线索，虽然也部分地承担着叙事的功能，但更主要的，却在以诗一般的优美语言，传达表现着一种处于虚幻状态下的情感的浪

---

① 贾平凹：《<带灯>后记》，人民文学出版社2013年版。

漫与美好。比如“闻着柏树和药草的气味，沿那贴在山腰五里多直直的山道，风送来阳光，合起我能晕晕乎乎踩着思恋你的旋律往前走。我是来检查旱情的，却总想你回来了我要带你到这里走走，只要不怕牛虻，不怕蛇，肯把野花野草编成圈儿戴在头上，如果你累了，我背你走。这条直路到大药树下分叉处就落下去沟脑洼地，两边的桔梗差不多长到我的腿弯。往年雨水好，桔梗就能长到我的肩头，开花像张开的五指，浅紫的菱瓣显得简朴而大气，那苍桑的山蔓从根到梢挂满小灯笼花，像是走了几千里夜路到我眼前，一簇簇血参的老叶，花成小脚型，甜甜的味儿，有着矜持和神秘。”细细品味这段话语，我们就不难感受到带灯短信的浪漫美好。根据贾平凹在后记中的交代，带灯这一人物形象有着现实生活中的真实原型。既然如此，那带灯的这些短信，就一定是在真实短信的基础上加工而成的。需要注意的是，这些短信固然在某种程度上起着补充塑造带灯形象的作用，但更主要的，恐怕却在于要以此而与另外一条现实生活残酷的结构线索形成极其鲜明的对照。非常明显，带灯的短信越是浪漫美好，樱镇现实生活的苦难与残酷意味就越是突出，贾平凹那样一种意在凸显“被‘囚禁’的存在”的深刻思想主旨，也就越能得到充分的艺术体现。

其二，贾平凹的《带灯》分别由“上部：荒野”“中部：星空”与“下部：幽灵”三大部分组成。如此一种小说结构布局，非常容易让我们联想起中国古代关于“凤头、猪肚、豹尾”的文章章法来。具体来说，上部的作用，主要在于交代故事发生的地点，以及主要人物，为故事的进一步展开做好充分的铺垫。诸如樱镇的基本状况，镇政府的工作状态以及几任书记镇长的更迭，萤的来历以及她为什么要改名叫带灯，综治办的成立与带灯被任命为主任，竹子离开了计生办来到了综治办，等等，这些读者需要首先了解的小说故事要素，在这一部分，全部有了简洁全面的交代。作为“猪肚”的中部，自然是整部小说最重要的主体部分。带灯成了综治办主任，竹子进入综治办工作，她们俩很快就紧锣密鼓地进入了“维稳”工作状态。应该注意到，到了这个部分，故事不仅更加集中，而且小说整体的叙事节奏也明显地加快了。《带灯》之所以较之于《秦腔》《古炉》更容易进入一些，根本原因就在于前者属于聚焦叙事类型，而后者则显然属于散点叙事类型。一旦采用散点叙事，因为叙述者要同时顾及诸多方面的小说因素，所以叙事速度与节奏就无论如何都快不了，只能够呈现为一种舒缓的叙事状态。就连读者在阅读的时候，都会明显感觉到自己的阅读速度怎么也上不去。与散点叙事相比较，聚焦叙事所需顾及的小说因素就明显要集中得多。一集中，叙事速度就很难舒缓下来，只能是越来越快。叙事速度与节奏一快，读者在阅读时自然就会感觉到小说的可读性增加了许多。实际上，小说艺术的优劣，与可读性的大小，并不存在一种正比例的直接对应关系。尽管说《带灯》较之于《秦腔》《古炉》可读性明显增加了，但我们却不能够因此而对《秦腔》《古炉》的艺术性稍有贬低。没想到的是，尽管带灯与竹子的工作态度特别认真负责，非常兢兢业业，但她们的努力却只能够在一定程度上延缓现实矛盾，并不可能从根本上解决社会问题。于是，元家与薛家两大豪门家族的矛盾，到最后终于大爆发，演变成了一场惨烈无比的械斗大悲剧。到了下部，就到了故事的归结收尾阶段。这个部分，贾平凹有三个方面的艺术处理，值得引起我们的高度注意。一是写带灯与竹子成了镇领导的替罪羊，竹子不服愤而上诉，由稳控上访者变身为上访者。二是写带灯患病，不仅夜游，而且居然与那个疯子为伍。这一部分之所以要命名为“幽灵”，其根本原因或许在此。贾平凹笔端素有的乡村神秘性一面，再度得到艺术表现。三是写带灯与竹子被当成替罪羊免职受处分之后，那些曾经在以前受惠于带灯的“老伙计”们，聚集在一起，给她们做了一顿搅饭。何为搅饭：“搅饭是把各种各样的米呀豆呀肉呀菜呀一锅闷的，营养丰富，又味道可口。”这顿搅饭，所充分凸显出的，是这些“老伙计”，当然也更是作家贾平凹的一种悲悯情怀。

其三，上中下三大部分之外，贾平凹《带灯》结构上另外一个值得注意处，就是小章节的穿插使用。根据事件本身的状况，这些章节长短不拘，有的很长，有的极短。然后，每一个章节都加上了提示主要内容的小标题。某种意义上，《带灯》之所以能够带给读者与《秦腔》《古炉》殊不相同的阅读感受，与贾平凹对于这种小章节方式的运用，也有着密切的关系。这样一来，同样是作家所特别擅长的“生活流”叙事，但因为有了如同“航标灯”一样的小章节的引领，整体的阅读感觉就会清晰明朗许多。那么，贾平凹的这种艺术构想从何而来呢？我所联想到的，是中国本土小说传统中的“章回体”。我们都知道，“章回体”绝对应该被看作是中国本土小说创作的一大艺术创造。很大程度上，贾平凹的小章节，就是从“章回体”演化而来的一种艺术结果。

只不过与传统中那样一种总是显得特别整齐划一的“章回体”相比较，贾平凹《带灯》中的小章节变得长短不拘，有了某种特别自然的伸缩度。这样一来，也就使得整部小说拥有了一种难能可贵的艺术弹性。进入新世纪以来，中国小说创作领域出现了一种蔚为大观的艺术本土化趋向。贾平凹，毫无疑问是其中最具代表性的作家之一。这部《带灯》的出现，即使仅仅从小章节的创造性运用上，也依然可以被看作是贾平凹在中国本土小说传统的创造性转化方面的一种积极努力。

当然了，在小说结构的精心营造之外，贾平凹那些一贯的小说艺术优势，也都在《带灯》中得到了很好的传承体现。比如，内涵丰富的精彩细节运用。“带灯和竹子突然地进了毛林家，毛林回避不及，就说：感冒了，卫生院来人给挂瓶药。家里还坐着换布，换布说：你呀你，一辈子拽不展，啥病就是啥病么！毛林赶紧岔话，喊他媳妇给镇政府同志烧滚水，他媳妇不在，又喊他女儿。女儿在猪圈里给猪剁糠，一直没进来。带灯就问换布：来照顾妹夫了？换布说：你倒会说落好的话！带灯说：你和拉布是咱镇上的富户了，能不照顾你妹夫？毛林，你日子过不前去，你两个哥每月能给你多少钱？毛林说：都要过日子么，嘿嘿。”只要细细地琢磨一下带灯看望毛林这一细节，就不难体会到其中的丰富内涵。其一，揭示了毛林那样一种打肿脸充胖子、死要面子活受罪的微妙心态。明明染上了硅肺病，却怎么都不肯承认。其二，写出了毛林家庭基本生存的艰难状况，否则，女儿也不会“在猪圈里给猪剁糠”。其三，道出了人情冷暖世态炎凉，明明是嫡亲的妹夫，明明自己是镇上的富户，有能力伸出援助之手，但换布、拉布他们偏偏就是为富不仁，亲情淡漠。其四，表现了带灯的一腔热情与悲悯情怀。带灯是一个乡镇干部，本来应该是毛林去找带灯，但现在的情况是，毛林不去找带灯，带灯反而能够主动来找毛林，并且尽自己最大的努力来帮助他。这一方面，带灯的表现，与换布、拉布他们就形成了极其鲜明的对照。

精彩的细节运用之外，贾平凹那样一种对于古朴浑厚的艺术风格的自觉追求，也同样给读者留下了难忘的印象。“几十年以来，我喜欢着明清以至三十年代的文学语言，它清新，灵动，疏淡，幽默，有韵致。我模仿着，借鉴着，后来似乎也有些像模像样了。而到了这般年纪，心性变了，却兴趣了中国两汉时期那种史的文章的风格，它没有那么多的灵动和蕴藉，委婉和华丽，但它沉而不糜，厚而简约，用意直白，下笔肯定，以真准震撼，以尖锐敲击。何况我是陕西南部人，生我养我的地方属秦头楚尾，我的品种里有柔的成分，有秀的基因，而我长期以来爱好明清的文字，不免有些轻的佻的油的滑的一种玩的迹象出来，这令我真的警觉。我得有意地学学两汉的风格了，使自己向海风山骨靠近。”[①]说实在话，如同贾平凹这样的作家，能够在六十岁的时候对于自己的小说创作进行这样一种深刻的自我反省，确实非常难能可贵。而且，作家对于明清与两汉文章不同风格的体味认识，也真正称得上是深刻独到。有了这种艺术理性的自觉，当然就会突出地体现在他的小说作品之中。好在贾平凹长期居住在千年古都西安，那是一个两汉文化遗迹的留存特别丰富的所在。我自己就去过碑林，也去过茂陵，亲眼看到过那些简朴厚重的石雕，端的是撼人心魄。身在西安的贾平凹，一定可以得天独厚地时时感受体会两汉的文化遗存，从中获得创作时必要的艺术灵感。实际上，贾平凹艺术兴趣之由明清而转至两汉，并不是从写作这部《带灯》时才开始的。根据我自己一种真切的阅读体会，他的这种艺术转换，早在写作《秦腔》《古炉》的时候，就已经表现得十分明显了。不知道其他人的感觉如何，我在读《秦腔》《古炉》的时候，就已经感觉到了贾平凹思想艺术风格的一种明显变化。只不过，只有在读过这篇《〈带灯〉后记》之后，我才真正地明白了贾平凹是在自觉地追慕两汉风格，是在向着“海风山骨”靠近。现在，又有了一部旨在关注表现那些“被‘囚禁’的生命存在”的《带灯》。有了《带灯》，贾平凹在两汉艺术风格的追慕方面，就又生成了一个沉甸甸的坚实存在。

---

① 贾平凹：《〈带灯〉后记》，人民文学出版社2013年版。

《日夜书》：时代精神困境的呈示与诘问

作为当下时代难得的一位优秀作家，韩少功显然不是以作品的数量而取胜的。在其他一些作家长篇小说写作数量已经达到两位数的时候，包括这部《日夜书》（上海文艺出版社 2013 年版）在内，韩少功也不过只有区区三部长篇小说而已。好在文学创作最终比拼的并不是数量，而是作品内在的思想艺术品质。韩少功虽然只有三部长篇小说，但却实在称得上是部部精彩。发表于 1996 年的《马桥词典》，尽管曾经引起过一番巨大的争议乃至一场法律诉讼，然而，此作后来能够相继获得上海市第四届中长篇小说优秀作品奖长篇小说一等奖（1998 年），与美国第二届纽曼华语文学奖（2010 年），却充分证明了其思想艺术上的真正原创性所在。《暗示》给韩少功带来了华语文学传媒大奖年度小说家奖（2002 年）的荣誉。具体到《日夜书》，虽然刚刚发表出版，但参照我多年来对于当代长篇小说写作的跟踪研究心得，在先后两次认真阅读之后，完全可以断定，《日夜书》不仅是韩少功自己小说写作历程中一部具有突出创新意味的作品，而且也应该被看作是新世纪以来一部不容忽视的重要长篇小说。

对于《日夜书》思想艺术价值的探讨，首先须得从韩少功作为一代知青作家的身份标签起始。必须注意到，虽然韩少功一向被看作是以小说创作而名世的知青作家，实际上，如果从题材的角度捡拾一番，你就会不无惊讶地发现，他真正意义上的知青小说数量实在少得可怜。举凡那些公众耳熟能详的代表作，无论是中篇小说《爸爸爸》《女女女》，还是前面已经提及的长篇小说《马桥词典》与《暗示》，尽管肯定与作者的生存经验密切相关，但严格说起来，却都无法被看作是知青小说。细细地想一想，除了早期的短篇小说《飞过蓝天》与稍后一个时期的《归去来》等有限的作品之外，韩少功的小说写作一直远离着对自己而言其实真正可谓是刻骨铭心根本就无法释怀的知青生存经验。很多时候，你甚至能够明显地感觉到韩少功如同护卫着某种宝藏一样，总是要小心翼翼地刻意绕过这种知青生存经验去。比如说那部曾经名噪一时的《马桥词典》，所谓“马桥”，尽管是虚构而出的一个地名，但如果细索其源，那么，马桥与知青韩少功当年插队时的村庄之间一种渊源关系的存在，显然就无法被忽视。但在实际的写作过程中，韩少功却还是硬生生地避开了对于知青生活的书写，顺延着一种文化寻根的思路，把艺术重心落脚到了对于民族文化心理的深入探究上。那么，作家的这样一种规避，究竟意味着什么呢？我们总不能说，在韩少功心目中，那一段特别的知青生存经验就不具备入“诗”的价值吧。答案自然是明确的。因为那是一段韩少功特别珍视的生存经验，所以韩少功才迟迟不肯去轻易地触碰它。我们观察到，当其他一些拥有类似人生经历的知青作家们不断地推出那些知青小说作品的时候，韩少功的注意力却投注到了另外的社会事物之上，反倒多少显得有些沉寂了。关键问题恐怕在于，作为一位创作态度极其严谨的作家，韩少功在自己还没有彻底想明白之前，并不愿意轻易触及内心中所特别珍视的这一段生存经验。一种合乎情理的创作心理很可能是，与其轻易触碰，反倒不如就让它长久地沉在心底暗自发酵为好。韩少功的知青小说之所以显得相对稀少，根本原因或许在此。在这个意义上，旨在反思表现知青岁月的这部长篇小说《日夜书》的写作，显然就应该被看作是韩少功长期酝酿深思熟虑的一种结果。

不容忽视的一点是，就在这样一部旨在反思表现作家一段沉潜已久的知青生存经验的长篇小说的第 35 章，却出现了如下一段令人颇为震惊的叙事话语。那就是，多少年之后，当年的知青重返自己的插队地白马湖，却意外地产生了一种沧海桑田般的迷惘困惑感觉：“记忆中的白马湖就是山坡上的两排土平房，总是以沉寂无人的面目抵达梦境。记忆中的白马湖烟波浩渺，波浪接天，纵目无际。月亮升起来的那一刻，满湖闪烁的鳞形光斑，如千万朵金色火焰燃烧和翻腾，熔化天地间一切思绪，给每一个人的睡梦注满辉煌。有风声，有浪声，有桨声，有鱼跃声，有偶然飘过的口琴声……不知来处也不知所往。当各种声音飘落于深夜，群山下这一大片琥珀色的遍地残火，注定无人在场，也举世莫知。”这是叙述者“我”也即陶小布记忆中那个充满着诗意的白马湖。但这样的白马湖却已经彻底地一去不复返了，出现在面前的白马湖已然面目全非：“但白马湖为何偏偏在收缩尺寸？——比如记忆中的堤坝如何变得这样短、这样窄？湖面如何变得这样小，看上去不过是一些稍大的水塘胡乱拼凑？”以至于“我”（陶小布）只能怀疑自己的记忆出现了问题，只能发出无限感慨：“当年我们举着火把去偷袭野鸭的白马湖到哪里去了？当年我们放船去挖菱角的白马湖到哪里去了？当年我们草绳束腰破衫蒙头去砍伐芦苇的白马湖到哪里去了？当年我一个人累倒在湖洲中以至呼呼一直睡到天明没有任何人察觉的白马湖到哪里去了？当年那一夜蚂蚁咬不醒蚊子叮不醒寒风吹不醒饥肠闹不醒的昏昏大睡，从泥土中睡去从泥土中醒来的那一片大空白大寂静大虚无，还能否重返我的失眠之枕？”就我的一种阅读理解，这一段叙事话语具有三重功能。其一，生动形象地再现了当年农业时代的一种自然景观。之所以强调知青下乡插队落户的那个时代是一个农业时代，是因为在经过了四十多年的沧桑变化，尤其是遭逢了最近二十多年来迅疾无比的城市化进程冲击之后，白马湖确实已经发生了天翻地覆的变化。如果想要在白马湖重新觅回当年农业时代的那种自然景观与诗意感受，显然已经绝无可能。其二，真切地凸显出了当年知青们劳动与生活的基本情状。偷袭野鸭、挖菱角、砍伐芦苇以及超体力劳作之后酣畅无比的昏昏大睡。所有这些，于生动再现知青下乡劳动情形的同时，也非常真实地状写出了他们劳作之后的狼狈不堪。作为一部缺乏整一的连续性故事情节的长篇小说文本，韩少功的艺术处理方式之一，就是把当年与当下的生活情状都揉碎之后，使之点点滴滴地渗透弥漫到文本的各处去。即如我们所引述的这一段叙事话语，尽管说作家的叙事主旨显然并非真实再现当年知青的生活劳作情形，但客观上却达到了如此一种叙事效果。

相比较而言，以上这段叙事话语更重要的叙事功能，恐怕却在于韩少功借此而强有力地提出了一个能否有效重返历史现场的问题。虽然从表面上看，韩少功这里所描述的只不过是叙述者“我”重返白马湖之后一种面目全非的真切感觉，但其深层的隐喻意味却绝不仅仅如此。假若说“我”在几十年之后已然无法重返当年的白马湖茶场的话，那么，作为小说家的韩少功能否在多少年之后以小说的方式重返自己曾经的知青岁月显然也是一个不容忽视的重要问题。人不能两次踏入同一条河流，尽管我们无法否认韩少功当年知青岁月本身的真实性，尽管小说写作的一大根本追求就在于如何才能够真实地呈现一段知青岁月，但在时光流逝很多年之后，包括韩少功在内的所有写作者实际上都不可能抵达这样一种真实的目标。更何况，每一个写作者都有自己特定的人生经历与思想价值立场，这所有的一切都会在很大程度上影响到他对于历史现场的理解与呈示。某种意义上，苏东坡所谓“横看成岭侧成峰，远近高低各不同”，所强调说明的，也正是这样一种认识论原理。自打知青这一社会事物形成之后，知青小说之所以呈现出一种多元并存的状态，作家不同的主体心态这一方面原因的存在，无论如何都是无法被忽略的。对于创作态度一贯严谨的韩少功来说，他之所以迟迟不肯以长篇小说的形式触碰表现知青题材，一方面固然是要做一种长久的发酵酝酿，但在另一方面，这样的一个过程，却也是韩少功对于其他作家知青小说的写作进行观察与沉思的过程。长期的静默观察与思考，实际上就为作家选择一种切合于自己写作个性的艺术表现方式提供了可能。按照我的一种观察与理解，作为在新时期文学史上曾经取得过很大成就的文学思潮，知青小说迄今为止大约出现过这么几种类型。一类是理想悲壮的多少带有一些浪漫主义色彩的知青书写，诸如梁晓声的《这是一片神奇的土地》《今夜有暴风雪》，即可以被看作是此类小说的突出代表。一类是带有明显控诉色彩的苦难书写，这一方面的代表性作品是叶辛的《蹉跎岁月》。一类是带有反思色彩的知青书写，如同阿城的《棋王》、李锐的“行走的群山”系列便是这一类小说的代表性作品。另一类则把关注点明显地从知青身上位移到了当地那些农民身上，旨在表现农民的生活情状，史铁生的《我的遥远的清平湾》、朱晓平的《桑树坪纪事》，显然是这一类小说的代表性作品。还有一类则是前几年较为引人注目的所谓“反知青”书写，天津作家王松的《双驴记》、毕飞宇的长篇小说《平原》，都以对“反知青”形象的描写而著称于世。假若承认笔者以上这种看法的合理性，那么，对于韩少功来说，关键的问题就在于写作时如何才能够有效地规避开以上几种知青小说类型，寻找到一种能够充分凸显自身思想艺术气质的小说方式。

或许与作家的独特成长经历有关，也或许直接缘于作家的艺术天赋，在中国当代作家中，韩少功向来以理性思考能力的突出而见长。关于这一点，自有其诸多的小说与随笔作品为证。说实在话，就我个人有限的阅读视野，在当代作家中,能够如同韩少功这样写出一手具相当哲理深度的随笔文字者,着实非常罕见。相对来说，作为一位理性思考能力特出的作家，韩少功的小说写作，很可能会比较接近于以上阿城、李锐那类带有鲜明反思色彩的作家。他们之间的共同点，显然就在于一种反思性的具备上。然而，同样是反思性特别突出的作家，韩少功的艺术选择，却又与阿城、李锐他们存在着明显的差异。假若说在《棋王》中，所谓“知青上山下乡”被推至背景位置，作家的艺术着眼点更在于呈现“棋呆子”王一生的生存图景与精神图景，假若说李锐的反思更多地指向了那个特定时代知青执着于所谓“理想”的精神愚昧，那么，韩少功这部《日夜书》之中的反思，就在于通过一种后设视点的成功运用，在贯通了过去与现在的一种宏大时空背景下，对于一代知青堪称曲折、幽深乃至于混乱的精神状况进行了强有力的艺术呈示与诘问。尽管说作品中也有着对于如同吴天保、梁队长、杨场长等农民形象精神世界的深度挖掘，但作家的关注重心却很显然落到了这些知青形象身上。即使仅仅着眼于这一点，我们也应该在“知青文学”的视域内展开对于《日夜书》的分析评价。

很显然，韩少功《日夜书》一个不容忽视的重要特点，就是立足于当下的精神制高点，游刃有余地转换游走于过去和当下之间，在过去与当下相互映照对比的过程中,作家对于时代精神困境进行了一种鞭辟有力的艺术诘问。通常意义上的知青小说，尽管也可能与当下发生关系，但作家的关注表现重心，却往往还是集中沉浸于既往的历史岁月中。但韩少功的《日夜书》却有所不同，作家不仅时时游走于过去与当下两个截然不同的时代之间，而且关注重心也非常明显地更倾向于知青当下生存状况的一种艺术呈示。这一点，在小说开端处就已凸显无疑：“多少年后，大甲在我家落下手机，却把我家的电视遥控器揣走,使我相信人的性格几乎同指纹一样难以改变。”一句“多少年后”，首先把过去与当下联系在一起。不难想象，在这多少年里，现实社会业已发生了巨大变化，然而，大甲那样一种丢三落四的基本人性却依然一如其旧。真正应了那句“江山易改本性难移”的老话。其实，性格如同指纹一样没有发生改变的，又何止是姚大甲一个人呢？举凡在《日夜书》中登场亮相的那些知青，其具体情形也都与姚大甲非常类似。现在的问题是，一部旨在呈示知青生活状况的长篇小说,却为何要从当下落笔写起呢？我以为,这样一个把过去与当下联系在一起的开头，实际上透露出的正是韩少功这部长篇小说所遵循的一种基本叙事语法。更进一步地，韩少功整部小说的叙事不仅不断地游走于过去与当下之间，而且，与其说作家的关注重心在过去的知青岁月，反倒不如说更在当下的所谓“后知青”岁月。我们甚至可以认为，韩少功《日夜书》的一大艺术特质，正在于他把表现重心置放到了“后知青”岁月之中，通过当年那些知青们在“后知青”时代命运遭际的展示，最终完成了对于一代知青所面临精神困境的呈现与诘问。从这样一种小说的基本叙事语法进一步延伸开去，所谓“日夜书”者，是否可以把“日”理解为过去，把“夜”理解为当下？或者正好相反呢？又或者，“日”也罢，“夜”也罢，将其连缀在一起，也无非不过是生活的另一种代名词而已，其实并无深意存焉。

小说中曾经写到，由于郭又军等人的积极张罗，白马湖知青回城后每年都要在大年初四举行一次聚会。通过聚会这一特定场景，韩少功对于知青们在“后知青”时代的艰难生存境况进行了真切的描写。尽管说他们中间也有少数人在当下时代如鱼得水，但绝大多数知青却都已“容颜渐老，不是掉牙就是谢顶”，“闪烁着小动物那样的眼睛，透出温顺和惊乱，正在有关明天的恐慌前不知所措”。之所以会显得特别惊乱恐慌不知所措，原因在于他们在一个巨变的时代根本就无从把捉自己的命运。单只是“小动物”三个字，就已经活脱脱地写出了他们精神深处那样一种强烈的不安全感。置身于如此一种人生困境之中，这些知青们自然会把自己的艰难处境与当年的知青岁月联系在一起，对于过去的知青岁月大加诅咒：“白马湖是他们抱怨的对象，痛恨的对象，不堪回首咬牙切齿的对象。如果说他们现在下岗失业了，提拔无望了，婚姻解体了，儿女弃读了，原因不是别的什么，肯定就是白马湖罪大恶极，窃走了他们的青春年华。”那么，导致这些知青当下生活不如意的根本原因果真在于当年的知青岁月么？答案自然是否定的。在具体分析这一问题之前，我们须得注意到小说中一段关于知青与农民对比性极强的叙事话语：“几乎忘了的问题是，白马湖的农民会这样说？他们当然也觉得知青崽苦，离乡背井更是可怜，但再苦也就是几年，顶多是服了几年兵役吧，而他们在白马湖活过了世世代代，甚至一直活得更苦和更累，那又怎么说？他们甚至不能享受知青的‘病退’和‘困退’的政策，没有招工和升学的优先待遇，但一眼看过去，土生土长的万千农民中不也成长出好多企业家、发明家、艺术家、体育明星、能工巧匠、绝活艺人，还有一条短裤闯出国门却把生意做向了全世界的家伙？凭什么说三五年的农村户口就坑了你们一辈子？”无论如何，我们都无法否认韩少功以上诘问的有力程度。首先，韩少功并没有否认知青在“上山下乡”的过程中所承受的人生苦难。而且，这种本来毫无必要的人生苦难理应受到相应的谴责。但与此同时，我们却怎么都无法否认作家对于知青与农民所进行比较的合理性。假若说知青只有三五年的农村生活就已经无法忍受的话，那么，世世代代生活在农村中的农民又该怎么办呢？难道说他们的命天生低贱，生来就应该承受知青们无法承受的人生苦难么？当差不多所有的知青作家都自觉不自觉地为知青的苦难命运而叫苦不迭的时候，韩少功能够转换一个角度，站在农民的立场上提出如此一种强有力的人生诘问来，诚属难能可贵的一件事情。必须强调的一点是，无论是韩少功，还是我们自己，都不会承认当年“知青上山下乡”运动的合理性，不会因为对于农民生存苦难的理解而稍稍减轻一些对于知青苦难的同情悲悯。在此处，与其说韩少功是在为农民辩护，反倒不如说作家是以这样一种反诘的方式提出了一个生活复杂性的问题。韩少功的反诘提醒我们，对于任何一个问题都不应该做一种简单的单面化理解。很多时候，只要转换一下切入视角，我们就可能得出完全相反的一种结论来。其实，根本就无须与农民进行比较，只要略加逻辑推断，我们就可以发现这些知青们抱怨心理的极不合理。尽管在那个荒谬的政治年代，有不少来自城市的年轻人被迫无奈成为知青，但没有成为知青者也绝对不在少数。就实际的生活情状而言，这些非知青群体中肯定会出现一部分成功者，就如同韩少功所罗列出的“企业家、发明家、艺术家、体育明星、能工巧匠、绝活艺人”以及那位“一条短裤闯出国门却把生意做向了全世界的家伙”一样。与此同时，当然也会出现韩少功所举出的面临“下岗失业了，提拔无望了，婚姻解体了，儿女弃读了”等等人生困境的人们。而且，这些人生的失败者与那些成功者相比，只会占有更大的比例。假若说知青们还可以抱怨是因为曾经的知青岁月才导致了人生的困境，那么，那些没有过知青经历的失败者们又该去抱怨谁呢？谁才应该承担他们人生失败的责任呢？实际上，在任何一个群体中，失败者都是绝大多数，只有少数佼佼者方才有可能成为成功者。自古至今，这都是人类社会发展的一个基本规律。我们之所以认定白马湖知青聚会时的抱怨并没有多少道理，其根本原因正在于此。从这个意义上说，韩少功通过正月初四的白马湖知青聚会所揭示的人生与精神困境，一方面固然是属于知青这一特定群体的，但同时却也应该被看作是国人一种普遍的生存处境。就此而言，韩少功《日夜书》的艺术书写，自然也就具有了更为深广的意义与价值。笔者本文的标题之所以是“时代精神困境的呈示与诘问”而非“知青精神困境的呈示与诘问”，主要原因也在于此。在我看来，只有前一个标题才能够更加准确到位地凸显出韩少功《日夜书》更具普遍性的深刻思想内涵。

从以上分析中，我们便不难感觉到，韩少功的《日夜书》实际上是一部充满着人生与精神疑问的小说文本。作为一位特别以思想能力见长的作家，韩少功小说写作一个非常突出的特质，就是总是会不断提出各种各样的人生与精神问题，虽然他并不一定会在小说中同时提供明确的答案。这一方面，最典型不过的例证，就是那位极具弥赛亚色彩的知青“思想家”马涛在当年究竟为何入狱的相关描写。知青运动出现于“文革”期间，尽管说那是一个万马齐喑的思想黑暗时代，但到了“文革”后期，尤其是林彪事件之后，中国民间一些思想者开始从迷惘中逐渐地有所觉醒。这个思想者群体中，非常重要的一部分，就是背井离乡正在农村上山下乡的知青。弥赛亚情结特别严重的马涛，显然就是其中极有代表性的一位。因为是民间思想者，所以马涛就被看作异类，并最终被捕入狱。因思想而获罪，在当年是合乎逻辑的一件事情。这一事件的令人费解之处在于，马涛究竟是因为谁的叛卖告密才被捕入狱的。被怀疑者，首先是阎小梅。“有人把马涛被捕一事，归因于对方借刀杀人——怀疑依据之一就是马涛在辩论时的傲慢曾把小梅气哭，种下了苦瓜籽。”尤其是，就在辩论结束几天后，阎小梅被碎瓷片割伤脚后倒在路边，“涛哥恰巧路过这里。他不是没看见她脚下的血草鞋，不是不知道这里偏僻得前不巴村后不巴店，不可思议的是，他只是淡定一笑，‘怎么这样不小心？要防止破伤风呵’”。既然作为辩论场上的对手曾经在辩论时遭受羞辱，而且还有过见死不救的过节，那么，阎小梅写密信告发马涛，就有着极大的可能性。然而，由于阎小梅早已经因为一场不期而遇的大洪水而和另外的四位女知青一起被洪流席卷而去，所以到底是不是她写了告密信也就难以确证了：“那封要命的举报信，到底是出自小梅，还是出自小梅的男友，还是出自其他什么人，大概都说不清了。是否真有密报这回事，看来也成了一个永远扑朔迷离的疑点。”但就在阎小梅是否告密都未能确定的同时，马涛自己却把怀疑的目光转向了同为知青的郭又军。“后来才知道，他出狱后一直想弄明白当初是被谁告密，军哥也成了怀疑对象。”为什么呢？因为“他曾利用某个春节假期，撮合七八个前红卫兵领袖开过一个形势座谈会，知情人极少，军哥是其中之一。但这一情况居然被警察了如指掌，那么军哥的可疑程度岂能不迅速提升？这个笑脸哥与别人不同，毕竟是执政党党员，毕竟占有人生发达的先机，不管是出于害怕还是出于欲望，在绷不住时踹出一脚，不是比阎小梅那一伙更有可能？”马涛此处的推理逻辑。很有一些堡垒最善于从内部攻破的意味。问题是，马涛的怀疑不知道通过什么渠道居然让郭又军自己知道了，于是，自然也就有了郭又军的一番自我辩白。郭又军虽然承认自己确实是知情者，在当时确实有些怕马涛，也确实因为胆小在警察审讯时吐过一些黄水，但所谓的告密信一事却又的确和自己无关。面对郭又军的反复辩白，叙述者“我”更觉陷入了巨大的迷惘之中：“拜托了，他可能确实不曾告密，但事情过去了这么久，另一个可疑的阎小梅已去世，当事的警察和案卷都不知所往，这事还怎么可能真相大白？”但问题的复杂之处在于，关于告密信事件，韩少功居然给出了另一种可能性：“下一步的情节虚构是：亦民向对方坦承，当年把对方送进监狱的那一封告密信，与什么阎小梅无关，也扯不上郭又军，其实是他干的。”请注意，在这里，韩少功干脆就坦承贺亦民的告密信，是一种小说的虚构产物。不仅如此，韩少功同时也还给出了贺亦民写告密信的三种可能性原因。就这样，韩少功一边自我建构着，一边自我解构着。又或者，一边自我解构着，一边自我建构着。那么，到底在当年是不是有过告密信这回事？假若确实存在告密信，那么，告密者到底是阎小梅？还是郭又军？抑或是他们之外的另外一个人？所有的这一切，最后都陷入了一个无解的大谜团之中。以至于叙述者也不能不就此而大发感慨：“生活真是一张严重磨损的黑胶碟片，其中很多信息已无法读取，不知是否还有还原的可能。”某种意义上，韩少功之所以曾经借助于叙述者“我”的口吻而大发感叹，感叹自己再也无法返回当年的白马湖，无法重返历史现场，非常重要的原因之一，恐怕就是生活这张黑胶碟片磨损过于严重的缘故。其实，并不是韩少功在小说中就给不出一个关于告密信事件的准确结论来。之所以如此，关键在于韩少功本就不想明确究竟是谁写了这封告密信。这样一种悬疑性情节的设计背后，潜隐着的实际上正是韩少功对于世界、人生的一种理解与判断。对于韩少功来说，重要的事情肯定不在于明确结论的给出，而在于人生真相的真切呈现。若非如此，韩少功又怎么能够有效地传达出他对于时代精神困境的强有力诘问呢？！“各种可能都隐伏在生活的深处。白页纸在这里等待你们的经验和想象，还有最终的情节选定。”当我们读到韩少功的这句话时，他那种诘问表现时代精神困境的艺术意图自然也就凸显无疑了。

其实，能够充分体现《日夜书》一种思想悬疑性文本特质的，并不只是马涛被捕入狱告密这一事件的描写，除此之外，其他诸多情节、细节也具有同样的功能。比如，就在小说的第五章，曾经写到过“我”（陶小布）与吴天保共度一晚时的强烈感受：“我静听窗外的蛙鸣，静听草窝里的呼呼鼾声，不能不大为惊讶地想到，几十年后我也会是这样子？也会鼾声粗野，磨牙声狰狞，偶尔还会在乱糟糟的裤头里放出一两声闷屁？生活正在眼前展开，正嘀嘀嗒嗒扑面而来。如果我不愿像他那样活，不愿像他那样挣吃挣喝然后生下一窝‘公粮’‘余粮’‘粮库’，那我又能怎样活？如果这个世界上还有另一种活法，有更高的东西，那更高的在哪里？”对于正在上山下乡的青春期的“我”来说，产生一种对于未来生活的美好憧憬，是非常自然的一件事情。然而，当过去的“未来”变成当下的“现实”之后，实际的情形却又如何呢？“眼下这一刻，我已站在未来了，已把自己这部电影看了个够，也许正面临片尾音乐和演职员表的呼之欲出。我不知在演职员表里能看到哪些名字，能否看到自己的名字。更重要的，剧情已经明朗，未来已成过去，我凭什么说这一堆烂胶片就是‘更高’的什么？”首先必须承认，知青运动结束这么多年来，我们所处身于其中的这个世界确实已经发生了巨大变化。这其中，一个非常重要的方面，就是我们的物质形态由当年的极度贫瘠变成了当下的极大丰富。但正如同叙述者“我”所诘问的，这个当年的“未来”果然就比曾经的过去要“更高”一些么？答案并不复杂，除了物质形态的所谓“丰富”之外，不仅现实社会的矛盾尖锐依旧，而且人的精神困境依旧。道理非常简单，假若说当年的马涛置身于一种难以摆脱的精神困境之中，看一看他出狱后所走过的命运轨迹，谁又能够说他就已经摆脱精神困境了呢？严格说起来，马涛在“后知青”时代所面临的精神困境，很可能还要较之于知青时代更甚一些。笔者此文的标题之所以是“时代精神困境的呈示与诘问”，这个显然在很大程度上也是不容忽视的原因之一。粗略地回顾一下知青小说的写作历史，就不难发现，在长期的发展演进过程中，差不多已经形成了一种立足于当下时代而对知青时代加以否定的基本艺术范式。在笔者有限的阅读视野中，还真的没有注意到有逾出这种艺术范式的知青小说存在。之所以会如此，除了所谓的“政治正确”之外，我们还应该注意到一种进化论思维对于作家们的强有力控制。能够用自己的创作实践同时破除以上两种艺术思维方式，所充分说明的，正是韩少功小说艺术原创能力的特殊。需要特别指出的一点是，尽管韩少功强调当下时代较之于既往的知青时代而言并没有显得“更高”一些，但这却并不就意味着作家对于理应受到批判否定的知青时代有所辩护。与其说作家是在为既往的知青时代辩护，反倒不如说韩少功这种疑问的提出，实际上构成了对于当下时代与知青时代的双重批判与否定。

实际上，正因为韩少功《日夜书》是一部充满了人生与精神诘问的悬疑性小说文本，所以我们才可以把它在某种程度上理解为一部具有鲜明的后现代主义“不确定性”特质的小说作品。美国批评家J. 希里斯·米勒认为：“在一部不允许统一性或整体性存在的作品中，意义的不确定性是指比喻、概念和叙事活动所承受的效果，因而并非‘读者反应’活动的结果。此外，不确定性这一概念所指涉的并非丰富多层的意思，而是文本中两种或两种以上互不相容、互为矛盾的意思，它们互为隐含、互为交织，但绝对无法视为或称为一个统一的整体。‘不确定性’所指涉的就是永远无法封闭所带来的不安。它犹如麦比乌斯带，既有两个面，又仅有一个面，然而确实有两个面，永远在两者之间摇摆不定。读者急迫想在两种阐释中择一，但若这么做，就无法顾及文本中另外一些颇为突出的成分。”[①] 在我的理解中，批评家这里的“不确定性”，实际上所指称的也就是一种取消了定于一的艺术思维方式的具有某种文本开放性的文本。认真阅读《日夜书》，就不难发现，韩少功所作出的全部艺术努力，实际上都是为了能够有效地打破这样一种习惯中的定于一的艺术思维方式。从这个角度来看，则这部《日夜书》无论如何都应该被界定为一部“不确定性”特别突出的长篇小说。

一部优秀的长篇小说，无论如何都不能缺失的，是别具一种人性深度的

① J. 希里斯·米勒：《解读叙事》，转引自王先霈、王又平主编《文学理论批评术语汇释》，高等教育出版社2006年版，第793页。

人物形象的刻画塑造。虽然《日夜书》是一部具有后现代主义“不确定性”特色的开放性文本，但也一样有着对于一系列人物形象的深度刻画。尤其值得注意的是，韩少功几乎所有人物形象的塑造，其艺术意向可以说全都指向了对于某种精神困境的思索与诘问。但在具体分析韩少功笔下的人物形象之前，我们却须得了解他对于人性构成的一种基本理解。在《日夜书》的第24章，韩少功曾经有过这样一段谈论“准精神病”的叙事话语：“在我看来，每个人都饱受社会挤压和文化撞击，若依精神病学里‘性格改变、行为异常、言语异常’三大诊断尺度来看，标准型号的‘理性人’其实寥寥无几。”“在这个意义上，‘不常’是‘常’。统计平均意义下的理性，即理论家们假定的标准理性，在不同程度上的偏离、残缺、扭曲、变异，才是理性最常见的实际状态。换句话说，我们差不多都是异常者，是轻度精神病人。”韩少功的这段叙事话语，勾连起的，是我自己在一篇文章中曾经写过的一段话：“观察20世纪以来的文学发展趋势，尤其是小说创作领域，一个非常值得注意的事实，就是举凡那些真正一流的小说作品，其中肯定既具有存在主义的意味，也具有精神分析学的意味。应该注意到，虽然20世纪以来，曾经先后出现了许多种哲学思潮，产生过很多殊为不同的哲学理念，但是，真正地渗透到了文学艺术之中，并对文学艺术的发展产生着实质性影响的，恐怕却只有存在主义与精神分析学两种。究其原因，或者正是在于这两种哲学思潮与文学艺术之间，存在着过于相契的内在亲和力的缘故。”① 所谓的存在主义我们姑且置而不论，与韩少功的见解不谋而合的，乃是我关于精神分析学的那种说法。非常明显，正因为现实生活中的“我们差不多都是异常者，是轻度精神病人”，所以，弗洛伊德的精神分析学才有其英雄用武之地。也正因此，那些真正优秀的小说作品，才必须具有精神分析的深度。非常明显，既然秉承着如此一种人性构成理念，那么，韩少功在写作时就会把小说中的人物形象理解为程度不同的“精神病人”。只有依循着这种艺术意向，作家才有可能把人物形象所面临的精神困境相当充分地表现出来。

只要稍加注意，我们就可以发现，小说中几位主要的知青形象实际上都处于某种精神困境之中。比如小安子，是一个在生活小节上太不修边幅了的

① 王春林：《乡村女性的精神谱系之一种——评李骏虎长篇小说〈母系氏家〉》，见《多声部的文学交响》，北岳文艺出版社2012年版，第49页。

女性形象。用她自己的话说，她人生最大的梦想，“就是抱一支吉他，穿一条黑色长裙，在全世界到处流浪，去寻找高高大山那边我的爱人”。那么，小安子此种牢不可破的流浪情结是如何形成的呢？其一，是她父亲的过于胆小怕事。尽管生性浪漫，但“一旦听到妻子戴上右派帽子，成了政治上的拖累，立即离婚而去，能躲多远就躲多远”。父亲实质上的庸俗不堪，显然构成了女儿的一张反面镜子。其二，则是弟弟的惨死。那是一个武斗的夜晚，为了与后任丈夫过夫妻生活，母亲把儿子哄到了阳台上去睡觉。没想到的是，一颗流弹飞来，意外地击中了儿子的头部。一个幼小的生命，就此终结。“小安子独自处理了弟弟入殓的一切事务，包括换衣和化妆。”“她清洗一个七岁弟弟颌下和耳后的血渍，清洗一双小手和一双小脚，觉得自己正在面对一个洋娃娃，有一种带领玩具过家家的奇怪感觉。这就是她后来再也见不得洋娃娃的原因。她不怕摆弄骷髅，愿意给农妇抹尸，但一个憨墩墩胖乎乎的塑胶小脸足以吓得她面如纸白，大叫一声拔腿就跑。”只要设身处地地想一想，我们就可以知道，弟弟之死，尤其是小安子独自处理弟弟入殓事务，会给她形成什么样的一种强烈刺激。正因为如此，小安子才彻底成了一个超级梦游者：“显然，当一个人连洋娃娃都不敢面对，如果不投入一种更为迷幻的梦游，又怎能把日子过下去？”假若说梦游可以被看作是小安子的一种精神病相的话，那么，其根本症结就在于以上两个方面。对于这样一个热衷于梦游与飞翔且还有点受虐倾向的女性来说，老实巴交的郭又军无论如何都不是合适的丈夫人选。“照这种说法，小安子在婚后的大部分情况下，是被微笑哥温柔地、耐心地、认真地、按部就班地‘强奸’了，是被一个毫无趣味的家伙残忍地幽闭了，并且留下了暴力的恶果，一个丑陋的女儿。那么她后来决意提一口皮箱远走高飞，看来不光是要去赚钱闯世界，更重要的原因是无法忍受遥遥无期的合法暴力，无法接受永无休止的心身折磨。她得给自己找一个解冻的办法。”置身于如此一种精神困境之中，而且在少年时又遭受过那样一种无法被抹平的精神伤害，到了最后，丢弃丈夫与孩子，一辈子“生命不息，折腾不止”地满世界飘荡，自然也就成了小安子一个无法逃脱的必然宿命。

比如郭又军。就其基本的生存轨迹而言，郭又军的命运遭际在知青一代中显然有着极大的代表性。既没有高远的人生理想，也缺少特别的一技之长，天性老实的郭又军所度过的，自然就只能是平凡的一生。按照政策，郭又军本来可以不当知青，“但送小安子来白马湖的那天，小安子一哭，他就不能不英雄救美了”。在当年那样一个特定的政治化时代，郭又军能够成为红卫兵司令，并且被结合进学校的革委会，关键就在于“他的工人家庭背景和学生党员身份”。然而，等到“文革”结束一个新时代到来之后，郭又军的家庭出身和党员身份就不吃香了。同时，郭又军还是一个特别轻信特别顺从的人。他本来还有考大学的打算，结果被领导一句话就打消了念头：“‘考什么大学？以后给你提个科长不就得了？’领导的这种空头支票，他居然也信了。对方拿党员的纪律来说事，他居然也就从了。”既然如此，郭又军未来命运的悲惨，也就可想而知了。“一直忙到自己所在的国营工厂破产，他才发现那个许愿的厂长不知去向，自己也突然一下变老，脸上多出了深深皱纹。”因为时代已经大变，“党龄不再吃香，家庭背景不再管用，‘工人老大哥’的最新称呼是‘打工仔’，他眼下被人们的目光跳过去，如同一块嚼过的口香糖只配粘在鞋底”。残酷的命运就这样一次又一次地和郭又军开着玩笑，等到郭又军彻底醒悟过来的时候，他已经变成了一位挣扎于社会最底层的下岗工人。成为下岗工人倒也罢了，关键是，郭又军还有一个丢下家庭自己去浪迹天涯的妻子小安子，还有一个只是一味地贪图享受的女儿丹丹。本来，以郭又军下岗后的经济状况要想满足女儿的要求就已经很成问题，雪上加霜的是，就在这个时候，郭又军居然发现自己身患绝症，而且还是肝癌晚期。面对着这样一种可谓是千疮百孔的生活，身心交瘁的“微笑哥”郭又军便只能以上吊自杀的方式告别世界了。在我看来，郭又军精神困境的质点在于，他总是以那样一种充满善意的姿态积极对待生活，而生活回报给他的，却总是酸涩的苦果。某种意义上，郭又军的悲剧性人生结局，乃可以被看作是韩少功对于不合理时代所提出的一种激烈抗议。但不容忽视的一点却是，即使是这样一位天性老实有着极好人缘的郭又军，居然也被马涛怀疑为可能的告密者。尽管小说并未给出明确的结论，但这种描写本身所凸显出的却是一种人性本身可能的复杂性。

小安子、郭又军之外，诸如马楠、贺亦民、姚大甲、“我”（即陶小布）等知青形象，甚至于包括那只毛脸猴子“酒鬼”，也都给读者留下了难忘的印象。但相比较而言，《日夜书》中最值得注意的人物形象，恐怕还是那位民间思想者马涛。作为当年知青中的民间思想者，马涛在知青群体中有着很大的影响力，他是很多人“无比崇拜却无缘得见的思想大侠”，是“知青江湖中名声日盛的影子人物”。在那样一个万马齐喑的时代，马涛能够坚持自己独立的思考，诚属难能可贵，需要有足够的勇气与智慧。官方把马涛抓捕入狱的行为本身，就已经充分地证明了其思想价值的存在。然而，生活中的马涛实际上却处于一种不自觉的人格分裂状态之中。一方面，“他对自己入迷的书过目不忘，能一字不漏地背出某一段，甚至能准确锁定哪一页，讲一个小说或电影里的故事，也能风生水起和精确无误”。即使因为无票乘车被乘警带走示众三日刚刚被释放，他要做的第一件事情也是要找到何胖子，与“那位化工厂的锅炉工就现代欧洲哲学一决胜负”。“但我还是承认，他是第一个划火柴的人，点燃了茫茫暗夜里我窗口的油灯，照亮了我的整个少年时代。”但在另一方面，日常生活中的马涛却又是生活的低能儿：“他身边的人都知道，扫帚倒在地上，他路过好几次也不扶；饭烧焦了，他路过好几次也不熄火。这都是他的常态。也就是说，很多时候他的世界里完全没有扫帚、饭锅这一类婆婆妈妈的小事。”马涛的如此一种做派，可真应了那句“大丈夫处世，当扫除天下，安事一室乎”的古话。然而，远离生活中婆婆妈妈的小事倒也还罢了，关键问题还在于马涛其他一些行为的不合乎常情常理。比如，对待阎小梅的态度就令人不可思议。虽然阎小梅帮他洗过衣服，让他挑选过书，但或许仅仅只是因为辩论时双方观点有所不同，在发现阎小梅被碎瓷片割伤脚倒在路边时，他居然采取了非常冷血的袖手旁观姿态。

但更加令人齿冷让人难以接受的，却是他入狱之后对待自己家人的冷血态度。入狱之后，马涛的身体出现了问题。为了尽快恢复体力和思考力，他需要西洋参、蜂王浆和鱼肝油等补品。为了满足他的要求，母亲和妹妹马楠不仅差不多倾囊而出，而且，马楠甚至还曾经多次卖血。“即便如此，钱还是不够，不久前她去探监，带上了奶粉什么的，但还是缺三短四。马涛瞪大眼，发现没有鱼肝油丸。‘你得明白，从某种意义上说，我是一个属于全社会的人。’”“我只是可惜有些事，比如偌大一个思想界的倒退，也许是十年，也许是二十年。”从马涛对妹妹马楠的话语中，我们便不难感觉到他绝对是一个自视甚高的人，太过于自我中心的人。他只考虑自己的存在，根本就不顾及别人的感受。正因为他的行为太过背离常情常理，后来成为马涛妹夫的叙述者“我”（即陶小布）才会发出如下浩叹：“可怜的政治犯就没打算问一问母亲？也不打算问一下姐妹们以及朋友们的情况？也不打算知道大家是如何为他焦急、奔忙以及奉献？……十分钟的探视，在这里更像一场伸张权利的逼债。在囚禁与未囚禁的两方，在受难与未受难的两方，在负伤与未负伤的两方，地位立见高下，没什么平等。这里的手铐脚镣无异于铁证，自证了高贵，自证了威严，自证了情感的最大债权，胜过一万个理由，使马涛的任何指责都无可辩驳，任何要求都不可拒绝，任何坏脾气都必须得到容忍和顺从——对方只能心慌自责。”思想诚可贵，思想者同样可贵，尤其是已经被囚禁起来的思想者更应该获得必要的同情与理解。但如同马涛这样的思想者是不是就应该如此这般地自高自大旁若无人呢？因为是被囚禁的思想者，所以马涛便获得了亲情的豁免权，就可以颐指气使为所欲为了么？必须加以追问的一个问题是，马涛这样一种轻视他者、漠视亲情的极端自我中心主义究竟是怎样形成的？又或者，他的如此一种严重畸形的精神倾斜是怎样形成的？在我看来，当年那样一种只是一味地张扬阶级斗争理念，一力鼓吹英雄人格的“革命”时代氛围，对于马涛所形成的关键性影响，绝对无法被忽略。必须承认韩少功思想的犀利与锋芒所在。能够以这样一种方式对于如同马涛这样的弥赛亚提出强有力的诘问，本身说明的正是韩少功自己一种思想能力的突出。唯其拥有了足够的思想能力，韩少功才能够在充分肯定马涛思想行为所具价值的前提下，把他的精神人格分裂状态如实呈现出来，把他人性构成中的那些负面因素有力揭示出来。

但这还仅仅只是当年的马涛，《日夜书》的难能可贵处，更在于对于“后知青”时代马涛精神困境的揭示与表现。这一方面，韩少功的敏锐之处在于准确地抓住了他的一种强烈精神失落感。一个接受记者采访时关于“自学成才”的细节，就足可以说明这一点。在马涛看来，所谓的“自学成才”只能够用在一些小人物身上。若是用在自己身上，就无异于在骂人了：“这就让马涛觉得是骂人了。他不会否认这些小人物的难能可贵，但他是马涛，一个从铁窗里走出来的思想家，一个像阿·托尔斯泰所说，‘在清水里泡过三次，在血水里浴过三次，在碱水里煮过三次’的受难者，与这些七七八八的混在一起，什么意思？”在这里，韩少功凸显出的，是马涛内心中一种固执的自恋情结。唯其特别自恋，所以才会产生特别严重的失落感。他之所以最后要选择去国外定居，也与这种失落感有密切关系。但真正到了国外之后，这种失落感不仅没有如愿消失，反而愈加严重了：“更实际的是，马涛虽名气不小，但各方的招待也只是两顿一餐，管不了日常的营养保障。”以至于“几个月下来，积蓄迅速流失，两口子不得不开始注意超市的特价食品，还有穷人的食品券”。生活上的不如意倒也还罢了，关键是马涛在思想界的排序地位问题：“更让人窝火的，是会议上的主题发言人辛格教授，列举中国杰出的民间思想家，只把他排在第十一位，仅在‘等等’之前，差一点就要‘等’掉了。这不是欺侮人吗？如此排序显然是别有用心，是要黑掉他最近可能获得的一个奖，也太岂有此理吧？”对于马涛这样一位特别在意自己名声与影响力的自我中心主义者来说，他的出走行为本就是要引起社会的高度关注。没想到的是，到了国外之后，却也同样无法逃避地位和影响的问题。由此而牵扯出的，是当年马涛坐牢时的笔记本事件。马涛有一个记载自己思想的珍贵笔记本，在他被捕后被妹妹马楠烧掉了。从马楠的角度看，此举当然是为了最大限度地保护马涛。但马涛却为此而大为光火，因为在他看来，只有这个笔记本能够证实自己超前思想的存在。尤其到了国外，自觉受到忽视的情况下，马涛就更是要怨恨妹妹当年的行为了。他宁愿坐牢，宁愿被处死，也不情愿接受笔记本被烧掉的残酷现实：“让我回监狱！让我回监狱！我宁愿坐牢——”“我真的不在乎监狱，不在乎死。唤醒这个国家是我活下去的唯一意义。”一方面，我们没有任何理由怀疑马涛这种表达的真诚性，但在另一方面，揆度常情常理，我们任何人处于马楠的位置，恐怕也都会做出烧掉笔记本的选择。马涛之所以无法原谅马楠的行为，归根到底，还是一种过于自我中心的心理作祟的缘故。因为把自己看作是中国乃至世界的拯救者，所以，在马涛的心目中，就只有自己，只有自己的思想，而从来也没有过别人的存在。

这一点，特别突出地表现在他对于母亲与女儿的态度上。小说中一个非常精彩的细节，就是马涛母亲生病后，把三个女儿为她做的所有事情，都记在了儿子马涛身上。她在临终前留下的最后遗言是，“涛儿，你再给我揉一揉脚。”虽然韩少功通过上述细节旨在说明马涛母亲的精神障碍现象，但客观上却让我们再次领略了马涛的“无情”。马母之所以会出现这种精神障碍现象，倒也并非重男轻女，关键在于思儿心切，在于出国后的马涛一次也没有回来探望过老母亲。然后，是自己的女儿。女儿笑月是前妻生的孩子，马涛他们出国时把她一个人丢在了国内。且不说这种行为本身已经够恶劣的了，问题还在于，出国之后的马涛干脆把自己的女儿忘在了脑后：“马涛一出国就音信几无，似乎不知道父亲的电话对一个八岁的女儿意味着什么。那一段，笑月疯了一样，总是披头散发，找遍了所有亲戚和父亲的朋友，找遍了父亲以前出入的一切场所。”若非设身处地，你肯定无法想象马涛的行为对于一颗幼小心灵构成了怎样巨大的伤害。更让人难以想象的是，本来是自己行为导致的结果，马涛却硬要把它归罪于社会体制上面去：“眼下这种教育体制，除了毁人，还是毁人。”非常明显，对于笑月最后那样一种悲惨的人生结局，除了“我”（陶小布）的责任之外，马涛的责任无论如何也都是逃不脱的。在这个意义上，笑月离开这个世界前的一段愤激言辞，就可以看作是对于知青一代人的批判与诅咒：“你要我说人话？你和我那个爹，都是这个世界上的大骗子，几十年来你们可曾说过什么人话？又是自由，又是道德，又是科学和艺术，多好听呵。你们这些家伙先下手为强，抢占了所有的位置，永远高高在上，就像站在昆仑山上呼风唤雨，就像站在喜马拉雅山上玩杂技，还一次次地满脸笑容来关心下一代，让我们在你们的阴影里自惭形秽，没有活下去的理由。”尽管其中肯定会有偏激之处，但你也须得承认笑月的说法也有几分合理性。某种意义上，笑月所指斥的，正是知青一代难以回避的一种原罪。身为知青的韩少功，能够在《日夜书》中，对于知青一代做如此深入的自我批判反省，智慧之外，更需要的恐怕却是勇气。

只要把马涛当年与“后知青”时代的具体处境略加比较，就不难断定，某种意义上，马涛宁愿生活在过去，也不愿意生活在当下。无论是当年的被同伴崇拜，还是被捕入狱，所凸显出的都是马涛存在的重要性。尽管物质贫瘠，尽管付出了丧失自由的代价，但那个时候的马涛其实却处于聚光灯的聚焦之下。对于一向胸怀大志，一向极端自我中心的马涛来说，被关注被聚焦的感觉，远远比什么物质和自由更重要。因为，只有在这种状态下，他才会产生一种自我价值的实现感。到了当下时代，尽管物质极大富有，尽管已经定居到了国外，尽管已经获得了充分的人身自由，但马涛却失去了那样一种总是被别人关注与崇拜的满足感。在一个经济中心的时代，民间思想者马涛身上环绕着的神圣光环着实已经黯淡了许多。而这，却是马涛自己无论如何都不愿意承受的。两相比较，马涛当然更愿意回到当年的那个知青时代。更重要的一点在于，韩少功对于马涛的这种特别洞见，与他在叙事话语中对于所谓“更高”时代的强烈质疑，二者也还构成了一种相辅相成的对应关系。

一般的社会学意义上，如同马涛这样带有弥赛亚色彩的民间思想者，只应该被当作英雄来对待。无论是当年的被捕坐牢，还是后来政治避难式的远走异国他乡，都被解读为一种受迫害的结果。韩少功《日夜书》的难能可贵之处，就在于，在承认其思想行为所具重要价值的同时，对于其人性中的负面因素进行了尖锐的揭示。就如同美丽的孔雀张开翅膀之后必然会露出屁股一样，韩少功榨出的其实是鲁迅意义上皮袍下面藏着的“小”。这一点，尤其在马涛那次回国的过程中得到了可谓是淋漓尽致的艺术表现。他的种种不堪表现，让一直陪侍在侧的“我”（陶小布）顿觉义愤填膺：“应该说，他的每一句话都没有错，每一个标点都在智慧和真诚中浸泡过千遍，都是为天地立心为生民立命的卓见精识，但我与他之间到底有什么鸿——沟——？我们的鸿沟是他住套间我住标间？鸿沟就是他享受昂贵的养容护肤而我习惯于十块钱的理发？鸿沟就是他拍拍屁股出国而我一直在代他奉养母亲、照看女儿、然后对他盛情接待？鸿沟就是我无法像他那样到处接受帮助但无处不可翻脸正色并且永远占住道德高地？……没错，弼马温一钱不值，但这里的人们没自杀，没疯癫，没蹲大狱，就是滔天大罪，就是无耻的苟活和叛卖？如果这些凡夫俗子没有追随你和膜拜你，没有哭着喊着向你欢呼，就是见利忘义恶俗不堪拒不悔改负隅顽抗？大人，马大人，是这样吗？”思想固然无罪，但生活也同样无罪。当马涛试图以思想的权利剥夺普通人生活权利的时候，我们就必须承认，“我”（陶小布）的这段质问反诘确实是犀利无比地击中了这些弥赛亚们的要害所在。说实在话，在已经有了几十年存在历史的知青小说中，如同马涛这样一种别具人性深度的知青思想者形象是绝无仅有的，理应被看作韩少功一种独到的艺术发现与艺术创造。别的且不说，单只是能够充分揭示马涛过去与当下的精神困境，能够刻画塑造马涛这样一个生动丰满的人物形象，这部《日夜书》的思想艺术价值就无论如何都不容忽视。面对马涛，让我们不得不陷入深思的一个问题就是，为什么这样一位特别关切社会人生的思想能力超卓者，其私人品质会如此不堪呢？又或者，马涛是不是可以被理解为民主与专制两种思想畸形结合的怪物呢？所谓民主与专制的畸形结合，就是指马涛的思想中虽然充满着民主意识，但他个人的行为却又处处显示出内在的专制来。尽管明确结论的得出，显得十分困难，但韩少功笔下的这一人物无论如何都值得我们深长思之，却是确凿无疑的一件事情。

《日夜书》中包括马涛在内诸多人物形象的人生轨迹，都能够给读者留下一种命运殊为乖谬、吊诡的强烈印象。如此乖谬、吊诡的人物命运，让我们生出的只能是造化弄人的人生感叹。就仿佛冥冥之中确实存在着一个造物主，于暗中操纵摆布着他们的命运一般。“这天晚上，我脑子里再次冒出多年前那个想象：人生是一部对于当事人来说延时开播的电影。与其说我眼下正在走向未来，不如说一卷长长的电影胶片正抵达于我，让我一格一格地严格就范，出演各种已知的结果。我可以违反剧本吗？当然可以。我可以自选动作和自创台词吗？当然可以。但这种片中人偶然的自行其是，其实也是已知情节的一部分。早被胶片制造者们预测、设计以及掌控——问题是，谁能告诉我下一分、下一秒的情节？那个情节就是我的两个指头再一次塞进门缝？”从这段旨在谈论人类命运的叙事话语中，我们可以强烈感受到韩少功对于命运的那种无可奈何与洞若观火。因为命运是既定的，除了高高在上的造物主之外，依靠人自身的力量根本就对它莫之奈何。之所以是洞若观火，原因在于韩少功尽管改变不了命运，但却已经清醒地意识到了命运的不可改变这一奥秘。唯其如此，他才会在《日夜书》中先后两次专门谈及“人生是一部对于当事人来说延时开播的电影”这样一个命题。把小说对于各色人物乖谬、吊诡的命运呈现与这样关于命运的谈论结合起来，我们所得出的结论，自然就是《日夜书》极具艺术性地传达出了一种命运感。我一向以为，大凡优秀的长篇小说，一个重要的标志就是对于某种命运感的捕捉与呈示。从这一角度来看，韩少功的《日夜书》之切合这一衡量标准，就是毋庸置疑的一件事情。

结束我们的全部论述之前，还应该注意到，小说中曾经出现过这样一段专门谈论小说艺术的叙事话语：“我常常猜想，上帝大概是不读小说的。因为我独自一人靠近上帝时（就像现在，在深夜的键盘前，在远处有轮船低鸣之际），心中闪烁的更多是零散往事，是生活的诸多碎片和毛边，不是某种严格的起承转合。”“对不起，我的写作由此多了很多犹豫，也会有些混乱。”假若说不断地游走于过去和当下之间是《日夜书》的一种叙事语法，“轻精神病”是小说刻画塑造人物时所遵循的一种叙事语法，那么，此处之没有严格的“起承转合”，也应该被看作是这部小说在艺术形式上的一种叙事语法。这一方面，一个不容忽略的因素，就是那位捷克裔法籍作家米兰·昆德拉对于韩少功的一种艺术影响。我们都知道，很多年前，韩少功曾经翻译过这位西方作家的长篇小说《生命中不能承受之轻》。如果把韩少功的《日夜书》与《生命中不能承受之轻》进行对比阅读，就不难发现米兰·昆德拉确实对韩少功有所影响。具体来说，这种影响有二。一是哲理性在小说中的渗透，二是一种可以被称之为散点透视的叙述方式。首先，是哲理性的渗透表现。阅读《日夜书》，我们就可以发现，韩少功笔下的叙述者“我”（陶小布）总是不时地会中断叙述流程，用理性的语言去谈论一些带有普遍性的社会人生问题。典型如第 11 章、第 25 章、第 43 章。把某种普遍性的哲理与小说中的人物故事结合在一起完成小说叙事，乃是这个部分的突出特征所在。也正因此，这部《日夜书》也就多少有了一点哲理小说的意味。然后，是散点透视的叙述方式。自打从事小说写作起始，营造曲折且跌宕起伏的故事情节，就不是韩少功的艺术优势之所在。韩少功之强调自己的小说缺乏严格意义上的“起承转合”，某种意义上也并非谦辞。假若用故事情节的完整性与统一性来要求韩少功的小说，则《日夜书》显然没有所谓的“起承转合”。但在我的理解中，没有“起承转合”本身，就应该被看作是韩少功一种艺术结构上的一大根本特色。小说中先后出现了十多位人物形象，这些人物形象，除了曾经共聚于当年的插队地之外，可以说别无交集（“我”与马楠、郭又军与小安子后来都结成了夫妻，但他们首先却是一种共同的插友关系）。所谓别无交集，就是说他们各自有各自的故事，他们各自的故事在韩少功的这部《日夜书》中并没有被作家刻意地组合成为一种整一而贯穿始终的故事情节。韩少功自己所谓“零散往事”“生活的诸多碎片和毛边”，我们之所谓“散点透视”，其具体所指，均落脚于这一方面。很大程度上，正是因为韩少功具有超乎寻常的一种穿透历史与现实的思想能力，所以他才能够把这些看似一盘散沙的“生活碎片和毛边”组合成一部拥有着内在艺术有机性的现代长篇小说。前面我们曾经指出过的那样一种后现代主义层面上“不确定性”的具备，与小说的这一艺术特质，存在着紧密的内在关联。我们之所以指认《日夜书》是一部捕捉并表现出了时代精神困境的现代长篇小说，其根本原因正在于此。

《三个三重奏》：先锋性写作与权力心理结构的深度透视

一

当下时代的中国文学界，存在着两种多少带有一些针锋相对意味的小说创作倾向。一种特别强调对于中国本土写作传统的创造性转化，这些年来影响颇大的所谓“中国经验”云云，即可被视为此种倾向的恰切注解。或许与新世纪以来国内文化保守主义思潮的逐渐坐大有关，这种写作倾向显然已经成为现时代小说创作难以遏制的主导性潮流。另一种，则更多地重视对于西方文学尤其是现代主义文学经验的学习与借鉴。或许肇因于西方现代主义的强劲影响，这一类型的作家在写作中往往会呈现出一种鲜明的先锋性特质。问题在于，这一类作家为什么要坚执于西方现代主义文学经验的借鉴呢？对于这一点，作家李浩做出过很好的说明：“我想，任何一个有理性、有审美的人都能够了解，叙事文学的主根脉在欧洲，他们发展得相当完备，真的值得我们学习和研究。在这点上，我觉得我们更应向拉美的作家学习：他们学到了欧洲现代的叙事经验，然后把这一经验加以发挥改造，来书写那一隅的独特和丰厚，这才有了拉美的‘文学爆炸’，这才有了对欧洲文学的反哺。我多希望，中国文学，或者加上日本、土耳其、韩国和泰国，我们在遵守‘世界文学公约’的前提下实现对西方文学的反哺。”[1] 作为一位对于西方现代

---

① 李浩：《从侧面的镜子里往外看》，见李浩《阅读颂，虚构颂》，花山文艺出版社2013年版，第258页。

文学有着深度阅读经验的作家，长期坚持先锋写作立场的李浩其上一番话语，真正可谓发自内心的肺腑之言。但令人遗憾处在于，由于受到了“中国经验”类小说强劲挤压的缘故，如同李浩所坚持的与西方现代文学经验更密切相关的写作倾向之式微，乃是一种不争的文学事实。所幸的是，尽管算不上小说创作的主流，但却依然有那么一些作家无怨无悔地坚持着此种难能可贵的先锋性写作。李浩之外，曾经在数年前以一部《天·藏》而激动文学界的宁肯，也是值得予以特别注意的一位。《天·藏》之后，宁肯精心酝酿数年的长篇小说《三个三重奏》，同样以一种内敛而沉潜的先锋性而引人注目。

宁肯《三个三重奏》的先锋性，首先表现为一种元小说形式的熟练运用上。熟悉宁肯的读者都知道，早在他那部先锋实验色彩鲜明的《天·藏》中，他就曾经运用过使注释成为小说文本的有机组成部分，成为小说“半壁江山”的写作形式。这一次，在《三个三重奏》中，注释的形式再次获得“粉墨登场”的机会。假若说《天·藏》中的注释部分，更多地是在展开某种哲学或者宗教意义上的思辨，那么，到了《三个三重奏》中，宁肯在充分展开故事的同时，也在注释部分干脆直截了当地谈论起了小说写作本身：“另外，需要说明的是，关于本书的注释部分，您可能不太习惯，看到这么长的注释可能有些纠结：看还是不看？不习惯跳出小说，被打断，我想告诉您的是，您完全可以不看，这里没有什么是您必须知道的。您愿意待在一个封闭的环境或梦里暂时忘掉自己就像看一场电影，不想打断，您大可看下去，不必在意有人出来进去。如果小说是一个复合型建筑，而不仅仅是一个单体的影院或者剧院，那么，这里相当于回廊，花园，草坪，喷泉，LED 屏。总之这是户外，您也不妨出来走走，从外面打量一下建筑的主体，也就是影院，或许也是一种选择。作者就在户外，在任何一处，有问必答，不问也答。本书某种程度上改变了阅读方式，但传统的方式仍给您保留着，现代社会就是这样，服务越来越周到，复杂，多样化，想坚持点自己的什么并非易事。不过，有一天您愿改变，改变又何妨？不改变又何妨？”到底应该如何看待小说中旁逸斜出的注释部分？宁肯自己给出的答案，是把它看作了现代小说与传统小说的某种区别所在。传统小说是单一式封闭型的，是“单体的影院或者剧院”，而现代小说则是复合式开放型的，是包括有“回廊，花园，草坪，喷泉，LED 屏”等众多因素在内的“一个复合型建筑”。质而言之，传统小说特别注重于某种审美幻觉的制造，尽可能地让读者产生一种并非是在阅读小说的感觉，企图迫使读者从始至终专心致志地沉浸于文本世界中。而现代小说，则是要以一种在小说中谈论小说写作的方式，彻底打破读者的审美幻觉，不断地提醒读者你正在阅读一部以虚构为其本质的小说作品。如此一种写作形式，很显然应该被看作是宁肯对于“元小说”叙事策略的一种有效征用。

所谓“元小说”，“又译‘元虚构’‘超小说’。‘元小说是有关小说的小说：是关注小说的虚构身份及其创作过程的小说。’（戴维·洛奇《小说的艺术》）美国作家威廉·加斯于1970年发表的《小说和生活中的人物》中首次使用了这一术语，它的一般含义就是‘关于怎样写小说的小说’。帕特里夏·沃说：‘所谓元小说是指这样一种小说，它为了对虚构和现实的关系提出疑问，便一贯地把自我意识的注意力集中在作为人造品的自身的位置上。这种小说对小说作业本身加以评判，它不仅审视记叙体小说的基本结构，甚至探索存在于小说外部的虚构世界的条件。’（《元小说》）与传统的小说相比较，‘正常的叙述——认真的、提供信息的、如实的——存在于一个框架之内，这类陈述有说话者和听话者，使用一套代码（一种语言）并且有某种语境……如果我谈论陈述本身或它的框架，我就在语言游戏中升了一级，从而把这个陈述的正常意义悬置起来。同样，当作者在一篇叙事之内谈论这篇叙事时，他好像是已经把它放入引号之中，从而越出了这篇叙事的边界。于是这位作者立刻就成了一位理论家，正常情况下处于叙事之外的一切在它之内复制出来’。（华莱士·马丁《当代叙事学》）”[①] 从这样一种理论前提出发来考察宁肯《三个三重奏》的注释部分，我们就不难发现，宁肯所设定的注释部分，一方面是小说叙事过程的一个有机组成部分，承担着对于主题表达而言相当重要的叙事功能，另一方面，却又明显地发挥着一种阻断小说叙事进程的作用。很大程度上，假若抽取掉注释部分，不仅不会影响到小说故事的完整性，反而会使得整部作品的叙事流程更加顺畅自如。既然如此，那么，宁肯为什么非得进行此种艺术设计呢？在我看来，作家之所以要在注释部分征用“元小说”的叙事方式，一个明显的意图，就是要自觉中断叙事进程，以迫使读者对作家所欲传达的复杂思想内涵做出相应的深入思索。

---

① 王先霈、王又平主编：《文学理论批评术语汇释》，高等教育出版社2006年版，第798页。

同样应该引起我们高度关注的，还有宁肯关于前卫艺术家方未未这一人物形象的设定。一方面，方未未曾经为小说中的审讯专家巽提供过专业的色彩审判服务，但在另一方面，即使是在为神秘的 ZAZ 提供服务的过程中，方未未也没有放弃过自身前卫艺术家的身份意识。应该注意到，就在得知自己所提供的色彩审判方案未能奏效因而被迫退场的同时，方未未居然趁巽稍不留神，做了一个小小的手脚："方未未将一个遥控装置悄悄安置在了大屏幕的后部。这是题中应有之义，审讯从来是他艺术的一部分。方未未没想到巽结束得那样快，以至差点没安装完毕，好在谁都没有发现。"有了方未未的这个手脚，巽邀请谭一爻出场之后对于居延泽的全部审讯过程，就自然而然地落入了方未未的监控之中。这样一来，一场秘密的真实审讯，也就被方未未巧妙地转换成为一种前卫艺术："极端的几乎有点纳粹风格的方未未后来正是这么做的，他总是将创意与实践推向极致：他以他的'实时'的与'编辑'的两个终端作品为中心，策划了'界面：面孔交流·三十一区'多媒体影像展，是当年三十一区最成功最具有轰动效应的策展之一，而它最成功之处却是不为人知的：竟然没有暴露一场最神秘的审判，没有机构或官方来找麻烦，因为不知道。的确，谁想得到呢？某种意义上秘密审判变成了公开，但却没有人知道是审判。"正因为有了方未未所做出的这种由现实向艺术的转换，也才会有后来当谭一爻弃世之后他的情人蓝在方未未的"三十一区"对于谭一爻生前影像的发现，也才因此而引发出了方未未关于中国现实与前卫艺术关系的一番宏论："你从没见过这样的艺术，国外也没有。中国有太多的东西，只要如实记录就是艺术，用不着架上创作。许多别人创造的东西在我们这儿实际发生着，许多我们发生的东西别人还没创造出来，我们不能浪费自己的东西，浪费这个时代，生在我们这个时代太幸运了，你从来不会以后也不会见到这些东西。"方未未的这段话，很有一些宁肯夫子自道的意味。其中一种反讽色彩的存在，是显而易见的事情。明明是现实生活中实在发生着的审讯事件，经过方未未的充分介入之后，却变成了一种具有强烈装置色彩的前卫艺术。那么，到底是现实呢？抑或是虚构呢？通过方未未"三十一区"的设定，宁肯再次强有力地赋予了《三个三重奏》这一叙事文本那样一种游走于现实与虚构之间的后现代意味。

不只是方未未，作家关于巽等三人的命名过程，关于居延泽所居空间与罗布·格里耶叙事文本相似性的描写，其用意显然也都是在试图模糊现实与虚构之间的界限。先来看关于巽他们的命名：“三个人坐在大显示幕屏前，两边的工作台还有两个终端，每个人都穿着白大褂，其中一个是女性，相对年轻，我们可以称之为C。一个五十来岁，很短的头发，花白，可称之为A。第三个也是男性，也相对年轻，但比C年长，毫无特点，生活中如果有白开水那种人就是此人，就随便称B吧。我知道有人反对汉语小说人物用英文字母代替……我决定用甲乙丙丁代替，但显然和我对他们的感觉不相符，确切地说不够抽象，缺少字母纯粹的工具性……或许只有从《周易》里寻找一些古字，比如兑，巽，艮，神秘性抽象性可以说兼备，但是不是太古老了？本来说起来也很古老，OK，就这样吧。”本来，宁肯完全可以像对待小说中的其他人物一样，径直给巽兑艮这三位人物命名。但在文本实际中，作家却偏偏要饶舌地对三位人物的命名问题，进行一番学理性突出的探究。借助于这种处理手段，所凸显出的，正是小说本身的虚构特质。

同样的情形，也表现在居延泽所居空间的描写上。罗布·格里耶的小说《一座幽灵城的拓扑学结构》的开头是这样的：“头一眼就叫人震惊的，是墙的高度；那些墙太高了，同人的身材比较显得特别高大，使得这样一个问题根本不必提出：它的天花板到底是有呢还是没有？三面看得见的墙壁，构成这个长方形牢房的底层和两边；这个牢房是长方形的，但也许是正方形的，它通体白色，没有一点别的色彩。”然后是居延泽的真切描述：“墙非常高，整个是白色的，没有天花板，因为根本看不到，上面都是灯，灯太多了，并且是凹进去的，分了好几层，所以根本就看不见天花板——”尽管居延泽从来都不曾接触过罗布·格里耶的作品，但他的描述却与罗布·格里耶小说中的描写惊人的一致。真耶？幻耶？现实否？虚构否？究其实质，宁肯之所以不断地征用诸如此类的元小说技术手段制造一种亦真亦幻的艺术效果，其根本目的，显然还是要使《三个三重奏》成为一个现代感特别强烈的小说文本。正如同前引文字已经明显透露出的，宁肯无论如何都不满足于仅仅讲述一个跌宕起伏流畅自如的小说故事，虽然他实际上可以很完美地做到这一点。按照宁肯的现代小说理念，一部小说，尤其是长篇小说，绝对应该是“回廊，花园，草坪，喷泉，LED屏”等众多相关因素构成的一个有序系列，是一座内部结构复杂精妙的复合型建筑。宁肯之所以反复征用元小说的表现方式，一再以模糊现实与虚构之间界限的手段不无强制性地把读者从一种真实的审美艺术幻觉中召唤而出，正是为了引发他们关于社会、现实、生命、存在的深度凝思，并最终达至“思”的目标。对于“思”在现代小说中不容忽视的重要性，有论者做出过精辟的分析：“在《战争与和平》中（我有时真的怀疑，那些反复提及俄罗斯伟大传统、提及托尔斯泰的人是否认真地读过这篇小说，先不要说什么读懂），老托尔斯泰在其中埋入了大段大段的思索，在这部伟大的小说里，他试图探寻人与历史的关系，用米兰昆德拉的话说，他在‘跟大人物的意志与理性创造历史的观点进行论战’——小说不再用来（至少是不再专注用来）讲述引人入胜的故事，它，开始审察人的存在，思考人的存在，追问人的存在。可以说，在各学科之间进一步细分、世界越来越丧失它整体性的今天，把‘思’引入小说是某种重新整合世界的一种尝试……在今天，也只有文学还存在那种整合的可能。”[①] 毫无疑问，我们必须充分意识到小说这一文体的古今变异。在大多数作家都满足于流畅故事的讲述，都或多或少对于小说的“思”之功能有所忽略的情形下，如同宁肯这样以元小说方式的充分征用把“思”引入小说的积极努力，无论如何都应该获得高度的理解与评价。

二

其次，《三个三重奏》的先锋性，突出地表现在艺术结构的特别设定上。“当我们提到结构的时候，通常想到的是充满奇思异想的现代小说，那种暗喻和象征的特定安置，隐蔽意义的显身术，时间空间的重新排列。在此，结构确实成为一件重要的事情，它就像一个机关，倘若打不开它，便对全篇无从了解，陷于茫然。文字是谜面，结构是破译的密码，故事是谜底。”[②] 既然“结构是破译的密码”，那么，通过对于具体结构方式的分析来进一步理解把握作品，也就是自然而然的事情。作为一位有着自觉结构意识的长篇小说作家，宁肯无论如何都不会满足于讲述一个单线条的故事。营造一种带有突出复调

---

① 李浩：《〈变形记〉，和文学问题》，见李浩《阅读颂，虚构颂》，花山文艺出版社2013年版，第16—17页。

② 王安忆：《雅致的结构》，上海书店出版社2011年版，第16—17页。

意味的立体结构，对宁肯而言，几乎就是命定的事情。正如同标题所强烈暗示出的，“三个三重奏”之所以能够成为“三个”“三重奏”，是因为其中存在着三条相互交叉缠绕的结构线索。关键问题在于，我们到底应该如何理解这三条不同的结构线索。

一种可能的理解方式是，杜远方、李敏芬、黄子夫在杜远方亡命期间的故事为一条，杜远方、居延泽、李离八九十年代的故事为另一条，“我”、杨修、李南八十年代初期的故事为第三条。其中，前两条因为有杜远方的存在而关系密切，第三条则更多地呈现为一种平行关系。具体来说，除了主题上的遥相呼应之外，第三条与前两条之间关系的建立，更多地依赖于“我”的存在。“我”既是小说主体故事的讲述者，同时也是小说中行动的一个人物。这里，需要展开一说的，是《三个三重奏》中叙事人称的特别设定。小说所实际采用的，是第一和第三两种叙事人称。前两条结构线索的故事，作家采用了第三人称的叙事方式。这一部分，构成了小说中非注释的主体部分。第三条结构线索的故事，作家采用了第一人称的叙事方式。落实到文本中，也就是小说中的注释部分。具而言之，尽管并非残疾人，但“我”却是一个长年累月地坐在轮椅上的读书人与写作者。“我”的大学同学杨修，是一个“强有力”的人，曾经在部里分管监狱工作，“是这个系统的具体的顶头上司”。当“我”对监狱，尤其是对监狱中的那些死刑犯发生强烈兴趣之后，杨修利用手中的权力，让“我”得遂所愿地进入监狱，“在死刑犯中生活了一段时间”“交了一批死刑犯朋友”，对这些死刑犯的生存状况有了相对深入透彻的了解。正因为有过这样一种特殊的经历，所以，“我”方才有可能写出死刑犯的故事来：“那些死去的我曾承诺过的，我知道他们期待着我，他们期待着成为我房间里的一本书。”因为有了与监狱，与死刑犯之间的此种渊源，也才会有小说主体部分中关于杜远方、居延泽故事的讲述。注释部分中“我”、杨修、李南的故事，之所以能够被整合到小说文本之中，只因为轮椅上的“我”是小说主体故事的记录与书写者。但同样与主题表达密切相关的，是杨修那充满吊诡意味的悲剧性结局。身为监狱系统的高层领导，杨修某一天居然也成了阶下囚：“有一天，我突然在狭窄的过道上看到我的强有力的朋友被押解着，从铁栏杆那头走来……我的朋友器宇轩昂，目光冷淡，虽然穿着囚衣却没戴手铐。”杨修出了问题，“我”的“狱中”生活当然也就无法再持续下去，只好重返自己的书斋生活。宁肯之所以要特别设定“我”这样一位第一人称的叙述者，一方面固然可以使得文本的叙事形式更加丰富饱满（既有第一人称，也有第三人称），另一方面也只有借重于“我”的存在，才能够合乎情理逻辑地中断小说叙事进程来专门谈论小说写作，并由此而完成对于元小说叙事手段的有效征用。但相比较而言，第一人称设定更为重要的意义，恐怕却在于对权力心理结构透视主题的进一步呼应、拓展与深化。

这一方面，有若干细节耐人寻味。一个是在与妻子李南的婚恋问题上，“我”八十年代的胜出与后来的无奈退位。当年的“我”，之所以能够在爱情的激烈竞争中胜出，与当时那样一种特别看重知识与文化的时代风尚有直接关系：“我以博学和才华在和我儿子的继父与我的强有力的朋友的竞争中胜出，赢得了班上的公主。”但正所谓成也萧何败也萧何：“她嫁给我是因为书，一如她离开我也是因为书。”正因为“我”只是一味地以读书为乐，所以，当时代风气发生重大转折，越来越趋向于权力与商业的结盟时，“我”的失败与退出，就是一件必然的结局。再一个就是，在那次“我”与杨修、李南他们一起骑自行车奔赴北戴河游玩的过程中，曾经在驻马县城与当地一个样子很像“伪军”的警察发生过激烈冲突。“伪军”的飞扬跋扈，正与权力有关，因为“‘伪军’他爸是县里的大官。”然后，就是“生日舞会”的那个细节。无论是李南家庭环境的优雅高贵，抑或是李南父亲的严肃庄重，都无不凸显着权力背景的强大存在。当然，也还有北戴河的那场沙滩舞会：“那场在特殊沙滩举行的舞会究竟有多神秘？李南和杨修的结合是一种什么性质的结合？他们一夜不归我倒无所谓，我甚至觉得他们早该如此，但是从那样的舞会开始我便觉得有些东西意味深长。”什么东西意味深长呢？显然只能是权力。也正因此，所以，“我”才“不认可那神秘的拒人千里的舞会”。以上种种的书写方向，显然都指向了无所不在的权力。尽管说当时是理想主义的八十年代，但所有这些细节，无疑都真切揭示着理想主义背后巨大的权力阴影。再有，就是“我”与杨修之间的强烈对比。尽管杨修已然锒铛入狱，但在“我”面前，却依然是那么的盛气凌人不可一世：“他虽只是系统的一个零件，一部分，但有着整个系统的自负，不可一世。许多时候他不是在自己说话而是系统说话，这点他好像常常分不太清，加上我的古老基因，每次我都觉得他有道理。他有权轻视我，所以无论任何时候面对他我都是紧张的，哪怕他在监房。”而且，虽然杨修所犯罪行十分严重，一审曾经被判死刑，但上诉后却改判为无期徒刑。为什么呢？一切皆与系统密切相关：“系统还是起了一定作用，这理所当然，毕竟他为这个系统服务了几十年。”杨修的被改判这一细节，再次见证了权力拥有着的强悍力量。在这个意义上，并非残疾人的“我”之长期坐在轮椅上，也就具有了一种突出的象征意味。那就是，面对着如同杨修这样强悍的世俗权力，类似于“我”这样纯粹的知识分子除了做一种细密的观察书写之外，隐隐然已经失却了行动的能力。所以，杨修才会断然指责说：“可你整天坐在轮椅上阅读有什么希望？不是越读越废？”由以上分析可见，宁肯之所以要在文本中特别设定第一人称叙事这一部分内容，就是为了把故事的历史时空延展至“文革”结束不久的八十年代初期，使小说主体部分对权力心理结构的透视思考更趋内在深入。

但根据自己一种直观的阅读感受，笔者却更倾向于另一种可能的理解方式。那就是，亡命期间的杜远方、李敏芬、黄子夫为一条，审讯期间的居延泽、谭一爻、巽为另一条，东窗事发前的杜远方、居延泽、李离为第三条。需要加以特别说明的一点是，这样的一种理解方式，并不意味着文本中的注释部分不重要。我们此前之所以要不惜篇幅探讨分析《三个三重奏》中元小说叙事方式的有效征用以及“我”、杨修、李南之间故事的深层内涵，本身就已经鞭辟有力地说明着注释部分的重要性。在承认注释部分重要性的同时，我觉得，把小说主体部分的叙事过程理解为“三个三重奏”，可能更有助于作家对权力主题做集中深入的思考与表达。假若我们把以上三条结构线索分别看作是A、B、C三部分，那么，在阅读《三个三重奏》的过程中，你就不难发现，宁肯的第三人称叙事实际上正此起彼伏地不断游走于以上三个部分之间。依循章节顺序，首先是A，然后是B，接下来是A，然后又是B，接着再回到A，然后就是C，之后的叙事顺序就集中到了A与C这两条线索，以彼此交替穿插的方式渐次推进，一直到最后，三条结构线索合而为一，整部小说大归结。尤其不能忽视的是，三条结构线索本身，都是各自围绕三位主要的人物形象而充分展开故事的（实际上，我们前面已经讨论过的关于“三个三重奏”的另一种理解方式中，三条结构线索的情节运转展开方式，也同样如此）。正因为每条线索都是围绕三个主要人物展开叙事的，所以才会被称作“三重奏”。客观上，每条线索自身已经构成了一个相对自给自足的艺术世界。把这样的三条结构线索再有机地组合在一起，自然就是内部构成成分复杂有序的所谓“三个三重奏”了。从这个角度来看，宁肯的这部长篇小说无论如何都应该被看作是一部典型不过的复调小说。面对着《三个三重奏》，你就像面对着一个训练有素的交响乐团一样。作家宁肯自然是最重要的乐团指挥，在他强有力的操控之下，诸如大提琴、小提琴、黑管等各类乐器既发出了自己独有的声音，同时却也组合成为一种宏阔浑厚的主旋律。如果把作家在元小说部分所明确强调的“小说是一个复合型建筑”看作宁肯的一种小说理想，那么，他之对于小说复调艺术结构的精心营造，就很显然是构建这个复合型建筑不可或缺的重要手段。

三

相比较而言，《三个三重奏》的先锋性，更突出地体现为宁肯从根本上颠覆了时下颇为流行的所谓反腐败官场小说模式。在小说的注释部分，宁肯曾经借叙述者“我”之口讲过这样一段意味深长的话：“此外我也不想过多描述这类事，我对具体怎么贪污腐败侵吞公款买官卖官诸如此类的常见现象并不感兴趣，它们并不复杂，甚至千篇一律。我感兴趣的是其中具体的人，每时每刻的人，我感兴趣的是他们为什么在最后时刻成为我的朋友，我感兴趣的是一个黑帮题材的电影为什么叫《美国往事》，黑帮能代表美国？为什么乐于接受？我感兴趣的是罪行常常为何如此完美？一如鲍德里亚说：在完美的罪行中，完美本身就是罪行……不过，完美总是得到惩罚：对它的惩罚就是再现完美。我承认我不能完全理解鲍德里亚，但理解《美国往事》对我毫不困难：影片用黑帮做了一道菜，但做出来的却不是黑帮，是美国往事。”这段叙事文字中，有两点值得引起我们的高度注意。其一，是“我”对于电影《美国往事》的谈论与理解。从题材角度看，《美国往事》当然是一个黑帮题材。黑帮题材在电影届的普遍流行及其类型化模式的形成，已然是一种无法否认的客观事实。倘若是一位资质一般的导演，自然还会把《美国往事》排成一部我们通常所习见的类型化警匪片，但《美国往事》导演的非同寻常处，就是在黑帮题材中见出了新意，硬是借助一个黑帮题材表现出了自己对于美国历史、文化的一种独特思考："影片用黑帮做了一道菜，但做出来的却不是黑帮，是美国往事。"宁肯之所以要通过"我"的口吻来谈论《美国往事》，实际上是在暗示自己的基本写作方向，就是要超越一般意义上的反腐败小说，要努力从流行的反腐败小说中翻出新意来。杜远方与居延泽的故事，到了其他作家笔下，极有可能被书写为一个程式化的反腐败官场小说，事实上这类作品在文坛虽然不能说早已泛滥成灾，但也确实屡见不鲜。然而，宁肯却显然志不在此，他对于复制一篇旨在描写官员们"具体怎么贪污腐败侵吞公款买官卖官诸如此类的常见现象"的作品毫无兴趣。他更关心的，是腐败问题背后沉潜着的人性与权力问题。仿造"钢铁是怎样炼成的"这样一个句式来说，宁肯所试图解析回答的，其实是"腐败是怎样炼成的"这样一个根本问题。尽可能真切地揭示腐败背后的权力心理结构，尽可能形象地挖掘表现腐败者真实的人性构成，正是宁肯最根本的思想艺术追求所在。

其二，敏感的读者应该已经注意到，这段叙事文字中"我"所引述的鲍德里亚关于"完美的罪行"的言论，早被宁肯以题记的方式放置在了这部小说的开端处。既然要把鲍德里亚的言论作为题记来处理，那就说明这些言论与宁肯《三个三重奏》意欲传达的思想题旨之间，一定存在着格外紧密的内在联系。叙述者"我"特别强调自己并不能完全理解鲍德里亚的意思，我们的感受体认也与"我"差不多。反复思量的结果是，鲍德里亚大约想传达两个方面的意思。一是关于罪行，所谓"在完美的罪行中，完美本身就是罪行"，意思似乎是在说，在那些高智商的犯罪行为中，犯罪者的表现越完美，那么，犯罪者所犯的罪行就越大。二是关于惩罚，所谓"完美总是得到惩罚：对它的惩罚就是再现完美"，就是在强调，对于"完美的罪行"的最好惩罚，就是如实地把"完美"的犯罪过程揭示呈现出来。具体到宁肯的这部《三个三重奏》，杜远方与居延泽，作为有罪的灵魂，他们的犯罪行为某种意义上的确堪称是"完美的罪行"。从这个角度说，宁肯这部旨在追问"腐败是怎样炼成的"的长篇小说的书写行为本身，就应该被看作是对杜远方与居延泽"完美的罪行"的有力惩罚。

具体来说，《三个三重奏》对于流行反腐小说叙事模式的颠覆，首先表现在故事情节的设计上。与那些把叙事重心只是放到"具体怎么贪污腐败侵吞公款买官卖官"情节上面的流行反腐小说不同，宁肯对于类似的情节场景根本就没有涉及。在注释部分之外的小说主体故事部分，宁肯实际上只是讲述了三段相对完整的故事。一段，是兰陵王集团老总杜远方东窗事发后被追逃亡途中，遭遇小学教师李敏芬之后发生的故事。得知自己因经济方面的问题被调查的消息后，杜远方就开始了自己的逃亡过程："他本有机会，但没有远离，甚至当专案组分兵两路南下深圳到他可能躲避的地方找他时，他非但没远离反而搬到了省纪委、公安、检察院的对面住下来。""杜远方后来不赌气了，决定远避，也没太远，到了敏芬这儿。"小学教师敏芬，之所以会接受陌生的杜远方，乃"因为无论如何，弟弟开出的条件相当优厚，而敏芬也正供着女儿读大学，况又是个老人，应该说一直挺高兴的，哪方面都有一种安全感与恰如其分"。杜远方出现的时候，李敏芬自己正陷身于小学校长黄子夫死缠烂打的困境之中。再一段，是曾经担任省里一号老板秘书的居延泽被审讯的故事。因为认定了只要自己不开口，巽的 ZAZ 就会拿自己毫无办法的缘故，居延泽在审讯过程中一直坚持默不作声："如果他不倒下，那么老板就会岿然不动，老板岿然不动二千万又算什么？居延泽的确就像特殊材料制成的，不用视觉仅凭声音也能抓住要害。"面对着居延泽的异常强硬，在方未未的白色设计无法奏效的情况下，巽只好出面延请业已病入膏肓的知名审讯专家谭一爻再度亲自出山。出山后的谭一爻，在彻底击溃了居延泽的强劲意志之后，小说自然也就由居延泽对于往事的追忆而导引出了八九十年代发生在杜远方、居延泽以及李离之间的既往故事。宁肯关于他们之间往事的追叙，事实上构成了作品中第三段相对完整的故事。大学历史系学生居延泽，最早出现在杜远方面前的时间是 1988 年。相识不久，他就身不由己地陷入与杜远方以及兰陵王集团的财务处长李离三人堪称盘根错节的情感纠结之中。因为受到这段情感经历的影响，居延泽放弃了原初的打算，考取了经济学研究生。其间，他遭逢了 1989 年的那场历史事件，曾经"去过两次北京"。因为这段特殊的经历，他原初的人生设想受到严重影响："他早早地就知道了他们这届硕士研究生不被信任不能留校，他的学术之路被堵死。"万般无奈之际，居延泽只好再度求助于李离，并最终在杜远方的一手设计之下，先是被调至省委政研室工作，接下来又担任了省里一号老板的秘书，直至东窗事发被拘禁接受 ZAZ 的调查审讯。如此一种情节设计方式，绝不类同于流行的那些反腐小说。在阅读《三个三重奏》之前，我们无论如何都想象不到，一部以贪腐者为主人公的小说，居然会是如此一种模样。尤其值得注意的是，除了审讯那个部分，另外两个部分中宁肯的书写重心，实际上放在了情感缠绕这个层面上。本来是一部旨在挖掘透视权力机制与权力心理结构的长篇小说，但作家却把书写重心搁在了情感层面上，如此一种艺术处理方式，自然也就是所谓的剑走偏锋了。

然而，尽管把关注重心放在了对于情感世界的叙写上，但宁肯却也并没有走上所谓言情小说的套路。表面上看起来是感情描写，实际上作家的艺术意图却是要借此在充分揭示权力心理结构的同时，尽可能真实地呈示一种权力机制压迫下的人性状况。依照常理，既然是贪腐者，即使不是十恶不赦，那也是道德败坏贪心不足，总之不能够被归入“好人”的行列之中。但出现在《三个三重奏》中的杜远方和居延泽，给读者留下的却并不完全是这样一种印象。不知道别人的阅读感觉如何，就我个人的阅读直感来说，反倒觉得他们有几分可亲近的好感。关键原因在于，宁肯彻底打破了关于贪官的一种先入为主的“妖魔化”先验理念，尽可能地在一种还原人性真实的层面上展开自己的艺术描写。关于杜远方与居延泽的好与坏，小说曾经借助于人物之口有所谈论。先是李敏芬对杜远方：“管他可能是什么人，反正不是坏人，没有危险，这一点她无论如何是看得出来的。而她所说的坏人，当然不用说是对她没有威胁的人，是就最通常的人性而言。”然后是李敏芬的女友蓝丽丽谈论杜远方：“我不但不会告发他，还会帮你保护他。贪官也不全是坏人，谁还没点事儿啊，我妹夫说很多出事的人都很可惜。”谭一爻也有对于居延泽的评价：“说实话这家伙本质不坏，我对他非常有兴趣，为了他我也会听你们的。”以上种种，透露出的其实是作家宁肯一种对于人性的基本理念。实际上，也正是从这样的一种人性理念出发，宁肯也才会把《三个三重奏》最终写成一部贪腐者的人性“辩护”之书。一部以贪腐者为主人公的小说，最后达到的艺术效果，不仅不是读者对于贪腐者的憎恶，反而是他们一种发自内心的理解、同情以及悲悯，所充分说明的，正是宁肯对于流行反腐小说既定艺术模式根本颠覆的成功。不管书写表现的是什么样的题材，小说从根本上说依然还是一种关乎于人性的语言艺术。正因为有了对于杜远方、居延泽们复杂人性的真实呈现，《三个三重奏》方才具有了一种足称浑厚的人性内涵。

宁肯《三个三重奏》留给读者最鲜明的一种印象，就是作家特别擅长于借情感的描述来深刻揭示权力心理结构的奥秘。这一点，突出不过地表现在杜远方与李敏芬，杜远方、居延泽与李离之间的感情关系描写上。首先是杜远方与李敏芬。尽管是两个萍水相逢的陌生人，但杜远方一出场就在两人关系的处理上显示出了自身一种超人的控制力量。首先是对于敏芬身体一种极具侵略性的目光："当然，在过道，在打开门那一瞬间他们四目相视的时候，她清楚地看到他目光里的东西。这东西她太熟悉了。他直视她的身体，毫不掩饰，她也没掩饰，这时是不能躲避的。"然后是在过道对敏芬身体的碰撞："他没有躲闪，几乎碰到，或者已经碰到了；必须碰到。过道很窄，他又身材霸气，碰就碰到了。至少在某一点上这对女人是致命的，它似乎告诉女人你会是我的。"虽然有过以上"动作"，但杜远方却好像什么都没有做过一样地不动声色。最初的一段时间里，杜远方就这么不动声色地沉默着："他沉默，异常好伺候，但又无视她做的一切。他真的不像一个老人，也不像中年人，或者就不像一个正常人。"之所以如此，是因为杜远方早已把李敏芬这样的女性心理揣摩透了，你越是紧绷着不动声色，她便越是会主动地靠近自己。实际的情形也果然如此，一方面出于对杜远方的好奇。另一方面更是因为身处黄子夫死缠烂打困境中的敏芬急于求助于杜远方，最后还是李敏芬以过生日为由主动靠近了杜远方。接下来，就是杜远方一番关于权力的宏论："对权力而言，所有人都是它的猎物。""这个你得认，是规则。剩下才是逃生的问题，怎么逃的问题。这个或许我倒是可以帮你——生日快乐。"尤其是当李敏芬追问杜远方自己当初拥有权力时是否同样如此的时候，杜远方居然没有丝毫犹豫地回答说："是。"杜远方的言辞，对李敏芬构成了沉重的打击："敏芬听出了杜远方的不满，但这还在其次，主要是自己的又一种'幻觉'被剥去，感到一种从未有过的彻骨的凉。"杜远方之所以能够以如此犀利的言辞谈论权力的本质，从根本上说，端赖他自己就曾经是一位绝对权力的拥有者，对于权力有过感同身受的真切体会。对于相对单纯的李敏芬来说，人生阅历异常丰富的杜远方简直就是一个深不可测的大海："这人就是这么的从容，明明这会儿该说些什么，比如开个玩笑什么的，或者也呼应一下此时难以言说的感觉，但是不，忽然停止了，好像什么都不存在。""这是敏芬不适应杜远方的地方，同时也是让敏芬叹息的地方……她想，他给她以意外，他又好像无动于衷，这种控制力太强了。可恶，但敏芬还是喜欢。唉，叹息，也不知叹息什么。”确实如此，从杜远方的出现起始，李敏芬就已经完全被笼罩在了那样一种超强的控制力之下。能够让一位对自己缺乏了解的女性，一方面感到“可恶”，另一方面却无奈地“还是喜欢”，所充分说明的正是杜远方控制力的异乎寻常。

同样的，杜远方对李敏芬的超强控制，更表现在性方面。在电影院观看《达·芬奇密码》的时候，杜远方毫无预兆地向她发动了攻击：“但是接下来的事情就让敏芬颇为吃惊了，简直心惊肉跳，杜远方的手爱抚了一会儿敏芬的手，仿佛一种交谈，一种协议，过了一会儿没任何迟疑直接把敏芬的手自然而然地放在他的小腹上……她已触到那物，非常惊人，与他的身体相称。”如此一种果断的大胆出击，说明杜远方内心中已然对李敏芬的最终服从有着明确的判断。尽管对于杜远方的动作感到不高兴，但也就在这个晚上，李敏芬上了杜远方的床。所有的这一切，都处于杜远方控制的范围之内。或者也可以说，从李敏芬出现在杜远方视野中的那个时候开始，她就注定了必然是杜远方的猎物：“当然，杜远方知道，敏芬如此风情地感人，相当的原因来自于自己。他下了大功夫，从未下过这么大的功夫，从未用这么多时间调制一个女人。他不仅是品酒师也是调酒师，敏芬是他花了最多时间调制出的一款酒。”对于杜远方这样思维缜密的曾经的权力拥有者而言，作为猎获目标的李敏芬注定逃无可逃。在这个意义上，他与敏芬之间的关系，一方面固然是性，但另一方面却更是政治：“这不仅是交媾，也是政治。即使完事之后政治仍在起作用，他对她依然沉稳地温柔、呵护，舔她的泪水，真的是个泪人。”因为“他需要她，但必须绝对安全”。要保证自己的安全，就必须彻底征服她，让她绝对地服从于自己的权力意志。唯其如此，后来狱中的杜远方才会对“我”说，他的一生，除了他的老伴，“真正重要的女人有两个”，一个是他的总会计师李离，另一个是敏芬。她们对他都不单纯是女人。“我必须征服她们，彻底地让她们臣服。要让她们臣服首先是在床上，要让她们包括眼泪在内所有的液体都出来，最后才是我的液体。把她们钉死，钉在床上，钉得她们希望你把她吃掉，她们才会彻底忠于你，忠于你的最重要的东西。”由此可见，在杜远方这里，既不存在纯粹意义上的感情，也不存在纯粹意义上的性，一切都是政治，一切都是权力。通常意义上，如同杜远方这样的逃亡者，应该会有一种惶惶不安的惊恐感觉，但杜远方却显然是一个例外。一个逃亡者，能够如此处变不惊气定神闲，其实是其作为一位权力拥有者长期修炼的结果："他长期位于权力的核心，久而久之习惯了权力的逻辑。权力的逻辑就是齿轮的逻辑，是必然的，既是必然别的就没什么可说的。"他之所以在李敏芬与黄子夫的问题上持有那样一种看似无情的看法，其实正是服膺于所谓权力逻辑的必然结果。

同样的情形，也表现在杜远方与居延泽、李离的关系之中。大学历史系的实习生居延泽，初始投奔杜远方，在杜远方为他接风的晚宴上，就已经强烈地感受到了来自于权力的压迫："杜远方毫不掩饰与李离的关系，举手投足透着亲密，尽管那时居延泽被许多第一次激动着，但仍感到了痛苦。居延泽不愿意用伤害这个词，但又找不到比伤害更合适的词。居延泽说，杜远方那种霸气又有分寸感让他觉得一切都不简单，男女、权力、地位、占有，人，特别是男人——没有比在饥饿的欲望与悬殊的野心之时敏感到无望的疼痛"。虽然在表面上看起来，似乎是居延泽和李离一起联手背叛了杜远方，殊不知，杜远方当初把居延泽安排到李离身边实习，本就是在为他们的偷情创造着机会。杜远方希望能够借助这种方式一方面彻底堵住李离的嘴，另一方面也把居延泽送到自己已经为他设定好的发展轨道上："他的计划不可谓不严密，可以说某种程度比打开后盖的钟表还严密，目的是两个，一是李离别再紧盯他，二是他们一同打造居延泽。"没想到的是，因为两人过于紧张的缘故，最后的结果居然溢出了杜远方的掌控。"居延泽如此扯淡，杜远方没想到，以致在他永远坚定的甚至有一层附膜的脸上出现了罕见的迷惘，是他对事物总是绝对掌控的溢出。"溢出的结果，就是居延泽拒绝接受他的安排，坚持要考经济学研究生。"现在他知道他可能犯了错误：他们太紧张了，紧张会导致逆反，成为他的错误。"这样一种掌控失败的经历，在杜远方的人生中，其实相当罕见。罕见的失败，反证着的其实是日常的工作与生活中杜远方巨大掌控力的存在。不能不强调的是，杜远方那样一种超乎寻常的控制力的拥有，乃是作家宁肯艺术设计的一种结果。这就意味着，拥有超强控制力的杜远方这一人物形象，也一样是宁肯超强艺术控制力充分发挥作用的一种结果。实际上，并不仅仅是杜远方，细读《三个三重奏》，无论是人物形象，还是情节结构，抑或是场景细节，我们随处都不难有一种突出的感觉，那就是宁肯对于小说文本一种同样超乎寻常的强大艺术控制力的存在。正因为宁肯有着强大的艺术控制力，所以他的这部《三个三重奏》方才能够产生一种格外紧凑严密的艺术效果。

但正所谓成也萧何败也萧何，杜远方的成功，取决于他对于权力、政治的熟练运作，他最后的无奈惨败，也与对于权力、政治的过于自信密切相关。由于过度地沉溺于权力的幻觉之中，“长时间以来他不再有任何站在权力之外的反思，通常所谓的冷血亦是长期握有权力的结果。他是冷血，这点他认可。”到最后，导致他自己从敏芬那里离开的根本原因，也正在于他那彻骨的冷血：“敏芬在想，她最不能接受他的是什么？除了他现在的身份——这是她不安的根源——但不是不能维持，如果他其他方面都好，都像在云云面前的那种纯粹她也接受他……她想她原以为最不能接受他的是他的很脏也很疼的做爱——这个，这个她都可以部分忍受！她不能接受的是他的常常让她不寒而栗的心，那心像冰一样，似乎永远也不能暖过来，除了云云。”压垮骆驼的最后一根稻草，导致李敏芬最终给杜远方下逐客令的，是他在云云离开后对敏芬的再度严厉侵犯：“她想，她完了，离不开他了，长长地叹息地想。但就在她浑身放电放松瘫软无骨之际，他食言了，乘虚而入。她一下跳起来，却被他的大手按住，没能摆脱。之后越来越深再也无法摆脱，完全锁死了。恶心，快感，意识混乱，可耻，空白，高潮，麻木，活塞，机器……”正是因为杜远方违背承诺有了对于李敏芬的贸然侵犯，才促使敏芬下定最后的决心，把他驱赶出门。只有在杜远方后来被捕伏法之后，李敏芬方才发现自己内心里其实还是深爱着杜远方的。一个曾经被杜远方伤害过的女人，在他伏法后依然无怨无悔地对他葆有一份真切的感情，杜远方控制力的超强，于此又一次得到了有力的证明。

四

在对权力心理结构进行有力揭示的同时，宁肯也对小说中的若干人物形象进行了颇具人性深度的刻画塑造。细读小说，诸如杜远方、居延泽、李离、谭一爻、云云、巽、杨修等一些人物形象都能给读者留下难忘印象。但相比较而言，其中最不容忽略者，恐怕还是杜远方与居延泽两位。首先是杜远方。

甫一出场即已是一个完全被权力异化者的杜远方，并非天生的弄权者。曾经有过二十多年右派生涯的他，在八十年代也一度是一位有信仰追求的理想主义者。用李离的话说：“他有过二十多年的右派经历，很多年开荒种地，面朝黄土背朝天，挖渠修路，开矿背石，人间地狱他经历过，可什么也不能改变他……他外语很好……他在新疆读《资本论》写了二十多本笔记。”尽管小说只是对杜远方的右派生涯一笔带过，但我们却完全能够想象得到，在那二十多年非人的生活中，杜远方曾经经历过怎样的一种苦难。他那种强力的生存意志，很大程度上，正是拜那段右派生涯所赐的结果。正因为有着自己的理想追求，右派改正后的杜远方方才回到酒厂，准备成就一番事业。但就在事业初始起步的时候，杜远方的感情世界也酝酿着一场“地震”，因为他所特别钟爱的李离强势介入他的生活之中。为了李离，他曾经下决心与自己的老伴离婚：“他曾为李离打离婚，但还是没有离成，因为就在去办离婚手续的前一个小时，患难与共二十年的老伴突然脑溢血，虽抢救过来但失去自理能力。”这一突然事件的发生，不仅彻底阻断了杜远方的离婚脚步，而且更从根本上影响到了他未来的人生道路：“他的灵魂来了一个急刹车，并且一脚刹死。他一手造成老伴脑溢血，这是天罚，这是他的罪，也是他的命。他的二十多年的苦难史结束了，但幸福却并没有开启。一场疾病如同一场暴力对他的内心进行了清场，他向死而生，退了出来。道德挽回了，心却死了。他是八十年代最早结束理想主义的人，结束于1982年，比许多人都早得多，从此他最核心的东西是黑暗，什么也照不进去。但是智慧仍在增加，道德虽然挽住了却也不再有真正的道德，一切都是智慧，不再有情感。”哀莫大于心死，理想熄灭，虚无登上。既然虚无，那就一切皆可为。于是，杜远方就逐渐地演变成为一位热衷于权力竞逐的弄权者。杜远方毫无疑问是一个有罪的灵魂，无论是就其贪腐行为而言，还是相对于老伴、李离甚至李敏芬而言，结论均是如此。他的罪，从根本上说只能由他自己承担，但问题在于，由于中国语境的存在，问题就没有这么简单了。首先，对于自己未来的悲剧性结局，杜远方有着强烈的预感：“但他也知道，有些东西可能是迟早的，早早晚晚有那么一天。早早晚晚有一种不可控的东西降临他，他强不过这种东西——事实上没人强得过。这方面只能尽人力信天命，杜远方对此十分清醒。正是这种清醒让他内心有一种非常凉的东西，冷飕飕的东西，这种东西像内心深处的黑洞，非常深邃，且有扩大趋势。”但在另一方面，杜远方却也非常清楚地知道，在中国，因为一种特定社会体制的存在，某种宿命的发生是必然的：“这么说吧，就算你没为自己捞上一分钱，若认真查起来也足可以判你死刑。这就是一个企业的本质，这，就是这个黑洞，黑洞之一吧，你明白吗？”因此，“你必须跳进黑洞，与黑洞握手，与它拥抱，那时我觉得自己就是烈士”。我们寻常所谓的与魔共舞，指的大概也就是这种情况了。

问题的复杂性在于，杜远方实际上并没有完全心死，完全被虚无笼罩，在他内心深处，其实仍然有对于亲情的向往与依赖。否则，他就没必要在逃亡途中出现在李敏芬的生活之中了。这一方面，尤其不容忽视的，是关于杜远方与云云之间感情关系的描写。一位是在逃的贪腐者，另一位是天体物理专业的在校大学生，说白了，两个人的关系只是建立在杜远方临时避难的基础上。但令人称奇的是，杜远方居然如同对待自己的亲生女儿一样地以百般柔情对待云云，任云云百般驱遣而毫无怨言：“他毫无怨言，毫无不耐烦，看上去也不冷，不累，根本不是一个老人，比年轻人还有力量。”为什么会如此呢？究其根本，恐怕还是寂寞孤独太久的杜远方内心中对亲情的一种渴望：“杜远方的耐心除了有敏芬的因素也透露出对‘女儿’的某种天然的喜欢，哪个父亲没潜在地梦想过一个女儿？如同哪个母亲没梦想过一个儿子？特别是老之将至的时候。”“从权力角度看人特别是女人，是杜远方一种由来已久的习惯，现在权力消失，却感到了一种感动，一种启迪，一种扪心。”“与云云在一起，这种回到早年的感觉屡屡发生，杜远方喜欢这种感觉，喜欢云云像早年的自己。”“杜远方喜欢这种微妙，这里有太多的人的东西，而他那个家庭却有太多淡漠的东西。”必须承认云云存在的必要性，只有借助于云云，宁肯方才得以充分揭示出杜远方人性世界的另一面。这种两面性的存在，就意味着杜远方常常处于分裂状态：“云云对他毫不客气，好像她知道他在想什么，而她一喊他立刻知道他又分裂成两个人了，并且清楚地知道：云云也知道他是两个人。”就此而言，端赖云云这一人物的存在，宁肯才真切地表现出了杜远方那样一种堪称复杂的人性状态。

然后，是居延泽。理解居延泽的关键处，一是1988年他在酒厂实习时与杜远方之间的对抗，二是他在九十年代初期的人生道路选择。一方面，居延泽与李离发生感情纠葛，固然是杜远方处心积虑的一种安排，但在另一方面，明明知道李离是杜远方的女人，也明明对杜远方心存恐惧，但初生牛犊的居延泽最终却还是不管不顾地与李离缠绕在了一起。尤其是在差不多已经公开了与李离关系的同时，居延泽的决定考研，就更是表示了摆脱杜远方为自己所预设轨道的决心。所有这一切，无论如何，都应该被看作是对于他自己曾经一度视为精神教父的杜远方的背叛与反抗。不能不注意的是，类似于居延泽这样一种带有强烈理想主义色彩的反抗行为，只有发生在八十年代才有可能。对于这一点，居延泽自己有着格外清醒的认识："九十年代再不会有我当时作为一个野心勃勃的在校大学生的机会了，李离这样的人也不会再看上我，杜远方也不会给我这个机会，八十年代至少表面是一个绅士的年代，一个贵妇的年代，一个《红与黑》那样的年代。"应该说说八十年代了。阅读《三个三重奏》，敏感的读者早该注意到，其中几位人物都曾经专门提到过八十年代。由此看来，八十年代，无论如何都应该成为理解这部小说的关键词之一。"八十年代，思想解放，人的觉醒就是欲望的觉醒，理想还是欲望谁又能说得清呢？两者很难剥离，当九十年代的人们惊讶于欲望赤裸裸的时候，实际上在八十年代就已经孕育了。所以谭一爻问谁对居延泽影响最大时，居延泽认为除了杜远方和李离两个人再没有别人。女人、权力，一对美妙的兄妹，那时居延泽就见识了。只是在女人和权力之间那时还有文化，还有整个八十年代说不清的精神氛围笼罩着。"正因为八十年代是一个理想与欲望复杂缠绕的时代，所以，居延泽才特别认可那个时代："那时理想有欲望的底子有一种拼劲儿，欲望有理想罩着不会太赤裸裸，太原教旨。"进一步说，居延泽之所以能够成为居延泽，也是拜那个时代所赐的结果。究其根本，八十年代居延泽的理想主义，一方面表现为对于杜远方的背叛与反抗，另一方面更表现在他读研起始时曾经"去过北京两次"的行为之中。在这里，北京显然已经成为一个突出的象征符号。尽管小说的叙述看似轻描淡写一笔带过，但其中对于一种时代隐痛的书写与表达，却是无论如何都不容轻易忽略。研究生毕业后的居延泽之所以无处可去，根本原因就在于此："他早早地就知道了他们这届研究生不被信任不能留校，他的学术之路被堵死。"这样的结果，自然导致居延泽理想主义精神的彻底熄灭。彻底诀别了理想主义之后，居延泽就只能再度求助于自己的精神教父杜远方，并且按照杜远方为自己预设的人生轨道，先在省委政研室工作，后来又进一步发展为省里一号的秘书。官场的升迁倒也还在其次，关键是居延泽的精神就此而彻底堕入黑暗，成为一位赤裸裸的权力原教旨主义者："换句话说饭店前他就预感到黑暗来临，但不相信黑暗，现在他相信了，黑暗将成为一种信念。也只有当黑暗成为一种信念的时候，你才能忍受黑暗。不然怎么忍？他翻了个身，没脱衣裳，想。"实际上，也正是从那个小旅馆的无眠之夜开始，被驯化了的居延泽，彻底认同了现实社会中的权力秩序。既然提及八十年代，我们就必须把居延泽连同前面已经有所谈论的注释部分联系成为一个整体加以观照。只有如此，我们方才能够一方面见出历史本身的复杂性，另一方面也见出宁肯艺术思维的缜密。假若说在居延泽身上，我们更多地看到八十年代理想主义的一面，那么，在注释部分"我"、杨修与李南的故事中，我们更多体会到的，则是早在八十年代那样一个思想解放的年代，权力的巨大阴影实际上就已经无处不在了。很大程度上，理想主义与权力阴影，正可以被看作是八十年代的一体两面。只有把二者有机地整合在一起，方才算得上是一个真实的八十年代。能够把八十年代的一体两面辩证且形象地呈现出来，所凸显出的，正是作家宁肯一种深刻的思想认识能力。

结束我们的全部论述之前，必须提及的一点，是小说关于谭一爻之死这一故事的特别设定。尽管并非虔诚的佛教信徒，但在得知自己依然病入膏肓之后，谭一爻却把一座无名的慈云寺选定为自己人生的最终归宿之地。尤其是，在了解到佛教的所谓圆寂理论之后，谭一爻居然向年轻的方丈提出了坐缸坐化的要求。按照谭一爻的说法，只要他坐缸坐化后能够有舍利烧出，那么，慈云寺就将为他建一座塔："我将是慈云寺五百年来第一个获得七级浮屠的人。浮屠你知道吗？浮屠？就是塔，我那天才知道浮屠就是塔！"为了能够在坐缸坐化后有舍利烧出来，谭一爻不惜"作弊"，坐缸前便吞下了七七四十九颗白色晶石。小说之所以要设定谭一爻这样一个人物，一方面固然是要他以一位资深审讯专家的身份凭借自身的强力意志最终迫使居延泽开口交代问题，但在另一方面，却也是要借他而传达一种人性救赎的悲悯情怀。《三个三重奏》中的两位主要人物杜远方与居延泽，因为各自的贪腐行为，最终都无法避免必然的死亡结局。他们的死亡，一方面固然是他们罪有应得，但另一方面，一个鲜活生命的消亡，总归是一种悲剧。宁肯之所以让巽在居延泽被执行死刑的那天只身上了慈云寺，所欲传达的，正是一种慈悲为怀的超度意思。同时，我们也应该注意到，就在小说开端的“序曲”部分，叙述者“我”曾经讲过这样一番话：“我交了一批死刑犯朋友，九个月时间里送走了一批又一批，断断续续，总是没个完，我不能送走前面不顾后面，这样既不公正也不道德，也有违一个准神职人员的工作。死亡如果没有临终关怀是一件很不人道的事，我觉得寺院或医护人员应该承担起这项工作。我不能说我的角色做得多好，但确实有相当多的死刑犯经过我的促膝长谈对来世产生了希望。我不敢说我的抚慰超过了和尚、牧师或类似的人员，但也真的差不太多，有些方面我觉得自己做得更好一些。”因为“我”是一位以阅读和书写为业的读书人，所以“我”便承诺把这些死刑犯的故事写到自己的书中：“我的承诺代替了天堂的承诺，不少人因此得到救赎，即使没有也大大减轻了对死亡的恐惧。”倘若把这番话与谭一爻坐缸的情节设计联系起来，那么，宁肯《三个三重奏》一种人性救赎的悲悯情怀的表达，就是无可否认的客观事实。也只有在这个层面上，我们才能够更深刻地理解领会小说的题记，也即鲍德里亚关于“完美的罪行”的那段话语：“在完美的罪行中，完美本身就是罪行，如同在透明的恶中，透明本身就是恶一样。不过，完美总是得到惩罚：对它的惩罚就是再现完美。”而宁肯的《三个三重奏》，则正是这样一部再现“完美的罪行”的优秀长篇小说。

《蟠虺》：悬疑·学术·人性

面对着茅奖得主刘醒龙的长篇小说《蟠虺》（载《人民文学》2014年4期），我首先便陷入了一种自我尴尬的状态之中。这个“蟠”字么，我倒还认识，蟠龙镇的“蟠”不就是这个“蟠”么，但“虺”呢？这是一个什么字？尽管说很快地我就借助于词典解决了这个问题，但曾经的自我尴尬却是一种无法否认的事实存在。关键问题是，刘醒龙为什么非得给自己的长篇小说弄这么一个怪模怪样的标题呢？不这样不行么？但只有在认真地读过这部小说之后，我方才明白了刘醒龙为什么一定要把自己的这部作品命名为“蟠虺”的原因。却原来，对于刘醒龙这样一部以楚学研究界为主要表现对象的小说来说，“蟠虺”是一个写实性与象征性兼备的恰切标题。何谓“蟠虺”呢？按照百度百科的说法，“蟠虺”乃是从“蟠虺纹”这一名词中剥离出来的一种既似龙又像蛇的纹饰形象：“青铜器纹饰之一。又称‘蛇纹’。以蟠屈的小蛇（虺）的形象，构成几何图形。有的作二方连续排列，有的构成四方连续纹样。一般都作主纹应用。盛行于春秋战国时期。有三角形或圆三角形的头部，一对突出的大圆眼，体有鳞节，呈卷曲长条形，蛇的特征很明显，往往作为附饰缩得很小，有人认为是蚕纹。个别有作为主纹的，见于商代青铜器上。”具体落实到小说文本中，与“蟠虺”紧密联系在一起的，是作为小说核心物象存在的青铜重器极品曾侯乙尊盘。在楚学界，曾侯乙尊盘有着至高无上的独尊地位：“按时下常常被人形容的，如果说曾侯乙编钟是青铜重器中的皇冠，那曾侯乙尊盘则是皇冠上的明珠。曾本之正是因为对这颗明珠的研究而享誉中外考古学界。”“时下还有一种说法，说一个人行不行，要看说这个人行不行的人行不行。同理用在学界也是如此，研究者的研究成果行不行，要看研究者研究的东西行不行。曾本之在楚学院的地位之所以至高无上，就在于他潜心研究的曾侯乙尊盘的地位，在所有已发现的青铜重器中是至高无上的。”正因为曾侯乙尊盘在青铜重器中有着至高无上的地位，所以它也自然成了《蟠虺》这部小说的核心物象。而对于附着于其上的蟠虺纹饰，小说中也曾经借助于老三口送给曾本之的那块透空蟠虺纹饰残片进行过极生动的描述：“曾侯乙尊盘的至尊地位，除了其构思巧妙，器型复杂，组件繁多，至今仍令人叹为观止外，更在于尊与盘上各有一圈独一无二的透空蟠虺纹饰。那些若龙若蛇的微小的青铜构件，互为依偎，争相缠绕，宛如混沌初开之际，天地晴明，龙蛇腾飞，万物竞逐。从出土至今已经三十多年了，其繁其复，其纷其杂，即便是曾本之这样最有心得的研究者，也没有弄清楚那些若龙若蛇的细微的青铜器构件到底有多少。”很显然，刘醒龙之所以坚执于“蟠虺”这一标题，与曾侯乙尊盘在青铜重器中的重要性，与附着于其上的蟠虺纹饰的精美无比，存在着内在的紧密联系。

依照常理，既然是一部以楚学研究界为主要表现对象的长篇小说，那就自然应该被归入知识分子题材当中。但刘醒龙这部长篇小说的一个特殊之处，却是对于一种悬疑表现方式的有效征用。他的悬疑表现方式来自于悬疑小说。悬疑小说是类型小说之一种，特别注重于悬念的制造，一般情况下，往往会有一个悬念贯穿始终并最终得以完满解开。具有明显通俗意味的悬疑小说，之所以着重于悬念的制造，从根本上说，正是为了增加小说的情节紧张度，能够吸引更多读者的缘故。具体来说，刘醒龙《蟠虺》所采用的悬疑手段主要体现在以下几个方面。其一，是关于那两封神异的甲骨文来信。小说一开始，就制造出了一个强烈的悬念，那就是主人公曾本之在当下这样一个纸质书信差不多已经完全退出了历史舞台的时代，突然收到了一封神异的纸质来信。这封信的神异，体现在这样几个方面。首先是写信人郝嘉，早在二十多年前的一九八九年夏天，就已经以自杀的方式离开了人世。其次，这不是一封简体信，而是一封用绝大多数人都不可能认识的甲骨文书写的信件。第三，是一种特别的寄信地址和方式：“省博物馆背后，进东湖公园大门，过小梅岭、可竹轩，道路尽头俗称老鼠尾的半岛最前端先月亭前，周一下午四点十分独坐于此的曾本之先生亲启。”当然，同样值得注意的，还有先后寄来的两封信的具体内容分别是“拯之承启”与“天问二五”。一位明明确确已经离开这个世界二十多年的人，是绝对不可能给曾本之写信的。那么，这两封信的写作者究竟是谁？他为什么要如此煞费苦心地给曾本之写这样一种特别的信件？所有这些，自然就构成了一种强烈的悬念，牵引着读者以一种欲罢不能的心态去最终弄明白隐于神异信件之后的真相。一直到小说将要结束时，神异信件的谜底方始被彻底揭开。却原来，这两封神异的甲骨文信件的写作者，不是别人，正是曾本之楚学院的同事，同时却也是他惺惺相惜的朋友马跃之。马跃之可以说是楚学院仅次于曾本之的另一位楚学权威。曾本之以对曾侯乙尊盘等青铜重器的研究而驰名学界，而马跃之的研究领域却是漆器和丝绸："马跃之专攻漆器和丝绸，是这个方向上声名显赫的学术权威，但对甲骨文和青铜重器从不轻言。"

其二，是郝嘉与郝文章父子二人不无离奇色彩的人生遭际。作为曾本之楚学院曾经的同事，郝嘉虽然已经离开这个世界多年，但在小说中他却凭借着马跃之煞费苦心炮制出的甲骨文来信而强势浮出水面。马跃之之所以要冒用郝嘉的名义写信，正是因为他一直对郝嘉的自杀原因心存疑问。实际上，马跃之的疑问，也同样是曾本之无法释怀的一种疑问。那么，当年的那位楚学研究天才郝嘉究竟为什么要自杀呢？他为什么在弃世的时候要伸出三个指头来？为什么从六楼跳下来时要"山呼鼻屎"呢？正因为这一切都无从索解，所以马跃之才会发出由衷感叹："郝嘉出事后，我也想不通，全楚学院几十号人，可能要出事的人，至少有七八个，为什么要争这谁也不想要的冠军呢？"因此，尽管是发生在二十多年前的往事，但郝嘉的真正死因却构成了推动小说情节演进的一个悬念，而且也只有到了小说快要结束的时候，读者方才恍然大悟，原来，郝嘉之死却也与郑雄对他的出卖有关："'我也是逼上梁山！'郑雄几乎要哭了，'那一年我才二十出头，哪见过这种世面，加上师母成天追着我问，曾老师会不会像郝嘉那样被隔离审查？小安还不到十岁，也拉着我的手要我保护爸爸。我一心急，就将那些照片交上去了。"也只有到了这个时候，导致郝嘉之死的诸多原因才得到了充分的揭示："从伪器的出现开始，郝嘉的内心就开始死亡了。在这一点上曾本之和马跃之的看法是一致的。加上泰山压顶的大审查，还有杨医生的死，以及杨医生所生儿子的失踪，郝嘉生命的崩溃无可避免地发生了。"然后，是郝文章的离奇入狱。作为一位前程无量的楚学研究天才，作为楚学泰斗曾本之的得意门生，郝文章最令人费解的行为，就是因为试图把曾侯乙尊盘据为已有而锒铛入狱长达八年之久。

对此，马跃之一直耿耿于怀：“这些年我总觉得，当初郝文章犯事，被判入狱八年，这中间有些事于情于理都有破绽。”“暂且不说作案过程，仅仅是作案动机，就让人无法相信，郝文章来楚学院几年，以区区本科生的教育水平，很快就超越那些博士硕士，所取得的研究成果，已经是本之兄一人之下，而在其他所有之上。就连先前集万千宠爱于一身的郑雄，也已露出颓势。这种时候，他竟然去偷曾侯乙尊盘，让人讲不出，也想不出道理来呀。”也只有到郝文章后来出狱之后，我们方才弄明白他的入狱其实在很大程度上带有自愿的意思。唯其因为知道青铜器大盗老三口也被关在狱中，一心想着要彻底澄清曾侯乙尊盘真相的郝文章才不惜以身入狱一探究竟。曾本之在当时之所以未加阻拦，也是因为对郝文章多有了解的他，实际上已经隐隐约约意会到了郝文章的本心所在。从这个意义上说，郝文章这种“不入虎穴焉得虎子”的入狱行为，就真正称得上是“我不入地狱谁入地狱”了。此种行为所充分凸显出的，很显然正是郝文章那样一种为了学术真理而不惜付出一切代价的献身精神。

其三，是关于老三口与华姐传奇故事的讲述。除了曾经与曾本之在狱中会面之外，老三口一直以幕后的形式活动在小说文本之中。所谓幕后的形式，就是指我们所有关于老三口的信息，包括他与华姐的夫妻关系，他的盗墓行动，他的入狱出狱，乃至于他最后的惨死于密谋的车祸，都是叙述者借助于其他人物之口告诉读者的。“老三口曾经是中南地区著名的青铜大盗。除了盗墓，老三口还喜欢复制一些罕见的青铜重器，并将所复制的青铜重器放进被盗过的古墓中，故意出难题，让考古专家不敢轻易将被盗过的古墓中的物品当成文物。老三口正是凭借考古部门一时难以判定地下文物被盗情况，赢得时间和空间，将真的青铜重器，或是转移，或是出手。”正所谓盗亦有道，虽然身为青铜大盗，但老三口的言行举止却并没有完全逾越考古学界的规范。倘若机缘凑巧，在青铜重器方面拥有某种绝世才能的老三口或许能够成为如同曾本之一样的学术泰斗也未可知。事实上，最早发现曾侯乙大墓的，不是别人，正是老三口：“如果没有那些突然冒出来的铁道兵在附近修铁路，那些旷世青铜重器本可以由老三口独自拥有，老三口也可以凭借这些旷世国宝，弃暗投明成为像曾本之一样的学界泰斗，广受世人尊敬。老三口后来之所以与郝嘉暗中合作，是怀有报复之心的，同时，也有炫技因素。老三口想以一个盗墓贼的身份完全史上第二套曾侯乙尊盘，来羞辱曾本之等所谓的权威泰斗。”从根本上说，所谓的学界泰斗与青铜大盗，都是在依靠自己灵敏的嗅觉挖古墓为生。只不过一个在明处，风光满面，一个在暗处，见不得光而已。尤其不能忽视的是，“老三口干这一行，不全是为了钱。如果只是为了钱，他们夫妻俩早就发财了。老三口仿制各种各样的青铜重器，也不仅仅是为了捉弄那些半吊子的青铜重器专家，他太想表现自己高超的青铜铸造工艺”。大约也正因为如此，所以我们就不难发现，在曾本之与老三口的内心深处，其实都存在着一种所谓高处不胜寒的惺惺相惜之感。但不管怎么说，老三口实质上的青铜大盗身份却是无以更改的。在一般读者的理解中，他携带娇妻华姐那样一种充满冒险色彩的盗墓与亡命生涯，本就充满着突出的悬疑意味，有着足够的吸引力。当然，同样具有强烈悬疑色彩的，还有老三口唱给曾本之听的那一首来自于岷县的民歌花儿：“高高的山上有一窝鸡，不知道公鸡么母鸡；清朝时我俩亲了个嘴，到民国嘴里还香着，好像老鼠偷油吃哩！”只要略作查对，就可以发现，实际上流行的民歌只有前四句，根本不存在最后一句。老三口刻意地添加上这一句，其实就是要暗示曾侯乙尊盘的埋藏处所在。只可惜一伙大人均没有能够悟出其中深意，亏得幼儿楚楚识破了脑筋急转弯的奥秘，一众学者方始明白，老三口原来把曾侯乙尊盘埋在了曾本之经常盘桓于此的老鼠尾那个地方。到最后，果然在老鼠尾这个地方挖出了已经被搜寻了很久的曾侯乙尊盘。

现在的问题是，在一部旨在透视表现知识分子精神世界的长篇小说中，刘醒龙为什么非得要征用以上种种悬疑手段呢？尽管说《蟠虺》肯定不是一部后现代主义的作品，但来自于后现代主义的影响，或许正是致使刘醒龙果断征用悬疑手段一个极其重要的因素。我们且先来看过特里·伊格尔顿对于后现代主义的一段论述：“最后，也许最典型的是，后现代文化厌恶传统在‘高雅’与‘通俗’艺术之间划分的固定界限和范畴，通过生产自觉于民本主义或土著文化的艺术品，或通过提供用于娱乐消费的商品而打破了二者间的界限。与瓦尔特·本雅明的‘机械复制品’一样，后现代主义试图以一种更加可怕的实用性艺术消解现代主义主潮文化令人生畏的辉光，对一切特权和中坚的价值等级投以怀疑的目光。没有好坏，只有差异。为跨越艺术与普通生活之间的障碍，后现代主义在某些人眼里是传统上追求这一目标的在我们这个时代崛起的激进先锋。在广告、时装、生活方式、超级市场和大众媒体方面，美学和技术最终相互渗透了，而政治生活已经成了一种审美景观。后现代主义对常规审美判断的厌烦具体化为所谓的文化研究。”[①]由特里·伊格尔顿的论述可见，打通传统意义上“高雅”文学与“通俗文学”之间可谓森严壁垒的界限，积极有效地借鉴“通俗文学”的各种艺术表现技巧，正是后现代主义一个突出的特点所在。虽然刘醒龙并非后现代主义作家，但置身于当下语境之中，受到一些后现代主义的艺术启示，却也还是顺理成章的事情。最起码，刘醒龙在《蟠虺》中对于悬疑小说中悬疑手段的征用，与后现代主义之间，存在着异曲同工之妙。后现代主义的启示之外，刘醒龙的征用悬疑手段，显然还与他自己所书写着的题材领域存在着一定关系。我们必须清醒地认识到，刘醒龙所具体书写表现着的考古发掘研究工作，其实枯燥乏味得很。这样，对于意欲书写表现这一领域生活的刘醒龙来说，如何才能把枯燥乏味的学术研究生活写得盎然有趣活色生香，能够充分吸引读者的注意力，自然就成为一个不容回避的重要问题，就构成了对作家的一种巨大挑战。毫无疑问，刘醒龙之所以要煞费苦心地运用以上带有突出“通俗”意味的悬疑艺术手段，究其根本，正是为了有效地增加作品的情节紧张度，进而使得《蟠虺》这部学术小说具备更多的可读性，成为一部好看的小说。

作品的好看与否固然很重要，但一部优秀的长篇小说却不能够仅只是满足于可读性的具备。其中，是否能够成功地营造出一种恰切合理的艺术结构，显然是必备的艺术要素之一。我们注意到，对于小说的结构问题，曾经有作家做出过精辟的思考与论述：“结构即故事：开头，冲突，发展，高潮，结尾，这是关于结构最简单的回答。是一个小说家最基本的功夫，没什么神秘的，以往一说到结构就有种神秘感，就一时不知如何反应。但什么是故事？仅仅是上面说的一个ABC逻辑吗？故事的核心是什么？这就复杂了一些。换句话说什么构成了故事？事件，这是没错的，发生了什么事，但发生事情以后呢？就涉及了人，人与人在事件中的关系，也就是说真正要讲的故事是：事情发生后的人物关系。是人物关系构成了小说真正的结构，即故事。故事与小说的分野也正在人物关系上：对‘故事会’而言是先发生事情，引出人，

---

① 特里·伊格尔顿：《文学理论导引》，转引自王先霈、王又平主编《文学理论批评术语汇释》，高等教育出版社2006年版，第760页。

人服从于事件逻辑向前推进；但对小说家而言，常常不是一个事件触动他写作，而是一种人物关系触动了他，常常是先有了人物关系才开始现编故事，所有的故事都诞生并服从于人物关系。所以更直接地说结构即人物关系。”[①]把小说结构直截了当地理解为人物关系的建构，的确称得上是一种颇具洞见力的经验之谈。对于刘醒龙长篇小说《蟠虺》的结构设定，我们就显然可以做此种理解。正如同前面已经提到的，作为国宝级的青铜重器，曾侯乙尊盘这一物象在小说文本中处于无可置疑的中心地位，是小说叙事最根本的聚焦点所在。某种意义上，我们完全可以说，小说情节结构的设定，都是围绕着曾侯乙尊盘的“真与伪”，围绕着对它的拥有或者复制而进行的。细察文本，即不难发现，围绕着曾侯乙尊盘而“逐鹿中原”的，大约可以被归并为不同的三种力量。其中，最主要的一种力量，很显然是楚学院的曾本之马跃之他们。作为楚学院的学术研究者，守护并充分展开对于青铜重器曾侯乙尊盘的学术研究，正是他们的本职工作。这一方面的力量可谓阵容强大，既包括弃世已久的郝嘉，也包括锒铛入狱的郝文章，还包括楚学界的后起之秀万乙、易品梅，甚至包括曾本之和马跃之的家人。所有这些人，都对曾侯乙尊盘持有着极浓厚的兴趣。这种力量之外，还有另外两种力量的存在。其中之一，就是青铜大盗老三口和他的妻子华姐。关于这一方面的情况，前面已经有所涉猎，此处不赘述。倒是另外的第三种力量，值得引起读者的高度注意。细细说来，这第三种力量又由三部分人组成。一部分是老省长和郑雄他们，另一部分是来自于北京的熊达世：“熊达世是个在北京路路通的半仙，北京有些小院里的人都叫他熊大师，会气功治病，又能看风水面相，他来黄州，人还没到，也不知要干什么，就有几个电话从北京打到黄州。”再一部分，就是来自于西南边陲的那个云南人：“在盗墓贼中赫赫有名的老三口死之前，一直受到这些人的严密监视。郑雄只提及熊达世和用和氏璧玉玺从熊达世那里换得九鼎八簋的云南人。”那么，这三部分人为什么都会对曾侯乙尊盘充满不可遏制的强烈兴趣呢？从根本上说，这些人之所以如此，皆与曾侯乙尊盘自身一种祥瑞象征色彩的具备密切相关。从它产生的那一天开始，曾侯乙尊盘就与国家权力紧紧地缠绕在了一起：“作为青铜重器中极品的曾侯乙尊盘，是王

---

① 宁肯、王春林：《长篇小说的魅力——宁肯访谈录》，载《百家评论》2014年第4期。

者用来盛酒和温酒的一套器皿，其存在的意义当视为国宝中的国宝。”当年曾侯乙尊盘刚刚出土时冒出过的那股紫烟，以及由此而生发出的所谓紫气东来云云，都强有力地证明着这一点。正因为曾侯乙尊盘很容易就能够被一些人与国家权力联系在一起，所以也才会有马跃之与曾本之之间的这样一段对话：“马跃之说：‘你是担心他们会将曾侯乙尊盘当作祥瑞之物，奉献给那些有着狼子野心的人？’曾本之说：‘正是这样。所谓祥瑞只是一种文化暗示，但是，很多时候，暗示是能够变成某种神秘力量的。’”实际的情况也确是如此，老省长之所以要不遗余力地拉上郑雄积极推动青铜重器学会的成立，根本原因显然在此。这一点，在他对郑雄讲过的话中有着毫不遮掩的直接表达：“任何文物，如果不转化为生产力，成为意识形态，就不能成为真正的国宝。你懂我的意思吗？”正因为老省长、熊达世以及云南人对于曾侯乙尊盘的兴趣实际上都与现实社会中一种经世致用的政治意图紧密相关，所以我们自然也就把他们归并为一类，成为所谓的第三种力量。作品中，以上三种力量，围绕曾侯乙尊盘发生了可谓错综复杂的矛盾纠葛。对于三种力量之间如此一种错综复杂的矛盾纠葛局面，很多时候我们只能够用扑朔迷离称之。从结构即人物关系这样的一个角度来说，以上三种力量显然就应该被看作是《蟠虺》中的三条结构线索。其中，曾本之马跃之他们的那条线索，是最主要的结构线索。这条线索与另外两条相对次要的线索一起，不断地相互交叉缠绕，共同推进着小说主体故事情节的发展演进。

需要注意的是，无论是悬疑艺术手段的有效征用，抑或是艺术结构的精心营造，刘醒龙所欲抵达的最终艺术目标，却是对于学术界学术腐败问题的直面批判，是对于知识分子精神世界的深度勘探与表现。倘若仅仅只是从小说题材的角度来说，刘醒龙的《蟠虺》完全可以被看作是一部旨在透视表现学术领域学者众生相的学术小说。尽管说进入新世纪以来，以知识分子为主要表现对象的知识分子题材在长篇小说领域并不鲜见，但严格说来，把艺术聚焦点对准学术界的，还的确是相当罕见。除了刘醒龙的这部《蟠虺》之外，一时之间真还想不起来有其他的同类题材作品存在。别的且不说，单只是题材的选择，《蟠虺》就有着不容小觑的意义和价值。更何况，在其中，刘醒龙也还有着对于当下时代学术界学术腐败现象的尖锐揭露与批判。这一点，集中体现在曾经的楚学院院长、后任文化厅副厅长与青铜重器学会会长郑雄对于学术研究资源的垄断上："易品梅这篇从根本上否定失蜡法的论文，前几年就公开发表了。马跃之知道较晚，并非仅仅只是没有研究青铜重器，还在于楚学院资料室订阅的各种专业报刊，必须由当院长的郑雄一一过目才能上架借阅。凡是刊载有反对失蜡法或者对失蜡法表示质疑文章的报纸和杂志，都被郑雄先行借走，用不再归还的方法拦截下来。至于一些专业会议与活动，要么由郑雄陪着曾本之参加，要么是郑雄独自参加。郑雄调任文化厅副厅长之后，对楚学院的日常事务有些鞭长莫及，马跃之才从新来的报刊中了解到，被奉为青铜重器之神的曾本之，其不败金身已经被雾霾所笼罩。"尽管从表面上看起来，身为曾本之大弟子的郑雄一向对于曾本之毕恭毕敬，以至于连外出参加学术会议都要坚持陪侍在侧，但明眼人一眼即可看穿，郑雄的行为实质上其实很有一些"挟天子以令诸侯"的意味。究其实质，郑雄就是试图借助于手中的行政权力彻底垄断关于曾侯乙尊盘的学术研究。从根本上说，他所欲控制的，不仅仅是那些反对曾本之的学术界同仁，而且更是曾本之自己。郑雄非常清楚，自己与曾本之是一损俱损一荣俱荣的关系。只有维持住了曾本之在楚学界的学术泰斗地位，他自己在学术界的根本利益方才不会受到影响和威胁。正因为郑雄早已经习惯了对于曾本之的暗中控制，所以，一旦得知曾本之居然要甩开自己去宁波参加一个专业会议，他的即时反应才会特别失态："'这么重要的事，事先怎么也不和我说一声？'郑雄一定是急了，在一旁情不自禁地叫起来，话一出口又觉得言重了，马上补一句，'就算再忙，我也要请假陪您去呀！'"很大程度上，因为我们置身于一种特定社会体制的缘故，长期困扰中国学术研究界一个非常严重的问题，恐怕就是越来越明目张胆了的学术政治化现象。来自市场经济的消费意识形态影响之外，政治对于学术研究工作的强势介入与干预，毫无疑问是制约影响学术研究向纵深处发展的主要原因。刘醒龙在《蟠虺》中所详尽描写出的老省长与郑雄他们对于以曾侯乙尊盘为代表的青铜重器研究工作的越界干扰和控制，就可以被视为学术政治化的一种突出表现。在这种艺术描写的背后，我们所强烈感觉到的，正是刘醒龙对于不合理的学术政治化现象的有力揭示与批判。

但小说终归是一种关于人性的艺术，如何运用恰切的艺术表现形式把人性的真实状态尽可能生动形象地展示在读者面前，是衡量所有小说作品的一个重要标准之所在。我们发现，在一部体量相对庞大的长篇小说中，作家对于人性深度的挖掘表现，往往会集中体现在人物形象的塑造上："人物形象的塑造完全可以被看作是作家总体创造能力综合体现的一种结果。一个人物形象的成功塑造，既深刻地映现着一个作家对于客观世界的认识与把握能力，也有力地表现着一个作家对于深邃人性世界的体验与勘探能力，同时更考验着一个作家是否具有足够的可以把自己对于世界的认识与对于人性的把捉凝聚体现到某一人物形象身上的艺术构型能力。一句话，人物形象的成功塑造与否，乃是衡量某一作家尤其是长篇小说作家总体艺术创造能力的最合适的艺术试金石之一。"①我们之所以认定刘醒龙这部旨在描写表现当下时代学术生态的《蟠虺》是一部优秀的长篇小说，很大程度上也正因为作家凭借其突出的艺术构型能力成功地塑造了若干位具有相当人性深度的人物形象。一部学术小说，知识分子自然会成为人物形象的一种主体构成。因是之故，作家对于人物形象的塑造过程，实际上也是在对知识分子的真实精神世界进行着深入的挖掘与勘探。这其中，最不容忽视的两位人物形象，就是曾本之和郑雄。

作为楚学院研究曾侯乙尊盘的学术泰斗，曾本之实际上长期处于某种难以排解的思想矛盾状态之中。虽然他的这种心理矛盾状态一直到自己所钟爱的弟子郝文章出狱前后方才集中爆发，但其内心围绕曾侯乙尊盘所发生的纠结却已经延续很长时间了。在这里，我们首先须得注意到刘醒龙关于小说叙事时间的特别处理。刘醒龙《蟠虺》的叙事时间处理，事实上有三个时间节点不容轻易忽略。其一，是主体故事发生的当下时间，从曾本之在老鼠尾收到那封莫名其妙的甲骨文来信起始，一直到春节后故事的终结，前后约略差不多一年的时间。其二，是郝文章因企图"盗窃"曾侯乙尊盘并因此而锒铛入狱的八年之前。其三，则是更其遥远的那个郝嘉跳楼自杀的一九八九年夏天。虽然前者绝对构成了叙事主体，但在小说的叙事过程中你却不难发现，叙述者的视点实际上总是会回溯到前两个时间节点去。这样，三重的叙事时间实际上就一直处在一种不断叠加并置的状态之中。而作家对于几代知识分子命运的审视与表现，也正是在这样一种叙事时间不断叠加并置的过程中得以最终完成的。严格说来，曾本之关于曾侯乙尊盘的内心纠结，早在郝嘉跳

---

① 王春林：《繁荣中的沉潜与拓展》，载《文艺争鸣》2006年第5期。

楼自杀的一九八九年就已经开始了。需要强调的一点是，曾本之那个时候的心理纠结，还只是集中在曾侯乙尊盘的真伪问题上：“他心里早就有了基本思路，曾侯乙尊盘的丢失，肯定发生在一九八九年夏天学潮闹得最猛烈的那一天，事先安排好将曾侯乙尊盘送到楚学院检修，国宝送来后，突然传来天安门广场的消息，激愤之下，郝嘉将楚学院的人全部带到长江大桥。等到安保人员想起来，赶回楚学院时，曾侯乙尊盘已经被别有用心的人用足以乱真的伪器替换了。”伴随着故事的不断推进，我们后来才搞明白，原来这个别有用心的人不是别人，正是特别擅长于铸造各种青铜重器的青铜大盗老三口。自打发现曾侯乙尊盘被调包之后，如何才能够找到原初的真品，就成了曾本之无法释怀的一个心病。他之所以总是会长时间地盯着家里的曾侯乙尊盘照片发愣，根本原因显然在此：“与之对坐时，别人看到的是一个老男人对既往辉煌的留恋，看不到他那胸膛深处涌动的心潮，比龙王庙下面，长江和汉水交汇时形成的暗流还要汹涌。”更进一步说，曾本之弟子郝文章的自愿锒铛入狱，其实也与他对于伪器的发现有关。唯其意欲结识青铜大盗老三口以便彻底澄清曾侯乙尊盘一事的真相，郝文章才不惜做出代价如此惨重的自我牺牲。

曾侯乙尊盘的真伪之外，令曾本之无法释怀的另外一个精神情结，就是青铜时代的曾侯乙尊盘究竟是用失蜡法还是用范铸法方才得以铸造成功的问题。曾本之之所以能够成为楚学界关于曾侯乙尊盘研究的学术泰斗，很大程度上“得益于他对早已失传的青铜重器铸造工艺的研究”。“多年前，曾本之在青铜重器学界，石破天惊地指出，曾侯乙尊盘是用失蜡法工艺制造的。曾本之还通过一系列相关研究证明，最早使用失蜡法制造青铜重器的人是楚庄王的儿子楚共王，为中国青铜史写上全新的一页。”从根本上说，曾本之的学术地位，正是由对于失蜡法的坚决主张而奠定的。以至于，“无论如何，作为青铜重器研究的关键成果，曾本之就是失蜡法，失蜡法就是曾本之，这是人所共知的事实”。然而，在此后渐次深入的研究过程中，曾本之却逐渐地意识到自己对于失蜡法的学术主张极有可能是错误的。他之所以要在宁波会议上刻意地汇聚几位国内对失蜡法持强烈质疑态度的青年学者，所透露出的正是这样的一种学术信息。然而，业已延续数十年之久学术研究经历告诉曾本之，如果由自己出面否定失蜡法，毫无疑问将会引起一场楚学界的大地震："曾本之的判断一旦被公开，可以想到的后果，首先是自身学术高度的崩塌，就像一九九八年夏天簰洲垸长江大堤的溃口，区区一个小小的管涌便造成万劫不复。其次是青铜重器同行们的愤怒，那些已经将自身高度与中国青铜时代辉煌高度紧密相连的同行，决无可能接受曾侯乙尊盘不是用失蜡法工艺制造而成的观点，这样的否定太事关重大了。"正因为早已经充分认识到曾本之自我否定的震动效应，所以在他的好友马跃之看来："以曾本之在青铜重器学界一言九鼎的地位，青铜时代中国的制造工艺不存在失蜡法的判断一旦公开，其效果简直就是学术大屠杀。所伤及的不仅是众多同行同道，连研究丝绸与漆器的人都会被波及，未来是被腰斩，还是五马分尸，甚至被口水淹死现在都不得而知。"虽然马跃之对于能够断然自我否定的曾本之做出了高度的评价，但设身处地地想来，如同曾本之这样一位学术泰斗的自我否定，其实是极端痛苦的一件事情："自从将自己多年前力主曾侯乙尊盘是用失蜡法铸造的观点否定之后，曾本之忽然觉得楚学院变得十分陌生，有两次都走到附近了，又转头折返回来。在家里他也是这样，以往大部分时间都待在书房里，现在为了不去面对挂在墙上的曾侯乙尊盘黑白照片，他不得不在客厅的沙发上坐着，陪安静看那比生活本身还要无聊的电视剧。实在无法安妥自己的心情时，曾本之试着去了一趟徐东古玩市场。"毫无疑问，一向把学术研究视为自己生命的曾本之之所以如此表现失常，正是其内心精神痛苦的自然流露表现。

以上两方面之外，曾本之所需要面对的还有院士的评选问题。身为一位以学术研究为终身事业的学者，能够成为院士自然是一种极具诱惑力的愿望："曾本之无法否认，每次听到院士二字，自己的心跳就会加速。"正因为对于曾本之的这种心理有着敏锐的洞察，所以郑雄他们才会把院士评选一事作为制衡曾本之的一种筹码。面对着院士的巨大荣誉，曾本之的确曾经一度处于难以轻易平复的矛盾纠结状态："他很想让自己确认，申报院士之事就是那杀死齐国三位勇士的两颗桃子。每到需要做出决定时，曾本之便发现，要割舍那些披着'院士'外衣的与名利紧密相关的东西，自己还少了一些力量。"设身处地地想一想，曾本之能够有今天举足轻重的学术地位，实际上是非常不容易的事情。这里，曾本之其实面临着一个类似于哈姆雷特"生存还是毁灭"的到底是要真理还是要名利的两难选择问题。如果要名利，那曾本之什么都不需要做，只需要顺水推舟，一切自会有谙熟于各种规则潜规则的郑雄去替他打理。但如果要真理，则不仅申报院士无望，而且也还面临着学术泰斗地位的崩塌问题。到底该如何选择呢？真正难能可贵的是，在经过了一番格外痛苦的精神自我搏斗过程之后，曾本之所毅然选择的，却还是对于学术真理的认同："过去人还不太老时，我太在乎像'院士'这样的所谓荣誉，以为很荣耀，也很得意，等到突然发现自己人老体衰时，才意识到实际上是吃了大亏。如果实事求是去做，或许还能做一些更有意义的事情。现在明白过来，只怕来不及了。"就这样，尽管已经年过七十，但曾本之却依然实现了一种非常不容易的衰年变法，完成了化蛹为蝶的艰难精神蜕变过程。某种意义上，曾本之的精神选择，完全可以让我们联想到小说开头处曾本之自己写下的那两句话："识时务者为俊杰"与"不识时务者为圣贤"。从曾本之所作出的最终人生选择来看，他毫无疑问是一位逆潮流而动的不识时务者。识时务容易，不识时务难。但也唯其能够不识时务，所以，他的精神境界方才得到了强有力的提升，方才成为我们这个时代实际上已经非常少见了的具有突出理想主义情怀的知识分子"圣贤"形象。

曾本之之外，另外一位给读者留下难忘印象的人物形象，就是与曾本之形成鲜明对照的郑雄。假若说曾本之是一位不识时务的"圣贤"，那么，郑雄就显然是一位识时务的"俊杰"。与曾本之的理想主义情怀相比较，郑雄身上最突出的特点，恐怕就是一种特别善于算计筹划的市侩现实主义品相，用知之甚深的曾小安的话来说，就叫作"他不管做什么事，都要用三十六计，一条一条地算计几遍才作决定的"。倘若说曾本之马跃之他们都是学术真理的坚持与维护者，在以自己的现实言行努力抵制对抗着学术政治化的痼疾，那么，郑雄就可以被看作是一位学术上的投机主义和利己主义者。对于郑雄来说，所谓学术真理的存在与否根本与我无关，在这个官本位的学术严重政治化的国度中，如何获取政治利益的最大化方才称得上是郑雄的根本诉求所在。正如同前面已经指出过的，为了获取足够大的学术和政治利益，他既可以利用院长的权力垄断学术研究资源，拼命地打压学术研究界的另类异己，也可以对老省长、对曾本之一干人等卑躬屈膝委曲求全，极尽讨好之能事。唯其如此，他才会不无肉麻地当面对曾本之说："从我开始，您门下的弟子早就达成共识，这辈子最重要的研究，就是反击那些不相信楚学真理的谬论，让青铜重器成为当代重器。”在学术研究领域，到底是吾爱吾师，还是吾更爱真理，是一个无论如何都绕不过去的命题。强调这一点，在当下时代，更有其积极的针对性。但郑雄摆出的，却毫无疑问是一副学术无赖或者说学术泼皮的架势。对于郑雄的这种精神实质，马跃之自然有着一针见血的清醒认识：“曾小安说郑雄很伪娘是有几分道理，像我们这样纯粹搞研究，只对历史真相负责。自打当上副厅长，郑雄就不能再对历史真相负责，首先得对管着他的高官负责。所以，但凡当官的，或多或少都有些伪娘。就像昨天下午的会上，郑雄恭维庄省长是二十一世纪的楚庄王，就是一种伪娘。只不过这种伪娘，三分之一是潘金莲，三分之一是王熙凤，剩下的三分之一是盘丝洞里的蜘蛛精。”为了达到自己的目的，郑雄真的可以说是什么事都能够做得出来。这一方面，最令人惊讶的，恐怕就是他与曾小安之间长达八年之久的假夫妻事件。为了获取曾本之充分的信任，为了谋取最大化的学术和政治利益，尽管与曾小安之间毫无感情可言，但郑雄却硬是假扮了八年曾本之的“乘龙快婿”。正所谓八年辛苦不寻常，就连中国的那场对日全面抗战，所持续的时间也不过只有八年时间。在这个意义上，郑雄的隐忍行为，的确可以让我们联想到历史上的韩信与勾践来。所幸在于，对于郑雄这种隐忍行为背后的狼子野心，曾本之后来有着犀利的洞察：“他没有受一天罪，因为他娶的本来就不是小安！他娶的是糟老头曾本之，娶的是那糟老头既要名誉又要地位的私心杂念，他娶的是用学术作为跳板的春秋大梦！”一位从事于学术研究的知识分子，却居然能够如同韩信勾践般不择手段，细细想来，着实让人心寒齿冷。在这个层面上，郑雄这一形象的生成，与中国当下的社会政治文化语境，与中国传统文化之间所存在的内在关联，就的确应该引起我们的深入思考。必须注意到，在谈到“蟠虺”时，曾本之曾经讲过这样一番意味深长的话：“卿本佳人，奈何做贼！这就像对蟠虺看法，有人说是小龙，有人却要说成是蛇。龙蛇虽属同科，却非同类。”我们前面曾经强调刘醒龙的“蟠虺”这一小说标题有着突出的象征意义，曾本之这里所尖锐道出的，就是“蟠虺”真切深刻的象征内涵之所在。非常明显，假若说曾本之马跃之郝嘉郝文章他们可以被看作是“小龙”式的“蟠虺”的话，那么，如同郑雄这样的知识分子也就只能够是“蛇”一样的“蟠虺”了。刘醒龙之所以非得要用“蟠虺”来做小说标题，其最深刻的良苦用心显然落脚于此。

自然，阅读《蟠虺》，饶有趣味的一点，还有作家关于自己笔下的这些学者与那些与“楚”相关的成语的巧妙关联。曾本之是“楚弓楚得”，马跃之是“楚才晋用”，郝嘉是“楚璧隋珍”，郝文章是“楚乙越凫”，郑雄是“楚越之急”，所有这些成语与人物之间的内在联系，那样一种深层象征意味的存在，是一目了然的事情。但在结束本文之前，无论如何都不能不提及的是郝嘉之死与一九八九年夏天之间的内在关联。对此，小说中曾经有过多处令人过目不忘的真切描写：“郝嘉是好人，也是真正的男人，他将所有的事情都全揽在自己身上，近百人去长江大桥静坐，还打着楚学院的红旗，可他硬说自己是主持工作的副院长，是他下命令让所有人去长江大桥的，天大的责任由他一肩扛起来。”在这里，知识分子郝嘉所一力扛起的，其实是对一个重要历史事件的责任担当，是一个民族的未来希望。正因为如此，所以也才会有刘醒龙如下一种动情描述的最终生成：“那红红的方块，一会儿像血的颜色，一会儿又变成早霞的色彩。一九八九年夏天的那个早晨，孤独地趴在混凝土地面上的郝嘉，正是在这两种颜色中既轰轰烈烈，又悄无声息地去往生命的终点。悄无声息是对公共社会而言，轰轰烈烈则是在许多人心里。”是啊，怎么能够忘记呢？忘记历史就意味着背叛，我们必须活下去并且要永远地牢记。在这个意义上，刘醒龙能够在一部挖掘表现知识分子精神世界的学术小说中，内在而坚决地书写历史的创伤和隐痛，无论如何都应该赢得我们发自内心的充分尊重。

《后上塘书》：幽魂叙事与社会发展原罪诘问

在2014年，有两部优秀的长篇小说与作家对于幽魂叙事手段的有效征用密切相关，一部是雪漠的《野狐岭》，另一部，就是孙惠芬的这部《后上塘书》（载《人民文学》2014年第11期）。《后上塘书》艺术形式上一个不容忽略的重要特点，也同样是对于幽魂叙事手段的巧妙使用。我们都知道，早在2004年，孙惠芬就曾经写作过一部名为《上塘书》的长篇小说。正因为先有十年前的《上塘书》，所以也才有了现在的这部《后上塘书》。二者之间一种承接关系的存在，是显而易见的。关键在于，二者之间存在着的，究竟是怎样的一种承接关系？就我个人的阅读感受而言，这种承接关系其实非常简单。前后两部写作时间跨度长达十年之久的长篇小说，除了故事都发生在那个叫作上塘的地方之外，两部小说的思想艺术旨趣实质上迥然相异。2004年的《上塘书》不仅采用了相当典型的“去情节化”的“地方志”结构形式，从上塘的地理、政治、交通、通信、教育、贸易、文化，一直写到了上塘的婚姻与历史，而且，其间虽然也不乏如同萧红般生命的苍凉况味，但一种恬淡悠远的田园旨趣的存在，却是毋庸置疑的事情。到了这一部《后上塘书》，虽然从表面上看似乎只是多了一个“后”字，但倘若细加体味，就不难发现，无论艺术形式，抑或思想题旨，都已与十年前的那部《上塘书》形成了极鲜明的对照和差异。对于二者之间时隔十年所发生的巨大变化，《人民文学》的编者曾经做出过这样的一种描述与判断：“故土的人与事，曾是布满乡情的扇面，容得下条块状相连的温暖和忧愁；现在，扇子被收束起来，成为一把贯通感和穿透力极为充沛的长剑，从少儿时期的歇马山庄出鞘，直指成熟起来的上塘村的心病。双刃像收留变幻风俗和陡峭人心的镜子，映照着时代的风潮，更多的则闪现人生、命运、情感、魅惑以及后果的凛然之光。

传统的乡村从田地依托到伦常秩序渐次弱化之时，通向未来的路径上，行走着裂变的人，有的可以爆发巨大的热能，同时也有人陷入无所不在的寂寥，忙碌的冷漠、富裕的焦灼，执爱便怀恨、敷衍亦无措。复杂一词已经无法概说内在的困局。就如那有关生命的长信，一封封逼近真相，这些字字句句无从书写于有感田园的扇面，只能刻画在这把染乎世情的长剑上。《后上塘书》不是那种作别乡村投向城市的进行曲的间奏，而是有关处在历史关口上的故事。"[①] 在这里，编者极其形象地以比喻的方式比较谈论着孙惠芬的前后两部小说，《上塘书》被比作一幅扇面，《后上塘书》被比作一把长剑。问题在于，前者何以为"扇面"？后者又何以为"长剑"？

究其实质，前者之所以是"扇面"，显然与小说所采用的"地方志"形式密切相关。唯其因为《上塘书》分别从地理、政治、交通、通信、教育、贸易、文化，一直到婚姻、历史等九个方面展开了关于上塘的全方位叙事，自然也就构成了一幅被渐次打开来的扇面。从这个意义上说，"上塘书"之"书"显然有着突出的"地方志"意味。所谓"地方志"者，即意在强调，与其说那些活动于《上塘书》中的乡村人物是小说的主体，莫如说"上塘"这个地方本身方才构成了小说的主体。由此即不难推断，当年孙惠芬小说写作的志趣，恐怕更在于一种探索新形式的热情。而后者，虽然仍然以"书"名之，但这里的"书"却已经不再有原来"上塘书"中"地方志"的意思，而只是意味着一种文字的书写与记录。伴随着小说形式上的"去地方志化"，作家的艺术聚焦方式也发生了根本变化。那样一种具有鲜明的散点透视意味的全方位叙事扇面不复存在，取而代之的，是一种化面为点的聚焦方式。作家的关注视野，由整体意义上作为地标式存在的"上塘"转移到了身为上塘一分子的刘杰夫一家之上。但请注意，《后上塘书》艺术形式上的"去地方志化"，却并不就意味着孙惠芬形式探索热情的有所减退。一个作家，在避免自我重复的同时，大约总是要努力探求一种新形式的尝试运用。对于孙惠芬《后上塘书》的写作而言，毅然决然地放弃一度操持熟练的"地方志"形式，大胆征用幽魂叙事手段，正是她这一方面所做努力的一种具体表现。正是凭借着幽魂叙事，凭借着艺术聚焦方式的由面而点，孙惠芬成功地把手中

---

① 《〈人民文学〉卷首》，载《人民文学》2014年第11期。

的扇面凝结成为一把指向非常明确的寒光凛凛的犀利长剑，其尖锐的批判反思锋芒遥遥直指时代的精神病灶，直指“文革”后中国社会将近四十年发展过程所累积的种种原罪。一句话，孙惠芬以小说艺术的方式向我们置身于其中的这个极其不合理的时代与社会发出了强有力的思想诘问。尤其不能忽略的是，在孙惠芬小说写作变化背后，其实潜藏着可谓深远的时代与社会原因。从根本上说，孙惠芬之对近四十年中国社会发展种种原罪的强有力诘问，之所以一直到2014年的现在方才成为可能，与中国社会本身以及思想文化界对于中国社会的理解与认识的演变，均存在着不容忽略的紧密关联。换言之，只有中国当代社会发展演进到当下这种地步，才可能为类似于孙惠芬这样的批判反思提供必要的思想文化土壤。

然而，同样是对于幽魂叙事手段的艺术征用，孙惠芬的表现又与雪漠有着明显的不同。在《野狐岭》中，雪漠首先设定了一位具有招魂能力的叙述者“我”，由“我”使用招魂手段把弃世已久的百年前的那些幽魂，那些蒙与汉两支驼队神秘失踪事件的当事者的幽魂，全部召集在当下时代的野狐岭，通过法术的运用迫使当年的这些幽魂从各自不同的叙事立场出发进行叙述，进而最大限度地逼近还原百年前的历史现场。与雪漠征用多位幽魂叙述者的那样一种罗生门式的叙事方式形成鲜明区别的是，在《后上塘书》中，孙惠芬只是设定了一位幽魂叙述者。这位幽魂叙述者，不是别人，正是小说中的女主人公之一，那位小说一开篇就被杀害了的刘杰夫的妻子徐兰。说起来，《后上塘书》的故事情节并不复杂，通篇的中心事件就是徐兰的意外被杀。徐兰的被杀之所以能够引起各方的高度注意，与她的丈夫刘杰夫在上塘村位置的重要存在着直接关联。上塘人刘杰夫，可以说是当下时代一位特别令人羡慕的成功人士，一位颇具几分诡异色彩的传奇人物。因为有了刘杰夫，才维护了上塘作为一个村庄的尊严：“可是到了二〇一一年，从上塘走出去的刘杰夫，回来承包了上塘以及原来歇马山庄的大面积土地，他不但以新掘的方塘还上塘作为地名的准确，还当上了村长，还把拥有五十多年历史的歇马山庄村改成了上塘村。为什么？刘杰夫是上塘人！”作为上塘村的一位普通村民，本名刘立功的刘杰夫创业发迹的历史，可以说是与20世纪80年代中国的改革开放同步而行的。又或者，也正是凭借着改革开放时代背景的强劲支撑，刘杰夫的创业发迹方才成为可能。先是和一位名叫方永和的铁哥们合伙干工程，紧接着，“他在翁古城开起了夜总会；他和一个叫大下巴的黑社会合伙打人蹲了拘留；他改掉原来的名字，不叫刘立功叫了刘杰夫；他到福建和南蛮子合伙开矿，当了矿老板；他不但在福建有公司，在翁古城还有一个豪华大酒店；他在好几个城市里都有房子，家里保姆佣人三四个，来回出行，身边还有保镖……”刘杰夫的创业与发迹，本来与上塘也不存在什么关系。关键在于，很多年之后，发迹后的刘杰夫居然回到了上塘村来发展他的事业：“可有一天，这个在传说中叫来叫去的人突然就回来了，他不但回来了，还挨家挨户流转了土地。在那个村民选举会上，一个差不多一面墙的规划图展现在人们眼前，什么蔬菜园区、葡萄园区、蓝莓园区、温泉区，把十几个村庄的农业土地重新规划。”因为刘杰夫已经由叫来叫去的传说变成了直逼眼下的现实存在，所以，他的成为上塘人心目中的显赫人物，就是自然而然的事情。如此一位上塘的显赫人物，他的妻子意外被杀身亡，自然会成为一个引人注目的中心事件。

事实上，整部小说的叙事结构正是围绕着徐兰之死建立起来的。徐兰意外被杀，那么，她究竟因何被杀？谁才是真正的凶手？小说第一节，除了概略地介绍刘杰夫的创业发迹历史之外，集中记述徐庆中杀妻一案及其具体告破经过：“他杀死老婆的原因非常简单，大半年没回家，想回家和老婆亲热亲热，老婆却护着身体坚决不让动，怀疑老婆生了外心骂了几句难听话，结果，从不会发火的老婆居然扇了他响亮耳光，结果，他一个狠劲儿，就把老婆掐死在炕上。”并且，由徐庆中杀妻而引出了徐兰被杀事件。如果第一节某种意义上可以被理解为小说的序幕，那么，从第二节开始，就进入了故事的主体部分。贯穿于文本始终的双线结构，也正是从这一节才正式开始的。从这一节开始，尽管多数的章节都在以第三人称的全知方式讲述着警方积极介入之后的破案过程，但幽魂叙事的适度穿插，一方面可以以第一人称从死者徐兰冤魂的角度追述往事，观察家人亲戚对于自己猝死的种种反应，另一方面却也与第三人称的全知方式构成了互补的另一条结构线索。但不管是哪一条结构线索，其最终都指向了对于真正杀人凶手的确定与寻找。就此点而言，孙惠芬的这部《后上塘书》在艺术设计上确实带有几分突出的悬疑色彩。那么，徐兰到底惨死于何人之手呢？在侦破的过程中，考虑到刘杰夫的特殊身份，被怀疑的对象先后几经迁移。首先的被怀疑对象，是刘杰夫的表弟瓶起子。因为在刘杰夫回上塘发展的过程中，曾经损害过瓶起子的利益。瓶起子承包着村里的二百亩果园，“刘杰夫回来，决定一次性给他补偿二十万，把地流转出来，瓶起子坚决不干，说少了八十万是不行的。做他工作，他振振有词：‘你刘立功二十年成了大老板刘杰夫，俺种了二十年的树变成大树，那是用几个臭钱能够摆平的吗？’”没想到，刘杰夫干脆就放弃了他的那两百亩果园。而瓶起子，就此“便和刘杰夫较上了劲”。然后，是徐兰的朋友黎平的那位丈夫。警方怀疑：“黎平丈夫听说徐兰和丈夫感情不好，在往徐兰家走时，动了邪念要勾引她，勾引的目的，并不为情，仅仅为她地下室里的东西。可当他跟到屋里，朝她动手动脚，徐兰反应激烈。徐兰的死，是在反抗中案犯失手，并不是案犯故意，是失手后为了掩饰动机，造成奸尸现场。”接下来，就是那位已经伴随了刘杰夫多年的情人孔亚娟。作为刘杰夫的情人，不仅上位的企图早已昭然若揭，而且在案发后居然三天都没来上班。凡此种种，她的被怀疑，差不多就可以说是铁板钉钉逃无可逃的事情。问题在于，以上各位，也只不过是被怀疑的对象而已，随着情节的渐次演进，他们的嫌疑逐个被解除。那么，究竟谁才是凶手呢？

小说中所提供的最后答案，想来的确很是有些匪夷所思。正所谓“踏破铁鞋无觅处”，人们无论如何都不可能料想到，到头来，真正的杀人凶手居然会是长期和徐兰生活在一起的她的嫡亲姐姐徐凤。自然，徐凤的杀人，绝非蓄谋已久的刻意之举，而是一时心慌意乱情形下的意外失手。但无论有着怎样的理由，无论是怎样一种情形的失手，徐兰的无端被杀，却不管怎样说都是一种无法被否认的客观事实。借助于徐凤的失手杀人，孙惠芬一方面写出了人性世界的复杂构成，另一方面呈现出一种尖锐的阶层对立现实。徐凤的异常行为，与她所处的情感精神困境密切相关。徐兰认为：“在我们姐妹中，她的生活比谁都惨。和一个从歇马镇出去当兵的人谈了三年恋爱，马上就要结婚，那人却在一次演习中陷进泥沼不幸身亡。三十多岁嫁给靠接父亲班才当上粮库工人的于吉堂，本来已是低就，可这个于吉堂绝不在大姐面前低头。”常言道，哀莫大于心死，被迫嫁给了没有什么共同语言的于吉堂的大姐徐凤，实质上就处于一种心如枯槁如同行尸走肉一般的状态之中。如果说做过多年乡村教师的徐凤在退休之前，尚且能够在学校在学生那里找到精神寄托之所，那么，离开了学校之后，其精神的失落简直就是一种必然的结果：“我承认，答应你，这里边有我个人的原因，我们这一代乡村教师，都是一些畸形人，我们的家住在乡村，可我们的精神住在学校，住在人头攒动的课堂。有一天，我们退休，精神的住所一夜之间坍塌。我们便是那些废墟上的碎片，没有了任何生命力的支撑。”徐凤之所以在退休后应邀到妹妹徐兰家给外甥子健做家庭教师，根本原因正在于此：“说这么多，是想告诉你，听到你的邀请，等于一个溺水者看到一棵救命稻草，眼前豁然明亮。”就这样，徐凤进入了妹妹徐兰和妹夫刘杰夫的家庭。而也只有在进入徐兰的家庭之后，曾经的道德卫道士徐凤的生命，方才获得了一种新的绽开可能。在后来写给刘杰夫的长信中，徐凤对自己的道德心理做出过透辟的自我剖析：“我不是不相信超越世俗的爱情，而是长在我身体里可恶的道德感，我把夫妻之外的所有男欢女爱都看作是可耻的行径。道德，如果你身边有人道德至上，你千万不要以为他虚伪，那是身体的产物，是生理反应，是生理影响了思想，就像怕蛇的人一看见蛇就本能地恶心反胃头皮起栗。”究其实质，徐凤道德洁癖的生成，与她三岁时的一段经历有关：“三岁那年，父亲从外面回来，发现母亲头上戴朵喇叭花，就揪着母亲头发往墙上撞，边撞边问她跟谁耍破鞋，谁是那个流氓。不管父亲怎么打，母亲从未说出那个人是谁，母亲在挨打时从来一声不吭，可母亲越不吱声，我越断定父亲的正确，母亲的错误。”正因为三岁时便目睹过父母之间的情感冲突，所以，在徐凤的内心深处方才拥有了一种可谓特别根深蒂固的道德洁癖。可怕之处在于，徐凤的此种道德洁癖，不仅使她在生活中出演着监督他人的卫道士角色，而且也更是在时时实施着不无严酷的道德自我监督。

应该看到，徐凤自身人性的觉醒与复苏，乃是在她进入妹妹徐兰的家庭之后发生的事情。对于这一点，徐凤自己在后来的长信中也毫不讳言：“我永远忘不了她那可怜的样子，我被她可怜的样子猛击了一掌。我不是不知道她有多苦，丈夫长期不在家，又在外面有女人，她像只孤鸟，让我做家教，其实也是给她找了个伴，可是久而久之，当我个人的感受放大，当我没有办法不同情自己，对她的同情自然在减少在萎缩。为此，我们有了一次痛彻肺腑的谈话。痛，是我的痛，也是徐兰的痛，我们发现，我们都是可怜的女人，身边没有男人的女人，她是你养在家里的一个物件，我是陪伴这物件的另一个物件。一直以来，或者说自从二十三岁我的大兵从我的生活中消失，我没有再追求做什么女人，我不知道女人为何物……”正是因为有了这次痛彻肺腑的谈话，人性觉醒后的徐凤方才意识到自己人生历程中曾经错失过的情感风景，方才有勇气坦然直面自己真实的内在情感世界。从此之后，那位老男人就开始走进了徐凤那干涸已久的情感世界：“为什么有一天获得他的电话，我的心会怦怦直跳，像又回到当年和大兵的初恋？我回答不了自己，但有一个感觉十分强烈，某种神圣不可侵犯的情愫在身体里荡漾，它不但让我不觉得背着于吉堂主动拨打他的电话多么无耻，它还让我把他从翁古城约到大连，在大连的中山公园，我坦坦荡荡表达了我对他的思念……”但即使是那时候的徐凤自己，也根本不可能料想到，到最后，自己居然会因为这样一份晚来的真诚情感而误打误撞地成为致妹妹徐兰于死地的杀人凶手。按照徐凤的叙述，那一次在家里被徐兰无意间撞破，乃是自己多少年来第一次鼓起勇气在老男人面前彻底打开自己：“——在危机感的推动下，那个上午，徐兰走后不久他就来到家里。不管我们想做什么，都有充足的时间，可是我们一起做饭一起吃饭一起聊天，谁也不肯迈出那一步。我迈不出那一步，是心里害怕，我不是害怕被人发现，而是害怕我衰老的身体。你不老不会知道，你心里越是爱着对方，越是害怕对方看到你的衰老。我六十一岁，自从离开上塘，我一年也就过年回家和丈夫有那么一两次，也都痛苦地草草收场，身体的长期撂荒就像撂荒的土地，土地愈发板结坚硬。我其实是担心板结的身体给我们完美的情爱留下不完美的阴影。他迈不出那一步，也是出于害怕，他害怕的不是身体，而是怕伤害我，他不想对我有一丝一毫的强迫，直到时间一分一秒过去，墙上挂钟的指针指到下午三点四十，我才猛下胆子……”然而，就在这两位熬煎多年的情侣终于在床上合二为一的时候，身为女主人的徐兰却不合时宜地闯进家门。关键在于，徐兰不仅闯进家门，而且在发现了床上的异常情况之后，还试图去揭开床单。不揭不要紧，徐兰出乎本能的这一揭，就把自己彻底地送上了不归路。两位尴尬异常的当事人手忙脚乱欲盖弥彰，老男人紧紧地握着徐兰的胳膊，“我已经套上睡裙，我一边用力掐着老男人让他松手，一边往外推徐兰，结果，老男人突然松手，徐兰又突然接受我的推力，她一下子就倒在了床前电脑桌的桌角上，我不迭声地喊着徐兰，徐兰用失望的目光看着我……”就这样，由于徐兰在错误的时间出现在了自己本不应该出现的地方，无意间撞破了一桩好事，一场无端的失手杀人案就此酿成。而也正是在回述杀人事件发生的过程中，徐凤那足称复杂的人性世界被孙惠芬以一种抽丝剥茧的方式层层展示在了广大读者面前。在那封长信中，徐凤曾经做出过这样的一种自我诘问与评价："现在，你曾经尊重信赖的大姨姐，一夜之间变成了一个杀死你老婆的凶手，端掉你幸福未来的罪犯，她满口道德仁义，却一肚子男盗女娼——这是我最近每天都能想到人们知情后对我的评价，你也同样不能例外，别人怎么评价我不管，我只是不愿让你这么看，不是我不想承担责任，而是我灵魂的解放，跟你雇我当你儿子的家庭教师有关。我从乡村进城，我从自己的家来到别人的家，我接受身份转变的挑战，我的自我在一层层打开。"是的，正是在孙惠芬极具耐心的缓慢叙事过程中，曾经的乡村教师徐凤的复杂人性世界被逐层打开了。

然而，人性世界的复杂构成固然重要，但同样重要的，却还有对于一种尖锐的阶层对立现实的犀利揭露。敏感的读者大约已经注意到，在徐凤的那封长信中，曾经几次提及特殊阶层这个字眼："我们赶上了这样的时代，一个曾经一文不名的人一夜暴富，急于成为特殊阶层也就毫不奇怪，我要是你，我也会这么做。可事实是，我不是你，我是我，我有这个时代赋予我的角色，我的角色是，不管我培养多少学生，得过多少荣誉，肚子里装了多少墨水，只要不甘于回到无所作为庸庸碌碌的生活，我就得为那个新崛起的特殊阶层服务。""在我为你和徐兰这个特殊阶层打工的日子里，我的敏感与日俱增，我度过了这一生从未有过的惆怅而忧伤的岁月。"身为一名触觉敏锐的乡村知识分子，徐凤已经明确地意识到了自己与妹夫刘杰夫一家其实并不属于同一个社会阶层这样一种严酷的社会现实。刘杰夫隶属于手中掌握着相当社会资源的一个新的权贵阶层。徐凤之所以口口声声地强调刘杰夫与徐兰属于一个特殊阶层，其根本原因正在于此。实际上，借助于对于徐兰意外身亡事件原因的追踪溯源，作家孙惠芬为这部《后上塘书》所设定的思想主旨，正是要从根本上思索追问刘杰夫他们所隶属于其间的这个社会特殊阶层在"文革"后中国得以迅速形成与崛起的奥秘。某种意义上，我们完全可以借用陀思妥耶夫斯基所谓"罪与罚"来概括理解孙惠芬的这部长篇小说。从表面上看，《后上塘书》的主要叙事线索是对于杀害徐兰罪犯的搜寻，但从作家一种深层的书写要旨来看，她却把自己精心熔铸出的这把犀利长剑瞄准了诸如刘杰夫此类所谓成功人士的命脉，毫不容情地逼视拷问着他们崛起过程中其实充满着血腥意味的原罪。这样，无论从表层而言，抑或是从深层而言，“罪与罚”的存在都是毋庸置疑的事情。在这一方面，最不容忽视的，就是作家在叙事过程中所特别设定的那几封同样带有突出悬疑色彩的长信。倘若我们一定要把《后上塘书》比作一把寒光凛凛的犀利长剑，那么，这几封长信就毫无疑问构成了最为锋利的剑芒所在。小说中，借助于曾经的乡村教师徐凤之手，先后出现过四封长信。这几封长信，除了最后一封信主要讲述徐凤自己的故事之外，另外三封均借用他人的名义讲述着与成功人士刘杰夫以及他所隶属于其中的那个社会特殊阶层密切相关的故事。

第一封信的虚拟作者，是赵小环，亦即那位长期处于疯疯癫癫状态的上塘人口中的“疯小环”。“人们都叫我丧门星，是我害死了两个男人。一九九七年七月七号，我的第一个情人用瑞士军刀捅死了我的第二个情人，从此我就疯了，我了断了和这个世界的所有关系。”赵小环的第一个情人，是刘杰夫的同类，是一家出现于改革开放时期的丝毯厂厂长向有光。年轻的赵小环之所以会喜欢上大自己整整三十岁的厂长，是因为他身上闪烁着成功者的耀眼光环：“他儒雅风趣、行事果断，会说一口好听的普通话。他后来当上了市人大代表、优秀企业家，常在媒体上露面。一个你天天能看到的人，成了电视和报纸上的人物，你的感觉一下子就不一样了，你觉得他一瞬间就有了光环，唤起了你的崇拜。”没想到的是，向有光的厂长事业不幸中途受挫，“在一场毫无准备的较量中输下来”。对于赵小环而言，“他的光环消失，对他的崇拜也在消失，当对他没有了崇拜，在你面前的这个人也就成了一个快走向暮年的老头了”。而这，事实上也就给赵小环第二个情人，那位饭店里的服务员的乘虚而入提供了可乘之机。关键在于，第一个厂长情人向有光却并没准备退出，于是，一场火并的发生就在所难免：“结果，他刚刚进门，他就拔出了腰上的瑞士军刀。我吓昏了。当我醒来，血流了一地，他坐在血泊中，平静地跟我说：‘报警吧。’”如此一个惨案的发生，对于赵小环自然构成了极大的刺激。但致使她精神失常的最后一根稻草，却是她一贯信任的老师徐凤加上去的：“可是，我跟老师说了情况，她居然像一个泼妇脸一紫，猛地就揪住我的头发往外推，边推边说，你这么没有道德，不要进我的家门，我不承认有你这个学生。走出她家家门，我一下子就疯了……”虽然不能说徐凤在赵小环发疯的过程中就没有责任，但很显然，在导致赵小环发疯的过程中，主要责任的承担者恐怕只能是向有光这位丝毯厂的厂长。

第二封信的虚拟作者，是王月的丈夫王吉阳。王月之死，从表面上看，是因为曾经做过小姐的她在一次出卖自己身体时突然变卦被招嫖者失手掐死的："那个案子非常简单，叔叔请侄子嫖邻村女人，谈好了价钱，五十元一次。侄子在苞米地里脱了女人衣裳，女人突然变卦，没有二百坚决不行，一急之下，侄子失手把女人掐死。"但王月的失足，从根本上说，却与当时的村长刘立功（也即后来的刘杰夫）有着直接的关系："功夫不负有心人，有一天，歇马山庄村长刘立功找到她，让她上镇上主持晚会，她高高兴兴去了，结果，根本不是什么晚会，是让他陪一些男人喝酒。在我看来，她的下坡路就是从那一天开始的。"自此之后，王月就踏上了一条万劫不复的不归路："日记记录了她在夜总会的所有痛苦，方哥如何控制她，操纵她，刘立功如何以拖欠工资的方式拖她后腿不让她离开夜总会。"尽管夜总会黄了之后王月好不容易结婚成家，但却因为流产过多怀不了孕而被迫离婚："我没办法在一封信里把她的日记全部复述，可是我想告诉你她的痛苦。被方永和控制时的痛苦不必说，离婚之后，她曾想割腕、跳楼、吃安眠药。"唯其如此，王吉阳才会如此理解她的旧病复发："我就想，她旧病复发，是不是受不了委屈，希望赚了钱早一天从这个家搬出去，获得真正的自由？从五十块钱涨到二百块钱，是不是她厌恶这种事，想从价格上找到补偿，或者以加倍的速度了断自己的噩梦？"由以上可见，对于王月的生命悲剧，刘立功（刘杰夫）必须承担最大的责任。但无论如何都不容忽视的一点是，这件事情与徐凤之间的干系："老师看了日记，确实帮了我，她没说她下作无耻，只说狗改不了吃屎，但她说完后把日记撕成碎片，她说这么埋汰的东西你保管它干什么，我知道她是想帮我走出来，可是没有了日记，我又开始想她，觉得她是世界上最可爱的女人，当我这么想，我对刘立功便恨之入骨，是他最初把王月拽下水，是他让王月走上不归路。我这么想，突然对我的老师也生出不满，因为这时我才明白，她撕掉日记，是为了保护刘立功，他是她的妹夫，她不愿意他的恶行保留在王月的日记里。"

第三封信的虚拟作者，是宋佳。宋佳人生悲剧的主要责任者，还是成功人士刘杰夫。刘杰夫以请宋佳吃饭为借口，极其残暴地占有了她："后来我才知道，你早已准备好了，就在那个包间后边，有一张隐蔽的床。我和你拼力厮打，可是没有用，你手里有一条可怕的皮带，为了保命，我很快就服从了你。”问题在于，严重损伤着宋佳的并不只是刘杰夫自己。刘杰夫之外，还有那个大鼻孔的人：“被你蹂躏之后，你的朋友并没就此放过我，但他再没通过团长，而是派人在剧团门口堵我。那个人长了一个大鼻孔，看上去特别吓人，那人让我跟他走，我说为什么？他说他已经知道我卖身赚钱，如果不走，他会让我身败名裂。”后来，好不容易才挣脱出地狱的宋佳，却又因错嫁给保安而陷入魔掌。就在宋佳由于和保安离婚不得而万般痛苦的时候，遇上了那个外貌像极了费翔的井国锋。但就在宋佳眼睁睁地看着自己就要触摸到幸福边缘的时候，残酷的命运再次和她开了一个天大的玩笑。由于误会，井国锋与宋佳的父亲及大姑发生激烈冲突，结果父亲及大姑两人双双死于非命，儿子虽然还活着，但却已经脑残。到了这个时候，宋佳回顾自己的不幸人生，方才强烈地意识到一切皆源于刘杰夫当年对她的残暴占有与蹂躏：“如果没有我翁古城的遭遇，大姑和父亲绝不会动手，如果没有我在翁古城的遭遇，我就不会逃到沈阳经历痛苦的婚姻，就不会……”追根溯源，这所有的一切，都是拜始作俑者刘杰夫所赐的结果。自然，宋佳的人生悲剧，也少不了与乡村教师徐凤有所关联。在一次与徐凤偶遇之后，“我说我有话跟他讲，你能不能告诉我他的电话号码。徐凤是个聪明人，她好像觉出点什么，就把我领进那家饭店，在一个角落里，我断断续续向她讲了我的故事。徐凤听后很冷静，她冷静地告诉我，她一定会在第二天把刘立功约来，就在这个地方，我相信了她，可是第二天、第三天，我都来这个饭店，却再也没有见到徐凤，她骗了我，她居然骗了我……”但宋佳的故事却并未到此为止。收到信之后，刘杰夫怀着一颗负疚之心找到了宋佳：“想象过一千次宋佳的样子：她苍老、瘦弱、衣衫不整；她目光忧郁、怪异、敌视，甚至愤怒，刘杰夫就是没有想到，她在看到他时，会是一脸的茫然，会是茫然后的平静，会是平静后的无动于衷。”面对着刘杰夫的急切询问，宋佳的回答是：“我没杀你老婆。我没给你写信，我确实想报复你，前年冬天之前，我一直在找你，我遇到你大姨姐徐凤，眼看就要看到希望，却被她骗了……那年冬天，我儿子得大脑炎死了，现在，我谁也不想找了……”人都说哀莫大于心死，孙惠芬笔下儿子去世后宋佳的精神状态，就可以被看作是此种说法极为恰切的一种注脚。

无论如何都不能忽略的是，以上三封信的炮制者，都是事件的知情人徐凤。为什么是徐凤而不是别人，其中最直接的原因，恐怕就是徐凤在失手杀死自己的胞妹徐兰之后，试图干扰影响警方的侦破方向：“你明白了吗？我们伪造现场，不是为了逃脱罪名，而是为了拖延时间。请相信我不是在为他开脱，能写这封信，就足够证明我们的勇气。”而且，徐凤他们的拖延时间，很显然与刘杰夫的儿子子健密切相关：“不，不是救我们，是救子健，破案的时间推迟越久，我越能有时间陪子健。他失去了妈妈，不能马上再失去大姨。”大姨的重要性，取决于子健马上就要参加高考。处于高考前夕的子健，情绪显然不能遭受强烈刺激，不应该产生大的起伏波动。然而，前三封信的存在固然重要，但更重要的一个问题是，徐凤为什么还要继续写出第四封信，要面对妹夫刘杰夫坦承自己以及自己的情人——那位老男人的罪过？对于此中的原因，徐凤曾经有所涉及：“而是写这些信，对我意义特别重大，它让我在悲恸痛苦中挣扎的灵魂获得少许的解放，就像我的灵魂从道德感中获得的解放。”究其实质，徐凤之所以要陆陆续续地写出这些信件，正是因为她内心深处已经产生了一种难以自我原谅的强烈罪感的缘故：“我的生命中有了他之后——我开始反思我那被道德感束缚的可怕的过去。在那过去里，最不堪回首的往事就是对赵小环、王吉阳和宋佳的无情，如果说对王吉阳和宋佳的无情里边还有对你刘杰夫的袒护，那么对赵小环的无情便是我永远不能原谅的污点。于是，我开始在电脑里写文章。我在文章里反思自己，忏悔自己。”因为产生了强烈的罪感，所以，徐凤觉得自己既对不起赵小环、王吉阳、宋佳，更对不起自己的胞妹徐兰。在这个意义上，她所煞费苦心先后写给刘杰夫的四封信，其实应该被看作是其精神自我救赎的积极努力。但同样不能被忽视的一点是，徐凤在进行真切自我忏悔的同时，也在召唤着刘杰夫麻木已久的灵魂，在想方设法促使刘杰夫也能够充分地认识到自身以及自己所隶属于其间的那个社会特殊阶层的罪恶：“我曾犹豫过，我知道不该在你最痛苦的时候揭你疮疤，可当时心情很乱，无法做出别的选择。但这几天，我的想法变了，我想在这个时候给你写那样的信，是应该的也是正确的，原因只有一个，我们都应该从灾难中获得重生。”徐凤所谓“应该从灾难中获得重生”，其实就意在召唤成功人士刘杰夫麻木沉睡已久的心灵能够有所觉醒，能够明确认识到自身有意无意中所犯下的种种罪过。

实际上，在徐兰死亡案件的侦破过程中，尤其是在陆陆续续意外接到那四封特别来信的过程中，刘杰夫曾经一度板结的心灵世界已经在发生一种难能可贵的精神裂变，他越来越清醒地意识到了自己在发迹起家的过程中所犯下的种种不容轻易饶恕的罪恶。这其中，居然也包括陪伴了他多年的他一直只是把她作为一个发泄工具的情人孔亚娟。在孔亚娟勇敢地承认自己早已爱上了一个名叫李庆森的小伙子这一事实之后，刘杰夫终于在孔亚娟面前低下了自己的头："孔亚娟，原谅我刚才，我今天来，就是想放你走，我这种人，罪恶累累，我对不起徐兰，我也对不起你，我对不起很多人，不过到今天我才知道，我对你有感情。"唯其如此，所以面对着合作多年的老朋友方永和，刘杰夫才会进行严厉的自我谴责："这些天，我想了很多事儿，我是想，对王月和宋佳，我有罪，我们都有罪。""宋佳命运非常非常悲惨，具体细节我就不讲了，我只想告诉老哥，是我们害了她，是我们害了她们。"实质上，刘杰夫的罪过并不仅仅因为他对不起孔亚娟，对不起徐兰，对不起徐凤信中先后提及过的王月与宋佳。请看他面对张十四时的一种自我忏悔与批判："十四，你知道吗，我做了太多丧良心的事。这些天，我不好过，是那些事儿一个个都找上来了，有一件事儿我最不能原谅自个儿，在福建开矿第二年，放炮炸死两个矿工，怕人家家属来闹，我雇人把两人扔到山崖底下，说他们是自己掉下去的，还花钱封了口。事后给每人一万块钱丧葬费，家属感激不尽。这事这些年早忘了，可徐兰死后，不知怎么就把这事想起来了，心再也不能踏实了……"由以上刘杰夫发自内心的种种忏悔可见，"文革"后刘杰夫自己的发迹与成功，他自己所隶属于其中的这个新兴权贵阶层也即小说中徐凤口口声声所谓特殊阶层貌似冠冕堂皇的发展与崛起，实际上都是建立在无数个如同孔亚娟、王月、宋佳这些无辜者的牺牲和血泪之上的。就这样，借助于故事表层对于致死徐兰于非命的罪犯步步为营式的探寻，孙惠芬最终在文本的深层对于成功人士刘杰夫以及他所隶属于其中的那个权贵阶层在自身崛起过程中种种充满着血腥意味的原罪，进行了格外犀利有力的诘问与反思。从根本上说，孙惠芬这样一位看似柔弱的女性作家，能够在《后上塘书》这样一部已然化扇为剑的长篇小说中，对我们置身其中的社会现实进行深入透辟的艺术批判，其突出的思想艺术价值，无论如何都应该得到我们充分的理解与评价。

《空巢》：社会问题穿透与形而上人生省思

我知道薛忆沩，是因为阅读了他此前一部带有强烈现代哲思意味的长篇小说《遗弃》。在当代文坛，薛忆沩虽然并非知名度很高的作家，但其小说创作思想艺术风格的独异，其与西方现代主义之间内在紧密关系的存在，却是毋庸置疑的事情。需要强调的一点是，这一次《花城》杂志在发表薛忆沩的《空巢》时，把它放置在了一个名为“中国叙事”的栏目之中。“中国叙事”是一个文体归属极端含糊的栏目，2013 年《花城》的这个栏目曾经发表过毕飞宇一部旨在记述自己青少年成长往事的《苏北少年“堂吉诃德”》。在经过一番细致辨析之后，我们把毕飞宇的那部作品归之于非虚构文学加以理解。毕飞宇的作品属于非虚构文学，那么，薛忆沩的这部同样被纳入“中国叙事”栏目之中的《空巢》，其文体归属又将如何呢？尽管说薛忆沩在作品之前有一段特别的题记：“献给所有像我的母亲那样遭受过电信诈骗的空巢老人／那一天的羞辱摧毁了他们一生的虚荣”，尽管从这段题记出发我们不难判断薛忆沩的书写绝对有现实中的生活原型存在，但从文本实际状况来看，恐怕还是应该把这部作品看作是具有一定虚构性的长篇小说更为合适些。在我看来，《花城》杂志的编者之所以要把《空巢》归之于“中国叙事”的栏目之中，看重的很可能是薛忆沩此作对于当下时代中国问题的一种痛切直击与尖锐揭示。这里的所谓中国问题，实际上也就是现代化发展过程中越来越严重的老龄化问题以及老龄化问题背后的空巢化问题。尽管从一种严格的意义上说，老龄化不可能是中国所独有的社会问题，但由于现代中国所走过的那样一条特定的发展道路，更由于自 20 世纪 60 年代中后期以来我们严格执行过的计划生育政策，本来还不应该提前出现的老龄化问题业已加速度地成为我们无法回避的一个重要问题。与此同时，由于很多家庭都只育有一个独生子女，子女一旦外出求学工作，空巢老人现象的形成也就势在必然了。以上两方面，再加上中国特有社会政治体制的潜在制约与影响，老龄化与空巢化问题，仿佛在一夜之间就成了我们无论如何都必须面对的重要社会问题。一般情况下，如同薛忆沩这样更多地对于形而上存在问题感兴趣的作家，不大可能会对现实中的中国问题产生浓烈的关注兴致。归根到底，薛忆沩之所以能够写出类似于《空巢》这样一种严重关切中国社会问题的作品来，与他曾经遭受过电信诈骗的母亲的痛苦体验密切相关。某种意义上，我们也完全可以说，薛忆沩《空巢》的写作，从另外一个角度形象地诠释了文学与生活之间须臾不可离的内在关联。

或许与薛忆沩内在的写作驱动力有关，小说《空巢》采用了第一人称的叙事方式。身为小说女主人公的叙述者“我”，正是那位上当受骗的空巢老人。这是一位早已退休在家很快就要度过自己八十岁生日的单身女性，老伴已因病弃世多年，虽然育有一儿一女，但两个孩子却不仅不在她的身边，而且还都远在异国他乡，女儿在美国，儿子在英国：“我不仅孩子们都已经远走高飞，老伴也已经撒手人寰，我仅有的妹妹也住在千里之外的北方。没有亲人陪我过周末，甚至没有亲人与我一起过春节。按照老范的说法，我属于‘真空’级的‘空巢老人’。”小说故事是从一个带有明显不速性质的意外来电拉开序幕的。“我其实经常接到陌生人打来的电话。每天都会有，每天都会有很多：房地产公司的业务代表向我推销即将入伙的优质房，医药公司的业务代表向我推销最新开发的保健品，电话公司的业务代表向我推销正在热销的套餐，银行和保险公司的业务代表向我推销回报丰厚的理财产品……”虽然只是不多的几句话，但通过对于这些陌生电话的罗列描述，一种资本化经济时代的强烈气息就已扑面而来。但令“我”无论如何都料想不到的是，这一天的一个陌生电话居然从根本上改变了自己的生活，使自己不期然地陷入了某种空前的精神困境之中。其一，这是一个自称来自于公安局刑侦大队的电话：“这是我第一次接到公安人员打来的电话。一生中的第一次。”其二，也是更重要的，这位公安人员竟然在电话里告知“我”，身为空巢老人的她自己已然在不知不觉的状态下卷入某一犯罪集团的活动之中。如此一个突如其来的电话，对于一生都洁身自好的主人公来说，不啻一个晴天霹雳：“‘卷入了犯罪集团的活动’好像已经成了无法争辩的事实。我马上想到了自己的亲戚、朋友和邻居，我马上想到了自己的儿子和女儿……我将来在他们所有人的面前都会抬不起头来的啊。羞耻感迅速击穿了我的自信心。我绝望了。‘我一生都是清白的，’我绝望地说，‘我从来没有做过一件对不起国家的事情。’”公安人员一个“我”业已卷入犯罪集团活动的电话，之所以能够对“我”形成巨大的打击，究其实质，与“我”视个人的清白如生命的价值理念有直接的关系：“当然，只要一想到我一生的‘清白’，我就会振作起来，我就会感觉充实，感觉骄傲。是的，我的一生一事无成，但是谁也不要想在这一事无成的一生中找到任何的污点：政治上的污点，生活上的污点，经济上的污点……我一想到这一点就会感觉到特别骄傲。”没承想，老也老了，眼看着就要过八十岁生日了，“我”居然莫名其妙地被卷入某一犯罪集团的活动之中。如此一个如同晴天霹雳般的突然来电，自然会从根本上击懵业已年近八旬的这位空巢老人。

由于内心被一种巨大的恐慌所冲击袭扰，一时手足无措的“我”，主动询问自己应该怎么与公安机关配合。没想到，她的这种主动姿态给诈骗者留下了进一步行骗的契机。最终，在所谓“顾警官”步步为营的诱导下，“我”彻底丧失了必要的警惕心理，不仅向“顾警官”和盘托出了自己全部的存款状况，而且还主动积极地参与到了公安机关的“特别保护程序”之中。因为“我”的银行账号已经全部被犯罪分子锁定，所以，“顾警官”提出的所谓“特别保护程序”，也即把资金很快全部转账到一个绝密的账号上。只有这样，“犯罪分子就不会有可乘之机”。“我”的存款共有六笔，其中，三笔定期，三笔活期。尽管“我”已经同意把所有存款集中起来，但因为三笔定期存款单上分别是女儿和儿子的名字，“我不可能提前支取这三张定期存款单上的存款”，所以，能够集中在一起的，只有那三张活期存款单上的十二万五千元。在充分了解“我”所有的存款状况之后，“顾警官”一方面催促“我”不要拖延时间，一定要“马上行动”；另一方面提醒“我”一定要保持足够的警惕：“顾警官提醒我在整个过程中一定要保持高度的警惕，尽量避开熟人和朋友，尽量少说话。他尤其提到了对银行的人要特别提防。他说这个社会已经腐烂透顶了，犯罪分子已经渗透到了社会的各个角落。根据他们所掌握的情况，在所有的银行里，犯罪分子都安插了‘内鬼’。”道理其实非常简单，“顾警官”之所以要苦口婆心地反复叮嘱“我”以上事项，正是因为熟人朋友，尤其是银行里的工作人员，极有可能成为“顾警官”们行骗的最大障碍。此后发生的事实，充分证明了“顾警官”预见的精准。当“我”到银行去办理转账手续的时候，果然遭到了从主管到普通工作人员的周密盘问。如果不是“我”早已接受了“顾警官”的提醒，早已认定银行工作人员中“内鬼”的存在，这次转账的成功恐怕就会成为泡影。实际上，对于“顾警官”们的行骗伎俩，凡有一定社会生存经验的明眼人都不难识破。“我”之所以会轻易上当受骗，一方面固然是由于自己年事已高，判断与反应能力确实都有明显下降，但在另一方面，却也与“我”在自己长期的人生经历中所形成的“道德精神洁癖”以及对“组织”的无条件信任密切相关。

首先是“道德精神洁癖”。“我”“道德精神洁癖”的形成，其最初的肇因应该与家庭教育有关。或许是因为出生在南方的缘故，“我”打小就养成了勤于清洗的生活习惯：“但是我有从小就养成的好习惯，每天临睡前都会坚持洗脸、洗脚和洗屁股（用我母亲的委婉说法，应该称它为‘洗大脸’）。”遗憾之处在于，“我”的这些生活习惯，与出生于北方的丈夫形成了鲜明的反差：“他不仅自己没有这种习惯，还嘲笑那是我的‘三光’政策……两三年之后，他勉勉强强被我同化，但是他坚决不肯接受我先洗大脸、再洗脚、最后再洗脸的科学程序。他完全是随心所欲，想先洗哪里就先洗哪里。更可气的是，他还顽固地坚持‘一盆制’和‘一巾制’，始终没有接受我洗不同的部位用不同的毛巾和不同的盆子的合理要求。”夫妻生活的基础，便是日常生活。既然夫妻双方的生活习惯存在着如此巨大的差异，他们之间的情感关系也就好不到哪里去。当然，导致他们夫妻感情冷淡的另一个原因，就是性关系的不和谐。而这，同样与“我”的“道德精神洁癖”有关。因为自己先天的心脏状况，母亲暗示“我”“性生活”不宜“剧烈运动”。但婚后的事实证明，“我”其实完全可以承受那样的“剧烈运动”。从根本上说，“我”之所以无法接受丈夫的“剧烈运动”，乃是出于心理上的拒绝：“我不喜欢这种与战争的联系。我提醒他下次不要再这样喊叫……我高兴他听从了我的提醒。不过我同时也会觉得整个过程突然少了很多的起伏和惊奇。我想他对这一点会有更深的感觉。我有一点内疚，我觉得我压制了他的主观能动性。我一直都在压制他的主观能动性。他几次提出来要‘看我’，都被我断然拒绝。‘你又不是医生，’我说，‘这又不是体检。’他后来不再提那种要求了。

他提出的要我‘看他’的要求也被我以类似的理由断然拒绝：‘我又不是医生，这又不是体检。’还有一次，他提出来要从后面进入，那想法让我觉得极为龌龊。我断然拒绝。‘老家的牲口都是这样干的。’他说。‘我们是人，不是牲口。’我说。我们整个婚姻生活中的性交姿势‘从一而终’。”现在看起来，丈夫那看似超出了正常范围的曾经被“我”断然斥之为“牲口”的性要求，方才更加合乎人性的范畴。“我”这一方面的表现，自然是“道德精神洁癖”的再度证明。如此一种状况长期延续的结果，也就必然是“我丈夫没有从精神方面满足我，我无法从生活方面满足他”。以至于，“现在想来，我们的婚姻从一开始就处于准‘空巢’状态”。却原来，“我”的生活早就处于“空巢”状态了。只不过，现在的“空巢”是生活与精神的双重“空巢”，而既往的“空巢”只是精神的“空巢”而已。追根溯源，对于这一精神“空巢”的形成，“我”似乎应该负有更大的责任。究其实质，“我”的以上“道德精神洁癖”，其实是“我”的人性世界被某种外在力量扭曲异化的结果。对于这一点，薛忆沩在文本中也有着透辟有力的揭示：“我们之间从来没有亲密的感觉与我们从来没有激情的性生活肯定有很大的关系。这在一定程度上当然要归咎于我们所处的那个时代，可以贴上‘时代局限性’的标签。在那个革命的时代，性生活是讳莫如深的话题。它无疑属于‘小资产阶级的生活方式’，是低级趣味中的一种。”虽然正如薛忆沩已经指出过的，在“我”人性扭曲的过程中肯定会有自我个体的原因存在，但那个革命时代一种强烈的钳制作用，却又是无论如何都不能轻易忽视的。

然后，便是对于“组织”的无条件信任。那么，究竟何为“组织”呢？对此，曾经有论者做出过相应的论述：“‘组织’作为名词，似乎是从日语演变的一个外来词；在古代汉语中，它只是一个动词——编织或者构陷。这个名词的引入，最初大约只是用于医学抑或生物，比如细胞组织；其历史不会超过100年。但就是这么短的一点时间内，这个词忽然发酵般地膨胀起来，成为20世纪迄今风靡整个中国的一个社会性名词。它刚开始还只是表示根据一定的目的、任务和系统结合的集体或者社团；随着共产主义运动的狂飙突进，这个毫无定性的词语，在辞典上衍生出一个专有的义项。”“事实上，组织中只有细胞，是不再有人的。发明了组织的人，是按照机器原理设计的，个体的人在组织中，类似某个螺丝、刀片一般的部件。任何个人主义和自由主义，都是组织所不允许的；组织只会冠冕堂皇地提倡集体主义，会用无数教条来帮助你遗忘作为人的个性。而且，有组织就会有纪律，面对这种暗中制定秘密掌握的律条约法宣誓。”[①]应该注意的是，此种信任最早形成于“我”参加革命之初：“我的荣誉感和责任心是与我们这一代人在青春期经历的最重要的历史事件联系在一起的。这个最重要的历史事件就是‘解放’。迎接‘解放’是我参与的那些由地下党组织的革命活动的主题。我不会忘记自己参加的第一次秘密聚会是怎样进入高潮的。”正因为如此，“我”才会强烈地感觉到：“我其实一直将那个让我‘狂喜’的夜晚当成我自己的‘初夜’，因为它是我献身的夜晚（与它相比，八年之后的新婚之夜显得那么低俗，那么平庸）。从那个夜晚开始，我将自己的生命彻底献给了伟大光荣正确的事业，我准备为那事业奋斗到生命的最后一刻……有谁会想到，如此壮丽地开始的人生会以‘卷入犯罪集团的活动’而结束呢？”无论如何，我们都不能忽略薛忆沩这段叙事话语中那样一种强烈的艺术反讽意味。问题在于，尽管充满着艺术反讽意味，但对于叙述者“我”而言，她的这一番言说却是极端真诚的。某种意义上，她的自我言说越真诚，那种艺术反讽意味就越强烈。对于“我”这一代人的信任组织，“我”的孩子们有着足够清醒的认识：“‘去想想你自己走过的路。去想想你这一生的经历。你有过自己的生活吗？’我儿子激动地说，‘不仅是你，是你们这一代人。你们的一生就是上当受骗的一生。你们年轻的时候就把自己的一切都献出去了，献给谁了？你们连最起码的生活情趣都没有，你们连自己的孩子都很少关心……”那么，“我”的一切究竟献给谁了呢？联系中国社会现实，联系“我”实际走过的人生道路，联系“我”此前的真诚自白，这个“谁”就只能是革命，是所谓的“组织”，是“伟大光荣正确的事业”。假若我们把“我”对于组织的无条件信任与前述的“道德精神洁癖”联系起来，自然就不难发现，二者之间实际上存在着无法被剥离开来的互为因果的内在联系。

很显然，只有在充分地了解“我”的“道德精神洁癖”与对于“组织”一贯的无条件信任之后，我们方才能够明白身为“空巢老人”的“我”为什么会如此轻易地上当受骗：“第一，洁身自好是我一生的笃行。我有强烈的

---

① 参见野夫《乡关何处》，中信出版社2012年版，第42—43页。

羞耻感，从来就容不得自己名字上有任何的污垢。我丈夫经常调侃我生活中的‘洁癖’，其实，我的‘洁癖’更是一种生命状态。我无法容忍看得见的污垢，更不能容忍看不见的污垢。以这种‘洁癖’为生命状态的人怎么可能会‘卷入犯罪集团的活动’呢？第二，教书育人是我一生的热忱。我有将近四十年的教龄，我对自己的本职工作有强烈的荣誉感和责任心。我的教学赢得了领导、同事和学生们的一致赞扬……一个终生都在为人师表的人怎么可能会‘卷入犯罪集团的活动’呢？”一方面，正因为太过于在意自己洁身自好的名声，并把“洁癖”当成了自己最基本的生命状态，所以，年近八旬的“我”方才无论如何都不能容忍自己的被污名，不能够容忍自己的名字居然会和“犯罪集团”联系在一起。女主人公之所以会如此轻易地上当受骗，与她的这样一种心理状态存在着难以剥离的紧密关联。另一方面，我们也不能不注意到“我”潜意识中对于“组织”的无条件信任所发生的作用。在这个意义上，无论是“顾警官”，还是小说中那个貌似神圣的公安机关，都可以被视为“组织”的代名词。因为“我”在自己的一生中已经形成了盲目膜拜“组织”的潜在心理，所以，当那些可恶的骗子们以“组织”的形象出现的时候，“我”才会彻头彻尾地丧失警惕性，才会上当受骗。

小说是人性的艺术，尽管说薛忆沩的《空巢》具有问题小说的特点，但在强烈关注思考社会问题的同时，富有艺术智慧的薛忆沩却也把自己的笔触深深地探入人性世界的纵深处。从这个角度来说，上述“道德精神洁癖”与对“组织”的无条件信任，一方面固然是导致“空巢老人”“我”上当受骗的深层原因，但在另一方面，作家对这两点的艺术发现，却也应该被看作是对于女主人公“我”深层人性世界的一种发掘与表现。有了这两点，“我”才成了一位具有一定人性深度的鲜活人物形象。与此同时，我们也不能忽略以上两点与中国当代社会历史之间的一种紧密关联。就此而言，则薛忆沩的《空巢》也可以被看作是对中国当代社会历史的一部批判反思之书。能够把自己的笔触由威权资本主义时代的电信诈骗而进一步延伸拓展至中国当代社会历史的批判反思，我们从中所看见的，正是薛忆沩小说艺术构型能力的非同一般。

必须强调的一点，是小说中关于小雷这一形象的描写。小雷是以某一保健品公司的业务代表身份出现的。由于经常活动在“我”的周围，“我”居然感觉到她比自己的亲生子女都要重要："我与她可以说是无亲无故，她却是那么细心、那么体贴，她将我当成自己的母亲。那种细心和体贴带给我的幸福感让我淡忘了自己的孤独和处境。我好像不再是生活在社会边缘的'空巢老人'了。我对生活有了更多的兴趣和信心……不管小雷向我推荐的那些保健药品和器械对我的身体有没有用，它们能够带给我幸福感……想起来真是荒唐，我自己辛辛苦苦养大的女儿却从来没有给我带来过这种做母亲的幸福感。相反，她让我感到的只是做母亲的挫折感和失败感。"为什么会有如此巨大的反差形成呢？究其原因，恐怕还在于"我"作为"空巢老人"长期的生活寂寞与精神孤独。一方面，子女都不在身边，另一方面，"我"内心中却渴盼着亲情的慰藉，二者碰撞的必然结果，便为小雷的乘虚而入提供了可乘之机。又或者，小雷们正是洞悉并抓住了"我"作为一位"空巢老人"的心理弱点，方才很快就骗取了"我"的信任。就这样，借助于小雷这一形象，薛忆沩深刻地揭示了如同"我"这样的"空巢老人"一种悲剧性的生存状态。但作家的犀利处却更在于，到第四章小说即将结尾处，很巧妙地借助于"我"的叙事角度，让"我"在派出所的"临时羁押室"里，发现了已经被关押起来的犯罪分子小雷。一个曾经被自己认定比亲生女儿还要亲的人，居然是犯罪集团的成员。这样一种发现，对"我"的心灵世界构成了致命的一击。经历了这一幕之后，"我"的身心便处于崩溃的境地："现在，他又知道我的身心再一次濒临崩溃的原因，知道戴着手铐的犯罪分子比我的亲女儿还亲。"

现实社会问题的关注思考与人性世界的深度挖掘表现之外，薛忆沩《空巢》堪称精妙的艺术结构也不容忽视。小说的叙事时间起始于巳时亦即第一天上午的九点到十一点钟，"我"的接到公安机关电话，就在这个时段之中。故事情节由此开启。从这个时候到未时（下午一点到三点），为小说第一章，名曰"大恐慌"，主要描写遭到陌生电话突袭之后"空巢老人""我"的手足无措惊恐万状的样貌。紧接着就是第二章"大疑惑"，叙事时间从申时（下午三点到下午五点）至戌时（晚上七点到晚上九点），由于"顾警官"未能在约定的时间准时出现，同时，也由于有妹妹与女儿的电话介入，"我"开始对自己的行为有所怀疑。接下来是第三章"大懊悔"，叙事时间从亥时（晚上九点到晚上十一点）至丑时（第二天凌晨一点到凌晨三点），由于对"顾警官"的久候不至，同时更由于子女、妹妹以及老范他们的介入提醒，"我"

在明确意识到自己上当受骗之后，产生了难以遏制的懊悔心理。最后的第四章“大解放”，叙事时间从寅时（凌晨三点到五点）至辰时（上午七点到上午九点），在确证自己遭受电信诈骗的事实，尤其是发现一贯对自己摆出一副友好姿态的小雷居然也是犯罪集团成员之后，“我”对世界最后的信念彻底崩溃。在一种虚幻状态的对话中，“我”对自己业已逝去多年的母亲说，“我想跟你走”“我想离开这个充满骗局的世界”。由此可见，薛忆沩的所谓“大解放”者，其实质乃大绝望者是也！就这样，从最初的“大恐慌”到“大疑惑”，再到“大懊悔”，一直到最后的“大解放”，薛忆沩极其形象生动地描摹出了“我”作为一位遭受电信诈骗的“空巢老人”在短短二十四小时内所走过的心路历程。应该说，“我”上当受骗后的心路历程，的确构成了《空巢》这部长篇小说最主要的结构线索。但与此同时，我们也得注意到另外一条结构线索的存在。这就是，“空巢老人”“我”在遭受可恶的电信诈骗的间隙，对于自己以及包括父母与子女在内的家族成员既往历史的回望和追溯。在这个层面上，薛忆沩的这部《空巢》，则很显然就不仅是一部现实之书，而且也还是一部历史之书。实际上，也正是在历史追溯这一部分，导致“我”后来遭受电信诈骗的“道德精神洁癖”与对于“组织”的无条件信任这两方面的深层原因方才得到了充分有力的艺术揭示。从根本上说，有了历史追溯这一条结构线索的存在，遂使得薛忆沩这部从关切社会现实问题出发的长篇小说具备了某种特别的思想艺术深度。正如同“我”曾经把老龄人的空巢化状态进一步延展至自己与丈夫的生存状况，并延展至对于子宫的描述一样，我们一定不能仅仅局限于社会问题的角度上来理解看待所谓的“空巢”。薛忆沩的“空巢”，既是社会现实问题之一种，同时也更是一种形而上层面上生命存在的本然状态。只有这样，对于《空巢》，我们方才称得上有了相对到位的理解和把握。

《日头》：乡村大地的沉重忧思

在一篇关于关仁山的文章中，我曾经写下过这样一段话："我们注意到，在很长一段时间内，我们的文学理论界曾经强调文学实际上具备着三大价值功能，即审美价值、认识价值与教育价值。但是，在进入新时期之后，伴随着西方现代主义文学思潮的大量涌入，文学理论界对于文学价值功能的理解方面越来越呈现出了一种单一化的倾向。那就是在强调审美价值重要性的同时，逐渐地把文学的认识和教育价值排除了出去。以至于，文学界一种普遍的现实状况就是，许多行内同仁只知审美价值而不知认识与教育价值的存在。说实在话，由于审美是文学最重要的一种本体价值功能，所以，强调审美价值的重要性自然是可以理解的。但是，在强调审美价值功能重要性的同时，拒绝承认认识与教育价值功能的存在，是不是就是合理的呢？根据我自己长期以来的阅读体会，最起码，在长篇小说的创作和审美接受的过程中，强调认识价值的存在，还是十分必要的。"[①]这是几年前，由关仁山的长篇小说《麦河》而生发出的，关于当下时代中国文学创作的一种深切感悟。虽然几年时间过去，但至今看来，我的这个判断依然是有效的。尤其是在读过了关仁山又一部以乡村大地为表现对象的长篇小说《日头》（人民文学出版社 2014 年版）之后，就更加坚定了这个判断。作为关仁山"中国农民命运三部曲"的收官之作（前两部作品分别是《天高地厚》和《麦河》），《日头》在具备艺术审美价值的同时，其认识价值的突出的确不容忽视。从根本上说，一部作品认识价值的突出，须依赖于作家深刻思想能力的具备。但放眼中国文学界，尤其是长篇小说写作领域，一个无法回避的问题却是，大多数作家

① 王春林：《艰难痛苦的艺术蜕变》，载《文艺争鸣》（上半月）2011年4期。

所匮乏欠缺的，正是这种其实特别重要的深刻思想能力。所谓思想能力，其实并不神秘，说到底，也就是强调作家在写作过程中一定要对自己的表现对象有深切独到的理解与发现。很多时候，文学作品的不尽如人意，关键原因首先在于作家根本就没有把自己所欲表现的对象客体想明白。如此一种境况，乃所谓思想贫弱症者是也。问题还在于，这样一种思想贫弱症，乃是中国文学界的通病所在。很大程度上，制约中国文学高端成就取得的写作瓶颈之一，正在于此。正因为缺少了足够敏锐犀利的思想能力，所以作品的认识价值普遍不够突出，也就是顺理成章的事情。

相比较而言，关仁山显然应该被看作是当下时代中国作家中思想能力相对突出的一位。说他思想能力相对突出，倒不是因为他天赋异禀天纵奇才，而是因为他一方面在自己所特别钟爱的小说创作上从来也不故步自封，总是以一副海纳百川的姿态广泛地吸纳各种有益的思想资源；另一方面长期关注思考乡村大地上农民兄弟的命运变迁，其中尤以对现代化思潮强劲冲击下乡土中国未来发展可能的关切而引人注目。这一点，可以在他既往的创作谈中得到强有力的印证。“工业化进程中，当人们用工业思维改造农业的时候，一切都在瓦解，乡村变得更加冷漠，最糟糕的是，过去相依相帮的民间情分衰落了，人的精神与衰败的土地一样渐渐迷失，土地陷入普遍的哀伤之中，瞎子白立国呼唤乡间真情，抚慰受伤的灵魂”“小说到底有没有面对土地的能力？有没有面对社会问题的能力？能不能超越事实和问题本身，由政治话题转化为文学话题？‘三农’的困局需要解开，我创作的困局也需要解开。我走访中发现，农村的问题很多，农业现代化问题、土地所有权问题、农产品价格问题、农村剩余劳动力出路问题、农村贫富分化问题、农田基本建设问题、农村社会保障问题等等。我感觉核心问题还是土地问题。这是一个敏感话题，农村走进了时代的漩涡。这个问题解决不好，农村非但不能跨入现代社会，甚至会出现混乱、停滞或倒退”。[①]很显然，无论是几年前的《麦河》，抑或是现在的《日头》，这样一些关于乡村大地命运变迁的史诗性厚重作品的出现，皆是拜关仁山长期积极关注思考现代化背景下乡村现代转型问题的一种必然结果。咬定青山不放松，任尔东南西北风。最近一些年来，

---

① 关仁山：《〈麦河〉后记》，作家出版社2010年版。

文坛各种写作思潮的杂乱无序，乃是显而易见的情形。当此杂乱无序的大变局中，关仁山的可贵之处在于，以不变应万变，孜孜不倦地固守乡土中国的一隅，专心致志于乡村现代转型问题的悉心揣摩。唯其能够矢志不渝，所以他才可以在这一题材领域不断地向历史与现实的纵深处开掘，可以不断地有新的感悟与心得融汇体现到自己的作品中。前后不到十年的时间里，能够有《天高地厚》《麦河》与《日头》这样的“中国农民命运三部曲”相继问世，所充分证明的，正是这一点。“小说到底有没有面对土地的能力？有没有面对社会问题的能力？能不能超越事实和问题本身，由政治话题转化为文学话题？”关仁山自己相继推出的“三部曲”，正可以被看作是对于上述问题一种极其鞭辟有力的正面回答。那就是，不仅能，而且还可以做得相当出色。

尽管故事的时间跨度很长，从“文革”风起云涌的20世纪60年代中期写起，一直延展到了疾速城镇化的当下时代，时间跨度长达半个世纪之久，但《日头》的叙事重心却显然更在于对当下这个威权资本时代的书写表达。从结构上说，《日头》可以被明显地切割为两个部分，一个是“文革”时期，另一个则是“文革”后尤其是市场经济时代。整部小说一共十二章，“文革”部分只是占了两章稍多一点的篇幅，从第三章“姑洗”的第三节开始，作家的笔触就已经延伸到了“文革”后生活的书写之中。倘若说“文革”后尤其是市场经济时代生活的书写，乃是日头村的“正史”，那么，“文革”期间生活的描写，就显然构成了日头村的“前史”。这一部分最为重要的一个关键性情节，就是在交代魁星阁、状元槐以及古钟这三件文化遗存对于日头村所具重要性的同时，浓墨重彩地描写了金世鑫校长为了护钟不惜身亡的故事。在金校长看来，“大钟、老槐树、魁星阁，是我们日头村的文脉，断不得”。正因为如此，当气势汹汹的红卫兵火烧魁星阁的时候，金世鑫才会“突然跪倒在地，仰天长啸：‘日头村的文脉断了，文脉呀！没了文脉，我们的子孙后代都要成为野蛮人啊！”眼看着天启大钟就要被红卫兵的铁锤砸毁，金世鑫一下子就扑到了大钟身上，“猴头的铁锤落下来了，噗的一响。铁锤砸在了金世鑫的后心上，金世鑫一口鲜血喷了出去，血喷到了天启大钟上，浸满了《金刚经》经文”。幸亏有了金世鑫极富自我牺牲意味的舍身护钟行为，这口天启大钟方才得以保存下来。作为日头村一位历史责任感格外强烈的乡村知识分子，一息尚存的金世鑫留给儿子金沐灶的遗言依然与文脉有关：“儿子，你要续文脉，重建魁星阁啊……”唯其依托于“前史”部分如此一种浓墨重彩的艺术描写，魁星阁、状元槐与古钟，方才成为关仁山《日头》中具有突出象征意味的三种文化遗存。三种文化遗存的毁坏与保护，事实上构成了贯穿全篇的结构线索。细读文本，即不难发现，到了小说的“正史”，也即关于“文革”后生活的艺术书写这一主体部分，无论是状元槐与大钟的保护，还是已经被毁于一炬的魁星阁的重建，依然是故事情节得以强劲推进的基本动力。

同样是密切关注乡村现实的长篇小说，与只是集中关注思考土地流转问题的《麦河》相比较，到了《日头》中，关仁山不仅思想艺术视界更其阔大全面，而且对于现代化思潮袭扰影响下乡村社会现实的批判与反思力度也得到了明显的加强。只要是对中国乡村社会演进历程有所了解的朋友，就会知道，“文革”后中国乡村的社会复苏，主要表现在两个方面。一方面，是传统农业生产的恢复与发展。由于改变了集体化的生产方式实行“包产到户”，广大中国农民的劳动生产积极性一度高涨。乡村生产力解放的一个必然结果，就是农业生产效率的提升，是粮食产量的稳步增长。曾经困扰中国多年的“吃饭”问题获得基本解决，显然与此密切相关。但另一方面，相比较而言，更重要的，恐怕却是一种新的社会发展方式的开拓。由于受到现代化思潮袭扰影响的缘故，尽管说传统意义上依托于土地的农业生产依然在延续，但发展重心之由农业生产而转移至商品经济却是确凿无疑的事情。说到乡村的商品经济，最典型不过的一种表现方式，就是所谓乡镇企业在“文革”后的风起云涌。把长期“面朝黄土背朝天”习惯于农田耕作的农民从土地的束缚中解放出来，由他们作为行为主体创办工厂，积极投身于乡村工业化的浪潮之中，正可以被看作是现代化影响乡村所导致的一种直接结果。“文革”后乡村商品经济萌动最早的一个环节，就应该是乡镇企业这一新生事物的出现。我们注意到，或许与小说的批判反思主旨有关，关仁山在对“文革”后日头村生活的书写中有着导向非常明显的取舍。这就是，传统农业生产的被舍弃与商品经济这一方面的被格外重视。一个显著的特征就是，《日头》虽然讲述着乡村故事，但农业生产场景的阙如却是无法被否认的一种事实。“农村大包干后，日头村红火了几年，后来就像拉出的弓箭，越飞越没劲了。打了粮食，也卖不出好价钱，这让庄稼人心有不甘。”唯其如此，关仁山方才对传统农业生产一笔带过，而把书写重心落到了商品经济的充分描写展示上。从第三章“姑洗”的第三节开始，作家的笔触初始涉及“文革”后的日头村生活，其描写重心就明显地倾向到了对于乡镇企业的关注与表现上。在当时，金沐灶与权国金之间曾经讨论过导致农民贫困的原因究竟何在。权国金认为：“很简单，守着一亩三分地，富不了。要想富，必须经商办企业。”但在金沐灶看来，“贫困的原因就是农民素质低，没文化”。一个病灶，两种不同的药方。由于权国金是日头村支书权桑麻的儿子，更由于经商办企业能够有立竿见影的效果，日头村很快就走上了兴办乡镇企业的道路。因为叙述者“我”（也即敲钟人老轸头）有一个表弟在唐钢当工程师，权桑麻、权大树父子就和“我”一起去找这位工程师表弟。此行的结果便是日头村钢铁厂的创办：“权桑麻开了班子成员会，他提议让我列席。他提出建村办钢厂，建议权大树当总经理，自己担任董事长。”就这样，日头村的乡镇企业风风火火地创办起来。

照理说，日头村创办乡镇企业的根本出发点是要让农民早日摆脱贫困，走上共同富裕的道路。对于这一点，权国金在争取金沐灶的支持时也曾经说得天花乱坠：“沐灶，我这带钢厂建成了，可以安排三四百人的就业岗位，还可以为村集体缴纳积累，用于修路、打井、发电。这得相当于种多少粮食啊？你不是说谷贱伤农吗？你不是说让农民增收吗？建成带钢厂，全都解决了。”但在实际的发展过程中，却越来越明显地背离了这种良好的愿望和初衷：“权桑麻在日头村建立起了一个钢铁王国”“这一年大旱，庄稼歉收。这个钢铁王国却红红火火。那是一个庞大的赚钱机器，村民当了工人，有了工资收入，都不愿种地了。本是村办企业，后来上面有了政策，搞了股份制，稀里糊涂就转成了权家的企业了”。这里的关键问题，显然是乡镇企业归属性质的更易。一项来自于上面的政策，一个所谓的股份制改革，就使得本来隶属于日头村集体所有的钢铁厂，彻底变成了权家私有的钢铁厂。之所以是权家而不是金家抑或汪家、杜家，盖因为日头村的党支书不是别人，正是强人权桑麻。乡镇企业性质归属的更易已足够严重，但更其严重的却是，钢铁厂与铁矿的先后创办，给日头村的生态环境造成了极其糟糕的后果：“钢铁厂和铁矿把日头村包围了，到处飘着黑烟、粉尘和树叶。我种的菜上面有一层黑黑的尘土，到了集市没人要，只好仨瓜俩枣处理了。”“年轻人都进了企业，或是却外地打工，不管土地的事。只有年老的在地里干着，庄稼长成拉拉秧，只能混口饭吃。工业把土地弄脏了，河水泡浑了，长出的东西，都是脏的。”一方面是传统农业生产的被破坏（土地的荒芜），另一方面是生态环境的被污染，而这一切，从根本上说，皆是拜极权与资本强力结盟的结果。小说中，极权的代表者，先是权桑麻，后是权国金，资本的代表者，先是袁三定，后是开发商邝老板。极权与资本的结盟，在披霞山铁矿的开采上表现得非常典型。发现了披霞山丰富的铁矿蕴含后，单凭权桑麻的力量根本开发不了，只能够招商引资。招商引资的对象，是当年曾经在日头村做过知青的大老板袁三定。但要说动袁三定投资铁矿，就须得有金沐灶出面说合才成。袁三定做知青时，曾经与金沐灶的姐姐金淑琴有过一场有始无终的孽缘，生有一个儿子槐儿。因为槐儿执意不肯认袁三定这个父亲，所以，只有让身为舅舅的金沐灶做通槐儿的工作，让槐儿认袁三定为父，袁三定才可能投资铁矿的开采。到最后，与权家可谓有着世代累积的家族矛盾的金沐灶，之所以出手帮助权桑麻说服袁三定投资铁矿，是因为他必须得到政府的批准才有望完成父亲金世鑫校长重建魁星阁的夙愿。由此可见，金沐灶的最终说服袁三定投资铁矿，带有十分露骨的交易性质，乃是他内心矛盾的一种自我妥协的结果。但金沐灶无论如何都想象不到，由自己一手牵线而成的铁矿开采居然会给日头村带来如此严重的伤害。对此，作家借人物之口有着尖锐犀利的洞穿：“都说，日头村富了，富了谁？富了袁三定！富了权家人，我他娘都快死的人怕啥？我就骂他，死也死不到他家门口去！给他们添点儿堵！”

不可否认的是，特权与资本的合作过程中，也曾经发生过不可谓不激烈的矛盾冲突。在袁三定通过官方做工作，巧妙地剥夺了权桑麻的股份，因而使得披霞山铁矿完整地姓了袁之后，一贯善于玩弄权术的权桑麻同样巧妙地利用所谓的“民意”，向袁三定发起了猛烈的反击。在村民大会上，权桑麻说：“听说村里头流传一句顺口溜儿吗？‘自打来了袁三定，村里从此不安静，矿工苦来污染重，他发横财苦百姓。’大家都知道，袁三定是袁世豪的后代，他家就是上海的资本家，旧社会剥削工人，那可是出了名的。现在他继承了万恶资本家的衣钵，压迫我们日头村的穷苦百姓来了。他在日头村开了矿，巧取豪夺，每天一页血泪史，到现在都记有几本了。有人得了硅肺病，有人断了胳膊，还不给人家补偿，他的心肠比资本家还黑。”正是在权桑麻三寸不烂之舌的强力煽动之下，日头村的村民们冲向了铁矿："十月十九，披霞山是一个被鲜血染红的日子。日头村的百姓疯了，他们在权桑麻的召唤下，呼啦啦向铁矿扑去。他们有的拿着棍棒，有的拿着砍刀、斧头，他们被发动起来了，就像一堆干柴，等待着烈火的燃烧。权桑麻点燃一根火柴，扔在了干柴上。"但是，一定要注意，极权与资本争斗的结果，却依然是它们之间再度妥协后的结盟。在达成了相应的合作协议后，村民们看到的，只是权桑麻与袁三定之间让人格外肉麻的相互吹捧。权桑麻："袁三定先生是一位著名的爱国企业家，他对日头村这片土地有着深厚的感情，他深深爱着这里的人民……"袁三定："我是日头村的知青，也是日头村的姑爷，我热爱日头村，非常尊敬全国劳动模范、日头村党支部书记权桑麻……"以至于，面对着他们之间如此默契的双簧，叙述者老轸头都觉得难以接受了："真肉麻呀，我听不下去了。这俩人唱的是哪一出呢？那么多百姓，流了那么多血，换来的竟然是这？"关键在于，就在权桑麻与袁三定相互吹捧时，却传来了阵阵哭声："哭声是从大国家和小六子家飘过来的。"大国和小六子，都是在日头村村民与铁矿发生冲突时械斗身亡的。一边是满蘸着血泪的号哭，一边却是假惺惺的相互吹捧。两相对照，一种强烈悲剧反讽意味的存在，就是昭然若揭的事情。对于这一点，金沐灶的理解可谓一针见血："我一听，就明白了，权力跟资本合谋，坑害的是老百姓。"

实际上，所谓极权与资本的合谋及其危害，并不仅仅表现在如同钢铁厂和铁矿这样的乡镇企业上，也同样突出地表现在晚近一个时期的城镇化建设过程中。只不过，到了这个时候，极权与资本的代表者已经变成了权国金与邝老板。问题在于，代表者可以改变，但事物的根本性质却不可能发生改变。首先是，在城镇化所无法回避的拆迁过程中，曾经惨遭劫难的状元槐再度遭遇厄运。开发商邝老板看中了这棵树，要把它"移进城，栽入他的别墅院中"。面对着城镇化过程中所携带着的野蛮暴力，金沐灶在竭力保护日头村"文脉"之一状元槐的同时，也以其格外犀利的话语道破了过于简单粗暴的城镇化所可能带来的严重负面后果："我的话搁在这儿，将来，等房子分完、卖光，老板赚了钱，支书有政绩，皆大欢喜。到那时候，湖水臭了都没人管的。都是农民，拍拍胸脯的四两肉，良心呢？你们在利益面前还有人性吗？乡亲们一直信不过你们，一切都变成弄虚作假，滥竽充数，巧夺豪取的闹剧啦！""一边是政绩轰轰烈烈，一边是遗留问题一大堆。升官的升官，发财的发财。失地农民变成失业农民，他们的生活怎么办？这样好的耕地挖成湖，蓄水怎么解决？新村能不能支付养护费？燕子河污染水源流进来怎样处理？”一方面，是简单粗暴的城镇化所可能导致的负面后果；另一方面，更其严重者却是，就在城镇化建设的背后，也不可避免地存在着极权与资本合谋的问题。“权国金和邝老板猝不及防，全呆了。他们忙乎着跑上跑下，但还是停工了。但是，拖欠的补偿款还是还不了。金沐灶亲自查过了，发现资金没在银行，而是压在了邝老板的二期楼房里。大伙都觉得，权国金在楼盘里有股份。”明明是属于所有村民的拆迁补偿款，但权国金却硬是利用手中的权力将其强行扣押。关键在于，他还把这些扣押款项挪用来作为自己的股份投资房地产，以谋求更大份额的一己私利。事实上，也正是这一幕幕活生生的事件促使金沐灶对“文革”后的日头村生活产生了深刻真切的顿悟与认识。面对着自己心爱的火苗儿，金沐灶痛心疾首地说：“火苗儿，我对不起你。我不配提爱情。烧掉魁星阁、砸毁天启大钟的时候，日头村人的心里是不是黑暗一片？是不是到处充满仇恨？可是谁来化解仇恨？谁来拯救苦难？流血的悲剧还会在日头村重演吗？我以为没有‘文革’，悲剧就不会重演了。然而，我错了。事实远不是我们想象的那样，你姐姐大妞留下的那只脚、披霞山铁矿流血惨案、披霞山大火。汪老七的死、大拆迁中的强暴、失地农民的血泪，这都是悲剧啊……”无论如何，我们都必须强调，金沐灶的这段话语，实在应该被看作是作家关仁山自己的一种夫子自道。只有确立了这样一种前提，我们才能够更加充分深入地理解把握关仁山为什么要写《日头》这样一部长篇小说。又或者说，也只有在确立了“文革”之后的中国乡村仍然会有悲剧不断生成的基本理念之后，关仁山才可能沿着这样的一种思路进一步思考追问所谓极权与资本结盟的问题。毫无疑问，金沐灶话语中所列举的桩桩事例，其根本上的始作俑者可以说都是紧密结盟后的极权与资本。能够以一种雄强遒劲的笔力将“文革”后乡村大地上发生的种种人生悲剧描摹展示在广大读者面前，正可以被看作是关仁山《日头》最根本的思想价值所在。我们前面所谓作家对于现代化思潮袭扰影响下乡村社会现实的批判与反思力度，也正突出地体现在这一点上。其中所饱蕴着的，实际上也正是作家对于那片凝视太久的乡村大地的沉重忧思。也只有在这个意义上，关仁山的乡村书写才能够促使我们联想到诗人艾青那传诵已久的名句："为什么我的眼里常含泪水，因为我对这土地爱得深沉！"唯其爱之深，所以责之切。

不容忽略的一点是，关仁山对于乡村大地的满腔深情，他那无论如何都压抑不住的沉重忧思，也同样凝结表现在了若干具有人性深度的人物形象的塑造之中。大凡优秀的长篇小说，都少不了塑造有内在艺术张力的人物形象。对此，有着丰富小说写作经验的关仁山，自然心知肚明。落实在文本中，便有了诸如权桑麻、金沐灶、火苗儿、老轸头、袁三定、权国金、杜伯儒等一系列颇具深度的人物群像的鲜活呈现。其中，能够给读者留下难忘印象者，当首推曾经长期在日头村担任党支书职务的权桑麻。权桑麻能够成为日头村的党支书，与他在农业合作化期间的积极表现密切相关："1952 年春天，槐树开花的时候，全国农业合作化运动来了，权桑麻成了积极分子。他带着一个由二十九户贫雇农和四条牛腿组成的农业合作社，取名'披霞山合作社'，在青石板上创高产，此举轰动了全国，他当选为全国劳动模范。"作为全国劳动模范，权桑麻曾经受到过毛泽东的接见，并从毛主席那里获赠了一支细长的黑色钢笔。正因为权桑麻是全国劳动模范，所以他的担任日头村党支书，成为乡村政治家，就是顺理成章的事情。事实上，也正是在他长期担任党支书的过程中，方才渐次养成了一种特别长袖善舞，擅长于玩弄权术，唯我独尊，专制独裁且还特别飞扬跋扈的性格特征。这一点，在"文革"期间的金世鑫之死上就表现得非常明显。作为"文革"前的当权派，权桑麻在"文革"初对于红卫兵的造反运动很不理解，拒绝接受。他根本没想到，当时作为红卫兵一派首领的金沐灶，居然会趁他外出考察的时候，乘机夺了他的权。但权桑麻毕竟是老奸巨猾的权桑麻，虽然免不了领受几场批斗，但很快地就挑拨离间，巧妙利用红卫兵不同派系之间的利益纷争，幕后操纵腰里硬与黑五，不仅反败为胜，重掌日头村大权，而且还把金世鑫校长置于死地，让金家家败人亡。尤为关键处在于，权桑麻还吃肉不吐骨头，明明是自己幕后策划搞死了金世鑫，但却嫁祸于人，让头脑简单的腰里硬与汪猴头成了替罪羊。

常言道，识时务者为俊杰。长期为官的权桑麻，很显然就是一位能够顺应时势变化的识时务者。"文革"前是全国劳动模范，"文革"中依然大权在握，到了"文革"后的改革开放与市场经济时代，引领日头村风骚者，一样还是权桑麻。在日头村，最早挑头创办乡镇企业的是他，最早产生招商引资的念头，想尽一切办法说服袁三定投资的是他，乡镇企业在发展过程中遇到困难时，设法解决难题者，依然还是他。权桑麻的长期引领风骚，与他所一贯坚持的人生哲学关系密切。权桑麻说："在中国做事，就得冒险，反常规出牌。你规规矩矩做事，屁事都干不成！人穷志短，马瘦毛长，好人和坏人咋区分？只有你成事了，境界自然高了，你的人自然就做好了。"正因为权桑麻一向秉承这样的一种人生哲学，所以他才能够在日头村一手遮天，实际上成了一位特别专权的土皇帝。说到土皇帝，有两个小说细节不容忽视。一个是他刚刚成为全国劳动模范时去故宫参观。"在故宫里看见了皇帝的龙椅，那叫威严，那叫气派，叫人一辈子都忘不了。"再一个，是"文革"后一次村里请了一台皮影戏，看过剧目《五峰会》后，权桑麻对老轸头说："亲家，这出戏忒好！你看我像不像神宗皇帝？有奸臣害我，更有忠臣保驾，我看你就是忠臣啊！""我笑了笑，没说啥。心想，权桑麻都把自己打扮成明君啦，还有人害他，还有人保他，这是唱的哪出大戏呀？"关仁山之所以要特别设定这样的两个细节，其目的就是要借此而强力凸显权桑麻内心深处的一种独裁专权意识。而且，在日常生活中的权桑麻，还特别享受这种唯我独尊的专权意识。一个典型不过的例证就是，因为权桑麻有着晨跑的习惯，所以，在他成为钢铁厂董事长之后，村里边有求于他的人们也跟着他开始了晨跑："不过是年老的，年轻的，能跑的，不能跑的，都不能跑到权桑麻前面去，只能在权桑麻后面乖乖跟着，权桑麻提了速，就得跟着快；权桑麻慢了，就跟着慢。这一切，没人告诉，这是不能说的规矩。渐渐地，这些跟着权桑麻跑步的人，就都成了权桑麻手里的人，他们的孩子都安排到钢厂上班，个个混得不错。"权桑麻对于权力那样一种特别的迷恋与沉醉，通过晨跑这个细节，就得到了可谓是淋漓尽致的艺术表现。尤其不能不注意到的一个细节是，权桑麻虽然死了，但却阴魂不散，他的一根骨头留给了继任者权国金，并且在很多时候会成为支撑权国金的主心骨。这一细节的设定的确意味深长，它意味着权桑麻所代表着的特权农民还将继续游荡在苦难的乡村大地上。

需要强调的是，在充分凸显权桑麻强烈权力欲的同时，关仁山也还写出了他性格中关键时刻敢于承担勇于自我牺牲的另一面。这一点，突出地表现在"文革"期间冒险救人的行为上。那年夏天，因为连着下了七天七夜雨，燕子河水暴涨，日头村陷入严重的洪灾之中。村会计金茂才因带着几个人去刀把地拾掇瓜秧而被无情的洪水围困，生命遭到极大的威胁。当此危急时刻，为了迫使崔家渡口的崔老大冒雨出船救人，权桑麻居然付出了半截指头的代价：“权桑麻冷冷一笑，像冬天里飕飕刮的西北风。在冷风中，权桑麻将自己的左手掌铺在桌子上，铺在了崔老大的眼皮底下，眨眼间，刀落了，小指头被砍下半截。”权桑麻的决绝，使得崔老大再无迟疑推诿的理由：“洪水滚滚，撑船的崔老大使出吃奶的力气，累得都快虚脱了。船赶到时，浸在水里的金茂才等七人被救，再晚去半个时辰他们就没命了。”“权桑麻半截指头，救了七条命。”正因为权桑麻有着关键时刻挺身而出的自我牺牲精神，所以老轸头才会给予他相当高的评价：“我挺敬佩权桑麻，危难之际，他像个大英雄。”无论如何，权桑麻之所以能够在日头村长期处于一言九鼎的执牛耳地位，绝不仅仅只是因为他长袖善舞，善于玩弄权术。如果没有实实在在的两下子，他要想在日头村征服人心，恐怕也不是那么容易的一件事。他“文革”期间的冒险救人这一幕，所充分说明的，正是这一点。从艺术表现的层面上说，也只有在写出权桑麻的这一个性格侧面之后，这一人物方才显得特别真实可信，才拥有了某种突出的审美价值。

如果说权桑麻这一形象意味着关仁山对于中国异常沉重的乡村现实的一种深刻洞察，那么，在金沐灶这一形象身上，所真切寄予着的，就是作家对乡村未来的一种理想期待。尽管说在“文革”中年轻气盛的金沐灶也曾经有过举旗造反的懵懂经历，但父亲金世鑫校长的不惜以身护钟的行为却从根本上影响到了他，使他把重振日头村文脉当成了自己至死不渝的重要使命。作为具体的乡村物事，状元槐、魁星阁以及天启大钟，其实都没有那么重要。金氏父子之所以要把它们视为事关日头村未来命运的重要物事，关键原因在于，它们象征着某种来自于传统的文明精神。从这个层面上说，这三种象征性物事在小说中的作用，实际上非常类似于作为道教文化化身的杜伯儒。无论是金沐灶的外出求学，以及大学毕业后坚决地回归故乡以造福乡梓，抑或是他明明与火苗儿真心相爱，却迟迟不肯与她结婚，所有这些，都是因为他要千方百计地实现父亲遗愿的缘故。在金沐灶一个记忆真切的梦中，金世鑫说：“沐灶，你要把焚毁的魁星阁建起来，重续日头村文脉啊。你还要求学深造，有了文化，火烧不毁，水冲不掉。”明明知道金家与权家有着极深的仇怨，但为了实现父亲重建魁星阁的夙愿，金沐灶居然可以捐弃前嫌，出面说服袁三定投资披霞山铁矿的开采。难能可贵之处在于，作为“文革”后一位接受过现代教育的乡村知识分子，金沐灶一方面恪守父亲的遗愿，一直在孜孜不倦地致力于魁星阁的重建，但在另一方面，他却并没有被父亲的遗愿所约束拘囿。如何凭借自己的力量积极对抗特权与资本的强势结盟对于“文革”后的乡村大地所造成的严重后果，正是后者最集中不过的一种体现。身为农大毕业的乡长，面对着现代化思潮对于乡村大地的袭扰，金沐灶总是一副忧心忡忡的样子：“我想在工业化和现代农业发展上找到平衡点，但找不到。工业化太强大了，挡不住呀！”虽然理性告诉他工业化的浪潮无法阻挡，但出于对于土地的那片真情，金沐灶却一直在竭尽所能地以螳臂当车的方式不无悲壮地为日头村人谋福祉。尽管从关仁山的写作初衷看，他在《日头》中试图张扬一种道家文化，但具体落脚到金沐灶这一理想化的人物身上，我觉得，恐怕更多的还是一种“知其不可为而为之”的儒家文化精神。比如，当权桑麻与袁三定在披霞山铁矿惨剧后再度合谋结盟的时候，事件真相的毅然披露者，正是金沐灶。“但最后他还是站了出来，揭露了披霞山铁矿事件的真相”。“披霞山的事被兜了个底儿，世人震惊，其强度比械斗还地动山摇。日头村晃了三晃，人们目瞪口呆。我听了两条腿哗哗直抖。人们骂袁三定没良心，还骂权桑麻不是东西，两头狗扯羊皮。人们背地里骂得唾沫星子乱飞，却没人敢找权桑麻算账，也不敢找袁三定，人家是外商啊！人们都夸金沐灶是好人，敢于支持正义，敢于为民说话，是难得的好官！”尤为不能忽略的是，由于金沐灶戳穿事情的真相导致披霞山铁矿被封，日头村的很多村民因此而失业。这些失业农民自然而然地把账记到了金沐灶身上：这天早上，人们呼啦啦冲进金沐灶家的院子。一声声高喊：“金沐灶出来！金沐灶，你还我工作！”金沐灶明明是在竭力维护村民的利益，没想到却遭到了村民们目光短浅的严重误解。但即使如此受辱，金沐灶这位理想主义色彩鲜明的现代乡村知识分子却依然不改初衷，依然在用自己睿智的理性坚定思考着现代化大潮袭扰冲击下乡村大地的未来路径。他的如此一种行为方式，直能够让我们联想到孔夫子《论语》中的那位颜回。子曰：“一箪食，一瓢饮，在陋巷，人不堪其忧，回也不改其乐。”只要把“回也不改其乐”置换为“回也不改其志”，那孔子的这句话，就完全可以被移用来评价精神意志殊为坚定的金沐灶。

一方面，他总在不断地进行自我反省自我清理：“轸叔，您说，我在商场上混得是不是太油滑了？是不是有些媚俗？我发现资本介入农村，比如钢厂，比如铁矿，比如我的铸铜厂，表面上看给日头村带来了繁荣，实质上是对农村的剥削和掠夺。环境破坏了，资源严重消耗，老百姓并没得到多少实惠。”“我挣到钱的时候，忽然有了一种犯罪的感觉。”另一方面，也正是从这种强烈的罪感出发，金沐灶持续地探究思考着乡村大地究竟应该向何处去的根本问题：“过去有猫论，不管白猫黑猫，抓住老鼠就是好猫。大包干让农民填饱了肚子。可是，猫时代已经过去，狼如果不怕虎，那就只有结成群狼。还有人提出了‘狼论’——不论白狼还是黑狼，如果不结成群狼，那注定是被别人猎杀的孤狼。对于我国农业和农民来说，走集体化道路，无论是农业生产的组织形式还是农业生产的生产经营方式，这都是必由之路……”正因为金沐灶内心中有着对于农民由衷的关切，所以，他才会对当下时代的乡村现实表示强烈不满：“人没有文化，拥有多少财富，都不是自己的，都会拱手送给别人。钱统治人心，道德没有底线，人欺人，人骗人，人吃人，是多么可怕啊！人心乱了，人血冷了。我续文脉，是想让我们的心怎样才能暖和起来，农民啊，怎样才能真正过上好日子！”为了从根本上改变农民和土地的命运，金沐灶进行着可谓是特别痛苦的思索。这方面，一个引人注目的现象，就是一种新的农民主体观的提出：“这些年来，金钱和权力合谋，农民失去了话语权。所以，我提出依善而行的农民主体观，我写了一本书，叫《我的农民主体观》，书中的核心思想是发挥农民自主性、能动性、独立性和创造性。其实，农民问题十分复杂，三言两语说不清楚。让天下农民兄弟过上好日子是咱们共同的祈祷和梦想，您说是吗？”在试图确立新的农民主体观的同时，金沐灶也提出了建一个“真正的合作社”的主张。何谓“真正的合作社”呢？金沐灶的回答是：“我所说的真正的合作社，其实是两个合作社。农民生产合作社和市民消费合作社！实际上就是城乡合作社联盟啊！”尽管说金沐灶关于乡村大地未来发展的思考到底在现实生活中有多大的可能性也还有待于实践的证明，但明眼人即不难看出，金沐灶的这些思考实际上都与乡村大地如何应对现代化思潮的袭扰与挑战关系密切。究其实质，金沐灶乡村思考的背后，潜隐着的乃是作家关仁山自己的影子。从这个角度来说，金沐灶的思考就再一次强有力地证明着关仁山突出思想能力的存在。

以上种种之外，《日头》的成功，与关仁山在艺术形式层面上所做的积极努力，同样存在着不容忽视的内在关联。这一方面最值得注意者，乃是如下两点。其一，双重第一人称叙述者的巧妙设定。在一部长篇小说中设置两位第一人称的叙述者，多少可以被看作是关仁山的某种“专利”。早在他的前一部长篇小说《麦河》中，就已经成功地设定过瞎子白立国和苍鹰虎子这两位第一人称叙述者。到了这部《日头》中，关仁山再一次祭出了曾经使自己获得过思想艺术成功的得力“法器”，再一次设定了双重的第一人称叙述者。其中，处于主体叙述地位的，是老轸头（汪长轸）：“我叫汪长轸，我种过庄稼、守过大车店、当过饲养员，杀过猪、卖过鸡蛋，是村里最后一位敲钟人。”作家之所以要把老轸头设定为叙述者，不外以下几个原因。首先，老轸头是一位热心于日头村日常事务的古道热肠者。举凡日头村的大事小事，只要能够得着，你就会看到有老轸头的身影在。其次，日头村所在的冀东乡村向来就有着敲钟的习惯，更何况在日头村，天启大钟还与状元槐、魁星阁一起，被看作是维系村庄命运发展的重要物事。这样一来，作为敲钟人的老轸头，也就自然与日头村的三种文脉联系在一起。再次，老轸头与日头村的几个重要人物均有着密切的或亲情或友情的恩怨缠绕关系。先是权家。老轸头一共生有大妞和火苗儿两个女儿，没想到，这两个女儿居然先后都嫁到了权桑麻家，而且她们的丈夫都是权国金。大妞先嫁给权国金，后被滚烫的钢水活活烧死。之后，权国金对火苗儿狂追不舍，火苗儿最终未能抵挡得住，成为权国金的续弦。这样，老轸头就和权桑麻成了掰扯不开的儿女亲家。然后是金家。老轸头的女儿火苗儿和金沐灶热恋多年，真心相爱，虽然未能结合在一起，但他们俩之间感情的终生不渝，却是毫无疑问的事情。他与金家的另一重渊源是，金世鑫校长因“文革”期间的毅然护钟居然丧命于老轸头唯一的儿子汪猴头之锤下。最后是杜家。老轸头与乡村宗教意识形态的一位重要代表杜伯儒道士之间有着颇深的友情。第四，老轸头相当长寿，可以说是日头村近半个世纪一位始终在场的见证者。老轸头的主体叙述之外，带有补充性质的另一位叙述者，乃是毛嘎子。“毛嘎子是杜老七的儿子。他浑身是毛，兔头、兔耳朵，是个怪胎”“毛嘎子眼睛不大，头发焦黄焦黄，他不长个，瘦小，像个小侏儒，说话龇牙咧嘴，小脑袋跟棉桃似的”。身为怪胎，毛嘎子日常生活中的被歧视，就实在不可避免。或许正是因为备受屈辱的缘故，毛嘎子不愿意再待在这充满着各种罪恶的人间，于是，在金世鑫弃世之际，毛嘎子也随之而去：“毛嘎子真的被神灵附体了，他坐在状元槐的树顶上，像狼一样吼叫了一夜。天亮的时候，雨停了，日头升起来了。毛嘎子的两只耳朵慢慢地变成了翅膀，朝着日头飞去，直到消失在天空里。”日头村人普遍认为毛嘎子已经不在人世，唯独老轸头知道已然化身为天使的毛嘎子，实际上飞升到了天空中一个叫作云顶的地方。他虽然身在云顶，但却一直心系日头村，关心着日头村的人和事。“我是谁？”“我想该揭开谜底了。人们想不到我是日头村的毛嘎子。我有好多故事要讲，这么多稀奇古怪、上天入地的故事与神话交织在一起了。过去，望着星星，母亲给我讲故事，除了追日头、红嘴乌鸦的故事之外还有好多故事。”只要稍加留心，即可发现，毛嘎子的叙述部分，大多在谈论所谓二十八宿与日头村人之间的对应关系。由此可见，关仁山之所以要在老轸头之外，补充增加毛嘎子的通灵叙述，正是为了更有效地传达出某种形而上的思想意蕴来。

其二，就是二十八宿与日头村人之间对位关系的一种特别设定。在临近小说结尾处，我们读到了这样两段叙事话语：“天空有四个大星区，冠名为：东方青龙、北方玄武、西方白虎、南方朱雀。一个方位星区有七个星宿。望着星宿，我昏花的老眼里射出一道光芒。此刻，我感觉那二十八星宿，变幻成了二十八张脸，有圆有方，有长有短，有瘦有胖，神态各异，生动灿烂”“我是心宿、金沐灶是箕宿、火苗儿是柳宿、权国金是氐宿、权大树是胃宿、袁三定是斗宿、槐儿是危宿、猴头是娄宿、英子是井宿、黑五是星宿、蝈蝈是张宿、拾荒婆婆是女宿、蓝串儿是房宿、汪树是翼宿、汪笨湖是参宿、吕富仁是觜宿、汪大跳是壁宿、汪二跳是奎宿。死去的人，星宿黯淡无光。他们的脸浮了出来：金世鑫是角宿、毛嘎子是牛宿、金淑琴是昴宿、权桑麻是室宿、腰里硬是亢宿、张慧敏是轸宿、杜伯儒是虚宿、金茂才是尾宿、大妞是鬼宿、一枝花是毕宿——”除此之外，在毛嘎子的叙述部分，很多时候也都在谈论着日头村人和二十八宿之间的内在关联。比如：“金沐灶的星宿箕宿挺有味道，闪光也是奇特无比，先是乳白色的强光，然后慢慢变虚，虚出了柔软的硬度和特有的神秘。（箕宿的人具有智慧和才干，性格中不畏权威，无拘无束。箕宿闪光时也是懒洋洋的，但是有一股说不清的魔力让人不能自已）我想他再迟钝也该对即将到来的那个美梦有所察觉。”依我愚见，无论是二十八宿与人物对应关系的特别设定，抑或是作为章节标题的所谓“十二律”，甚或日头村那样一种金木水火土的地理范围设置，所有这些，皆可以被看作是关仁山在中国叙事方面所作出的积极努力。

毋庸讳言，关仁山的《日头》也存在着一些不尽如人意处。比如，一些人物性格逻辑的不够统一。一个突出的例证就是，金沐灶为了重建魁星阁而死活不肯与自己心爱的火苗儿结婚。难道说火苗儿和魁星阁真的就属于“鱼与熊掌不可兼得”吗？难道和火苗儿的结合居然会从根本上瓦解金沐灶的意志吗？如此一种逻辑关系，无论如何都难以建立起来。但更值得注意的一点，恐怕却是关仁山小说写作中的一种理念过于直露的“席勒化”倾向的体现。古往今来，大凡优秀的文学作品，都是趋近于“莎士比亚化”，规避着“席勒化”的。我想，在今后的写作过程中，不管怎样说，这都应该成为关仁山一个不能忽略的地方。倘能如此，则关仁山的小说写作之更上一层楼，臻于更加完美的思想艺术境界，就是无须怀疑的事情。

《欲望》：欲望化时代精神困境的诘问与表现

在 2012 年，笔者曾经写下过这样一段不无激情的批评话语："只要略微认真地留意一下当下时代的中国小说界，就不难发现，其实存在着一批尽管从来也没有引起过公众的高度注意，没有爆得大名，但却不仅长期默默无闻地坚持着小说创作，而且取得了不俗创作实绩的作家。我们这里所具体论及的河南作家墨白，显然是其中极有代表性的一位。大约与所谓先锋小说在 20 世纪 80 年代中后期的兴盛一时同起，墨白就开始了自己具有突出实验性色彩的先锋叙事艺术实践，并且一直将这种难能可贵的艺术实践坚持到了今天。尤其是进入 20 世纪 90 年代之后，当那些曾经名噪一时的先锋小说作家们纷纷改弦易辙，放弃先锋立场，实现所谓现实主义回归的时候，墨白却依然初衷不改，依然固执于自己的先锋小说创作。尽管说作家艺术立场的改变本属正常的事情，尽管说我们对于所谓现实主义或者现代主义的先锋叙事并不存在任何偏见，但是，对于如同墨白或者山西作家吕新这样长期坚持既定先锋艺术理念的作家，却也还是应该表示足够充分的敬意。"[①] 当时这段批评话语的谈论对象，是墨白一部名为《手的十种语言》的长篇小说。现在，当我们再次面对包括《手的十种语言》（只不过已经被更名为《别人的房间》）在内的长篇小说《欲望》（湖南文艺出版社 2013 年版）的时候，依然要坚持这种具有相当合理性的艺术判断。无论如何，由红卷（《裸奔的年代》）黄卷（《欲望与恐惧》）和蓝卷（《别人的房间》）三部具有相对独立性的长篇小说组合而成的《欲望》三部曲，都应该被看作是当下时代愈益少见了

---

① 王春林：《"俄罗斯套娃"或者"以建构的方式解构"》，见王春林《新世纪长篇小说风景》，作家出版社2013年版。

的先锋小说。

《欲望》三部曲的从起始到最终完成，断断续续经过了19年的时间："《欲望》中的红卷写于1992年11月至1999年5月之间，黄卷写于2000年前后，而等完成最后的蓝卷，时间已经到了2011年的秋季。"[①] 同样的，作家笔下的文本世界，也相应地留下了时代变迁的明显痕迹。三部曲中的时间跨度大致从20世纪90年代一直延续到了21世纪初，除了被明显告知的时间之外，传呼机、手机、偷菜游戏等诸多小说细节，亦是时代变迁的见证。虽然故事发生的时间有所不同，但是人们对金钱、权力和性的欲望与追逐，却一直都不间断地存在和进行着。三部曲的主人公分别是谭渔、吴西玉和黄秋雨。虽然是三个不同的人物，但是他们之间却存在着格外紧密的内在关联性。他们不仅同一天出生于颍河镇，并且还有着极为相似的成长经历。说到颍河镇，熟悉墨白小说的读者应该并不陌生，他笔下的故事大都发生于此。就像高密东北乡之于莫言，商州之于贾平凹一样，颍河镇可以说是墨白小说创作的精神故土与灵感之源。虽然《欲望》三部曲的地理坐标除了颍河镇之外，还先后分别涉及陈州、锦城、康县乃至省城、北京等地，但是颍河镇作为故事和人物标志性的文化地理背景却始终或隐或现地存在着。红、黄、蓝三卷所具体讲述的，当然分别是三个人的故事，而且也存在着明显的时代错位，但由于谭渔、吴西玉和黄秋雨这三个人物有着相似的成长经历，他们由追逐欲望而产生的精神困境也存在着内在一致性，所以毋宁说作家在通过三个人物讲述着"一个人"的故事，而这"一个人"却又能够涵盖当下这样一个欲望化时代的一个人物群体。具而言之，墨白通过这三个主要人物牵连出钱大用、于天夫、季春雨、杨景环、童玲玉、田达等一干在陈州师范学院艺术班的同学，很显然构成了作家笔下一个时代的人物群像。

由于墨白在小说创作上对于先锋表现形式的大胆尝试，理解把握他的小说并不是一件容易的事。就《欲望》三部曲来说，虽然有着极为相似的精神内核，但小说风格与叙述手法却大相径庭。《裸奔的年代》采用了过去与现在交错叙述的方式，二者之间并没有明显的分割界限，往事总是在不经意间就蹦跳出来，进入叙述者的叙事视野之中。这样的一种叙述方式固然很容易

① 墨白：《欲望》，湖南文艺出版社2013年版，第567页。

造成读者的阅读障碍，但却最大限度地还原了小说主人公谭渔的潜意识。这种叙述方式尽管可以看出有意识流的影响存在，但却又不是原初意义上的意识流小说。不论是对于意识流叙述方式的充分借鉴，抑或是采用转换第一人称的多角度叙述手法来建构故事，作者的叙事意图，显然是要最大限度地还原人物的叙述场景和潜意识的回忆脉络，一方面使得小说在叙述方面有所创新并形成一种有别于一般小说的阅读感受，另一方面，也能够使小说文本充满鲜活的现场感和生活感。典型的场景，如赵静和谭渔通话那一幕。赵静在打麻将间隙通过电话给谭渔讲述周锦的遭遇时，在原本完整的回忆叙述中会突然蹦出一句“哎，刘妈，你咋打那一张？你咋会先打发财？咱的庄呀，你先把发财打出去多不吉利呀，哎，对，就打那一张。喂，谭渔，我刚才给你说到哪了？”他们之间的通话，会由于麻将的插入而突然中断，麻将技巧的一番指点之后又拉回来接着往下讲。这样的叙述方式首先最大限度地还原了现实，充满了生活的质感，同时也突显了讲述者对周锦遭遇的隔膜以及冷漠的态度，加深了悲剧感。墨白通过这种叙事技巧的运用，达到了突出的间离效果。在使读者不过分地沉浸在情节接受中的同时，也对小说叙述的连贯性和绝对性进行了相应的消解。虽然红卷在时间上的跳跃非常大，但读者把握时间的线索却并不困难，“两个短暂的季节”（1992 年春天和 1998 年深秋）分别作为谭渔故事的开端和结尾，“漫长的三天”在时间上则是延续的，我们不难从中梳理出谭渔如何告别妻儿从农村挣扎着迈入城市，如何重访项县，又如何与叶秋、小慧、小红、赵静等女子发生情感纠葛，怎样被朋友背叛，最后又怎样彻底失去了故乡。

与红卷不同的是，黄卷《欲望与恐惧》采用了类似于河流溯源的叙事方式，吴西玉对往事的追溯和回忆成为这一卷故事的主体部分。吴西玉的回忆，导源于与钱大用等朋友在新千年的重逢。老同学死的死病的病，不由得让吴西玉回想起了 1993 年与钱大用的那次项县之行。他们开车从锦城出发，途径康县、陈州、颍河镇，而吴西玉的回忆也依此展开，就像河流一样，流经一处便汪洋恣肆地生发出一处河滩、一串故事。在吴西玉的故事中，项县之行是连缀起整个故事的一条基本结构线索，康县、陈州、颍河镇等地则成为故事的发散点：由陈州看望刘姨引出了季春雨的神秘杀人事件，由季春雨被捕又逃回到颍河镇、想到了年少时的小学班主任涂心庆的强奸事件并展示了少年时性的萌动，以颍河镇为支点又回忆了童玲玉，并由童玲玉联想到同样来到过颍河镇的情人尹琳……但需要特别强调的一点却是，墨白虽然凭借项县之行来结构整体故事却又并没有拘囿于时空的局限，整体上的小说文本充满了流动性和跳跃性。

到了蓝卷《别人的房间》中，墨白写作的先锋性体现得更为明显，单从叙事手法上看就比前两卷有了进一步的突破和创新。前两卷的主人公，不论谭渔还是吴西玉，都是活生生的人，但到了这一卷里，主人公黄秋雨干脆在一开始就莫名其妙地死在河道里。这样一来，如何让死人说话——就不仅仅是负责侦查黄秋雨命案的方立言所面临的难题，也是作家对自己叙事能力的一种强有力挑战。在这一卷里，墨白为黄秋雨的故事披上了侦探小说的外壳，并借助多种文本形式来推进故事的发展，通过文本还原出一个真实丰满的黄秋雨形象。黄秋雨生前的手稿、书信、诗作、诗作评论、汇款收据、新闻报道、回忆文章等资料的陆续征用，让读者在一步步地接近事情真相的同时，也一步步地走进了黄秋雨那堪以复杂称之的精神世界。在利用这些不同的文本手段进行叙述的同时，作家还在文本中插入了方立言的潜意识话语，引导读者关注文本中的这些关键信息，自然也就形成了一种双重的第一人称和叙事视角。另外，作家通过方立言潜意识的插入，也明显刺激着读者对案件的思索接受，引导读者对黄秋雨的死因做出了合乎情理的判断，成功地营造出了扑朔迷离的阅读效果。“死是生的开始”，已经死去的黄秋雨，不仅通过他的手稿、书信发出了自己的声音，而且也在米慧和粟楠等女子的信件中形象渐渐清晰起来。很显然，《别人的房间》中的叙述者并不只是方立言，包括黄秋雨、米慧、粟楠，乃至黄秋雨的妻子金婉、朋友谭渔等在内的一众人物，也都成为黄秋雨故事的叙述者。这些所有关于黄秋雨的各种信息碎片堆砌到一起，也就最终在读者心目中建构了一个较为客观真实的黄秋雨形象。

虽然红黄蓝三卷在叙述手法上存在着明显的差异，却也有着共同的相似之处，那就是故事的不确定性与开放性。究其根本，墨白在写作过程中通过不同叙述主体所做不同解读的提供，在建构故事的同时也最大限度地消解了故事情节的唯一性和确定性。这一方面，极典型的一个例证，就是《裸奔的年代》中周锦的遭遇。她家的大火到底是汪丙贵放的还是纯属意外，汪丙贵究竟是恬不知耻的恶人还是收养孤儿的好人，我们在阅读的过程中并不能得出明确的定论。说到底，关于周锦的遭遇，道听途说的成分很大。正因为作者甚至也让死去的汪丙贵发声为自己辩护，所以，周锦究竟经历了什么？她的遭遇到底是确有其事还是他人的道听途说穿凿附会？汪丙贵究竟是好是坏？等等，自然也就无法得以确定。另外，那位声称在邮电局工作的赵静，在与谭渔发生了一夜情之后却又突然消失不见，谭渔到邮电局去寻找赵静，结果居然是“查无此人”。那么赵静之前的讲述究竟是真是假？她与谭渔之间的这一段感情是否真的存在？连同读者之前关于赵静的所有印象，也因此而画上了一个大大的问号；《欲望与恐惧》中，季春雨杀人之后下落不明，“所有熟悉季春雨的人没有谁知道他为什么会杀死那个女孩，也没有人知道他杀死那个女孩的具体过程，社会上有关季春雨的传说不下五个版本。”[①]而在之后的故事中，我们得知季春雨在杀人后曾在童玲玉那儿躲避过一段时间。但这也只是冰山一角，关于季春雨，后来到底还发生过怎样的故事，我们最终还是不得而知；在《别人的房间》里，这种不确定性，则体现得更为明显。不仅米慧、栗楠甚至谭渔都曾是被怀疑的行凶作案对象，而且，就在案件渐次推进的过程中，市委书记陆浦岩居然成为最大的嫌疑人。但到了最后，黄秋雨的离奇命案，却在上面的施压之下最终以自杀匆匆结案。那么，黄秋雨究竟是因精神抑郁或者病痛而自杀还是有预谋的他杀？或者整个命案只是一次单纯的意外？所有这些，似乎都能自圆其说，却又因为缺乏确凿的证据而无法让人信服。另外，像米慧，她究竟有没有身负命案？她到底是自杀了还是去深圳了？黄秋雨手稿、米慧的信件以及谭渔的叙述提供了三种不同的答案，真相究竟如何，我们依然不得而知。不同于侦探小说故事结局最终的真相大白于天下，墨白在这里并没有迎合读者的心理预期，而是提供了一个充满暧昧色彩的开放性结局。由以上分析可见，叙述一个情节完整有始有终的故事，并不是墨白的写作目的所在。通过一系列现代小说叙述手段的采用，在建构故事的同时解构故事，并在故事的多种可能性中进一步刺激引发读者的追问与思考，可以说是墨白《欲望》三部曲最根本的叙事策略所在。

通观《欲望》三部曲，谭渔的故事充满了忧伤的怀旧情绪，吴西玉的故事显得既可笑又可悲、充满了荒诞色彩，黄秋雨的故事因为案情的扑朔迷离

---

① 墨白：《欲望》，湖南文艺出版社2013年版，第199页。

而营造出了浓郁的悬疑气氛。三部相对独立的小说不仅整体风格迥然不同，而且具体的叙述手法也各有特点，但是墨白却通过“欲望”这一核心命题的贯通，以及诸多用心良苦的细节设置，使得这三部小说浑然天成地形成了一种复调的叙事景观。首先，这三部小说之间互有交集，三位主人公，除了是自己故事的主角之外，也都不同程度地参与到了另外的两个故事中。比如，在《别人的房间》里，谭渔就作为重要的叙述者出现在黄秋雨的故事里；在《欲望与恐惧》中，我们看到了布告上的“强奸”以及模拟演示等事件对三个主人公正在发育的身体和心灵造成了怎样的诱惑和冲击；在《裸奔的年代》中，我们看到了他们是怎样从农村挣扎着进入城市，又因为欲望的不满足而产生了怎样的精神困境……总之，墨白的《欲望》三部曲并不是各自孤立的三部小说，而是在时间、人物和精神内核诸方面存在着互文关系的延续性与整体性。细读文本，我们便不难发现，三个主人公之间有着太多的相似之处，对权力、金钱和性的强烈欲望，可以说是他们人生演进的一大推动力。不仅如此，作者还进一步有意模糊三个主人公之间的差异。同一天出生在颍河镇的三位主人公，有着极为相似的成长经历，他们都曾经有过在陈州师范求学的经历，而且还是同班同学。相似的人生经历之外，是他们人生感觉的类同。《欲望与恐惧》中，吴西玉眼里的街道像是河流，而人则是“鱼鳖虾蟹”。这一经典的比喻，也同样出现在《裸奔的年代》中的谭渔眼中。谭渔同样觉得，“街道仿佛一道道交错的河床，白天汹涌着车流和人群，嘈杂的声音和混浊的目光仿佛一些灰白的泡沫漂浮在空间里，到了深夜，这些河床就干枯见底了”，而驰过身边的车，则像是“黄虫”。这样，作者就有效地营造出了谭渔和吴西玉的某些内在一致性：一方面，他们因欲望的驱使而进入城市打拼生活，但在另一方面，却又对现代城市有着强烈的不适感和陌生感。此外，赵静与谭渔、尹琳与吴西玉的感情，也有若干相似之处。两个女人不仅都是因为一本书与主人公结缘（谭渔《孤独者》；吴西玉《永远真诚》），而且，除了肉体的欲望，她们也都渴望摆脱孤独并与主人公之间存在着一定程度上的精神共鸣。在黄卷中，吴西玉的故事以死亡结束，而到了蓝卷中，黄秋雨的故事却从死亡开始。墨白以“结束或开始”作为黄卷最后一节的题目，既暗示着黄秋雨故事的开始，也暗示了两个故事之间内在关联性的存在。所有这些艺术设置，就使得这三个与欲望有关的故事之间发生了内在的联系，三个主人公由欲望而产生的迷失、恐惧和最后的超越，也随之构成了较为完整的精神蜕变过程。

谭渔的故事，是一个因欲望而迷失的故事。他抛下了故乡和妻儿，远去城市谋求自己的发展，离家越来越远，与家人的感情也越来越淡漠。身为农村人，谭渔们有着天生的自卑与不甘，“咱们兄弟不就是从农村来的吗？我们不就是农民的儿子吗？我们比人家低多少？我们比人家懒多少？”[①]这些话虽然出自二郎之口，但想必也是谭渔、吴西玉和黄秋雨的共同心声。黄卷里吴西玉对杨景环的所谓“报复”行为，正是这种心理的进一步变态和异化。在金钱和欲望的驱使之下，满口豪言壮语声称为朋友两肋插刀的二郎欺骗了谭渔，谭渔在城市的打拼屡屡受挫。当他黯然回到曾经的家时，早已物是人非，甚至自己的儿子也不再认识自己。“那么明天呢？明天我要到哪里去呢？我真的不知道。”[②]谭渔最终迷失在欲望的追逐中，同时也失去了自己的家乡。在吴西玉那儿，欲望对人的异化和折损，体现得更为明显突出。在谈到于天夫时，他还特豪爽地说：“于天夫，你就把那个鸡巴乌纱帽当个屁放了！”但轮到自己时，他却也是一样地难以释怀。毫无疑问，吴西玉的官场升迁全凭了岳父的关系，因此，即使婚姻生活中没有一丝温暖存在，他也还是在苦苦地挨着，完全受制于牛文藻。“放屁”“你一撅尾巴我就知道你屙啥屎”等话语，成了这一对夫妻之间唯一“心有灵犀”的有效沟通。牛文藻无疑是一个性冷淡者，她把对男人的憎恨与厌恶，全都发泄在吴西玉身上。吴西玉虽然浑身充满着发泄不出的性欲，但在精神上却极度萎缩。对性的欲望和对权力的欲望，在吴西玉身上存在着激烈的矛盾。面对强势的牛文藻，吴西玉毫无尊严可言，他的精神早已被阉割，对牛文藻的怕，早已成为他人性基因的一个有机组成部分。牛文藻是无处不在的“老大哥”，吴西玉则完全失去了自我，活得战战兢兢、谨小慎微，唯一的出气方式也仅止于趁牛文藻不在时痛痛快快地放个屁。最后，当牛文藻用那份“悔过书”在彻底摧毁吴西玉尊严的同时也摧毁了吴西玉实现欲望的可能性，他终于失去了活下去的勇气，只能一死以求解脱。与谭渔和吴西玉一样，黄秋雨也无法在妻子身上求得理解，他们都是“孤独者”，都渴望着“永远真诚”和理解。但不同于谭渔和

---

① 墨白：《欲望》，湖南文艺出版社2013年版，第143页。

② 墨白：《欲望》，湖南文艺出版社2013年版，第166页。

吴西玉的是，黄秋雨通过艺术创作在很大程度上宣泄了自己的欲望。虽然内心中也有着对爱情和性的渴望，但黄秋雨却显然对欲望有着某种超脱性的理解和认识。他的画作《手的十种语言》，自然可以被看作是对欲望以及欲望催生的异化问题进行艺术表现的产物。黄秋雨在草图中设想用手的不同形态表现性欲、权术等欲望。在对草图的文字注解中，我们看到过这样的叙事话语："当男人的丑恶往往与权术交织在一起时，会使这个男人变成一个魔鬼，并以操纵别人的命运为快乐"，"中国人的堕落，就是所有人都企图依靠那些官场声名显赫之士的施舍生活，而施舍的前提，就是将自己人格的尊严垫在施舍者的脚下"。由此可见，黄秋雨的思索对象不仅是欲望本身，而且也深入到了由欲望而引发的人的尊严问题。很大程度上，墨白是在借助黄秋雨来叙说表现他对欲望的理解和对人性尊严的关照。墨白说："欲望的力量是强大的。对金钱的欲望，对权力的欲望，对肉体的欲望，对生存的欲望，欲望像洪水一样冲击着我们，欲望的海洋淹没了人间无数的生命，有的人直到被欲望窒息的那一刻，自我和独立的精神都没有觉醒；而有的人则从'欲望'的海洋里挣脱出来，看到了由人的尊严生长出来的绿色丛林。我称这种因欲望而产生的蜕变为精神重建，或者叫精神成长。……人的尊严是我写作《欲望》时思考最多的一个问题。"①

总之，从谭渔到吴西玉再到黄秋雨，墨白在他精心打造的《欲望》三部曲中充分地展示了欲望化时代国人普遍的一种精神困境。"未来的一切，都包含在欲望之中。人在欲望之中是丑陋的，因为，当人们真的进入欲望之后，就和动物没有什么区别，因为忘我，他们原形毕露，他们已看不清自己到底是什么模样，记不起来自己到底是谁。"②如何才能够在当下时代的欲望大潮中不迷失自己、不丧失底线和尊严，这是墨白向所有人提出的精神拷问。

---

① 墨白：《欲望》，湖南文艺出版社2013年版，第568页。

② 墨白：《欲望》，湖南文艺出版社2013年版，第564页。

《西门坡》：性别立场与社会现实的关切与思索

至今犹记，阅读姚鄂梅长篇小说《西门坡》（载《钟山》2013年第2期）过程中，我曾经产生过一个错觉。因为小说不仅是从其中一位主要人物“我”也即辛格的离婚故事而开始叙事，而且一开端好大部分所集中叙述的都是“我”即辛格与丈夫之间的情感纠葛，所以我曾经一度产生过一种强烈疑问：难道姚鄂梅居然只是在用一部长篇小说的篇幅来讲述如此一个絮絮叨叨的婚恋情感故事吗？但联系此前姚鄂梅作品留给我的印象，却又觉得无论如何都不应该如此。更何况，即使从“西门坡”这个小说的篇名来判断，我们所面对的，似乎也不可能是一部婚恋题材的长篇小说。一直到小说中几次写到那两个卖饭团的女人，并且写“我”跟踪那两个女人发现西门坡一号这个地址之后，我才恍然大悟，却原来姚鄂梅果然还是那个对社会现实问题进行着激烈关注与思考的姚鄂梅。所谓婚恋云云，也不过只是作家的一种艺术障眼法，一种叙事的根由而已。借助于“我”即辛格的婚恋纠葛而撕开一个口子，格外精准犀利地切入到当下社会现实中女性命运遭际的关注与思考之中，才应该被看作是姚鄂梅这部长篇小说关键性“文眼”之所在。

这是一部采用了第一人称限制性叙事方式的长篇小说，小说的主人公之一辛格，同时身兼叙述者的功能。故事开始于辛格与丈夫之间的那一场“无端”离婚事件。辛格在多年前曾经是一所初中学校的英语老师，因为与丈夫相遇并产生感情，所以，辛格便舍弃了一切，包括自己已经干了七八年的教师工作，“不顾全家人的反对（太令人气愤了，爱情面前，居然要我考虑什么稳定的工作，以及那个又小又寒酸的小套间），屁股都没拍，就跟着他跑了”。失去工作之后，辛格就变成了一个“宅女”，用她自己的话说，就是“立志后半生就靠当家庭主妇和写作为生”。尽管辛格说要靠写作为生，但她却并不是通常意义上的作家，而只是时下特别流行的那类纪实故事的写手，而且，出现在她笔端的，又往往是与女性命运密切相关的婚恋故事。唯其如此，她才会通过为《第二性》杂志撰稿而结识这个杂志的女编辑安旭。两人尽管一直未能谋面，但却可以说是精神志趣相投的好朋友。身处困境的辛格之所以总是会想起向安旭求援，根本原因正在于此。具体来说，辛格人生困境的造成就是因为她的离婚。那么，我们又为什么要把辛格的离婚称之为"无端"的离婚事件呢？却原来，他们的离婚并非由于什么过不去的根本冲突，而只与修改后的新婚姻法的颁布施行有关。"本来也没有到离婚的程度，当大家都在热烈讨论这部法律的时候，我们也在家里玩起了模拟财产分割的游戏。"当此时刻，辛格与丈夫的婚姻刚刚是所谓七年之痒的时候。不玩财产分割的游戏不要紧，一玩这个游戏，辛格与丈夫之间存在着的问题就暴露无遗了。于是，这场带有玩笑性质的游戏，就最终演变为真正的离婚大战。根据新的婚姻法，最终的惨败者只能是身为女性的辛格。到最后，辛格只能万般无奈地牵了就要五岁的女儿小优，怀揣法庭分割给自己的十万块钱，离开了业已归属于丈夫的住房。从这样一种"无端"的离婚过程中，我们所突出感受到的，正是辛格一种强烈的自尊心。若非如此，处于辛格般生存状态中的女性，根本就没有足够的勇气下定离婚的决心。离开丈夫后，生性要强的辛格，本来想着暂时投奔自己的老父亲，没想到，在了解实情之后，却遭到了父亲的断然拒绝。走投无路之际，辛格想到了安旭。没想到，安旭得知实情之后，却非常热情地鼓励辛格到她自己所生活的耶市来。就这样，辛格带着女儿与仅有的十万块钱最终辗转落脚到了《西门坡》中故事的主要发生地耶市。

一个离婚女人带着不到五岁的女儿来到人生地不熟的耶市，首当其冲的，自然就是如何解决生存问题。要想全身心投入工作以解决生计问题，就必须找到合适的人选来照顾年幼的女儿，这样，来历颇有几分神秘的庄老太，就顺理成章地介入辛格母女的生活之中。很快地，庄老太不仅进一步牵引出了飞比，而且还不动声色地制造了出租房失火事件。以上这些，再加上前夫以步步紧逼的方式意欲讨回女儿小优的抚养权，一步紧逼一步地迫使辛格走向了带有明显神秘色彩的西门坡。也只有到了这个时候，我才逐渐认识到，就其根本性质而言，在主要承担叙述者使命的同时，辛格不过是这部长篇小说中的一个结构性人物而已。某种意义上说，姚鄂梅的根本艺术主旨，就在于通过辛格的离婚事件，不动声色地牵引出西门坡这样一个带有鲜明乌托邦色彩的女性聚居场所。正因为如此，所以，我们才可以理解，为什么在此前的叙事过程中，作家会一再让叙述者辛格注意到来自于西门坡的那些卖饭团的女性的特别存在。却原来，叙述者此前全部努力的艺术意图，就是要让西门坡逐渐地进入读者的关注视野之中。小说的标题之所以是“西门坡”，根本原因也正在于此。

那么，姚鄂梅如此煞费苦心地营造出的西门坡，究竟是怎样一个神秘的所在呢？只有在辛格带着女儿进入西门坡之后，我们才慢慢搞明白，这西门坡，从根本上说，乃是为社会上那些走投无路的女性们提供的一个避难所，是一个女性自食其力互助相帮的集合体，是一个庇护受难女性的乌托邦。按照庄老太的介绍，西门坡乃是西门坡一号的简称，要想进入西门坡，成为西门坡的一员，在“喜欢西门坡，依赖西门坡，除了西门坡无路可走”之外，尚须满足其他的三个附加条件：“第一，无有效婚姻；第二，无基本生活条件，无固定收入来源；第三，无再婚打算。”在具备了以上条件之后，所有加入者都得填一份“西门坡入户协议”。这协议“有点类似我们常填的履历表，第一部分是基本情况，姓名，年龄，籍贯，婚否，家庭成员，职业，第二部分是收入状况与财产状况”。尤其值得注意的是，所有入户者，都得把自己的财产交出来由西门坡替你保管，一直到你退出时，方才可以把财产返还给你。对于西门坡存在的意义和价值，高级管理者白老师曾经做出过明确的说明：“每个进入西门坡的人，都是这世上最弱势的人，最活不下去的人，都有一段不堪回首的经历，但进来之后，都变得宁静而充实……是的，单个地看，我们非常脆弱，力量非常有限，但一旦我们团结起来，把每个人的力量集合到一起，这个集体马上活了起来，所以我们才能衣食无忧，平心静气。……所以我们的政策是，集合收支，共同享受，这样一来，我的饭碗里有你的汗水，你的饭碗里有我的智慧，我们不再是可有可无的个体，我们的存在对他人举足轻重，我们因此活得有意义，有成就。”正所谓无规矩不成方圆，既然是一个女性的生存集合体，那么，就须得有一定之规。于是，也就有了“西门坡日常生活八不准”：“第一，西门坡一号保证满足每个人的衣食住行基本要求，个人不得拥有私人财产。以下任意一项均视为个人财产：现金一百元以上；护肤品三件以上，首饰（含假首饰）三件以上；衣服（每季）四套以上；未经允许不得佩戴通信工具。第二，不得与异性交往。第三，不得偷窃和损坏西门坡一号里的公共财物及设施。第四，不得把食堂的食物带回房间，不得以任何形式开小灶。第五，不经批准不得随意外出。第六，家庭成员间不准议论彼此入户前的过去，不准拉帮结派，搞小团体。第七，不准烫发，不准化妆，不准使用手机，以及任何通信工具。第八，发现违规，隐瞒不报者，施与违规行为双倍处罚。上述八条，若有违反，轻则处以家规，重则驱逐出户。”之所以要如此细致地介绍西门坡的相关情况，根本原因在于，这个西门坡一号的具体状况，对于我们理解把握姚鄂梅的这部《西门坡》有着太重要的意义。

首先，西门坡的出现，与当下时代社会现实中女性的不幸命运有着太过密切的内在联系。应该看到，那些投奔西门坡的女性，可以说人人都有一本血泪账。比如石玉华，自己和丈夫在城里打工，把年幼的女儿托付给了自己的父母照看。因为父母都好打牌，不够精心，不到半年，女儿就被一个五十多岁的老头骗奸后闷死了。女儿的意外身亡，对于石玉华形成了强烈的精神刺激。“只可怜了她，她拿刀砍过自己的父母，跟自己的丈夫也完了，她来我们这里的时候，说她现在就是见不得男人，尤其是成年男人，包括她的丈夫，她说她一闻到男人的味道就会想起惨死的女儿，就想吐。”比如阿玲，本来是出身特别富有的富家女，生活一向放荡不羁。一次偶然怀孕之后，为了解决未来孩子的合法性问题，阿玲居然嫁给了自己身边一个不起眼的小跟班张威。没想到，张威却是一个品性恶劣的流氓无赖，因为阿玲的父亲拒绝借给他钱，他便拎着杀猪刀杀上门来，乱刀砍死了阿玲的父母。幸亏那天晚上阿玲本人不在家，否则她自然也在劫难逃。在了解到阿玲的凄惨身世后，庄老太主动找上门来做说客：“她要我跟她走，说某某地方有个女人的桃花源，如何如何好，我被她说动心了。”就这样，在为父母守孝十年之后，阿玲进入了西门坡。即使是身为高级管理者的白老师，其身世也可谓悲苦异常。白老师之所以要积极介入西门坡的事业当中来，与她的跳楼身残关系密切：“知道吗？当年，我从三楼跳下来，几乎把自己摔成了三截，却没有死。知道我为什么要这样做吗？为了报复我妈妈，我妈妈和妈咪在一起生活了好多年，相濡以沫，自得其乐，我却苦恼不堪，她们俩可以不在意别人的闲言碎语，我却不能，我那时年轻得像一枚刚刚成形的水果，高挂枝头只为能够得到别人的赞许，岂能容忍半句中伤。”那么，白老师的妈妈又为什么要和妈咪在一起生活呢？关键原因还在于，妈妈与妈咪都受到过来自于男性世界的无情伤害。一方面，她们固然是令白老师无法理解接受的同性恋者，但在另一个方面，她们所结成的，其实是一种对抗男性压迫的同性精神堡垒。自打摔成残疾之后，曾经的男朋友便远离了自己。就这样，母女两代人对于男性世界的共同失望，就成了她们贡献出本来隶属于自己家的西门坡一号的根本理由。正是这一行为，为西门坡这样一个女性乌托邦的创办提供了必要的条件，尽管她们并非西门坡真正意义上的始作俑者。

只有在将要读完全篇的时候，我们方才能够确证，西门坡真正意义上的创办者，实际上正是那位千方百计一点一点地把辛格诱导至耶市的安旭。那么，安旭为什么要创办西门坡呢？却原来，这安旭本来是一位公务员，在政府办公室工作多年但却未能获得提升，于是，就调到了妇联去工作。到了妇联工作，自然就会接触了解许多女性的生存困境，用叙述者的话说，“安旭的人生就是在妇联那个地方发生转折的，如果不去妇联，安旭的人生可能是另一番景象。”因为安旭的工作主要就是接待上访妇女，在此过程中，安旭不仅听到了大量闻所未闻的事情，而且这些事情大多都与女性在日常生存中所遭遇的家庭暴力、冷暴力，仇恨甚至谋杀相关。正是在大量地了解到当下时代许多女性所面临的艰难生存处境之后，安旭才萌生了创办西门坡的最初想法：“这个门店有上下两层，算起来有四百多平方米，再加上一个院子，住几十个人都没有问题，几十个人意味着几十笔个人财产，与此同时，这几十个人还可以继续出去工作……这就是西门坡一号的雏形，完全是在不经意中一步一步地弄成这个样子的，没有设计，也没有发展规划，至于规章制度，也不过是住在一起的人多了，总得有个约法三章什么的，不然就乱了套了。”从律师所转述的以上内容，我们即不难判断，安旭之所以要煞费苦心地创办西门坡，与她个人的私利实际上并无任何关系。作为一位现代知识分子，安旭之所以苦心孤诣地设计创办西门坡，与她内心深处潜藏着的一种人文主义理想，其实存在着极其紧密的内在联系。说到底，安旭的创办西门坡，是身为女性的她，从自己所坚执的人文主义理想出发，自觉庇护受难女性意志的一种直接结果。说实在话，也只有到了这个时候，我才恍然大悟，却原来，姚鄂梅在她的这部《西门坡》中有着非常精巧的叙事设计。从表面上看，身兼叙述者角色的辛格貌似一直在追求女性的解放，实际上，自打她来到耶市之后的每一步人生道路，甚至于就连她的来到耶市本身，都早在安旭的精心设计之中。

从理论上说，身兼小说叙述者功能的辛格（必须注意到辛格的社会身份，她是一位具有清晰理性的知识分子）对于自己所要讲述的人与事理应心知肚明。但实际的情况却是，她一直被蒙在鼓里，如同读者一般，她也是伴随着小说的叙事进程而逐渐明白事物真相的。实际上，在小说的叙事进程中，也已经透露过一些蛛丝马迹，只不过没有引起辛格的特别注意而已。比如，“我很谨慎地告诉她，有个地方有一群女人似乎有点奇怪，她们是很弱势的一群，她们群居在一起，按通俗的话说，她们是在搭伙过日子，专业一点说，她们在一起，过着类似公有制的集体生活……”面对着“我”的以上言辞，“安旭还没听完就打断了我：‘这很奇怪吗？生活方式有很多种，谁都可以选择自己喜欢的生活方式，只要人家自己能够接受就行，别人没资格站出来说三道四’”。假若对于辛格所讲述的事情毫不知情，那么，安旭的反应就不应该是现在的这个样子。她最起码应该显示出一种本能的惊讶。不仅不惊讶，反而以犀利的言辞为西门坡辩护。这种行为，传达出的正是安旭对于西门坡存在的胸有成竹。只可惜当时的辛格只是一味地思考着究竟应该如何应对安旭，因而忽略了安旭反应的异常。事实上，姚鄂梅《西门坡》的艺术成功，与如此一种层层剥茧式叙事方式的采用存在着内在的紧密联系。正是依凭着这种耐心细致的层层剥茧，姚鄂梅制造出了一种强烈的艺术悬念，吸引读者跟随叙述者去一探事物的究竟。

关键的问题是，我们到底应该在怎样一种意义上来评价看待安旭一手策划创办的西门坡这样一个女性的庇护所。一方面，我们必须充分肯定创办类似乌托邦场所的必要性。正如同我们在前边已经指出的，在当下中国社会，由于事实上的男女不平等事实，更由于婚姻法有意无意间向着男性利益的倾斜，如同西门坡这样一个女性乌托邦的出现，有着无可置疑的现实必然性。正因为作家姚鄂梅身为女性，所以，在如此一种情节设计的背后，我们可以真切感觉到作家对于女性不幸命运的强烈同情与悲悯。与这种同情悲悯相比较，尤其不容忽视的，借助于这种别出心裁的情节设计，姚鄂梅对于当下社会不合理的性质提出了殊为激烈的文学抗议。从如此一种对于小说核心情节的艺术设定中，我们便不难体察到姚鄂梅内心中激进女性主义立场的存在。假若不是对于男性世界已经彻底绝望，姚鄂梅大约很难设想出如此独异的核心情节来。

姚鄂梅所构想出的“西门坡”这个女性乌托邦，很自然地就可以让我们联想到康有为《大同书》中所谓的大同世界。“康有为标榜‘大同’，无缺陷无遗憾的理想社会须消灭原有的国家、阶级、私有财产、婚姻和家庭，将现有的社会制度和伦理道德连根拔起。在他看来，人类的自私全发端于小家庭，只有实行公养、公教、公恤，才能杜绝孝道的种种弊端。婚姻则使女性遭受奴役、牢牢束缚而不易解脱，理应彻底取缔，代之以短期合同，夫妻合则聚，不合则离。”[①] 我不知道姚鄂梅是否熟悉康有为的这些思想，但康有为的思想与姚鄂梅的小说书写之间存在着明显的共同之处，却是毫无疑问的一件事情。问题在于，大凡带有乌托邦色彩的构想，都无可避免地具有双刃剑的属性，在显示美好一面的同时，又都存在着难以剥离的负面因素。具体来说，这负面因素就主要体现为，乌托邦组织与根本人性之间简直就是无法回避的矛盾冲突。姚鄂梅笔下的“西门坡”，必须面对的，也是同样的问题。比如说，男女间的感情。进入西门坡之后，辛格曾经向白老师建议，应该允许西门坡的女性交男朋友。而白老师却认为辛格的建议是毁灭性的：“曾经有过这种事，一个女人在外边有了男人，那个男人是有妻子的，那妻子拿着一把刀杀上门来，差点闹出人命。”

更严重的，则是人的自私本能与乌托邦组织之间的尖锐对立。西门坡最终无法避免的悲剧性结局，实质上就是这种对立所导致的一种结果。阿玲是富家女，因为在进入西门坡时给西门坡带来了一笔财富，所以就可以享受特殊待遇。不仅一个人住单间，而且还另外保留了一套住房。没想到，正是这套住房，最后成了肇事事端。为了讨好一贯与自己心理距离遥远的儿子小福，阿玲违背西门坡的规定，把自己入户时的捐资情况都告诉了小福。身为母亲遗产唯一继承者的小福，为了讨回自身的权益，甚至不惜动用黑社会势力介入其中。这一介入，更进一步地引来了警方的介入。警方一介入，事情的性质顿时就发生了根本的变化，向着相反的方向而急转直下了。警方认定，西

---

① 王开林：《康有为怎么就败了》，载《随笔》2013年第2期。

门坡从根本上说就是一个非法组织："西门坡一号就是一个非法组织，它有组织条例，有规章制度，有管理机构，有财务管理体系，有等级严明的职权和岗位。"在警方看来，作为一个非法组织，西门坡不仅涉嫌侵犯人身自由，而且也还涉嫌剥夺少年儿童权力与欺诈残障人士等罪名。既然被认定为非法组织，那么，西门坡的被取缔，就是必然的事情。尽管事发之后，安旭她们一直在想方设法挽回败局，但终究无法力挽狂澜，只能够眼睁睁地看着自己经营多年的人生理想付诸东流。警察们本来想把西门坡的女性们遣返回家，没想到，"警察一走，她们就都哭了起来，她们都不愿意回家，除了西门坡一号，她们哪里都不想去"。在对于未来前景彻底失望之后，负责做晚饭的女人终于在饭中下了毒。她给出的理由是："与其被送出去无家可归，不如死在西门坡一号拉倒。"就这样，安旭最终走向了自己努力方向的反面。安旭之所以要煞费苦心地创办西门坡，初衷是为了给遭受苦难的女性提供一个有效的庇护场所。事与愿违的是，由于现实社会与人性本身种种条件的限制与影响，安旭的西门坡理想最终只能以失败的结局告终。面对着西门坡的二十几具尸体，安旭感受到了自己内心中一种强烈的罪感："那时我还觉得自己无罪，现在，二十几条人命没了，无罪也有罪了。"那么，导致这二十几条生命死亡的真正罪责究竟应该由谁来承担呢？是那个做晚饭时下毒的女人么？是西门坡的创办者安旭么？抑或，还应该是这个不合理的社会呢？对此，作家姚鄂梅自然无法提供明确的答案。某种意义上，对于姚鄂梅来说，她只要通过自己的艺术描写提出以上问题并进而引发读者的深入思考，就已经完成了自己所应承担的根本艺术使命。

社会现实的强烈关切与思考之外，姚鄂梅《西门坡》的另一个不容忽视处，就是一种悲悯情怀的强劲凸显。这一点，在安旭创办西门坡这样的核心情节中，首先有着突出的表现。此外，庄老太那不无传奇色彩的曲折故事中，一种人道主义悲悯情怀的表现，同样非常引人注目。庄老太（也即曹凤霞）发现自己的丈夫杨俭有了外遇，多次吵闹均无法如愿让丈夫回心转意。恰在此时，他们六岁多的女儿不幸失足落水身亡。庄老太本以为女儿的意外身亡，能够让男人有所悔悟，没想到，男人依然不肯回头。万般无奈之际，庄老太使出了撒手锏，找到丈夫和情人幽会的地方之后，反锁房门，浇上汽油，放了一把恶狠狠的火，然后自己仓皇出逃。走投无路之后的庄老太，几经周折，最终进入了西门坡。天机凑巧的是，辛格把庄老太的故事写成了一部书出版，而这本书却偏偏就让庄老太提前读到了。辛格在作品中虚构了一个丈夫及其情人虽然被烧成重伤但却大难不死的故事情节，预料不到的是，这样的一种情节设计居然召唤回了庄老太强烈的内疚心理。令人倍感意外的是，辛格的虚构，竟然和现实生活一模一样地巧合。在了解到当年被自己伤害过的丈夫及其情人不仅依然活在人世，而且以残疾之躯艰难度日的状况之后，庄老太内心的良知被强烈激发，她决心余生留在业已重度伤残的丈夫及其情人身边，通过服侍他们日常生活的方式来实现一种精神的自我救赎："只有一个解释，老天爷让你来通知我的，老天爷叫你来告诉我，我到底造了多大的孽，老天爷这是在通知我回来赎罪呀。"对于如此一种处于忏悔心境中的庄老太而言，"他们原不原谅我无所谓，我就想完成这个心愿"。我们注意到，在谈到方方长篇小说《水在时间之下》的时候，批评家王达敏曾经写过这样一段令人印象深刻的话："水上灯苦难、复仇、赎罪的一生，在人性演变和人道主义建构上，与《德伯家的苔丝》《巴黎圣母院》《复活》《罪与罚》等'忏悔—赎罪型'人道主义之作有着一致性。所不同者，《复活》等作品人物的忏悔赎罪经过宗教伦理的引渡而进入人性升华、灵魂复活的崇高境界，而水上灯的忏悔赎罪则由世俗伦理的引导而走向既基于民间又超越其上的自在人性，其'忏悔—赎罪'的人道主义则体现出中国化特色。"[①] 或许因为同为中国作家，存在着一种共同文化心理的缘故，我以为，我们完全可以把王达敏的以上说法移用来评价姚鄂梅的这部旨在思考表达时代女性当下悲剧性命运的《西门坡》。能够在关注思考时代现实问题的同时，具备如此一种强烈的人道主义悲悯情怀，所充分体现出的，正是一种难能可贵的艺术超越性。

---

① 王达敏：《中国当代人道主义文学思潮史》，上海人民出版社2013年版，第287页。

《刺猬歌》：空洞苍白的自我重复

说实在话，对于张炜的小说创作，我一向是充满着期待的。张炜自《古船》以来主要的长篇小说，我都极认真地阅读过，有的甚至还不止读过一次。而且对于其中的《九月寓言》《柏慧》《家族》《外省书》以及《能不忆蜀葵》，我都还撰写过充满热情的肯定性批评文章。正因为如此，所以对于作家在2007年初由人民文学出版社高调推出的《刺猬歌》，自然也是充满了期待。我真诚地希望这部作品能够成为张炜这位重要的长篇小说作家一部具有突破性的作品。尤其是封底“这是张炜积三十年历练而成，是已出版的《古船》《柏慧》《九月寓言》《家族》等十余部长篇小说中最具冲刺力和突破意义的作品，可称之为一部奇书”这样一段带有明显广告意味的话语，更是吊足了如我这般钟爱张炜长篇小说的读者的胃口。虽然明明知道广告性的话语自然难免有其矫饰与夸张处，但因为张炜曾经写出过如《古船》这样带有突出经典意味的优秀长篇小说，因为相信张炜具备着创造无愧于时代的长篇小说的能力，所以便期待着能够在阅读过程中获得一种如同广告语所宣示的令人震撼的艺术感受。然而，一读之下，不仅没有得到所期待的艺术感受，反而产生了一种隐隐约约的失望之感。难道张炜的这部心血之作真的是一部未能实现期待中的艺术突破的失败之作吗？带着这样一种强烈的困惑，我再一次展卷，再一次认真地走进了《刺猬歌》的世界之中。令人遗憾的是，重读的结果再一次证实强化了初读时的失望感觉。虽然我也的确承认，在当下年产千部长篇小说之多的中国文坛，张炜的《刺猬歌》肯定是一部水准线之上的作品。但是，以张炜内心中所期望达到的高远艺术目标，以广告语所宣称的艺术效果来衡量作家的这部长篇小说，如果忠实于自己的真实阅读感受的话，那么，我只能说，张炜的《刺猬歌》是一部不成功的失败之作。张炜一向是我很喜欢的一位作家，能够连续不断地为他的长篇小说先后写出多达五篇评论文章，就极充分地说明了这一点。在我的心目中，能够写出如《古船》这样经典性长篇小说的作家张炜，绝对是不容忽视的当代最重要的长篇小说作家之一。然而，正因为将张炜看作了当代最重要的长篇小说作家之一，所以我们才对他有着非同寻常的期待，希望他能够以一部杰出的长篇小说新作真正实现对于《古船》的总体性艺术超越。但从现实的情形来看，最起码在《刺猬歌》中，这样的愿望只能落空了。

实际上，自从《九月寓言》开始，张炜就一直在试图实现对于《古船》的艺术超越。然而，令人遗憾的是，虽然此后的张炜相继推出的若干部长篇小说在思想艺术方面均各有其可圈可点之处，而且都产生过程度不同的社会影响，但是，从根本上说却没有能够实现对于《古船》的超越。这其中，当然也包括那部曾经给张炜带来过巨大声誉的《九月寓言》。随着时间的推移，一些事物的真相变得越来越清晰显豁了。正如同《柏慧》《家族》由于与20世纪90年代中期“人文精神”大讨论中那些“人文精神”大力提倡者基本主张观念的契合，所以格外地受到这些人的热捧，作家也因此被看作是市场经济时代抵抗投降的战士一样，《九月寓言》之所以能够获得批评界近乎一致的高度赞誉，最关键的原因正在于，小说所诗意展示出来的那个富有民间意味的“鱼廷鲅”世界，恰如其分地契合呼应了当时正在逐渐成为现当代文学研究界具有影响的显赫理论之一——即由陈思和先生率先提出并加以讨论的“民间”理论而已。事情的发生与发展往往带有极其偶然的因素。对于张炜的小说创作，我们在某种程度上也可以作出这样的理解与阐释。假如《九月寓言》不是发表在20世纪90年代初期，那么，它能否产生如此巨大的影响，恐怕还真的是一件值得怀疑的事情。时值“民间”理论提出伊始，主流批评界急需有合适的文本证实自我理论的正确性，《九月寓言》的出现恰逢其时。正因为如此，《九月寓言》在当时受到主流批评界的热捧，也就是十分自然的了。“不识庐山真面目，只缘身在此山中”，由于受到时代思潮遮蔽的缘故，在当时，我们对于这一点并没有足够清醒的认识。只有在事过境迁十多年之后的今天，我们才能够越来越明白地看清楚这一点。如果说，只有在时间过去了二十年之后的今天，我们才能够越来越清楚地意识到《古船》的重要价值的话，那么，也只有在时间过去了十多年之后的今天，我们才能够格外清醒地认识到当年曾经获得过巨大声誉的《九月寓言》存在着的艺术局限性。而这，也就再一次充分地说明了只有时间才是文学作品优秀与否的真正试金石这样一个基本的艺术规律。更进一步地说，如同《九月寓言》《柏慧》《家族》这样一些曾经在发表的当时受到过主流批评界热捧的小说作品，甚至还对于张炜此后的小说创作产生了极为严重的误导作用。张炜肯定不愿意承认这一点，他自己当然会一厢情愿地认为自己是一个具有独立思考与判断能力的作家。一方面，我们同样也并不认为张炜就是一个缺乏独立思考判断能力的作家。但在另一方面，一位如同张炜一样总是受到主流批评界热捧的作家，要想始终保持清醒的头脑，要想不被主流思潮裹挟而去，却又是一件相当艰难的事情。

事实上，从张炜此后的创作轨迹来看，主流批评界对他的热捧，的确对他的基本艺术思维产生了误导性的影响。我这儿具体所指的，就是曾经在20世纪90年代的中国文学界产生过巨大影响的"人文精神"与"民间"理论。如果说，作家此后的《外省书》《能不忆蜀葵》更多地受到了所谓"人文精神"理论影响的话，那么《丑行或浪漫》则更多地受到了所谓"民间"理论的影响。需要特别说明的一点是，我们既无意于全面否定张炜《古船》之后的长篇小说创作，同时更无意于全面否定在20世纪90年代曾经产生过巨大影响的"人文精神"与"民间"理论。我们只想指明这样一种客观事实的存在，那就是自张炜《九月寓言》之后的长篇小说写作都在不同程度上受到过"人文精神"与"民间"理论的制约与影响。某种程度上说，正是这样的一种制约和影响，使得张炜此后的小说中再也没有了如同《古船》中那样一种格外精细入微的现实主义描写，而是逐步地走上了一条似乎越来越凌空蹈虚了的所谓"浪漫"或者"寓言"式的写作道路。客观公允地说，恐怕任何一位作家都无可避免地会受到时代思潮的影响。然而，如同张炜这样过分明显地受到其中某一种理论思潮笼罩性影响的情形，却又是并不多见的。更为可怕的一种情形是，虽然已经身陷某种艺术的困境之中，却并不自知。不仅不自知，而且还颇以为很得计，还认为大约只有自己这样的一种写作姿态与写作方式，方才算得上是远离了喧嚣繁杂的时代现实的困扰，方才算得上是保持了一种难能可贵的对于时代的怀疑与批判精神。从刚刚发表问世的《刺猬歌》的具体情形来看，我觉得，作家张炜恐怕正处于这样一种难以自拔的状态之中。

如果说，张炜长篇小说创作方面自我超越的艺术努力早在《九月寓言》的写作时就已经开始了，那么，真诚地相信《刺猬歌》的创作已经实现了对于自己此前包括《古船》在内的长篇小说创作的全面艺术超越，就是完成了《刺猬歌》写作之后的张炜最为真切的一种自我感觉。这一点，从张炜在报端几次谈及自己这部新作时那种按捺不住的满意口吻，从小说封底上那样一段带有明显煽情与矫饰色彩的广告语中，就已经透露无疑了。很显然，小说封底上的广告语是经过张炜默许的。如果没有这样的默许，那么呈现在读者面前的《刺猬歌》就绝不会是现在的这样一副面貌。这也就是说，在写作完成《刺猬歌》的过程中，张炜的艺术自信心达到了极为膨胀的一种地步。作家真诚地相信，自己完全可以凭借这部“积三十年之创作历练而成”的长篇小说实行一种全面的自我超越。然而，事实的真相恐怕正好与作家的自期相反。从我个人的阅读感受来说，我觉得，《刺猬歌》的艺术失败主要表现在以下几个方面。

首先就是一种格外明显的自我重复问题。在阅读《刺猬歌》的过程中，不断浮现出的就是一种似曾相识的熟悉感觉，而不是本应相反的陌生化的感觉。从人物到故事的总体构架一直到一些琐屑的细节，都给我们留下了这样一种强烈的印象。廖麦很显然是作家格外钟情的打上了突出张炜印记的一位人物形象，这一形象与隋抱朴（《古船》）、“我”（《柏慧》）、宁珂（《家族》）、史珂（《外省书》）等，很显然可以被看作是从属于同一个知识分子精神谱系当中的人物形象。同属于一个精神谱系并不可怕，可怕的是，无论是人物的言行举止，还是其内在的精神理路，都没有能够与以上的人物形象形成鲜明的区别。如果说，以上同属于一个精神谱系中的人物形象之间还存在着各自不同的个性差异的话，那么到了廖麦身上，却只是剩下了对于上述人物抽象提炼之后的综合概括。无论是廖麦少年时的反抗与青年时的流浪，还是他后来的求学生涯结束后对于“农场”（《刺猬歌》中的“农场”很显然是张炜小说中一再出现的“葡萄园”意象的体现）的回归，抑或是他与唐氏父子之间不共戴天的仇恨以及对于所谓“丛林秘史”的刻意书写，其实都可以在张炜此前的小说中找到明显的书写痕迹。将此前已经运用书写过的人物故事在《刺猬歌》中进行差不多相同的二度书写，不是自我重复还能是什么呢！作家固然应该有自己的艺术风格，尤其是对于如同张炜这样艺术风格已经成熟了的作家而言，情形就更应该如此。但是，艺术风格的形成却并不意味着作家获得了自我重复的豁免权。不管在怎样的一种情形下，自觉或者不自觉的自我重复都应该被看作艺术创新之劲敌。其实，并不仅仅是廖麦，小说中的其他一些主要人物形象也都给人以明显的似曾相识的感觉。在美蒂身上就明显晃动着诸如赶鹦（《九月寓言》）、柏慧（《柏慧》）、刘蜜蜡（《丑行或浪漫》）这样一些女性形象的影子。唐老驼与唐童父子则很显然会让我们联想到四爷爷赵炳与赵多多（《古船》）、大脚肥肩（《九月寓言》）、柏老与瓷眼（《柏慧》）、伍爷与小油锉（《丑行或浪漫》）等这样一些人物。甚至于珊婆，也可以很轻易地与《古船》中的张王氏以及《丑行或浪漫》中的鍮嫚，这样的女性形象联系起来。人物形象的自我重复之外，更有总体故事架构与细节描写的重复。从总体故事架构来看，《刺猬歌》具体展开的乃是两条不同的故事线索。一条是廖麦与美蒂前后绵延长达四十余年的爱恨情仇，从廖父与唐老驼的对峙一直到廖麦与唐童围绕美蒂以及"农场"所形成的强烈矛盾冲突。另一条则是对于近百年来莽林故事的展示，其中既有对于丛林中各种动物通灵化的寓言绘写，也有对于人与自然之间和谐或紧张关系的尽情表现。很显然，在张炜的精神哲学中，与大自然之间关系的和谐与否，也是区别衡量两类具有不同精神品格的人群的基本标准之一。廖麦美蒂是前者，唐老驼与唐童父子自然是后者。更进一步地说，小说这样两条基本的故事线索，也与张炜此前的小说创作存在着极紧密的渊源关系。具体来说，前一条故事线索乃是顺延着《柏慧》《家族》《外省书》这样一个脉络发展而来的，而后一条故事线索则很显然是顺承了《九月寓言》与《丑行或浪漫》的基本写作脉络。说到底，《刺猬歌》的写作仍然笼罩于曾经对于张炜的长篇小说创作产生过很大影响的"人文精神"与"民间"理论之中。如果一定要说有什么变化，那也只是在《刺猬歌》中，作家将此前分别在两个不同的长篇小说系列中予以表现的基本思想主题杂糅拼贴到了一起而已。很显然，这样的一种杂糅拼贴并不可能被看作是一种真正意义上的艺术创新。与其说是艺术创新，反倒不如说是张炜较为混乱的艺术思维交合而成的一种大杂烩。就我目前对于张炜小说的理解而言，只要走不出所谓"人文精神"与"民间"理论的影响困扰，那么张炜长篇小说中总体故事架构上的自我重复就是难以避免的。"人文精神"与"民间"理论当然有其各自的合理之处，但对于张炜的小说创作而言，这样一种先验的理论困扰却真的不是什么好事。然后就是一些细节描写的惊人相似了。比如说关于书写记忆的细节，就曾经多次出现在张炜的小说中。《外省书》中的史珂有着这样的愿望追求："读书，回想，而且要有笔记——说不定最后也会凑成'书一本'。"《丑行或浪漫》中，刘蜜蜡一边亡命徒般地奔跑流浪，另一边却始终念念不忘书写记忆的重要性。《刺猬歌》中廖麦一个十分迫切的愿望也是对于刻骨记忆的书写。虽然明知"搬动文墨招灾惹祸"，但廖麦却始终不愿意舍弃自己的这样一种崇高追求："你知道我一直有个心愿，就是记下这七八十年间，镇上的事、它周边的事，写一部'丛林秘史'。"再比如在一些人物关系的设置上，几部不同的小说也表现出了明显的相似处。唐氏父子尤其是唐童与珊婆之间的关系，很显然可以被看作是赵炳与张王氏（《古船》）、伍爷及小油锉与貐嫚（《丑行或浪漫》）关系的一种翻版。而廖麦与美蒂之间的关系则自然会让我们联想到淳于阳立与陶姨妈（《能不忆蜀葵》）之间的关系来。此外，就是关于徐福的描写了。或许由于徐福是张炜故乡先贤的缘故，张炜有着一种异常顽固的徐福情结。我们注意到，不仅张炜的许多长篇小说中都有过关于徐福的描写，而且他的这部《刺猬歌》中又一次提及徐福其人其事。一部三十多万字的长篇小说中，从主要人物到总体故事架构，再到细节描写，居然会有以上如此之多的自我重复之处，这就难怪我在阅读过程中会产生一种格外突出强烈的似曾相识之感了。这样的一种艺术重复绝不是可以用所谓艺术风格的相对稳定能够解释得了的。在我的理解中，这样一部明显存在着自我重复痕迹的《刺猬歌》，当然只能被看作是一部并不成功的失败之作了。

其次，从《刺猬歌》所呈现出来的基本艺术面貌来看，张炜关于小说的艺术理念很显然存在着很大的误区。这也就是说，在什么是小说这样一个根本的问题上，包括《刺猬歌》在内的张炜的艺术实践说明，张炜的理解已经出现了明显的偏差。这一点，虽然在张炜以前的一些作品中已经有所流露和表现，但《刺猬歌》中的表现是最为突出的。几乎很难令人想象，曾经写出过《古船》这样经典性长篇小说的张炜，关于小说创作的基本理解，居然会出现如此严重的偏差。然而，令人震惊的现实就是如此残酷。尽管非常不情愿，但我们却必须面对这样一种残酷的现实。首先需要澄清小说到底是一个什么样的事物这样一个问题。从中国小说的产生和发展情形来看，小说其实是一个与世俗生活存在着紧密联系的事物。在某种意义上，我们甚至也完全可以说，小说就是关乎世俗生活的一种技艺。关于这一点，阿城在《闲话闲说》中已经说得很明白："近现代各种文学史，语气中总不将中国古典小说拔得很高，大概是学者们暗中或多或少有一部西方小说史在心中比较。小说的价值高涨，是'五四'开始的。这之前，小说在中国没有地位，是'闲书'，名正言顺的世俗之物。做《汉书》的班固早就说'小说家者流，盖出于稗官。街谈巷语，道听途说者之所造也'，而且引孔子的话'是以君子弗为也'，意思是小人才写小说。"[①]虽然中西均有很长的小说发展史，但二者之间实际上是存在明显差异的。中国的小说完全是从世俗生活中演化而来，是以对世态万象的描摹表现为基本主旨的。这样的一种世态小说传统一直延续到"五四时期"，与所谓的"现代性"遭逢后，方才发生了某种现代转型。中国小说传统所谓的现代转型，其实也无非就是将西方小说的思想性与一些艺术技巧嫁接到了中国本土小说身上。具体来说，所谓的思想性，也就是要求小说不能仅仅满足于活灵活现地再现世态人生，在再现世态人生的同时，还应该负载诸如"国民性批判"或者"为人生"这样一些深刻的思想命题。在艺术表现的层面上，则要求小说家们在充分使用中国小说传统叙述方式的同时，将诸如"心理独白""典型塑造"这样一些西方小说的艺术技巧也渗透融合于其中。"五四"之后中国现代小说的主流所体现的就是这样一种明显接受了西方小说影响的基本小说理念。与之相反，"五四"之后相当长时间里受到压抑的，如同鸳鸯蝴蝶派这样的小说创作，反倒更多地保留体现着中国本土小说传统的存在影响。只要将鲁迅、茅盾、巴金他们的小说文本，与张恨水他们的小说文本并置一处，我们就可以很清楚地看出中国传统的世俗小说与被改造之后的中国现代小说之间究竟存在怎样的差异。虽然我们也承认"五四"新小说作家对于中国小说传统的改造有其合理性，但万变不离其宗的一点却应该是始终保留小说作为一种世俗的技艺特质。这也就是说，你尽可以要求在小说中应该体现出怎样深刻特别的思想内涵来，但一个必要的前提是，小说必须首先是"小说"，而不能够将小说干脆就变成一种关乎

---

① 阿城：《闲话闲说》，作家出版社1997年版，第90—91、103—104页。

于精神或者思想的“大说”。比如说，《红楼梦》就是一部由形而下的世俗世界与形而上的精神思考融合而成的杰出长篇小说。其中，形而下的世俗世界，就是指曹雪芹以极大的叙事耐心，对于贾府的日常世俗生活进行了十分细腻的精心描绘。真可谓琐屑到了极点，但也真实到了极致，给读者以一种毛茸茸的生活质感。形而上的精神思考，就是指在所谓的“太虚幻境”或者“神瑛侍者”与“绛珠仙草”此类神话传说中，寄寓传达出的一种神秘玄虚的哲理内涵。虽然后者的存在是十分必要的，但构成小说主体的很显然只能是前者，是那个形而下的世俗世界。非常简单的一个事实就是，如果舍弃了后者，那么，尽管《红楼梦》的艺术品格肯定会受到相当程度的伤害，但它毕竟还可以被看作是一部优秀的写实小说。然而，如果舍弃了前者，那么，《红楼梦》也就从根本上失去了作为一部小说的基础。

我们之所以刻意地强调应该让小说成为“小说”，而不是“大说”，就是在强调小说与生俱来的世俗品格，就是强调构成小说本体的，只能是对于那样一种日常凡俗生活的细致刻画与表现。在一部小说的写作过程中，一旦作家将自己的注意力过分地偏向于形而上的精神思考层面，那么，就不可避免地有使自己的作品沦为“大说”的危险。在我的理解中，张炜的《刺猬歌》实际上就处于这样一种危险的状况之中。不难发现，在《刺猬歌》中，张炜的小说写作出现了一种相当明显的抽象空洞化倾向。这也就是说，在《刺猬歌》中，作家张炜已经不再有十足的叙事耐心，对于形而下的日常世俗生活进行悉心细腻的描写与展示了。张炜总是迫不及待地要将自己的思想与精神倾向宣示给读者。“从那个逃窜之夜——不，从更早，从父亲弥留之际的目光开始；从那次惊人的巷遇，一直到无边的莽野，到南国，到省城，到现在——这令人诅咒的现在……这么长的时间，好像只是一闪，混混沌沌的一大块生命就过去了，最最宝贵的东西就花掉了，如今竟然这么大年纪了！我周身积聚和涨满的愤怒如何流泄、我此刻的悲凄焦灼又向谁言说？”不难发现，类似于这样一种充满焦虑与悲愤色彩的精神宣示性文字，在《刺猬歌》中可以说是随处可见。这样的一种叙事文字带给我们的一种直接的阅读感受，与其说《刺猬歌》是一部小说，倒不如说是一部充满了哲理思辨色彩的，差不多淬尽了人间烟火气的精神宣言书。很显然，这样的一种写作倾向只会越来越远离小说的世俗性特质。“明代小说还有个特点，就是开头结尾的规劝，这可说是我前边说的礼下庶人在世俗读物中的影响。可是小说一展开，其中的世俗性格，其中的细节过程，让你完全忘了作者还有个规劝在前面，就像小时候不得不向老师认错，出了教研室的门该打还打，该追还追。认错是为了出那个门，规劝是为转正题，话头罢了。”[①] 非常明显，对于具有世俗性特质的小说创作而言，其中的“世俗性格”与“细节过程”是最为重要的。“规劝”，只有依附于“世俗性格”与“细节过程”之上，方才可能存在。“世俗性格”与“细节过程”是本，而“规劝”却只能是末。但张炜《刺猬歌》的令人遗憾处，就在于他的本末倒置。读完《刺猬歌》，给读者留下强烈印象的只是它的“规劝”，而并不是“世俗性格”与“细节过程”。这一点，与阅读《红楼梦》，阅读张炜同时代的作家，比如贾平凹的《秦腔》，比如铁凝的《笨花》，甚至于张炜自己的《古船》的感觉是很不相同的。不难发现，《古船》之后，在《柏慧》《外省书》等作品中，一种思想、精神大于形象、生活的迹象就已经出现。到了《刺猬歌》中，这样一种迹象干脆有了变本加厉的表现。或者，张炜仍然会坚持自己的小说理念。但在我看来，从小说只应该是关乎于日常世俗生活的“小说”，而不应该成为宣示某种思想、精神理念的“大说”这样一个前提出发，张炜的这样一种小说理念确实存在着不小的问题。这样的一种不甚合理的状况理当引起张炜高度的艺术警觉。

第三，《刺猬歌》中的主要人物形象大都给人以一种明显的苍白无力的感觉。“小说创作的根本任务，在于塑造典型人物。如今许多自称小说之作，并没有写出使读者可留下印象的人物，只能算是故事。而真正的人物，性格总是立体的、复杂的、多变的。在基本素质格局中，人性又总是个性的，万紫千红，绝不雷同。因此，小说家应是艺术女娲，能捏制出各种各样活灵活现的人物。”[②] 虽然肯定会有新潮的作家或理论家对于人物塑造的强调表示不以为然，但我却觉得如崔道怡先生这样对于小说中塑造人物形象的重视是很有道理的。一部小说，尤其是一部动辄几十万字的长篇小说，如果不能够“捏制”出若干个“活灵活现的人物”形象来，那就真的很难被看作是优秀的作品了。张炜当然是具备着塑造饱满生动人物形象的能力的。早在《古船》之中，他就曾经出色地刻画塑造过如同赵炳、隋抱朴、赵多多、隋见素这样一

① 阿城：《闲话闲说》，作家出版社1997年版，第90—91、103—104页。

② 崔道怡：《孤独的扁担》，载《北京文学》2007年第5期。

些给读者留下了深刻印象的成功人物形象。然而，细细想来，作家在《古船》之后的那些长篇小说中，却真的没有能够奉献出如同赵炳、隋抱朴那样立体、饱满、生动的人物形象来。《刺猬歌》中的情形同样如此。究其原因，此种现象的形成其实与我们已经在前面谈论过的张炜不无偏执的小说理念存在着直接的关系。在我看来，张炜那样一种既缺乏叙事耐心同时也对于小说的世俗琐碎性明显表示不屑的，总是迫不及待地要宣示自我思想精神理念的小说观念，在很大程度上使得作家根本不愿意真正地潜入人物的内心世界中，去悉心地探究表现人性的全部复杂性，而只是更多地把人物当成了自己思想观念的简单的传声筒。这一点，最突出地体现在作者最钟爱的人物廖麦身上。应该说，这样的一种思想主旨当然是相当深刻的，同时也是无可厚非的。需要讨论的问题是，作家怎样才能艺术性地将自己设定的思想主旨传达给读者。张炜的问题恰恰出在这一点上。具体来说，张炜将这样一个沉重的命题轻易地依托到了廖麦身上，并让这样的一种思想观念笼罩并统治了廖麦的全部精神世界。这样做的一个必然结果，就是对于本来可能具有人性的复杂与丰富性的廖麦精神世界的简单化处理，使之变成一个背后由作家牵线操纵摆布着的傀儡与玩偶。如果说，廖父与唐老驼的对立更多地表现的是，改革开放之前知识分子与权力专制之间的矛盾冲突的话，那么，廖麦与唐氏父子尤其是唐童的对立，就可以被看作是知识分子与市场经济时代权力专制和金钱力量结盟之后形成的新的统治力量之间的矛盾冲突。从其基本的精神特征来看，廖麦对于以唐童的天童集团为代表的市场经济时代，表现出了一种坚决抗争决无认同的思想立场。廖麦身上的这种精神特征并不仅仅是表现在《刺猬歌》之中，其思想的渊源乃可以上溯至20世纪90年代那个“人文精神”大讨论的时候。可以说，从当时的《柏慧》开始，张炜就形成了一种对于市场经济的，差不多始终一成不变的否定性看法，并且一直延续到了写作《刺猬歌》的今天。

从表面上看起来，张炜不仅一直关注而且还以他不断推出的长篇小说持续地批判表现着当下这个市场经济的时代。实质上，从他小说中对于当下时代所进行的描写表现来看，张炜其实缺乏对于时代真正深入的了解、思考与认识。我们甚至可以说，张炜实际上并不愿意真正地去理解市场经济时代社会现实的复杂状态。他只是很简单地选择了一种干脆就背过身去，在臆想中进行同样简单的诅咒与批判的方式来处理其实格外复杂的时代问题。这样一种批判当然就只能是苍白无力的了。不是说当下的这个市场经济时代就不可以进行质疑批判，而是说这样的一种质疑批判，只有建立于作家对于时代的真实确实有着相当深入的了解的基础之上的时候，才会是切实有力的，才能够真正地产生批判的力量。我们注意到，在谈到出生于 20 世纪 50 年代的作家们的时候，有论者曾经写下过这样的一段话："现在，当 20 世纪 50 年代出生，已知天命的作家还像一群永远长不大的孩子在一个母性十足的女性怀抱撒娇，还游荡在六七十年代的中国乡村天空下的时候，我真的心生厌倦。我真担心他们的写作会发展成我们时代的自闭症和抑郁症。"[①] 对于论者将 20 世纪 50 年代出生的作家统而论之的做法，我并不认同。首先，同样是 20 世纪 50 年代出生的作家，其中却也很有一些相当优秀者。其次，以出生于某一个年代的方式来谈论作家，实际上是一件很不严肃很危险的事情。但是，如果具体到作家张炜，我却很是同意论者很可能走向一种"自闭症和抑郁症"的判断。一个从根本上就拒绝对于自己的时代进行深入的洞察与了解，然而却要一再以小说的方式对于时代进行审判的作家，又怎么不可能走向艺术精神上的"自闭症和抑郁症"呢？实际上，正因为张炜拒绝对于时代作出更深入的洞察与了解，所以才进一步导致了如同廖麦这样人物形象的苍白无力。廖麦对于唐童以及天童集团的拒斥与批判当然是坚决的，然而，他的这种拒斥与批判究竟是建立在怎样的一种基础之上的呢？很显然，如果没有美蒂，没有美蒂依靠对唐童的妥协建立起来的"农场"，那么廖麦在平原上连起码的生存立足之地都不可能具备。假如将美蒂与她的"农场"抽离出来，那么廖麦也就只是剩下了格外空洞无依的对于时代的诅咒与愤怒而已。说实在话，现实生活比张炜的想象认识不知道要复杂多少倍。如同廖麦这样精神高度纯洁的人物形象大约只能存在于张炜的想象世界之中，在现实生活中是没有的。作家或者别的人很可能会以这是一种寓言式的象征化写作为廖麦，为《刺猬歌》的写作辩护。如果真要是那样，那我也就真的没有什么办法了。从根本上说，文学这件事情本来就是见仁见智的。我只能忠实于自己的艺术感受，从自己对于小说艺术的基本理解出发，说出自己对于《刺猬歌》一种真实的

① 何平：《张炜创作局限论》，载《钟山》2007年第3期。

感觉与认识。在我看来，只是依靠于如同廖麦这样苍白无力的人物形象，而试图抵达对于时代的批判性审视这样一个根本的艺术目标，其实是不可能的。要想真正地实现对于时代鞭辟有力的质疑批判，作家必须首先具备一种真实再现这个复杂时代的艺术能力。

最后要提到的是《刺猬歌》中的语言问题。我们注意到，在封底的广告语中，曾经这样评价《刺猬歌》的语言运用："语言凝练生动，让人过目不忘。"如果只是从语言的表象来看，应该说这样的评价也并不为过。阅读《刺猬歌》之后，我们就可以知道张炜的确在语言的选择运用上下过很大的功夫。以至于如果只是单个地分析小说的语言构成的话，确实会给人以"凝练生动"的感觉印象。然而，在我的理解中，这样一种感觉印象的生成，未必就意味着某一小说语言艺术的成功。须知小说从根本上说是一种叙事的艺术。说小说是语言的艺术固然不错，但这语言归根到底却又是要服务于小说的总体叙事目标的。正因为如此，所以真正高境界的小说语言其实是应该紧贴着故事与人物而运行的。这也就是说，真正地达到了一流语言运用境界的小说作品中，其实是不可能给读者形成一种"凝练生动""过目不忘"的感觉印象的。这一点，无论是在《红楼梦》，还是在鲁迅、沈从文、汪曾祺等现当代作家的小说中，都可以得到鲜明有力的印证。《红楼梦》的语言成就不可谓不高，但它却是与整个故事、人物紧紧地交融于一体而难以被剥离开来的。相反的，我觉得在《刺猬歌》中，张炜的语言运用方面的确存在用力过度的问题。这也就是说，在《刺猬歌》中，语言与故事、人物之间其实是存在着明显的隔膜，并没有完全融为一体的。很显然，这样的一种语言固然可以给人以"凝练生动""过目不忘"的感觉印象，固然较之于一般的小说语言境界要高了许多，但是，与真正一流小说的语言运用相比，其间的差距也还是十分明显的。虽然肯定还不能与《红楼梦》相提并论，但其实在作家早期的长篇小说《古船》中，张炜对于语言的运用已经抵达了一个很高的境界。然而不知为什么，此后作家的语言运用就开始有问题表现出来了。究其实质，我以为，作家的这种错误走向其实与所谓"民间"理论的误导存在着难以分解的关系。民间语言的凸显当然可以给作家带来鲜明的地域与个人特色。然而，小说中的语言终归却是要服从于小说的总体叙事目标的，其终极的指向应该是及物的，也应该是流畅自然的。所有背离了这样一种方向而单独锤炼语言的努力，实际上都应该被看作是对于一种真正小说艺术的背弃行为，都应该被看作是小说语言的歧途。

以上，我们主要从自我重复、小说理念、人物形象塑造以及运用语言这样几个方面，对于张炜的《刺猬歌》进行了更多地带有批判性的艺术分析。很显然，这样的一种艺术分析是带有苛求性质的。正因为我们对于张炜有着很高的期待，所以才会对他《刺猬歌》的艺术失败感到如此失望。然而，对《刺猬歌》的批判，却并不意味着对于张炜小说创作的全部否定。在我的心目中，写出过《古船》这样经典性长篇小说的张炜始终是我们这个时代最为优秀的长篇小说作家之一。这样一种客观事实的存在，是任谁都否定不了的。之所以真实地写出自己对于《刺猬歌》，对于张炜其他一些长篇小说作品的阅读感觉，从根本上说，还是为了张炜在今后的日子里，能够给我们奉献出真正地能够与《古船》相媲美的优秀长篇小说来。在当下这样一个更多的充斥着鲜花和掌声的时代，我清楚地知道写下这样一篇批判性的文字对自己究竟意味着什么。然而，虽然可能遭遇到来自各方的误解，但我还是写下了这样一篇肯定存在着审美与艺术偏见的文字。其根本目标当然还是希望张炜能够从《刺猬歌》的失败中走出来，能够写出真正与这个时代相映衬的优秀长篇小说来，还是希望能够为建立一个良好的文化生态环境做出自己绵薄的一点努力。

《男人立正》：底层想象的合理与尴尬

假如我们承认，在某一个阶段的中国小说界，似乎总是存在着一种这样或者那样的小说写作潮流的话，那么，也就不难发现，许春樵的小说创作，与这样的小说写作潮流之间，似乎总是存在着某种既契合又疏离的离合关系。作家几年前那部颇有影响的《放下武器》，就曾经给我留下这样一种突出的印象，他近期推出的长篇力作《男人立正》（中国青年出版社 2006 年版）给我留下的依然是这样一种强烈的感觉。《放下武器》固然是官场小说，但它却又绝非一般意义上的官场小说。如果说，在 2003 年前后，中国文坛确然出现过一种以猎奇与揭示黑幕为显著特征的时尚化官场小说潮流的话，那么《放下武器》的特别之处则正在于作家对于郑天良复杂灵魂表现的深与透。实际上，也正是依凭着对于郑天良复杂人性的极具洞察力的发现，依凭着对于这复杂人性的极具艺术表现力的描写与呈示，许春樵的《放下武器》方才成为当时格外引人注目的，颇具艺术原创意味的一部“另类”官场小说力作。[①]就我的阅读感觉而言，作家的这部《男人立正》当然也可以被归入时下似乎越来越蔚为大观了的底层叙事的小说创作潮流之中。然而，与那样一种差不多只是一味地渲染表现着底层生活的苦难与不幸的底层叙事潮流相比较，许春樵的《男人立正》却又多少显示出了某种超拔的思想艺术品格。最起码，对于作为自己基本写作对象的底层生活，许春樵很显然有着自己个性化的认识与思考。虽然，就小说文本本身所呈示出的作家的思考轨迹而言，其中当然也并不全部都是合理的，也存在着可以商榷讨论的问题，但是，这样的一

---

① 王春林：《一部透视灵魂的尖锐之作》，见《新世纪长篇小说研究》，北岳文艺出版社2006年版。

种充分个性化的思考与认识，这样一种艺术实践层面上对于作家的思考与认识的艺术性表现，却又的确是难能可贵的。对于作家在写作过程中所作出的思想与艺术努力，我们当然应该予以充分的肯定。

既然谈到底层叙事的问题，那么也就必然要涉及当下学界一度热衷讨论过的作家到底可不可以为底层代言，以及究竟应该怎样为底层代言的这样一些问题。在我的理解中，既然是底层，那么它也就的确并不具备一种可以充分地表达自身的话语能力。一旦说某一归属于底层的人真的具备了可以言说表达自我阶层的话语能力，那也就同时意味着此人其实已经不再仅仅归属于底层社会，意味着他实际上已经跃入了肯定要高于底层社会的另外一个阶层。也正是由于质疑于底层社会之外的个体是否能够真实地言说表达底层社会，所以学界的一部分论者才坚决地强调所谓底层表达的不可能。从严格的逻辑学理意义上来看，这样的一种观点当然是能够成立的。然而，如果着眼于一种现实的文化建构来说，这样的一种观点主张其实却又表现出了明显的虚无主义倾向。在我看来，如果仅仅因为底层社会无法进行自我的言说表达，就完全彻底地要求知识分子放弃为底层社会代言的现实努力，绝对是一种不负责任的矫情行为。更何况，从一种极端的意义上说，人不可能两次踏入同一条河流，现实生活中的某一事件或行为一旦发生，瞬时之间就会迅速地成为过去。在某种意义上来说，过去与未来都是永恒的，只有所谓的现在是稍纵即逝的。我们对于现在的感觉与认识实际上反而带有一种明显的幻觉性质。这也就是说，按照新历史主义的观点，不管是运用艺术的还是其他的方式，要想在一种绝对的意义上重返历史的现场或者说事件行为的现场都是不可能的。事实上，我们迄今为止所能做到的其实也只是尽可能地追近和还原事件与行为的真相而已。从这样一种极端的意义上看，所有的小说创作，包括所谓标榜最接近于现实社会的现实主义小说创作，实际上都无法真正地抵达一种绝对意义上的事件与行为的真相，其实也都可以被视为是一种普遍意义上的文化想象行为。既然普遍意义上的小说创作都是一种文化想象行为，那么我们将以底层社会为主要言说表现对象的底层叙事理解为文化想象行为，当然就是题中应有之义了。在这个层面上看来，所谓底层言说表达的可能性问题也就自然迎刃而解了。我们所应该重点关注思考的，实际上就应该是作家的这样一种文化想象行为是否具备更充分的合理性的问题。质而言之，这个问题其实也就是我们寻常所谓应该如何才能够使我们的小说叙事具有更加充足实在的艺术说服力的问题。具体到底层叙事，我们所需要考察的重点就应该是，作家在小说文本中所呈示给读者的究竟是一种怎样的文化想象中的底层？作家进行这样一种文化想象的出发点是什么？为什么小说中呈现出的是这一种而不是另一种底层社会的景观？我觉得，对于许春樵的这一部《男人立正》，我们便应该从这样的一种文化想象层面上进行深入的思想艺术剖析。

《男人立正》中底层社会的具象体现当然是作家所集中描写的三圣街76号大杂院。由于港商孟扶根控制了双河机械厂百分之六十八的股份，“一夜之间，当家做主几十年的一千多工人阶级再也做不了主了，他们像秋后的蚂蚱一样地活着，百分之八十的工人下岗，下岗的百分之八十的工人住在三圣街，四十岁以上的工人斩草除根一个不留，76号大院里全都是对万恶的资本家怀有深仇大恨的失了业的无产阶级”。应该承认，伴随着中国社会市场化进程的日益向纵深推进，大量下岗工人的出现已经是一个不争的社会现实，许春樵小说中的双河机械厂与76号大院不过是这样一种普遍社会现实的象征性缩影而已。将76号大院下岗工人们的苦难生活状况极形象地展示在读者面前，所体现出的首先就是作家许春樵一种强烈的对于底层民众的人文关怀。由于业已丧失了可靠的工资来源，于是76号大院的下岗工人们当然只能凭借低贱的体力活而维持生计了。要么蹬三轮，要么卖卤菜，要么卖老鼠药，要么干脆就当屠户偷杀私宰。很显然，在贫富悬殊日益严重的社会中，生活于76号大院中的这些下岗工人们毫无疑问地都是“被侮辱与被损害者”。然而，尽管76号大院中的无产阶级们的生活已经足够艰难，但是他们还是因为陈小莉事件的发生而再次蒙受了巨大的伤害与耻辱。

陈小莉是陈道生的独生女儿。如果说，作者对双河机械厂与76号大院的描写乃可以被视为当下普遍社会现实的一种缩影，那么小说中作者所倾力描写的陈道生一家的悲惨遭际就可以被看作是对于这种缩影的一种更为集中有力的艺术性呈示。在某种意义上说，陈小莉事件的发生乃是整部小说基本故事情节的导火索。正是陈小莉事件的发生才最终牵引出了小说的主体故事情节。由于好逸恶劳贪图虚荣，当然也由于受社会风气影响的缘故，年轻的陈小莉不幸沾染上了吸毒的恶习，并由此而涉嫌贩毒，由此而被港商孟扶根勾引去卖淫，并最终因孟扶根的猝死而身陷囹圄，被判处了十二年的徒刑。

对于一贯道德高尚的曾经是市级先进劳模的陈道生而言，陈小莉事件当然是极为沉重的致命一击。事实上，得知真实情况后的陈道生的确因为羞愧难当而上吊自杀过，只不过因为发现及时而被工友们从死亡的边缘拉了回来。从此之后，为了想方设法救助女儿出狱，陈道生也就踏上了一条坎坷异常万劫不复的崎岖人生道路。先是轻易地相信了从76号大院中走出去并成为公司老板的“生死弟兄”刘思昌。因为刘思昌许诺只要陈道生垫支三十万元巨款与他一道做生意，他就可以打通市委书记的关节，让陈小莉无罪释放，所以陈道生凭借着自己素日在工人兄弟中树立的良好声望，很快地在几百户下岗工人中筹集起了三十万元。当然，工人兄弟们之所以愿意借钱给陈道生，一方面固然是因为陈道生的良好声望，另一方面却也是因为对于“生死弟兄”刘思昌超人能力的信任，他们坚信能力超群的刘思昌能够很快地将钱还回来，而且还有可能得到一些额外的利息。谁知刘思昌设下的却是一个彻头彻尾的骗局。拿走陈道生好不容易才筹集起来的三十万元巨款后的刘思昌去云南做生意一去不返。赔了夫人又折兵的陈道生只好咬碎了牙往肚里咽，万般无奈之际，陈道生只好一人承担起了这多达三十万元的巨大债务。已经到鬼门关走过一遭的他决计不仅不再自杀，反而还要在余生中凭借自己诚实的努力将这笔巨额债务全部偿还。

应该说，老实厚道的下岗工人陈道生怎样地凭借自己的努力偿还巨额借款的全部过程，才是许春樵这部《男人立正》所关注的真正焦点所在。小说标题的所谓“男人立正”云云，也正是在这样的意义上方才能够成立的。我们前边关于许春樵的这部长篇小说在底层叙事的潮流中显示出了一种明显的超拔性思想艺术品格的论断，也同样是建立在这样一种焦点叙事的基础之上的。在我的理解中，小说文本对于陈道生偿还巨款的过程所进行的详尽细腻的描写，一方面当然是在向读者充分地展示一个底层社会的下岗工人所可能遭逢的生计的艰辛与人格自尊的打击，另一方面却也是在渐次有力地形塑着陈道生作为一位男人所逐渐确立起来的人性的刚硬与坚强。如果说，76号大院中的下岗工人们所从事的诸如蹬三轮卖卤菜之类的职业已经是足够低贱的了，那么陈道生为了偿还债务所先后从事过的职业就更是常人所难以接受和忍耐的了。无论是卖血，还是卖糖葫芦，不管是做男护工，还是做背尸工，陈道生可以说已经竭尽了自己的全力。然而，他所付出的巨大努力获得的报酬与那笔巨款相比，却依然是杯水车薪。按照这样的一种方式推断，陈道生要想凭借个人一己的努力还清借款，简直是一种天方夜谭式的不可能行为。然而，也正是在这样一种天方夜谭式的不可能的还款行为过程中，陈道生逐渐地凸显出了难以被生活中的磨难所击垮的男儿本色。一方面，许春樵并没有回避现实生活中底层社会的生存苦难，无论是陈道生艰难异常的还款过程，还是76号大院中各色人等的生存境况，都可以被看作是对现实苦难的真实描摹与展示。但在另一方面，作家更主要的还是通过陈道生并未被巨大的苦难完全压垮的描写，在凸显陈道生男儿本色的同时，却也同样十分有力地显示出了一种超越苦难的可贵精神内涵。实际上，也正是凭借着这样一种可贵精神内涵的强力支撑，《男人立正》方才以一种超拔性思想艺术品格的具备而明显地区别于当下那些差不多只是一味地渲染表现着底层生活的苦难与不幸的底层叙事潮流的。

可以说，一直到这个时候为止，小说文本对于底层社会生活的想象性表达都还是相当合理的。其中极明显地体现出了作家许春樵对于现实生活一种极敏锐睿智的洞察力与表现力。然而，关键的问题在于作家接下来的故事情节设计得不尽合理。最起码，在我的理解中，是这样的。眼看着陈道生即使拼尽全力，哪怕就是搭上自己的生命也还款无望的时候，小说的故事情节却出现了一种令人意想不到的峰回路转。这样的峰回路转甚至很给人一些山重水复疑无路，柳暗花明又一村的感觉。正所谓天无绝人之路，就在陈道生还款无望差不多要陷入人生绝境的时候，曾经在前面情节中露过一面的，陈道生远在湖远乡下的表弟何桂泉再次现身了。实际上，也正是何桂泉的再次现身才使我们理解了他的第一次出场，绝非毫无意义的闲笔，而是负载着另一种特殊使命的。我们发现，再次现身的何桂泉已经摇身一变为富甲一方的农民企业家了。他的再次现身为绝境中的陈道生带来了人生的希望。由于何桂泉的指点迷津，在双河市还款无望的陈道生于万般无奈之下携于文英来到湖远乡下创办了一个养猪场，并且果然在最后凭借养猪全部还清了三十万元的巨款。我要与作家商榷讨论的一个问题正在于这样的一种情节设计中。虽然这样的一种情节设计或许会有某种个案意义上的真实性，但就我个人的理解而言，如果从一种更为普遍的意义上说，如果从一般的常理推断，身为下岗工人的陈道生是绝无可能凭借个人一己（即使再加上于文英）的努力而还清这三十万元巨额欠款的。我觉得，许春樵的这样一种情节设计带有某种相当突出的浪漫化的痕迹。在某种意义上说，这样一种浪漫化的“奇迹”与作家此前对于底层生活苦难近乎残酷的真实书写之间，形成了一种十分明显的断裂效应，给读者以一种相当突兀的不真实感与不和谐感。我们所谓底层想象的尴尬，首先正突出地体现在这样的一种浪漫化情节设计上。

更进一步地说，作家的这样的一种情节设计还让笔者联想到城市与乡村之间的地缘政治关系问题。[①]很显然，虽然陈道生的确在努力地抗争着不公平的命运，但他在城市（双河市）中的全都遭遇却只能说明他是生活的失败者。无论是家庭的破碎，还是蒙受“生死弟兄”刘思昌的欺骗，抑或最终的还款无望，这些情节都在强有力地昭示着这一点。然而，与陈道生在城市（双河市）中的失败形成鲜明对照的是，一旦他远离城市（双河市），一旦他来到乡村（湖远乡下），他很快就告别了失败的人生道路，凭借着个人的努力，在短短的几年内就彻底还清了对他这个下岗工人而言绝对不可能还清的三十万元巨款。我不知道许春樵在做出这样的情节设计时是否充分地考虑到了城市与乡村之间的地缘政治关系问题，但我从小说文本中却的确明显地感觉到了这一问题的客观存在。具而言之，许春樵的这样一种情节设计似乎在暗示读者，乡村世界所扮演的乃是城市世界中失败者的拯救者角色。这很显然可以看作是作家许春樵的一种文化想象行为，但关键的问题仍然在于，这样的一种文化想象行为从现实的生活逻辑看，究竟具有多大的合理性与可能性的问题。在我的理解中，许春樵的这种情节设计或许隐含有某种质疑现代化的意味，其中所折射出的或许也正是中国知识分子潜意识中一种对于乡村世界的情感性依恋。但是，真正的问题在于，从现实的生活逻辑来看，这样的文化想象行为真的是可能的吗？难道乡村世界真的就可以扮演城市世界的拯救者的角色吗？我觉得，许春樵的这样一种情节设计其实也只是表明了其潜意识中的一厢情意而已。如果联系上中国当下具体的社会现实而言，应该说，这样的一种文化想象行为其实是绝无可能的，其无以回避的尴尬本质其实是凸显无遗的。

即使仅仅从小说的艺术表现层面上说，我觉得许春樵的这样一种情节设

---

① 关于城市与乡村之间的地缘政治关系问题，可参阅路文彬《地域政治与历史拔根》一文中的相关论述，载《南方文坛》2006年第6期。

计恐怕也存在着明显的值得商榷的问题。我不知道许春樵为什么非得让陈道生一定要将这一笔巨款彻底地偿还清楚？难道仅仅只是为了形象有力地传达所谓赎罪与感恩的心理吗？在我个人的理解中，即使是仅仅就所谓“男人立正”这样一个标题含意的凸显而言，许春樵也没有必要做这样的一种设计，以一种悲剧性的形态结束关于陈道生的还债故事是不是更好一些呢？在此，我们不妨将《男人立正》和海明威的《老人与海》做一简单比较。虽然桑提亚哥老头最后终于未能战胜鲨鱼，无疑他是一个现实生活中的失败者，然而，海明威不也正是通过这样的一种情节设计而强有力地表现出了这一人物身上那样一种永不言败的“硬汉子”精神的吗？这样的一种悲剧性结局不是可以更加震撼人心吗？两相比较之下，我觉得，二者思想艺术境界之高下其实已经是昭然若揭了。许春樵的《男人立正》当然是无法同《老人与海》相提并论的。在某种意义上说，这或许是一种过分的苛求。然而，如果没有一种严格意义上的艺术苛求，那么作家又怎能获得长足的艺术进步呢？我认为，对于如许春樵这样具有更大艺术潜能的作家，这样的一种苛求是并不为过的。总之，在我的艺术感觉中，我总觉得许春樵在自己的文化想象中，让陈道生在如愿地偿还完巨额欠款之后才坦然死去的这样一种带有明显圆满色彩的情节设计，的确是存在着可以进行更深一层的商榷与讨论余地的。这样的一种文化想象是否意味着作家潜意识中对于生活所采取的一种和解与妥协姿态呢？应该说，这种可能性的确是明显存在着的。

必须承认，作为一位优秀的小说家，许春樵的确具备着一种突出的透视表现复杂人性的艺术能力。《放下武器》中郑天良形象的塑造就是一个十分突出的例证。这一点，在《男人立正》中同样有着异常鲜明的表现。在我看来，许春樵之所以刻意地要在小说的结尾处交代逃往多米尼加的刘思昌给陈道生寄来了五十万块钱，并强调这样的一种补充交代对于这部小说的重要性，其根本的意图正是要写出刘思昌人性的一种复杂状态来。从本质上来说，“生死弟兄”刘思昌也并非什么十恶不赦的坏人。他之所以要欺骗陈道生，实在是因为自己也受了别人的骗，并因此而陷入了一种万般无奈的生存困境之中。在某种意义上说，骗取陈道生的三十万元巨款乃是刘思昌的救命稻草。由小说结尾处的特别交代就不难推断，欺骗陈道生之后的刘思昌内心深处其实一直是惴惴不安而无法原谅自己的。从文本的实际表达效果来看，依凭着结尾处这样的一种特别交代，许春樵的确有力地表现出了刘思昌人性的一种复杂状态。

虽然许春樵具备着刻画表现人性复杂状态的能力，但是从他在《男人立正》这一文本中所表现出的对于底层社会的总体性文化想象情形来看，却又的确十分突出地表现出了一种将底层社会在道德人性方面高度纯洁化的艺术倾向。除了让陈道生最后终于凭借养猪而还清了巨额借款的情节设计之外，标题中所谓底层想象的尴尬所具体指称的正是这样一种艺术倾向的明显存在。这种艺术倾向在作家对于陈道生，对于 76 号大院的想象性书写中表现得异常突出。先来看 76 号大院，作为当下中国社会现实中底层社会的一个象征性缩影，出现于许春樵笔端的 76 号大院是被高度提纯化了的。这一点，在陈小莉事件发生后，76 号大院的成员们对于陈道生一家的支持与关心的过程中体现得格外明显。无论是王奎，还是胡连河，无论是孙大强，还是赵大军，大家在愤怒谴责社会的不公正不合理的同时，都急公好义相当慷慨地向陈道生一家伸出了援助之手。即使是在得知陈道生已经受骗上当，眼看着自己借给陈道生的款项回收无望的时候，这些下岗工人们的表现依然十分理性与克制，并没有逼迫走投无路的陈道生一定要将所欠款项全部还清。这样，我们就会发现，依循一种现实的生活逻辑，在底层社会的人群中所必然存在的诸如自私、卑劣、猥琐等这样的一些负面人性因素就被许春樵有意或无意地过滤掉了。道德的高度纯洁化也就成了 76 号大院中的下岗工人们一种共同的精神标记。我以为，许春樵这样一种艺术设计的根本动机，实际上正在于他要有力地强化凸显这些身处底层的下岗工人们乃是如同毫无任何罪恶可言的无辜的羔羊一样的“被侮辱与被损害者”。

同样的道德人性提纯化的艺术倾向，更突出地体现在小说的主人公陈道生身上。作为“男人立正”这样一种思想意旨最强有力的体现者，作家很显然将更多的钟爱与同情倾注到了这个人物身上。这样，出现在读者面前的陈道生也就自然而然地只能是一个带有突出理想化色彩的，道德人性被高度提纯化了的人物形象。且不说作为故事情节主体的陈道生那带有明显悲壮色彩的还款行为，即使仅仅通过他开服装店以及后来养猪时的两个细节，就可以极充分有力地说明这一点。当同一条服装街上的其他服装店都在出卖着来自于东莞、石狮等地的所谓“世界名牌”而牟取暴利的时候，只有老实厚道的陈道生却依然坚持着经营从上海、杭州、苏州的国营服装厂进货的正品服装，以至于“一条国产裤子的进价比双河市面上的‘世界名牌’零售价要贵一倍”。用小说中一种极形象的比喻来说，“开这样的服装店相当于人家卖肉，他卖骨头，骨头比肉的价钱还要贵”。更何况，当一位蛮不讲理的顾客无意间把八百块钱的现金遗失在店里的时候，陈道生却毫不犹豫地让于文英全部都退还给这位跛腿顾客。这样的一种经营理念与经营方式，在当下时代竞争异常激烈的市场经济大潮中，除了彻底失败之外并不会有别的更好一些的结果出现。即使到了在双河市已经走投无路，因而只能到湖远乡下凭借养猪而偿还巨额借款的时候，陈道生也依然保持着一种高度纯洁化了的道德人性状态。当猪瘟袭来，猪场先后死去一百八十六头猪的时候，虽然一时糊涂将死猪以一万块钱的价格卖给了耿铁头，但醒悟过来的陈道生还是极为坚决地到防疫站不仅举报了耿铁头，而且还同时举报了自己。如果不是一位道德人性的高度纯洁化者，处于如此人生绝境中的陈道生是断然不会采取这样一种行为方式的。在我的理解中，许春樵之所以要将陈道生的道德人性做高度纯洁化的处理，一方面固然是要凭此而强有力地凸显出主人公的男儿本色来，另一方面却也是在为主人公的“被侮辱与被损害”进行着充分的艺术铺垫。在我看来，此处的许春樵似乎已经确然地走入了一种文化想象的误区之中。那就是，既然是不公正社会现实中的被侮辱与被损害者，那么他（或他们）就只能是道德人性的纯洁者。好像只要他（或他们）稍微表现出一点人性的负面因素来，那么他（或他们）的苦难命运遭际就会是罪有应得一样。实际上，也正是在这样一种文化想象的观念误区的主导影响之下，作者于有意无意间赋予了主人公过多的人格魅力。比如于文英对于陈道生的爱情。从文本中所给出的整体故事情节来看，我实在看不出于文英有什么样的理由对陈道生爱不释手。虽然也可能会有论者以所谓真正的爱是不需要什么理由的这样一种情爱理论作为遁词，但在我的理解中，一部优秀的文学作品，还是应该对于这样的情节设计给出较为充分的理由的。在某种意义上，于文英对陈道生的爱情，除了说明作家对于男性主人公的过于钟爱之外，实际上并不能说明别的更多的什么。

在我看来，许春樵对于陈道生与76号大院道德人性方面过于纯洁化的描写正是《男人立正》这篇小说的另一值得商榷讨论之处。因为作家的这样一种文化想象让我们很自然地联想到了陈应松的中篇小说《马嘶岭血案》，联想到了批评家王晓明在《红水晶与红发卡》一文中对于《马嘶岭血案》的深度阐释。《马嘶岭血案》当然是一篇关注表现底层社会的优秀小说，其中曾经出现过“红水晶”与“红发卡”这样两个虽然出现频率不高但却较为醒目的细节物件。难能可贵的是，王晓明敏锐地抓住了这两个细节物件，并由此而切入文本对小说进行了极具艺术感的深度阐释：“可是，王晓明注意到了它们，并且从中感受出小说文本存在着巨大裂隙：这裂隙体现在小说文本中，就是‘红水晶’这类抽象的‘现代主义’象征符号，加于故事本身‘现实主义’底色的突兀与不谐调。同样，这种裂隙还体现在，作家运用‘红发卡’透视出九财叔这样的、物质和精神都近乎赤贫的底层人物的复杂心理，包括其可爱和可畏、可厌和可怜，等等。就是从这些‘裂隙’中，王晓明发现了小说基本的认识价值和艺术寓意。我想说的是，王晓明并没有停留于上述这番文本分析，而是顺势将笔锋一转，由小说对九财叔这样的底层人物的复杂书写，联想到现实社会中一般文化人对底层的那种明显隔膜或幼稚的看法。二者一比，小说深刻的艺术力量与现实意义一目了然。正是在这个意义上，王晓明肯定了陈应松的这篇小说，并为之感动：‘我总觉得这样的小说读多了，头脑的简单和幼稚是会减少的’。”[①] 很显然，同样是以底层社会作为基本描写对象的小说作品，许春樵与陈应松的文化想象行为呈现出了明显不同的艺术特征。如果说陈应松的成功在于他把对于底层人物的同情与批判性审视相当完满地结合了起来，对于九财叔这样的底层人物的复杂人性状态进行了具有相当深度的挖掘与表现的话，那么，许春樵底层想象的尴尬之处正在于作家过于钟爱与同情自己笔下如同陈道生这样的底层人物了，以至于这种钟爱与同情的洪水最终彻底地淹没了本来应该有力凸显出来的对于底层社会一种必要的批判性审视精神。我想，这样的一种底层想象的创作误区，理应引起许春樵一种充分的思想艺术警觉，他应该设法避免类似情形在今后小说创作过程中的再次出现。

尽管许春樵的《男人立正》在我的理解中确实存在着故事情节的过于浪漫化与人物性格的高度纯洁化，这样一些底层想象的不合理与尴尬之处，但

---

① 张志云：《当下文学批评中的文化感受》，载《当代文坛》2006年第6期。

是，如果将之放置于近期的底层叙事潮流之中，放置于 2006 年度的总体长篇小说创作中，它却依然是一部保持着作家对于现实生活高度敏感性的现实主义长篇力作。无论是作家对于社会问题的深度关切，还是作家对于底层人物的同情式文化想象，所带给我们的依然是一种令我们久久难以释怀的艺术感动。毫无疑问地，在当下的中国文坛，这样的作品其实是并不多见的。我们期待着能够再次读到许春樵如同《放下武器》《男人立正》这样极具思想艺术力度的小说作品，当然是思想艺术品格有了明显提升与超越之后的小说作品。

《妈阁是座城》：赌场人生与人性救赎

严歌苓的《妈阁是座城》（载《人民文学》杂志2014年第1期），是2014年初一部与人性救赎主题密切相关的长篇小说。最近一些年来，严歌苓的小说创作确实称得上是风生水起，取得了非常突出的成绩。尤其令人惊讶的是，严歌苓不仅写作精力特别旺盛，而且小说所涉题材领域也相当开阔。无论是乡村，还是城市，不管是历史，还是现实，都在严歌苓的笔端得到了艺术性的描写与呈示。从旨在关注表现乡村革命史的《第九个寡妇》，到思考文化的碰撞与交融问题的《小姨多鹤》，再到书写知识分子精神苦难历史的《陆犯焉识》，一直到我们这里要专门论述的以赌场和赌徒为表现对象的《妈阁是座城》，严歌苓所涉题材领域的广阔丰富，确实令人咋舌不已。很多作家的写作，终其一生都会受到一己真切人生经验的局限，只能够书写自己最熟悉的那些题材领域。而严歌苓，却很显然已经超越了这一点。面对严歌苓，一种突出的感觉就是，好像只要她愿意，任何一种题材都能够在她的笔下得到神采飞扬的艺术表现。即如这部《妈阁是座城》，在作家进行写作之前，你真的很难想象，如同严歌苓这样丝毫都没有赌场经验的作家，居然会涉足如此奇特的一个题材领域。关键的问题更在于，严歌苓不仅写了，而且还写出了如此之高的思想艺术水准。能够单凭采访，就把自己并无直接人生经验的赌场题材写到如此神采飞扬的地步，所充分说明的，其实正是严歌苓一种超乎群伦的思想艺术创造能力。在我个人有限的阅读视野中，中国当代专门以赌场为表现对象的小说本就非常少见，而以一部长篇小说的方式书写赌场人生故事，严歌苓的这部《妈阁是座城》绝对是第一部。在具体展开对作品的分析之前，单只是就填补题材空白的意义来说，这部小说也首先应该获得高度的肯定。

尽管小说篇幅多达数十万字，但故事情节却并不复杂。简单地概括一下，严歌苓所讲述的，实际上也不过是发生在一个女人和三个男人之间的故事。一个女人是梅晓鸥，三个男人则分别是史奇澜、段凯文和卢晋桐。而且，更进一步说，对于赌场的描写，并非严歌苓书写的重心所在。就其根本的艺术宗旨而言，赌场不过是严歌苓手中的一种道具，借助于这一特别的道具深入勘探表现复杂深邃的人性世界，方才算得上是作家真正的写作动机之所在。这部赌场小说最根本的思想艺术价值，就突出地体现为严歌苓对于几位主要人物形象的深度塑造。无论如何，梅晓鸥都是小说的核心人物，三位男人之所以先后与梅晓鸥发生人生关联，皆是因为赌场的缘故。小说之所以被命名为“妈阁是座城”，乃因为故事主要发生在澳门妈阁的赌场里。梅晓鸥的远祖梅大榕，早在一百多年前，就是赌性十足嗜赌如命的赌徒。最终在输得精光无颜返乡的情况下，投海自尽。梅晓鸥的投身于澳门妈阁，成为赌城业内知名的“叠马仔”（所谓“叠马仔”，是澳门所特有的一个词语，字面解释是处理筹码的人，实际上是澳门依靠赌场现金换取泥码为生的特殊的人群。他们往往低价收入泥码，或是靠关系获得泥码。同时，也会放高利贷。实质上，也就是赌场里的中介），应该说与其祖上的遗传基因存在着一定关系。当然，梅晓鸥从事这一行当的直接原因，还是因为男友卢晋桐的嗜赌如命。虽然卢晋桐是她儿子的生身父亲，但他们俩实际上一直都只是情人关系：“那个男人另有一个家。她跟男人的老婆平行存在了四年，就像一条繁华大街和街面下的下水道。”她之所以在和卢晋桐有了一个儿子之后还要断然决然地离开这个男人，正是因为卢晋桐根本就戒不了赌：“她预感他又是一个梅大榕，发誓是诚心的，毁誓也不是故意的。有种热病就是这样，到时它就复发，因此晓鸥在手机里告诉卢晋桐，她不怪他，只怪那绝症。然后她把手机挂了，往对面墙一砸。”尤其值得注意的是，在断然离开了卢晋桐之后，梅晓鸥居然跑到澳门妈阁做了一个赌场里的女叠马仔。为什么会如此呢？只有在遭遇到史奇澜后，梅晓鸥方才突然意识到自己内心中所潜藏着的那样一种报复念头：“她还突然悟到，自己挣起赌场和赌徒的钱，依赖卢晋桐们史奇澜们段凯文们的灾难发财是在报复，是在以毒攻毒。”“她没有从实向段凯文交代自己的发家史，她不会向任何人交代。她在赌场里陪卢晋桐度过那么多时日，她自己对赌场和赌博的熟识到了仇极反亲的地步。在躲避卢晋桐的几年里，偶然遇到的熟人也都是卢晋桐的赌友。其中那么一个赌友，就是晓鸥来澳门的桥。”究其实际，梅晓鸥之所以要到妈阁成为女叠马仔，与其骨子里对于先祖梅吴娘的性格遗传，也有着不容忽视的隐秘联系。当年的梅吴娘，出于对自家男人的刻骨仇恨，居然用扼杀男婴的方式来报复婆家：“隔着一百多年，在机场等候误点航班的梅晓鸥想象这个祖奶奶如何麻利地把男仔一个个头朝下按在半满的马桶里，心里数‘一、二、三、四……’好了，讨债的回去了。梅吴娘就这样连着杀死梅家三个男婴。”我们实在很难想象，一个母亲，居然能够如此狠心地接连扼杀三个自己亲生孩子的生命。她之所以要这么做，与其内心中所潜藏着的仇恨密切相关。一方面，我们固然可以理解她对自己的赌徒丈夫梅大榕的刻骨仇恨；但在另一方面，一个女人，竟然能够实施如此一种报复方式，却也充分说明着她生性狠毒一面的存在。某种意义上，梅晓鸥之落脚妈阁赌场，并成为业内颇为知名的女叠马仔，正是承接梅吴娘这位祖奶奶内心中狠毒一面的结果。

然而，就连梅晓鸥自己恐怕也很难想象得到，摆脱了一个赌徒卢晋桐，却并不意味着她从此就与赌徒撇清了关系。因为置身于妈阁赌场之中，因为要通过做叠马仔的方式来讨生活，自然也就无法避免要与形形色色的各种赌徒打交道。在这长达十多年的叠马仔生涯中，先后介入她生活的史奇澜与段凯文，就是其中极有代表性的两位。这两位男人的先后出现，显然预示着梅晓鸥其实很难轻易摆脱赌徒男人的纠缠。史奇澜既是心灵手巧的雕刻家，也是腰缠万贯的收藏家。但就是因为嗜赌如命，到最后的结果居然是倾家荡产：“最开始他还输五六局赢一局，后来就不对了，兵败如山倒地输，先输掉两个工厂，后来印尼和菲律宾的木场也从赌桌上走了。几亿家产，一表人才，可怜现在靠偷渡船当垃圾给运进澳门。”“史老板现在所有的债务加起来比他财产、房产的总和还多出一倍，史老板要是跟梅家阿祖梅大榕去了，海水吞没的不过是一个比一文不名还穷的老史，比一文不名还要穷一亿多元。”欠别人的且不说，单只是在梅晓鸥这里，他就欠着一千三百万。但奇怪的是，即使欠着这么多的外债，出现在梅晓鸥面前的史奇澜却依然气定神闲：“他手边一堆筹码，那种公子哥式的慵懒怠惰全不见了，此刻的他绿着两只眼，神气活现，让晓鸥怀疑他的濒临破产是个大骗局，为赖晓鸥的账而设的。”但令常人感到惊异处在于，即使身负如此大的债务，史奇澜却不仅依然保持大将风度，而且还要想方设法地重新回到妈阁，重新坐回到赌场上去。他之所以要千方百计地偷渡到澳门来，就是为了获得再上赌场的机会。对于史奇澜们嗜赌如命的心理，梅晓鸥有着太过于透彻的了解：“晓鸥知道现在的史奇澜拉不得，也劝不动，把他拉下赌台他会要你的命。”“热病上来，病入膏肓了，别说一块伯爵手表，就是押上他的手指头，也不在话下，只要典当行收手指头。可怜老史和卢晋桐输到赤条条无牵挂时，真说不准会拿父母给的五脏四肢七窍去押，只要押得出钱来。”这就端的称得上是入木三分了。作为一部赌场小说，严歌苓真的是做到了对于赌徒心理明察秋毫般的精准把握。只要是赌徒，无论是谁，当然都希望自己在赌场上能够赢钱。但在很多时候，输赢的结果对于这些嗜赌如命的人已经不再发生作用。对于类似于史奇澜们这样已经输到赤条条来去无牵挂地步的赌徒而言，只要能够让他坐到赌台上，让他触摸筹码，让他下注，一句话，只要能够让他参与到赌博的过程之中，就已经获得了最大的心理满足。从根本上说，对于那些已然病入膏肓的赌徒来说，赌的过程比结果的输赢重要得多。借用异化理论来阐释，如同史奇澜这样赌性十足的赌徒，其实已经处于被赌场扭曲异化的状态中了。唯其如此，梅晓鸥才会对于史奇澜做出这样一种定位描述：“这样一个输不服的赌棍。这样一个乐观的输者。晓鸥觉得自己很长了一番见识。眼前这位输光输净输得比穷光蛋还要穷一亿多元都还没输急眼，还这样两袖清风地接着去赌，不能不说他是个罕见的人格，不得不让梅晓鸥心生畏惧。”正因为把赌博看得比什么都重要，所以，偷渡来到妈阁的史奇澜在被梅晓鸥的手下阿专囚禁在房间之后，为了能够参加赌博，居然不惜冒着生命危险从十五层高楼上攀爬而下，最终失足坠落，幸好被八楼的花架子给挂住，方才捡回了一条命。

其实，嗜赌如命被赌场扭曲异化了的铁杆赌徒，又何止是史奇澜一人呢？！史奇澜之外，段凯文同样是一个典型的例证。涉足于妈阁赌场之前，段凯文是一位经过自身的不懈努力而最终得以摆脱卑微出身的成功人士。不仅身价过亿，而且他的形象与事迹还总是会不断地见诸报端：“老刘怎么介绍他的呢？一年挣几个亿，北京三环内几个楼盘入住、五环外几个楼盘正开盘的大开发商，上过财富杂志和各种大报小报的成功人士，一年赌桌上玩个把亿，那是段太太骄纵他出来怡情消遣的。”但就是如此一位成功人士，一旦身陷赌场泥淖，就难以跳身而出，如同史奇澜一样，到最后也输了个精光，彻底地倾家荡产。能够见出段凯文豪赌生性的，是他那样一种“拖五”“拖三”式的玩法：“‘拖三’是个黑玩法，台面上跟赌场明赌，台下跟晓鸥这类‘叠马仔’暗赌。若拖五，台面下输赢就是台面上五倍，万一段凯文赢了，等于在台面下赢了五个梅晓鸥。”也正与此种豪赌方式有关，小说开篇不久，初始出场的段凯文，之所以一下子就欠了梅晓鸥三百二十万巨款，就与这种特别的玩法有着直接的关系。关键的问题是，这仅仅只是段凯文的一次赌博，倘若次次皆是如此，那就是拥有一座金山也要让他给赌塌了。尽管一开始段凯文因为非常及时地在约定的时间内就把所欠巨款汇给了梅晓鸥，顿然让梅晓鸥生出了自己终于没有看错人的感觉：“钱庄通知，一笔七百万的款项要汇过来。这是段总还的第一笔款，一天都没拖。第八天，所有款项都汇到。钱庄的效率比银行高。晓鸥没有错下段凯文的注，她赢到一个诚信的朋友。”然而，此后的一系列事实，却充分证明梅晓鸥做出的绝对是一个错误的判断。究其实质，段凯文不仅不是一个诚信的朋友，而是一位十足的无赖。细读小说，你就不难发现，某种意义上，类似于梅晓鸥这样的叠马仔，与史奇澜、段凯文之类的赌徒之间，到最后构成的竟然是一种猫与老鼠的关系。所谓猫与老鼠，就是欠款的一方想方设法地试图逃避，而追款的一方却又要千方百计地把款项收回来。一方要逃，另一方又必须追着不放手，二者之间构成的，就只能是一种类乎猫与老鼠的天敌关系。严歌苓这部《妈阁是座城》，很大一部分篇幅所描写展示的，就是梅晓鸥这个女叠马仔与史奇澜、段凯文这两位赌徒之间相互竞逐的故事。就段凯文而言，他在梅晓鸥这里的讲信用，说来说去也不过仅仅只是开头的这一次而已。从第二次打交道起始，段凯文就不再守任何信用了。尽管出现在梅晓鸥面前的，似乎还是那位总是先发制人采取主动态势的段总，但不再还钱的无赖却是一耍到底了。而梅晓鸥自己，在长达十多年的叠马仔生涯中，也早已练就了一种怎样对待赌场无赖的手段：“任何惨输的赌徒都可能赖账。梅晓鸥从十年前就开始认识一批勇于突破道德最下限的成功人士。她把他们的道德最下限当作处事起点，替他们想到最下三烂的做法，替他们想出最邪恶的对付她的招数，然后自己就会明白怎样去接招、拆招。”既然赌徒们要下三烂，那么，梅晓鸥也只能够还之以下三滥的方式。而下三烂，不管怎么说，都是人性恶的一种体现。无论如何，从事于叠马仔这种职业本身，就已经意味着梅晓鸥的某种人性堕落。又或者，赌博这种特别人生形式的存在本身，也正可以被视为人性恶的一种证明和体现。大凡与赌博沾边者，均难逃人性堕落的窠臼。

同样是嗜赌成性以至于倾家荡产的赌徒，但史奇澜与段凯文最后的人生结局却大不相同。一个获得了精神的拯救与重生，另一个则被扣警察局，终至堕入了人性的深渊而难以自拔。史奇澜的被拯救，与拯救者梅晓鸥施与他的无限关爱存在着密切关系。正所谓不是冤家不聚头，梅晓鸥与史奇澜之间的关系正是如此，既是赌场中的对手，同时却又是精神情感上的真切依恋者。尽管史奇澜欠着梅晓鸥一笔巨款，尽管史奇澜不时地要在梅晓鸥面前玩个失踪的骗局，但梅晓鸥在内心深处却一直都保有着对于史奇澜一种奇异的恋慕感觉。或许与初次见面相识时的那一眼有关，史奇澜在梅晓鸥内心中总是占有着某种特别的位置："晓鸥头一次见他时眼睛里泛出的两朵涟漪他看见了，他眼不瞎，心更不瞎。之后他在工作间雕刻的时候，晓鸥去看过他几次，本来是去催债，看着他那双秀美的手握着雕刻刀化腐朽为神奇，她把飞去北京的目的都忘了。那时他又在她眼里看到了有关他的胡思乱想，尽管此刻她对他的梦全都碎了，她还是好怜惜他。"尽管明明知道史奇澜是一个难以回头的赌徒，尽管知道应该戒掉这个对自己有害无利的男人，但梅晓鸥就是无法挣脱对他某种莫名其妙的依恋："晓鸥坐在法庭上，茫然的心在很远的地方。找不到老史的时候，她才感到世界真的是很大。"之所以会感觉到世界很大，正是因为她自己空落落的内心世界找不到着落的缘故。正是因为内心中一直潜藏着这样一种美好的情愫，所以到最后梅晓鸥方才会以免除债务的方式来实施对于史奇澜的拯救："不过有个条件，晓鸥在欣然接受老史的馈赠之前卖了一个关子：必须由她偿还越南赌场的全部债务。她背着儿子把那套出租给别人的旧公寓卖了，又卖了全部债券，把一千万还给了越南赌场。"若非有着一种非同寻常的情愫，一个独自打拼人生的单身女人，又怎么肯用自己的血汗钱去为一个赌徒还债呢。不止如此，梅晓鸥还不顾儿子的不满，把史奇澜接回自己家里同居在一起："自从跟史奇澜同居，晓鸥基本上不去赌场。她发现自己开始有早晨了，原来她是这么喜欢早晨的人。"必须承认，梅晓鸥对于史奇澜所做出的努力，到最后还是明显奏效了。一个嗜赌如命的人，终于浪子回头戒赌成功："赌徒老史变成现在的老史是脱胎换骨，是浪子回归，可不是每个赌徒都能完成这个回归的。”但带有突出悲剧意味的是，梅晓鸥在创造了史奇澜的新生命之后，到最后却又彻底失去了他。史奇澜的妻子，那位身在加拿大的陈小小，在得知自己的丈夫已然戒赌成功，便设法和史奇澜取得联系。一直觉得愧对妻子的史奇澜最终决定回归到远方妻子的身边，虽然他在内心里始终都牵挂着梅晓鸥：“‘赌我戒掉了，但你我戒不掉，最好一眼都不要让我看见，让我离得远远的。’他又拿出那种坏男人的笑容和腔调，坏男人不会太伤感，太缅怀，也不让对方缅怀他，为失去他伤感。”一句“但你我戒不掉”，所透露出的，正是史奇澜内心深处对于梅晓鸥的一种真情。

命运遭际与史奇澜形成鲜明对照的，是段凯文。段凯文的赌场故事，也主要与梅晓鸥密切相关。细读文本，给读者留下深刻印象的情节之一，就是段凯文对于梅晓鸥那一次又一次真诚的欺骗。一次又一次欺骗倒也罢了，关键的问题是，到最后，实在走投无路的段凯文居然开始在赌场上做手脚了：“段凯文居然干出了这种事，他混进了贵宾厅去出老千！他拿着赢来的六十多万和借来的一百万在一张十万限额的赌台边坐下来，赢了两手，输了一手，第四局将一个十万筹码偷放到台上。碰上的又恰是个近视眼荷官，段很容易就得了手。想接连得手的段连输四五局，心急了，出千的手势和技巧开始回生，露出破绽，被监控器里的眼睛捕捉到了。”于是，他就被关押在了警察局的拘留所里。“几天后老刘来电话说，警察局已经决定递解段凯文出境，移交给内地的治安部门处置，并且永远不会准许段进入妈阁。”就这样，赌性十足的段凯文，最终坠入了万劫不复的人性深渊。

无论如何都不能忽视的一点是，作为一部赌场小说，严歌苓一方面固然对于人类赌性的形形色色表现有着堪称精彩的艺术描写，但在另一方面，这部小说的重要思想艺术价值，却突出地体现在人性救赎主题的思考与表达上。这一点，在浪子回头的赌徒史奇澜身上，已经有过非常突出的表现。在梅晓鸥一种关爱情怀的感召之下，人性沉沦已久的史奇澜，最终人性复苏，戒赌成功后移居加拿大，远离了赌城妈阁。史奇澜那样一种起死回生的人生经历，所强烈昭示出的，正是一种人性救赎的巨大力量。但相比较而言，严歌苓《妈阁是座城》的人性救赎主题，更主要的还是通过女主人公梅晓鸥的形象塑造而实现的。前面已经说过，梅晓鸥之从事叠马仔此种职业本身，尽管有着所谓以毒攻毒的报复动机，但也一样意味着她无以逃遁的一种人性沉沦。就此而言，说梅晓鸥是一支妖艳的“恶之花”，当然是有道理的。但与此同时，我们也应该注意到，梅晓鸥内心中一直潜藏着某种人性救赎的力量。早在小说的第一章，就出现过这样的一段叙事话语：“她一直梦想做个寻常女人，夜夜安眠，拥有芸芸众生都拥有的早晨，见见十年不见的朝阳和晨露，靠收房租和吃利息开支油盐柴米，假如不是因为一个叫史奇澜的赌徒。史奇澜欠了她一千三百万赌债，她必须留守在现在的行业位置上，借行内势力确保那一千三百万的归还。”这段话语，透露出了两个重要信息。其一，梅晓鸥渴望做一个普通女人，过正常生活。这是其人性最终得以回归的逻辑起点。而她之所以念念不忘地要回归正常生活，与儿子的存在有着太大的关系。正因为目睹了形形色色的赌徒行状，因为自己一直厌恶着叠马仔这个赌场中介的职业，所以，她才从内心里希望自己的儿子一定要远离赌场。“她每天早上的时间都是儿子的。四点睡觉，七点钟准时起床，伪装成一个正常的母亲，母子面对面吃早餐，互换体己话。”梅晓鸥坚持这么做的根本原因，显然是不想让自己的叠马仔生活对儿子产生负面影响。其二，她之所以在万分厌倦的前提下，在坚持了整整十年之后依然还要做叠马仔，主要原因就在于史奇澜欠下了一笔多达一千三百万的赌债。倘若离开了妈阁赌场，放弃了叠马仔身份，那她显然无望收回这笔赌债。但是，到了后来，为了从根本上实现对于史奇澜的人性拯救，梅晓鸥还是断然放弃了这一大笔债务。实际上，也不只是自己内心中深爱着的史奇澜，即使是如同段凯文这样一再欺骗自己的无赖赌棍，梅晓鸥也真正地做到了仁至义尽，一直在试图帮助他走出泥淖。梅晓鸥之从事叠马仔这种不够光彩的职业，整日价周旋在形形色色的赌徒中间，自然是为了能够获得金钱利益的回报。但是，到了后来，她对于金钱的观念却发生了根本性的变化：“昨天的悬疑都被一一解密，接下来是一阵无趣：又能如何？晓鸥这个四十岁的女人心里最常盘桓的就是四个字：又能如何？多赢几百万，又能如何？少几百万，又能如何？”毫无疑问，当一位叠马仔居然能够在内心深处如此看淡金钱存在的时候，她的精神境界自然就获得了明显的提升。她之所以会免掉史奇澜的那笔赌债，正是由于金钱观念发生变化的缘故。就这样，梅晓鸥终于回归了内心里渴盼已久的正常生活：“奇怪的是她一点火气也没有，也不想动用任何信息手段在老妈阁搜索他。她只想拥有从此后的每一个日出，谁也别烦她。”也正因此，“她感到最近的生活似乎在发生质变。曾经多几千万身家，但她从来没有感到生活发生过质的变化。质变是内向的，是只能闷声品味享受的”。“只要儿子爱她，老史爱她……不，只要他们俩允许她爱他们，随便给她多少爱她都不嫌腻，质变就达到了恰恰好的度数。”这种质变的发生，从根本上说，正是缘于梅晓鸥内心中那样一种真切的爱，一种真切的悲悯情怀。从“恶之花”，到一种发自内心的悲悯情怀，严歌苓在她的这部《妈阁是座城》里，能够把梅晓鸥如此一种精神蜕变过程真切地描摹展示出来，自然就酣畅淋漓地凸显出了小说那样一种既定的人性救赎主题。不管从哪个角度看，梅晓鸥都应该是小说中最具人性深度的一位人物形象。对于梅晓鸥那极富层次感的人性世界，我想，我们恐怕只能够用丰饶这一语词来加以形容说明。由此可见，严歌苓笔下的这座妈阁城，就既是一座名副其实的赌城，更是一座斑斓多姿的人性之城。

但是，且慢，在结束我们对于《妈阁是座城》的分析之前，无论如何都不能忽略严歌苓在小说尾声中极富深意的一笔。这就是关于梅晓鸥的儿子成人后也涉足赌场的描写。一个偶然的机会，梅晓鸥发现了儿子涉赌的秘密。这可就真是怕什么却偏偏有什么了。这样的发现，让她倍感震惊：“原来梅大榕那败坏的血脉拐了无数弯子，最后还是通过梅晓鸥伸到儿子身上。或者卢晋桐的基因加上梅大榕的血缘最终胜过了梅吴娘和梅晓鸥，成为支配性遗传。也许都不是，人本身就有恶赌的潜伏期，大部分男人身心中都沉睡着一个赌徒，嗅到铜钱腥气，就会把那赌徒从千年百年沉睡中唤醒。”难道果真是一种可怕的人性循环吗？“她以为干上叠马仔的行当是报复卢晋桐，替梅吴娘报复梅大榕，现在她得到报应了。”端的是冥冥之中自有定数，原本想着要报复别人，没想到到头来被报复的，反倒是自己。所谓的人生悲剧，往往就是如此这般的因果颠倒阴差阳错。怎么办呢？梅晓鸥别无他法，只好远离澳门妈阁，迁居到遥远的加拿大：“当年夏天，儿子该考期终考试升大学二年级的时候，她卖掉了妈阁的公寓，在温哥华租了一个两居室的公寓。离开妈阁也是无奈中的办法，就像当年梅吴娘举家离开被赌博腐化的广东。”然而，这样的一种类乎孟母三迁的防备举措到底会不会奏效呢？现在的儿子尚且可以被梅晓鸥操控，但未来的儿子呢？他究竟会不会重蹈先祖梅大榕父亲卢晋桐的覆辙呢？一切都没有答案，一切都还是未知数。但小说的结尾处，严歌苓却还是让梅晓鸥遇到了一次史奇澜。这次见面令梅晓鸥记忆深刻:“晓鸥到现在都记得他那时的笑。她放好手机。毛毛雨落在她的睫毛上,看什么什么都带泪。”如此一种精妙而悲悯的小说结尾方式,也就果然称得上是悲欣交集了。

《飞狐》：工业题材长篇小说的新收获

在中国当代文学史上，存在着一种十分明显的“投入”与“产出”极不平等的现象。一方面，官方竭力地提倡而作家们也积极努力地参与着工业题材小说的创作。另一方面，虽然也的确有着相当数量的工业题材小说在不断出现，但是其中达到相对优秀的思想艺术水准者却是凤毛麟角般地少见。“对于左翼文学来说，城市有其重要的表现对象，这就是作为‘领导阶级’的工人的劳动和生活，工厂、矿山、建设工地的矛盾斗争。这一领域，因为联系着国家现代化的期待，它的重要性更是不言而喻的。但是，这一描写范围被严格窄化的所谓‘工业题材’创作，并没有取得预期的成绩；它们大多显得乏味，即使是出自有经验的作家手里。”[①] 应该承认，论者的这种描述是符合文学史的发展实际的。更进一步地说，工业题材小说创作的不景气状况至今都依然是一个无法否认的事实存在。那么，导致这一文学现象出现的根本原因何在呢？如果说，在“十七年”期间，我们还可以以所谓主流意识形态过于严格的控制与影响作为一种理由的话，那么，何以到了新时期文学这样一种相对宽松开放的社会文化语境中，却依然很难有令人耳目一新的优秀工业题材小说出现呢？难道冷冰冰的“机器”真的就不能够产生足够丰富的艺术诗意吗？难道这样一种题材领域天然地就与优秀的思想艺术境界无缘吗？答案自然是否定的。就我个人的理解而言，导致此种情形的主要原因有以下三个方面。首先，虽然当下中国的工业化与城市化已经有了长足的发展，但从总体文化传统来看，中国却依然是一个以乡土文化为主体的农业国家，现代都市工业文化的匮乏乃是导致工业题材小说创作不尽如人意的一个重要原

---

① 洪子诚：《中国当代文学史》，北京大学出版社1999年版，第131页。

因。其次，从中国当代作家的基本文化经验来看，他们大多来自于广大的乡村世界，乡土生存经验的丰富与工业部门生活经验的相对贫乏，乃是中国当代作家所拥有的一种相当普遍的精神特征。第三，更为根本的一个因素当然还在于从事于工业题材小说创作的小说家个人是否拥有足够的艺术天赋的问题。曾经创作过《百炼成钢》的艾芜，创作过《铁水奔流》的周立波都取得过相当骄人的小说艺术成就，然而由于他们缺乏足够丰富的工厂生活经验的缘故，他们的工业题材小说创作却只能以艺术的失败而告终。此外其他一些主要从事工业题材小说创作的作家，比如雷加、草明、胡万春、唐克新等，他们艺术努力的失败当然就更多地与个人艺术天赋的不足有关系了。

或许正是因为当代工业题材小说创作鲜有成功经验的缘故，我们注意到，在当下的中国文坛，自觉地从事于工业题材小说创作的作家的确是越来越少了。虽然在当下的这个长篇小说时代，长篇小说的年产量已经达到了千部之多，但要想在其中发现个别值得注意的工业题材的作品来，却是十分艰难的事情。这样，另外一种不无尴尬的文学现象也就是难以避免的了。这就是，曾经被官方大力提倡过的，对于作为“领导阶级”的工人的劳动与生活的艺术表现，居然在当下的中国文坛差不多成了一种需要填补的题材空白。应该承认，此种情形的出现实在是很有些耐人寻味的。在这样的一种情形下，那些仍然执着地要从事于工业题材小说创作的作家，其实是很需要一些艺术勇气的。依我之见，新近刚刚推出一部以对煤矿工人生活的表现为主要内容的工业题材长篇小说《飞狐》的焦祖尧，就正是这样一位值得尊重的作家。大约是因为自己有着相当丰富的煤矿工作与生活体验的缘故，在进入新时期之后的中国文坛上，焦祖尧乃是一位极为少见的执着于工业题材小说创作的作家。早在新时期之初，焦祖尧就曾经推出过《总工程师和他的女儿》与《跋涉者》这样两部工业题材的长篇小说，尤其是后者曾得到过普遍的好评，被认为是新时期文学之初一部相当重要的长篇小说。此后的焦祖尧虽然更多地由于公务的原因而难以集中精力继续从事于工业题材长篇小说的创作，但他对于工业部门尤其是他一向擅长于表现的煤矿改革问题以及煤矿工人的劳动与生活的关注和思考却一直没有停止过。我觉得，这部《飞狐》正可以被看作是作家焦祖尧长期关注思考煤矿问题的一种艺术结晶。在当下这样一个工业题材小说创作明显处于低潮的特定历史阶段，《飞狐》的出版是一件令人欣喜的事情，完全可以被看作是工业题材长篇小说创作方面的一个新收获。对于焦祖尧在工业题材小说创作方面所作出的可贵努力，我们理应表示充分的敬意。

作为一位艺术风格早已定型化了的作家，焦祖尧当然不可能在《飞狐》的写作过程中实现一种脱胎换骨的变化。同样是对于煤矿工人生活的表现，我们在他的小说中不可能获得阅读刘庆邦小说时的那样一种艺术感受。同样是对于当下企业中存在矛盾冲突的有力揭示，我们也不能期望焦祖尧采取如同曹征路《那儿》一样的艺术思考与表现方式。在我的理解中，焦祖尧从本质上而言，乃是一个具有强烈社会责任感的革命现实主义作家。虽然在当下这样一个时髦的概念术语满天飞的时代，诸如“革命现实主义”这样的说法似乎有着老掉牙了的落后陈旧的嫌疑，但从我对于焦祖尧的阅读理解出发，我个人还是仍然坚持自己所作出的基本艺术判断。实际上，所谓艺术表现方式是根本无法用先进还是落后这样的一种理解方式加以评判的。关键的问题在于，作家所采用的基本艺术方式是否能够极具艺术性地将自己的表现对象与思考结果较为完满地呈示于读者的面前。从这样一个角度看来，焦祖尧《飞狐》的创作就是相当成功的。具体来说，《飞狐》这部工业题材长篇小说的艺术成功主要体现在以下三个方面。

首先，在《飞狐》中，焦祖尧以强烈的责任感对于当下工业体制改革的问题进行了相当深入的思考。应该承认，在当下这个时代，中国的国有企业普遍地陷入了一种空前的困境之中。虽然从理论观念的形态上，我们早已经解决了由传统的计划经济向现代市场经济转型的问题，但从真正的操作实践层面来看，当下许多国有企业面临的困境其实正是这样一种艰难转型过程的具体反映。值得肯定的是，焦祖尧不仅以极大的艺术勇气直面了这种困境的存在，而且还尝试着作出了如何才能走出这种困境的探索性思考。小说开篇伊始，就将故事的主要发生地飞狐岭煤矿面临的困境形象地凸现在了读者面前：虽然飞狐岭煤矿已经有了长达四十年的建矿历史，但是，由于“生产的煤卖不出去，卖出去的收不回煤款”，更由于煤矿的生产运作体制存在着严重的问题，矿上居然已经有两个月不曾给职工发放工资了。那么，飞狐岭煤矿究竟怎样才能走出这样的困境呢？难道已有四十年建矿历史的飞狐岭煤矿真的是气数已尽了吗？作家正是围绕着这样的艺术悬念层层剥笋逐步深入地展开了对于飞狐岭煤矿生产与生活方方面面的描写。难能可贵的一点是，正是在故事情节渐次展开的过程中，焦祖尧鲜明地提出了必须打破旧的观念框架，必须在飞狐岭煤矿进行全面改制这样一个问题。从小说艺术结构的角度来看，煤矿的改制问题实际上成了整部长篇小说最为根本的叙事聚焦点所在。在某种意义上，甚至完全可以说，《飞狐》的总体故事情节都是在围绕着改制问题这样的一个叙事聚焦点而旋转运行的。具体来说，飞狐岭煤矿的改制问题又集中体现为所谓“劳力股”的问题：“工人用劳力入股的想法是余大中提出来的。职工根据工龄和技术等级，折合成股份；个人投入的资金也折合成股份；矿上的资产经过科学评估，也折合成股份。三种股份都参加矿上每年税后的利润分成。”事实上，小说中最主要的矛盾冲突也正体现在如何对待劳力股的问题上。余大中、靳玉、庞根生、邢风仪、刘天生等自然是劳力股的积极拥戴者，另一位副矿长陆震云与市煤管局局长方国柱则扮演了劳力股的反对者角色，而老矿长邢耀始则忧心忡忡，但经过一番激烈的思想斗争过程之后，最终还是接受了这样一种新生事物。虽然在小说中是余大中提出了劳力股的想法，但问题的真正提出者很显然更是小说的作者焦祖尧。这一问题的提出，所体现出的正是焦祖尧对于工业体制改革问题独到而深入的思考。《飞狐》中劳力股的想法之所以能够深入人心，之所以能够获得飞狐岭煤矿绝大多数干部职工的积极响应与支持，其根本的原因正在于这一想法符合了绝大多数干部职工的根本利益。更进一步说，在《飞狐》中，焦祖尧通过劳力股问题的提出，实际上提出了一个更为根本的谁才应该真正地成为工业领域改革主体的问题。从小说所展示的具体情形来看，虽然说在当下这个时代，来自于市委何一民书记的坚决支持还是十分必要的，但更为重要的其实还是因为劳力股的想法得到了广大矿工的衷心拥护。所谓工人阶级主人翁的思想，恐怕也只有通过诸如劳力股这样一些具体方案才能够真正地落到实处。究其实际，所谓的劳力股也只不过是问题的一种具体表现形式而已，关键的问题还在于在工业体制改革的过程中是否能够真正地考虑到广大工人的切身利益，是否能够把广大工人作为改革的主体来加以对待。我觉得，《飞狐》这部长篇小说中所传达出的焦祖尧对于工业体制改革问题的深入思考，实际上正落脚于这个地方。在这样的一种思考背后，所潜藏着的是作家焦祖尧一种更为可贵的民本主义思想。

其次，《飞狐》的艺术成功还依赖于作家在小说中塑造了若干个丰满生动具有相当人性深度的人物形象。虽然确有作家在进行着放逐人物形象的小说创作实验，但我依然固执地认为，一部优秀的小说，尤其是一部动辄几十万字的长篇小说，衡量其艺术成功与否的重要标准之一，还是要看作家在其中是否有对于人物形象足够成功的艺术塑造。作为已有数十年创作经验的小说家，焦祖尧对此当然是心知肚明的。深谙此中三昧的焦祖尧在《飞狐》中以鲜活灵动的笔触勾勒塑造出了一系列具有相当艺术价值的人物形象。从我的阅读印象来看，余大中、邢耀、陈洪海、陆震云、刘天生、方雅清、方国柱、邢风仪等，都称得上是塑造成功的人物形象。唯因篇幅所限，故而只能择其中若干人物形象略作深入分析。先让我们来看余大中。余大中很显然是作家倾注心血最多的一个人物形象。坚定执着、好思善谋可以被看作余大中的基本性格特征。身为副矿长的他，虽然背负着极沉重的家庭负担（妻子的过早离去以及女儿芳芳的巨额医疗费），但是仍然全身心地投入煤矿的改制工作当中。断然划掉分房名单上自己的名字，为老矿工陈洪海送去那块凝结着深情的案板，在煤矿改制问题上面对巨大阻力时的据理力争，这些细节的确都在有力地凸现强化着余大中的形象特征。然而，最感人的一个细节，却仍然是余大中在究竟是应该为女儿治病，还是应该极有力地推动促进煤矿改制工作这样的两难处境中所作出的艰难选择。虽然余大中在内心中深爱着自己的女儿，但是，在矿山改制遭遇瓶颈时，他还是毅然决然地用平日积攒下来准备为女儿做手术用的 4 万块钱，购买了矿上的股份。焦祖尧这样的一种情节设置，从其根本动机上，当然是为了更加有力地突出余大中对于矿山事业的热爱。然而，在我看来，这样一种情节设置同时却也在某种程度上多少暴露出了余大中潜在的一种自私本能。在这个意义上，邢风仪情急之下指责余大中此举为作秀，还是很有一些道理的。这就在客观上使得余大中这样一位《飞狐》中最具理想性色彩的人物形象，增加了一定程度的真实性。

倾注着作家最多心血的余大中形象塑造当然是成功的。然而，相比较而言，小说中塑造最成功最具有人性深度的两个人物形象，还是邢耀与陈洪海。邢耀是飞狐岭煤矿的矿长，飞狐岭煤矿所处的困境使他有焦头烂额之感。虽然邢耀确有着改变矿山困境的强烈愿望，但是，习惯于墨守成规并已养成了严重官僚习气的他却又很难找到得力的方法去实现这样的愿望。于是，只能徒然地寄希望于杯水车薪的专业技改资金到位，能够暂时地缓解一下飞狐岭煤矿面临的严峻状况。邢耀这一形象塑造的最成功之处，在于焦祖尧极真实地勾勒描画了他数十年来所走过的心路历程。应该说，邢耀曾经有过相当朴实而辉煌的过去。他是和陈洪海们一起来到飞狐岭煤矿当矿工的。在共同的劳动中，自然而然地与陈洪海结下了很深的手足情谊。由于劳动的积极诚恳，也由于在劳动中显示出来的组织领导能力，邢耀最终被提拔成了飞狐岭煤矿的矿长。应该说，邢耀曾经是一位情系矿工疾苦的好矿长。这一点，从他刚上任时坚持让自己的专车捎顺路的矿工，从他为工人上下井方便打了眼竖井，从他解决幸福村的吃水问题等一系列情节中均能得到有力的证实。那时候的邢耀的确“在全矿很有威信，矿上也搞得很红火”。然而，不知道从什么时候开始，这一切却静悄悄地发生了变化：“他曾经很有性格，曾经很有魄力，他的感情指向也很鲜明；后来慢慢地，不知不觉地，属于他的东西消失了。作为矿长兼党委书记，他成了飞狐岭矿的一根主轴，一切都围绕着他转动。权力这东西太微妙了，他想瞌睡，不用开口便有人递上枕头；他刚有个想法，不用明说便能变成别人的行动。他的决定他的意志，成了飞狐岭的法律。”可以说，邢耀脱离矿工的官僚习气正是在这样的过程中逐渐形成的。正因为身为矿长的他居然想不起应该去看望一下曾经共患难的手足情深的矿工兄弟陈洪海，所以他在会场上最终被工人们抛弃晾台就是必然的事情。但对这一切的认识与反思，却又只能发生在从矿长岗位上退下来之后的邢耀身上。正所谓“不识庐山真面目，只缘身在此山中”是也。难能可贵的一点，是邢耀的知错能改。当邢耀终于认识到自己的存在已经成为飞狐岭矿改制的绊脚石的时候，他不仅自己能够做到急流勇退，而且还相当负责任地将余大中推送到了飞狐岭矿主政者的重要岗位上。尤为值得注意的，乃是余大中与邢风仪结合之前，邢耀因为余大中前妻死亡一事所作出的深切忏悔。本来邢耀完全可以不把这件事情的真相说出来，但那样会使他的良知永远处于不安的状态。必须承认，这样一个细节的设计是十分重要的。正是依凭于这样的细节设计，邢耀这个颇具人性深度的人物形象才更加鲜活生动地凸现在了广大读者面前。

陈洪海同样是《飞狐》中一个令人过目难忘的矿工形象。勤劳朴实到了甚至有些窝囊的地步，然而在看似窝囊的表象下却又有着其独特的个性锋芒，乃可以被看作陈洪海的基本性格特征所在。应该说，这是一个真正地把矿山当作了自己生命的老矿工。数十年矿山的劳动生涯，再加上这数十年间一直也不曾间断过的思想意识形态教育，使得陈洪海形成了一整套朴实而又相当僵化了的基本社会与人生观念。他的朴实在他坚持不懈地捡拾废旧机器零件，尤其是在所谓的“案板”事件中有着极真切的表现。在飞狐岭矿工作了几十年，陈洪海却硬是没有把属于公共财产的任何物件据为私有过。正因为如此，所以他才会为自己鬼使神差地拿木疙瘩行为而感到惴惴不安。用现在的眼光看去，这样的行为其实是很有一些木讷与呆板了，但也正是在这近乎木讷与呆板的行为中，陈洪海作为一个以矿山为生命的老矿工的性格本色方才得到了极有力的体现。陈洪海的思想僵化则主要体现在他对于飞狐岭矿改制工作的不理解上。由于长期接受所谓公私分明的思想意识形态教育的缘故，陈洪海的内心中有着一条分外严格的公私界限。正因为如此，他才会因为拿了一个木疙瘩而不肯原谅自己：“拿个木疙瘩，我难受了许多天，明白一世，糊涂一时啊！我恨自己，我骂自己，不瞒你说，黑间在炕上睡不着，我扇过自己的嘴巴。”陈洪海之对于改制持坚决抵抗反对的态度，根本原因也正在于此。在陈洪海看来：“矿山是国家的，职工干活国家给开工资，个人掺和进去干啥？给职工开过支，扣去花销，剩下的都归国家，这不是天经地义？挖煤的咋还分红呢？”应该说，陈洪海的思想僵化在很大程度上说明了长期的计划经济对于工人的基本人性所造成的巨大扭曲。能够将这样的一种人性深度挖掘表现出来，正是焦祖尧塑造陈洪海这一人物形象的最成功处。不难看出，虽然焦祖尧在余大中身上倾注了最多的心血，但是相比较而言，还是邢耀与陈洪海这两位人物形象的塑造要更成功些。究其原因，大约在于以下两个方面，其一在于作家对于诸如邢耀和陈洪海这样的人物形象有着更加透彻的了解与把握。其二则在于作家塑造邢耀陈洪海形象时心态相对要轻松得多。很显然，一种轻松自如的心态更有利于作家充分发挥自身的艺术才能。

第三，则主要表现为小说艺术结构的合理布局。当代文学史上工业题材小说创作的不成功，一个相当重要的因素在于作家在作品中过分地拘泥于对劳动生产过程的展示，而未能从其中腾跃开去，将对劳动生产过程的表现与工人们的日常生活描写充分有机地结合起来。这样就必然会导致小说艺术趣味的匮乏，读者在阅读时也就自然会感觉到相当枯燥乏味了。如此看来，日常生活描写叙事的匮乏乃是工业题材小说创作难以获致艺术成功的弊端之一。相比较而言，我觉得焦祖尧在《飞狐》中一个值得注意的成功之处，就在于他相对成功地将劳动生产过程的描写与日常生活的叙事有机地结合了起来。具体来说，这种有机的结合就主要表现为艺术结构上的双线交叉运行发展上。一方面，飞狐岭煤矿的改制问题始终是小说的叙事聚焦点所在，小说的总体故事情节可以说都是围绕这一聚焦点旋转运行的。但在另一方面，作家却又以相当多的笔墨展开了对于矿工日常生活的艺术描写。活跃于小说中的若干主要人物的爱情、婚姻以及家庭生活的描写，给读者留下了很深的印象。家常事、儿女情，本来就应该是工业题材小说创作所不能忽视的表现对象。现当代乡村题材小说创作的成功早就充分地说明了这一点。焦祖尧《飞狐》的创作给我们带来的有意启示，也同样具体地落脚在这一点上。

虽然《飞狐》似乎还保留着20世纪80年代改革小说的痕迹，但由于焦祖尧对于矿山生活特别熟悉的缘故，所以他在小说中能够以大量丰富而独特的细节使得人物形象的塑造不仅鲜活灵动，而且还抵达了相当的人性深度。这也就从某种程度上打破了改革与保守两大阵营对垒的艺术窠臼。无论是从工业题材长篇小说创作的角度来看，还是将其放置于当下时代的长篇小说创作热潮中来看，焦祖尧的这部《飞狐》都应该被看作是一部少见的长篇小说力作。焦祖尧多年来在工业题材长篇小说方面所做出的努力与取得的成绩，理应获得文学界与广大读者的充分尊重。

《问世间情》：艺术想象中的情理平衡

叶辛是社会影响力很大的一位知青作家。作为知青作家，叶辛出道很早，早在知青文学作为一种重要的文学思潮形成之前，叶辛就已经以其《蹉跎岁月》等一些知青题材的作品在社会上产生了广泛的影响。此后的20世纪90年代初期，又以一部表现返城知青命运的《孽债》，而继续着自己对知青生活与命运的关注与思考。就总体状况而言，虽然叶辛小说写作的数量很大，但从题材上看，基本上还是拘囿于知青生活领域的居多。近些年来，或许与作家已然身居上海这座现代化的大都市多年，大都市的生活积累日渐丰富有关，叶辛也在努力地突破既定知青题材领域的框限，尝试着拓展新的写作领域。这一方面，若干年前那部力图全方位地描写展示大上海现代城市总体状况的长篇小说《华都》，自然是不容忽略的一部。至于我们这里要具体展开加以讨论的长篇小说《问世间情》（上海文艺出版社2014年版），则很显然是叶辛试图更进一步拓展题材领域的一部作品。虽然故事的发生地依然是大上海，但作家的艺术聚焦点却集中到了打工者的身上。打工，是伴随着日益加剧的中国社会城镇化进程而出现的一种社会现象。放眼文学界，有不少作家不仅注意到了这个群体的存在，而且也已经写出了不少以这一群体的生存境况为表现对象的文学作品。但叶辛这部《问世间情》的特别处在于，他并没有试图全景式地展示打工者的生存境遇，而只是紧紧地抓住了打工者群体中间一种极为普遍的“临时夫妻”现象，以之为具体切入点，力求从一个侧面表现打工者的情感世界。所谓“临时夫妻”，就是指打工者无论男女，往往会是或者抛妻（夫）别子或者各在异地单独一人在外地打工，因为打工者一般都处于青壮年阶段，既有难以遏制的性需求，更有着强烈的情感慰藉需求。怎么办呢？既然大家都是独身一人在外，那干脆就合住在一起临时搭伙过日子算了。这一搭伙的结果，自然就是所谓“临时夫妻”的出现。“临时夫妻”这种现象，既不合乎社会伦理道德规范，更不受法律的保护，但唯其顺应合乎人性的根本逻辑，所以，这种现象在打工者阶层中成为一种普遍的存在，就是任谁都无法否认的客观事实。既然是一种客观的社会存在，那就不仅应该得到来自于社会各方面的充分关注，也应该在作家的笔端得到相应的艺术表现。就我个人有限的阅读视野，虽然关注表现“临时夫妻”现象的中短篇小说时有所见，但以长篇小说的形式对之进行具备相当深度的艺术表现，却还真是极其罕见。而叶辛的《问世间情》，则正是这样的一部长篇小说。即使仅仅从题材的角度来看，这部作品也理应引起我们的高度关注。

占据着叶辛《问世间情》这一小说文本中心位置的一对“临时夫妻”是索远和麻丽：“索远和麻丽同在一个叫广惠的电器厂里干活，索远是车间里的领班，老板给他的定位是半脱产干部，但得负责分厂整条流水线上的质量；麻丽是流水线上的检测工，前头的剥线、打铆钉各道工序干完了，她得拿起代表正负极的两头插上检测仪瞅一下，合格的就放心，不合格的就丢一边筐里，活不重，比起家乡的农活来，轻巧得多了。”关键在于，索远与麻丽都是单身一人在上海打工。索远的妻子但平平带着女儿索想，生活在遥远的乡下郑村，“和他的父母相依为命地守着郑村的几亩田土度日”。麻丽的丈夫彭筑是一个建房的包工头，四处奔波着修房盖屋，他们的儿子彭飞在家乡与爷爷奶奶一起生活，“麻丽和他只是在过年回家时，才团聚几天”。既然都是单独一人，而且都是正当龄的热血青壮年，更何况在日常的打工生活中彼此留给对方的感觉印象都非常好，所以，他们俩的成为“临时夫妻”搭伴过日子，自然也就不会让人感到意外。在一起组成“临时夫妻”三年来，索远与麻丽的共同生活过得可谓顺风顺水。房租分配得当，家务各有承担，饮食尽可能照顾各自的胃口，各自家庭问题的处置上充分尊重主权，互不干涉内政，不仅久违了的性生活十分和谐，而且感情生活也格外融洽美满。然而，只是一味地沉浸在如此一种幸福生活氛围环绕中的索远和麻丽，根本就无法料想到，他们这种顺风顺水的“临时夫妻”生活的平静仅仅维持了三年的时间，就因为索远妻子但平平与女儿索想没有任何前兆的突然到来而被彻底打破。问题是，长期生活在郑村从未单独出过远门的但平平，何以会携带着幼女突然现身上海呢？却原来，家乡郑村遭遇了多年不遇的巨大洪灾。如同巨龙般翻滚而来的滔滔洪流，不仅无情地吞噬了村民们赖以栖身的房屋，而且还吞噬了几十条鲜活的生命。这其中，就包括索远年迈体弱的父母。房屋没了，公婆走了，孤身一人的但平平只能带着幼女不顾千里迢迢前去投奔远在遥远的大上海打工的丈夫索远。因为事先没有通气，所以，她们母女俩的突然现身才会让索远倍感措手不及。

我们无论如何都得承认，正是但平平母女的突然出现，方才彻底打破了索远与麻丽这一对“临时夫妻”之间本来就既脆弱又微妙的情感平衡。三年来，索远与麻丽一直以夫妻的名义活动于出租房周围的邻居面前。现在，但平平母女出现了，麻丽被迫搬走了，索远自己又该怎样面对并向周围邻居解释这一切呢？关键的问题是，正所谓屋漏偏逢连夜雨，就在但平平母女现身不久，本来应该待在银川的彭筑，也意外地出现在了上海。意外现身的彭筑，不仅口口声声强调自己已经调查清楚了索远与麻丽之间不正常的“临时夫妻”关系，而且还坚执面见给自己戴上绿帽子的索远，在披露麻丽若干隐秘往事的同时，与索远正式摊牌，摆出了一副要和麻丽坚决离婚的架势。就这样，索远与麻丽这一对“临时夫妻”双方配偶的同时出现，迅速地使得本来还算得上风平浪静的世界一下子变得剑拔弩张起来，置身于矛盾漩涡中心的当事人双方，实际上都面临着一个应该如何做出情感抉择的问题。倘若说因为彭筑一向的品行不端，除了牵系着唯一的儿子彭飞之外，麻丽的情感天秤本能地倾向于真正情投意合的索远，希望能够早日挣脱上一段婚姻的困扰，与索远在一起过上真正的夫妻生活的话，那么，索远要想做出自己的情感抉择，就是一件特别困难的事情。一边是毫无过错的结发妻子但平平，另一边是情意缠绵的情感知己麻丽，索远一时陷入了极端矛盾的犹豫不决状态之中而难以自拔：“就在这一瞬间，索远陡然明白了，麻丽和但平平是不同的，但平平绝不可能像麻丽一样给他性，给他一种男人的满足感……和麻丽就不同了，和麻丽在一起，他感觉到一股冲动，一种享受和陶醉，一种前所未有的甜蜜和幸福，一种心心相印的感情也在这期间不知不觉地油然而生。”“但平平的忽然到来，麻丽慌忙中离开了他的生活，他感到的不习惯，情绪上的不适，他的不舍和依恋，他时时刻刻对她的思念，全在于此。而对结发的妻子但平平，除了最早离开郑村时期有过一段时间的不适应，他没有这种感觉。尤其是和麻丽形成了临时夫妻关系，对于但平平他几乎已经到了忽略不计的地步，只在每个月发工资后汇款时，他才想到但平平。但那多半也只是对于父母、对于女儿索想、对于结发之妻的责任感而已。”很显然，如果仅仅从情感的角度来考量，索远的天秤自然会更加倾向于在一起有强烈知己感觉的麻丽。问题在于，一方面结发妻子但平平不仅毫无过错，而且还一直替代他在家乡郑村履行着对于父母的抚养责任；另一方面，他和妻子之间也还夹杂着一个可爱的小女儿索想。到底该做出怎样的一种两难选择呢？为人处世本就有点优柔寡断的索远，一时之间便茫然无措起来：“面对这情形，索远该怎么办呢？他也感到茫无头绪。他在感情上，心理上，生理上都觉得离不开麻丽，他迷恋她，甚至还有些依赖她。可他的妻子女儿来到了身旁，她们和他天天生活在一起，她们仍视他为好丈夫，好爸爸，她们还啥都不知，啥都蒙在鼓里。他也不想伤害她们，她们是无辜的呀！她们是善良人。”

不管怎么样，我们都得承认，叶辛这部《问世间情》最具人性深度处，也正体现在他对于男主人公索远面对着但平平与麻丽实在左右为难无法做出取舍的内心纠结状态的精准呈现上。索远这一方面的首鼠两端，甚至表现在他如此一种男权色彩相当浓重的想法上：“索远现在晓得电视剧里那些男人为什么要讨几个老婆了，生活中那些发了财的人为什么要有‘二奶’‘三奶’了。原来女人和女人是不一样的。她们各有各的好处，各有各男人割舍不下的地方。”“两个女人，他一个也放不下，一个也不可能剔除他的生活圈子。”叶辛是一位特别擅长于感情熏染的作家，他对于索远情感纠结浓墨重彩式的艺术表现，的确能够给读者留下相当深刻的印象。或许正与叶辛的善于感情熏染有关，他居然把自己这部旨在透视表现打工者群体中“临时夫妻”现象的长篇小说，干脆就命名为“问世间情”。一看到这个题目，相信很多读者马上就会联想到元好问“问世间情为何物，直教人生死相许”的千古名句来。而叶辛的命名动机，很显然也正在于此。但是，在充分肯定叶辛《问世间情》在情感描写上所取得成就的同时，我们却也不能不指出作家艺术想象过程中所存在的若干问题。问题之一，就是小说标题的择定。尽管作家在标题的设定上肯定煞费了一番苦心，但就我个人的艺术直觉而言，这个标题实在算不上恰切精准，甚至还多少显得有点饶舌。虽然关于小说标题并无一定之规，但这个“问世间情”却怎么着都感觉不太像一部长篇小说的标题。问题之二，则是在一些具体语词的运用上，存在着若干不当之处。比如，在第189页，有过这样一段话："这话有点醋意，也有些刺人。索远没答她的话，收拾起餐盘，离座走开了。他后背上像长着眼睛般，感觉得到，麻丽始终抬起头，盯着他的背影。他甚至想象得出她不悦的脸色。"这段话中，"麻丽始终抬起头"中的"始终"或者"抬起头"使用不当。要么，是"麻丽始终抬着头"，要么是"麻丽很快抬起头"，反正在这个语境中，"始终"与"抬起头"是不能够搭配在一起使用的。再比如，第195页，麻丽向索远讲述自己当年经历过的凄惨故事："他那儿子是个瘸子，比我哥哥年纪还大，远远近近的姑娘，谁都知道他有残疾，不肯嫁给他。"这里"知道"一词的运用，也有不确之处。副乡长的儿子是瘸子，肯定是众所周知的事情。因此，"知道"一词，就不如换做"因为"一词，方才更加贴合语境的需求。

倘说以上两点均属于细枝末节，多少带有一点求全责备的意思，那么，叶辛此作更为根本性的问题，恐怕却突出地表现为作家在艺术想象过程中存在着明显的情理失衡现象。这里所谓"情理失衡"，与艺术想象中感性与理性所发生的作用密切相关。从根本上说，所有的文学艺术创作，都可以被看作是作家意识世界中的感性因素与理性因素共同发挥作用的一种过程。具体来说，感性因素，可能更多地体现为作家的艺术感觉。在《问世间情》里，叶辛对于索远与麻丽这对"临时夫妻"之间复杂情感纠结的表现，尤其是对于索远情感矛盾的精准捕捉与呈示，都可以说是他意识世界中的感性因素充分发挥作用的一种结果。但是，我们在强调感性因素重要的同时，却丝毫也不能够忽视作家的艺术理性在创作过程中所应该发挥的重要作用。任何一种成熟优秀的文学艺术作品，皆是创作主体艺术感觉与艺术理性有机结合综合发生作用的结果。假若说叶辛的艺术感觉在《问世间情》中有着较为精彩的表现，那么，其艺术理性的表现恐怕就显得不那么能够差强人意了。具而言之，叶辛艺术理性表现的不足，大约表现在如下两个方面。其一，是若干故事情节设定的说服力不够充分。比如，但平平携带索想的突然现身于大上海。关于她们母女俩没有打任何招呼，就出现在毫无精神准备的索远面前，作家给出的理由是郑村贫穷，没有电话可以打给索远以事先通气。尽管叶辛的这种设定在现实生活中或许也能够获得相应的事实支撑，但在我的理解中，在一个资讯已经如此发达的时代，作家剥夺但平平使用手机的理由不管怎么说都是极不充分的。无论如何，在动身出发去往上海投奔丈夫索远之前，信息的沟通是必需的，退一万步说，但平平也可以借个手机与索远进行信息沟通。也正因此，在我看来，叶辛为了制造但平平母女突然现身上海的戏剧性效果而进行的这种艺术设定，其实是艺术上的一个败笔。

但相比较而言，更加值得我们特别提出与叶辛进行商榷的一个关键性故事情节，却是关于麻丽最后被杀的艺术设计。眼看着优柔寡断的索远，徘徊于但平平和麻丽之间无法做出最后的抉择，在作家实在不愿意让索远成为一位缺少责任感的男人如此一种潜在写作动机的驱使下，他就只能够让麻丽意外身亡了。麻丽一死，索远的情感纠结自然也就不复存在，就可以摆脱心理负担，坦然地回归到但平平身边，成功地恢复自己称职丈夫与理想父亲合一的形象。只不过，叶辛的如此一种艺术处理方式，对于麻丽而言，实在难言公平。倒也不是说如同麻丽这样的被杀缺乏事实支撑，而是说如此一种艺术处理方式背后，实际上潜隐着一种恐怕连叶辛自己都轻易察觉不到的男权意识。细察麻丽生平，即不难断定，她实质上是一位长期被侮辱被损害的女性形象。初中毕业后，好学的麻丽本来已经考上高中，但却因家庭突然发生的变故而被迫弃学。弃学不说，为了保住哥哥的婚事，年仅十七岁的她还被迫嫁给了副乡长家的瘸儿子。婚后，又因为没能很快怀上孩子而屡受不良丈夫的残忍家暴。忍无可忍的麻丽，只好择机从家中逃出，先后远赴深圳、海南，开始了自己的打工生活。好不容易方才挣脱了这桩不合理婚姻的枷锁，却又在深圳不幸惨遭暴徒强奸。她后来的第二任丈夫彭筑的出现，也就在这个时候。一个备受生活摧残的年轻女性，面对来自于彭筑的关心与安慰，自然别无选择。与彭筑结合后，麻丽便跟随着彭筑一起来到上海并进入广惠厂打工。进入广惠厂，就遇上了索远，随之也就进一步有了《问世间情》中主体故事的发生。这样看来，麻丽一生中真正称得上幸福的时光，也仅仅只是和索远成为“临时夫妻”的那三年。此外的大部分时间，麻丽实际上都处于一种被侮辱被损害的状态之中。但即使是麻丽自己，也都料想不到，彭筑居然会是一个如此品行无端的男人。到最后，残忍至极地剥夺了自己生命的，竟然会是彭筑本人。但请注意，彭筑伤天害理行为的幕后设定者，却又是作家叶辛。只有叶辛，才能够从根本上操纵控制笔下人物的命运走向。在我看来，叶辛关于麻丽之死的设定，一方面使得小说中的尖锐矛盾被轻易化解，另一方面则可以看作是对于麻丽这位被侮辱被损害者的再一次深度伤害。因为在作家的潜意识深处，此种设定甚至代表着来自于男权心理的惩罚机制。在这个意义层面上，麻丽这一形象，完全可以让我们联想到已然成为一种文学原型的“阁楼上的疯女人”。一方面为了有效化解小说矛盾，另一方面为了维护索远形象的正面性，叶辛只好狠狠心，让实际上早已备受摧残的麻丽，又一次逃无可逃地成为男权意识的祭品。

其二，则是关于所谓“新上海人”文化想象的合理与可能性问题。叶辛《问世间情》这一文本，借助于“临时夫妻”现象的透视表现，最终试图抵达的终极目的地，其实就是完成一种关于“新上海人”的文化想象。那么，究竟何为“新上海人”呢？小说中，借助广惠厂的范总之口，作家曾经有过这样一种说法：“他们已经不满足于进上海来‘讨生活’，像第一代农民工那样为了养家糊口，他们已经从向往上海生活，过渡到希望享受上海生活。他们不想赚了钱叶落归根回到家乡去，大多数人是想永远留在上海，做一个新上海人，跟所有体面的上海人一样，尽享上海生活的一切便利、舒适、安定。”这也就是说，在叶辛的理解中，从全国四面八方来到大上海的打工者，已经到了能够落足上海，融入上海，并且实现身份转换，成为“新上海人”的地步了。很显然，正是在如此一种在我看来充满浪漫化色彩的文化想象理念的支撑下，叶辛的《问世间情》中所活跃着的打工者，除了彭筑这样极少数败类之外，基本上全都是“新上海人”的形象。广惠厂的范总如此，索远与索英兄妹如此（尤其是索远的妹妹，虽然只是一位普通的家政服务员，而且进入上海的时间要明显晚于其兄索远，但她却很快就后来者居上，成了一位颇有些神通广大的“新上海人”），于美玉与雷巧女如此，即使是那位从遥远的郑村刚刚来到上海的但平平，虽然时间极短，但却很快就如鱼得水般地融入“新上海人”的生活之中。尤其值得注意的是，在这个过程中，从政府官员，到普通市民，整个上海面对着这些大量涌入的“新上海人”，表现出的竟然也都是一种“海纳百川”式的宽容接纳姿态。仿佛在这个过程中，就根本没有发生过任何文化与地缘冲突一样。我不知道叶辛上述种种关于“新上海人”的描写，到底有着多大意义层面上的社会调查作支撑，也或许是与我个人的视野有限观念过于老化有关，反正在我的理解中，虽然在来势凶猛的城镇化浪潮席卷下，广大打工者的由乡村而进入城市，恐怕是一种不可逆的社会发展过程，但这一过程却无论如何都不可能如同叶辛所描写展示的这样顺利、和谐。究其实质，这一过程，是一种充满着痛苦的社会裂变过程。其中，无可避免地会有诸多人生与人性的悲剧生成。但所有的这一切，在叶辛的这部《问世间情》中却并没有得到应有的关注与表现。除了麻丽之死这样一出带有很大偶然性的他杀事件之外，弥漫于整部小说文本之中的，都是一种对于“新上海人”充满着浪漫化色彩的乐观主义文化想象。似乎一切都那么顺理成章，一切都那么轻而易举。事实上，也正是因为明显受控于这种文化想象的缘故，作家对于社会现实的一种批判性思考表现力度，自然也就呈现为匮乏状态。从创作规律上说，所有这一切不足，皆源于叶辛小说写作过程中艺术理性没有能够充分地发挥自身的作用。这样看来，在此后的小说写作过程中，如何采取积极有效的手段，进一步强化自身的艺术理性能力，以充分实现艺术想象中的情理平衡，就是叶辛必须予以解决的一个重要问题。

卷二
理性与感性交织的历史情怀

《老生》：探寻历史真相的追问与反思

一

无论如何，你都不能不承认，贾平凹的艺术创造力端的是十分惊人。这不，长篇小说《带灯》2013年年初才由人民文学出版社推出后不足两年的时间，他新的一部长篇小说《老生》（载《当代》2014年第5期）就又已经和读者见面了。按照贾平凹自己在后记中的说法，早在《带灯》出版之前，《老生》的写作其实就已经着手进行了。“三年前的春节，我回了一趟棣花镇，除夕夜里到祖坟上点灯。”恐怕连他自己也未曾料到的是，居然就是这一次的点灯祭祖行为，触动了他一部新长篇小说最初的写作动因：“从棣花镇返回西安，我很长时间里沉默寡言，常常把自己关在书房里，整晌整晌什么都不做，只是吃烟。在灰腾腾的烟雾里，记忆我所知道的百多十年，时代风云激荡，社会几经转型，战争，动乱，灾荒，革命，运动，改革，在为了活得温饱，活得安生，活出人样，我的爷爷做了什么，我的父亲做了什么，故乡人都做了什么，我和我的儿孙又做了什么，哪些是体面光荣，哪些是龌龊罪过？太多的变数呵，沧海桑田，沉浮无定，有许许多多的事一闭眼就能想起，有许许多多的事总不愿去想，有许许多多的事常在讲，有许许多多的事总不愿去讲。能想的能讲的已差不多都写在了我以往的书里，而不愿想不愿讲的，到我年龄花甲了，却怎能不想不讲啊？！”“这也就是我写《老生》的初衷。”却原来，贾平凹这些年来的小说写作采取的多是一种交叉进行的方式。所谓交叉进行，就是指在一部长篇小说尚未正式出版的时候，作家的艺术思维就已经迫不及待地延伸到了下一部长篇小说的酝酿构思之中。别的且不说，单就写作速度和创作数量而言，贾平凹的表现诚然非同一般。进入新世纪以来，其他作品不算，光是长篇小说这一种文体，就先后有《怀念狼》《病相报告》《秦腔》《高兴》《古炉》《带灯》与《老生》七部问世。十四年时间，七部长篇小说，平均两年一部。如此一种写作速度，绝对称得上惊人。连带而来的，自然就是关于作品思想艺术水准的疑问。速度如此快，数量这么多，会是水货么？贾平凹会不会粗制滥造呢？类似的疑问，其实一直伴随着我对于贾平凹的跟踪阅读过程。以至于，每一次开始阅读贾平凹的时候，内心里都会提心吊胆地为他捏把汗：这一次，他的作品会让我们满意吗？好在贾平凹让我们失望的时候并不很多。虽然不能说他的每一部长篇小说都能够抵达公众所期望的思想艺术高度，但最起码在我的理解中，作家新世纪以来相继推出的七部长篇小说中，《秦腔》《古炉》《带灯》以及新近的这一部《老生》，可以说都企及了相当的思想艺术高度。毫不夸张地说，这四部作品皆属于能够代表新世纪中国文学高度的标志性作品。

贾平凹进入新世纪以来的长篇小说写作，基本上是沿着现实与历史这两大脉络的探寻与追问渐次展开的。逼视当下社会现实苦难的《秦腔》与《高兴》，具有某种意义上的互文性关系。《秦腔》意在真切凸显现代化冲击下乡村世界日益凋敝的社会景观，因为乡村世界凋敝，因为现代化的冲击，也才会有刘高兴他们这样的农民进城，也才会有《高兴》的生成。从这个层面来看，《秦腔》与《高兴》的确具有某种内在的因果逻辑关系，二者可以说是相辅相成的一体两面。回到历史的《古炉》，其谛视反思对象，乃是并不太遥远的“文革”。正如同“奥斯维辛”之后必须写诗一样，惨烈无比的中国“文革”，也必须通过文学的方式做出必要的澄清与沉思。《古炉》的价值，一方面表现为乡村“文革”场景的全景式呈示及其人性深层原因的追问，另一方面则表现为一个常态中国乡村世界的艺术发现与形象书写。以“维稳”这一社会问题为关切重心的《带灯》，再一次从历史深处回到矛盾重重的乡村现实世界。尽管说小说的切入点是“维稳”这样一个社会问题，但《带灯》却并非一般意义上的社会问题小说。在真切呈示围绕“维稳”这一社会问题所生成的种种矛盾纠葛的同时，《带灯》的价值更在于尖锐地揭示了当下时代国人一种普遍的被囚禁的生存状态。到了这部《老生》，贾平凹的写作钟摆再一次荡回到了历史部分。但与只是以“文革”为表现对象的《古炉》有所不同，《老生》的关注视野显然要阔大许多。在《老生》中，贾平凹第一次把百多年来中国现代的社会历史演进纳入自己的写作视域之中。

这里，一个不能忽略的问题就是，在进入新世纪以来的长篇小说写作中，贾平凹已经差不多形成了自己所特有的处理叙事时间的一种模式。那就是，无论是面对现实，抑或是反顾历史，贾平凹都习惯于把叙事时间做高度的浓缩化处理："《古炉》是按照自然时间的顺序展开叙事的，整部小说一共六大部分，分别是'冬部''春部''夏部''秋部''冬部''春部'。需要说明的是，第一个'冬部'，是1965年的冬天，到了第二个'春部'，则已经是1967年的春天了。这就是说，小说的故事时间前后持续大约也不过只有一年半的时间。简单回顾一下贾平凹的长篇小说，就不难发现，尽管说也会出现时间处理上的大跨度叙事，比如《病相报告》，但相比较而言，作家的艺术表现更加精彩夺目的，似乎却是类似于《古炉》这样的小跨度叙事。与《古炉》相类似的是《秦腔》，《秦腔》的叙事时间，前后也只有一年左右。《秦腔》与《古炉》毫无疑问是贾平凹截至目前最优秀的两个小说文本，在这两部长篇小说中，作家都把叙事时间控制得非常紧凑。这样必然导致的一种叙事结果，就是文本的高密度。所谓'密实'，所谓'密不透风'，说明的都是这种状况。贾平凹自己，则不无形象地把这种叙事状态称之为'密实的流年式的叙写'。我总有一种强烈的感觉，贾平凹对于叙事时间的这种处理方式，非常类似于那些能够很好地完成高难度动作的体操运动员。在一个相对狭小的故事空间内，贾平凹却能够如同那些体操运动员一样自如地腾挪跳跃，纵横捭阖地把复杂丰富的人生信息高度浓缩控制在了短暂的时间维度内。说实在话，在当下中国文坛，能够如同贾平凹一样具备如此一种艺术能力的作家，还真是并不多见。"[①] 很大程度上，如此一种极度浓缩的"高密度"叙事，其实可以被看作是贾平凹长篇小说的某种叙事特质。但是，到了《老生》，面对着长达百多十年的一部中国现代历史，继续采用这种作家自己颇有心得的叙事方式，显然已经不再现实。到底采用一种什么样的叙事方式，才能更有效地进入自己的表现对象，自然构成了贾平凹所无法回避的艺术挑战。幸亏，也就是在这个时候，贾平凹遭遇了中国的古老典籍《山海经》。

---

① 王春林：《从"块状叙事"到"条状叙事"——贾平凹长篇小说〈古炉〉叙事艺术论》，载《百家评论》2013年第5期。

对于《山海经》的持续阅读和悉心揣摩，给《老生》的写作带来了极大的启发。贾平凹在后记中坦承：“《山海经》是我近几年喜欢读的一本书，它写尽着地理，一座山一座山地写，一条水一条水地写，写各方山水里的飞禽走兽树木花草，却写出了整个中国。《山海经》里那些山水还在，上古时候有那么多的怪兽怪鸟怪鱼怪树，现在仍有着那么多的飞禽走兽鱼虫花木让我们惊奇。《山海经》里有诸多的神话，那是神的年代，或许那都是真实发生过的事，而现在我们的故事，在后代来看又该称之为人话吗？”一个“神话”，一个“人话”，道出的却是贾平凹阅读《山海经》的所悟所得。具而言之，《山海经》之对于贾平凹，首先就影响到了《老生》的艺术结构设定：“《老生》是由四个故事组成的，故事全都是往事，其中加进了《山海经》的许多篇章，《山海经》是写了所经历过的山与水，《老生》的往事也都是我所见所闻所经历的。《山海经》是一个山一条水地写，《老生》是一个村一个时代地写。《山海经》只写山水，《老生》只写人事。”由贾平凹自己的言论，再结合《老生》的文本实际，即不难看出，《山海经》所启发于贾平凹的，首先就是一种小说的“方法论”。作为一部古老的地理之书，《山海经》以极其素朴的方式记录了人类初民对于大自然的认知和理解。比如《南山经》：“……又东三百八十里曰猨翼之山。其中多怪兽，水多怪鱼。多白玉，多蝮虫，多怪蛇，不可以上。又东三百七十里曰杻阳之山。其阳多赤金。其阴多白金。有兽焉，其状如马而白首，其文如虎而赤尾，其音如谣，其名曰鹿蜀，佩之宜子孙。怪水出焉，而东流注于宪翼之水。其中多玄鱼，其状如龟而鸟首虺尾，其名曰旋龟，其音如判木，佩之不聋，可以为底……”作者就这样，一座山一座山地渐次写来。首先沿着方位写出山名，然后将这座山的矿产、动植物等等一一罗列而出，言辞简洁至极，直指事物本身，绝无任何旁逸斜出的附着与雕饰。这种写作方式对于贾平凹的启发，显然就是，当自己面对着一部堪称纷繁芜杂的几乎不知道该从什么地方切入表达的中国现代历史的时候，也完全可以如同《山海经》一样，以切片分割的方式加以表现。这也就是贾平凹自己所谓“一个村一个时代”地写。正因为采取了如此一种小说的“方法论”，所以《老生》也就成了一部没有主人公的长篇小说。所谓没有主人公的长篇小说，就是指小说中缺少一位贯穿文本始终的主人公形象。通常意义上，大凡一部长篇小说，都会有贯穿文本始终的主人公形象存在。

具体到贾平凹自己，《秦腔》中的主人公可以说是夏天义、夏天智兄弟，《高兴》中的主人公是刘高兴，《古炉》中的主人公是霸槽、蚕婆与狗尿苔，《带灯》中的主人公，则显然是带灯，但到了这部《老生》之中，你却无论如何都难以指出哪一位人物能够被看作是小说的主人公。四个时代，四段人生故事，每一个时代活动着的都是不同的人群。虽然说作品中也的确有如同唱师和匡三司令这样贯穿始终的人物存在，但毫无疑问，无论是唱师，抑或是匡三司令，都更多地属于艺术形式层面上的功能性人物，都不能被看作是小说的主人公。这样看来，《老生》自然就是一部没有主人公的作品。如此一种文本的生成，显然是《山海经》的影响所导致的结果。正如同《山海经》虽然写了五千三百多处山，二百五十余处水，你却很难指认其中的那座山或者那条水处于作品的中心地位一样，贾平凹的《老生》写了中国现代历史上的四个不同时代，每一个时代都写了一群人，但我们却无法指认其中的那一位就是居于小说核心地带的主人公。假若说“山”与“水”可以被看作是《山海经》的中心物象的话，那么，《老生》的主人公就可以被理解断定为是中国现代历史。就我个人有限的阅读视野，一部长篇小说，既没有贯穿性的整一故事情节，也没有贯穿性的主人公形象，在中国当代文学中，几乎可以说是绝无仅有的。尽管我们一般并不把贾平凹看作是注重于小说形式实验创新的先锋作家，但由以上具有突出原创性色彩的艺术处理来看，贾平凹小说写作一种鲜明先锋性特质的具备，不管怎么说都是难以被否认的。

需要特别注意的一点是，虽然说《山海经》中有山有水，计有《山经》五卷，《海经》八卷，但到了贾平凹的《老生》中，所穿插引用的《山海经》原文却只是《山经》中的《南山经》《西山经》以及《北山经》的一部分。关键问题在于，贾平凹为什么要舍《海经》而取《山经》？答案显然与贾平凹对于中国的理解有关。唯其中国多山，所以很多年之前就有学者何博传写出过影响殊大的著作《山坳里的中国》。同样的道理，一些学者之所以会把中华文明称之为黄色文明，而把发端于古希腊的西方文明称之为蓝色文明，也与中国的多山密切相关。我不知道贾平凹酝酿构思时是否受到过这些学者的影响，但殊途同归的一点却是，贾平凹之所以在他的《老生》中只取《山经》而舍《海经》，大约也是因为在他的理解中更多地把中国与高山联系在了一起。另外一点不容忽略的是，尽管四个时代故事的发生地都不相同，第一个故事的发生地主要是正阳镇，第二个故事的发生地是老城村，第三个故事的发生地主要是过风楼公社（以棋盘村为核心），第四个故事的发生地则变成了当归村，但以上四个故事发生地，从大的地理区划来说，不仅都归属于更其庞大的秦岭山区，而且都依傍着一条名叫倒流的河。因为贾平凹在潜意识中早已把中国与高山联系在了一起，所以也才会把秦岭山区设定为总体意义上全部小说故事的发生地。

二

既然是一部旨在透视表现百多十年中国现代社会历史演进过程的长篇历史小说，作家持有什么样的一种历史观，就是至关重要的事情。尽管从小说的根本艺术要求来说，作家的历史观理应沉潜在故事情节的纵深处，而不应该以理性话语的方式直接道出，但在《老生》的后记中，我们却还是多少能够捕捉到贾平凹历史观的一点蛛丝马迹。“烟还是在吃，吃得烟雾腾腾，我不知道这本书写得怎么样，哪些是该写的哪些是不该写的哪些是还没有写到，能记忆的东西都是刻骨铭心的，不敢轻易去触动的，而一旦写出来，是一番释然，同时又是一番痛楚。丹麦的那个小女孩在夜里擦火柴，光焰里有面包，衣服，炉火和炉火上的烤鸡，我的《老生》在烟雾里说着曾经的革命而从此告别革命。”能够与贾平凹的历史观联系在一起的，显然是这段话里的“《老生》在烟雾里说着曾经的革命而从此告别革命”。一部百多十年的中国现代历史，最不容忽缺的关键词之一，恐怕就是“革命”。究其根本，抓住了“革命”，也就意味着抓住了中国现代历史的命门所在。然而，对于意欲一究中国现代历史真相的贾平凹来说，仅仅抓住革命这一中国现代历史的命门也还是不够的，面对着长达百多十年之久的一部中国现代历史，已然决定采用“切片分割”方式的贾平凹，尚需进一步解决究竟应该选取哪些关节点作为自己表现对象的问题。从作家最终的选择结果来看，贾平凹在这一方面其实还是很费了一番踌躇的。因为写过《古炉》，所以就避开了“文革”，因为写过《秦腔》，自然会对当下时代乡村世界的凋敝也有所闪躲规避。然而，避免题材的自我重复，固然是非常重要的一个原因，但更根本的原因恐怕却在于，到底选取哪些关节点做深度挖掘，才能够达到对于中国现代历史进行深度剖析的写作意图。到最后，贾平凹所择定的四个历史关节点分别是革命发生的20世纪30年代，土改运动的20世纪40年代后期，三年困难时期的20世纪50年代后期以及可以被称之为“后革命”的所谓市场经济时代。事实上，也正是通过对这四个不同时代解剖麻雀式的艺术表现，贾平凹点面结合地达至了其对于中国现代革命进行深度追问与反思的写作目标。

《老生》的第一个历史关节点选在了可以被看作是革命起源的20世纪30年代，主要讲述当年秦岭游击队的故事。某种意义上，秦岭游击队的诞生过程，就可以被看作是革命在秦岭地区的最初发生。那么，秦岭游击队又是怎么诞生的呢？我们只要细致梳理一下秦岭游击队的几个代表人物诸如老黑、雷布、匡三司令等人走上所谓革命道路的经过，自然也就能够对此有一目了然的认识。首先是老黑。老黑参加革命前的身份是国民党正阳镇党部书记王世贞手下保安队的一个排长。按照民间的说法，这老黑的命相当硬，他的母亲鹊便是因为生他而难产身亡：“老黑身子骨大，是先出来了腿，老黑的爹便帮着往出拽，血流了半个炕面，老黑是被拽出来了，他爹说：这娃黑的？！鹊却翻了一下白眼就死了。”十五岁时，老黑和爹与熊遭遇，逃命途中他爹不慎失足，从崖上掉了下去不幸被撞死。老黑也就成了孤儿。亏得有了王世贞的好心收留，他才成了王世贞的手下：“爹再一死，老黑成了孤儿，王世贞帮着把人埋了，给老黑说：你小人可怜，跟我去吃粮吧。吃粮就是背枪，背枪当了兵的人又叫粮子，老黑就成了正阳镇保安队的粮子。”老黑命硬心更硬。一次，王世贞晚上与番禺坪的保长喝酒，村人趴在墙上看稀罕，没想到却被老黑当作猫一枪给打死了。尽管说王世贞对此深感内疚，但老黑的表现却与王世贞形成了鲜明对照：“王世贞问老黑：你有过噩梦没？老黑说：没。王世贞说：你还是去坟上烧些纸吧，烧些纸了好，老黑是去了，没有烧纸，尿了一泡，还在坟头钉了根桃木橛。”仅此一端，王世贞之心存仁慈与老黑内心的狠毒决绝，就已经昭然若揭了。更能够证明老黑狠毒决绝内心的，是他冒死为王世贞姨太太索取蟒蛇皮这一细节。明明知道独木危险，但老黑却还是涉险取回了蟒蛇皮。面对着老黑的这种行为，王世贞和姨太太的评价可谓截然不同：“老黑勇敢，王世贞回到镇公所要擢升老黑当排长，姨太太不同意，说老黑这人可怕，自己的命都不惜了，还会顾及别人？王世贞说：他是为了我才这么不惜命的。”于是，老黑就当了排长，背上了盒子枪。

但此后的一系列事实，却充分地说明着姨太太眼光的准确到位。一个是他的参加革命。老黑的参加革命，既非苦大仇深，也不是出自所谓的阶级觉悟，而只是因为听了表哥李得胜一番巧舌如簧的鼓动的结果。“老黑却好奇省城里的事，李得胜就说国家现在军阀割据，四分五裂，一切都混乱着。老黑说：这我知道，谁有了枪谁就是王。李得胜又讲省城里的年轻人都上街游行，反黑暗，要进步，军警和学生经常发生流血冲突，好多人就去投奔延安。”虽然不能说李得胜的言辞鼓动毫无作用，但真正促使老黑参加革命的根本动机，却是其内心中一种强烈的出人头地的欲望。在李得胜向他亮明了自己的共产党身份之后，李得胜把枪扔给了老黑：“只说了一句：你不会去举报吧？！老黑双手拿枪，突然把李得胜的枪回给了李得胜，就坐下来，说：你不杀我，我举报你干啥？这下咱俩扯平了，都是背枪的！管他给谁背枪，还不都是出来混的？！李得胜说：要混就得混个名堂，你想不想自己拉杆子？老黑从来没有想到过自己要拉杆子，眼睛睁得铜铃大，说：拉杆子？！李得胜说：要干了咱一起干！”这里，至关重要的一个因素，就是李得胜的那句“要混就得混个名堂”。正是这句话，极大程度地迎合了老黑内心中的自我期许，促使他义无反顾地走上了革命这条不归路。尤其不容忽略的一点是，就在李得胜和老黑密谋参加革命的时候，屋外传来了热情招待他们的那位跛子老汉匆忙急促的脚步声。李得胜误以为跛子老汉要去告发他们，“一枪就把他打得滚了下来”。没想到老汉的原意却只不过是要去摘花椒叶而已。到了如此一种不堪地步，老黑干脆来了个一不做二不休，在无辜老汉的头上补了一枪，说：“该咱们拉杆子呀，他让咱断后路哩！”老黑的这一枪，更是打出了他内心世界的阴冷残忍。假若说跛子老汉无辜，那么，王世贞则绝对称得上是老黑的恩人。但即使是如同王世贞这样的恩人，革命后的老黑也毫不手软：“老黑这才明白王世贞果然早怀疑了他，换给他的那把枪里根本就没装子弹，而且还在梁上架了石灰，要让石灰碜了他的眼好捉他。于是，老黑就一抖身子朝王世贞开了一枪。王世贞已经站起来了，又倒在椅子上，说：来人，来——再从椅子上掉到地上，说出一个：人！没气了。”拿自己曾经的恩人王世贞祭刀之后，老黑就逐渐地变成了秦岭游击队意志坚定的核心成员之一。

雷布参加革命的动机也谈不上有什么高尚。他的参加革命，与自家蟒蛇皮的被王世贞剥夺有直接关系。因为自己的父亲被蟒蛇惊吓成了植物人，雷布遂带头捕杀了那条大蟒蛇。大蟒蛇被捕杀后，蟒蛇皮自然就归属了雷布。雷布把蟒蛇皮看得特别重要，用他母亲的话来说，就是："那蟒蛇皮不给人的，我儿把它钉在那里让他爹魂附体哩。"没想到的是，这蟒蛇皮却被老黑给盯上了。为了讨好王世贞的姨太太，老黑不仅主动提出应该用蟒蛇皮给姨太太蒙一把二胡，而且还不顾自家性命，踩着独木从山涧对面取回了被雷布视作珍贵之物的蟒蛇皮。但谁知，明明是老黑的鬼点子，不明就里的雷布却把这笔账稀里糊涂地记到了王世贞的头上。雷布之所以愿意参加秦岭游击队，其根本动机正在于此："老黑找到雷布，邀着一起闹事，雷布不信老黑，说：要闹事我就要杀王世贞！老黑说：你鞍前马后的，杀他？！老黑说：刀子要杀谁我听刀子的。雷布说：那你拿刀子扎我腿。把刀子递给老黑。老黑拿了刀子，对刀子说：你渴了，想喝血啦？一刀子就扎在雷布的腿面上。两人当下拜了兄弟。"雷布根本不知道，蟒蛇皮事件的始作俑者，实际上正是撺掇他参加革命一起闹事的老黑。这样看来，雷布复仇心理特别明显的革命，其实带有突出的误打误撞性质。

至于匡山司令，他的革命动机就更其猥琐不堪了。又或者，从根本上说，匡山司令的参加革命干脆就谈不上什么动机云云。"匡山自小就是嘴大，他能把拳头一下子塞进去，秦岭里俗话说嘴大吃四方，匡山的爹却总抱怨匡山把家吃穷了。"或许因为老爹抱怨太多的缘故，匡山打小就对父亲心存怨恨不满。这一点，突出地表现在他对于父亲尸体的处理方式上："爹一死，匡山却称，十多年了，从未顺听爹的话，这一次就听爹的吧。匡山把爹用席卷了埋在倒流河边。秋末河里发大水，坟被冲得一干二净。"匡山的"不贤不孝"，通过这一细节即得到了格外有力的表现。自此之后，孤儿匡山就过上了半乞讨半偷窃的流浪生活。德发店的一个讨饭细节，最能见出匡山的无赖性格："豆干端上来还没放到桌上，从店外跑进了匡山，仰了头说：梁上老鼠打架哩！众人抬头往屋梁上看，匡山便一把将豆干盘抢了去。掌柜赶紧撵，匡山跑不及，却在豆干上呸呸唾了两口。"既然自己偷吃不成，那别人也甭想染指。这样一位乞儿的参加革命，就是为了能够填饱肚子解决吃饭问题。那次，偷了别人家的红薯干被主人追着撵的匡山，路遇刚刚参加革命的老黑："这时候老黑就走过来，叭地朝空放了一枪，众人哗地散了，匡山还趴在那里。老黑说：吃饱了没？匡山说：吃不饱。老黑说：要吃饱，跟我走！老黑提了枪往驿街外走，匡山爬起来真的就跟着也往驿街外走。”这里的一个关键问题是，年轻的匡山，本来可以凭借出卖自身的力气谋求生路，但他却宁愿四处偷窃乞讨，也不愿意靠自己的勤恳劳动过活。某种意义上，根本就不知革命为何物的匡山的最后投身革命，乃是逃避诚实劳动的必然结果。唯其如此，匡山参加革命后的表现也才会令人特别失望。“游击队干的是革命，但匡山不晓得，只知道革命了就可以吃饱饭，有事没事便往队里的伙房里钻，打问早晨的馍还剩下没有，晌午又做啥饭呀。”一方面是只专注于吃喝，另一方面则是战斗过程中的畏缩不前：“受伤的给老黑反映匡山去了不动手，老黑就问匡山：你咋回事？匡山说：我没枪呀。老黑说：那刀呢，你没拿刀？匡山说：我连鸡都没杀过。老黑扇了个耳光，骂：你只会吃！”

匡山在战斗中的消极懈怠且不必说，更其不容忽视的，却是秦岭游击队成立之后的一系列革命行为，不是打劫富户，就是冤冤仇杀。“清风驿北四十里外的皇甫街，是个小盆地，产米产藕，富裕的人家多。游击队在清风驿出出进进了多次，烧了好多店铺，也死了十几个人，皇甫街的富户都恐慌，就在街后的乌梢崖上开石窟。”虽然以革命竞相标榜，但从秦岭游击队一意打劫富户的行径来看，却与土匪没有什么差别。既然富户的利益被严重侵害，那么，富户们的寻求庇护也就理所应当。当时是民国期间，能够为富户提供庇护者，自然就是民国政府，是保安队。一方要破坏社会秩序，谋求自身利益，另一方却要维护社会秩序，再加上其中还有诸多私人恩怨的缠绕，游击队与保安队之间你死我活的争斗拼杀自然也就势在必行了。秦岭游击队遭遇的一大劫难，就是皇甫街一战的蒙受重大伤亡。游击队的伤亡惨重，固然与李得胜的疏忽大意有关，但根本原因却是因为有富户逃脱后的告密。皇甫街的这位财东之所以要不惜命地逃走去告密，正是因为游击队对他的利益有着强烈的侵犯。同样的道理，王世贞的姨太太之所以会对游击队对老黑恨之入骨，也是因为老黑枪杀了其实有大恩于他的王世贞。正因为内心中惦记着王世贞，所以，得知老黑被抓的消息之后，她才会要求剜了老黑的心来祭奠王世贞。人死了还不解恨，还一定要剜心祭奠，自然是血腥至极的行为。然而，王世贞的姨太太与保安队折磨游击队的手段固然血腥残忍，但游击队回敬他们的方式也一样充满血腥意味。雷布他们在抓到王世贞的姨太太之后，雷布“拿刀在她脸上写字，鼻梁上写了个老字，鼻梁以下写了个黑字，脸就皮开肉绽，血水长流，然后拉了另外三个人扬长而去。那三人不解，说：不杀她了？！雷布说：让她去活吧！”这可真的是“以眼还眼，以牙还牙”了。在如此一种“以眼还眼，以牙还牙”的艺术描写背后，所充分透露出的，正是作家贾平凹一种针对争斗双方不提前预设任何价值立场的“齐物”态度。此外，说到贾平凹对于革命的洞见，这一部分终结处的一个细节，也同样特别耐人寻味。共产党的二十五军开进秦岭后，雷布与匡山的秦岭游击队再度获得生机。为了更彻底地控制这支根基扎在秦岭的游击队，二十五军首长派一位姓邓的担任了游击队的政委。“雷布与姓邓的意见不合，时常争吵。”到后来，在一次阻击战斗中，雷布不幸中弹身亡。但雷布的死却十分蹊跷：“听当地人讲，雷布牺牲在东山垭左边沟里的一棵白皮松下，他往前冲的时候中了弹，子弹从身后打的，当时倒下去就死了。匡山大哭了一场，只得再去了二十五军。在二十五军找到了姓邓的，询问雷布的死为什么是从身后打中的，这子弹是谁打的？姓邓的说，谁打的我怎么说得清，战场上子弹长眼睛吗？”雷布之死的诡异可疑，所牵引出的，自然是我们对于革命的深长思考。

由以上分析可见，同样是关于革命起源故事的叙述，贾平凹的《老生》与“十七年”间影响极大的那批“革命历史小说”形成了极其鲜明的对照。革命历史小说“是‘在意识形态的规限内，讲述既定的历史题材，以达成既定的意识形态目的’，它主要讲述‘革命’的起源的故事，讲述革命在经历了曲折的过程之后，如何最终走向胜利”[①]。更进一步说，“关于‘革命历史’题材写作的文学史上的和现实政治上的意义，当时的批评家曾指出：对于这些斗争，‘在反动统治时期的国民党统治区域，几乎是不可能被反映到文学作品中间来的。现在我们却需要补足文学史上的这段空白，使我们人民能够历史地去认识革命过程和当前现实的联系，从那些可歌可泣的斗争感召中获得对社会主义建设的更大信心和热情’。以对历史‘本质’的规范化叙述，为新的社会的真理性作出证明，以具象的方式，推动对历史的既定叙述的合法化，也为处于社会转折期的民众，提供生活准则和思想依据——是这些小说的主要目的”[②]。只要读一读《红旗谱》《青春之歌》等一些具有代表性的“革命历史小说”，就不难感受到以上这些特质的显豁存在。概括言之，

---

① 洪子诚：《中国当代文学史》，北京大学出版社1999年版，第106页。
② 洪子诚：《中国当代文学史》，北京大学出版社1999年版，第107页。

这些小说中的革命者可以说都是苦大仇深，人格品德高尚，具有突出的反抗性格特征。尽管说他们的走上革命道路未必都是理性自觉的结果，但在参加革命之后，思想觉悟就会迅速获得提高，能够以一种鲜明的阶级意识积极介入具有突出正义性的革命斗争之中。但所有的这一切，到了贾平凹的《老生》中，却都发生了极其耐人寻味的变化。诸如老黑、匡山、雷布之类秦岭游击队的核心成员，其人性深处不仅潜藏着恶的基因，而且生性无赖，他们参加革命的动机，或者为了满足更高的私欲，或者为了达到借刀杀人公报私仇的目的。更进一步，从秦岭游击队的革命过程来看，他们虽然打着革命的幌子，但究其实质，却也无非不过是打劫富户或者冤冤相报而已，其间充满着极度背离人性的血腥和暴力。如果说当年的那些“革命历史小说”的确是在以文学的方式“为新的社会的真理性作出证明，以具象的方式，推动对历史的既定叙述的合法化”的话，那么，贾平凹的《老生》也就完全可以被看作是对于这些“革命历史小说”的解构与颠覆之作。

三

《老生》的第二个历史关节点，落脚到了进行大规模土地革命的 20 世纪 40 年代后期，以老城村为核心描摹展示着当年那场极具震撼力的土改运动。在具体展开对这一部分的分析之前，我们首先需要讨论一下《老生》的题材归属问题。从时间的层面上说，作品所讲述的乃是既往百多十年来的人生故事，理当被视作历史小说。但从空间的层面上说，作品的故事发生地秦岭山区皆属于乡村，因此也可以被看作是乡村小说。曾经自诩为“我是农民”的贾平凹，虽然也写过一些城市题材的作品，但从根本上说，他最得心应手的题材领域还应该是中国的乡村世界。当年的赵树理一度被视为描写表现乡村生活的“铁笔圣手”，某种意义上，当下时代的贾平凹，也完全当得起如此一种称呼。乡村世界的生活主体乃是农民，在中国这样一个农耕文明的国度里，对于广大农民来说，至关重要的一个问题，恐怕就是土地的归属问题。古往今来历朝历代，土地的问题，都能够从根本上触动民心。很多时候，正是土地问题决定着未来社会的基本发展走向。贾平凹之所以要择定土改运动作为《老生》中的一个历史关节点，根本原因恐怕也正在于此。这一部分的故事发生地老城村的命运变迁，说来令人十分感叹。它本来是岭宁县县城的所在地，但因为县长的头被秦岭游击队割走，省政府便把县城移迁到了方镇。“而不到几年，这里的店铺撤离，居民外流，城墙也坍垮了一半，败落成一个村子，这村子也就叫老城村。”县城的渐次坍塌而变身为老城村的描写充满着象征意味。它象征着一种土地秩序的被彻底瓦解。所谓土改，建立在土地资源不平衡的前提之上。主其政者期望能够通过这种方式重新分配土地资源，使土地资源的拥有能够更加均衡，真正地实现所谓的“耕者有其田”。但愿望的美好却并不能保证行为的合理合法。这里，有两个问题不容轻易忽略。其一，我们首先要追问的是，究竟是什么原因导致了土改之前土地资源的不平衡？以老城村为例，后来被打成地主的王财东与张高桂拥有的土地最多，马生最少：“老城村最富的是王财东，最穷的是马生，这是秃子头上的虱，明摆着的事。”王财东与张高桂的富有，显然是他们多年来勤恳俭朴长期苦心经营积累的结果。这方面，最典型不过的是张高桂：“张高桂有五十亩地，都是每年一二亩每年三四亩的慢慢买进的，就再没有能力盖新房，还住在那三间旧屋。”日常生活中的张高桂，不仅是老城村的泼留希金，而且他的老父亲当年就是为了修地为了扩大土地面积被炮给炸死的。如此一个“地主”，其对于土地的感情自然一往情深：“后来知道了地要分呀，他一日五次六次地往地里去，尤其一到了河滩的十八亩地，就坐在那里哭。”马生之所以没地，与他的游手好闲好吃懒做有直接关系。关于这一点，作品中的一个细节，可谓特别有说服力：“白河牵着驴过来说：帮叔赶驴把麦捆驮回去，给你擀长面吃！马生脚大拇指一翘一翘，盯着树上的一颗红软蛋柿，说：叔哎，你摇摇树，让蛋柿掉到我嘴里。”一个只是躺着等蛋柿掉到嘴里的人，你怎么可以期望他勤恳劳动置地呢。

其二，退一步说，即使要重新分配土地资源，也存在着一个采用什么样的方式进行分配的问题。一种较为理想的方式，就是所谓的和平土改，即只是剥夺土地资源拥有者过多的土地加以重新分配而并不触犯他们的人格尊严，而不是一种严重触犯“地主”人性尊严的暴力土改方式。这一方面，张高桂与王财东两位万般无奈的横死结局，就是典型不过的明证。因为自己的土地乃是辛辛苦苦累积而来，张高桂实在无法接受土改的现实。就在村里的农会到他家搬运东西的时候，气不过的张高桂终于一命呜呼了。关键的纠葛，正出现在下葬墓地的选择上。张高桂死后，他的老婆坚持要把他埋在那十八亩河滩地里。但她的这种主张，却没有得到村农会的批准认可。原因在于，农会早已决定把这块河滩地分给那些贫农了。一方要葬，另一方却坚决不让葬，二者因此而势不两立。明明是属于自己的土地，但在一夜之间就易主他人，张高桂的此种悲惨遭遇，就真正称得上是死无葬身之地了。但与张高桂相比较，人性尊严更严重被冒犯的，却是王财东。日常生活中的王财东，不仅勤勤恳恳，而且特别与人为善。长工白土的爹死了，因为家穷没能力办丧事，出手帮助白土渡过难关的，正是王财东："王财东见白土人憨，还来帮着设灵堂，请唱师，张罗人抬棺入坟后摆了十二桌待客的饭菜。"然则，王财东即使再大做善事，土改时也无法逃脱被折磨的厄运。土地与财产的被无端剥夺之外，更惨烈的，是其人性的被折损被戕害。明明是因为马生自己用镜子偷窥邢轱辘的家庭私生活而致使邢轱辘家着了火，但他却不仅偏偏要嫁祸于"地主"王财东，而且还变本加厉地多次组织村里人批斗王财东他们。王财东腿伤严重，根本下不了地，只有用箩筐抬着才能够到现场接受批斗。王财东妻子玉镯眼睁睁看着丈夫受折磨，心有不忍，向马生求情。马生却乘便欺辱了玉镯："玉镯捂怀，马生又使劲拉扯她的裤带，她的裤带是用麻丝编的，马生说：地主的媳妇系这好的裤带！猛地一拽，裤带还是没扯下来，却把裤腰撕开了，就势压在地上，说：你要让我进去，明日他就免了会。"更有甚者，王财东明明就躺在里屋的炕上，马生却还是要欺辱玉镯。这种当面的肆意凌辱，对王财东自然形成了极强烈的刺激："王财东爬到炕沿要下来，又下不来，一下子跌到炕下的尿桶里，头朝下，在尿里溺死了。"对于王财东与张高桂这样的"地主"来说，土地财富的被剥夺还不算，到最后还得搭上自己的身家性命。如此一种重新分配土地资源的方式，不是暴力土改，又能是什么呢？！

"一解放，这世上啥没转化呢？马生是小鸡成了大鹏，王财东是老虎成了病猫"。朝代的更迭，会对普通人的命运产生无法抗拒的影响。王财东、张高桂也罢，马生、拴劳也罢，虽然从社会政治的角度看绝对属于对立的双方，但他们的人生轨迹均未能逾出时代的框限去。实际上，也正是在改朝换代的社会转型过程中，这些人物的人性世界得到了足称丰富的艺术表现。这一方面，最具代表性的，乃是能够顺应时代潮流的乡村二流子马生。马生的无赖品性，在金圆券作废的时候曾经得到过一次表现的机会。早一天，王财东掏给马生一张金圆券，让他去吃顿辣汤肥肠。没想到，等马生第二天兴冲冲地拿着金圆券去镇上赶集，要用这金圆券去买布的时候，却意外地获知了金圆券已经作废的消息。一时气急败坏的马生“回到村，直接去找王财东，说：你知道这金圆券作废了，你给我？！王财东说：这我今中午才晓得呀！马生把金圆券撕了个粉碎，掷到王财东的脸上，说：还给你，我不落你人情！”仅此一个细节，王财东的乐善好施与马生的冷漠绝情恩将仇报，就形成了极其鲜明的对照。乡村二流子马生之所以能够成为老城村的农会副主任，乃缘于一个偶然的机会：“白石要村民推选代表，村里人召集不起来，白石就问爹看谁能当代表，白河说了几个人，可这几个人都是忙着要犁地呀，不肯去。马生说：我没地犁，我去。”真正意义上的农民都忙于农活不愿意去，这就给成天混日子的马生提供了走上历史舞台的机会。“乡政府的会传达了各村寨要成立农会，全面实行土地改革，来开会的人必然就是各村寨的农会领导。”尽管由于白石的干预，马生没有能够成为老城村农会的主任，但却成了副主任。原因正如乡长所说：“那就让洪拴劳当主任，你说马生是混混，搞土改还得有些混气的人，让他当副主任。”乡长的话就充分表明，乡村混混马生到最后能够成为农会的副主任，很大程度上乃是乡政府需求的结果。一句话，当时的执政者希望利用马生这样的流氓无产者来推动土改的积极进行。老城村后来发生的一系列事实，也果然证明了这一点。

一方面，由于洪拴劳相对实诚，还算是一位有操守的农民，另一方面，更由于马生从一开始就有意玩弄权术排斥洪拴劳以便大权独揽，这马生虽然名义上是副主任，实际上却往往越俎代庖，在很多时候都行使着主任的权力。土改过程中，马生一直在肆无忌惮地凭借手中的公权力满足着自己的私欲。强行占有王财东的妻子玉镯自不必说，马生的残忍，更集中地体现在对白菜的恶毒陷害上。白菜是姚家的媳妇，人虽然不漂亮，但却长着两个好奶。好色的马生，因此而惦记上了白菜。发迹之前的被白菜冷落，马生只能独自承受。关键在于，马生成了权倾一时的农会副主任之后，白菜的态度居然还是不冷不热，没把他当回事。怀恨在心的马生，便要寻机报复。在发现了白菜与铁佛寺的和尚有染的私情后，马生就挑动白菜的丈夫前去闯寺捉奸。最后的结果，是那位和尚被白菜的丈夫与其他几位男人活活打死。但马生对于白菜的报复却并未到此为止：“耙地时，马生在，白菜的男人在，白菜也在。

马生耙到埋和尚的地方，埋得坑浅，铁齿就把和尚的天灵盖耙开了。马生喊白菜：你来看这是啥？白菜一看，瘫得坐在地上，自后人就傻了，不再说话，除了吃饭，嘴都张着，往外流哈喇子。”只是因为没能得到白菜，就不惜使出如此恶毒的手段，一直到把白菜整傻方才罢休。马生的阴冷毒辣，在对白菜的整治过程中表现得可谓淋漓尽致。同样能够强有力地说明马生无良品行的，还有土改中他与洪拴劳之间的权力争斗。洪拴劳没有参加乡政府召集的会议但却成了村农会的主任，身为副主任的马生对此一直耿耿于怀愤愤不平。既然如此，二人在土改进行过程中彼此之间的拳打脚踢也就无法避免了。但正所谓君子往往斗不过小人，因为洪拴劳恪守着做人的某种底线，而马生却根本就谈不上什么操守，所以，他们之间的争斗最终以马生的胜利告终，就是一种昭然若揭的结果。洪拴劳有一个养女叫翠翠，翠翠与拴劳媳妇她们母女之间的关系向来不够和睦，常常发生冲突：“翠翠抓回来后被拴劳媳妇打了一顿，把头发都给剃了，样子不男不女。有人对拴劳说：孩子大了，不能那样待啊！拴劳说：唉。一脸愁苦。拴劳的媳妇这是村里人都知道的，但媳妇做事这么过分而拴劳还不管，村里人就不明白啥原因。”到后来东窗事发洪拴劳被捕，人们方才理解了他的难言苦衷：“邢轱辘就背了白河往农会院子里去，还没到，就见在巷口拴劳果然被绑着往村外去。马生从他口兜里掏印章。拴劳一拉走，马生散布的情况是翠翠在乡政府告状，说拴劳四年前强奸过她。而在乡政府一审问，拴劳把啥都承认了，就没有再回村，从乡政府送到县城坐了牢。”却原来，洪拴劳有把柄一直握在媳妇的手中。洪拴劳一入狱，老城村的印把子自然就落入马生的手里，马生终于名正言顺地成了老城村农会的一把手。然而，与权力的更易相比较，更让人倍加感慨的，却是拴劳的媳妇改嫁给了马生，最终成了马生的媳妇：“拴劳的媳妇我怎能不熟悉呢，但我怎么也想不到马生是娶了拴劳的媳妇。”媳妇的更易，事实上有着突出的象征意味。这一事件的发生，充分说明老城村已然变成了乡村混混马生的一统天下。

四

一方面，是如同王财东、张高桂这样在土地上勤恳朴实的劳动者，不仅被剥夺了土地的拥有权，而且人性尊严也受到了极大的侵犯。另一方面，则是乡村混混、流氓无产者马生的如鱼得水轻易上位。这正可以被看作是贾平凹对历史一种不妥协的批判意识，这也突出地表现在他关于20世纪50年代后期公社化阶段三年困难时期的艺术书写之中。而这，自然也就构成了小说的第三个历史关节点。这个阶段的故事，主要发生在过风楼公社的棋盘村。出现于20世纪50年代后期的公社化运动，乃是农业合作化运动的进一步顺延。究其实质，合作化也罢，公社化也罢，都意味着社会政治制度的一大根本变革。到了公社化阶段，土地、财产皆归属于集体所有，任何私有的观念和行为，都会令人不齿为人所憎恶唾弃。贾平凹的《老生》，在这一历史关节点上，重点凸显出的便是个人与集体之间殊为激烈异常的矛盾冲突。棋盘村的村长冯蟹，之所以能够成为过风楼公社的先进，就与他在任上所采取的一系列整一化行为密切相关。“后来，棋盘村就有了规定，五十岁以上的男人可以剃光头，五十岁以下的男人都理成他（指冯蟹）的发型。”“他们紧接着实施着两项措施，这也是受了冯蟹理发的启示而创新的，一是以县上奖励的资金给村民配一套衣服，也就是从县水泥厂买来了现成的帆布劳动服，这些劳动服统一挂在保管室，每次下地干活时发给大家。下地回来就收起。二是在地头配午饭。村里把几十亩地生产的土豆没有分，集中存放，中午了把土豆蒸一大筐送到地头，吃了就不回去，接着干下午的活。”让本来就散漫惯了的农民统一发型、服装，并且一起在地头吃午饭，这样一种极富象征性的艺术描写背后，所充分凸显出的，正是集体化时代对于个人意志的强制性统一。这一方面，相当典型的例证，就是棋盘村漂亮媳妇马立春的凄苦遭遇。棋盘村要割“资本主义尾巴”，冯蟹无意中戳中了马立春。马立春于是就在劫难逃了。为了给病得要死的婆婆看病，马立春曾经把布缠在腰间去卖过，这就成了她遭受劫难的缘起所在。在批斗会上，由她的缠布出卖，村民们又陆续揭发了她曾经有过的在集市上卖鸡蛋，用棉花换苞谷等一些“投机倒把”的行为。好面子的马立春顿觉羞愤交加，遂跑回家喝下了六六六药水。虽然由于抢救及时，马立春活了下来，但她“却从此傻了，什么活也干不了，终日坐在村道里瓜笑，只要谁说一句；冯蟹来啦！她抬起身就往家里跑，把门关了，还要再往门扇后顶上杠子”。

马立春的遭遇已经足够凄惨，但较之于马立春的遭遇更加凄惨的，却是先后被过风楼公社书记老皮给递送到劳动改造场所黑龙口砖瓦窑接受严厉惩罚的张收成与苗天义。张收成的问题在于过于贪恋女色。说实在话，张收成因为男女作风错误而受到一些必要的惩罚，也属情理中的事，问题在于，当时所采取的惩罚手段确实太过于残酷，几有法西斯的嫌疑了：“张收成赤身裸体，那根东西上吊着一个秤锤，开始在土场子上转圈，秤锤似乎很重，他转圈的时候双腿就叉着。”然而，吊秤锤还算小事，更严重的却是在张收成忍不住奸驴之后，被吊起来惨遭竹片子毒打，“血把眼睛都糊了”。这次惨遭凌辱之后，张收成终于对自己采取了极端的自残手段：“张收成还关在交代室，伙房送去了一碗红薯面饸饹，他嘴肿得吃不进去，就打碎了碗，用瓷片割他那东西。”遭遇同样惨烈的，是苗天义：“苗天义是老鹰嘴村的能人，上过中学，写得一手好字。”“七年前村里复查成分，他家由中农上升成小土地出租，小土地出租比地主富农的成分要低，其实也影响不了他当村会计，但他就一直写上诉。”未曾料想到的是，祸就从这上诉起。那次，在公社下院发现恶毒咒骂共产党和社会主义的万言书之后，“最后查来查去，苗天义就成了最大嫌疑犯，因为他有文化，能写，知道的事情多，而且长期上诉得不到回复有写反革命万言书的动机。但苗天义被抓后如何审问都不承认，吊在屋梁上灌辣子水，装在麻袋里用棍打，一条肋骨都打断了还是喊冤枉。证据不确定，便不能逮捕，就送去窑场了”。但到了窑场后，苗天义仍然不服罪，于是就继续接受折磨：“那组长就想出了一个办法，再不拷打，而把苗天义绑在一个柱子上，双腿跪地，又脱了鞋在脚底上抹上盐水，让羊不住地舔脚心。果然苗天义就笑，笑得止不住，笑晕了过去。”通过对张收成与苗天义不幸遭际的真切书写，贾平凹的批判矛头直指当时一些不合理现象。

这一部分，令人哀叹不已，不能不洒一掬同情之泪的，是小“反革命”分子墓生的悲剧人生。墓生的爹是个铁匠，因为给东岭沟的几户人家打过刀，而这几户人家居然用这刀砍死了农会主任而获罪，他们两口子便被打成了反革命枪决了。墓生之所以叫墓生，乃是因为“他爹他娘被枪决时，他娘已经一头窝在沙坑里了却生出了他”。这样一种身世，就使得根本就不知革命或者反革命为何物的墓生，如同头上铸了“红字”一般成了一个小“反革命”。墓生之所以能够留在老皮身边，为老皮鞍前马后地提供服务，缘于他天赋异禀的爬树绝技。被训练爬树插旗的猴子死了，老皮忽然想起了墓生的存在，没想到的是，“墓生爬树竟然比猴子还快，这就是墓生最初被留下来的原因”。

自此之后，墓生就常常扮演着两面人的角色。一方面，他尽心尽责地承担着老皮通讯员的功能；另一方面，却也力所能及地利用位置的便利给乡亲们传递消息，帮他们解决一些生活的困难。但就是这样一位生活中毫无尊严可言的墓生，他的死却让读者唏嘘不已。因为平时总是吃不饱，那天好不容易逮着机会吃了过多的饼干，然后，墓生就去收旗："到了山上，肚子就胀得像要撑破似的，忍着疼痛爬上了婆椤树，刚把红旗收好，眼前突然都是星星，他说：流星雨啦？伸手去接，身子从树上掉了下去。墓生是头朝下脚朝上掉了下去，偏不偏头就迎着树下的一块石头，那石头其实不大，却立栽着，一下子插进了他的脑顶。"可怜的墓生，就此一命呜呼。但墓生的悲剧，却更在于老皮和刘学仁们对他的无端怀疑："刘学仁骂了一句：狗日的！他明白问题全出在墓生的身上，木橛子是墓生钉的，肯定是他搞破坏，逃跑了，所以今天的红旗就没有挂。"一直到找到墓生的尸体后，他们方才"认定墓生并没有畏罪自杀，是从树上失脚掉下来摔死的。"墓生乃是那个集体化时代很不起眼的一介草民，作为小"反革命"，他的无端被冤，在那个荒谬的时代，实乃司空见惯的寻常景观。但也唯其一介草民，唯其司空见惯，并因为贾平凹笔调的客观沉静，所以，墓生的人生悲剧，读来方才特别的催人泪下。

五

《老生》的最后一个历史关节点，选在了名为市场经济这样一个物质化时代。在这个物质化时代，政治对于人性的禁锢，已经不再居于核心的位置。取而代之的，反倒是所谓市场经济条件下，物欲的横流与泛滥。这一次，贾平凹把故事的发生地挪移到了秦岭中一个以盛产药材当归而著名的当归村。或许是作家一种颇有深意的设定，这当归村的男人不仅普遍地患着一种大关节病，而且还都是永远也长不大的侏儒："当归村里的男人一代一代都是一米四五的个头，镇街上的人，叫他们是半截子。"这一部分的故事，是集中围绕着一个名叫戏生的男人来进行的："戏生也是当归村人，但他是名人，他家三代都有名，别人欺负不了他。"戏生的爷爷摆摆是烈士，当年曾经是秦岭游击队中的一员。他的父亲乌龟，是皮影戏三义班里一个手艺精湛的签手。因为是签手的缘故，乌龟遂与开花结下了一段孽缘，生下了私生女荞荞。

也正是这位荞荞，不仅在乌龟去世后主动登门认亲，而且最后还和同父异母的哥哥戏生结了婚。这一部分的主体故事，就发生在戏生与荞荞结婚之后。戏生之所以能够在当下这个经济时代一领风骚，和他有缘结识乡镇干部老余大有关系。因为在挖当归的过程中意外地挖到了一棵人形的特大秦参，并且颇有几分慷慨地把这棵秦参珍品送给了老余，于是就获得了老余的信任:“老余说：啊你豪气，我不亏下苦人！就以扶贫款的名义给了戏生五万元，只是让戏生在一张收据上签名按印。”这一细节的出现，显然暗示着经济与政治的一种结盟，这就充分说明，戏生后来在经济领域的大展身手，实际上与老余的强力政治支撑有绝大关系。

事实上，戏生在当下时代出演的几场经济大戏，无论是把当归村变成回龙湾镇的农副产品生产基地，还是到鸡冠山矿区看守矿石，无论是寻找老虎，抑或是人工种植当归，其幕后的强劲推手都是老余。其实，以上种种经济行为，不管是从社会发展的角度来说，还是从个人福祉的角度来说，都无可厚非。关键问题在于，在这些经济行为的运行过程中，人性中过于贪婪的一面严重发酵并最终冲决了社会伦理道德规范的堤坝。导致戏生他们最早在农副产品种植方面弄虚作假的，是老余和戏生的一次外出参观取经，“取了经验后，回来就去市里购买各种农药，增长素，色素，膨大剂，激素饲料。此后，各种蔬菜生长得十分快，形状和颜色都好，一斤豆子做出的豆腐比以前多出三两，豆芽又大又胖，分量胜过平常的三倍，尤其是那些饲料，喂了猪，猪肥得肚皮挨地，喂了鸡，鸡长出了四个翅膀。戏生专门经管化肥、农药和饲料，他家成了采购、批发、经销点”。把这么多对人体有害的东西添加到各种蔬菜食品之中，当归村人想不富裕都由不得他们了。伴随着当归村的富裕，村长戏生自然就成了名人。然后，就是在鸡冠山矿区看守矿石期间戏生的监守自盗行为。由于一个人长期在外，远离荞荞，身边没有女人，性饥渴的产生就是自然而然的事情。妻子远水解不了近渴，替代者就只能是妓女了。正是在解决这个问题的过程中，戏生与司机达成了交易的默契：“戏生也心安了，就和司机达成默契，先每次多装半吨，司机就带个女的来，后又觉得吃亏，让司机还要再给他分钱，多出的半吨矿石卖了钱虽不二一分作五，就给他三分之一。”看守矿石的差事泡汤后，戏生再度返回当归村。这个时候，老余给他出的新点子，就是寻找老虎：“老余对戏生说：你给咱找老虎！戏生说：找老虎？这就是你说的马吃的夜草？！老余说：找着老虎了，当归村就划在保护区内，那就不是有吃有喝的事，而是怎么吃怎么喝了。”但问题在于，秦岭里确实已经没有了老虎，正所谓巧妇难为无米之炊，本来就没有老虎，你就是打死戏生夫妇也不可能发现老虎的踪迹。怎么办呢？老余的妙计还是欺诈：“老余说：寻找老虎又不是要把老虎捉住才能证明有老虎，谁要不认可，又拿什么证据来说森林里没有老虎？戏生说：这照片是咋弄的？老余说：这你不要问，我就是说了，你也听不懂。戏生说：那就是我拍的？老余说：是你拍的！我现在就要给你，荞荞你也记住，这照片是在什么地点，什么时候，又是如何拍的。三个人就叽叽咕咕到天亮。”老余煞费苦心的设计果然很是奏效，其最直接的效应之一，就是给爆得大名的戏生带来了新的财源：“不出来，来人就敲门，不喊戏生了，喊老虎：老虎老虎，不采访了，咱就合个影吧，给五元钱合个影么！戏生就开门出来合个影。有了一次掏钱合影，再来人，还要采访就掏采访费，要合影就掏合影费，费用由荞荞收。”同样的欺诈行为，也表现在随后人工养殖当归的过程中。只不过，这次的撒谎欺诈，主要表现在了对于当归药效的过分夸大上：“过了五年，戏生的当归生产营销越做越大，县城入口处钢架子搭成了一个彩门，上边写着当归之都，而广场的当归广告牌重新制作，配上了戏生的坐像，他是坐着，当然看不出身高。当归的药用范围又增加多项，写着可以治这样的病，可以治那样的病。有人就用笔在边上加了：可以当劳模。不久，又有人却加了一条：那咋不治大骨节病？！”虽然说最后的叙事话语反讽意味极其强烈，但戏生的由当归种植再度风光，却是无可置疑的事实：“这是戏生一生最风光的日子，他坐着小车从这个村到那个寨，凡到一地，就有人欢迎，吃香的喝辣的，口口声声被叫作老总。”

总括以上种种经济行为，又怎么能够不招致天谴呢？！于是，也就有了贾平凹关于那场瘟疫的描写。毫无疑问，《老生》中的瘟疫描写与戏生的寻找老虎，都有着客观的事实依据，前者是“非典”，后者是“周老虎”事件，完全可以说是贾平凹对于新闻的一种化用。我们都知道，前一个阶段，余华《第七天》对于新闻事件的化用，曾经引起激烈的争议，其中负面评价居多。窃以为，问题不在于新闻能否入文学，而在于作家到底是在以一种什么样的方式化用新闻。相比较而言，贾平凹《老生》中的化用，就是成功的。尤其是关于瘟疫的那场描写，其突出的象征意义无论如何都不容轻易忽略。作家借助瘟疫对于当归村的毁灭性的袭扰（戏生即死于这场突如其来的瘟疫之中），所传达出的其实是大自然对于极度贪欲的人性的一种严正警示。“当归村成了瘟疫中秦岭里死亡人数最多的村寨……荞荞是当归村瘟疫中最健康、知道事情最多又最能说的人，她反复讲述着当归村的故事，讲累了，也讲烦了，就跑到我的住处躲清静。有一天，我问她：你再也不回当归村了吗？她说：还回去住什么呢？成了空村，烂村，我要忘了它。”不能不承认，贾平凹的这种艺术处置方式的确相当高妙，如此一种艺术手段，多多少少能够让我们联想到《红楼梦》中最后的“白茫茫一片大地真干净”那样一种艺术情境。

就这样，贾平凹这部篇幅仅有二十多万字的《老生》，从革命起源的20世纪30年代写起，中经土地改革的20世纪40年代后期与公社化的20世纪50年代后期这两个革命的开展过程，一直到“后革命”所谓市场经济时代，一部风云流宕波诡云谲的百多十年中国现代历史就此得以形象立体地呈示在了广大读者的面前。结合后记中的那句“我的《老生》在烟雾里说着曾经的革命而从此告别革命”，同时更主要是从四个历史关节点的生动细腻的艺术描写出发，我们就不难断定贾平凹所持有的是怎样的一种历史观。贾平凹所出示的，正是自己对于这段历史一种坚定不移的深刻批判反思立场。但《老生》的一大写作难度在于，究竟采取一种什么样的方式才能够把作家所特别择定的四个既有相当时间间隔同时也活动着不同人群的时代有机地缝合为一个艺术整体。这一方面，除了所有的故事都发生在大的秦岭地区之外，匡山司令与无名唱师这两位贯穿文本始终的人物的结构性功能，就无论如何都不容被忽视。

六

首先是匡山司令。匡山司令这一人物的由来，与故乡“路”的启示密切相关。在后记中，贾平凹写道：“但故乡给我的印象最深最难以思议的还是路，路那么的多，很瘦很白，在乱山之中如绳如索，有时你觉得那是谁在撒下了网，有时又觉得有人在扯着绳头，正牵拽了群山走过。路的启示，《老生》中就有了那个匡山司令。”把匡山司令与故乡那“正牵拽了群山走过”的路联系在一起，所充分凸显出的正是这一人物身上特别重要的结构性功能。小说的第一个历史关节点，是写当年秦岭游击队的故事。但问题在于，曾经活跃于秦岭游击队中的老黑、李得胜、雷布他们都早早地战死了，其中唯一的硕果仅存者，便是当时只是游击队普通一员的匡山。匡山不仅活着，而且还很长寿，于是，他就成了一个历史的亲历与见证者。也正因此，虽然并非小说的主人公，但在文本的四个部分中，所不时晃动着的一个贯穿性人物，也正是匡山司令。第一个部分自不必说，第二个部分中，匡山司令并没有直接出场，他的存在，是通过徐副县长表现出来的："他告诉我，这被单是匡山送他的，匡山从县兵役局调往军分区的前一个月，匡山邀他去家喝酒，因为喝得多了，晚上他们睡在一个房间，匡山就盖着这条被单。"既然当年有过出生入死的革命经历，那么，革命胜利后的提升，就是顺理成章的事情。到了第三个部分，匡山司令同样没有直接出场，但到了这个时候，匡山又有了进一步的提升，已经变成了匡山司令："匡山司令便说：那个唱师现在干什么？他是了解历史的，把他找出来让他组织编写啊！这我就脱离了文工团，一时身价倍增，成了编写组的组长。"到了最后的第四个部分，匡山司令终于再度粉墨登场，只不过这时候的他已经是耄耋之年，已经是坐在轮椅上的离休老干部。一起拜见匡山司令的，是戏生、老余以及那位在中间牵线的省政协副主席。会见时，最意味深长的一个细节，就是戏生的突然被打。因为自己的爷爷摆摆当年也曾经是秦岭游击队的队员，因为自己来自于秦岭这一革命老区，当然也因为自己唱得一手好民歌，好不容易见到匡山司令之后，戏生便按捺不住地要为匡山司令表演一番。表演过程中的一个重要环节是边唱边用剪刀剪纸花花，没想到，问题就出在这个环节上："他唱了第一段，再唱第二段第三段，就从口袋里掏了红纸，一边往匡山司令近前去，一边又掏出了剪刀。但就在这时候，匡山司令身边的警卫一下子冲过来对着戏生的胸口踢了一脚，咚嚓一声，戏生被踢得撞到对面的墙上，又弹回来摔在了地上。"这一细节，显然是误会的结果。但也正是借助于这一脚，贾平凹写出了身居高位的匡山司令与普通民众之间遥远的距离和巨大的隔膜。与这一细节紧密相关的，是小说开头部分关于匡山司令家族一段极具反讽色彩的介绍："匡山是从县兵役局长到军分区参谋长到省军区政委再到大军区司令，真正的西北王。匡山的大堂弟是先当的市长又到邻省当的副省长。大堂弟的秘书也在山阴县当了县长。匡山的二堂弟当的是省司法厅长，媳妇是省妇联主任。匡山的外甥是市公安局长，其妻侄是三台县武装部长。匡山的老表是省民政厅长，其秘书是岭宁县交通局长，其妻哥是省政府副秘书长。匡山的三个秘书一个是市政协主席，一个是省农业厅长，一个是林业厅长。匡山大女儿当过市妇联主席，又当过市人大副主任。大儿子先当过山阴县工会主席，又到市里当副市长，现在是省政协副主席。小儿子是市外贸局长，后是省电力公司董事长，其妻是对外文化促进会会长。小女儿是省教育厅副厅长，女婿是某某部队的师长。匡山的大外孙在北京是一家大公司的经理，二外孙是南方某市市长。这个家族共出过十二位厅局级以上的干部，尤其秦岭里十个县，先后有八位在县的五套班子里任过职，而一百四十三个乡镇里有七十六个乡镇的领导也都与匡家有关系。”请原谅我啰啰嗦嗦地抄写了这一段介绍匡山家族的文字，因为不如此就不能够见出究竟怎样才算得上是“一人得道，鸡犬升天”。只因为出了一个匡山，一个家族的命运就此被改变，就可以有这样的一种飞黄腾达。把这段文字与最后一部分中戏生的无端被打细节联系在一起，贾平凹于不动声色中写出的，还真就是中国社会的一种现相。

但较之于匡山司令更为重要的一个人物，却是唱师，尽管说唱师也同样不是小说的主人公。在民间，唱师的主要职责就是在人死了之后为了超度亡灵而唱阴歌：“关于唱师的传说，玄乎得可以不信，但是，唱师是神职，一辈子在阴界阳界往来，和死人活人打交道，不要说他讲的要善待你见到的有酒窝的人，因为此人托生时宁愿跳进冰湖火海里受尽煎熬，而不喝迷魂汤，坚持要来世上寻找过去的缘分，不要说他讲的人死了其实是过了一道桥去了另一个家园，因为人是黄土和水做的，这另一个家园就在黄土和水的深处，家人会通过上坟、祭祀连同梦境仍可以保持联系。单就说尘世，他能讲秦岭里的驿站马道，响马土匪，也懂得各处婚嫁丧葬衣食住行以及方言土语，各种飞禽走兽树木花草的形状、习性、声音和颜色，甚至能详细说出秦岭里最大人物匡山的家族史。”这就真正称得上是民间社会中上知天文下知地理的一切皆知的传奇式人物了。作为《老生》中另外一位贯穿文本始终的结构性人物形象，唱师事实上承担着极其重要的叙述者角色。说到这一点，一个不容忽视的细节，就是在小说的第三部分，匡山司令曾经亲自指定让唱师承担历史编写的重任。之所以如此，是因为在历史的编写上出现了众说纷纭的乱象："那一年的秦岭地委，那时还叫作地委，如今改为市委了，要编写秦岭革命斗争史，组织了秦岭游击队的后人撰写回忆录。但李得胜的侄子，老黑的堂弟，以及三海和雷布的亲戚族人都是只写他们各自前辈的英雄事迹而不提和少提别人，或许张冠李戴，将别人干的事变成了他们前辈干的事，甚至篇幅极少地提及了匡山司令。匡山司令阅读了初稿非常生气，将编写组的负责人叫来大发雷霆，竟然当场摔了桌子上的烟灰缸，要求徐副县长带人重新写。"不巧的是，徐副县长那一年恰好脑溢血发作，所以，匡山司令就想到了唱师。这里，涉及的其实是一个特别重要的历史到底应该来由谁来撰写的问题。贾平凹这部旨在重新思考革命历史的《老生》之所以能够形成对于"革命历史小说"的消解与颠覆，与作家对于唱师这样一位民间撰史者形象的特别设定，存在着格外紧密的内在关联。我们注意到，关于唱师，贾平凹在后记中曾经有过专门的谈论："匡山司令是高寿的，他的晚年荣华富贵，但比匡山司令活得更长更久的而是那个唱师。我在秦岭里见过数百棵古木，其中有笸篮粗的桂树和四人才能合抱的银杏，我也见过山民在翻修房子时堆在院中的尘土上竟然也长着许多树苗。生命有时极其伟大，有时也极其卑贱。唱师像幽灵一样飘荡在秦岭，百多十年里，世事'解衣磅礴'，他独自'燕处超然'。最后也是死了。没有人不死去的，没有时代不死去的，'眼看着起高楼，眼看着楼坍了'，唱师原来唱的是阴歌，歌声也把他带了归阴。"贾平凹之强调唱师比匡山司令"活得更长更久"，并不单单是寿命长短的问题，而是意味着究竟谁才真正拥有对于历史的阐释权。假若说匡山司令代表着主流的官方史学，那么，唱师所代表着的就很显然是反主流的民间史学。也正因此，所以，尽管匡山司令曾经特意安排唱师担任秦岭革命斗争史编写组的组长，但到最后唱师还是因故去职了。导致唱师去职的直接原因，是他一定要坚持为凄惨死去的小"反革命"墓生唱阴歌。"我回到了县上，才两天，我就不是秦岭游击队革命史采编组长了，甚至也不能再回到县文工团去工作。这一切都是老皮向上边反映了我的结果。其实，这对我并没有什么，我本来就不是一个做国家工作人员的料。"或许正因为贾平凹特别设定了唱师这样一位小说叙述者的缘故，我们注意到，曾经有人由此出发而把这部《老生》看作是所谓"民间写史"的长篇小说。倘若只是从文本的表层来说，这样的说法自然有相当的道理。关键在于，我们无论如何都不能够忽视唱师背后更重要的作家贾平凹的存在。假若没有贾平凹的艺术创造，那么，唱师形象的出现就是不可能的。而这，也就意味着，所谓的“民间写史”，从根本上说，乃是一种知识分子的独立思想品格强力支撑的结果。在这个意义上，与其说《老生》是在“民间写史”，反倒不如说它是一部更多地体现着现代知识分子独立史观的长篇小说更有道理一些。

一种颠覆性的历史观的充分凸显之外，贾平凹笔端的唱师形象，其另一种功能，就是表达一种普遍意义上的悲悯情怀。唱师的主要功能，就是以唱阴歌的方式来抚慰亡灵。唱师的寿命很是长久，在其长久的生命历程中，无论隶属于何种社会阶层，也无论持有什么样的政治立场，只要是亡灵，他都会一视同仁地给他们唱阴歌。“我们互问了一些情况，雷布要求我为三海李得胜老黑唱一回阴歌，说他们死得那样惨，尸体不全，没有入土，现在仍是孤魂野鬼，难道就不能让他们再托生吗？我说凭你这份义气，我就应该唱。”“后来，老城村的白土到乡政府找到我，请我能去给王财东唱一场阴歌，我已经答应了，徐副县长不让我去……”“在上院里有个简短的仪式后，锣鼓响起，大家一起从山上往山下走，我又一次从鼓手里拿过了鼓自己敲，一边敲一边下台阶，突然想唱，想给我唱，更想给墓生唱，就开口唱了起来。”“我愣了一下，我唱了一百多年的阴歌了，但从来没有过为一个村子唱阴歌，何况唱阴歌都是亡人入殓到下葬时唱的，当归村那么多人已经死了很久了。”李得胜老黑他们是秦岭游击队成员，王财东是被革命的地主，墓生是小“反革命”，而当归村的戏生他们，又曾经是经济时代的领风骚者，但唱师却都给他们真诚地唱着阴歌。究其根本，借助于唱师的唱阴歌，贾平凹意欲传达出的，正是一种难能可贵的悲悯情怀无疑。

不容忽略的是，贾平凹《老生》的命名，也与无名唱师这一形象存在一定关系。这一点，作家自己在后记中，也曾经有过明确的说明：“至于此书之所以起名《老生》，或是指一个人的一生活得太长了，或是仅仅借用了戏曲中的一个角色，或是赞美，或是诅咒。老而不死则为贼，这是说时光讨厌着某个人长久地占据在这个世上；另一方面，老生常谈，这又说的是人越老了就不要去妄言诳语吧。书中的每一个故事里，人物中总有一个名字里有‘老’字，总有一个名字里有‘生’字，它就在提醒着，人过的日子，必是一日遇佛一日遇魔，风刮很累，花开花也疼，我们既然是这些年代的人，我们也就是这些年代的品种，说那些岁月是如何的风风雨雨，道路泥泞，更说的是在风风雨雨的泥泞路上，人是走着，走过来了。”联系小说文本，贾平凹所谓“一个人的一生活得太长了”中的“一个人”，当指那位比匡山司令活得“更长更久”的无名唱师无疑。但需要注意的是，在这篇后记中，关于小说命名的由来，贾平凹给出了两种莫衷一是的说法。究竟是其中的哪一种，作家到最后也没有做出明确的说明。但贾平凹的说法是贾平凹的说法，至于我自己，反倒是更愿意在“老生常谈”的意义上来理解这两个字。只不过我这里的意思却并非通常意义上“老生常谈”的释义所能涵盖。我想，贾平凹的“老生常谈”，其实意在强调，自己所欲探究表现的这百多十年中国现代历史，并不是一个新话题，而是早已经被很多作家都书写过的一个可谓是“老生常谈”的题材领域，而贾平凹自己，却偏偏就是要“明知山有虎，偏向虎山行”，偏偏就是要“为赋新词”翻出新意，要在这个看似老旧的题材领域写出自己一种对于历史的独到认识与感悟。也正是在这个意义上，这个“老生”，就既可以具象化为小说中那位滔滔不绝地叙说着百多十年历史的无名唱师，更可以被理解为贾平凹自己。已经有数十年小说写作经历并已取得累累硕果的贾平凹，一直在以不竭的艺术创造力从事着自己情有独钟的小说创作，这样的一位作家，不是“老生”还能是什么？！贾平凹曾经在后记中特别强调：“看山是山看水是水，看山不是山看水不是水，看山还是山看水还是水，年龄会告诉这其中的道理，经历会告诉这其中的道理，年龄和经历是生命的包浆啊。”正是作家这里所强调的“年龄和经历”，使贾平凹成了一位写小说的“老生”。唯其是“老生”，才可能勘破那些曾经遮蔽历史的重重迷雾，洞见历史的本质，方才可能返璞归真地抵达一种“看山还是山看水还是水”的人生与艺术境界。

七

谈论完了匡山司令与无名唱师，我们的关注点，就需要再一次回到《山海经》。一个必须进一步思考的问题就是，贾平凹到底为什么一定要在《老生》这一长篇小说文本中，在主体故事的叙事间隙，穿插《山海经》的若干本文以及那一对师生之间关于《山海经》很多问题的问答呢？难道说，《山海经》的存在对于《老生》只是具有“方法论”的启示吗？答案自然是否定的。除了“方法论”的启示之外，《山海经》这一部分的存在价值，更重要的，恐怕还是“世界观”层面上的作用。大凡优秀的小说作品，在精细准确地描摹呈现一个形而下的生活世界的同时，也须得传达出若干与普遍人生密切相关的形而上的哲学意蕴。假若说贾平凹所特别择定的那四个历史关节点的故事属于形而下的生活世界的话，那么，《山海经》以及师生围绕《山海经》发生的问答对话（自然也包括唱师那些阴歌唱词中的一些内容），所传达出的，就显然是一种形而上的人生哲学思考。比如，在第一个师生问答中，就涉及了中国人思维方式的初始成形问题：“问：怎么有了九尾四耳、其目在背的猼訑就‘佩之不畏’；佩了鹿蜀就‘宜子孙’，类自为牝牡，吃了就‘不妒’？”“答：或许是佩了猼訑后‘不畏’，发现猼訑是九尾四耳，其目在背，遂之总结出耳朵能听到四面声音而眼能看到八方的就不会迷惑不产生畏惧。或许是佩之了鹿蜀后生育力强，子孙旺盛，发现鹿蜀是生活在‘阳多赤金，阴多白玉’的山上，遂之总结出有阴有阳了，阴阳相济了，能生育繁殖人口兴旺的。或许是食了类的肉‘不妒’，发现类是自为牝牡，遂之总结了妒由性生，而雌雄和谐人则安宁。我们的上古人就是在生存的过程中观察着自然，认识着自然，适应着自然，逐步形成了中国人的思维，延续下来，也就是我们至今的处世观念。”却原来，之所以说《山海经》是中华文化的源头之一，乃因为我们今天的处世观念都与这部古老的典籍有关。既如此，那些活跃于《老生》中的人们，也就自不例外了。再比如：“问：哦，那我能……会神吗？”“答：神是要敬畏的，敬畏了它就在你的头顶，在你的身上，聚精会神。你知道‘精气神’这个词吗，没有精，气就冒了，没有了精和气，神也就散去了。”如果把这段问答对话，与紧接着的“岭宁城就是冒了一股子气，神散去，才成了那么个烂村子”，与土改这一历史关节点上王财东、张高桂、玉镯们的不幸遭际联系在一起，那其中形而上的意蕴，同样也就昭然若揭了。很大程度上，无论是作为《老生》的“世界观”还是“方法论”，贾平凹对于《山海经》的适度穿插，甚至于整部《老生》的书写，都能够让我们联想到当年的那位“良史”太史公司马迁来。

在结束这篇篇幅冗长的文字之前，还必须提及的一点，就是《老生》别具一种艺术智慧的开头与结尾。关于小说开头的重要性，曾经有论者写道：“开头之重要于此可见一斑也。尤其在《红楼梦》这样优秀的作品中，开头不仅是全篇的有机组成部分，而且能起到确定基调并营造笼罩性氛围的作用。至少，如以色列作家奥兹用戏谑的方式所说：‘几乎每一个故事的开头都是一根骨头，用这根骨头逗引女人的狗，而那条狗又使你接近那个女人。’”“假如《红楼梦》没有第一回，假如曹雪芹没有如此这般告诉我们进入故事的路径，假如所有优秀文学作品都不是由作者选择了自己最为属意的开始方式，或许，我们也就无须寻找任何解释作品的规定性起点。”[①] 所幸的是，《老生》的开头，也因其别具意味而特别耐人咀嚼，也为全篇奠定了恰切的基调。“秦岭里有一条倒流的河。”“每年腊月二十三，小年一过，山里人的风俗要回岁，就是顺着这条河走。于是，走呀走，路在岸边的石头窝里和荆棘丛里，由东往西着走，以至有人便走得迷糊，恍惚里越走越年轻，甚或身体也小起来，一直要走进娘的阴道，到子宫里去了？”所谓天下河水向东流，由于中国所特有的地形走势，绝大部分河流都会由西向东流。假若说由西向东流是正流，那么，由东向西流，自然就是贾平凹所谓的倒流了。秦岭里那条倒流河的由来，显然在此。但需要注意的是，子在川上曰：“逝者如斯夫，不舍昼夜。”这就意味着，自打孔子以来的中国文化传统中，往往会把时间比作流淌不已的河水。作为一种旨在对百多十年以来的中国现代历史进行真切追问与反思的长篇小说，之所以采用这种开头方式，正是为了恰如其分地传达出一种时间追溯的意味。“这一夜，棒槌峰端的石洞里出了水，水很大，一直流到了倒流河。”所谓棒槌峰，所谓石洞，所谓流水，皆属于与人类生殖繁衍密切相关的自然意象。到了小说的结尾处，不仅遥相呼应地再度提及倒流河，而且还把倒流河与这些人类的生殖繁衍意象紧密联系在一起，当然也就显得格外意味深长了。难道说，我们真的能够沿着这条倒流河返归到《山海经》的时代吗？

---

① 张辉：《假如〈红楼梦〉没有第一回》，载《读书》杂志2014年第9期。

《掩面》与《白杨木的春天》：话语建构与历史的理性沉思

关于吕新的小说创作，我曾经在一篇文章中做出过这样的评判："在某种程度上，吕新可以说是新时期山西小说界唯一一位'真正'的现代主义小说家。之所以这么说，乃是因为从他发表第一篇小说《那是个幽幽的湖》起始，作家迄今为止全部的小说作品都是现代主义小说。在山西文坛，唯一能够曾经一度与余华、苏童、格非、孙甘露、北村等作家一起被称为先锋作家的就是吕新。与吕新的一如既往形成鲜明对照的是，其他山西作家现代主义艺术形态小说的写作都可以说是偶一为之的。我觉得，吕新是一位具有高超语言天赋的天才的作家。读他的小说，给读者留下的最深印象，恐怕就是他在语言叙述上那样一种绝对的自由与高妙境界。"但是，在充分肯定吕新所具超人艺术天赋的同时，我也指出过他的艺术缺憾所在："虽然我们承认吕新的小说创作的确已经形成了自己个性的艺术风格，但从笔者对吕新小说的阅读感觉来说，却总是觉得其中缺少了一种可以被称之为精神哲学的弥漫于全篇的形而上思考。吕新之所以写作多年至今也未能臻于一流作家的艺术境界，并不是因为他缺乏必要的艺术天赋，其根本的原因正在于此。"[①] 必须承认，在一段不算很短的时间内，我对于吕新所持有的便是如此一种有一定程度保留的矛盾性批评立场。一方面，对吕新超乎寻常的写作天赋赞赏不已，但在另一方面却又为他长时间的某种停滞不前而倍感遗憾。这种带有自我矛盾色彩的批评立场所折射出的，其实是我内心中一种渴盼吕新的小说写作能够早日臻于一流思想艺术境界的强烈焦虑。然而，在读过吕新近一个时期相继发

---

① 王春林：《新时期三十年山西小说艺术形态分析》，载《小说评论》2007年第1期。

表的中篇小说《白杨木的春天》与长篇小说《掩面》之后，我却不无惊讶地发现，自己所熟悉的那个吕新已然发生着某种绝对称得上是脱胎换骨的思想艺术蜕变。不知不觉间，吕新不动声色地实现了他小说创作上一种难能可贵的中年变法。在他的这两部小说近作中，那种为我期待已久的“可以被称之为精神哲学的弥漫于全篇的形而上思考”终于登场现身了。关于吕新的先锋小说写作，曾经有论者做出过深入的分析：“在吕新的《黑手高悬》等小说中人物更是蜕变成了‘背景’，小说的主体已经完全被黑土、残垣和风物景致所替代，‘人’几乎被‘物’彻底淹没了。”“在潘军的《风》、王安忆的《纪实与虚构》、吕新的《抚摸》这些典型的新潮长篇小说文本中，小说叙述者风尘仆仆地奔波于小说的时空中不惜以自己的破绽百出和矛盾重重乐此不疲地制造着生活和小说、真实和虚构、人生与命运、偶然与必然之间的矛盾，从而使小说中的故事不仅支离破碎而且互相拆解、颠覆。这样的小说中，我们看到，根本就没有客观存在的‘故事’，所有的‘故事’都是在‘叙述’中‘杜撰’‘衍生’出来的，‘故事’形态也不是完整的，而是破碎的、零乱的，其在被‘叙述’创造的同时，也在不停地接受着‘叙述’对它的‘切割’‘解构’与‘粉碎’。”[①] 正如论者所言，假若说吕新在很长一段时间内都只是一位特别迷恋于艺术形式实验的先锋作家，他的小说写作带有突出的炫技色彩的话，那么，到了近期的小说创作中，这种炫技的成分几乎荡然无存了。不是说吕新小说技术上那些天然的优势不复存在，而是说吕新终于认识到小说既有技术性的一面，更有精神性的一面。他终于体会到，仅仅只是满足于叙事上的技术实验，并不可能成就真正优秀的小说作品。《易经》有言云：“形而上者谓之道，形而下者谓之器。”“道”是一种形而上的精神价值，而形而下者则指具体的技术运用手段，明显地属于“器用”的范畴之中。套用《易经》中“道”与“器”的说法来分析吕新的小说创作，就完全可以说他曾经一度迷恋乃至迷失于“器”的层面，而往往失却了对于“道”的探寻与体悟。一种无法否认的客观事实是，只有把“道”与“器”两方面的努力完整地结合在一起，方才可能创作出具有上佳思想艺术品质的小说作品。这一点，在吕新的近期作品中有着极其突出的表现。细读吕新近

① 吴义勤：《难度·长度·速度·限度》，载《当代作家评论》2002年第4期。

期那些旨在对中国现代历史进行理性沉思的小说作品，你就不难发现，吕新那些曾经锋芒毕露的带有炫技色彩的小说叙事实验确实深沉内敛了许多。面对着堪称复杂乖谬的中国现代历史，吕新一方面依然保持着其一贯的天才语言意识和先锋艺术品格，但在另一方面他却以一种不无执着的理性姿态沉潜到了历史的纵深处。在体察发现历史的复杂与吊诡的同时，吕新更是对于人的命运沉浮有了一种存在层面上的谛视与感悟。所有这些，均能够被看作是那样一种“可以被称之为精神哲学的弥漫于全篇的形而上思考”的具体体现。唯其如此，我们方才可以认定，中篇小说《白杨木的春天》与长篇小说《掩面》，不仅在吕新自己的小说创作历程中占有重要地位，而且也毫无疑问应该被看作是新世纪文学的重要收获。尤其《白杨木的春天》，更是可以被看作是新世纪以来并不多见的具有经典意味的一部中篇小说。

《白杨木的春天》的思想主旨，是要思考表现政治畸形时代国家政权强力挤压下知识分子的不幸命运遭际。虽然吕新并没有具体交代小说中的知识分子主人公曾怀林的获罪原因（比如“右派”或者其他罪名），但他的由于政治原因而被打入另册并受到惩罚，却是毋庸置疑的一件事情。他们一家之所以离开大城市被发配到这座偏远的小城来生活，正是这种政治惩罚的具体结果。正因为没有交代曾怀林的具体获罪原因，我们只能够笼统地把他称之为一位下放干部。同样，尽管吕新也没有交代故事的发生时间，但根据作品中一些隐隐约约的蛛丝马迹来判断，故事的发生时间应该是20世纪“文革”期间的70年代。“半个世纪以前的饥饿与贫困，剿匪时的一路滴答的鲜血，镇压反革命时的荒草弥漫的旧刑场，合作化时期的圆头圆脑的房子，距今十几年前的小型的钢铁厂，粮食加工厂……”以上这段叙事话语中，“距今十几年前的小型的钢铁厂”的具体所指，应该是1958年的“大跃进”。据此推断，十几年后的故事时间，自然就应该是阶级斗争思维依然笼罩一切的20世纪70年代无疑。在那样一个极端政治化的年代，如同曾怀林这样的知识分子之所以获罪被打入另册，除了受到家庭状况的牵连之外（说到家庭牵连，就不能忽视小说中交代过的，那位在食品公司工作的杜加禄之所以执意和曾怀林兄弟相称，关键原因就在于他的一位做大官的远房亲戚，恰好就是曾怀林的岳父。而曾怀林的这位岳父，“已于一年前的一个雨夜里倒毙在一个农场里”。一位现政权的大官，居然“倒毙在一个农场里”，就说明他早已经被打入了政治上的另册。在那个政治畸形时代，这样一位岳父的存在，必然会对曾怀林的命运有所株连影响），肯定与他的思想密切相关。“作为一个女人的丈夫，两个孩子的父亲，多年来不断地跌倒，落入陷阱，更多的时候是眼睁睁地堂而皇之地从正面被直接击倒，本人难道就没有一点点责任吗？”答案自然是肯定的。这一点，在曾怀林业已下放到偏远小城之后与前县委书记车耀吉的交往过程中即有着突出的表现。尽管他们两位均属戴罪之身，都处于极其艰难的人生困境之中，但聚在一起的时候却仍然情不自禁地要探讨一些在当时看来肯定犯禁的社会政治问题。比如，当曾怀林提出“等待什么”的问题的时候，车耀吉说“当然是形势的变化”。然后，他进一步论述到：“按照唯物主义的观点，世界首先是物质的，那也就是说世界是时刻都在运动着的。既然在运动，怎么可能会没有变化？运动有时会以一种极其缓慢的方式进行，那也只是我们用肉眼观察到的一种现象，从另一个方面来看，也许并不缓慢。”需要注意的是，他们两位探讨这一问题的潜在动因，很显然是希望社会形势能够朝着一种有利于自身的方向发展，希望伴随着社会形势的变化，自身的命运能够在未来的某一天朝着好的方向演变。这样的对话，倘若被当时那些高度警觉的革命者听到，自然会被理解为是对社会的一种强烈不满，是在渴望着“变天”。既然在这种极端困难的情境中依然要按捺不住地思考探讨此类犯禁的问题，那么，我们也就不难推想出当年的曾怀林曾经有过怎样的一种思想勇气。唯其如此，他的最后因思想入罪而被打入政治另册，方才称得上是顺理成章。

既然是一部旨在关注思考知识分子命运遭际的中篇小说，那么，对于曾怀林特定境况下精神状况的真切展示，就自然成为吕新最为用力表现的地方。首先是一种难以承受的精神痛苦。一个生活条件曾经非常优越的（曾怀林生活条件的优越，仅只是通过小说中的一个细节，就能够得到形象的表现。当他刚刚来到这座偏远小城，在旧党校院内被搜身检查的时候，那件吴大嫂无论怎样使劲都无法用那根棍子挑起来的沉甸甸的上衣，就足以显示他生活条件曾经的优越）知识分子，离开熟悉的大城市，携家带口被发配到偏远的小城，而且居住在城北周边没有任何遮拦的两间六成新的房子里。这样的一种生活变迁本身，就使得曾怀林那颗敏感的心灵倍觉痛苦。因为，“命运的马车把他卸到这座此前从未到过的小城后，并未放松对他的驾驭，他仍然处在被掌握之中”。唯其如此，刚刚抵达小城的曾怀林，才会被安排到烟山林场接受高强度的抬木头劳动。劳动的高强度本身，所预示着的，正是曾怀林所犯罪孽的深重程度。一直到一年之后，经受住了严峻考验的曾怀林才奉命回到县里去宣传队报到，以充分发挥自己身为知识分子的专业特长，尽管说，“在宣传队，他将继续接受监督和审查，此前罩在他身上的一切一样也没有减少”。然而，生活的苦难与政治的歧视倒在其次，更让曾怀林难以承受的精神打击，来自他一直相依为命的爱妻明训的自杀身亡。在给丈夫留下的绝笔信中，明训写道：“对不起！两个孩子只能留给你了，你要尽力将他们抚养成人。”“你的妻她不贪生，不怕死，亦不厌世，她只是不想再坚持下去了，而生活也要埋葬她。”生命是唯一的，唯一的生命的可贵，也自无可置疑。设身处地地想一想，明训之所以会自杀身亡，肯定与她被打入政治另册之后所遭受的那些苦难和屈辱密切相关。明训之死，对于曾怀林的精神世界确实构成了巨大的打击：“四年了，每次看到明训留下的那封信，曾怀林的心都会如一口幽凉的丛草湮没的古井。”人都说，心如古井。当一个人心如古井的时候，你完全能够想象得到他的心灵世界到底在承受着怎样一种难以承受的巨大打击。问题是，因为有曾怀林在，所以，明训可以选择自我了断。但因为明训已经走了，所以，无论如何曾怀林都不能够再选择独自离开。冬冬与多多两个孩子的存在，成了遥控曾怀林的一根风筝线：“但曾怀林的感觉正好相反，他觉得自己才是风筝，而线头就在冬冬和多多的手里，在他们还没有长大成人之前，他觉得自己不能够让他们看不见他。”曾怀林之所以一再勉为其难地驯顺于政权的摆布，根本原因也在于此：“可他是一个有家室的人，这一点是最让他感到举步维艰的原因，也是他一次次地配合各级专政机关的最主要的原因。事实上他们并没有将他剥夺得一干二净，还为他保留了一个家，一双儿女，一个妻子，甚至还有一份降到最低的工资和几份口粮……所有这些，都如同地球引力一样使他始终无法独自腾空而去。这是有意为之，还是最低限度的人性？或者只是为了更好地控制他？”必须承认，吕新借助于人物之口提出的诘问是非常有力的。实际的情况，可能是几种原因兼而有之。一方面，你不能不承认没有把曾怀林剥夺干净确实意味着最低限度的人性的存在。在那个畸形的政治年代，对于如同曾怀林这样因为政治的原因折戟沉沙的人们来说，其中的很多人就是因为家庭的不复存在而彻底绝望的。但在另一个方面，因为有了妻子，有了儿女，有了一个家，曾怀林也就只能一次又一次地配合专政机关。“因为他心里有了底，知道自己在做什么，还知道所做是为了什么。”尤其是在妻子明训已然诀别人世之后，曾怀林就更没有理由选择自我了断了。然而，也正是在一次又一次地配合专政机关的过程中，曾怀林反复承受着一种精神痛苦的折磨。唯其如此，他才能痛切地感到：“最正常的生活，最寻常最普通的举止，才是最奇迹的生活！它看似容易，似乎无须太多的成本和繁复艰辛的周折。”道理说来非常简单，只有那些无法享受正常生活的人们，才会把正常生活看作是一种“最奇迹的生活”。

在被专政机关整肃惩罚的过程中，最令曾怀林难以承受的一种精神痛苦，大约就是曾经先后三次被迫脱光衣物一丝不挂地接受别人的搜查。“那种时刻，他感到无地自容，常常恨不能立即化作一条与地面颜色相同的蚯蚓，或者一滴水，在心里恳求上天，让他以最快最直接的方式消遁或者蒸发，或者以最省事的渠道被大地所吸纳。”“第一次脱得一丝不挂，赤条条地站在好几个人的面前，曾怀林曾情不自禁地流出了屈辱而悲愤的海水般的眼泪。”面对着这样一种精神侮辱，曾怀林差不多就要出离愤怒了：“他只是觉得自己快要管不住自己了，身体里仿佛有一头刚刚睡醒的尖牙利爪的猛兽，因为别人的一丝不易察觉的笑，正在左冲右突地想要窜出来，他的震耳欲聋的吼声只有他一个人能够听得见。”已然被打入政治另册的曾怀林之所以会产生一种本能的反抗冲动，正是因为他遭受了巨大精神羞辱的缘故。

但正如那位搜查者明海所指出的，曾怀林作为一位知识分子，其内心深处，也的确存在着一种高高在上的瞧不起普通民众的精神优越感。这一点，非常突出地表现在他与老宋之间的关系上。“不是吗？在他的内心深处，他也从来没有把那些没有多少文化的，靠自身的力气和某种手艺养家糊口的最普通的劳动者看作是和自己一样的人，更没有也不会把他们当成是自己的朋友。远的不说，就说住在离他不远处的老宋，老宋可是真心把他当朋友和兄弟的，只要他遇到难处，老宋那是不含糊的，总会尽自己的所能。但是，他把老宋看作是朋友了吗？他拷问自己，结果是没有。平时对老宋的尊敬和热情，只是表面上的，经不起推敲和深刨的，是一种受到过人家的长期的恩惠之后不得不有的，或者说是最自然的反应。真正来说，他内心深处的那道白杨木栅栏却从来没有放老宋进来过。”“他是这样的，明训呢？自视甚高，在她的心里更有着对普通的粗俗无知的民众的蔑视。”必须承认，在一部旨在为曾怀林这样遭受政治迫害的知识分子鸣不平的小说作品中，吕新能够真切地写出曾怀林的如此一种精神优越感来，所充分凸显出的，其实正是曾怀林精神构成的某种复杂性。也正是在这个意义上，曾怀林曾经做出过一种改造不成功的自我评判：“平心而论，单就这一点来说，他觉得自己这些年来的改造也不能说是多成功的，不要别人来评判，打分，自己给出的分数也只能勉强及格。”关键的问题在于，无论改造的力度怎样巨大，如同曾怀林这样的知识分子都不可能彻底突破自我内设的一种精神防线，不可能与老宋这样的普通民众成为真正的朋友。扪心自问，不只是曾怀林，即使是我们自己，恐怕也都做不到这一点。就此而言，吕新的深刻处就在于真切地揭示出了知识分子的某种精神痼疾。唯其如此，曾怀林才会觉得“自己的真正的改造恐怕永生永世也不可能完成了”。

其实，这座偏远的小城对于曾怀林这样的政治另类，也还有着充满温情的一面。比如说旧党校院子里的那次搜身，尽管曾怀林意欲保留内裤而不得，但与在省城时的那两次同样一丝不挂的被搜身相比较，明海的搜身最大的变化就是，没有专门检查肛门。这样的变化让曾怀林倍感侥幸而欣慰：“这座偏远的貌不惊人的小城，并没有用顺理成章的完全能说得过去的羞辱来迎接他，它的高纬度的气候下包裹着的并不是与表面相同的寒冷。”“这座偏远的外冷内热的小城啊，它懂得尊重自己，也知道顾及别人，没有一开城门就给远道而来的人以羞辱。同样，曾怀林觉得自己也没有羞辱这个地方，没有刚一到达，便用被迫暴露的私处来面对它……一种说不清道不明的古老而又遥远的东西在这中间起到了至关重要的作用，使得双方的那点可怜的尊严都得到了一定程度的维护。”一方面是一丝不挂的搜身，这种搜身行为本身便意味着曾怀林所遭受的政治惩罚。但在另一方面却又是搜身中一种有意的疏忽，这种疏忽中流露出的是一丝脉脉温情。好的小说艺术，难就难在复杂性的呈现与分寸感的把握上。吕新关于搜身这一细节所具复杂性的巧妙处理，凸显出的，正是对于艺术分寸感拿捏把握得恰到好处。

搜身之外，更能体现小城温情一面的，是杜加禄和老宋这两位人物形象的所作所为。杜加禄在食品公司工作，因为和曾怀林成为萍水相逢的兄弟，他便总是想方设法利用工作的便利给予曾怀林尽可能的物质援助。“杜加禄给曾怀林位于城北原野上的家里送过两次猪下水”“锅里现在炼制的这些油就是杜加禄送来的”“除了正在炼制的这些，另外一块雪白的质量上乘的板油也得益于杜加禄的帮忙，不过，那块板油他是付了钱的”。尽管这些现在看起来很不起眼，但在20世纪70年代那样一个物质特别匮乏的时代，这些来自于杜加禄的馈赠便意味着一份浓厚的情意。然后是老宋。由于在老宋被马踢伤时多多曾经提供过大半碗童子尿，伤好之后的老宋便慨然出手帮助曾怀林一家了。“一个月之后，在老宋的帮助下，三道散发着树木清香的白杨木栅栏从东、南、西三个方向把曾怀林的那两间从前不知是什么人住过的房子围了起来。”有了这三道白杨木栅栏，曾怀林的那两间房子便拥有了一种突出的家园感：“这就是家呀，这就是传说中的家园呀！这就是世人时常挂在嘴上、写在笔下、映在梦里的家园呀！……相当长一个时期以来，他们谁也不记得那个词，也没有与那个词有关的一切概念，反复无常的血淋淋的斗争让许多活生生的东西都像沉渣一样退到了无边的黑暗中，有的永不再泛起。现在，疏松的白杨木栅栏象征性地将他们的这个家与外界隔开，使他们清晰地觉得他们的这个家也已经有了点儿家园的模样了。”不能不注意到作家对于标点符号的使用情况。短短的一段话中，吕新接连使用两次感叹号。那三道白杨木栅栏所带来的家园感的重要，由此得到了确切的证实。尤其是此后不久，老宋又在东西两边的白杨木栅栏前各栽了两棵树，就更是“给曾怀林带来了许多意想不到的乐趣和慰藉”。也正是面对着这样一个被白杨木栅栏围起来的“家园”，曾怀林才会产生另一种真切的温暖感觉：“‘春天好！’他觉得它们在这样对他说。”很显然，小说那样一个极富象征意味的标题便是由此而来的。其实，小说的象征性不仅仅体现在标题上。只要稍加留心，即不难体察到，作家关于动植物的一些描写中象征意味的存在。比如，开头处关于那六七条狗的描写。比如，曾怀林接受搜身时关于旧党校院子里那颗海棠树的描写。再比如，小说结尾处关于甜菜的描写。“甜菜的主要部分还是好的，一出了门，他就已经想好了，回去后，他要给它们做一次手术，只要用剪刀把边缘上那些腐烂的部分剪去，就会是一捆新鲜碧绿的菜。”这哪里是在写菜，这简直就是曾怀林苦难人生的一种隐喻性自况，是曾怀林也更是作家吕新对于世道人心的一种象征性表达。

象征之外，不能忽略的还有吕新对于若干精辟理性话语一种恰到好处的艺术征用。对于如我这般熟悉吕新小说的读者而言，面对着小说中适时穿插运用的这些理性话语，真的会感到特别意外，确实无从判断吕新的小说创作究竟是什么时候“脱胎换骨”的。但毫无疑问的一点是，正是依凭着这样的一种“脱胎换骨”，依凭着如此一种理性话语的穿插运用，吕新的小说品质获得了极大的提升，拥有了一种穿越世相表层，直抵存在本身的艺术力量。“与车耀吉的相识，使曾怀林乘坐夜车的那种感觉逐渐变得清晰起来了。没有灯光，空气稀薄，饥饿、寒冷，更重要的是不知道将要驶向哪里。沿途看不到明确的停靠点，却又不断地有人上来，也不断有人消失。他长时间地枯坐着，不知道何时能被告知下车。”“这中间起决定作用的不是他们双方，而是另外的一种力大无穷又不容分说的东西，那种力量把他和他的家人轻轻地拈起来，在风声中悠荡几下，然后一松手，等再睁开眼时，他们一家人已经置身于这座僻静的小城里了。”“历史令曾怀林感到羞愧，一个所谓的家，两个尚未成年的孩子，成为他苟活于世的主要理由，世界以碎玻璃的形象，以水银的成分，在他的心里漶漫、洇陈。”“所谓的新问题其实也还是一些老问题，只不过改换了一下名称。名称一变，人们就会觉得陌生，那些折戟沉沙的人，人们都以为是被新问题打倒了。”无须再多征引，以上这些充满理性穿透力量的叙事话语的存在，对于《白杨木的春天》而言，作用殊为重要。我们所谓“形而上”的精神哲学思考，也正落实体现在这样的理性叙事话语层面上。就这样，有了对于历史苦难的真切呈现，有了对于知识分子精神世界的深度剖视，有了苦难中的人间温情的丝缕捕捉，再加上如此一种形而上的理性思考，吕新的这部中篇小说自然也就成了一部难得一见的优秀作品。

唯其如此，《十月》的编者才会对它做出高度的评价：“20 世纪 70 年代末以来的国内文学作品中，并不缺乏对‘文革’十年个人命运的书写。伤痕、反思在‘文革’刚结束的一段时间里，一度成为中国文学的关键词。情感宣泄、道德批判在当时具有了至高无上的合理性，文学借此不仅创造了自身的辉煌年代，对整个社会生活也起到了无可替代的引领作用。但激烈的情绪表达，二元对立的判断毕竟有意无意中对历史的现实感和丰富性产生了一定的遮蔽效果，超越简单的概念和感触，对当时的环境和精神进行理性的还原，在30多年后的今天，应该是文学不可推卸的责任。”[①] 在承认《十月》编者这种见解视野阔大高屋建瓴的同时，我们须得清醒地认识到，即使是已经到了新世纪的当下，他们所热切呼唤的如此一种具有足够犀利透辟的理性穿透力量的文学作品还是非常少见的。吕新《白杨木的春天》之所以格外值得珍视，就因为它具有一种深厚的思想力量，就因为它对于历史进行着极富启示性的理性沉思与表现。

同样是历史小说，如果说《白杨木的春天》旨在反思表现“文革”期间知识分子的命运沉浮，那么，到了长篇小说《掩面》中，吕新就艺术视野更加开阔地对于20世纪中国最重要的社会事物之一的“革命”进行着全面深入的勘探与表现。首先，我们应该明确意识到，革命，无论如何都是20世纪中国历史最重要的关键词之一。“虽然时间的脚步已经跨入了新的世纪，虽然早在上个世纪末就已经有一些学者明确提出了‘告别革命’（李泽厚、刘再复语）的观点，但站在新世纪的起始端点回望刚刚过去的20世纪的中国历史，其间最令人关注最值得我们深入思考的关键问题之一便是革命。不管对发生于20世纪的中国革命持肯定还是否定的立场与看法，我们都应该承认革命乃是20世纪中国最重要的历史事件之一，革命的发生与发展对20世纪中国历史的基本发展走向确实产生着某种根本性的制约与影响。正如黄子平所指出的：‘从19世纪中叶到20世纪末，横跨一个半世纪的中国革命是人类历史个案中最宏大、最复杂的社会变动。这段时间的中国革命包含了政治学理论中所有类型的革命——千禧年式的农民叛乱（太平天国），无政府式的暴动（义和拳），政变（西安事变和林彪事件），军事叛变（北洋军阀时期），国共内战（1945—1949），自上而下发动的全国性动乱（“文化大革命”）。其中同时伴随着极其复杂的意识形态竞争：中学为体西学为用，孙文主义，毛泽东思想等等。这种竞争至今仍在台湾海峡两岸以及海外许多华人社区以各种不同形式持续着。’”[②] 对于吕新来说，关键问题在于究竟应该采取怎样的一种方式对革命进行反思。《掩面》的值得注意处，首先在于作家对于叙事方式的特别设定上。其叙事方式的特点之一，是文体的

① 《<十月>卷首语》，载《十月》2010年第6期。

② 王春林：《对知识分子与革命关系的沉思与表达》，载《山西大学学报》2004年第5期。

杂糅。整部小说共计六章，其中的第五章“黑色笔记本”采用了诗歌的表现形式。这一章出现的诗歌一共三首，诗歌的标题分别是“家”“失踪的革命者”与“上山下乡”。三首诗的写作时间按顺序排列，分别是“1967年5月”“1968年2月”与“1969年4月”。在一部仅仅只有六章的长篇小说中，把其中的一章全部设计为诗歌形式，如此一种带有杂糅性质的小说文体极其罕见。吕新的这种设定，能够让我们联想到莫言那部曾经获得过第八届茅盾文学奖的长篇小说《蛙》。莫言的《蛙》采用了一种可谓是书信体的写作形式，通篇以叙述者“我”即蝌蚪写给日本作家杉谷义人先生的六封长信构成。其中的第六封信亦即最后一封信乃是蝌蚪创作完成之后的一个同样被命名为“蛙”的话剧剧本。这样看来，《蛙》的叙事过程，在某种意义上也就可以被看作是蝌蚪怎样收集相关生活资料，酝酿写作一部名字仍然被称之为“蛙”的话剧剧本写作的过程。前五封信，是蝌蚪在向杉谷义人先生介绍与姑姑、与计划生育问题有关的人与事。最后一封信，则是蝌蚪创作完成之后的话剧剧本本身。从根本上说，无论是如同莫言这样把话剧剧本的形式杂糅到长篇小说之中，还是如同吕新这样把诗歌的形式杂糅到长篇小说之中，都可以被视为长篇小说写作中的一种形式创新。需要注意的是，既然把三首诗歌杂糅到文本中并成为长篇小说的一个有机组成部分，那么，这些诗歌就不仅仅只应该被当作诗歌来加以理解。与通常意义上的诗歌相比较，这三首诗歌另外一个更为重要的功能就是叙事功能的增加。尽管吕新并没有明确交代这三首诗歌的作者是谁，但联系上下文，我们即不难确认诗歌的作者其实就是小说中那对失踪了的革命者的女儿。

某种意义上说，这位失踪了的革命者的女儿，应该被看作是小说文本的一位文字记录者。由此，自然也就牵引出了小说文本的另外一个叙事特点，那就是对于小说叙述者的特别设定。《掩面》采用了一种可谓是众声喧哗式的多角度第一人称限制性叙事方式。应该看到，当下的长篇小说写作中，采用这种叙事方式的小说其实并不鲜见，李锐的《无风之树》、李洱的《花腔》、田中禾的《父亲和她们》等，均属于这一方面有代表性的作品。与这些作品相比较，吕新的特出之处表现在，一是叙述者的特定身份，二是叙述者一种别致的言说方式。细读小说，你就不难发现，除了以诗歌形式出现的第五章之外，其他五章分别由五位不同的叙述者加以叙述。这些叙述者有的有名有姓，有的始终匿名。具体来说，第一章“嘘”的叙述者名叫戴松辽（需要注意的是，这位叙述者在叙述的过程中只是自称为戴某人，我们是把第一章中戴某人的若干叙事话语，与第五章中名为“失踪的革命者”一诗中所引述的戴松辽的一些话语相对照，方才确证戴松辽便是第一章中的叙述者），第二章“向阳农场”中的叙述者是一位姓蒋的同志（“你爸爸开玩笑说，老蒋同志，我们种点什么好呢？小麦？玉米？土豆？”由此可见，这一章的叙述者姓蒋），第三章“新华书店的晏叔叔”中的叙述者名叫晏永贞，第四章“呆若木鸡”中的叙述者就属于一位无名无姓的匿名者（但可以确证的一点是，这是一位女性），第六章“沉沉一线穿南北”中依然是一位匿名的叙述者。关键在于，无论有名或者匿名，这些人所拥有的却是一种共同的社会身份，即他们都是有着丰富革命经历的立场特别坚定的革命者。我们之所以认定革命者身份充分显示了吕新叙述者设定方面的特出之处，关键原因在于，这些革命者的一个共同特点就是，尽管他们自身已经在“文革”中因为各种各样的原因被打入政治另册，但或许是长期的革命经历依然固化了他们的思维方式的缘故，他们依然如故一如既往地站在革命的立场上为革命辩护。关于这一点，你只要看一看他们的谈话基调，即可有一目了然的了解。也正因此，我们就完全能够想象得到，借助于如此一些革命意志坚定者的叙事口吻来实现一种对于革命的理性沉思，到底会有多大的艺术难度。而吕新的创造性，也正突出地体现在这一点上。与此同时，不容忽视的另一点是，这五位革命者的性格各不相同，虽然很难说吕新已经做到了人人各有其声，但几章叙述文字互相之间的差异却也是比较明显的。能够做到这一点，所说明的也正是吕新一种非同寻常的艺术能力的具备。

叙述者的特定身份之外，另一点是言说方式的别致。言说方式之所以别致的根本原因在于，这些叙述者所有的言说，面对着都是同一个言说对象。那么，这个言说对象是谁呢？这就要提及整部小说的基本叙事线索了。却原来，这位言说对象就是前面我们已经提及过的第五章中那三首诗歌的作者，亦即那位革命者父母皆已双双失踪了的女子。应该明确的是，除了知道她的女性身份之外，小说自始至终都没有透露过这位女子的姓名。既然父母双双不知去向，那么，四处寻找自然也就成为这位无名女子的必然选择。请一定注意，她的革命者父母双双失踪的时间，正是“文革”期间。既然那些作为叙述者的革命者都被打入了政治另册，那么，她的革命者父母的失踪也就难言奇怪了。为了寻找失踪的父母，这位女子可谓历尽了千辛万苦，跑遍了大江南北。请注意第六章中的相关叙述:“北边那些地方，最远去过哪里？”“黑龙江的海林，还有塔河和呼玛？”“南边呢？去过海南岛？”“什么，只是在海峡这边朝南面望了望，没有上去？”不仅如此，这位女子几乎走遍了所有有可能的地方：“刚才你说，除了各地的监狱，凡是有可能的地方差不多都去过了，那为什么没有去监狱呢？……哦，我明白了，即使人就在里面，也没有人会告诉你。”对于这样一种固执的探寻过程，我们完全可以用“上穷碧落下黄泉”的诗句来做出评价。也正是在这位女子寻找失踪父母的过程中，她先后遭遇了文本中五位承担着叙述者功能的革命者。面对着执意寻找父母的这位后辈女子，这五位革命者情不自禁地陷入了对她父母的回忆之中。不能忽略的是，这些革命者在回忆自己当年战友的同时，一方面回顾着自己亲历过的那些革命历程与经年往事，另一方面却也发表着对于“文革”时局的看法。因为面对着的是一位战友的后生晚辈，你轻易就能够发现，这些革命者的言说都有着一种突出的耳提面命的教诲意味。尽管吕新未做出过明确的说明，但依循事理逻辑，我们能够读到这些叙述文字的一个前提，就是须得有一个相关的记录者。因为他们之间的对话是面对面单独进行的，所以，这个记录者就只能够是四处寻找失踪父母的这位女子。也正因此之故，我们方才应该明确意识到除第五章外的其他各章其实有着一种潜对话的性质。因为存在着一个切实的对话对象，这些革命者才能够被召唤出一种强烈的叙述激情来。

或许与叙述人称的变换有关，面对着采用第一人称多角度叙事方式的《掩面》，读者一方面会强烈地感觉到小说的虚构性特质，另一方面却会意识到小说话语建构性的突出存在。仿佛原本空无一物，而吕新却如同一位手持魔术棒的魔术师一样，单只是凭借着对于叙事话语的创造性运用，就凭空地建构起了一座活灵活现的艺术大厦。当然，对于吕新来说，他的话语建构行为有着明确的目的所指。借助于这些革命者的叙述话语，作家意欲实现的是对于革命本身的艺术勘探与追问。但正如我们前面已经指明的，这些叙述者均属于立场特别坚定的革命者，他们的叙事话语充满着对于革命事业的忠诚，洋溢出的是一种革命的自豪感。这一点，在第四章“呆若木鸡”中的那位女性匿名叙述者身上表现得最为明显。明明已经被打入了政治另册被迫离职下放，但这位革命者的革命热情却依然高涨。当那位失踪者的女儿对她的现实处境有所质疑时，这位革命者的回答显得特别“铿锵有力”：“啊，你这个孩子，你是不是以为我也犯了错误，像你那个父亲一样？年轻人，我以一个过来人的身份，严肃而郑重地告诉你，我没有犯错误，绝对没有！我来这里，完全是为了响应党的号召，响应毛主席的号召，与贫下中农同志交朋友来了，与工人兄弟们交朋友来了，在交朋友的过程中接受他们的再教育。”“你想问什么？我还要在这里住多久？我不知道，我服从组织的决定和安排，上级要求我在这里住多久，我就住多久。”从以上的这些叙事话语中，我们所感受到的，不正是一种坚定的革命立场吗？但关键在于，一方面是人在控制话语，但另一方面却也会出现话语失控的情形。在这些革命者的叙事话语中，往往会在无意间留下很多自相矛盾自我解构的话语缝隙。吕新的值得肯定处，就在于他极敏锐地洞察并抓住了这些叙事话语中出现的缝隙，利用这些缝隙不动声色地实现了对于革命的一种解构式理性沉思。更何况，这些自相矛盾的话语缝隙，与革命者的革命立场之间，实际上形成了一种鲜明的悖反效应。两相对照，吕新小说自然也就产生了一种强烈的艺术反讽意味。从这样的意义上说，能够借助于革命者的叙事话语而巧妙地达至一种解构革命的理性沉思效应，正可以被看作是吕新《掩面》艺术原创性的一个重要层面。

细察这些叙事话语，在好多地方我们都可以发现作家反思革命的那些话语缝隙的存在。典型如第四章中革命者老谭回到当年的鄂豫皖革命根据地时的情形。按照叙述者的说法，自打一九三二年十月撤离鄂豫皖之后，几十年间，老谭只回去过一次，而且只停留了一天。为什么呢？因为老谭觉得自己实在无法面对父老乡亲：“老谭说他不敢回去，无颜面对大别山的乡亲们。当年有那么多的子弟跟随他出来闹革命，经过一次又一次的大大小小的无数的战斗，经过东西南北的转战，绝大多数的人都牺牲在他乡的土地上，再也回不到大别山，再也回不到鄂豫皖去了。乡亲们见了面，跟我要人，打听某某的下落，我该怎么办？”“几十年了，老谭几乎夜夜都做噩梦，有时梦见作战，转移，有时就直接梦见乡亲们向他要人。……母亲要儿子，妻子向他要丈夫，兄弟向他要兄长。他们问他，为什么你回来了，他们却至今都没有回来？”面对着这样的质问，老谭实在不知道该怎么作答。老谭可以逃避着不回鄂豫皖，但他却无法不面对自己的内心：“他看出这山川间有怨气，有悲哀，有冲天的怨气、亘古的悲哀和深深的寂静。很多人都死了，而他还活着，这就是一种不公平。”在这里，借助于革命者老谭的感受，作家固然提出了命运的不公平问题，但更主要的，恐怕却是要进一步诘问革命的合理性问题。那么多的生命在革命过程中的牺牲，实际上凸显出的正是革命一种可怕的暴力性质。面对如此一种有力的诘问，我们所强烈感受到的，乃是革命与人性之间一种激烈的碰撞与冲突。更不容忽视的，则是类似于三叔公一样的悲剧故事。当年的革命年代，三叔公曾经凭借一己之力，掩护过七名红军伤病员长达半年之久。但在三十多年之后，他的这些作为却没有得到政府的承认，原因仅仅在于无法提供自己之外的其他凭证材料。彻底失望之后，“三叔公说，不要去找，我早就想明白了，我不应该这样做事情呢，甚至都不应该有那种想头，不怨别人说，自己这事做得确实有些见不得人，想起来都脸红呢”。明明为革命做出了巨大的贡献，但却得不到政府的认可。三叔公这种不公平的悲剧遭遇，自然构成了对革命合理性的质疑与诘问。

同样值得注意的，是第四章中的女性匿名者所讲述的她与丈夫之间那个“革命”式的新婚夜晚。在他们的新婚之夜，当丈夫老谭准备宽衣解带的时候，妻子的反应却非同寻常：“四，在今天这样一个美好的时刻，你不觉得我们应该克服个人主义的思想，在睡觉之前先干点儿什么更有意义的事情么？”干什么呢？学习一篇毛主席的著作：“陕北的那个新婚之夜，我后来折中了一下，既没有按老谭的意思，也没有依我的主张，而是挑了一篇不长不短的文章。”“我们学啊学，一直学到夜已经很深了。我们披上衣服，起身来到窑洞外面，听见延河水在我们的脚下轻声地流着。抬头仰望宝塔山，巍峨的宝塔像一把利剑，直立在夜空。”“到今天，我也还敢说，我和老谭，我们两个的婚姻，充满了革命的元素……两个人共同捧读一本毛主席的著作，就是我们的结婚的证明。”毫无疑问，这段叙事话语中充满了讲述者一种强烈的革命自豪感。能够以捧读毛主席著作的方式度过自己的新婚之夜，在革命者看来，是非常有意义的一件事情。但只要转换一个角度，从正常的思维方式去看，你就不难发现其中明显地隐含着一种革命机制对于个人生活的强行干预与僭越的意味。这样的一种行为方式，显然意味着革命元素对于日常生活的深度渗透与介入。实际上，吕新《掩面》所集中思考表现的，正是革命机制与个人主义之间水火不容的矛盾冲突。这一点，在那位失踪了的父亲身上表现得最为明显。

首先值得注意的是，出现在不同叙述者口里的这位父亲的姓名一直变来变去，始终没有得到切实的确定。在第一章中他的名字是孙渡，第二章中变成了黄晟，第三章中他的名字是白莽，第四章中又变成了刘高张，第六章中干脆就没有了姓名。不只是姓名无法得以确定，他的人生故事也并不完整。我们只有把以碎片化的形式散落于各个不同的叙述者口中的故事片断拼贴起来，方才能够大致组合出一个相对完整的失踪父亲形象来。具体拼贴的结果是，这是一位有着长期革命经历的革命者（“是的，我隐约知道一些，他也算是一个老革命了，除了没有经历过爬雪山，过草地，那以后所发生的事情，该他经历的，他差不多可能都经历过了。”），参加革命之前，曾经有过在国外留学的经历。因此，这是一个颇有学识的知识分子形象无疑。而且，他在国外留学的时候，所学习的专业乃是哲学（失踪父亲一生的悲剧，与哲学专业之间存在着一定关系。哲学的一大特点就是叫人思考，就是养成学习者的一种怀疑精神。当父亲携带着这样一种怀疑的思考特质参加革命之后，其与革命的某种疏离关系似乎就是命定的。所以，叙述者才会断言“你爸爸这个人呢，我说是哲学害了他，一点儿也没有说错他。”）。父亲之所以终止留学回国，是因为抗日事发。面对着国破家亡的现实处境，父亲和一众同学携手，慨然返国，投笔从戎，积极投身于抗日救亡的正义事业之中。他与革命之间延续长达数十年之久的复杂关系也就此得以建立。

或许与他的知识分子身份有关，投身革命之后，父亲并没有拿起刀枪走向前线，而是长期在白区从事地下工作。在白区工作期间，父亲一方面是运气不佳（“可是，我不得不告诉你，你的爸爸，白莽同志，他这个人的运气真是有点儿问题，让人想恭维都难。在这两件事情上，他竟然没有得，全是失，全是背面。”），另一方面更要命的，则是因为坚持个性而与顶头上司老赵发生过激烈的冲突（“在我的印象里，我记得白莽和老赵后来有过一次争执，两个人吵得很厉害”）。与自己的顶头上司过不去，父亲政治上的进步自然就非常艰难。关键还在于，或许正是因为拥有个性化思想的缘故，他总是会触犯各种各样的革命纪律，这样才会给战友留下特别擅长于写检查的印象（“刘高张，他这个人很可能有点儿学问，但是，我觉得他这一生最擅长写的，可能就是各种检查，交代材料，证明材料，悔过书，学习心得一类东西。”）。非常明显，父亲的擅长于写检查，所说明的正是他和革命之间的一种紧张关系。正因为他不断地与革命发生冲突，才会经常处于犯错误的状态，也才会经常写检查。细究父亲与革命不断发生冲突的根本原因，就在于他的个性化的思想行为总是合不上革命的节拍，总是要与代表革命的组织对峙碰撞。唯其如此，他的战友才会对他作出这样的评价：一方面他全身心地投入革命，但在另一方面，“在他的内心深处，他有他所钟情并向往的东西。据我所了解，那个隐伏在他内心深处的东西，或者说事物，那个像是怪兽，也可能如同一片芳草密林一样，谁也没有见过的东西，并不是革命”。“人就怕有这个东西，有了这个东西，一个人也就有了永远的心事，等于背上了一个一生都无法卸掉的沉重的包袱。心里有了这个东西以后，无论再去做什么，都难以做到全心全意，无论对人或是对事，会永远地隔着一层皮，也许是膜，或者是雾，其间的沉重和痛苦会无法倒出，无处安放，会伴随他一生一世。”这个东西是什么呢？很显然就是一个知识分子的个性化思想。革命要求个人无条件地服从驯顺于组织，而知识分子的个性化思想却总是使他带着怀疑的思考的眼光看待理解包括革命在内的一切。导致失踪的革命者父亲一生悲剧的根本原因，显然在此。通过这样的一种革命人生悲剧的追叙与诘问，吕新的写作主旨就是要对于革命做一种深入透辟的理性沉思。

无论如何都不能被忽略的，还有小说那样一个极富象征意味的标题“掩面”。这个标题，首先让我们想到的，是掩面而泣这个成语。面对如同失踪的革命者父亲这样的人生悲剧，掩面而泣是顺理成章的事情。但也不仅仅是掩面而泣，除此之外，“掩面”显然还有更深刻的象征意味。落实到文本层面上，无论是那位始终没有透露姓名的失踪父母的探寻女子，还是那位自己的姓名一直没有得以确定的失踪者父亲，甚至于那些匿名的叙述者，也都称得上是“掩面”。更进一步地说，吕新所意欲对之做出理性沉思的革命本身、历史本身，实际上也都处于“掩面”的暧昧不明的状态之中。“他们究竟是一种什么样的情况，我也不是很清楚，无论什么时候想起来，都像是在一场大雾里，对面是什么情况，周围有什么，好像都被遮挡着，一时很难让人作出正确的判断和决定。”叙述者在这里固然具体谈论着失踪的父母，但在象征的层面上，却也未尝不可以被看作是对面目不清的革命与历史的一种隐喻性表达。如此看来，那位无名女子对于失踪的革命者父母踪迹的探寻过程，就完全可以在一种象征的层面上被理解为是对于革命与历史真相的追问与表现过程。同时，我们也须得注意到，吕新在小说中的不少地方都在借助叙述者的口吻谈论着命运无常的话题。比如，“这中间，除去主客观的原因外，还有一种至关重要的东西一直都在冥冥之中操纵着一切，决定着一切，决定着人生脉络的起伏和最终的走向”。再比如，“活着，一年一年地过着，老有一种感觉：世界好像总是在有意无意地与人们开着各种各样的玩笑，有相当一些的让人难以招架，无法承受”。把这些探讨命运沉浮的理性话语与小说那个“掩面”的标题结合起来，则作家一种哲学层面上对于生命存在的思考与领悟的意趣，自然也就凸显无疑了。这就再一次充分证明吕新的小说创作终于拥有了“一种可以被称之为精神哲学的弥漫于全篇的形而上思考”。

在进入 20 世纪 90 年代中后期尤其是新世纪以来，那些当年的先锋作家们，比如余华、马原、格非，都酝酿发生着一种小说写作上的思想艺术蜕变。一种共同的趋向是，由原来现代主义的先锋品质转向与社会现实密切相关的现实主义。现在，我们发现，吕新也终于开始了自己的思想艺术蜕变。但与其他几位先锋作家的不同之处在于，吕新并未放弃自己的现代主义先锋艺术立场。正如以上两部作品所显示的，在葆有先锋品格的同时，向现实和历史的纵深处做深入的开掘与勘探，乃是吕新的基本写作方向所在。吕新是一位拥有极高艺术天赋的作家。依照我们的判断，只要沿着这样的一种写作方向，不断地使自己变得更加浑厚与开阔，吕新就仍然会持续地带给我们新的惊喜。

《很久以来》：“文革”记忆的清理呈现之一种

虽然结束的时间距今差不多已有将近四十年的时间，尽管也已经出现过很多以“文革”为思考表现对象的文学作品，但一方面由于主流意识形态的规约，另一方面更由于作家主体思想艺术能力的不够强大，迄今为止，真正有深度的“文革”小说的确相当少见。尤其是把我们关于“文革”的文学书写与西方“二战”后关于纳粹，关于战争的文学书写相比较，其间差距的存在，就是显然易见的一种情形。也正因此，以文学的形式继续关于我们“文革”记忆的清理与呈现，很长一段时间内，都是中国作家责无旁贷的一件事情。而叶兆言的长篇小说《很久以来》（载《收获》2014 年第 1 期），就正是这样一部对于“文革”进行着深切的思考与追问的优秀作品。叶兆言从事小说写作多年，发表作品无数，但相比较而言，大约只有这一部《很久以来》方才能够真正称得上是他迄今为止最具思想艺术深度的优秀作品。进一步说，《很久以来》不仅在叶兆言自己的创作历程中具有里程碑的意义，而且，即使把它放置在新世纪以来中国文学的大背景下，恐怕也同样是一部不容忽视的重要作品。无论是对于历史和人性丰富驳杂性的艺术呈现，还是对于以“文革”为中心的历史所具本质的思考与追问，抑或是对于艺术形式的特别营构，都有诸多可圈可点之处。“很久以来”这一小说标题的由来，或许与顾城的那一首同名诗作的影响有关。文本中，叶兆言曾经特别引用过其中的片断：“很久以来 / 我就渴望升起 / 长长的，像绿色植物 / 去缠绕黄昏的光线 / 很久以来，就有许多葡萄 / 在晨光中幸运地哭着 / 不能回答太阳的诅咒。”顾城关于时间的一种“很久以来”的艺术感觉，与小说主人公竺欣慰的悲剧命运遭际，应该说有着内在的相同之处。尽管小说的叙事起点只是 1941 年，距今不过七十余年的时间，但如此一个小说标题所传达给读者的，却是一种超过小说故事时间的历史纵深感。对于一部以“文革”为中心的历史长篇小说来说，“很久以来”这样一个标题的设定，凸显出的正是叶兆言另一种艺术智慧。

就叙述人称来说，小说分别采用了第一和第三两种不同的叙事人称。整个文本共由九章组成，其中第二章与第九章采用的，是第一人称“我”，其余七章，是第三人称。与两种不同的叙事人称相联系的一点是，小说由此也就拥有了两条具有内在交互联系的结构线索。使用第一人称的两章，作家所讲述的是发生在当下时代的现实故事，另外七章，叙事视点就回到了遥远的历史长河中，讲述的乃是历史故事。一部共有九章构成的长篇历史小说，其中两章所讲述的却是当下时代的现实故事。如此一种小说结构方式，难免会让读者产生这现实的两章是否存在着游离于小说主旨的弊端的想法。但我个人的阅读直感却并非如此。从根本上说，这两章现实故事不仅没有游离于小说的思想主旨之外，反而对作家艺术题旨的完满表达有着不容忽视的重要意义。其中，第二章的重要作用，主要在于对作家历史观的一种有力凸显。一个作家，要想写好历史长篇小说；一方面固然须得对于历史史实抱有极大的尊重，须得设法尽可能地接近还原历史的真相；但在另一方面，仅有对于史实的尊重还是远远不够的，在强调还原历史真相的同时，也必须充分认识到具有一种超卓史识的重要性。正如同一个优秀的作家，只有拥有了一种相对成熟深邃的人生观或者说世界观之后，方才可能创作出优秀的长篇小说一样，一个有志于历史小说创作的小说家，也只有在拥有了一种相对成熟深邃的历史观之后，方才有可能创作出一部思想艺术成熟的历史长篇小说来。进一步说，所谓的历史观，就是指写作者对于自己所欲加以艺术表现的那个历史对象所持有的基本看法。具体来说，叶兆言的历史观，乃是通过第二章中若干中国作家与两位捷克诗人之间关于捷克著名剧作家，曾经担任过捷克总统的哈威尔的观点分歧凸显出来的。哈威尔在当代中国，尤其是在思想文化界，在文学艺术界，有着极好的口碑：“在中国文化人眼里，哈威尔代表着写作者的一种最美好境界。诗以言志文以载道，哈威尔用他的笔杆子反抗世俗社会，凭借反抗获得了巨大名声，最后登上了权力的顶峰。”“然而出乎意外，大家对哈威尔赞不绝口，两位捷克诗人却保持了惊人的沉默。”为什么呢？“捷克诗人继续指责哈威尔，他说自己作为一个诗人，作为一名艺术家，对政客有一种天然的反对。他说他不明白中国的诗人们为什么会这么看好哈威尔，看好一个他们完全不了解的人，为什么要把他当作英雄一样来对待。政治是一种非常肮脏的玩意，无非是某些人打着正义的幌子在干坏事，经常怀着不可告人的目的。哈威尔在中国公共知识分子的心目中，几乎就是一个圣人，没人会说他的坏话，没人敢说他的不是，大家第一次听到有人这么公开指责，不免有些惊诧，不明白他为什么会这么敌视他。”另外一位诗人，对此做出了相应的解释：“因为这个人太了解哈威尔了，太知道他的底细。他们当年曾经是很不错的战友，有过一段相当密切的交往。他们一起游行，一起集会，一起被捕坐牢。事实上，在当年的种种革命行动中，他甚至比哈威尔还要激烈，出入牢房的次数更多，但是一起革命的结果又是什么呢，最后，哈威尔当上了总统，他却只能非常潦倒地继续当他的诗人。”问题在于，既然存在个人恩怨，那么，这位对哈威尔极其了解的捷克诗人的评价就一定是客观的吗？又或者，关于哈威尔的真相究竟如何呢？在我看来，叶兆言提及哈威尔问题的本意，并非是要彻底弄明白哈威尔的真相，而是试图借此强调说明历史的复杂性这样一个核心命题。假若说哈威尔这么一个人就已经足称复杂，那么，中国的“文革”，中国的一部现当代历史呢？它们就能够简单得了，能够黑白分明吗？答案显然是否定的。借助关于哈威尔的讨论而明确地提出历史的复杂性问题，毫无疑问正是作家特别设定小说第二章的根本意图所在。

第九章的存在，同样有着非同寻常的意义。除了交代主要人物命运的归宿结果之外，这一章最重要的价值在于，叶兆言借助于小芋这个人物提出了一个小说的方法论与真实性的问题。“我”的伯母和小说中的主要人物之一冷春兰是姨表姐妹，而冷春兰，又恰好是小芋的养母，“我”之所以能够有缘结识小芋，正是因为这重关系。也正是从伯母这里，“我”陆陆续续了解到了冷春兰与竺欣慰当年的一些故事：“因此，我最早知道竺欣慰这个人，也是因为伯母屡屡要提起她。”偏偏地，“我”又恰好是一个小说作家，在了解到竺欣慰的一些人生故事之后，便自然萌生了把它写成小说的念头：“相当长的一段时间，我意识到自己很可能再也不会去写这篇小说。时过境迁，写作的最佳时机已过去，黄花菜早凉了，欣慰的遭遇曾是最热门的伤痕文学题材，它可以用来拨乱反正，用来控诉‘四人帮’，用来反思‘文革’，可以引起轰动，有可能得文学奖，然而随着时间发展，社会风气改变，作为一个敏感的文学题材它早已过气了，已经人老珠黄风光不再。说老实话，当初没写这篇小说，理由也很简单，它稍稍有那么点时髦，过于主流，过于报告文学，而真正的文学恰恰是应该远离这些东西。时髦的时候不想写，过气了又不想写，结果就是一直没写。”叙述者“我”的这段叙事话语，貌似在谈论自己为什么没有写出以竺欣慰为故事原型的小说来，实际上却是在对于新时期以来这一类型的小说写作进行一种深度反思。这段话的潜台词，其实是，既往的小说写作历程中，实际上已经有好多人写过类似于竺欣慰这样的故事，只不过由于政治意识形态或者作家自身艺术观念的局限，这些作品的思想艺术价值其实特别有限。事实上，在20世纪的80年代初，刚刚从事小说写作不久的“我”，曾经尝试过相关小说片断的写作。在“我”的写作构想中，“很久以来，小芋都是这篇小说中当然的主角，我打算用第一人称来写，小说中的我就是小芋。在故事开始的时候，女主人公收到一封来自狱中的长信，这是母亲欣慰写给女儿的，信写得很感人，说自己已走到了生命的尽头，此时此刻，作为一个母亲，最放心不下的，就是自己最心爱的女儿。”为什么要这么写呢？“那时候刚开始学写小说，我坚信文学作品必须要打动人才好看。这封以欣慰口气写的长信，我是流着热泪写完的。当时觉得很感动人，又有情，又有文采，忍不住就先让小芋看了。”没想到，结果却令满怀期待的“我”大失所望：“面对着我那充满期望的眼神，小芋叹了口气，说这信还是写得挺感动人的，不过她的感觉它好像还不够真实，有着不少或者说太多的编造痕迹。她的这个评价对人打击很大，我多多少少有些失望，不，应该说是很失望非常失望。”围绕这封虚拟的长信，两人展开过激烈的交锋。小芋：“好吧，我们不说什么好玩不好玩，就谈谈真实不真实，你觉得你的小说真实吗？”“我”的回答：“小说是可以虚构的。”小芋：“别跟我说什么虚构不虚构，我只是问你，你要写的这篇小说又有多少真实性呢？”是的，这种方式又有多少真实性呢？这真实性的问题究竟又该作何理解呢？“很久以来，真实性成了这篇小说写不下去的一个重要原因。我知道得越多，了解得越详细，材料收集得越多，小说就越觉得写不下去。小芋这个人对我来说是真实的，活生生的，我想写的那些东西，那些很好看很文艺的场景，它们并不存在。”首先须得明确，在一部长篇小说中，写作者与笔下的人物一起讨论小说的写作方式，作家所采用的显然是类似于西方后现代那样一种“元小说”的艺术表现手法。其次，这里的“很久以来”，也格外地意味深长。也正由此，我方才突然顿悟，叶兆言的“很久以来”除了历史纵深感的传达之外，另外一重意思，显然意在说明对于竺欣慰事件这一表现对象，他已经思考酝酿了很久很久。为什么一直未能变成文本事实呢？作家的主体原因之外，更重要的原因，恐怕在于社会文化语境的制约与影响。这就不能不让人联想到“十七年文学”中《红岩》的曲折写作历程。按照洪子诚的叙述，小说“第二稿由于‘既未掌握长篇的规律和技巧，基调又低沉压抑，满纸血腥，缺乏革命的时代精神’而没能成功”，于是只能继续修改，只有在第三稿“找到了高昂的基调，找到了小说的主导思想，人物也就从而变得更崇高、更伟大了”之后，小说方才获得了面目“焕然一新”的成功。[①]很显然，作为一部建立于个人直接经验之上的长篇小说，第二稿所谓的“基调低沉压抑，满纸血腥”更切近于历史事实，而第三稿中的“高昂”“明朗”与“崇高”“伟大”，所直接体现出的正是意识形态的规限与要求。尽管情况也已经好转了许多，但毫无疑问地，即使是到了小说中的“我”最早尝试小说写作的20世纪80年代，实际上也仍然存在着这样一种无形的压力和逼迫。前述“欣慰的遭遇曾是最热门的伤痕文学题材，它可以用来拨乱反正，用来控诉‘四人帮’，用来反思‘文革’，可以引起轰动，有可能得文学奖”云云，所充分说明的，实际上正是这种情况。归根结底，无论是就社会文化语境而言，还是就作家自身的主体思想状况来说，如同《很久以来》这样一部旨在充分呈现以“文革”为中心的一部复杂性历史的长篇小说都不可能在20世纪80年代出现。叶兆言之所以要特别设定出小说第九章来，很显然就是要试图交代说明这种情况。对历史的沉思，无论如何都离不开特定社会文化语境的宽容与开放，叶兆言《很久以来》的写作，再次充分地证明了这一点。

很多“文革”题材的长篇小说，都只是把故事情节集中在“文革”期间，但叶兆言的《很久以来》的一大特殊处，却是把笔触一直延展至了七十多年前的1941年。假如按照所占文本篇幅的比例来衡量，你就会不无惊讶地发现，作品对“文革”的描写实际上只是集中在第七和第八章，还没有占到整部小

---

① 洪子诚：《中国当代文学史》，北京大学出版社1999年版，第112—113页。

说的三分之一。根本原因在于，假若只是把笔触集中于“文革”一隅，无论是历史的复杂性真相，还是人物那样一种乖谬异常的命运遭际，都无法得到真正强有力的艺术呈现。更何况，依我愚见，表现“文革”，固然是叶兆言写作的重心之一，但与此同时，对于一部堪称复杂的中国现当代历史进行尽可能深入的追问与沉思，对于人物跌宕起伏根本就无从把捉的悲剧命运做形象的艺术展示，也一样是不容忽略的题中应有之义。要想很好地实现这样的艺术目标，仅仅把笔触停留在“文革”阶段，就显然是不可能的。一句话，只有在描写“文革”的同时，把“文革”的前世今生也同时鲜活真实地呈现在读者面前，作家也才有望真正把“文革”写深写透。

汉学家孙康宜曾经讲过这么一段话：“幸亏张光直教授在过世之前有机会写这本早年的自传，给历史做了见证。但与其说它是给历史作见证，还不如说是给生命作见证。我最不喜欢看别人写控诉文学，我认为那是没有深度的作品。张光直这本书之所以感人，乃是因为它具有一种超越性。它不是在控诉某个具体的对象，而是在写人。它一方面写人的懦弱、阴险及其复杂性；另一方面也写人的善良、勇敢以及人之所以为人的尊严性。”[①] 叶兆言的《很久以来》所唤起的，正是这样一种极类似的阅读感觉。小说中的几位主要人物，无论是竺欣慰、冷春兰，抑或是闾逵、小芋，都以其人性世界的立体复杂而给读者留下了难忘的印象。首先当然是竺欣慰。叶兆言之所以要把故事的起始点设定为1941年，乃因为这一年，十二岁的竺欣慰，与她终其一生的好朋友冷春兰因为学习昆曲而相遇相识：“相比较春兰的喜欢安静，冷若冰霜，欣慰性情活泼开朗，她像一团火，更愿意结交一切朋友，喜欢和陌生人说话，爱憎分明。人生难得一知己，她们的人生态度有着巨大反差，一个仿佛冬天，一个好像夏天，或许正是这样的反差，两人的性格差异反倒形成了互补。”人都说，江山易改本性难移，欣慰与春兰未来不同的人生遭际，早在她们初始相识时，就埋下了最初的种子。当然，作家从1941年开始小说叙事，也与欣慰和春兰这一年的初始成熟密切相关。这一部分的一个重要细节，就是因为生母早逝而没有能够及时获得相关知识的春兰，在遭遇初潮突袭时不知所措的狼狈情形。亏得“欣慰已经有过好几次月经，俨然是个很

---

① 孙康宜：《走出白色恐怖》，三联书店2012年版，第13页。

有经验的女孩”，方才帮助春兰从尴尬的境地中解脱出来。初潮之对于女性生命成长，绝对有着重要的意义。它的出现，乃标志着女性的初始成人。叶兆言选择这一年开始自己的小说叙事，很大程度上正取决于此。

大约因为竺欣慰的不幸命运与自己的家庭出身有着不容忽视的重要联系，所以，叶兆言才会把很多的笔墨花费在关于她家庭背景的描写上。她的父亲竺德霖不仅有过在日本的留学经历，而且也有过在英国的留学经历。尤其值得注意的是，作为经济学的科班人才，他与自己留日时的同学，中国现代史上臭名昭著的周佛海，私交甚笃，可以说有着极好的交情。正是因为存在着这样一种特殊关系，所以，他才会介入抗战期间南京的汪伪政权当中去。尽管竺德霖从一开始就恪守自己的原则：“第一，不批评在重庆的国民党政府，兄弟阋于墙的事情他不应该做。第二，不恭维日本人，坚决维护一个中国人的基本国格。”但无论怎么说，他都是通过汪伪政权在给日本人做事，这汉奸的名头无论如何都逃不了。也正因此，经过了一番痛苦的抉择之后，他最终还是以假自杀的方式巧妙摆脱了汪伪政权，投奔了重庆国民党政府。这样的选择，不仅改变了他本人的命运，而且对于自己子女也同样有着重要的意义。如此的一种“政治正确”，就使得竺欣慰摆脱掉了本来极有可能的汉奸子女的帽子。但正所谓逃得了初一逃不过十五，欣慰尽管没有被扣上汉奸子女的帽子，但因为父亲跟随着国民党跑到了台湾的缘故，到了史无前例的“文革”期间，她的家庭出身却依然成了她逃无可逃的罪状之一。

然而，尽管叶兆言关于 20 世纪 40 年代的描写也花费了不少笔墨，但小说的主要着眼点，却还是集中在了几位主要人物 1949 年之后命运遭际的描写与展示上。1949 年之后的竺欣慰，所面临的第一个重大抉择，就是当自己的母亲蔡秀英决心要以偷渡的方式出逃香港，想方设法要与已经先期抵达台湾的父亲团聚的时候，自己究竟应该何去何从的问题。在当时，欣慰的选择是，不仅自己不离开大陆，而且还要拉上好友春兰试图劝阻蔡秀英的出走行为。但在劝阻无效，春兰建议向组织汇报的时候，竺欣慰还是犹豫了：“当时，唯一能阻止的办法是向组织汇报，春兰把这个想法说了出来，欣慰听了哭出声来，说我怎么能揭发自己的妈呢，这种事我是不能干的。”要亲情，还是要政治进步，面对如此一种两难的抉择，那个时候的竺欣慰后来还是艰难地选择了亲情。就这样，竺欣慰最终留了下来，蔡秀英出走香港。其实，早在这个时候，竺欣慰精神的某种分裂状况，就已经有所显示了。没有去告发蔡秀英的出走行为，说明内心中亲情的残留，而选择坚定地留下，显示出的则是她顺应时代潮流，积极要求政治进步的一面。那个时候，欣慰政治上的积极要求进步，还体现在她的入党这一行为上：“让春兰感到很意外的是欣慰居然入党了，能够被组织吸收，在当时是件很光荣的事情。”微妙处在于春兰的“感到很意外”。为什么会感到意外？大约就是在非常了解欣慰的春兰看来，欣慰与党的标准要求尚有不小的距离。但与此同时，我们却也不难从中窥测到春兰自己那样一种隐隐约约的对党信任感的不足。与时下一些多少带有一点注水感觉的长篇小说那样一种拖泥带水不同，叶兆言《很久以来》的叙事推进速度很快，刚刚讲述完蔡秀英出走、竺欣慰入党并与明德结婚的故事不久，叙事时间就来到了1957年。在这一年那场可谓声势浩大的“反右”运动中，明德被卷了进去，无可避免地成了一名右派。在上级组织明确要求应该大义灭亲地和明德离婚的问题上，竺欣慰再次表现出了对于亲情的一种本能守护：“为了她的政治前途，组织上希望欣慰能与右派分子划清界限，让她与明德离婚，被一口回绝了，因为她觉得自己不应该放弃明德，作为妻子，她有挽救他的责任。”

问题在于，虽然明德被打成右派时，欣慰拒绝与他离婚，但到最后，他们俩却还是分道扬镳了。原因在于，明德刚刚被摘帽不久，就旧病复发，在男女关系问题上，不仅有了新欢，而且与先前的那位苏大姐根本就没有中断过。但此离婚却非彼离婚也，因为欣慰已经为前次的拒绝离婚付出了一定的代价：“很多人都觉得欣慰要是在明德刚打成右派时就离婚，情况可能会完全不一样。那时候，正是她即将被重用的关键时刻，她是大学毕业生，又是党员，思想进步年轻有为，没理由不提拔她当女干部。明德被打成右派改变了一切，领导与欣慰谈话，希望她能与右派丈夫划清界限，欣慰明白领导是出于好意，是对她负责任，但是她心里舍不得明德，表示可以划清界限，却不准备离婚。形势因此急转直下，欣慰没有被提拔，反而受到了党内警告处分，然后便是下放农机厂坐办公室。”由此可见，早在“反右”的时候，竺欣慰与时代政治之间的某种碰撞就已经隐然现身了。这个阶段欣慰的自我矛盾处在于，一方面试图坚持自己的个性，另一方面却也在力求跟上时代的步伐。这一点，在她对春兰的规劝中表现得特别突出：“欣慰听她这么一说，立刻变得严肃起来，说春兰跟你说正经的，你倒应该积极地争取入党，今天这个时代，不进步就意味着退步，退步就会被历史无情淘汰。欣慰说你看明德的下场就是最好例子，我们这些从旧社会过来的人，一刻都不能放松思想改造，一定要跟着时代一起进步。”与明德离婚后的欣慰，带着女儿小芋，出人意料地嫁给了在肉联厂工作的工人闾逵。没想到，这大老粗闾逵什么都好，唯独一个不同寻常处，就是性欲望特别强烈。性欲望强烈倒也罢了，最令人无法接受的是，他居然强奸了欣慰多年的好友，一直待字闺中的春兰。如此一种冒犯，是欣慰与春兰谁都无法承受的。由此，欣慰的强烈要求离婚，就是自然而然的事情。孰料，到头来这婚却没有离成：“欣慰打定主意要跟闾逵离婚，最后没有离成的重要原因，是轰轰烈烈的‘文化大革命’说开始就开始了。”

“文革”一开始，欣慰曾经有过一段很是有些“左”的激进表现：“最让春兰感到意外的是，欣慰竟然也成了造反派组织的头目。”“因为欣慰一向都是比春兰思想进步，很早就参加了党组织。过去的十多年里，春兰在思想改造方面，基本是属于被动，这一点恰好与欣慰不一样，欣慰始终是先进分子，一直想跟上时代步伐，如果不是‘反右’时受明德的牵连，她也许早就应该被提拔为相当级别的女干部了。”必须承认，在竺欣慰的天性中，就有着介入时代风云际会的因素。唯其如此，她才会在“文革”之初表现得那样“极左”：“一时间，欣慰的脑子里都是些空洞的标语和口号，‘文革’初期的那段日子，她显得非常左，非常的革命。”推想起来，极可能是由于受到家庭出身牵连的缘故，很快地，欣慰就被边缘化了：“针对欣慰的大字报出现了，一开始，还是派系斗争的结果，对立的造反派组织为了搞臭欣慰，过了没几天，与欣慰属于同一阵营的造反派便决定跟她划清界限，宣布将她开除出去。转眼之间，风头十足的欣慰已被自己的同志无情地抛弃了。”在“文革”中被边缘化其实也并非坏事，问题在于，不安分的欣慰总是耐不住寂寞，总想折腾出一点什么事情来。这不，与闾逵离婚的事情还没有见分晓，她就又结识了一位名叫李军的已婚男人，而且很短时间内就打得火热。“对欣慰来说，春兰与闾逵的事情，随着时间推移，已经不重要，重要的是在她生命中出现了李军这个人。”李军的出现，不仅改变了竺欣慰的家庭生活，而且更对她悲剧性的人生结局产生了根本性影响。欣慰与李军关系的变化，与李军妻子的大闹农机厂有直接关系。经过此一时间之后，欣慰告诉春兰，自己已经跟李军没有关系了。然而，“如果欣慰和李军真的从此一刀两断，再没有任何关系，那绝对是一件好事。如果是这样，欣慰后来的悲剧也就不会发生。如果是这样，欣慰的故事，春兰的故事，小芋的故事，跟她有关的所有故事都会彻底改写。”但“历史的发展不以人的意志为转移，他们的悲惨命运注定要被绑在一起。事实上，欣慰与李军并不是藕断丝连，他们的分手很干脆，很干净利落，他们是那样的毅然决然，一刀砍下去便斩断了乱麻。断了也就断了，谁也不会预料到他们之间后来还会发生那样的纠缠，剪不断，理还乱，最后演变成互相检举揭发，李军更是栽赃陷害，置欣慰于万劫不复的境地，这是谁也预料不到的惨事，谁也不会想到。”无论如何都不能忽视这段叙事话语的重要性。它不仅在交代欣慰与李军故事的来龙去脉，同时叶兆言也借此而极有效地传达出了命运的邪恶、诡异与难以捉摸的那样一种特性。

关键在于，李军所施加于竺欣慰的影响，不仅是感情生活上的，也更是思想层面上的。这一点，在欣慰转述给春兰的诸多话语中表现得非常明显。比如“欣慰说李军有几个好朋友很有思想，他们对马克思主义有深入的研究”，比如“欣慰的言谈中，对红极一时的江青显然没什么太大好感，她说春兰你知道在江青前面，除了杨开慧，我们的伟大领袖还有过别的女人”。再比如“她说春兰你有没有想过，我们整天喊的‘毛主席万岁’，实际上是不可能的，还有‘林副主席永远健康’，这个也不太对，我们都是彻底的唯物主义者，人怎么可能活到一万岁，人又怎么可能永远健康，共产党应该实事求是，这些说法不是明显地不符合马列主义吗。”以上种种在现在看起来属于常识性的东西，在“文革”时代，就是大逆不道之思想。李军的被检举揭发以及最后的被捕，显然与此有着直接的关系。关键处还在于，不识时务的竺欣慰，居然还要拉上春兰去参加李军的批斗大会。不参加或许还可以有所回避，一参加就有了自我暴露的意味。实际上，也正是在李军的批斗大会后不久，竺欣慰也被抓了起来。欣慰被抓，春兰就少不了被审问：“在交代中，春兰故意强调欣慰思想一直比自己进步，如何参加反饥饿反内战的游行，如何鼓励自己参加组织。审问人员很不高兴，说这些都是假象，都是用假革命来掩盖反革命。”然而，欣慰虽然被抓了起来，但她的精气神却并未彻底垮掉。当闾逵想方设法去狱中探监的时候，她依然表现得那样固执：“欣慰不屈不挠地说：‘我可以劳动改造，毕竟劳动改造也是思想改造的一部分，可是我总不能因此承认那些不是错误的错误吧。毛主席不是说过，世界上怕就怕认真二字，共产党员就最讲认真二字。我确实是犯了一些错误，有些错误还是很严重的，对不起党和人民，辜负了党的培养，不过，一个人是死是活，只要是为了革命，就是有意义的。我懂得了革命，热爱共产党，就要有决心为革命为党献出一切。’”细细地想一想，欣慰的这段话果然有点一语成谶的意思。到最后，就因为自己的思想问题，欣慰先是被判处七年徒刑，后来被处以了极刑，被剥夺了生命存在的权力。无论如何都不能不注意到，欣慰的被处以极刑，乃是因为莫须有的思想罪名。小说最关键的第八章之所以会出现小标题缺位的状况，从根本上说，正是叶兆言面对欣慰的悲剧性遭际已然出离愤怒的缘故。

欣慰到底应该被看作什么样的一个人物形象呢？是“文革”中的民间思想者吗？是一位拥有七情六欲的普通女性吗？我们注意到，在接受记者访谈时，叶兆言曾经特别强调：“李香芝并非小说里欣慰的原型，是李香芝、张志新、林昭等等这些在“文革”中死去的人的综合，是一个模糊的人，不特指谁，但在那个时代这样的人物实在太多。”[①]叶兆言的回答确实很有必要，假若欣慰的原型真的只是李香芝、张志新或者林昭，那这部作品也就很可能变成一部报告文学，也就从根本上背离了叶兆言的写作初衷。唯其综合种种人，然后再加以必要的虚构加工，最终整合成竺欣慰这样一位格外具有人性深度的，其性格完全称得上复杂、丰饶且又立体的人物形象，方才能够更为深切地完满传达作家意欲对“文革”那段历史进行深入的反思与追问的思想艺术主旨。

说到对于“文革”的深度艺术反思，无论如何不能忽视小说中欣慰的女儿小芋在批斗大会上对于自己的母亲进行批判这一细节。“接下来是小芋上台，春兰已经有一段时间没见到这丫头，她的个头也没见长多少，还是那么瘦，脸上脏兮兮的，穿着一件白衬衫，气鼓鼓地走上台，上台就瞪了欣慰一眼。欣慰没想到连女儿都会上台批判自己，抬起头来看小芋，小芋已经在有声有色地念批判稿了。在‘文化大革命’中，亲情被毁也是常见的事，不过春兰

---

① 石剑锋：《<很久以来>：追述那个年代里被消失的一群人》，载《东方早报》2014年1月12日。

真没想到小芋今天会来，而且发自内心地对欣慰有一股仇恨。”假若说在“文革”中的批判还有被迫之嫌的话，那么，到了“文革”结束，尤其是在竺欣慰已然成为一名反抗潮流的英雄被平反之后，小芋仍然不肯改变对她的敌视姿态，就格外地耐人寻味了。“到了最后，小芋愤愤地说，真正的现实是什么呢，过去因为竺欣慰是现行反革命，我受到了很大的伤害，现在她平反昭雪了，成了你们心目中的英雄，我仍然还在继续受着伤害。换句话说，无论是好是坏，我始终都活在她的阴影下。”从表面上来看，小芋与欣慰之所以会形成如此一种难以化解的仇恨隔膜，乃是欣慰因为李军的出现想要达到与闾逵离婚的目的而把小芋送到了她的舅舅泰秋家里。通观整部长篇小说，把欣慰与其父母以及小芋这三代人的命运遭际联系在一起，我们便不难发现其中潜隐着革命与亲情的矛盾冲突这样一条不容忽略的重要线索。从 1949 年初，面对着蔡秀英的出走香港，竺欣慰的隐而不报，到 1957 年，当丈夫明德被打成右派时，竺欣慰的拒绝离婚，再到“文革”中小芋对于亲生母亲大义凛然的批判，一直到“文革”后小芋对于欣慰的不肯原谅，把这一切联系起来，你就不难发现，革命与亲情之间的矛盾冲突，绝对应该被看作是叶兆言这部《很久以来》最核心的思考表现内容所在。就此而言，叶兆言这部小说的思想艺术价值就不仅仅局限于对“文革”的批判反思，而且更应该被理解为是对整个革命传统一种真切而透辟的思想艺术反思。

竺欣慰之外，叶兆言对于诸如冷春兰、闾逵、小芋等人物的刻画塑造，也都可圈可点。由于篇幅所限，此处不再赘言。但不管怎么说都不容忽略的一点，却是叶兆言对于个人与历史之间关系那样一种深入的思考。诚如前言，对于“文革”的艺术反思，绝对是《很久以来》最核心的最重要的思想价值所在。但作家之所以在写作过程中非得要把叙事时间由十年“文革”而拉长到从 1941 年至当下时代这样长达七十余年的跨度，正是为了凸显出人类个体在强大历史面前那样一种直如草芥一般的无力感。即如竺欣慰此人，从 20 世纪 40 年代富豪家庭的贵族小姐，到 1949 年之后积极追逐时代步伐的进步青年，再到“文革”期间现行反革命的阶下囚身份，一直到“文革”结束后获得平反，平步青云般地成为“文革”期间的反潮流英雄，无论如何都不是人物主体的个人意志所愿的结果。挪威剧作家易卜生有名作云《玩偶之家》，强调剧中女主人公娜拉为其丈夫海尔茂股掌中的玩偶，细细想来，如同竺欣慰这样曾经的时代青年，又何尝不是历史巨掌中的玩偶呢？！更进一步说，在小说中的诸多人物身上，你都不难发现一种鲜明的历史错位感。比如冷春兰，明明因为闾逵强奸了自己而对此人深恶痛绝，但谁又能够想到，到头来，居然会是他们两位结成夫妻而相伴余生。再比如小芋，“我”的母亲之所以坚决反对“我”与小芋谈恋爱，就因为她的家庭背景过于复杂：“我母亲立即反对，虽然在‘文革’后期，家庭成分已不是太大问题，然而，小芋的这个家庭关系，也太复杂了一点。”其实，关于这一点，早在“我”刚刚结识小芋的时候，就已经有过突出的感觉：“记得那时候，完全弄不明白这一家人的复杂关系，为什么小芋会姓竺，为什么闾逵又不是他的亲爹。”认真想一想，小芋的实际情况也的确如此。她的生身父母分别是明德与竺欣慰，后来竺欣慰与明德离婚，闾逵就成为她的继父。此后，竺欣慰被处以极刑，小芋便又成为母亲一生好友冷春兰的养女，而这个时候，她的继父闾逵业已成了冷春兰的丈夫。不管怎么说，小芋家庭关系的复杂，都是无法被否认的一种客观事实。现在的问题是，我们究竟应该如何理解看待叶兆言的这样一种处理方式。一方面，小芋复杂的家庭关系，固然绝对具有写实的意味，但与此同时，我们却也不妨从象征的层面上来对此做出理解。从这个意义层面上说，小芋的家庭关系之复杂，就完全可以被看作是一部复杂的中国现当代历史的一种象征隐喻式表达。究其根本，也正是缘于人物命运遭际的如此一种安排处理，叶兆言方才最终相对圆满地达至了自己意欲呈现历史复杂性的思想艺术题旨。

“用文学来提出记忆和道德问题是暗示性的，而学者和批评家的解读则又使那些原本用隐喻或寓言提出的问题变得更加复杂。文学家和文学创作提出问题的方式是其他思维方式不可替代的。当大的体制缺陷（如严酷的政治气候、僵化的意识形态、社会中蔓延的冷漠麻痹和犬儒主义）特别严重的时候，文学的思考力和道德文化影响就可能会被消灭（如在‘文革’时期），即使存在，也会相当微弱。但是，这应该是人们更加需要优秀文学，而不是就此抛弃文学的理由。”[①] 叶兆言的《很久以来》，很显然就属于这样的一种以“文革”为深度反思对象的文学。

---

① 徐贲：《〈朗读者〉和纳粹罪恶的后代记忆》，载《随笔》2014年第1期。

《野狐岭》：直面历史苦难与人性困境的灵魂叙事

虽然肯定称不上著作等身，但刚刚年届五十的作家雪漠，其小说写作数量在同龄人中却无疑是名列前茅的。别的且不说，单只是长篇小说这一种文体，他截至目前就已经有七部之多。其中，《大漠祭》《猎原》《白虎关》一般被称为“大漠三部曲”，《西夏咒》《西夏的苍狼》《无死的金刚心》则被称作“灵魂三部曲”。这部新近创作完成的《野狐岭》（人民文学出版社 2014 年版），乃是第七部。遗憾处在于，尽管雪漠在自己的小说写作历程中，不断地在思想艺术上做出过多方面的有益探索，但我对他小说写作的深刻印象却依然停留在他的长篇小说处女作《大漠祭》上。虽然已经时过多年，但当时那样一种“惊艳”的感觉却仍然仿若昨日般记忆犹新。之所以会“惊艳”，就是因为在那部相当典型的西部小说中，雪漠毫无伪饰地以一种质朴无华的艺术形式把西部乡村世界原生态式的生存苦难足称淋漓尽致地呈现在了广大读者面前。《大漠祭》之后，《猎原》与《白虎关》的具体书写对象，依然是那片广袤无垠的西部大漠。虽然文本中也一样有着对于生存苦难的真切逼视，但因为已经有《大漠祭》在先，雪漠的此类同质化书写便无论如何都难称超越了。然后，就是所谓的“灵魂三部曲”了。就其基本的思想艺术特质而言，更加看重于艺术想象力发挥的“灵魂三部曲”，较之于以写实为显著特色的“大漠三部曲”，确实极其充分地凸显出了作家一种自觉的超越性努力。但或许是因为这几部小说由于有所谓宗教情怀的介入而显得过于凌空蹈虚的缘故，以至于包括笔者在内的很多人，都会对雪漠这个系列的作品形成一种“走火入魔”的感觉。如此看来，尽管雪漠在《大漠祭》之后一直孜孜不倦地追求着一种思想艺术上的自我超越，但实际的成效恐怕却是要大打折扣的。一直到这次认真地读过《野狐岭》之后，我才不能不承认，依凭着这样一部沉甸甸的厚重文本，雪漠终于实现了自己多年来思想艺术自我超越的夙愿。尽管未必认同她的全部判断，但从总体感觉而言，我以为责编陈彦瑾的结论还是比较靠谱的：“我相信，对于雪漠来说，《野狐岭》的写作是一个突破，也将会是一个证明。由于它，雪漠实现了许多人的期待——将‘灵魂三部曲’的灵魂叙写与‘大漠三部曲’的西部写生融合在一起，创造一个介于二者之间的‘中和’的文本；由于它，许多认为雪漠不会讲故事的人也将对他刮目相看，并由此承认：雪漠不但能把一个故事讲得勾魂摄魄，还能以故事挑战读者的智力、理解力和想象力。因此，我断定，《野狐岭》将会证明：雪漠不但能写活西部、写活灵魂，雪漠也能创造一种匠心独运的形式，写出好看的故事、好看的小说。”①

陈彦瑾的上述看法，无论是认定雪漠的《野狐岭》创造了一种匠心独运的艺术形式，抑或是认定《野狐岭》从根本上实现了一种思想艺术上的自我超越，皆属于切中肯綮之言，我自然完全认同。我所不能认同者，主要在这样两个方面。其一是所谓的“西部写生”。小说中存在着明显的西部因素，这一点诚然毫无疑问，但我们是不是因此就可以把它理解为一部西部小说呢？尽管我知道，其他一些人也会如同陈彦瑾一样坚持认为《野狐岭》是一部成功的西部小说，但就我个人的阅读体验而言，如果仅仅把《野狐岭》视为西部小说，实际上就看轻了这部小说的高端思想艺术价值。很大程度上，所谓的“西部写生”也只不过是小说的外壳而已。借助于西部大漠这一外壳，跃入存在的意义层面，在这一意义层面上传达表现作家对于生命一种真切的思考与体验，方才应该被看作是雪漠最为根本的思想艺术追求之所在。与其说《野狐岭》是一部西部小说，反倒不如说是一部对于人类的生命存在进行着深度艺术思考的小说更恰当一些。在一篇关于史铁生遗作的文章中，我曾经写道：“在具体分析史铁生的作品之前，有一个问题必须提出来有所讨论。这就是，文学的根本功能究竟是什么的问题。曾经有那么一段时期，我特别注重于文学对于现实的呈现与批判功能。而且，据我所知，一直到现在，也仍然有许多人在坚持这样的一种基本理解。但是，面对着史铁生的文学创作，我才渐渐地醒悟到，其实，从本质上说，真正优秀的文学作品应该是关乎人

---

① 陈彦瑾：《从〈野狐岭〉看雪漠》（责编手记），见《野狐岭》附录，人民文学出版社2014年版。

的生命存在的，应该是一种对于生命存在的真切体悟与艺术呈示。史铁生那些具有代表性的文学作品，一向具有这种艺术品质。难能可贵的是，这一点，在作家的这一组遗作，尤其是《回忆与随想：我在史铁生》中，也表现得十分突出。某种意义上，这部未完成的长篇作品应该被看作是史铁生面对生命时的一种玄思冥想。”[①]客观公允地说，文学也应该有对于社会现实的呈现与批判功能，尤其是当我们所置身于其中的社会存在形态还存在极严重问题的时候。但与此同时，一种具有突出超越性的对于生命存在的体悟与呈示，却同样是优秀的文学作品所必须具备的根本功能。对于雪漠的这部《野狐岭》，我们很显然更应该在这样一个意义层面上来加以理解分析。其二，则是关于雪漠讲故事的判断，认为一向被认为不会讲故事的雪漠终于可以把故事讲得“勾魂摄魄”了。作为一种典型不过的叙事文体，小说要讲故事是题中应有之义。对于已有丰富小说写作实践的雪漠来说，他讲故事的艺术能力绝不是到了《野狐岭》才表现得非常突出。但更重要的，恐怕却是由陈彦瑾的这一判断而引发出的小说观问题。就陈彦谨之一力强调雪漠终于写出了“好看的故事，好看的小说”而言，能否写出“好看的故事”，显然是其小说观中非常重要的一个关键性构成因素。但在我看来，判断小说优秀与否的标准，绝不仅仅只是能否讲述“好看的故事”的问题。能够把故事讲得风生水起居然可以达到“勾魂摄魄”的程度，固然是值得肯定的一种艺术能力，但真正优秀的小说却绝不仅止于讲述“好看的故事”。某种意义上说，能够把故事讲得“勾魂摄魄”只是优秀小说所应具备的一个基础。在此基础之上，作家所欲传达出的思想内涵是否足够深厚，作家对于生命存在的思考究竟抵达了何种程度，恐怕才是衡量评价一部小说作品的重要标准之所在。而雪漠的这部《野狐岭》，则毫无疑问正是这样一部在“好看的故事”之外有着足称丰厚的思想精神内涵的长篇小说。

从题材上说，《野狐岭》是一部不折不扣的历史长篇小说，作家把自己的艺术聚焦点对准了百年前发生在大西北凉州地面上一场反抗清朝政府的历史事件上。但在具体展开对文本的分析之前，我们却也不能不指出小说存在着的艺术败笔。具体来说，这败笔也就是指关于那场发生在岭南的土客械斗

---

① 王春林：《面对生命的玄思冥想——读史铁生遗作随感》，载《深圳特区报》2012年2月14日。

的艺术设置。小说的主体故事本来发生在大西北凉州的沙漠之中，但雪漠的笔触却不能不从遥远的岭南写起。之所以会如此，与当下时代文坛所普遍流行的项目签约制度密切相关。我们注意到，在作为“代后记”的《杂说〈野狐岭〉》一文中，雪漠开宗明义地写道：“《野狐岭》虽然是东莞文学院签约项目，但其中的主要内容，如凉州英豪齐飞卿的故事等，我酝酿了很多年。”既然是东莞文学院的签约项目，那就无论如何都得与东莞发生一点关系。关键在于，一个主体部分发生在大西北的小说故事，怎么样才能够与遥远的岭南东莞发生关系呢？为了达至这样的一种艺术目标，雪漠不惜煞费苦心地设定了那场土客械斗。由于土客械斗的起因，乃是小说女主人公木鱼妹一家与岭南富户驴二爷一家的矛盾冲突，所以，借助于那场土客械斗的设定，雪漠也就连带着把木鱼妹与驴二爷这两位主要人物引入小说文本之中。那场土客械斗的直接起因，乃是因为木鱼妹家的祖屋某一天被一场人为的纵火给烧掉了。由于此前驴二爷曾经反复再三地试图把木鱼妹家的祖屋买到手，也由于驴二爷曾经占有过在他们家做厨娘的木鱼妹母亲，所以，木鱼妹自然也就把这笔账记到了驴二爷的身上。因为父亲母亲都在那场突如其来的大火中变成了“焦棍”，为家族复仇的使命自然落到了木鱼妹的肩头。怎奈由于缺乏必要的证据，木鱼妹坚持不懈的告状一直无果：“虽然我明白凭借我个人的力量，要跟驴二爷较量，等于凡人和老天较量，但我还是义无反顾。我四处奔波，见衙门就进，见官员就拜，我感动了很多人。他们都愿意帮我，但他们的帮也改变不了事实。没有足够的人证和物证来证明驴二爷是杀人凶手。”唯其求告无门，万般沮丧的木鱼妹才常常会忍不住大哭出声：“我觉得那是我的心在哭。我想到阿爸很苦的一生，就忍不住会痛哭。我总是会想到一个文人在命运的无奈中遭受的污辱。我的哭声感动了好多人。有人甚至认为，后来新一轮的土客械斗，就跟我的哭有关。”但究其实质，木鱼妹的家仇，也只不过是那场土客械斗的导火索而已：“本来，家乡的土人就一直对驴二爷不欢喜。因为他一个外来人竟然拥有了那么大的家业，成了人上人，好些当地人心理很不平衡。他们一方面也会为了一点小小的利益巴结驴二爷，另一方面心理的不平衡也慢慢变成了仇恨。他们更眼红驴二爷的财富，一直想找个理由和契机。我家的故事，就成了一个理由。”就这样，星星之火可以燎原，本来只是木鱼妹个人的家仇，但由于家乡土人一种普遍的不平衡仇富心理作祟的缘故，终至最后燃起了土客械斗的熊熊大火。尽管因为有官家的强势介入，那场血腥的土客械斗最后被弹压下去，但驴二爷出于多方面的考虑，还是离开岭南返归凉州了："那次血腥事件之后，驴二爷回老家了。他是随着驼队来的，又是随着驼队走的。他安排了一个账房先生管岭南的商务，他自己，却不敢待那里了。无论他后来如何施粥，土人还是忘不了他的那些枪手欠下的血债。好些人，都想要他的命。这样，碉楼虽然安全，但他要是待在里面不出，也就等于坐牢了。权衡再三，他还是回老家了。"驴二爷一走，木鱼妹的仇人也就消失了，她还怎么能够实现报仇的愿望呢？正是由于内心里有着刻骨仇恨的强力驱动，所以，木鱼妹才一不做二不休，义无反顾地追随着驴二爷的脚印也踏上了前往大西北凉州的迢遥路途。这样，小说故事的发生地也就由岭南而牵移到了大西北的凉州沙漠地带。"野狐岭"也才因此而得以浮出水面。

非常明显，作为一部旨在透视表现百年前哥老会在凉州地面反抗清朝政权那个历史事件的长篇小说，《野狐岭》的叙写重心绝对应该落脚在拥有齐飞卿同时也拥有野狐岭的凉州地面。从这个角度来看，雪漠关于岭南故事的叙写其实并无必要。大约也正因为如此，作家的岭南叙事读来总是难免会有一些牵强生硬的感觉产生。这一点，在陈彦瑾的感觉中其实也能够得到相应的证实："相形之下，雪漠也想记录的另一民间文化载体——岭南木鱼歌则逊色很多。毕竟没有真正融入岭南，雪漠对岭南人的生存和岭南文化的描写，和《西夏的苍狼》类似，还只停留于表面，远不如他写故乡西部那般出神入化、鬼斧神工。"[①] 这样的一种事实就再一次证明，作家只有在描写表现自己刻骨铭心的生命体验的时候，方才能够获致一种如同神灵附体般的艺术灵感。一旦远离了这种真切的生命体验，他的笔触就可能变得特别迟钝。然而，正所谓瑕不掩瑜，尽管岭南土客械斗故事的插入的确显得有些牵强生硬，但这却并未从根本上影响到《野狐岭》的总体思想艺术成功。

《野狐岭》的思想艺术成功，首先体现在对于一种叙述形式别出心裁的营造上。虽然小说所要表现的核心事件是齐飞卿的哥老会反清的故事，但雪漠所可以选择的叙事切入点，却是对于百年前两支驼队神秘失踪原因的深入

---

① 陈彦瑾：《从<野狐岭>看雪漠》（责编手记），见《野狐岭》附录，人民文学出版社2014年版。

探究："这两支驼队，是当时西部最有名的驼队，一支是蒙驼，一支是汉驼，各有二百多峰驼……他们遭过天灾，遇过人祸，都挺过来了。他们有着最强壮的驼，他们带着一帮神枪手保镖，枪手拿着当时最好的武器。他们更有一种想改天换日的壮志——他们驮着金银茶叶，想去俄罗斯，换回军火，来推翻他们称为清家的那个朝廷。后来的凉州某志书中，对这事，有着相应的记载。但就是这样的两支驼队，竟然像烟雾那样消散了。"如此久经历练的两支驼队为什么会神秘失踪呢？"很小的时候，我老听驼把式讲这故事，心中就有了一个谜团。这谜团，成为我后来去野狐岭的主要因缘。"为什么是野狐岭，因为野狐岭正是百年前那两支驼队的最终消失之地："几个月后，他们进了野狐岭""而后，他们就像化成了蒸汽。从此消失了"。关键问题在于，既然那两支驼队早在百年前就已经神秘失踪了，那"我"还有什么办法能够把他们的失踪之谜弄明白呢？这样，自然也就有了招魂术的"用武之地"。"进入预期的目的地后，我开始招魂，用一种秘密流传了千年的仪式……我总能招来那些幽魂，进行供养或是超度，这是断空行母传下来的一种方式。""我点上了一支黄蜡烛，开始诵一种古老的咒语。我这次召请的，是跟那驼队有关的所有幽魂——当然，也不仅仅是幽魂，还包括能感知到这信息的其他生命。""我"之所以能够招魂，原因在于，"世上有许多事，表面看来，已消失了，不过，有好多信息，其实是不灭的。它们可以转化，但不会消亡，佛教称之为'因果不空'，科学认为是'物质不灭'。于是，那个叫野狐岭的所在，就成了许多驼把式的灵魂家园"。唯其如此，凉州一带才会广泛流传这样的一个民谣"野狐岭下木鱼谷，阴魂九沟八涝池，胡家磨坊下取钥匙。"很大程度上，这个广泛流传的民谣，正是雪漠写作这部《野狐岭》的基本出发点。"那所有的沙粒，都有着无数涛声的经历，在跟我相遇的那一瞬间，它们忽然释放出所有的生命记忆。在那个神秘的所在，我组织了二十七次采访会。对这个'会'字，你可以理解为会议的'会'，也可以理解为相会的'会'。每一会的时间长短不一，有时劲头大，就多聊一聊；有时兴味索然，就少聊一点。于是，我就以'会'作为这本书的单元。"

实际上，也正是凭借着如此一种招魂行为的艺术设定，雪漠非常成功地为《野狐岭》设计了双层的第一人称叙述者。招魂者"我"（也即雪漠），是第一层的叙述者。而包括木鱼妹、马在波、齐飞卿、陆富基、巴特尔、沙眉虎、豁子、大嘴哥、大烟客、杀手（联系杀手所叙述的内容认真地追究一下，就不难发现，这个无名的杀手其实是木鱼妹。又或者，杀手与木鱼妹本就是同一个人的一体两面，可以被看作是一种精神分裂的结果），甚至连同那只公驼黄煞神在内，所有这些被招魂者用法术召唤来的百年前跟那驼队有关的所有幽魂，就构成了众多以“我”的口吻出现的第二个层面的第一人称叙述者。招魂者“我”正是通过这许多个作为幽魂的“我”从各不相同的叙事立场出发所作出的叙述，最大限度地逼近还原了当时的历史现场。首先值得注意的，就是作为第一层叙述者的招魂者“我”。为了在野狐岭通过招魂的手段有效地还原百年前的历史现场，招魂者“我”可谓历尽了千难万险。在生存条件特别严酷的野狐岭，招魂者差不多都要付出生命的代价了。某种意义上，招魂者所遭遇的艰难处境与百年前那两支驼队的生存苦难之间，其实存在着一种相互映照的对应关系。雪漠对于招魂者处境艰难的艺术表现，能够帮助读者更好地理解那两支驼队在百年前的神秘失踪。尤其不能忽略的是，那些幽魂的叙述甚至会反过来影响到招魂者的精神世界。“我被木鱼妹的故事吸引了，这真是一个意外的收获”“除了木鱼妹外，我印象最深的，是马在波。在把式们的记忆中，他一直像临风的玉树”“我最希望自己的前世，是马在波”“只是，故事越往前走，我越发现，自己可能是故事里的任何一个人。因为他们讲的故事，我听了都像是自己的经历，总能在心中激起熟悉的涟漪。这发现，让我产生了一点沮丧”。究其根本，招魂者“我”之所以会对那些幽魂们产生渐次强烈的认同感，会以一种“前世今生”的方式认定“自己可能是故事里的任何一个人”，就意味着他的精神世界已经无法抗拒来自于幽魂们的影响。

然后，就是那些一直在进行着交叉叙事的第二个层次的幽魂叙述者。从根本上说，每一个个体都有着迥然不同于他者的精神世界，有着自己独特的世界观。正所谓“横看成岭侧成峰，远近高低各不同”，对于同一个历史事件，拥有不同世界观的人类个体从不同的精神立场与观察视角出发，所看到的自然是差异明显的景观。更大的事件且不说，即使是给骆驼做掌套这样一个看似微不足道的事情，在不同的叙述者那里，也有着不同的理解和评价。在陆富基看来，理应是蒙驼队的大把式巴特尔为这一事件负责：“为了保护驼掌，巴特尔弄了好些牛皮，给驼做了掌套。他的心当然是好的，可是，就是他的做法，让整个驼队瘫痪了。”因为，“那窝在掌套里的石子，几乎弄烂了所有的驼掌”。驼掌弄烂了，自然无法继续前行，只能被迫停留在野狐岭，而“噩梦就是从那时开始的”。但在马在波看来，这事情却无论如何都怪不到巴特尔头上：“那弄掌套的方法是我想出来的，不怪巴特尔”“我仅仅是想保护驼掌。我没想到，那些石子会贼溜溜地钻进牛皮套里，将那些掌们咬得血肉模糊”“这事儿，怪不得巴特尔。要说责任，还是我来承担”“我当然没想到，那驼掌的烂，仅仅是导火索和雷管。它引发的，是许多因素构成的炸药”。与掌套事件相比较，更为典型的，恐怕却是关于木鱼妹那样一种可谓是差异极大的理解与判断：“在对木鱼妹的解读中，就有着境界的高下：在木鱼妹自己的叙述中，她是以复仇者形象出现的；大嘴哥眼中的木鱼妹，是个可爱的女孩子；而马在波眼中，木鱼妹却成了空行母。”不同叙述者眼中木鱼妹形象的差异之大，所充分凸显出的，正是叙述者的话语权问题。关于小说中叙述者所拥有的话语权，曾经有论者写道：“他所言极是。我还必须补充的是，历史学家面对的文献，多是当时的人根据自己的目的对‘事实’进行的叙述。因为目的不同，所叙述的‘事实’也不同。对历史学家最大的一个挑战是，你所拥有的史料不过是过去的人为我所用讲的故事。除此之外，你往往没有或很少有其他的线索。历史学中的批判性阅读，特别要注意是谁在叙述，目的是什么，然后发现这种‘叙述特权’掩盖了什么事实或是否压抑了其他人的叙述。举个例子，我们看中国的史料，讲到某王朝灭亡时，往往会碰到女人是祸水这类叙述和评论。其中评论一看就知道是史学家的个人意见。但他的叙述有时则显得很客观，特别是那些没有夹杂评论的叙述。没有批判性的阅读，你可能会简单地接受这些为既定事实。但是，当你意识到这些全是男人的叙述，特别是那些希望推脱责任的男人的叙述时，你就必须警惕。因为女人在这里没有叙述的权力，她们的声音被压制了，没有留下来。那么，你就必须细读现有叙述的字里行间，发现其中的破绽。”[①] 在这里，论者颇具说服力地论述了叙述者所拥有的话语权问题。雪漠之所以要在《野狐岭》中设置如此之多的叙述者，正与话语权的归属问题关系密切。那么，对于雪漠在叙述者设定方面的积极努力，我们究竟应该予以怎样的衡估呢？

---

① 陈心想：《追问大学学什么》，载《读书》2010年第10期。

必须注意到，如同《野狐岭》这样在一部作品中设置众多第一人称叙述者的情形，在现代以来的小说作品中其实屡见不鲜。究其实质，可以说是小说艺术形式现代性的一种具体体现。之所以这么说，是因为把众多的人物设定为叙述者，就意味着赋予了他们足够充分的话语权，是对他们各自主体性的尊重与张扬。在充分尊重人物主体性的同时，因为把阐释判断事物的权力最终交付给了广大的读者，所以，如此一种分层多位叙述者的特别设定，实际上也就意味着对于读者主体性的充分尊重。正因为这种艺术设定最大限度地实现了对于人物与读者的双重尊重，所以自然也就成了小说所具现代性的关键性因素之一。毫无疑问，对于雪漠《野狐岭》中分层多位叙述者的艺术设置方式，我们必须在这个意义上加以理解。但千万请注意，正是通过这些看起来歧义丛生的叙述，雪漠相当有效地复现着当时的历史现场。一方面，“木鱼妹越来越鲜活了。因为那些骆驼客的记忆越来越清晰”。另一方面，“我也从木鱼妹的记忆中看到了把式们。他们互相的记忆，构成了一座宝库，为我提供着那个时代的讯息。于是，那些汉子就在我心目中鲜活了”。

分层多位叙述者的特别设定之外，与小说对于生命存在主题的艺术表现密切相关的，还有雪漠在后设叙事方面所作出的艺术努力。所谓后设叙事，就是指在事件已经完成之后的一种有点类似于“事后诸葛亮”式的叙事方式。所谓“事后诸葛亮”，其本意多少带有一点贬义的色彩，但我们在这里却纯粹是一种毫无褒贬的中性意义上的使用。因为生命是一种不可逆的发展演进过程，一般情况下，人只能够顺着时间之河走向生命的终点。依循一种正常的生活与生命逻辑，任谁都不可能对自己的人生做一种终结之后的再度省思。唯其不可逆的生命过程中充满着很多难以弥补的遗憾，所以人们也才会用“事后诸葛亮”的说法把这种遗憾形象生动地表达出来。但雪漠的值得肯定处，却在于，通过招魂术的巧妙征用，使得那些已经死去多年的幽魂们得以重新复现汇聚于当下时代的野狐岭，不无争先恐后意味地讲述着百年前发生在同一个地方的两支驼队神秘失踪的故事。这样一来，招魂者之外的其他那些第一人称叙述者，就既“入乎其内”，能够在历史现场以一种同步的方式感性地叙述故事的发生发展，又“出乎其外”，能够在时过境迁已然时隔百年之后的现在，以一种极度理性的方式回过头来重新打量审视当年发生的那些个历史故事。比如，汉驼的驼王黄煞神，对于同一件事情，就有着前后对比极其鲜明的不同叙述。在汉驼驼王黄煞神与蒙驼驼王褐狮子围绕母驼俏寡妇发生尖锐激烈的矛盾冲突之后，当时的黄煞神：“我当然要发怒了。要是你的女人叫另一个男人强暴，你会咋样？要是她带了一种半推半就的神态自家脱了裤子，你心里会咋样？你还说我呢。你难道不知道，母驼的扎尾巴，等于女人的脱裤子？”“是可忍，孰不可忍。我咋能不疯？”“我承认，我气坏了。记得当时，只觉得一股血冲上了大脑，脸一下子热了。”但到了时过境迁之后的当下时代，黄煞神的幽魂却冷静理性了许多：“当然，我的这种评价，是事隔多年后的今天，才做出的。而在当时，我是不承认它是驼王的。现在，等那诸多的情绪像云彩消散于天空之后，我的心才清明了，才能冷静地回忆当初。”“你要知道，好多事情，只要换个角度，就想通了。但有时候，那听起来简单的换角度，却不容易做到。现在，经了些事。当然想通了。但那时，我真的有些糊涂。”常言道：“当局者迷，旁观者清”，雪漠对于后设叙事方式的特别设定，就使得那些曾经处于当局者位置的幽魂叙述者获得了一种类似于旁观者的澄明与通透。比如，在木鱼妹的叙述中，我们就能够读到这样的一些文字：“至今，我还没有发现王胖子如何为富不仁的证据，都说他为富不仁，但究竟如何个为富不仁，没有一个具体的例子。多年之后，等我冷静下来后，方才明白一个道理，在凉州人的心中，他的胖，本身就是烧他房子的理由。此外，是不需要理由的。就像多年后的那场革命，你的富有，本身就是被专政的理由。”“后来，我才知道，这样的笑话，还在别处发生着。那时节，到处都有这样的暴动，他们面对强大的清家时，像小孩子面对一个壮汉。虽然壮汉只一拳就能击倒小孩子，但小孩子一次次爬起，一次次缠斗，扔鼻涕，啐唾沫，用各种方式攻击那壮汉，死了一个，又扑上无数个。开始，那壮汉浑不在意，但渐渐地，他开始疲惫了，渐渐像堕入了梦魇，他的步履开始蹒跚，终于在一次叫武昌起义的行动中被击中，倒地了。”《野狐岭》的主体故事是关于百年前两支驼队神秘失踪事件的叙述，无论是前一段叙事话语中的“就像多年后的那场革命，你的富有，本身就是被专政的理由”，还是后一段叙事话语中关于武昌起义的形象描述，从根本上说，都是拜雪漠恰如其分地采用了后设叙事方式的结果。究其实质，雪漠的《野狐岭》之所以能够以一种格外犀利的笔触揭穿社会历史与生命存在的真相，正与这种后设叙事方式的设定关系密切。

实际上，雪漠《野狐岭》艺术形式上的努力，还不仅仅只是表现在对于分层多位叙述者以及后设叙事方式的特别设定上。诚如雪漠自己在《杂说〈野狐岭〉》（代后记）中所言：“《野狐岭》是一群糊涂鬼——相对于觉者而言——的呓语。当然，《野狐岭》写的，绝不仅仅是上面说的那些。其中关于木鱼歌、凉州贤孝，关于驼队、牧场、驼道、驼把式等许许多多消失或正在消失的农业文明的一些东西，小说中的描写又有着风俗画或写生的意义。这一点，在本书中显得尤为明显，也跟我以前的小说‘写出一个真实的中国，定格一个即将消失的时代’一脉相承”，对于驼队、牧场、驼道、驼把式等的风俗画描写且不说，单只是在小说叙事过程中对于凉州贤孝与木鱼歌的堪称精妙的穿插与征用，就是非常有效的叙事手段。尤其是在叙述齐飞卿起义时，对于凉州贤孝《鞭杆记》的适度穿插，更是给读者留下了极难忘的印象。需要强调的一点是，这一部分的叙述者，乃是天赋唱歌异秉的木鱼妹。历史上的齐飞卿起义，本就极具壮烈苍凉的意味，如此一种故事，被历经苦难折磨煎熬的木鱼妹以饱满的感情说唱而出，其强烈的艺术感染力就真正是可想而知了。关于这一点，只要认真地读一读第十二会“打巡警”与第十三会“纷乱的鞭杆”，我们即可以有真切的体会。但不管怎么说，雪漠对于所有艺术手段的设定与征用，其根本意图却都是，一方面要尽可能真实地逼近还原历史现场；另一方面要在此基础上充分传达自己对于生命存在的理解与体悟，最终完成一种能够直面历史苦难与人性困境的灵魂叙事。

所谓历史苦难，落实在《野狐岭》中，就是指那场曾经名震一时的齐飞卿起义。而齐飞卿起义，从根本上说，乃是哥老会与清廷激烈对抗碰撞的一种具体体现。那次起义，缘起于齐飞卿他们的鸡毛传帖：“后来名扬凉州的那次暴动，就发生在那年的正月。那时，仅仅一夜间，一个歌谣就传遍了凉州：‘正月二十五，火烧凉州城，马踏上古城，捎带张义堡。’”“这次的鸡毛传帖，阵势很大，整个凉州百姓，差不多都收到了鸡毛传帖。”凉州百姓，之所以能够积极响应鸡毛传帖，参与到齐飞卿与哥老会主导的这场起义之中，一方面，固然与他们在清廷统治下艰难的生存困境有关。凉州贤孝有句云：“百姓们那时节实在也活不成，单等着提上脑袋大闹凉州城。”另一方面，却也与他们的一种宣泄与从众心理密切相关：“我发现，不容易起群的凉州人其实也爱起群——凉州人管抱成团叫起群。为什么？不容易起群的原因是没个起头的。大家管起头人叫高个子。只要有个起头的高个子，大家倒愿意把心中的激愤什么的，宣泄一气呢。”造反起义的结果可想而知，虽然赶跑了知县梅浆子，虽然起义的场面也的确称得上是轰轰烈烈，但在清廷派刘胡子的马队出兵镇压之后，本就是一团散沙的凉州人迅即就土崩瓦解溃不成军了。起义以失败的悲剧结局告终，起义的发起者齐飞卿与陆富基只好无奈趁乱出逃。这样，也才有了后来那两支驼队的俄罗斯之行：“他们更有一种想改天换日的壮志——他们驮着金银茶叶，想去俄罗斯，换回军火，来推翻他们称为清家的那个朝廷。”而这，也就很好地解释了身为哥老会重要成员的齐飞卿与陆富基，何以会出现在驼队之中。却原来，两支后来神秘失踪的驼队的根本使命，正是要颠覆强大的清廷。在这个意义上，两支驼队的因故未竟的俄罗斯之行，完全可以被看作是齐飞卿凉州起义的一种后续行动。有了两支驼队的神秘失踪，方才有了百年后招魂者“我”的为了探明事件真相的野狐岭之行，进而有了这部长达数十万字的长篇小说《野狐岭》。

小说对于历史苦难的真切再现固然难能可贵，但相比较而言，更加值得注意的，却是在呈示历史苦难的过程中，对于哥老会反抗颠覆清廷行为的批判反思，是对于人性困境那样一种堪称洞隐烛微的观察表现。前者，在木鱼妹的叙述中表现得格外突出：“那时节，我信了飞卿他们的话，我以为，要是我们真的赶走了梅浆子，来个清官。或是灭了大清，百姓就会幸福。也许，正是因为我有了这一点善心，后来的坝里，才有了我的许多传说。他们为我修了庙，称我为‘水母三娘’。后来，我死后，因为人们的祭祀，我还是以另一种形式关注着凉州。我睁着一双水母三娘的眼睛，看到了大清的灭亡，看到了民国的建立。后来，来了日本人，死了很多人。再后来，两兄弟又打架，死了很多人，再后来，一兄弟胜了。再后来，是一场大饥荒，饿死了很多人；再后来，又是无休无止的武斗，死了很多人。我一直在追问，我们当初的那种行为，究竟还有没有意义？”必须看到，类似的叙事话语，在作品的叙述过程中多有体现。“不过，我这感悟，是后来的事。在鸡毛传帖的那夜，我还没到那种境界。要不是在过去的百年里，我不眠的灵魂经历了太多的事，我是不会有那种看破后的淡然的。人需要经历，没有经历的人，是不可能真正长大的。我的经历，让我有了另一双眼睛。对于我的说法，你可以当成一个百年孤魂的另一种哭吧。凉州人虽然尊我为水母三娘，其实你可以把我当成夜叉什么的。什么也成，一切，只是个名字罢了。”木鱼妹之外，比如陆富基：“那些天，飞卿很是着急。他急着要到达目的地，急着弄到军火，去做自己该做的事。对此，我很是不以为然的。从凉州贤孝里，我明白了一个道理，无论怎样的革命，都是赶走乌龟，迎来王八。那些革命者，总是在革命成功后，变成另一个独裁者。有时候，那后来的暴君，甚至比前一个更坏呢。”再比如大嘴哥：“那些年，我看到了太多的不平，我当然想改变这状况。我当然想推翻清家，但我没想到，推翻清家之后的日子更难过。民国也罢，再后来也罢，我并没有看到自己希望看到的世界。没办法，我这个孤鬼，圆睁了眼，百十年了，也没看出一点亮光来。”正所谓“早知如此，何必当初”，木鱼妹、陆富基以及大嘴哥这些幽魂叙述者之所以能够对百年来的历史作出如此一种尖锐犀利的追问反思，很大程度上正得益于雪漠对于后设叙事形式的成功运用。

同样不容忽视的，是雪漠对于人性困境的洞察与表现。这一点，首先突出地体现在齐飞卿起义中。虽然齐飞卿们以鸡毛传帖的方式充分发动民众参加凉州起义的出发点，是为了从根本上动摇乃至颠覆清廷的统治，具有无可置疑的“政治”正确性，但他们根本就不可能预见到，一旦民众被发动起来，就极有可能会陷入某种严重失控的无序状态。还是在木鱼妹的叙述中：“我也知道，那抢人的、打人的、杀人的，只是乡民中的少数人，他们可能是混混、二流子或是穷恶霸，他们的人数虽然不多，但他们是火种，他们一动手，其他人本有的那种破坏欲就被点燃了。虽然人类个体不一定都有破坏欲，但人类群体肯定有一种破坏欲，它非常像雪崩，只要一过警戒线，只要有人点了导火索和雷管，就定然会产生惊天动地的爆炸。我发现，平时那些非常善良的人，那些非常老实的人，那些非常安分的人，都渐渐赤红了脸，像发情的公牛那样开始喘粗气，他们扑向了那些弱小的回民。他们定然想到以前死在回汉仇杀中的祖宗，他们将所有的回民都当成了敌人。他们想复仇。他们从最初的一般性抢劫变成仇杀。在集体的暴力磁场中，不爱杀生的凉州人，也变成了嗜杀的屠夫。”我们都知道，对于人类群体集体无意识中所沉潜着的人性之恶，法国学者勒庞曾经在其名著《乌合之众》中进行了相当深入的揭示与剖析。在其中，勒庞的惊人发现是，个人在群体中很容易便会丧失理性，失去推理能力。到了某种特定的情境之中，个体的思想情感极易接受旁人的暗示及传染，变得极端、狂热，不能容忍对立意见。一句话，因人多势众产生的那种力量感，将会让个体失去自控，甚至变得肆无忌惮。就此而言，雪漠《野狐岭》中关于凉州人在齐飞卿起义中的相关描写，就可以成为勒庞观点强有力的一种佐证。原本是善良的民众，结果却在某种集体力量的强力裹挟之下，最终变成了肆无忌惮的“嗜杀的屠夫”。究其实质，其中那种无以自控的莫名力量，正是人类所难以超越的一种人性困境。

这种人性困境，也还同样凸显在雪漠关于那两支驼队发生内讧的艺术描写之中。内讧的起因，可以说与两支驼队中两位驼王之间的争风吃醋存在着直接关系。蒙驼的驼王褐狮子出乎意料地赢得了汉驼中一只年轻母驼俏寡妇的欢心，这就使得对俏寡妇情有独钟的汉驼驼王黄煞神气不打一处来，陷入了严重的心理失衡状态。作为报复，恼羞成怒的黄煞神，甚至不惜以犯忌讳的方式张口咬了褐狮子。关键在于，两位驼王之间的争斗，最终严重地影响到了两支驼队之间的合作关系。一方面是要为褐狮子复仇，另一方面更是出于内心贪欲之念的强力驱使，蒙驼队的大把式巴特尔终于决定把汉驼队的货抢到自己驼队：“事情的起因很简单，我们想开拔。为啥？我们不想让汉驼拖死在野狐岭里。我们想前行。当然，我们也不仅仅想单纯地前行，我们还想一直走下去，一直走到目的地，我们想单独做完蒙汉两家驼队应该做完的事。”对于自己如此一种背信弃义的行为，巴特尔的自我辩解是：“你想，我们问他们要那些他们已无力运送的货，是不是也有道理？你不能占着茅坑不拉屎吧？”问题在于，巴特尔的背信弃义，固然令人不齿，但相比较而言，真正袒露出人性之不堪的，却是在巴特尔翻脸不认人之后，那些汉驼队中若干驼把式的恶劣表现。这一方面，最具代表性的，莫过于蔡武和祁禄两位：“最先对陆大哥上刑的，就是蔡武和祁禄。蔡武话不多，老是笑眯眯的。祁禄则是个刺儿头，爱和人辩论。以前在驼队里，老陆一直在照顾着他们。但老陆是个直性子，有时说话是很冲人的，不知道是不是冲撞过他们？”在陆富基看来：“我可以理解蒙把式的那些勾当，毕竟，人家跟我们斗几十年了，从祖宗手上，就头打烂了用草腰子箍。可汉把式，我们是兄弟，我们曾多少次地在包绥路上经历风雨，我们一同对付恶狼，对付土匪，经历了那么多的事，哪次不是同生共死。没想到，他们恶起来，竟然比恶人更恶。”无论是所谓“嫦娥奔月”，还是“倒点天灯”，皆属于蔡武与祁禄折磨自己同类的残忍手段。那么，既然曾经是非常要好的手足兄弟，蔡武和祁禄何至于如此呢？很大程度上，还是大嘴哥一语道破了天机："蔡武和祁禄的家境不好，以前老陆常帮他们。也许，对老陆多次的帮，他们会感到不舒服。有时候，在无奈接受别人的帮助时，心里其实是很难受的。也许他们会想，凭什么是你帮我？欠别人的情多了，就会成为一种活着的压力。不然，我无法解释他们折磨老陆时的那种异样的热情。"却原来，对于别人的帮助，却也会在特定情形下给自己招来一种恩将仇报的不堪遭遇。我们无论如何都不能不承认，雪漠的这种艺术描写，的确淋漓尽致地发现了某种人性黑洞的存在。

也正是在目睹了这一幕幕充满着轮回报应色彩的人性卑劣惨剧之后，那些曾经的历史当事人、后来的幽魂"大彻大悟"了。在大烟客看来："其实，我参加这次行动，只是职业道德使然。我虽然也是哥老会成员，虽然也认真地做很多事，但我只是做而已。活一辈子，我总得做些啥。但我明白，我的做，跟我的不做，差别不大。虽然你们常用一个新的名词，把那造反呀叛乱呀啥的，换成了'革命'，但我知道，无论啥，都一样。都是想抢别人手中的那个印把子，都是想从别人那里抢财富，都是想当老爷。但你们当上老爷之后，只会比以前的老爷更坏。"唯其如此，木鱼妹也才会生发出强烈的感叹："你知道，这种追问，从那时起，我进行了几十年。我有那么长的寿命，便是在飞卿们死后，我还活了很多年。我见了太多的事。后来，那好不容易从野狐岭逃出的大嘴哥，也在几十年后被划为富农，成了'四类分子'——谁叫他用当骆驼客的钱，买那些土地呢？——遭了十几年罪，他才在某次挨斗的次日寿终正寝。当我听到他的故事时，我就产生了感叹，我觉得飞卿们，真的是白活了。"一切皆是过眼云烟，一切都最终会无着无落，借助于这些叙事话语，雪漠一方面格外强有力地实现着对于历史与"革命""造反"的批判性审视，但在另一方面，读多了这些叙事话语，我们却也不难从中感觉到一种特别突出的历史虚无主义倾向的存在。就类似叙事话语在《野狐岭》中的大面积弥漫而言，似乎雪漠所持有的的确是一种充满着虚无色彩的历史观。

但是，且慢得出最终的结论，问题其实并没有这么简单。一方面，虚无色彩的存在，在《野狐岭》中是确凿无疑的事实，但在另一方面，通过木鱼妹与马在波故事的叙述，作家实际上却又在很大程度上实现着对于此种历史虚无主义的自我超越。木鱼妹与马在波的结缘，从根本上说，乃是出于一种强烈的怨恨复仇心理。由于一直怀疑自家屡次惨遭劫难的罪魁祸首乃是马在波的父亲驴二爷，为了报仇雪恨，木鱼妹不惜千里迢迢追随着驴二爷的步伐，从遥远的岭南来到了大西北的凉州。她的假扮乞丐婆，她的练习拳脚功夫，她的混入马府，其根本目的都是要锁定驴二爷实现自己的复仇愿望。怎奈天公不作美，她的以上诸般努力，最终都以失败告终。怎么办呢？万般无奈之下，木鱼妹只好加盟到了哥老会之中。她的加盟哥老会，究其实质，目标也不过还是要复仇，要以借刀杀人的方式复仇："不过，后来我最想做的事，不是杀了马在波，而是让马在波加入哥老会，成为革命党，最后，被清家弄个满门抄斩，这世上，还有比这更好的复仇吗？那时节，我一直想做的事，就是这。"也正是出于复仇的强烈愿望，木鱼妹方才追随着那两支驼队来到了野狐岭，千方百计地接近着马在波。但木鱼妹根本就不可能料想到，自己越是接近马在波，就越是被马在波所深深吸引，甚至于从根本上丧失了复仇的意志。正因为强烈地感觉到了马在波那种人格魅力的巨大存在，木鱼妹内心沉潜多时的仇恨意志才会渐次地被瓦解："也许从我的讲述中，你们发现了我的变化：以前，我多希望能靠近驴二爷，给他致命的一击。为此，我想了许多办法也没能如愿。现在，我竟然怕他来了。为什么怕他来？怕他认出我。为什么怕他认出我？因为怕他打扰我现有的生活。"就这样，木鱼妹万般不情愿地发现："我的心，竟然完全背叛了我。""以前，我想叫他造反，换来驴二爷一家被满门抄斩的结局。现在，叫他做同样的事的目的，却是想跟他在一起，同生，也能同死。""我不能忍受没有他的革命和造反。我只想跟他在一起。"就这样，木鱼妹不无惊讶地发现，自己到最后竟然不可救药地爱上了原本的复仇对象马在波。一个巴掌拍不响，关键在于，就在女性版的"哈姆雷特"木鱼妹爱上马在波的同时，马在波也爱上了木鱼妹："我不管她过去是不是当过乞丐，我不管。我甚至不管她是不是刺客或是杀手。这是跟我不相干的一件事。我那时的心中，她就是一个可爱的女子。我倒真的将她当成了空行母。从某种意义上说，她真是我命中的空行母。因为她激活了我作为男人的一种激情。在过去的二十多年里，我见过很多女子，有些也被称为美女，但她们是她们，我是我。她们打不破我的那种被罩入玻璃罩中的感觉。打碎那罩子的，让我感受到一种新鲜人气的，只有她。"到最后，也正是依凭着他们双方如此一种强烈执着的爱，曾经的仇恨被彻底地消弭不见了："可他，又是我一生里最爱的人。因为他的出现，以前可爱的大嘴哥变丑陋了。因为他的出现，我硬冷的心变柔软了。因为他的出现，荒凉的西部不荒凉了。因为他的出现，生命有了另一种意义——超越于仇恨的另一种东西。同样，因为他的出现，我觉得野狐岭之行，多了另一种色彩。——你别被我表面的语言迷惑，是的，我在用一种杀手的目光观察他，但以前我告诉你的那些，是我强迫自己想的内容。其实质，跟爱到极致的女子骂爱人'挨千刀的'一样。"我想，我们无论如何都不能忽略雪漠关于木鱼妹与马在波之间传奇爱情故事的描写。有了这种描写的存在，作家对于生命存在的理解，显然就在很大程度上超越了所谓的历史虚无主义。倘若说历史是虚无的，但情感的真切却无可置疑。雪漠在《野狐岭》中的相关艺术描写，甚至可以让我们联想到李泽厚关于"情本体"[①]的相关论述来。很大程度上，我们正应该从李泽厚"情本体"的意义上来理解雪漠关于木鱼妹与马在波的爱情描写。更进一步说，也正是依凭着这种强烈执着的感情，雪漠的《野狐岭》得以实现了对于历史苦难与人性困境的双重超越，实现了一种本体意义上的生命救赎。

---

① 关于李泽厚的"情本体"哲学，请参阅他的《该中国哲学登场了？》（上海译文出版社2011年版）与《中国哲学何时登场？》（上海译文出版社2012年版）等相关著作。

《人间》：“身份认同”与生命悲情

不同的文学文体有着不同的文体属性。话剧、电影当然只能是多人合作的产物，而小说、诗歌或者散文，从根本上说，则只能够被看作是个人性特别突出的文体。放眼古今中外的文学史，确实也鲜有两人或多人合作的优秀小说、诗歌或者散文作品存在。因此，当我听说李锐与蒋韵夫妇要首度合作，完成“重述神话”项目之一“重述白蛇传”的长篇小说《人间》的创作的时候，内心中其实是很为他们的合作捏着一把汗的。作为李锐、蒋韵小说创作一向的关注者，我深知李锐与蒋韵都是艺术风格成熟且艺术个性差异甚大的当代优秀小说家。而且，在我的理解中，李锐与蒋韵都是用汉语准确优美地表达着他们各自对于世界与存在的认识和领悟的当下时代中国为数不多的一流小说家。两位艺术风格成熟且个性独异的小说家合作的难度之大，是可想而知的。如果稍有不慎，如果磨合与交融不够成功，那么，李锐、蒋韵所要付出的代价同样是不难想见的。然而，对于《人间》的三次不同时间段落的审慎阅读，最终还是打消了我的所有疑虑。我不无惊喜地发现，作为成名已久的两位优秀小说家，李锐与蒋韵的首度合作是极为成功的。在《人间》中，李锐小说所一向拥有着的思想深度与蒋韵小说所一向具有的敏感细腻达到了一种相当完美的融合。虽然我深知，以“思想深度”来概括李锐，或者以“敏感细腻”来概括蒋韵，都注定了简单化的嫌疑，但不如此却又的确难以表达我对于《人间》的阅读判断。在小说的“代序”中，李锐写道：“种种巧合的结果最终归结到《白蛇传》，而且是由我和妻子蒋韵两个人合作来完成的，这是我们此生第一次共同合作完成一部小说。按照佛家说法，这叫因缘。”如果《人间》的写作确实是一种因缘际会的话，那么这样的一种因缘际会无疑取得了巨大的成功。虽然不知道李锐与蒋韵今后还会不会有再度合作的可能，但《人间》的写作却无疑可以被看作他们各自的小说创作历程中一个格外醒目的界碑。

我们注意到，在《人间》中，李锐、蒋韵很巧妙地借助于人物秋白——一位有着悲惨命运遭际的现代知识分子的讲述，以简洁的笔触给读者介绍了“白蛇传”这个民间传说在中国的流播传延演变过程。从最初的《西湖三塔记》，到冯梦龙《警世通言》中的《白娘子永镇雷峰塔》，再到乾隆年间白蛇传故事最终定型的《雷峰塔传奇》。可以说，这个千百年曾经被无数人反复重述的神话传说故事，所主要承载表现着的都是民间世界对于白蛇传故事的基本理念。虽然我们可以肯定地说，在“白蛇传”的流传过程中，绝对少不了文人的参与介入，但另外一点同样可以肯定的却是，这些文人介入后所主要承担的使命乃是记录与整理，他们自身的观念意识并没有过多地渗入其中。多少年来，“白蛇传”的故事之所以一直被学界看作是民间传说，其根本的原因也正在于此。如果说，《西湖三塔记》主要表现的乃是人们对于妖魔世界的恐惧，所宣扬的“也还是所谓惩罚扬善、戒色戒欲之类的套话”的话，那么到了乾隆年间，业已最终定型并一直在民间传延至今的“白蛇传”传说中，所主要歌咏表现的就已经是白娘子与许宣之间生死不渝的爱情故事了。在一种象征隐喻的意义上说，法海成了专制力量的代表，他对于白娘子与许宣之间爱情故事的横加干预，也就自然而然地演变成了专制力量对于自由爱情的镇压与迫害。其中所深深地折射出来的当然就是民间世界中对于一种美好自由爱情的向往与追求了。必须承认，这样一种民间意义上的“白蛇传”故事在中国已经达到了家喻户晓深入人心的地步。或者也可以说，有关“白蛇传”的故事传说业已转化为了整个中国文化大传统中的一个有机组成部分。

从这样一个角度来看，李锐与蒋韵在新世纪之初“重述白蛇传”的写作行为，也就可以被看作是两位作家对于中国文化传统的某种全新意义上的理解与阐释。套用一句比较时髦的话说，李锐、蒋韵“重述白蛇传”的行为也可以被理解为是一种中国文化传统与“现代性”的遭遇。那么，与“现代性”遭遇之后的“白蛇传”会是怎样的一种形态呢？此处之关键还在于这种“现代性”究竟是谁的，哪一种意义上的“现代性”。很显然，不同的创作主体便会有不同意义上的“现代性”，而不同的“现代性”与古老悠久的“白蛇传”

传说相碰撞，撞击出的自然也就会是不同的火花。那么，李锐、蒋韵他们与“白蛇传”相遭逢之后撞击出的究竟是怎样的一种思想艺术火花呢？

问题的关键在于，李锐、蒋韵在当下时代所出示的究竟是一种什么样的基本思想精神立场。或者也可以说，我们心目中所理解的李锐、蒋韵是具有怎样的一种社会与文化身份的现代知识分子形象。在我的理解中，作家的这样一种社会与文化身份的定位是十分重要的。从某种意义上说，正是作为现代知识分子之一员的作家的社会与文化身份定位，在根本上决定着“重述”出来的“白蛇传”到底会是什么样的一种面目。正如同前面所强调的，李锐与蒋韵确实是两位个性差异十分明显的个体存在，但承认他们之间鲜明的个性差异却并不妨碍我们对于其思想精神共相的提炼与概括。在某种意义上，说李锐、蒋韵既是批判性突出的现代启蒙知识分子，同时又是具有极强烈的艺术形式感的作家，这样的一种判断应该不仅可以得到广大读者的认可，而且在一定的程度上恐怕也能够获得作家本人的首肯。呈现在我们面前的《人间》之所以会是这样的一种思想艺术形象，应该说，与我们的上述判断之间存在着难以剥离的重要联系。在我的理解中，虽然主要的人物还是那样几位，但《人间》的思想主旨却很显然已经不再是对于专制力量与自由爱情之间激烈冲突的艺术表达了。在对于传统的“白蛇传”故事进行了大胆彻底的颠覆与解构之后，李锐、蒋韵为《人间》设定的基本思想题旨已经演变成了对于“文化认同”或者“身份认同”命题深刻的思考与表达。对于这一点，李锐在“代序”中同样有着清晰的理性表达：“身份认同的困境对精神的煎熬和这煎熬对于困境的加深；人对于所有‘异类’近乎本能的迫害和排斥，并又在排斥和迫害中放大了扭曲的本能——这，成为我们当下重述的理念支架。”

首先应该承认，“身份认同”或者“文化认同”这样一种“重述”理念的设定的确具有十分强烈的现代性意义。放眼当下的纷攘现实世界，回首一部悠久漫长的人类发展史，很容易地就会发现，其实导致许多人类悲剧发生的根本原因正在于所谓的“文化认同”或“身份认同”问题。无论是十字军的东征，还是二战时希特勒对于犹太人的迫害，无论是中国在“十七年”与“文革”期间对于所谓“阶级敌人”的批判与排斥，还是当下世界大格局中基督教文明与伊斯兰文化之间的剧烈碰撞（两次海湾战争的发生以及美军至今仍未结束的对于伊拉克的占领乃是其突出的表征），其内在的深层原因实际上都是一种“文化认同”或“身份认同”的理念问题。实际上，并不只是在如上所述这样一些重大的政治历史事件中，就是在我们的日常现实生活中，也经常地会陷身于所谓“身份认同”的困境中难以自拔。在某种较为极端的意义上说，当我们强调“我”与“你”，“我们”与“你们”之间的差别的时候，一种“身份认同”或者“文化认同”的问题也就随之产生了。这样，李锐、蒋韵在《人间》中对于“身份认同”或者“文化认同”问题的思考表达，实际上也就可以被看作是对于一个如同“我是谁”一样的关涉整个人类的根本性存在问题的思考表达。这样的一种“现代性”，很显然是只有如同李锐、蒋韵这样的一种对于现实世界，对于人类历史均持有强烈的人文关怀的批判性现代启蒙知识分子才能赋予“白蛇传”的。在阅读《人间》的过程中，我总是会不时地产生一种“借别人的酒杯，浇自己的块垒”的感觉。李锐、蒋韵很明显地是在借助于“重述白蛇传”的这样一次历史性的契机而表达着他们对于世界，对于人类存在的基本理解。

说到所谓的“文化认同”或者“身份认同”问题，其实对这样一个重要命题有着强烈兴趣，并且以艺术的方式对之作出思考与表达的作家还有不少，于去年获得诺贝尔文学奖的土耳其作家帕慕克即其中十分突出的一位。阅读帕慕克业已被译为中文的那些作品，则不论是《我的名字叫红》，还是《白色城堡》，不论是《黑书》，还是《雪》，不论是《新人生》，还是那部名为《伊斯坦布尔》的自传，贯穿于其中的一条基本思想线索即关于东西方文化关系深入的思考与表达。有论者在谈到小说《新人生》时曾指出：“把这本充满神秘奇异和嘲讽的书读到底，才明白这本幽默的书其实很沉重：主人公兼叙述者‘我’，是首先被揶揄的对象，帕慕克也在嘲弄自己，嘲弄土耳其。这个夹在东西方之间的国家，既是欧盟成员，又是伊斯兰国家，年轻人东倒西歪，无所适从；帕慕克是伊斯坦布尔的良心，这个落在欧洲的亚洲城市，恐怕是世界上精神分裂之都；帕慕克的祖父是铁路投资者，父亲是西化不成功的商人，他的家庭东不成，西不就。把《我的名字叫红》读成歌颂西化，恐怕没有明白帕慕克作为土耳其作家心中的痛苦。”[①] 我认为，论者的这一段话几乎可以作为阅读帕慕克作品一个最基本的出发点，可以用来诠

① 赵毅衡：《因为一本书，“一生从此改变”》，载《文汇报》2007年8月11日第7版。

释帕慕克的全部作品。事实上，正是因为置身于土耳其这样一个东西方文化直接激烈碰撞着的国度之中，所以帕慕克才会对于“文化认同”或者“身份认同”的问题有着如此感同身受的真切体验，并把这所有的体验都有机地融入了自己所有虚构或非虚构的文学作品之中。对于这一点，同样有着丰富小说创作经验的作家莫言的看法是极为精到的。莫言说“在天空中冷空气跟热空气交融会合的地方，必然会降下雨露；海洋里寒流和暖流交汇的地方会繁衍鱼类；人类社会多种文化碰撞，总是能产生出优秀的作家和优秀的作品。因此可以说，先有了伊斯坦布尔这座城市，然后才有了帕慕克的小说”。[①]这一点，在对帕慕克作品的阅读过程中可以得到完全的证实。不管是对于帕慕克小说的阅读，还是对于他的自传《伊斯坦布尔》的阅读，我们都可以强烈地感受到作家内心世界中一种突出的精神撕裂感的存在。这样的一种精神撕裂感的产生，很显然只能是拜帕慕克所置身于其中的伊斯坦布尔这座城市的文化地理位置所赐的结果。正因为伊斯坦布尔是基督教文明与伊斯兰文化碰撞与交融最为充分最为典型的一座城市，所以帕慕克在其虚构或者非虚构的文学作品中才会自然而然地触及“文化认同”或“身份认同”这样一种重要的存在命题。在这个意义上，前引论者所谓“把《我的名字叫红》读成歌颂西化，恐怕没有明白帕慕克作为土耳其作家心中的痛苦”这样的一种论断，才真正地堪称是窥破了帕慕克内心情结的精准之论。事实上，并不仅仅只是《我的名字叫红》，从根本上说，我们只有从“文化认同”或“身份认同”的角度切入，才能够对帕慕克全部的作品作出一种准确到位的理解与诠释。

如果说帕慕克作品中对于“文化认同”或“身份认同”问题的思考与表达乃是根源于作家置身于土耳其，置身于伊斯坦布尔，对于基督教文明与伊斯兰文化的对峙与碰撞有着感同身受的真切深刻体验的缘故，那么，李锐与蒋韵的这种生命感受又是从何而来的呢？从我个人的理解来看，我觉得，这一点很可能与李锐自己的一段生命经历有着直接的关系。在李锐的一篇自述性文字《八姑》中，我们可以读到这样两段极富对照意味的文字。一段是：“‘文化大革命’开始的时候我不满十六岁，和所有出身‘红五类’的同学们一起，沉浸在极度的兴奋和喜悦之中。”另一段则是：“但是，很快就用

① 见《伊斯坦布尔》（上海人民出版社2007年版）封底莫言语。

不着我的‘奉献’了。不久我就因为父亲的种种罪名而变成了革命的对象，成了出身不好的‘黑五类’，毛主席送给我们这类人一个专用名词叫作：‘可以教育好的子女。’”文字反差背后最堪令人体味的便是两种身份之间天壤之别的差异变迁。由“红五类”而被迫变身为“黑五类”，其间的痛苦滋味真的是非感同身受者所难以想象体会的。身份的变化所带来的人生境遇的变化从此就成为李锐内心中最为刻骨铭心的一种人生体验。当李锐一再反复地强调“此生此世我不会忘记‘文化大革命’留给我的一切”（《冰冷的时间》）的时候，我以为他所强调的其实也正是这样一种反差极大的身份变异。可以说，李锐在“文革”中这样一种极其沉痛的生命经验，自此之后就成了作家内心中无法摆脱的痛苦情结，并成了作家诸多小说作品创作时难以回避的一个精神出发点。

这部“重述白蛇传”的长篇小说《人间》，从根本上说，当然是一部想象性异常突出的文学作品。然而，想象性的突出却并不就意味着现实性的缺位。我觉得，李锐、蒋韵之所以要把所谓的“文化认同”或“身份认同”问题设定为自己“重述的理念支架”，其根本的原因正在于李锐自己在“文革”中有过这样一种极为惨痛的人生经验。在阅读《人间》的过程中，我极感兴趣于作家对于秋白这一现代知识分子形象的艺术设定。作为生活于20世纪中国的一位知识分子，秋白曾经在发生于20世纪50年代中期的反右运动中，因为自己的言论而被打入另册，变为“人群中的异类”。而导致这一切的缘由却是自己的丈夫，那位在《雷峰塔》中扮演“许仙”的演员的揭发与控诉。“他把我们夜深人静时的私语，一五一十，全说出来了，他把我的愤懑、屈辱和不满，一条两条，全讲出来了。”虽然反右与“文革”严格地说起来并不是同一件事，但二者的内在本质却是完全一致的。李锐现实生活中成为“另类”的生活体验与秋白在虚构的小说中被打入另册的人生感受应该说也同样是完全一致的。后者的人生感受理当被看作是前者人生体验的艺术折射。尤其值得注意的是，在李锐、蒋韵的艺术构思中，秋白与白蛇之间又是一种“前世今生”的转世关系。白蛇当年在人间遭逢到的迫害打击，以“引蛇出洞”的方式惊人相似地复制在了现代知识分子秋白的身上。“‘前尘未断，今生再续’，我想起这八个字，我又一次被大家以正义之名驱逐到了人群之外”。这样，一部本来完全想象虚构的“重述神话”作品，就与中国的现实社会，与作家个人的现实人生经验之间，建立了一种真切而又微妙的艺术联系。即使仅仅只是从“文化认同”或“身份认同”的角度来看，李锐、蒋韵这样一种极富艺术智慧的构思设计也应该被看作是灵光闪现的神来之笔。

将“文化认同”或“身份认同”的存在命题设定为自己小说的基本思想主旨，设定为“当下重述的理念支架”，当然已经明显地见出了作家李锐、蒋韵的艺术智慧所在。然而，小说毕竟不等于哲学论文，作家所有这一切深刻的思想只有转化并真正融入小说的形象之中，那么作家这部小说的创作方才算得上取得了真正的艺术成功。我觉得，李锐、蒋韵的值得肯定之处，正在于他们不仅为小说设定了“文化认同”或“身份认同”这样一种足称深刻的存在命题，而且还以极其丰满生动的人物形象的塑造刻画承载表达了这样的存在命题。尤为值得注意的是，也正是在对人物形象合乎于情理的想象与刻画塑造过程中，李锐、蒋韵对于人物内在深邃的人性世界进行了深度的艺术触摸与艺术表现。而能否在自己的小说中通过丰满生动的人物形象的塑造刻画，实现自己对于丰富复杂的人性世界的理解、探测与追问，则正是衡量一部小说成功与否的重要标准之一。

说到人物形象的塑造刻画，前面分析过的秋白当然已经是一个相当引人注目者。秋白之外，诸如法海、白蛇、粉孩儿、香柳娘、许宣等，都给读者留下了格外深刻的印象。先让我们来看小说中最具有悲情意味的女性主人公白蛇的形象。传说中的白蛇名叫白素贞，之所以名之为“贞”，大约正是为了更有力地凸显白蛇对于爱情信念的坚定不移。然而，到了李锐、蒋韵的《人间》中，虽然还叫白素贞，但传说中的那位爱情的坚贞者却已经变成了一位“人”的身份的焦虑与争取者。这一点，在白蛇一出场时就已经表露无遗了。为了真正地做一个“人”，白蛇经历了长达三千年的苦修，但是，就在它苦苦煎熬了二千九百九十九年，眼看着就要修成正果的时候，为了从恶狼的口中救人，白蛇居然功亏一篑地破坏了自己的清修功夫。虽然事后证明“救人”一事不过是观音菩萨对于白蛇的考验，但从菩萨的告诫中我们却也足以窥见白蛇未来在人间可能的苦难遭遇。“你最终没能修炼出人心的残忍，在人间，你将备受折磨，没有什么生灵比人类更不能容忍异类的。”菩萨的预言其实已经准确地暗示说明了白蛇未来坎坷命运的根本原因所在。白蛇来到人间后的一系列遭际，果然一再充分地证实着菩萨预言的准确性。从白蛇与青蛇一开始的冲突碰撞中，我们就可以真切地了解白蛇做“人”信念的坚定。面对着青蛇施展法术肆意妄为的放纵行为，白蛇进行了严厉的斥责。在她看来，“二千九百九十九年的苦修，是为了灵肉归一，得到一个实实在在的平凡肉身，不再忍受那种非人亦非兽的苦痛和折磨。做人，就是要谨守人这生灵的界限，接受属于‘人’的一切命定”。白蛇的这一心愿，在她与许宣极顺利地结合成为夫妻之后，差不多变成了一种现实，然而除妖人法海的出现，却使这一切都成了泡影。白蛇之本意是要做一个真正的“人”，是“不再忍受那种非人亦非兽的苦痛和折磨”。但是，法海的出现却时刻都在提醒着白蛇，她其实并不是“人”，而是一个妖。然而，尽管法海的出现已经对于白蛇做“人”的真切愿望构成了巨大的威胁，但白蛇却仍然努力着要践行自己成为一个真正的“人”的愿望。

我们注意到，与传说中的白蛇故事相比较，李锐、蒋韵这部《人间》情节序列上最大的变化之一，就是去掉了“水漫金山”这一故事情节，而增加了“人蛇大战”这个故事情节。在我的理解中，情节序列上的这一变化，事实上也正是从根本上服从于白蛇这一形象的角色定位变化的。如果说“水漫金山”是在有力地象征表现着自由爱情与专制权力之间的激烈冲突的话，那么对这一故事情节的舍弃，就是在进一步强化着白蛇成为一个真正的“人”的愿望。当青蛇向她转述“水漫金山”的梦境时，白蛇的反应却是：“她明白青儿讲的不仅仅是她的梦，那是一个愿望。可是她不答应。他在法海手里，她的亲人。她不能以一个‘妖’的手段去夺他回来，她不能以一个‘妖’的面目和这亲人面对，她不能做如此狠毒的事。由恨成妖，恰恰是法海所希望的。”在这里，李锐、蒋韵在进一步强化着白蛇做“人”愿望的同时，也很巧妙地告诉了读者，他们为什么在“重述白蛇传”时会将“水漫金山”如此这般精彩的情节予以舍弃的根本理由所在。当然，“人蛇大战”情节的构想与添加，也是要从根本上强化白蛇做“人”的愿望。照理说，“人蛇大战”的根源还是在于人本性的贪婪。正因为寿安人嗜蛇，正因为他们在有了治疗蛇伤的“回春散”的保障之后更加没有节制的捕蛇行为，所以才最终引来了蛇的疯狂报复，这才酿成了那一场惨烈异常的“人蛇大战”。一面是自己的同类，而另一面却又是自己千方百计渴望融入其中的“人”类，置身于“人蛇大战”中的白蛇与青蛇的痛苦是可想而知的。“她们忍受着折磨，不是束手无策，而是无可选择！这互相杀戮的双方都是她们自己，流血相残的双方都是她们自己。她们自身的这一半和那一半厮杀决战，这可叫她们如何是好？普天之下，可有谁陷入这像她们一样的绝境？”然而，虽然被曾经的同类蛇群目为“叛徒”，虽然内心中有着注定了无法摆脱的精神撕裂之痛，但白蛇与青蛇还是义无反顾地投入了抢救那些被毒蛇咬伤了的“人”的行为之中。尤其值得注意的是，当“人蛇大战”所引发的那一场席卷方圆几百里的大瘟疫爆发开来的时候，“人”的拯救者，却依然是而且也只能是，白蛇。这一次，为了救“人”，白蛇甚至还搭上了自己的鲜血。但早已坚定了做“人”信念的白蛇，居然就这样甘心情愿地为“人”类奉献出了自己滚烫的鲜血。

然而，出乎白蛇预料的是，自己的慈悲行为反而招致来自以胡爹为代表的“人”类更加险恶叵测的猜疑。“她行此大善举，居心何在？害人者为妖，为妖者岂能不害人？如今这碧桃村，人妖混居，黑白颠倒，妖血四传，不知暗伏了什么样的大祸事？”当我们读到出自于曾经一再接受白蛇恩惠的胡爹之口的以上这样一番话语的时候，我们真的不能不从内心深处对于人性的黑暗与险恶感到震惊了。这也就极充分地证明了小说开篇处菩萨预言的准确性，白蛇居然真的为自己未能修炼出的“人心的残忍”而付出了惨痛的代价。就这样，虽然白蛇为了做一个真正的“人”而付出了诸多不懈的努力，但她最终却仍然没有能够为自己所一心向往的“人”类所接纳，最终还是在万般无奈之际以自杀的方式离开了这个令她悲痛万分的“人间”。然而，真正的奇迹就是在这一刹那发生的。当白蛇自尽之后意欲变回蛇身的时候，她却无论如何也变不回去了。目睹了这一切过程的法海由此而豁然大悟：“她修成了真正的人身。三千年仙修未做到的事，人间让她做到了：她舍出灵异的蛇血，成为肉身凡胎的人。”这样一种奇迹的发生，对于观音菩萨的预言来说，很显然具有一种突出的悖论意味。作家如此的一种情节安排，自然构成了对于观音菩萨预言的解构。那么，这样一种前后自相矛盾的情节安排会不会是作者一时疏忽的结果呢？我个人觉得并非如此。与其做这样一种理解，反倒不如将其理解为作家一种别有深意独出机杼的情节构思，从其中反映折射出的乃是李锐、蒋韵一种分外深刻的人性理念。如果我们承认李锐、蒋韵借“白蛇传”故事而展开的是一个丰富复杂的人性世界的话，那么他们很显然是在通过白蛇这一形象而书写着一种充满悲悯色彩的高贵的人性状态。白蛇的牺牲精神，白蛇做“人”信念的坚定不移，白蛇内心深处的生命悲情，与小说中以胡爹为代表的“人”类的背信弃义、狭隘自私，形成了极其鲜明的一种反差与对照。事实上，作家对于人性世界深刻的理解与探测，也正是通过白蛇做“人”过程中那种痛彻心扉的精神撕裂感，通过白蛇与以胡爹为代表的“人”类之间的强烈对照，而格外鲜明有力地表达出来的。

与白蛇一样，真切地体现着李锐、蒋韵对于人性深度的理解与表现的另外一位人物形象，乃是除妖人法海。法海的形象与传说中相比当然也发生了很大的变迁。如果说传说中的法海乃是一位铁面无私的专制权力的化身的话，那么《人间》中的法海则同样变成了一位身份的焦虑者，只不过让他焦虑万分的乃是自己的“除妖人”身份而已。按照《人间》中的交代，法海“未出娘胎便失怙，是遗腹子。未满周岁，母亲即改嫁，像丢一只猫一样将我丢在山门外”，以至于，法海差点被冬日清晨出门挑水的师兄一脚踩死。因此，法海便形成了一个终生难以释怀的心结：“我恨女人。”这样的一种情节设置应该是有其深意的，最起码从精神分析的角度看，它构成了法海无意识中厌憎身为女性的白蛇的一个遥远且并不自觉的动因。在小说的叙述中，法海是一个天生的除妖人，他今生今世的使命就是“下凡往东土震旦除妖”。大约是出于自身除妖过程中曾经经历过的心灵剧烈震荡的缘故，其师慧澄羽化圆寂前留下的遗言便是：“记住，你是一个铁面无私的除妖人！切记不可因小善而忘大义！”仿佛真的在生前就已经预知到法海会为自己的“除妖人”身份而摇摆不定一样。后来，事实的真相也果真是如此，当法海真的与自己所要清除的蛇妖——白蛇直面相对的时候，他居然真的摇摆不定，真的为自己的“除妖人”身份而焦虑万分了。法海的疑惑与焦虑首先肇因于白蛇对许宣的态度。既然“妖为鬼蜮必成灾”，既然白蛇确是蛇妖，那么，她如何会以这般的人间真情对待许宣呢？以至于为了求得可以让许宣活命的“还魂草”，白蛇居然带着身孕与凶猛的大秃鹫“厮杀了三天三夜”。

如果说白蛇对于许宣的真情乃是触动法海疑惑与焦虑的最初动因，那么，更使他内心震惊不已的却是自己所亲身感受到的来自白蛇的人间真情。当法海自己也身染瘟疫陷入昏迷状态之时，白蛇，这个他一心要追寻清除的妖孽，却用自己的鲜血拯救了他。这就使得早已心存疑惑的法海，更加疑惑不安了：“她为何救我？一个妖孽为何要救一个除妖人？要么是大阴谋，要么就是……”正因为法海自己心中已经起疑，所以他在听到胡爹一番貌似义正词严的“慷慨陈词”之后，方才会生出这样的一种感慨来：“人心真是黑暗，举目可见忘恩负义之人，行忘恩负义之事。我奇怪为何这志同道合的来访者让我郁闷。他的话，句句都像是出自我口，倒让我对自己又一次生疑。这是个不光明的人，不光明的人口中为何句句都是我所持的真理？”可以说，当法海一方面为白蛇的鲜血所救，另一方面却又不得不承担起清除白蛇这一除妖人的使命的时候，他内心激烈的矛盾冲突达到了某种极致的程度。在某种意义上，也可以说是白蛇的善举最终唤醒了法海内心中所潜藏着的那种善意。我们发现，当法海最后毅然决然地放走许宣、顺娘以及粉孩儿的时候，他事实上已经放弃了自己所应承担的一位除妖人的使命。“娘子猛然明白了法海在说什么，那是她在人间听到的最有担当的一句话。”事实上，白蛇最后的死与法海并没有直接的关系，她乃是迫于当时的情势而自尽身亡的。在某种意义上，与其说白蛇是死于法海之手，反倒不如说她是死于以胡爹为代表的所谓“人”类之手的。或者也可以说，白蛇乃是死于如鲁迅先生所言的一种“无物之阵”，一种“无主名的杀人团”的。在我看来，“除妖人”法海整个的除“妖”过程，其实完全可以被理解为是其人性中的善与恶冲突争斗的过程，是其善的人性逐渐地觉醒并最终压倒并战胜了恶的人性的一个过程。能够将这样一种堪称惊心动魄的人性冲突过程，以如此淋漓尽致的笔触简洁凝练而又生动形象地再现出来，所说明的一方面是李锐、蒋韵对于人性的深刻理解程度，另一方面则是他们那样一种超乎寻常的超拔突出的艺术表现能力。

白蛇与法海当然是《人间》中最具人性深度的两个人物形象。虽然其他诸如许宣、粉孩儿以及香柳娘等人物形象也同样给我们留下了深刻的印象，但由于篇幅的原因也就不再一一赘述了。然而，最后有一点必须提及的，却是李锐、蒋韵的《人间》在艺术形式上所作出的不懈努力与取得的突出成就。在这里，首先需要澄清文学批评界长期以来形成的一种观念误区。那就是，由于在20世纪80年代中后期曾经出现过一种“先锋小说”的小说创作思潮，由于人们普遍地认为“先锋小说”是一种以艺术形式的实验与探索为基本特征的“形式革命”的创作流向，所以我们往往不假思索地把“先锋小说”与小说艺术形式的创新联系起来，将当代小说艺术形式方面所取得的进步记在了“先锋小说”的名下。公允地说，对于马原、余华、格非、苏童、孙甘露等一些习惯上被称之为“先锋作家”的小说家们在小说形式上所作出的贡献，我们当然是无法否认的。然而，在时隔多年之后的今天重新回顾20世纪80年代中后期的“先锋小说”创作思潮的时候，我们却发现了“先锋小说”存在着的一个致命的缺陷。那就是，他们的艺术努力其实更多的只是停留在形式的层面上。从小说本应该是一种形式与精神的有机结合物的角度来看，“先锋小说”很显然对于精神的层面是有所忽略的。事实上，真正地在形式与精神有机结合的层面上对中国当代小说有扎实推进作用的并不是那些所谓的“先锋”作家，反倒是长期以来被忽略了的另外一批更为成熟的作家。仅就我个人的视野所及，这些作家便应该包括王蒙、韩少功、史铁生、王安忆、铁凝、张炜、贾平凹、阎连科等。李锐与蒋韵当然也应该是包括在其中的。我认为，正是在这些作家所创作的一系列小说作品中，小说所本来应该同时具备的形式性与精神性完整地融合在了一起。遗憾的是，很长一段时间以来，我们的批评界对于这一点，一直是习焉不察视而不见的。

我们在这里当然不可能展开对于这一话题的更为充分的讨论，只能通过对《人间》的一点简单分析而证明一下这一点。读解《人间》，艺术形式上最引人注目的一点便是李锐和蒋韵在叙述结构上所作出的巨大努力。粗略地看来，《人间》最起码包含了这样四条结构线索。一是发生于20世纪现实时空中的秋白的故事，二是白蛇与许宣之间的爱情故事，三是“蛇人”粉孩儿与“笑人”香柳娘的梦幻之恋，四是青蛇与“范巨卿”之间的悲情人生。我们注意到，在讲述以上故事时，李锐与蒋韵分别采用了第一人称自述与第三人称全知这样两种不同的叙述方式。可以说，在《人间》的构思写作过程中，李锐、蒋韵在叙述结构的设置上下了一番不小的功夫。那么，作家为什么要设置运用这样一种特别的叙述结构呢？这样的叙述结构难道只是徒具形式上的意义吗？答案自然是否定的。在我看来，这样的一种叙述结构不仅具有形式上的意义，同样更具有一种与小说思想主旨密切相关的精神性意义。从叙述的流程来看，小说中的四条结构线索是相互缠绕在一起的，忽而秋白，忽而法海，忽而白蛇许宣，忽而又是青蛇“范巨卿”。认真地思索一下，我们就不难发现这样一种相互缠绕着的叙述结构背后所潜藏着的精神性意义。具而言之，李锐、蒋韵的《人间》讲述的是一个跨越了千年时空的，建立于佛教轮回转世观念之上的前世今生的神话故事。这样一种前世今生的轮回变迁，这样的一种精神性意义，不正是只有依赖于小说中这样一种四条结构线索相互缠绕的叙述结构，才能得到完美的艺术表现的吗？事实上，也正是因为李锐、蒋韵的确已经在小说的形式性与精神性相结合的意义上作出了十分可贵的艺术努力，所以我们才会一再刻意地强调要充分地注意李锐、蒋韵的小说《人间》在艺术形式上所取得的突出艺术成就。

《青木川》：超越了意识形态立场之后

关于司马迁那部曾被鲁迅先生称之为“史家之绝唱，无韵之离骚”的《史记》，作家阿城曾经有过这样有趣的议论：“我读《史记》，是当它小说。史是什么？某年月日，谁杀谁。孔子做《春秋》，只是改‘杀’为‘弑’，弑是臣杀君，于礼不合，一字之易，是为‘春秋笔法’，但还是史的传统，据实，虽然藏着判断，但不可以有关于行为的想象。太史公司马迁家传史官，他当然有写史的训练，明白写史的规定，可你们看来却是写来活灵活现，他怎么会看到陈胜年轻时望到大雁飞过而长叹？鸿门宴一场，千古噱谈，太史公被汉武帝割了卵子，心里恨着刘汉诸皇，于是有倾向性的细节出现笔下了。他也讲到写这书是‘发愤’，‘发愤’可不是史官应为，却是做小说的动机之一种。《史记》之前的《战国策》，也可作小说来读，但无疑司马迁是中国小说第一人。”[①] 虽然阿城的文字极简洁随意，其中并无所谓学术性论文严密的逻辑推演，但他却较为准确地对于鲁迅先生关于《史记》为“无韵之离骚”的判断进行了合理到位的阐释。说《史记》可以当文学作品来阅读，其根本的原因正在于《史记》小说性的明显具备。或许正是因为有《史记》这样一部示范性著作存在的缘故，之后的中国文学史上，以对历史现象的探究与表现为根本宗旨的历史小说写作就形成了一种源远流长的传统。这一点，不仅在一部中国古典文学史上有着突出的表现，而且还一直延续到了后来的中国现当代文学史上。即仅以发端于1949年的中国当代文学史而言，就曾经先后在五六十年代之交出现过“革命历史小说”，在八九十年代出现过“新历史小说”这样两次影响力极大的历史小说创作高潮。这两次创作高潮的出

① 阿城：《闲话闲说——中国世俗与中国小说》，作家出版社1997年版，第91页。

现当然应该被看作是历史小说写作传统得到延续的有力佐证。

尤为值得注意的是，在进入新世纪之后，历史小说尤其是长篇历史小说的写作呈现出了格外繁荣的景象，以至于从题材的意义上，与长篇乡村小说一起形成了一种特别引人注目的双峰并峙的景观。[①]诸如刘醒龙的《圣天门口》、李洱的《花腔》、莫言的《檀香刑》与《生死疲劳》、严歌苓的《第九个寡妇》等，都是这一方面值得注意的优秀作品。然而，正是在这样一种层出不穷方兴未艾的长篇历史小说的写作热潮之中，出现了一种历史真相被意识形态立场所影响遮蔽的突出现象。这一点，尤以在莫言《生死疲劳》与严歌苓《第九个寡妇》中的表现最为明显。众所周知，20世纪的五六十年代乃是一个政治对于文学产生着根本性的制约与影响的时代，所以那个时代的小说文本普遍地带有明显的意识形态色彩就是一件十分自然的事情。这一点，在所谓的“革命历史小说”中有着甚为突出的体现。按照当下学术界所普遍接受的一种理解方式，“革命历史小说”乃是“在既定的意识形态的规限内，讲述既定的历史题材，以达成既定的意识形态目的”[②]的一种小说作品。更具体地说：“它主要讲述‘革命’的起源的故事，讲述革命在经历了曲折的过程之后，如何最终走向胜利。”[③]虽然也在强调对于既往的历史事件与历史过程的艺术性表现，但这样的一种艺术性表现却首先必须服膺于先定的意识形态目标。通俗地说，“革命历史小说”中的意识形态色彩，就是指作家对于自己所表现着的这样一段“革命历史”，所持有的一种只能是无条件的肯定与称颂的姿态与立场。当然，并不仅仅只是“革命历史小说”，这个时代的其他文学作品也都差不多清一色地笼罩于这样一种浓郁的意识形态氛围之中。以发生于中国农村的农业合作化运动为主要表现对象的著名长篇小说，柳青的《创业史》与周立波的《山乡巨变》就都是这样的作品。虽然柳青与周立波均属艺术功力超群的优秀作家，但是，由于明显受到了时代意识形态制约与影响的缘故，当时中国农村的现实生活实际上并没有能够在他们的小说文本中得到完全真实的反映。很显然，对于《创业史》与《山乡巨变》

---

① 王春林：《繁荣中的沉潜与拓展——对新世纪长篇小说创作的一种描述与判断》，载《文艺争鸣》2006年第5期。

② 黄子平：《革命 历史 小说》，牛津大学出版社（香港）1996年版，第2页。

③ 洪子诚：《中国当代文学史》，北京大学出版社1999年版，第106页。

这样的"十七年"小说中存在着的意识形态倾向，莫言与严歌苓他们是有着极清醒的认识的。然而，令人遗憾的是，在《生死疲劳》与《第九个寡妇》这样的小说中，莫言与严歌苓反而走向了与柳青、周立波们完全相反的另一种意识形态。无论是对于本来就没有什么过错的地主西门闹与孙怀清的错误的被处决的描写，还是对于格外执拗地坚持走单干道路的老农民蓝脸以及从人性的本能出发维护着公公生命的寡妇王葡萄的肯定式展示，其中都明显地透露表现出了一种否定农业合作化运动的思想倾向。

这样，如果说当年的《白毛女》（《创业史》《山乡巨变》所秉承的很显然是一种与《白毛女》相一致的意识形态）表现的是"旧社会把人变成鬼，新社会把鬼变成人"的基本主题，那么《生死疲劳》与《第九个寡妇》就干脆彻底地颠覆了这个主题。如果说，由于意识形态的遮蔽，柳青的《创业史》与周立波的《山乡巨变》对于历史的真实再现程度要打折扣的话，那么，如同莫言的《生死疲劳》与严歌苓的《第九个寡妇》这样明显地秉承着与之相反的另一种意识形态的小说作品，其对历史的真实再现程度同样会受到影响，会有所遮蔽的。这样，莫言严歌苓的这两部小说也就必然受到批评家的强烈质疑了："像王葡萄这样的'一根筋'形象在近来的长篇创作中也并不鲜见。……'本能'是固定的，生物性的，它似乎不受社会观念所左右，但实际上，这样僵硬的傀儡式的人物恰是从理念里催生出来的，其纯之又纯的形象和一往直前的姿态其实很像当年芭蕾舞台上的白毛女、洪常青。接受这样的人物不仅需要理解、认同，甚至需要信仰。这提醒人们，意识形态果然是没有终结的。像当年的'革命历史小说'中那样鲜明的'规定性'，可以以任何一种新理念的形式在'重述'中重现，形成对历史新的遮蔽。"①很显然，无论是柳青周立波们的意识形态，还是莫言严歌苓们的另一种相反的意识形态，都在有意或者无意地形成着对于历史真相的遮蔽。虽然从他们的创作动机来看，都试图通过自己的艺术努力将一部真实的历史再现呈示在读者的面前。之所以一再强调意识形态的遮蔽作用，就是因为意识形态因素将会直接地影响到作家对于本来相当复杂的现实或者历史作出一种相对简单化的判断。这正如我们戴着一副有色眼镜去观看周围的世界一样，我们所看

---

① 邵燕君：《"宏大叙事"解体后如何进行"宏大的叙事"？——近年长篇创作的"史诗化"追求及其困境》，载《南方文坛》2006年第6期。

到的肯定不是那样一个本色的世界。对于一个以真实地探究表现现实或者历史的本来面目为根本目标的作家而言，意识形态因素的存在也就等于是戴上了一副有色眼镜。同样是中国古典小说，《三国演义》的艺术成就之所以要明显低于《红楼梦》，一个关键的因素就是罗贯中首先确立的“拥刘贬曹”的这样一种意识形态立场。然而，一个看起来似乎很矛盾的状况是：一方面，从根本上说，没有一个作家能够不具有某种意识形态的立场；而在另一方面，意识形态立场的确立又的确遮蔽影响着作家对于表现对象的真实表现。实际上，正如同人都有着自己的喜怒哀乐一样，作家拥有一定的思想倾向性，拥有一定的意识形态立场，并不是多么可怕的事情。关键在于，在小说创作的过程中，作家能尽可能地避免自己的意识形态立场对自己真实还原表现对象的干扰与影响。无疑，这是一个相当艰难的过程。而且，更进一步地说，再怎样标榜自己客观公允的文学作品中，也都会潜隐存在着某种意识形态立场的。然而，作品中潜隐存在着某种意识形态立场，与作家干脆地站在某种意识形态立场上进行自己的小说叙事，毕竟还并不是一回事。在我看来，只有真正努力地挣脱超越着自身意识形态立场束缚控制的作家，方才有可能将现实或者历史的复杂状貌真实地呈现在读者面前。我们此处所主要谈论的叶广芩的长篇小说《青木川》（载《中国作家》2007 年第 4 期），就正是这样一部不可多得的挣脱超越了意识形态立场的优秀历史小说。

在某种意义上，叶广芩的《青木川》也可以被看作一部“变脸”之作。据我所知，在此之前，叶广芩的小说写作差不多全部都是围绕着自己满族出身的身世来进行的。她那部颇有影响的长篇小说《采桑子》，那部曾获第二届鲁迅文学奖的中篇小说《梦也何曾到谢桥》，所叙写的内容也没有能够逾越这个范围。以至于，我差不多都要认为最起码从题材的意义上说，叶广芩已经是一个定格化了的作家。在展读《青木川》之前，我真的还误以为读到的可能又是一部描写没落的清朝贵族生活的长篇小说了。却谁知，《青木川》所描写讲述的是一段根本与所谓没落的清朝贵族不沾边的格外厚重的历史故事。却原来，这部长篇小说乃是叶广芩在陕西周至县多年挂职体验生活的直接产物。而且，居然真的就有青木川这样一个地方。而且，活跃于小说中的许多人物比如许中德的原型徐种德，魏元林的原型魏元霖等都还活着。这样的一种写作现象所带给我的一个强烈的启示就是，之所以能够写出如同

《青木川》这样厚重优秀的长篇小说来，一方面固然充分地体现着作家叶广芩自己突出的艺术才华，另一方面，却也更加有力地说明着生活对于小说创作的重要性。一方面，胡风所谓到处都有生活论当然是相当合理的，作家完全有着充分的自由去选择自己的艺术表现对象。在这样的一个前提下，一个作家的小说创作哪怕全部都是围绕个人狭小的生活圈子来进行也都是无可厚非的。但在另一方面，小说作为一种社会事物却又毕竟应该是与社会的公共生活，与社会大众的日常生活状态密切相关的。往往地，读者希望通过小说了解认识的并不仅仅是作家一己的，而更多的却是更为宏阔广大的社会生活的总体面貌。说实在话，一位足不出户的，对社会生活缺乏深入透彻的体察了解的作家，是很难写出这样一种关乎社会公众总体生活的优秀小说作品来的。我们注意到，在当下这个时代，一些作家尤其是知名作家由于对生活的疏离不屑所以便闭门造车的写作现象是越来越严重了。由于闭门造车，所以这些作家写作的那样一种远离生活的抽象空洞化倾向也就越来越明显了。

应该承认，有相当一段时间，对于作家的所谓挂职体验生活，我是很不以为然的。究其原因，当然是胡风的到处都有生活论在我脑海中作祟的缘故。但叶广芩《青木川》写作的成功，以及一些作家的小说写作越来越明显了的书斋化与抽象空洞化倾向却告诉我们，应该是将那些闭门造车的作家由书斋而召唤至丰富复杂的现实生活中的时候了。当然不应该是强制性的，当然应该是完全自觉自愿的。但是，从另外一个意义上说，一位从根本上就拒绝对于自己身外丰富多彩的现实生活进行了解体验的作家，也真的不可能写出什么惊世骇俗的文学名著来的。在某种意义上说，叶广芩《青木川》的写作乃是一种有难度的写作，完全可以套用闻一多先生“戴着镣铐跳舞”的形象比喻来加以评价。虽然肯定会有相当多的想象虚构成分在其中，但从根本上说，《青木川》却并不是一部完全向壁虚构的长篇小说，而是一部从地名到故事乃至于人物形象都有着真实原型的长篇小说。所谓“镣铐”者，指的就是这些真实原型的客观存在。更何况其中一些被写入小说中的当事人，还可以对小说的成功与否进行评头论足的评价呢。常言说得好，画鬼容易画人难，所讲的也就是这个道理。鬼是人们凭空想象出来的谁也不可能谋面的一种事物，作家怎样地去进行自己的现象虚构都是可以的。而人，却是活生生地存在于这个世界上的，作家描写表现得像不像、真实不真实，却是任谁都可以作出自己的评价的。很显然，叶广芩《青木川》的写作就类似于画人了，其难度较之那些没有任何原型存在的完全向壁虚构的小说创作当然就更大了。从这个角度来看，完成《青木川》写作之后叶广芩内心世界中的忐忑不安就是非常真实的。“我越走心里越忐忑，越走越沉闷，我知道，小说出版后，青木川是我必定要去的地方，我可以不在乎文学界的评论，但是我不能忽略这里，也不敢忽略这里，如同一个圆，从这里出发，无论绕多远，终将还得回来。对于《青木川》这部作品，这是必须经过的考试，是无法回避的面对，交上的卷子被批改下来，及格与否尚在未知……我不知《青木川》能否得到当地干部群众的认可，朴实的乡民能否将文学与历史分得清楚，不知我对这里的过去和今天把握得是否正确？”[①] 就小说发表后青木川的那些当事人以及文学界的评价反映来看，叶广芩的担心是有些多余了。仅就我个人的阅读视野与阅读感觉而言，即使断言《青木川》乃是新世纪以来中国文坛出现的优秀长篇小说之一，也是毫不为过的。我注意到，在自己的创作谈中，叶广芩曾经有过这样的一些表白：“‘白云千里万里，明月前溪后溪’，写得有点儿吃力，既要顾及文学性又不能荒腔走板，因为小说中的大部分人物还在现实中存在着。而艺术又是于真心的感动，让人有种欲罢不能的冲动……尽量用宁静的心态一一道出，让自己和读者共同体味到文化、历史，今天、未来。”“由衷地感谢青木川为我提供了一个难得素材，让我们对历史，对生命，对生活，对责任予以审视和思考。”[②] 可以明显地看出，对于一部复杂的历史，叶广芩是充满着敬畏之心的。从作家对于“审视与思考”，对于“宁静的心态”的刻意强调中，我真切地体味到了叶广芩力争排除一切别的事物（当然也包括意识形态因素在内）的影响与干扰，尽可能真实地还原、审视、思考一部复杂历史的严肃艺术追求。事实上，也正是依凭着叶广芩这样一种格外严肃认真的创作态度，所以《青木川》才获得了艺术上的成功。

《青木川》的艺术成功首先在于极成功地塑造刻画出了魏富堂这样一位生动、饱满而又富于立体感的人物形象。虽然这样的观念或许会被某些新潮的批评家讥之为陈旧落伍，但我却依然坚持认为，无论关于小说的基本理解发生怎样的变化，然而万变不离其宗的一点却是，作为一种叙事文体的小说

① 叶广芩：《一言难尽〈青木川〉》，载《长篇小说选刊》2007年第3期。

② 叶广芩：《一言难尽〈青木川〉》，载《长篇小说选刊》2007年第3期。

作品，衡量其成功与否的艺术标准之一，就是看它是否有对于人物形象的成功塑造。如果说在短篇小说，甚至于在中篇小说中都还可以进行一定程度上的，关于人物形象淡化的实验探索的话，那么，一部动辄几十万字的长篇小说中，却是无论如何都要成功地塑造若干生动饱满的人物形象的。《青木川》当然就是这样的一部长篇小说，谢静仪（程立雪）、许忠德、林岚、李淑敏、钟一山、青女等这样一些人物形象都给读者留下了极深刻的印象。自然，其中最值得注意的人物形象还是始终居于小说中心位置的魏富堂。魏富堂当然也是有着真实的人物原型的，在真实的历史进程中，他的本名是魏辅唐。能够在人物真实历史事迹的基础之上，增加若干合理的想象虚构成分，将魏富堂这样一位人性的构成异常复杂的人物形象栩栩如生地凸现在读者面前，让这一人物形象能够真正地“立”起来，所充分说明的正是叶广芩相当深厚的艺术功力。虽然魏富堂的自然生命早在1952年九月就随着一声枪响而烟消云散了，但一直到55年后的今天，我们在面对魏富堂的时候，却依然清楚地感觉意识到了分析把握其人性构成的复杂程度，为其作出一种恰当历史定位的艰难程度。从家庭出身看，魏富堂本来是青木川一个很不起眼的穷小子。正是因为家境贫寒，所以年轻力壮的魏富堂才被迫入赘青木川的首富刘庆福家，与刘家那位如同废物一样的病闺女刘二泉成了家。然而，也正是在与刘家结亲的过程中，魏富堂性格中狠毒而又杀伐决断的一面得到了最初的表现机会。在魏富堂相当肯定地告诉自己的大姐“姓刘的熬不过我去，我姓魏，我的儿子将来必定姓魏”的时候，他的大姐不说话了，“她觉得这个三兄弟太有心劲，不敢小瞧了”。实际上，也正是在魏富堂成亲以后很快使自己成为一家之主的过程中，魏富堂性格中心狠手辣的一面就已经初露端倪了。应该说，小说对于魏富堂性格中的这一面展示得还是相当充分的。这一点，从他刺杀魏征先，从他袭击汉中军阀吴新田给西安军阀刘镇华送礼的马帮，从他投奔王三春担任铁血营营长之后所犯下的若干血案中，均可以得到有力的证实。由于的确“着着实实跟着王三春干过几年”，而且也的确率铁血营阻击过“借道陕南，北上抗日”的红军，所以说魏富堂曾经是一个杀人不眨眼的土匪，也完全是符合实情的。从这个角度看来，关于魏富堂最后的被枪毙乃是一个彻头彻尾的冤案的说法也就是难以成立的。毕竟，魏富堂曾经是一位有血案在身的土匪。

然而，魏富堂却又绝不仅仅只是一位心狠手辣的土匪。在他的性格中，也还有着向往现代文明造福青木川一方水土的另一面。青木川的普通民众尤其是那些与魏富堂关系密切者，之所以在半个多世纪过去之后，仍然对“魏老爷”或“魏司令”念念不忘，其根本原因正在于此。应该承认，魏富堂的确是很有能力也很有一些长远眼光的。正是在他的苦心经营之下，青木川迎来了历史上最好的一个发展阶段。甚至于，在之后长达半个多世纪的发展过程中，青木川的经济、社会以及文化诸方面也很难说就超越了魏富堂时期。“闯荡几年，魏富堂得出的经验是，要牢牢把住青木川这块谁也管不着的风水宝地，努力发展经济，扩大生产，把青木川的经济和军事实力提高到一个历史的新阶段。”那么，地处深山僻岭之中的青木川又该怎样发展经济呢？魏富堂拿出的最有效的一招就是种大烟。种大烟的这种招数虽然也带有明显的土匪色彩，但它毕竟是一种能够立竿见影的很有效的致富手段。很快地，“大烟的收益使青木川繁华起来”。然而，处事精明的魏富堂又是十分了解大烟的危害性的：“魏富堂清醒地认识到，发展种烟是一种手段，不是目的，他本人不抽大烟，也不许他的家人和部下抽，谁抽枪毙谁！”以至于，“盛产大烟的青木川，遍是烟馆的青木川，竟然没有一个本地烟民”。能够做到这一点，确实是非常不容易的。既能借助大烟发展青木川的经济，同时却又能有效地禁绝本地人抽大烟，其中所凸现的正是魏富堂超群出众的智慧和胆识。实际上，也正是伴随着青木川经济的日渐繁荣，魏富堂自己也成了在陕甘川三省交界处首屈一指的风云人物。

然而，尽管青木川的经济已经有了很大的起色，尽管魏富堂也已经成为威震陕甘川三省交界处的一方霸主，但是，魏富堂内心中却有着更为高远的对于文化，对于现代文明的向往与追求。在这一方面，可以说有若干个人物都对魏富堂的精神世界发生过一定的影响。首先是辘轳把教堂里的意大利神父以及与他一起现身的那些现代器物。后来，敏感的冯小羽注意到了辘轳把教堂里的现代文明气息对魏富堂产生过的强烈冲击：“现代文明的冲击以及文化细节产生的魅力，使土匪魏富堂对自己的追求，甚至对自己的生存方式产生了怀疑，这是作家后来的总结。”应该说，后来的魏富堂之所以要执意地买留声机装电话，要将汽车拆成零件背进山里重新组装，其实与教堂中现代文明气息对他产生的强烈冲击是有着直接关系的。然后是朱美人，虽然只不过是戏班里的女戏子，但朱美人的见识却是明显高出于常人的。正是她在魏富堂生活中的适时出现，使得魏富堂没有在凶狠残暴的土匪道路上走出太远。“朱美人对魏富堂有着严格约束，不杀穷人，不杀无辜。她规定，铁血营的宗旨是杀富济贫，就跟《水浒传》里的英雄豪杰似的，替天行道。”当然，不可否认的是，大小赵的出现也对魏富堂的文化追求产生过一定的影响。虽然大小赵并没有给魏富堂带来他所期盼中的人生快乐，虽然他的第三次婚姻是以失败而告终的，但魏富堂却依然“用欣赏文化的目光，带有偏爱地看待大小赵，如同放大镜下观赏一对秀玉，连玉上的瑕疵在他的眼中也是天造地设的美丽，是毋庸置疑的难得”。然而，对魏富堂影响最大的人物还是富堂中学的校长谢静仪。魏富堂发现：“谢静仪追求的境界是他这个粗野山贼在心的深处时刻为之向往、极为缺憾的精神世界，他在青木川，大造美屋，广蓄良田，少的就是一座神圣的精神殿堂；他几十年内心追求的女人也罢，儿子也罢，其实就是对文化的崇拜，就是谢静仪的两语三言。没谈几句，他已经对这个清雅绝俗，秀慧博学的女子充满敬意。”正因为谢静仪对教育的殉道精神，谢静仪象征代表着的现代文明从根本上征服了魏富堂，所以魏富堂才成了谢静仪的绝对信服者。“魏富堂说，谢校长是有文化、见过大世面的人，她是真心实意为了青木川好，对谢校长的话，我魏富堂理解的要执行，不理解的也要执行”。于是，“谢校长说青木川要盖学校，就盖学校；谢校长说要资助青木川子弟上学，就资助上学，魏富堂对校长的指示不打一点磕巴”。不仅如此，甚至于到了最后的紧要关头，当魏富堂面临着到底应该如何处理与共产党的关系的时候，他还是要坚持征求谢静仪的意见。而且，被修改之后的谢静仪的建议果然促使魏富堂最终下定了与共产党合作的决定。

但是，包括谢静仪在内的所有人物的影响，说到底还都只是一种外部的因素。这些因素之所以能发生现实的作用，从根本上说还是因为魏富堂内心中确有着一种对于善的向往，一种对于现代文明的追求。可以说，叶广芩在《青木川》中塑造刻画的魏富堂实际上是一个半魔半佛式的人物形象，是一个善恶参半的人物形象，是一个性格中心狠手辣的一面与文明向善的一面组合而成的人物形象。一般情况下，对于这样一种人格呈明显分裂状态的复杂人物形象的塑造，很容易形成一种油是油水是水的两张皮现象。但叶广芩的难能可贵处就在于，她极高明地将人物性格对立的两面性水乳交融般地缝合在了魏富堂这一具体的人物身上，并使这一人物形象给读者留下了丰满生动而又富于立体性的强烈印象。常言往往有面对一部二十四史不知从何说起的感叹，面对竖立于叶广芩笔端的魏富堂这样一个复杂的人物形象时，我也不由得生出了面对一个魏富堂，但却不知从何说起的感慨。这样一种感慨的生成，实际上说明的正是魏富堂这一人物形象塑造的成功。叶广芩在创作谈中曾经不无感叹地写道："一个一言难以说清的人物，一段一言难以说尽的历史。"①只有在对魏富堂人性的复杂性进行了如上的解读剖析之后，我们才能够理解叶广芩为什么会有这样的一种豪叹生出了。果然是一言难尽啊！虽然围绕着魏富堂这一人物形象，我已经写下了不少的分析文字，但我有时候也真的在自我怀疑，我果真把这个与众不同的复杂人物形象说清楚了么？说实在话，面对着叶广芩耗费许多笔力倾心塑造出来的魏富堂这样一个人物形象，我的确明显感觉意识到了自我理性分析文字的苍白与无力。然而，这样一种感觉意识的生出，实际上却也反证着魏富堂这一人物形象艺术魅力的客观存在。

实际上，并不仅仅只是一个魏富堂，小说中的其他一些人物形象，比如谢静仪、许中德、钟一山、林岚等，也都被作者塑造得活灵活现呼之欲出。谢静仪在对男女之间的情爱彻底失望后献身于青木川教育事业时的狂热与纯粹，她那不失优雅冷静的外表之下深潜着的来自生命深处的惨淡与忧郁；许中德经历了多年社会政治风雨侵袭之后的人情练达，人生关键处的选择与生命错位感之间那样一种剪不断理还乱的复杂缠绕；钟一山看似荒诞不经的寻找杨贵妃历史踪迹的表象之下掩盖着的一位历史学者异常执着的职业精神与坚强意志；林岚如电石火花般一闪而过的生命中迸溅出的夺目强烈的生命光彩，她的纯真浪漫，她的宁死不屈。所有的这些都在读者的心目中留下了难以磨灭的印象。遗憾的是，我们没有更多的篇幅对这些人物形象展开更深入细致的探讨分析。值得关注的一个重要问题是，魏富堂形象的成功塑造，与叶广芩那样一种超越了意识形态因素的束缚与控制之后的叙事立场之间，究竟有着怎样的内在联系。要想准确地厘清说明这个问题，就必须首先将魏富堂与莫言笔下的西门闹以及严歌苓笔下的孙怀清进行一番必要的比较。毫无疑问，莫言与严歌苓不约而同地将西门闹与孙怀清处理成了不应该在土改时

① 叶广芩：《一言难尽〈青木川〉》，载《长篇小说选刊》2007年第3期。

被冤屈处死的正面形象。虽然他们都是富甲一方的地主，但土地和财产却都是由于他们特别聪明能干特别善于勤俭持家的结果。从他们日常生活中的言行举止来看，他们不仅没有过为非作歹称霸乡里的恶言恶行，而且更多地表现出来的乃是其人性中温情善良的一面。这一点，从西门闹将蓝脸捡拾回家抚养成人，从孙怀清给予王葡萄的那样一种父亲般的关怀中，就可以得到有力的证明。仅仅因为他们是财富的拥有者，所以就必须把他们打入另册并处以极刑。这样的一种人生结果，当然就是天大的冤案了。在这样一种人物形象的设置过程中，莫言与严歌苓那样一种消解颠覆土改或者农业合作化运动的意识形态企图也就表现得十分明显了。但真正的疑问在于，莫言与严歌苓的这种艺术设置到底具有多大程度上的真实性呢？以这样一种艺术方式轻易地将土改与农业合作化运动的合理性与必然性完全否定是否符合历史的本来面目呢？我们并不否认如同西门闹与孙怀清这样温情善良的“好”地主形象在个案意义上的真实性。然而，这样的“好”地主形象究竟具有多大意义上的普遍性呢？对于这一点，我个人是抱着极强烈的怀疑态度的。以阶级的视角衡量评价一切事物当然是不合理的，但是，以一种人性论的立场而完全消解否认阶级的存在，否认压迫剥削形象的存在，同样也是不合理的。我觉得，莫言与严歌苓们思想认识的失误主要就在这个地方。如果说柳青周立波们对于历史的想象认识确实存在着过于简单化的弊端的话，那么，莫言严歌苓们对于历史的想象表达又何尝不能被看作是另一种意义上的简单化呢？导致这种新的简单化出现的根本原因，在我看来，当然就是由于作家在写作过程开始之前就已经预设了自己的意识形态立场的缘故（当然，这种预设的立场很可能是不那么明确的）。毕竟，既然被处决了的西门闹与孙怀清们是毫无过错的，那么，存在过错的就只能是与他们相对立的土改或者农业合作化运动了。这样，莫言严歌苓们一种否定批判土改或者农业合作化运动的意识形态目的也就自然而然地达到了。

我们之所以刻意地强调叶广芩《青木川》的写作是一种超越了意识形态立场之后的写作，一个主要的原因，就在于作家在作品中对于魏富堂这样一位复杂的历史人物形象进行了成功的塑造。很显然，与差不多处于同等历史状态中，地位也基本相同的西门闹孙怀清相比较，魏富堂就是一位善恶参半的，既有着斑斑的杀人血迹，同时却也为地方的经济乃至于文化的发展做出过突出贡献的历史人物形象。正因为魏富堂既有善行也有劣迹，所以魏富堂的被处决就并不能被看作是一个简单的冤案。甚至于，魏富堂过于曲折的被处决过程，所凸显出来的也正是历史本身的复杂性。我觉得，与西门闹、孙怀清这样的“好”地主相比，叶广芩精心塑造刻画出来的半佛半魔式的历史人物形象魏富堂无疑具有更为广大的普遍真实性。实际上，也正是通过魏富堂这样的历史人物形象的成功塑造，叶广芩对于半个多世纪前那段堪称纷纭复杂的历史进行了深入理性的探寻反思。一方面，叶广芩确实也在对革命历程中反人性的一面进行着必要的反省与清理工作。但在另一方面，叶广芩却并没有如同莫言严歌苓们那样，由于这种必要的反省与清理而走向对革命的合理性与必然性的完全否定。而叶广芩之所以能够做到这一点，一个根本的原因正在于她没有在创作之前即预设任何意识形态立场。我们注意到，在创作谈中，叶广芩曾经刻意地强调魏富堂是一个“一言难以说清”的人物，强调自己所面对的乃是一段“一言难以说尽”的历史。正因为如此，所以作家才说自己的写作是“站在现代人的立场”“用今天的眼光”进行的。[①] 在我的理解中，叶广芩此处所谓“一言难以说清”“一言难以说尽”所凸现的正是作家对于魏富堂这一历史人物，以及与这一历史人物密切相关的这一段历史进程中蕴含着的丰富复杂性的充分体认。正因为作家已经充分地认识到了历史的复杂性，所以当她意欲将这样一段复杂的历史真实地再现出来的时候，她就不可能如同柳青、周立波或者莫言、严歌苓一样，站在某一鲜明的意识形态立场上去切入自己的表现对象。叶广芩之所以刻意地强调自己的写作是“站在现代人的立场”“用今天的眼光”进行的，实际上所表明的就是一种超越了意识形态立场之后的客观、冷静，充满了理性色彩的基本叙事策略。关于历史文学作品，一种颇有影响的观点认为，重要的不是历史叙述的年代，而是叙述历史的年代。应该意识到，这样的一种看法是带有明显的新历史主义色彩的。按照新历史主义的观点，一种客观、真实的历史实际上是不可能存在的。在新历史主义者看来，我们所看到的历史从本质上说都是后来的撰史者站在各自不同的精神情感立场上，所发出的一种以历史片断为基本素材的叙事行为。克罗齐所谓一切历史都是当代史的断言，也正是在这样的意义

① 叶广芩：《一言难尽〈青木川〉》，载《长篇小说选刊》2007年第3期。

上才能够成立的。很显然，对于莫言、严歌苓以及叶广芩的小说叙事，我们就更能作如是观了。他们各自不同的小说叙事实际上都明显地体现着他们差异同样十分明显的精神感情立场。莫言、严歌苓与叶广芩的根本差异只是在于，前者是确立了一种鲜明的消解颠覆以柳青周立波为代表的"十七年"小说中所体现出来的意识形态为根本宗旨的小说叙事，而后者则是一种尽可能地挣脱超越意识形态立场的，以尽可能地还原历史的真实复杂性为根本宗旨的小说叙事。我们虽然无意于，而且在事实上也不可能否定莫言严歌苓他们的那样一种小说叙事方式，但一个非常明显的事实却是，只有采用如同叶广芩这样一种叙事方式的小说作品，方才有可能更加真实地迫近本来就极为复杂的历史事实本身。

那么，在《青木川》中，叶广芩究竟是以怎样的叙事策略无限地趋近于那丰富复杂的历史原貌的呢？细读文本，我们注意到了这样一种"非 a 非 b""亦 a 亦 b"式的基本叙事策略的普遍运用。比如，关于魏富堂刺杀魏征先一事，一种说法认为"魏富堂这个举动实则是个义举，绝对符合共产党'穷人翻身求解放，要干要革命'的道理"。而另一种看法则认为："他杀魏征先绝不是'为民除害'，是为了争夺'团总'的位子，是看上了魏征先的相好唐凤凰……魏富堂不杀魏征先，魏征先也得杀魏富堂，完全是狗咬狗，一嘴毛"。那么，对于魏富堂的这一行为到底该如何评价呢？作家并没有给出明确的答案。她只是用一种"非 a 非 b""亦 a 亦 b"的方式为读者留下了极大的想象填充空间，让读者充分发挥自身的主体性去做出自己的最后判断。再比如，关于魏富堂修桥一事，同样存在着两种观点正好相反的评价声音。一种观点认为"魏富堂为了运输大烟，特地修了这座桥，说是为民其实是为己""老百姓干重活，吃的是粗米酸菜，他坐在高处指手画脚，吃的是大鱼大肉，老百姓怨声载道，恨透了这个恶霸，修桥砸死的六条人命，作为血债成为置他于死地的罪证之一"。而另一种观点则正好相反，"魏富堂修桥为自己也不是没道理，受益的是他，也是全镇百姓，他死了，桥可是还在呢，没有魏富堂的'不错眼珠'，便没有 60 年的'纹丝不动'，现在的工程监督员要是有当年魏富堂一半心劲儿，全国也不会出现那么多'豆腐渣'"。甚至于，连魏富堂的长相如何也出现了明显的分歧："在冯明和郑培然的叙述中，魏富堂完全是两个人，一个是相貌丑陋，既狠且愚；一个是排场出色，浓眉大眼。”既然连长相都成了问题，那么对于魏富堂的总体评价出现截然不同的两种声音就更是情理中事了。一种观点认为，工作队当年的成绩是不能轻易被否定的，“剿匪除霸，土地改革，都是用鲜血和汗水换来的。枪毙魏富堂，证据确凿，不是冤假错案”。而另一种观点则认为，“魏老爷修路，修桥，修堰，办学校，资助贫困子弟念书，保护地方百姓不受土匪、国民党骚扰，经过调查，他是功大于过”。当然更值得注意探究的，还是本来已经决定与共产党合作之后的魏富堂，最后又是怎样被共产党处决的这样一个问题。很显然，在魏富堂决定是否与共产党合作的过程中，许中德和青女发生过重要的作用。正是因为他们以瞒天过海之术将谢静仪谢校长的建议错误地传递给了魏富堂，所以才导致了魏富堂最终做出向共产党投诚的决定。这也正是半个多世纪以来，许中德和青女深感内疚自责的一个隐痛所在。现在看起来，促成魏富堂被枪决的因素是多方面的。首先，魏富堂本人确实当过土匪，手上确有血债。其次，是其外甥李树敏与刘芳一起对魏富堂的有意陷害，他们很巧妙地将自己两次袭击解放军的行动都嫁祸到了魏富堂的身上。第三则是由于青女的告发。而青女的告发，又是缘于她亲眼看见了林岚之死的惨状。“青女以魏家知情人的身份，揭发出正在县上整训的魏富堂在家仍旧私藏枪支和大烟这一重要情况”。实际上，那支枪是魏富堂在新婚之夜送给解苗子的，只因解苗子对枪十分恐惧，所以才被青女随手放在了衣柜深处。而那些大烟，则是为当时业已重病在身的谢静仪准备的，因为它有很好的止痛效果。所以，严格地说起来，私藏枪支和大烟其实算不上是魏富堂的罪状。然而，在当时那种情势之下，魏富堂的任何申说都是无济于事的，这两大罪状最终还是把魏富堂送到了断头台上。而这，实际上也就成了此后缠绕青女数十年终难释怀的一个根本心结所在。第四，就是诸如由于修桥而致死六条人命，以及由于三娃子的爹违背禁令抽大烟偷人故而被魏富堂枪毙这样一些“莫须有”的罪状了。这样，我们也就完全可以说，魏富堂之死正是以上几个方面的因素综合发挥作用的一个必然结果。就这样，一个本来诚心地与共产党合作的魏富堂，反而变成了共产党的刀下之鬼。历史的复杂与吊诡之处正在于此。上文说，由于对魏富堂有所辜负，所以许中德与青女几十年来一直生活于一种愧疚不安的心态之中。但我们也不妨假想一下，假如魏富堂当时未被处决，那么他又该怎样地逃过后来的“文革”那场大劫难呢？而这，很显然是历史的又一重吊诡之处了。

在某种意义上，我们完全可以把叶广芩的《青木川》视为一部众声喧哗的复调历史小说。虽然，我们这儿使用的并不是巴赫金意义上那样一种严格的复调概念。具体来说，所谓的复调，就是指我们在《青木川》中，同时聆听到了几种不同声音的存在。其一是指在魏富堂的旧部下旧仆佣那里传出的一种冤屈不平之声，其二是指在冯明那里传出的为革命行动为土改的辩护之声，其三是指钟一山对于久远的唐代历史的探究之声，其四则是指冯小羽在追踪程立雪（谢静仪）的生命踪迹时所发出的对于女性命运的叹惋之声。最起码，以上几种声音的存在形成了一种众声喧哗的艺术效果。而这样一种复调艺术效果的存在，则在很大程度上决定着《青木川》这部以对历史真相的探究为根本目标的长篇小说，最终成了一部厚重扎实的艺术成熟之作。事实上，《青木川》之所以能够成为一部呈示再现历史复杂状貌的优秀之作，与这样一种众声喧哗的复调意味，与作家在小说中所采取的全知叙事方式之间，是存在着一种难以分割的紧密关系的。在我看来，正是因为叶广芩在《青木川》采用了这样一种可以自由贯通于过去与现在之间的类似于上帝式的全知全能的基本叙事方式，作家那样一种借青木川之一隅而凸现整个历史之复杂状貌的创作意图，方才得到了相当完满的艺术体现。虽然小说一开头就提到了魏富堂的被枪毙事件，并以此悬念贯穿于整个文本之始终，但小说文本的真正展开却是随着冯小羽、冯明与钟一山他们踏上青木川的土地而开始的。通读完全篇之后，我们就会知道，虽然《青木川》所采用的是全知全能式的叙事方式，但冯小羽作为一位视角式人物的重要性却是不容忽视的。可以说，小说中所有的人与事，包括与她同时进入青木川的冯明钟一山的一切言行，都是通过冯小羽的视角而传达给读者的。正是通过具有现代意识的作家冯小羽的视角，青木川半个多世纪之前的那场龙争虎斗以及青木川半个多世纪以来的历史变迁方才活灵活现形象生动地再现在了我们面前。其中诸多人物生前死后的衰荣变化所呈示出的正是历史进程的巨大复杂性。首当其冲的当然是魏富堂，出身的贫寒与发迹后的钟鸣鼎食，自身文化的匮乏与对文明文化的狂热追求，半个多世纪前的死于非命与半个多世纪后的重获评价，足以让我们生出命运造化弄人的沉重感叹来。这正如冯明所强调的：“现在平反是现在的需要，就像人的手，手背看上去是黑的，糙的，翻过来手心就是白的细的，反过来掉过去，就是一只手。”不只是魏富堂，其他人物的命运遭际同样是令人震惊促人深思的。我这儿想着重探讨的就是那些早年积极投身革命，投身土改的积极分子们后来的命运遭际。很显然，时下人们热衷于关注表现的只是如同魏富堂这样一类历史人物的故事，而甚少有人将自己的视野同时投注到那些革命积极分子身上。莫言的《生死疲劳》与严歌苓的《第九个寡妇》就是此类小说的典型代表。与莫言严歌苓们相比较，叶广芩的难能可贵之处就是在关注魏富堂的同时，也把自己的视野投射向了这样一个默默无闻的寂寞群体。具体来说，我所指的主要就是林岚、张文鹤、老万、赵大庆等这样几位人物形象。林岚为青木川的土改事业献出了自己年轻的生命，然而，当她的战友与恋人冯明半个多世纪后重新回到青木川的时候，却不无惊讶地发现林岚的墓地居然是如此的冷清、寂寞以至于一片狼藉。当年死心塌地跟着冯教导出生入死地干革命的张文鹤晚年得了重病，千里迢迢地去找当年的老战友老上级帮忙看病，结果连“战友”的门也没沾上就被人给挡了回来，只得硬生生地躺在病床上等死。如果没有老万及时地向工作队通报信息，那么，土匪刘芳的被击毙以及李树敏的被擒获就绝对没有那么轻而易举，但几十年后的“文革”期间，英雄老万却被诬为“国民党残渣余孽，土匪在青木川的卧底”，最终自杀身亡。同样是当年积极投身革命的生产委员赵大庆，活到82岁的时候，居然子丧媳走，只留下一个小孙子与他相依为命地苦熬着所剩无多的艰难日子。而当年的冯教导来看望赵大庆的时候，映入其眼帘的竟然是这样一幅破败景象：“破破烂烂两间草房，连院墙也没有，窗户上没玻璃，钉着塑料布，房门钉着木头，堆着半人高的黄土，许久没人出入，门楣上蜘蛛结了网，网上沾着一个大花蛾子。”这些人物形象积极革命的过去与他们后来的人生遭际之间存在着的巨大反差，一方面凸现着命运的无常，另一方面则同样在有力地说明着历史的复杂与吊诡。从这个意义上说，虽然小说中冯明这个人物形象的塑造有着脸谱化的嫌疑，但这样一条与革命紧紧牵系在一起的叙事线索的重要性却是毋庸置疑的。事实上，也正是冯明这条叙事线索的存在，在很大程度上制约抗衡着魏富堂的那样一条叙事线索。我们之所以一再强调叶广芩《青木川》的写作乃是一种超越了意识形态立场之后的写作，这样两条互相牵制抗衡着的基本叙事线索的共存，实际上也是一个非常重要的原因。与此同时，我们也注意到，小说中还经常出现这样一些叙事话语：“半个多世纪过去……版本的演绎越来越多，甚至同一个经历者，上午和下午的叙述就不一样，一小时前和一小时后就不一样，刚才和现在就不一样，这就给了青木川喜欢听故事的后生们充分的想象空间。”“人物并不复杂，却是这样的费人思量，才几十年啊，魏富堂时代的人不少还活着，竟然模糊得一塌糊涂。”“现在已经不是历史的一页被轻轻翻过去的问题，现在的问题是翻过去的那页被抹得乌七八糟，又被撕掉揉烂，掷于地上。”在我的理解中，诸如此类的一些带有某些议论性的话语段落在小说中的适时穿插同样是十分重要的。它们的存在，明显地有助于作家为小说所设定的意欲探究表现历史状貌的丰富复杂性的基本主题意向的最终完成。

《藏獒》：悲悯与仁慈的人性证词

正当我提笔准备撰写关于杨志军长篇小说《藏獒》(载《当代》2005年5期)的批评文章的时候，读到了刘健芝的文章《在寻常中闪耀的和平希望》[①]。作为“全球千名妇女争评诺贝尔和平奖”这一活动的组织者之一，刘健芝此文的主旨是要深入地阐明她自己之所以要积极地介入这一活动的深层原因。笔者在此当然无意于对“全球千名妇女争评诺贝尔和平奖”这一事件发表看法，但刘健芝文中的一段话却不仅深深地打动了我，而且在我看来，她的这一段话与我们要具体讨论的杨志军长篇小说《藏獒》的思想艺术题旨有着一种巧妙的暗合与对应。因此，我们完全有必要将刘健芝文中的这一段话首先引述在这里。刘健芝写道：“我不奢望诺贝尔评奖委员会把诺贝尔奖的神圣光环摘下，让光点散落在千名平凡妇女身上。但我朴实的愿望是，每个人学习用另一种心去看周围的抗击暴力、建设和平的人，并非伟大得我们无法仰望，而是平凡到我们身边的母亲、老师、同事、邻居以至我们自身，都有能力做出一点点事，让世界多一点点的温暖和希望，如小说《盲》里面的善良的医生妻子般，呵护着仁恕施与的心。”在我看来，刘健芝此处所强调的一种应该竭力呵护“仁恕施与的心”，其实也正是杨志军在《藏獒》中所欲传达给读者的一种核心的思想艺术题旨所在。这样的一种不谋而合，充分证实的乃是杨志军这一长篇小说具有的一种格外突出的现实意义。一方面，我们固然应该承认，市场经济时代的到来的确意味着中国社会的一种历史性进步。但在另一方面，我们却也应该清醒地意识到，并非所有伴随市场经济出现的社会现象都是值得肯定的。在这一方面，一个非常严重的问题便是一种相当

---

① 刘健芝：《在寻常中闪耀的和平希望》，载《读书》2005年10期。

普遍的道德失范与精神滑坡现象。一种合理有度的物欲追求当然是应该肯定的。然而，当这种物欲追求极度膨胀，并且达到了所谓物欲横流的地步，进而极大地破坏着维护一个社会的正常运行所必需的道德与精神建构的时候，我们就不能不对之保持足够的警惕了。一部张扬狼性意识的《狼图腾》之所以能够在社会上大行其道，形成如此巨大的影响力，在我看来，很大程度上便是因为投合了这样一种普遍存在的社会心理的缘故。

应该承认，对于《狼图腾》及其狼性意识在当下社会正发生着的巨大负面影响，作家杨志军有着清醒的认识。这一点在小说《藏獒》的后记《远去的藏獒》[①]中有着明晰的表达。杨志军说："父亲的思维，是草原人的思维。在草原牧民的眼里，狼是卑鄙无耻的盗贼，欺软怕恶，忘恩负义，损人利己。藏獒则完全相反，精忠报主，见义勇为，英勇无畏。狼一生都为自己而战，藏獒一生都为别人而战。狼以食为天，它的搏杀只为苟活；藏獒以道为天，它们战斗是为忠诚，为道义，为职责。狼与藏獒，不可同日而语。……父亲对我说：我们需要在藏獒的陪伴下从容不迫地生活，而不需要在一个狼视眈眈的环境里提心吊胆地度日。""所幸父亲生前，世人还没提倡狼性，还没流行狼文化和狼崇拜，不然，父亲该多么的伤心。"在这段话语中，杨志军不仅将藏獒与狼进行了鲜明的对照，而且也极富暗示性地表明，自己之所以要写作《藏獒》这部长篇小说，在很大程度上乃是要对由《狼图腾》所造成的狼性崇拜予以一种强有力的批判与反拨。因为文中所谓"提倡狼性""流行狼文化和狼崇拜"云云，所指称的事实实际上正是《狼图腾》此书在社会上所形成的那样一种绝大的影响力。我们之所以认定杨志军的《藏獒》构成了对于《狼图腾》一种强有力的批判与反拨，乃是因为作家在小说中以饱含激情的笔触，既极其形象生动地刻画塑造出了如父亲、藏扎西、梅朵拉姆这样具有高度的悲悯与仁慈情怀的人物形象，同时也极成功地勾勒刻画出如冈日森格、那日、虎头雪獒这样具有鲜明突出的责任与忠诚感的藏獒形象。在我看来，正是通过人物形象与藏獒形象一种相得益彰的成功塑造，杨志军的《藏獒》极明显地张扬了一种在当下时代愈来愈少见了的诸如正义、良知、善良、悲悯、仁慈这样的人性理念，并凭此而与投合时代极度弥漫的物欲追

---

① 杨志军：《远去的藏獒》，载《当代》2005年5期。

求心理、张扬一种弱肉强食的“丛林法则”的《狼图腾》这样的作品形成了鲜明的差别与对照。我们之所以强调杨志军小说的思想艺术主旨暗合于刘健芝的文章，也正是因为小说中的父亲、藏扎西、梅朵拉姆这样的人物形象，都是如刘健芝文中所一力肯定的那样一种“平凡到我们身边的母亲、老师、同事、邻居以至我们自身”的十分普通的人，他们“都有能力做出一点点事，让世界多一点点的温暖和希望”。他们都没有什么惊天动地的伟业，他们都不是那种顶天立地的大英雄。正如同刘健芝文中讲到过的小说《盲》一样，他们也都仅仅只是如同小说《盲》里面那位善良的医生妻子一样，在以自己的全部生命“呵护着仁恕施与的心”而已。然而，我们应该充分地注意到，同样是一种人性与人道的表达，同样是对于一种“仁恕施与的心”的吁请与呵护，在2005年度，具有类似思想艺术主旨的优秀小说作品其实并不仅仅只是杨志军的《藏獒》。最起码在刘醒龙那部长达一百万字的长篇小说《圣天门口》中，通过对于诸如梅外婆、雪柠、董千里等人物形象的成功塑造，我们同样强烈地感觉到了一种充满悲悯色彩的人道情怀的思想艺术表达。在我看来，如同《藏獒》与《圣天门口》这样优秀的长篇小说在2005年度的联袂出现，在很大程度上确实构成了对于上一年度如《狼图腾》这样以张扬狼性意识、以表现“丛林法则”为明显特征的一种小说写作倾向的强有力的批判与反拨。对于这一点，我们理应首先有一种清醒的认识。

但是，杨志军《藏獒》的全部价值却并不仅仅只是体现为对于如《狼图腾》这样一种宣扬“丛林法则”的写作倾向的批判与反拨。这只不过是它所具备着的一种现实文化意义而已。虽然杨志军的写作动机的确与《狼图腾》有关，但是如果《藏獒》的价值只是体现在这一点上，那么它无论如何都难以被看作是一部优秀的长篇小说。我们之所以认定《藏獒》具有相当值得肯定的思想艺术价值，乃首先由于它本身的那样一种其实意蕴相当丰富复杂的艺术品位的具备。设若《藏獒》失却了这样一种不俗的艺术品格，而只是满足于宣谕式地传达诸如正义、善良、仁慈、悲悯这样一些思想情感的话，那么它无论如何也不应该得到一种高度的评价。在我看来，《藏獒》首先是一部思想艺术品格相当优秀的长篇小说，然后才谈得上它所表达出的那样一种及时而具明确针对性的现实文化的意义。那么，断言《藏獒》是一部思想艺术品格不俗的优秀长篇小说的根据与理由何在呢？我以为，杨志军《藏獒》

的思想艺术成就乃主要体现在若干藏獒、人物形象的成功塑造与具有明显地域特色的语言的纯熟运用这样两个方面。

先让我们来看藏獒形象的刻画塑造。在对藏獒形象进行具体分析之前，我们首先应该明确的一点是，我们谈论的藏獒其实已经不再是原初意义上作为一个动物种类的藏獒，而是出现于杨志军笔端业已高度人格化了的藏獒。虽然我们承认藏獒本身也自有本属于它自身的喜怒哀乐，但却远远未能达到如小说中所显示出的这样一种明晰与高级程度。因而，一个无可否认的分析前提便是，我们所面对的只是杨志军理解中的一种藏獒形象，或者干脆直截了当地说，杨志军对于藏獒品性的提炼与表达其实也只是突出地体现了作家对于理想人性的一种理解与呼唤而已。进入我们评价视野的当然首先是冈日森格，是这只前世曾经保护过在雪山上修行的僧人的阿尼玛卿雪山狮子的化身。按照小说中的介绍，冈日森格的主人本来是阿妈河部落的一个普通猎人，因为它格外出众格外地“气高胆壮，有兼人之勇”，所以被部落头人甲巴多看中后强行占有。为了永远拥有冈日森格，甲巴多头人暗中派人害死了它的旧主人。谁知这一切却并未能瞒过冈日森格，当它凭借自己超群的智慧作出准确的判断之后，便不管不顾地咬死了甲巴多头人，为自己的旧主人报仇雪恨。这就是冈日森格的忠诚，嫌贫爱富或者随便地将自己的情感转移到新的主人那里，这样的选择从来就不会属于冈日森格这样优秀的藏獒。只有在犯了命案，在确认自己的旧主人已经死于非命之后，冈日森格才把流浪过程中收留了自己的七个上阿妈草原的孤儿（塔娃）认作了自己的新主人。他们一块儿过一种相依为命的流浪生活，一块儿为了追寻海生大雪山冈金措吉——传说中一个没有痛苦，没有忧伤的地方，便尾随父亲来到了与上阿妈草原有着不共戴天之仇的西结古草原。而杨志军《藏獒》的主体故事构成在很大程度上所依赖的正是民国二十七年由于马步芳军队的作祟，上阿妈草原与西结古草原结下的永难释怀的仇恨。如果没有这样一种叙事前提的存在，那么便不会有杨志军小说主体故事架构的形成。正是因为有了这样一种基本的叙事前提，所以冈日森格与七个上阿妈孩子的进入西结古草原才引发酿成了一系列重大的事件，冈日森格以及其他藏獒的忠诚与职责也正是在这一系列事件中才得以有力地凸显出来的。对于冈日森格而言，一旦认定七个上阿妈的孩子是自己的主人，那么便无论如何也不可能随便地离弃自己的主人，哪怕山高路远，哪怕有无穷艰难险阻，它也不离开自己的主人。虽然由于父亲对它的悉心呵护，它可以与父亲建立友好的信任关系，但这样一种友好的信任关系也同样无法阻止它救援七个上阿妈孩子的行动，或者说，在利用这种信任关系去援救自己主人的过程中，我们所感受到的不仅仅是冈日森格的忠诚，更有它那样一种超群的智慧。应该承认，既然忠诚与职责是藏獒这一动物种类的基本特性，按照小说中的说法“有恩不报不是藏獒，施恩图报也不是藏獒。藏獒就是这样一种猛兽：把职守看得比生命更重要。永远不想着自己，只想着使命；不想着得到，只想着付出；不想着受恩，只想着忠诚。它们是品德高尚的畜生，是人和一切动物无可挑剔的楷模”，那么，杨志军小说写作中面对着的一个艺术难题便是，如何在普遍地凸显藏獒忠诚品格的同时避开一种藏獒形象类型化的艺术陷阱。或者说，在普遍地凸显藏獒形象的忠诚与职责的同时完成对于藏獒形象的个性化塑造，对于杨志军而言，是一种无法绕过去的艺术考验。事实上，杨志军笔下的藏獒在表现出共同的忠诚本质的同时也的确明显地个性化了。在小说中，作家重点描写并给读者留下深刻印象的藏獒形象，除了冈日森格外，还有西结古的獒王虎头雪獒、白狮子嘎保森格、大黑獒那日以及饮血王党项罗刹等。将这几个藏獒形象进行细致的比照分析后便可以确认，它们在保持共同的忠诚獒性的同时都充分地个性化了。

冈日森格最突出的个性化特征是超群的智慧与坚忍的意志，这一点与它在小说中的具体处境存在着紧密联系。由于身处对自己充满着敌意的西结古草原，面对着随时都可能降临于己身的伤害，因此冈日森格身上所体现出来的便是一种高度的警觉意识与提防心理。极度困难的现实处境告诉冈日森格，要想生存下去，要想保护救援自己的主人，那它就必须在与嘎保森格、虎头雪獒以及党项罗刹的打斗中取得完全的胜利，舍此而别无他途，按照小说中的描述，如果说在面对白狮子嘎保森格时，冈日森格还可以凭借自己的实力而力拼取胜的话，那么在面对獒王虎头雪獒，面对饮血王党项罗刹时，就绝非仅凭实力可以取胜的。于是，便正如小说中所描述的那样，实际上也正是更多地依仗着自己的超群智慧、依仗着自己的坚忍意志，冈日森格才战胜了所有的对手，不仅改变了主人的命运，而且也使自己顺理成章地成为西结古草原上的新獒王。作为西结古草原的獒王，虎头雪獒当然绝对地忠实于西结古草原，由于它在西结古藏獒中居于一尊的王者地位，虎头雪獒所显示出来的便是多少有一些傲慢成分掺杂于其中的那样一种傲视群雄的王者气度。这一点，在它面对冈日森格、面对嘎保森格时均有十分突出的表现。獒王之所以会在与冈日森格的打斗中落败，与它的这样一种傲慢心态的存在不无关系。“獒王的目的不仅是战胜对方，更重要的是显示自己山峰高耸的威仪并且留下经久不衰的佳话”“而冈日森格却不是这样想的，它不是什么獒王，没有地位身份的负担，不必做出正气凛然的样子以显示大人物的庄严和伟大，它是一个备受歧视的外来者，它参与打斗是为了活下去，为了救主人，而不是为了显示自己的堂堂威仪”。一方是为了自己的生存，而另一方则格外地爱惜自己的羽毛、格外地珍视自己作为獒王的威仪。从这样两种不同心态出发的打斗在开始之前其实就已经潜隐预示着最后的打斗结果。在某种意义上，獒王的失败与冈日森格的胜利是一种顺乎逻辑的必然结果。同样是作为雄性的藏獒，白狮子嘎保森格的特点又不同于冈日森格与虎头雪獒。嘎保森格最突出的个性特征是自视甚高。这是一只表现欲特别强烈的野心勃勃的藏獒，“它希望獒王虎头雪獒在智慧和勇敢方面都被它打败，希望有朝一日自己成为一只自由的领地狗，成为西结古草原威震四方的新一代獒王”。战胜藏马熊后放肆地吃掉本该由獒王享用的心脏的行为就突出地表明了嘎保森格的个性特征。然而，正所谓太刚者易折，嘎保森格的悲剧结局同样与它的这样一种心性有直接的关系。发生在白狮子嘎保森格身上最令人难以接受的惨烈一幕是，在与冈日森格及那日争抢自己的孩子小白狗嘎嘎而不得的情况之下，它居然将自己的亲生孩子吞吃了下去。“在雪狼嘴边死里逃生的小白狗嘎嘎被它的父亲白狮子嘎保森格吃掉了，在恨的冰冷刀锋上幸免于难的小白狗嘎嘎在爱的温暖唇齿间被亲生父亲吃掉了，在义父冈日森格和义母大黑獒那日无微不至的关照下正在痊愈伤口、茁壮成长的小白狗嘎嘎被爱疯了它的阿爸吃掉了。”小说以如此饱含悲愤深情的语调强调表现着獒性的被扭曲。以吞食爱子的方式而体现出来的对于爱子的极端的深爱，在我看来，所凸显的正是心性高傲一向自视甚高的白狮子嘎保森格獒性的被极度扭曲。能够对自己所钟爱着的藏獒的獒性作如此透彻深入的展示与表现，所说明的一方面是杨志军的深厚艺术功力，另一方面则意味着作家对于獒性的体察达到了相当的深度。当然，使得白狮子嘎保森格个性得以充分实现的，是它彻底绝望后毅然决然地从高地悬崖上纵扑而下的跳崖自杀行为。正是在它那纵身一跃的矫健身姿中，白狮子嘎保森格那样一种曾经不可一世的骄矜之心得到了一种近乎完美的艺术表现。与嘎保森格的跳崖自杀相映生辉的是大黑獒那日的撞墙自杀行为。一方面是主人无法违抗的命令，另一方面却是自己倾心爱慕的异性，处于两难境地中的大黑獒那日便只有一头撞向坚硬无比的嘛呢石经墙了。“在服从神圣主人的威逼和服从性与爱的驱使之间，大黑獒那日选择了第三条道路：撞墙自杀。”虽然在父亲的精心救护下，大黑獒那日最后神奇地起死回生了，但正是在它那撞墙自杀的行为选择中，我们深切地领会到了獒性的高傲孤绝。除了高傲孤绝的獒性之外，作为雌性的藏獒，我们同样在大黑獒那日身上体会到了温柔多情的一面。这一点最集中不过地体现在它对冈日森格倾心的爱恋以及对于小白狗嘎嘎无限怜爱的行为之中。尤其是小白狗嘎嘎，本来与那日并无任何血缘联系，但出于一种本能的母性情怀，那日却将小白狗嘎嘎视如己出而抚爱有加。在其中，雌性藏獒那样一种极为宽容广博的温柔的母性情怀也就得到了堪称淋漓尽致的展示。如果说白狮子嘎保森格吞食亲子的行为应该被看作是獒性的扭曲的话，那么饮血王党项罗刹的一系列个性变化就更应该被看作是獒性的变异了。在某种意义上说，党项罗刹身上也表现出了藏獒的忠诚，但它的这种忠诚却只是针对送鬼人达赤的。由于送鬼人达赤从小就在以一种恶意折磨的方式培养着党项罗刹对外在世界的仇恨：“这一次打得是最惨的，几乎要了它的命。它在伤痛的折磨中突然领悟了送鬼人达赤的全部含义，那就是暴烈，就是仇恨，就是毁灭——毁灭一切善意的举动”“它正在理解自己作为饮血王党项罗刹的意义，正在按照送鬼人达赤的愿望，恶毒地仇恨着，时刻准备咬死出现在自己面前的一切”，因此，在被父亲彻底感化之前的党项罗刹便是一个十足的仇恨化身。此类藏獒的个性其实已经完全走向了藏獒忠诚本性的反面，但造成这一切獒性变异的根本原因却在于人的因素的介入。正是因为先有送鬼人达赤的满腹恶意存在，所以才有党项罗刹这样作为仇恨化身的藏獒的形成。在这个意义上说，通过党项罗刹这样一种藏獒形象的塑造，与其说作者是在描写一种獒性的扭曲变异，不如说是在展示表现并鞭挞批判着人性的一种丑陋与恶意。

小说题名为“藏獒”，其对藏獒形象的刻画塑造当然格外引人注目。然而，在我看来，小说更大的成功却在于一系列人物形象的成功塑造。通过对父亲、藏扎西、梅朵拉姆等人物形象的成功塑造而极其鲜明有力地张扬表现一种难能可贵的人性的悲悯与仁慈，实际上应该被看作是小说更为重要的思想艺术题旨之所在。小说中闪现着耀眼人性光辉的人物形象当然首先是父亲这个形象。从小说叙事学的角度来看，父亲既是小说中最主要的人物形象，同时也更多地承担着视角式人物的功能。《藏獒》的艺术结构并不复杂，基本上是依循父亲进入西结古草原之后的行踪来架构故事的。从读者接受的角度来看，我们实际上是跟随着汉人记者父亲的行踪与视角而一步步地走近并进入西结古草原，走进了这样一个笼罩着神秘的藏传佛教氛围的青藏高原上藏民的生活世界之中。这也就是说，如同我们一样，对于青藏高原上的藏民世界而言，父亲其实是一个外来者，一个局外人。然而，令人惊异的是，作为一个异族的异教徒，父亲却毫无障碍近乎天然地很快就融入了藏民的生活之中。这也正如同杨志军一样，虽然是汉族作家，但他在表现青藏高原上藏民生活的时候，给读者留下的却是一种十分贴切内在的感觉，似乎他天然地与藏地文化与藏民的人生方式之间存在着一种殊为难得的亲和感。这一点与 2004 年一部产生了较大影响的同样以藏地生活为表现对象的范稳的长篇小说《水乳大地》便形成了鲜明的对照。虽然《水乳大地》的确是一部相对优秀的长篇小说，但作者那样一种无法完全融入表现对象之中的文化猎奇目光的存在还是相当明显的。某种意义上，也正是因为杨志军能够近乎天然地融入藏地文化进入藏民生活之中，所以他才能够相当成功地塑造出如父亲这样极具仁慈与悲悯情怀的人物形象来。

具体来说，父亲的仁慈与悲悯主要是通过他与藏獒、与七个上阿妈的孩子之间的关系而体现出来的。虽然父亲的存在与否都无法改变七个上阿妈孩子进入西结古草原的人生选择，但由于这七个孩子是跟在父亲后面进入西结古的，所以父亲便觉得自己绝对有责任保护这七个孩子的人身安全。构成《藏獒》这部长篇小说情节主线的其实就是父亲千方百计地要保全这七个孩子生命的全部努力过程。能够使出浑身解数去拯救七个上阿妈孩子的生命，这其中体现出的当然是父亲一种难能可贵的仁慈与悲悯情怀。然而，父亲的仁慈与悲悯情怀更多地还是通过他与藏獒之间的关系而表现出来的。首先当然是冈日森格。虽然父亲与冈日森格同样没有任何牵系，但在他发现与西结古藏獒拼命打斗之后的冈日森格仍然还未断气的时候，他还是毅然决然地伸出了自己的援手。这正如小说中所描写的，父亲虽然非常怕狗，但“他的同情心战胜了他的怯懦，或者说他天性中与动物尤其是藏獒的某种神秘联系起了作用，使他变得像个猎人，越害怕就越想往前走”。应该说，这样的描写是真实的，但更为真实的却是这样一段描写，当父亲面对西结古藏獒的围攻的时候：“父亲冷汗淋漓，他想到了死，也想到了不死，他不知道死会怎样死，不死会怎样不死，他只做了一件让他终生都会忏悔的事情，那就是出卖，他在狗群强大的攻击面前，卑微地出卖了他一直都想保护的冈日森格——当伤痕累累的大黑獒那日和另外几只藏獒朝他血口大开的时候，他忽地一下掀掉了覆盖着冈日森格的被子。”却原来父亲也有过自私卑微的时候，在我看来，小说中的这样一种描写是相当必要的。这样，一方面凸显了父亲性格的复杂性，另一方面更主要地却是使父亲的那样一种悲悯与仁慈情怀因此而显得十分真实可信。然而，如果说冈日森格因跟随父亲进入西结古还显得多少与父亲有些联系的话，那么，大黑獒那日与饮血王党项罗刹则不仅与父亲无关，反而还都多少伤害过父亲，因此父亲与它们关系的展示更能充分地凸显父亲的悲悯与仁慈情怀。按照小说中的描写，大黑獒那日对父亲的伤害是十分严重的，父亲的“大腿被牙刀割烂了，胸脯也被牙刀割烂了。然后就是面对死亡”。父亲确也曾因此而产生过掐死大黑獒那日的念头，但最后却终于放弃了：“父亲摇了摇手，同时咬了咬牙，好像马上就要动手了，但是突然又没有了力气和勇气。没有勇气的原因是父亲发现自己一点也不恨它，父亲天生是个喜欢动物尤其是狗的人，他不能像报复人那样报复一只狗。”不仅如此，父亲还想方设法地要帮助身受重创的大黑獒那日早日康复。这样一种以德报怨的行为当然是其悲悯与仁慈情怀的充分证明。也正因此，父亲才被藏民认为是“汉扎西”“汉菩萨”的。当然，将父亲的悲悯与仁慈情怀更充分地表现出来的乃是他与饮血王党项罗刹之间的关系描写。由于送鬼人达赤刻意的折磨培养，饮血王党项罗刹的獒性被严重扭曲，变成了一个十足的仇恨化身。我们注意到，对于党项罗刹，不仅外来的汉人如白主任对它十分厌恶，即使是将藏獒看得十分重要的藏民比如大格列头人、藏医尕宇陀也都情愿让它死去。但父亲却依然顽固执着地要救活奄奄一息的党项罗刹：“其实父亲也不知道他为什么这样固执地希望救活饮血王党项罗刹，一切都来源于天性。在他的天性里，他希望所有的狗都是好狗，都是自己的朋友。他是狗的圣母，面对任何一只将死未死的狗，他都不会见死不救。况且它不是一般的狗，它是一只雄野到无以复加的藏獒。”虽然驯服感化党项罗刹的过程是极其艰难的，但父亲最终还是凭依着自己的坚忍而取得了成功。没有任何道理地要去救活并感化党项罗刹这样千夫所指的恶与仇恨的化身，其中所充分凸显的当然就只能是父亲那样一种悲悯与仁慈的天性了。

父亲当然是小说中最夺目的一个人物形象，但父亲之外，如藏扎西、梅朵拉姆这样的人物形象其实也同样可以被视作悲悯与仁慈情怀的体现者，他们的存在与父亲的形象相映生辉，极其鲜明有力地凸显了小说最根本的思想艺术主旨。藏扎西的人性闪光处首先表现在义释七个上阿妈孩子的行为之中，虽然他后来为此行为而曾有隐约的悔意产生，因为他知道自己会为此受到严厉惩罚，轻则失去做喇嘛的资格，重则被砍掉双手。但是，当七个上阿妈的孩子与父亲再度处于险境的时候，藏扎西还是毅然决然地出手施救了。丹增活佛在施救之前清楚地向他点明了此举的利害关系：“你要想得远一点，一旦你救了仇家，你失去的很可能不仅仅是双手，还有部落、人群、足够生活的牲畜，你也许只能是个乞丐，是个流浪的塔娃，是个孤魂野鬼。”小说中写道，此话听后“藏扎西不禁打了个寒战”。在我看来，这一个“寒战”中有无穷意味。一种内心世界的激烈冲突，一种恐惧，一丝犹豫，一种决心，均包含于其中。但藏扎西并未因内心的矛盾而放弃施救的行为，他的悲悯与仁慈情怀在此处便得到了一种有力的体现。然而，藏扎西人性的闪光并未到此为止，就在他的奔逃途中，遭遇了正被群獒围攻着的汉人李尼玛。虽然明知此时对李尼玛施以援手，对自己意味着什么，但人性的良知还是迫使他出手施援了。结果自然是，“为了一个与他毫不相干的汉人，他终于成了牧马鹤部落的强盗嘉玛措的俘虏”。宁愿牺牲自己也要施救于他人，这样的一种人性情怀不是悲悯与仁慈又是什么呢？同样值得注意的是梅朵拉姆，这样一位美若天仙的汉族姑娘。梅朵拉姆的悲悯与仁慈主要体现在她对巴俄秋珠的格外关爱上。由于阿爸、叔叔以及阿妈三位亲人的死均与上阿妈草原有关，所以巴俄秋珠对于上阿妈草原充满了难以释怀的仇恨，他之所以始终不肯放过七个上阿妈孩子的根源正在于此。对于这个无家可归甚至连靴子也穿不上的流浪塔娃，梅朵拉姆给予了许多的关心爱护。虽然巴俄秋珠的仇恨之心如坚冰般难以融化，但梅朵拉姆最后却终于以自己的真诚爱意感化了巴俄秋珠，“她用仙女的姿态，仙女的温柔、仙女的情肠把他抱住了，这一抱似乎就抱走了他那已经被她追撵得有点慌乱有点动摇的仇恨，抱出了他的全部感动，感动得他觉得不听梅朵拉姆的话就不是人了”。事实上，也正是由于有巴俄秋珠的被感化，有他撞开送鬼人达赤的行为，所以才最终救活了七个上阿妈的孩子与藏扎西。事情的结果再一次雄辩有力地证明了仁慈与悲悯、证明了人性感化的力量究竟有多么巨大。然而，在充分注意父亲、藏扎西、梅朵拉姆这类形象的同时，我们也应该注意到如送鬼人达赤、牧马鹤部落强盗嘉玛措此类人物形象的存在。达赤与嘉玛措在小说中当然是沉浸于仇恨的毒水中不可改变的人物，与饮血王党项罗刹相比，他们或许才可谓是真正意义上的仇恨的化身，虽然他们这仇恨的形成也是有其具体的历史原因的。从小说叙事的意义上说，这类人物形象绝对是不可或缺的。一方面，达赤与嘉玛措的存在构成了小说所欲张扬的悲悯与仁慈情怀的对立面，二者之间的矛盾冲突以及这种矛盾冲突的运转形成了小说故事情节的最大张力，并凭此而支撑起了《藏獒》最基本的艺术结构。另一方面，从人物形象塑造的角度来看，也正是因为有此类形象的存在，所以才更为鲜明有力地映衬表现出了父亲、藏扎西以及梅朵拉姆等形象身上所具备着那样一种悲悯与仁慈的人性情怀。而《藏獒》，也正是凭此而成为悲悯与仁慈的人性证词的。

从艺术表现的角度来看，杨志军《藏獒》最突出的一点乃是对于一种具有明显地域文化特色的语言的纯熟运用。在小说中，我们可以发现有两种叙事语言存在。一种是出自汉人工作队队员之口的带有明显意识形态色彩、带有明显公文色彩的语言方式，比如白主任说：“我们来这里的任务是了解民情，宣传政策，联络上层，争取民心，力求在最短的时间内站稳脚跟，你这样做会让我们工作委员会在西结古草原失去立足之地的。”另一种则是饱孕着叙述激情的带有明显地域色彩的更接近于青藏高原上藏民生活方式的语言方式，比如“草原像梦里的波浪，柔柔地漂动着，无极地漂动着。冈日森格带着父亲来到了和雪山一样清凉的早晨的阳光里。阳光像雪粉，结成透明的晶体曼舞在蓝绿色的空气里，这里的空气是令生命欢欣鼓舞的”。再比如“身边是清凌凌的野驴河，远处是一脉脉连绵不绝的雪山冰岭，冰岭之下，绿色浅浅的高山草甸连接着黑油油的灌木丛。灌木丛是一片一片的，冲开山麓前松杉林的围堵，流水似的蔓延到了草原上。草原放纵地起伏坦荡着”。可以发现，这样两种语言的差异对比是十分明显的。后者构成了《藏獒》的主体语言风格，而前者时不时地出现，则显得十分突兀，构成了小说中一种极明显的不和谐音调。在我看来，正是因为杨志军小说中主要运用了这样一种饱孕叙述激情带有明显地域色彩的藏地语言方式，所以他才得以最大限度地进入并艺术地表现出了笼罩于神秘的藏传佛教氛围中的藏地生活。然而，两种不同语言方式之间的强烈对比，同时也提醒着我们对于《藏獒》中一种潜隐的主题意向给予必要的关注。这就是《藏獒》主体故事的发生时间。很显然，《藏獒》的主体故事发生于新中国成立之初的20世纪50年代，否则我们便无法解释为什么在西结古草原上会出现这样一种格外异样的意识形态话语方式。这样一种话语方式的出现便意味着一种充满政治色彩的异质文化已经凭借某种强大的外部力量开始进入了草原世界。此后的所有历史事实都充分地说明这样一种力量的出现从根本上改变了草原的本来面貌。在某种意义上说，那样一种极其忠诚极富有灵性的藏獒在草原上的消失，也是与这样一种异质文化的进入密切相关的。正如小说中所叙述的："领地狗群的被清洗和这场瘟疫的发生，也就意味着领地狗群的消失。西结古草原上，奔腾跳跃的领地狗群——一个伟丽的生命景观，这么快就被血与泪的风烟吹进了仅靠挖掘才显现一丝亮色的历史大坑。"我不知道，对于这样一种潜隐主题的表达是否是杨志军创作这部长篇小说的初衷所在，但从小说中的一些话语缝隙中，我的确明显地感觉到了这样一种潜隐主题的存在。比如"齐美管家是听得懂汉话也会说汉话的，梅朵拉姆的话对他来说简直就是闻听未闻的奇谈怪论。……但是齐美管家知道西结古工作委员会的人是不能得罪的，尤其是不能得罪仙女下凡的梅朵拉姆。更重要的是，梅朵拉姆的话似乎预示了草原的未来……嗨，草原的未来到底是怎么回事啊？"从以上的叙事话语中，所隐约透露出来的正是我们所强调着的那样一种潜隐主题的存在。假如说杨志军确有此创作初衷，那么他对这样一种历史发展趋势的态度究竟如何呢？我认为，作家的态度是隐晦而含混的。但正是在这样一种隐晦含混的态度中，却也有一种哀伤情调的不由自主的流露与表现。在其中，我们所隐约体会到的其实是一种作家对于"现代性"的批判与反思立场的存在。我们注意到，在2005年，除了杨志军的《藏獒》之外，也出现了阿来的《空山》这样同样表现异质文化的进入对藏地的文化与人性形态所带来的那样一种近乎毁灭性打击的优秀长篇小说。如此看来，如杨志军这样的一种思考与艺术表现并非单一偶然的文学现象。这样一种普遍文学现象的出现，理应引起我们的高度关注。

在小说的结尾处，杨志军饱含深情地写道："它们果然来了，在父亲的梦境里，它们裹挟一路风尘，以无比轻灵的生命姿态，带来了草原和雪山的气息。那种高贵典雅、沉稳威严的藏獒仪表，那种毫不利己、专门利人的藏獒风格，那种大义凛然、勇敢忠诚的藏獒精神，在那片你望一眼就会终身魂牵梦萦的有血有肉的草原上，变成了激荡的风、伤逝的水，远远地去了，又隐隐地来了。永远都是这样，生活，当你经历着的时候，它就已经不属于你了。父亲的藏獒，就这样，成了我们永恒的梦念。"远远地去了的，是历史与现实的实际情形，隐隐地来了的，只能是人类心中一种对于美好的充满了忠诚、勇敢、仁慈、悲悯的人性的永恒怀想。如今，置身于"狼"声不绝于耳的实际践行着"丛林法则"的喧嚣市声之中，我们也大约只有通过如杨志军《藏獒》这样优秀的长篇小说才可能重温那生命曾经拥有过的高贵与尊严、人性曾经拥有过的悲悯与仁慈了。

《阵痛》：历史与人性双重变奏中的女性命运

细察当下时代的现代汉语写作，约略可以被区分为如下四种不同的类型。其一，是大陆地区汉族作家的汉语写作。这是拥有作家数量最多的一种汉语写作。因为汉语是自己的母语，所以此一类型的写作，对于写作者来说，是天经地义的事情。其二，是大陆地区汉族之外的其他少数民族作家的汉语写作。中国是一个多民族组成的国家，按照官方的说法，共有包括汉族在内的56个民族。这些个民族中，大多数没有自己的文字。另外一些民族，尽管也有自己的文字，但或许与从小就在接受汉语教育有关，他们民族的一些作家同样会使用汉语进行写作。藏族作家阿来、扎西达娃，回族作家张承志，蒙古族作家玛拉沁夫等，可以说是这一方面最具代表性的存在。其三，是台湾、香港、澳门这三个地方的汉语写作。尽管同属于中华大家庭，但由于政治与历史的缘故，这三个地方的社会政治制度与大陆地区有着根本的不同。社会政治制度的不同，带来的就会是社会意识形态的截然差异。正是因为受到以上两方面因素制约影响的缘故，虽然同为母语写作，但这三个地方汉语写作的自成一体，却也还是一个无法被否认的客观事实。其四，是目前已经不在大陆及台港澳居住生活的，已然移民到其他国家并成为居住国公民的那些海外作家的汉语写作。这里，需要我们思考的一个问题就是，尽管已经入籍其他国家，但在文学创作时却一直使用着自己的母语即现代汉语的这样一类文学创作，在未来的文学史写作中，究竟应该被纳入居住国的文学史之中？抑或是纳入汉语文学史之中？关键问题恐怕在于，我们到底更看重文学与政治的关系，还是文学与语言的关系。文学与政治的关系固然无法否认，但相比较而言，文学与语言的关系却无疑要更加密切许多。所谓“文学是语言的艺术”云云，其根本内涵实质上就是在强调语言是文学的本体。离开了语言这一本体，文学自然也就失去了自己的存身之所。一句话，没有语言，何来文学？从这个角度来说，尽管这些海外作家已然移民海外，但在文学的疆域层面上，恐怕还是应该纳入汉语文学史的版图之中更具合理性一些。

之所以一开篇即探讨当下时代四种不同类型的汉语写作问题，是因为我们的话题将集中到一位海外作家张翎的长篇小说《阵痛》（载《中国作家》杂志 2014 年第 2 期）上。只要是关注当代文学发展的朋友，就会注意到，自打进入新世纪以来，一批海外作家文学创作的异军崛起，便成为一个无论如何都不能够被轻易忽略的重要文学现象。曾经在 2000 年就已经获得过诺奖的文坛骁将高行健自不必说，诸如严歌苓、张翎、陈河、陈谦、袁劲梅等一些海外作家的文学创作，在新世纪以来中国文坛所占份额的日渐扩大，也是无法被否认的客观事实。无论是国内重要的文学期刊，抑或是重要的文学奖项，我们总是能够发现有这些海外作家的身影存在。那么，海外作家为什么会在新世纪成为中国文学创作的一支重要力量呢？一方面，文学写作是一项更多地依赖于艺术天赋的事业，偏偏是在这个时候，在那些移居海外的中国人当中出现了一批拥有写作天赋的作家，实在没有多少道理可讲。但在另一方面，思维文化全球化态势的日益明显，中国文学融入世界文学大潮中的国际化趋势渐趋强劲，也都会在一定程度上影响到这样一种重要文学现象的形成。对于文学批评而言，一个义不容辞的责任，就是尽快把这种重要文学现象纳入自己的关注研究视野之中。张翎的这部《阵痛》，自然是新世纪海外作家汉语写作的一个重要收获。

单纯从生理学的意义上说，“阵痛”是一种女性特有的生命体验。张翎这部长篇小说的标题命名本身，就已经强烈地暗示出，作品的基本写作方向，与女性的生命存在，与女性命运的展示与探究存在着密切关系。一部长篇小说的写作成功，很大程度上取决于是否能够设定合理的艺术结构。这一点，对于曾经有过诸如《金山》等长篇小说写作经验的张翎来说，可以说早已心知肚明。尽管这部作品的时间跨度极大，从 20 世纪 40 年代的抗战时期，一直写到了 21 世纪初的 2008 年，但张翎的睿智，却表现为她并没有让故事铺满全部的时间。虽然时间跨度超过了半个世纪，张翎却只是从当中择取了四个具体的时间节点落笔。整部小说共由四大部分组成，第一部分“逃产篇：上官吟春”的故事时间是“一九四二年——一九四三年”，第二部分“危产篇：

孙小桃”的故事时间是“一九五一年—一九六七年”，第三部分“路产篇：宋武生”的故事时间是“一九九一年—二〇〇一年”，最后一部分“论产篇：杜路得”的故事时间是“二〇〇八年”。这其中，篇幅最短的是最后一部分，大约只有几百字的样子。单就篇幅大小而论，这一部分与前面的三部分简直太不相称。或有人问，这一部分为什么不可以删掉，或者干脆并入其他部分之中呢？答曰，不可。之所以如此，原因就在于小说的结构问题。尽管篇幅超短，但如果缺失了这一部分，整部《阵痛》思想艺术主旨的凸显，就可能会受到不应有的伤害。这一部分的故事，发生在上海市区一家国际学校的一年级新生班里。老师要求学生完成一个题目为“我长大了做什么”的即兴演讲。一个名叫杜路得的亚裔女孩，面对老师的提问，沉吟半晌后，表示自己长大以后要做一个接生的医生。至于如此一种选择的具体原因，她的答案是：“我外婆和我妈妈都说，女人生孩子不需要丈夫。”杜路得出人意料的说法，令老师大感吃惊：“天哪，这是什么样的一个孩子啊？”实际上，最后一部分的所谓“论产”云云，也正由此而来。小小年纪的杜路得，之所以能够对于女性的生产做出如此一番几令人瞠目结舌的理解，自然与她外婆和妈妈的人生体验密切相关。说实在话，读完全篇之后，我曾经产生过这样一个想法，那就是，小说最后一部分带有明显尾声性质的“论产篇”是否应该被放置到小说的开篇处，以小说序幕的方式出现，会更合适些。那样一来，整部小说也就有了一种倒叙的意味。但不管是序幕还是尾声，从小说艺术结构完整合理的角度来看，这一部分都或缺不得。倘若少了这一统领全篇的“论”的点睛作用，那么，张翎这部旨在思考表现女性命运的长篇小说，恐怕就少了好多耐人咀嚼的思想意味。

最后一部分“论产篇：杜路得”尽管从结构的意义上不可或缺，但严格地说，构成小说主体的其实是前面的三个部分。而这也就意味着，张翎的《阵痛》应该被看作是一部描写展示二十世纪下半叶上官吟春、孙小桃以及宋武生三代女性苦难命运与坚忍意志的长篇小说。虽然某种意义上也可以被视为一部家族小说，但这部作品却又明显不同于通常意义上的家族小说。或许与父权制的强大有关，我们在中国现当代文学史上所习见的家族小说，从巴金的《家》《春》《秋》，到路翎的《财主的儿女们》，再到张炜的《古船》、贾平凹的《浮躁》、陈忠实的《白鹿原》、李锐的《旧址》等，几乎清一色地全部都是对于父系家族的一种艺术书写。张翎的与众不同处在于，她在《阵痛》中所具体书写的，居然是一个以女性生存为主体的母系家族。连同只具有结构性意义的杜路得在内，出现于张翎笔端的，是连绵四代之久的母女相承的一种女性家族谱系。就我个人有限的阅读视野而言，在此之前真还没有见到其他类似于《阵痛》这样的家族小说。放逐男性主体，凸显女性存在地位的重要性，倘若联系张翎的女性作家的身份来分析这个现象，则其中一种性别政治意义上挑战意味的存在，就是显而易见的一件事情。正因为首先确立了女性的主体地位，所以张翎在具体的写作过程中才会围绕“阵痛”这一女性特有的生命体验大做文章。四部分章节的命名中，唯一贯穿始终的字眼就是“产”字。这一细节的存在，也强有力地佐证说明着这一点。“逃产篇”中，上官吟春在奔逃的途中生下了女儿孙小桃。“危产篇”中，孙小桃在武斗的枪林弹雨中生下了女儿宋武生。“路产篇”中一个人在巴黎休假的宋武生把女儿杜路得生在了赶往医院的出租车上。“逃”“危”“路”，一个女性家族谱系中三代女人的生产方式都是非正常的生产方式。就这样，与生命诞生紧密相关的女性艰难的生产方式，自然也就成了张翎这部《阵痛》的基本艺术结构。

必须追问的一个问题是，为什么这个女性家族中的三代女性都会遭逢如此不幸的生产方式，遭遇如此难以承受的生命阵痛呢？对这个问题的深入探究，实际上也正构成了张翎小说叙事的原动力。某种意义上说，张翎之所以要创作这部长篇小说，就是为了形象地诠释回答这个问题。事实上，也正是在形象地诠释回答这个问题的过程中，张翎方才得以顺理成章地引入了历史的因素。道理说来也并不复杂，这个女性家族中三代女性的不幸命运遭际，从根本上说，正是拜历史因素所赐的结果。因为历史因素在小说中对三代女性的悲剧命运发生着至关重要的作用，所以我们也完全可以把张翎的作品看作是一部长篇历史小说。张翎在小说叙事的过程中明确地标示出与三代女性生命历程紧密相关的时间节点分别是“一九四二年—一九四三年”“一九五一年—一九六七年”“一九九一年—二〇〇一年”的根本意图，也正是为了强有力地凸显出小说文本的历史感。

首先当然是上官吟春的“逃产”。身为大户人家的太太，上官吟春之所以被迫在出逃的路上生下自己的女儿，与当时那场残酷的民族战争存在着直接的关系。上官吟春是在年仅十八岁的时候，嫁给比自己的爹还要大两岁的时年已经四十一岁的大先生陶之性为妻的。在吟春之前，大先生已经先后娶过两个妻子。没想到，一个因寒热病早丧，另一个折腾了七八年都没有能够给丈夫生下一儿半女。还算殷实的家境，却没有能够传宗接代的子嗣，大先生自己不急，他的母亲吕氏却无论如何都耐不住性子了。吟春嫁到陶家的根本使命，就是早生孩子，早日完成传宗接代的任务。未曾料到的是，就在吟春想方设法试图完成生育使命的时候，却在一次回娘家探望生病父亲的路途上，不幸遭遇日军士兵，被日本士兵强奸了。吟春本想把如此巨大的羞辱彻底隐瞒过去，没想到，就在被强奸后不久，医生前来给她诊病，发现她居然怀孕了。那么，这孩子到底是谁的孩子呢？吟春本能地希望是大先生的。因为抱着如此一种强烈的愿望，吟春试图继续把被强奸的真相隐瞒下去。妻子怀孕，对于一直没有子嗣的大先生来说，本来是天大的好事，但他却一反常态地高兴不起来。却原来，这次从省城返乡与吟春同床之前，大先生曾经专门因为生育的事情去看过医生。医生的诊断结论异常残酷，大先生没有生育能力。正因为事先已经知道自己根本就没有生育能力，所以面对着吟春的有孕在身，大先生就无论如何都高兴不起来。不仅无法高兴，大先生反而还会疑窦丛生：医生既然断定自己没有生育能力，那么，吟春肚子里的孩子究竟从何而来？吟春面对大先生逼问时的最终坦白，让拥有强烈民族气节的大先生顿然陷入深深的痛苦之中：“‘谁的，我都认了，偏偏是……’大先生说。”大先生不情愿戴绿帽子，但他却更不情愿戴来自日本人的绿帽子。在得知自己妻子肚子里的孩子居然是日本人的孽子之后，深明大义的知识分子大先生难以摆脱的精神痛苦确实可想而知。在了解到大先生的真实心意之后，吟春曾经几次试图制造事端让自己肚里的孩子流产，但却都无果而终。到最后，实在无可奈何的大先生只好乖乖地认命：“‘我认了，我认了那个狗东西。’大先生低沉地咆哮着，把头埋进了手掌。”“‘只要你，不告诉任何人。’他说。”这可真的是咬碎了牙只能够往肚里咽了。置身于中日民族战争期间，自己的妻子不仅被强奸怀了日本人的孩子，而且这孩子还只能够生下来。大先生那样一种窝囊、屈辱与痛苦紧紧缠绕在一起的复杂感受，一般人着实无从想象。他之所以在日本人把守着的富阳县城拒绝向膏药旗鞠躬行礼并因此而惨遭毒打折磨，与这种复杂感受之间，肯定存在着无从忽略的内在因果联系。吟春之被迫离家出走并最终把女儿生在奔逃的途中，与大先生把她肚里的孩子称为“贼种”有直接的关系：“可是大先生偏偏说了贼种——那是决绝的，一生一世的，眼不见了也还在心里存着的恨。”唯其如此，当她预感到生产的时刻就要到来的时候，方才毅然决然地决心离家出走。因为，她无论如何都不能让这个大先生眼中的“贼种”出生在大先生面前。没想到，到最后，当肚里的孩子在山洞里终于生出来之后，她才最终确认，这个孩子的父亲正是大先生。因为“她看见了它的右耳郭里，长着一团细米粒大小的肉。她以为自己看花了眼，便拿手去捻。真真切切的，她摸到了一块肉——一块和大先生耳朵里一模一样的肉。”遗憾在于，这样的证实与发现为时已晚。等到她带着大先生的孩子回到家中时，大先生和吕氏都已经撒手人寰了。大先生为何而死？“大先生是叫她害死的。其实害死大先生的，也不全是她。大先生是叫慢刀乱刀凌迟致死的。起先是肖安泰的事，再后来是省城那个庸医，再后来是那个唇边长着一颗痣的日本人，再后来是她肚腹里的那块肉，再后来是富阳城楼里插的那面膏药旗……一刀接一刀，一刀又一刀。这刀那刀的都混在了一处，谁也说不清楚到底是哪一刀最后送了他的性命。”归根到底，无论是大先生之死，抑或是吟春自己的“逃产”，都是那场残酷血腥的民族战争导致的结果。通过大先生与吟春的苦难遭遇，对于反人性的战争暴力进行深入的批判反思，显然是张翎所欲达至的思想意指。

对于战争暴力的批判性否定，固然是张翎的书写方向所在，但细察“逃产篇”这一部分，最震撼人心的，恐怕还是作家对于特定情境下复杂人性的精准捕捉与表现。这一点，最突出地体现在强奸行为发生时的吟春与那位日本军人身上。面对着身体硕健的强奸者，吟春脑海中一刹那浮现的，居然是将之与大先生进行比较的念头：“隔着那肮脏的粗布，她也猜得出那肉是什么颜色：那是日头晒过了一整个季节的黧黑。和这样硬如铁褐如铜的身子相比，大先生的身子，她唯一熟悉的那个身子，突然变得单薄如纸，白软如棉。她被自己的这个比法吓了一跳：她没想到她竟会在这么个时刻想起了大先生，而且是这样的想法。”照一种“政治正确”的逻辑推断，如此一种特定境遇下的吟春，理应充满了对于强暴者的仇恨。当此情形下，她无论如何都不能够表现出迷恋强暴者硕健身体的念头来。但这却偏偏就是一种人性的真实。如此一个细节透露出的，或许正是吟春潜意识中对于大先生生理功能不够强大的不满心理。紧接着，是吟春没头没脑的一句问话："你，也是种田人么？""有个声音颤颤地响了起来，却不是他的。半晌吟春才发现那是她自己的声音——她在问那个男人话。这句话没经过她的脑子，也没经过她的心，甚至没经过她的喉咙。这句话是她舌尖上自己生成，又自己落地的，连她也不认得。她说话的口气仿佛他只是一个路过她门前敲她门讨水喝的人，她忘了他是割人脑袋脱人裤子的畜生。一股羞辱凶猛地涌了上来，把她的双颊烧得通红。"吟春这句没头没脑的问话，是顺承着对那位日本军人的身体感觉而自然生发的。正因为把这位入侵者看作了一位邻家大哥一般的普通农夫，吟春也才会有如此超乎情境之外的本能一问。但或许正是吟春没头没脑的如此一问，唤醒了日本军人人性深处柔软的一面。"你为什么，不回家，种你的田？"吟春随之而来的这一问，彻底击溃了日本军人内心的堤坝："男人怔住了。男人觉得被人当胸捅了一棍子。男人一时想不好到底该把棍子拔出来还是把棍子捅得更深——两个都是同样的疼。吟春的目光让男人意识到：他已经叫这个支那女人窥见了心。"所谓被"支那女人窥见了心"，此"心"正是日本军人人性中善的一面。我们完全能够想象得到，假如没有战争发生，那么，这位日本军人就很可能在家乡过着平静日常的农夫生活。正是因为有战争的发生，他才被征入伍踏上异国的土地，成了一名无辜生命的屠杀与戕害者。但战争的发生与否，从根本上说，是政治家和政治集团的事情，与这位普通的日本军人了然无涉。然而，一旦以军人的身份真正涉足战场，置身于特定的战争语境中，这位日本军人自然就只能够依循战争的逻辑行事。更何况，在残酷的战争中，假若自己不开枪，那就自然会成为对立一方的刀下之鬼。张翎的难能可贵处，就在于她成功地还原了这位无名日本军人半佛半魔的人性复杂状态。

大约也正因为在被强暴时曾经感受到过强暴者内心中柔软一面的存在，所以，事后的吟春也还是会不由自主地回想起当时那个特定的情境来："还有，男人的眼泪。她知道男人的眼泪不是流给她看的。男人心中有扇门，男人轻易不开门。男人把门紧紧地关着，那天一不小心开了条缝，就有光漏了出来——那光就是男人的泪。她只不过是在男人不小心开了门的那一刻，碰巧站在门边上，所以她看见了男人的软肋。男人关着门的时候，就是畜生，和那些坐在飞机上往下扔炸弹把人炸成一团肉糊的畜生一样。男人打开门的时候，就又做回了人，和乡里那些种田打鱼的人没什么两样。她想恨他，咬牙切齿地恨出一个洞来的那种恨法，可是她不知怎么的就是恨不成，因为她瞅见了他做人的样子。看过了他做人时的样子，她就想不起他做畜生时的样子了。”男人心中有扇门，打开门就做成了人，关上门就做成了畜生。作家借助吟春的感受所道出的，实际上正是这位无名日本军人之人性构成的复杂性。尽管这位日本军人只是小说中的一个小角色，但通过作家对于这个小角色人性世界的描写方式，我们却不难感觉到张翎小说写作所恪守的那种人性原则。在习惯于对日本军人进行妖魔化描写的时代文学语境中，张翎却能够努力地写出日本军人的复杂人性。这一点，自然值得充分肯定。张翎当然并不是要为那场战争张目，也更不是要为入侵者辩护，她的所有努力，也不过是要在批判诅咒战争暴力的同时，尽可能精准地描写表现出特定情境下人性的复杂微妙状态来。质而言之，批判诅咒是简单的，而要细致精准地呈现出人性的复杂状态，却是很不容易的一件事情。而这，方才真正凸显了文学的力量。实际上，越是能够呈现出人性的深邃复杂内涵来，文学作品对于社会历史的批判反思也才会更有力度。这一点，也同样突出地表现在吟春自己身上。“他在女人的身体里逗留了很久，很久。女人低低地呻吟了一声，像哭，又不像哭。他听出来那是女人努力压抑了的羞辱——女人在为自己如此低贱的快活感到羞辱。”明明是在遭受异族入侵者的强暴，明明应该为此而感到特别羞愧难当，充满仇恨，但吟春却很奇怪地产生了“低贱的快活”感受。在那个特定时刻，吟春的身体不无可耻地背叛了她自己。但严格地说，只有这样的一种描写，方才算得上是对于真实人性的真切展示。作家对吟春身体感觉的这种描写，再次强有力地证明着文学中人性尊严的存在。

无论是从文本篇幅而言，还是从叙事时间来说，《阵痛》中最重要的一个部分，就是“危产篇：孙小桃”这一部分。这一部分之所以会在《阵痛》中占据最大的篇幅，根本原因在于，虽然这一部分的名称是“危产篇：孙小桃”，但就文本实际而言，占据中心地位的，却不仅仅是孙小桃。孙小桃之外，她的母亲勤奋嫂（即前一部分中的上官吟春）这一形象的主体部分，其实也是在这一部分方才得以充分展示的。那么，上官吟春为什么要化身为勤奋嫂呢？因为孙小桃后来的“危产”也与这一问题密切相关，所以自然应该首先从这个问题开始我们进一步的文本分析。上官吟春之所以要化身为勤奋嫂出现在温州城的谢池巷里，究其根本，还是拜历史所赐的结果。只不过，这一次的历史，已然不再是腥风血雨的民族战争，而是抗战结束之后包括土改、反右、大跃进、“文革”等在内的一系列社会政治运动。战争结束，吟春马上面对的就是接踵而至的土改。这时候，大先生原来的一个学生参加革命后，心念旧恩，劝说吟春及早做准备以应对土改的暴风骤雨：“虽然大先生和吕氏都死了，可是大先生家里留有田产和雇工，吟春十有八九会被评上地主成分。那人让吟春带着小桃赶紧逃走——城里刚刚解放，流动人口多，容易躲藏。”吟春起初因为不相信土改的残酷性而不肯走，那个学生遂以女儿小桃为说辞：“那人说你可以不走，可是小桃呢？大先生就这么一个后裔，你忍心叫她成为地主的女儿，永世不得翻身？”正是为了女儿小桃的前程计，吟春最终决定背井离乡逃向温州城。吟春自己化身为寡妇勤奋嫂，月桂婶化身为二姨婆，改名为刘玉桂，小陶更名为孙小桃：“三个人改名更姓，和乡下所有的亲戚都断了联系。吟春典当了几样随身带出来的细软，在谢池巷口租了个地方住下，开了这家老虎灶至今。”老虎灶听起来吓人，实际上却是小小的卖开水的铺子而已。勤奋嫂的老虎灶价格低廉，最先的时候新币一分钱就可以灌一个热水瓶。凭借着如此低廉价格的老虎灶，就要维持一家三口人的生计，她们家生活的艰难程度，自然也就可想而知了。

尽管上官吟春为了自己女儿的生活前程，不惜隐姓埋名背井离乡在温州城里艰难度日，但纸里却终究包不住火。躲过了土改，却躲不过“文革”。待到“文革”全面爆发之后，一个老乡在街上认出了上官吟春，孙小桃的身世之谜，就此彻底被揭开。为了不让这种特别的身世影响自己的大学生活，内心里一直深爱着孙小桃的宋志成老师建议她与母亲断绝关系：“你马上给学校和老家写封信，说明你对这件事完全不知情，并且表明你的立场，和你母亲彻底划清界限。”万般无奈一时六神无主的孙小桃，只好接受了宋志成的建议。革命与人性之间的尖锐冲突，在这一细节中得到了有力的表现。但也因为身处“文革”乱世的缘故，孙小桃发现自己怀孕之后，最终还是拖着笨重的身体回到了温州城，回到了自己早已宣布断绝关系的母亲身边。之所以如此，与她肚里孩子的身世有直接关系。却原来，在大学期间，孙小桃居然不管不顾地爱上了一个来自越南的留学生黄文灿。尽管明明知道未来不可能在一起生活，但真正的爱情就是没有什么道理好讲，尤其是对于如同孙小桃这样生性执拗的女性来说，偏偏就是要一条道走到黑。“恨啊，她只是恨。她恨他的国家，也恨自己的国家，她甚至恨那个大老远赶到他的国家撒野的国家。她觉得他们是老天爷指派了来合着伙欺负她的——老天不惜毁了三个国家，只为了不让一个女人成全一段普普通通的情缘。”黄文灿回国后，孙小桃方才发现自己已经怀了他的孩子。尽管未婚先孕在当时肯定要受到严厉的惩罚，但为了留住这爱情的结晶，孙小桃坚决不肯去做人流：“宋志成一时无话。这个名字里含了一个‘逃’字的女孩，从小就跟着母亲经历了逃亡，可是她却似乎永远不懂‘逃’字的真正含义。这个见了水见了火见了沟壑都不知道躲闪的傻女子，她真敢拿性命去换一时的快乐。”到最后，深爱着孙小桃的宋志成，只能自我牺牲，与孙小桃结婚，成了宋武生的养父。时乖命蹇的是，尽管孙小桃已经回到了母亲身边，但等到她要生产的时候，却又偏偏遇上了一场真枪实弹的武斗。因为胎儿过大，孙小桃自己怎么都生不下来。仇阿宝只好冒着枪林弹雨去牛棚找谷医生来接生。没想到的是，尽管在谷医生的协助下，孙小桃最终有惊无险地生下了女儿宋武生，但仇阿宝却搭上了自己的命，被流弹击中不幸身亡了。因为孙小桃的生产恰好赶上了非常凶险的武斗，所以才被称之为“危产篇”。孙小桃的女儿之所以被命名为宋武生，根本原因也在于此。

这里，无论如何都绕不过去的，就是勤奋嫂与谷医生、仇阿宝这两位男性之间的感情纠葛。与大先生成家时的上官吟春，年仅十八岁，对于感情的理解肯定非常简单。再加上那件日本军人强暴事件的缠绕，吟春根本就没有机会去真切地体会所谓的爱情。她和大先生之间，实际上只是一种现实的婚姻而已。到了“危产篇”中，勤奋嫂已经是一位历经沧桑的成熟女性了。在开老虎灶维持生计的过程中，她先后和知识分子谷医生、工人仇阿宝发生了不同程度的情感纠葛。尽管两位男人都喜欢勤奋嫂，但或许与大先生的读书人身份有关，勤奋嫂自己内心里却只对谷医生有强烈的兴趣。关键的问题是，谷医生的右派身份成了他们结合的最大障碍。用勤奋嫂自己的话说：“只是，想嫁的那一个，我偏偏嫁不得。能嫁的那一个，我又不想嫁。我和仇阿宝，实在过不到一块。”之所以不能嫁给谷医生，当然是因为他的右派身份：“摘不摘帽子他在别人眼里永远是右派。我不怕，可是我不能不替小桃怕。”勤奋嫂爱而不得其所，我们在她的感情纠葛中所感受到的，如同孙小桃宣布与母亲断绝关系一样，依然是带有暴力性质的革命对于正常人性的扭曲与压抑。到后来，在孙小桃的家庭成分已然全部浮出水面，谷医生的右派身份不再能影响到她的前程后，勤奋嫂终于和谷医生办理了结婚手续。但他们之间的婚姻生活，仅仅维持了两年时间，很快就因为谷医生的病逝戛然而止了。

正因为上官吟春（勤奋嫂）与孙小桃母女两代人都曾经体验过艰难的生产经历，所以，她们才会期盼着有朝一日自己的后代可以安安生生地生孩子。孙小桃问："妈，你生下我，叫小逃；我生下她，叫武生。你说这天底下，什么时候女人生孩子能安安生生？""'等到我们武生也生孩子的时候，就该天下太平了。'勤奋嫂喃喃地说。"但谁知，即使已经到了"一九九一年—二〇〇一年"这样的太平岁月里，她们的后代宋武生却仍然不能够安安生生地生孩子。宋武生之所以能够顺利地来到美国留学，与她生父的暗中协助有很大的关系。她的生父黄文灿身世颇为复杂，父亲是越南人，母亲却是法国人。尽管黄文灿早年的确有过热诚的革命经历，但因为对革命后越南现实的失望，他很快就移民回到了母亲的国度："克劳德一直都是个不折不扣的理想主义者。我说的一直，是指南北越统一之前。可是越南成为一体之后，他没想到这么快就看到了他不想看到的一面。他的理想刚刚实现就破碎了，仿佛是一夜之间。"移民到法国后，黄文灿改名为克劳德·布夏。理想主义的火焰熄灭后，他很快变身为一位专注于学问的学者，并且最终落脚到美国辛辛那提的一所大学任教。正因为内心中一直牵挂着当年曾经深爱过的中国姑娘，所以布夏教授才会千方百计地设法和孙小桃取得联系，并在宋武生自己毫不知情的情况下，帮助宋武生以全额奖学金的方式来到美国留学。生命真相的了解，对宋武生形成了强烈的刺激："原来她的生命从出娘胎那一刻起就是一个遮天蔽日的谎言。她的母亲，她的外婆，还有那个她一直以为是父亲的人，在这二十六年里，都在合着伙儿蒙住她的眼睛，叫她看不见那些有关她身世的蛛丝马迹。她生命的基石是个大虚妄，所有后来发生的事，都不过是从那个大虚妄里长出来的小虚妄，她现在再也不知道那里头到底有没有一样是真实发生过的。谎言没有脚，谎言站不住，一阵风来雨去，她的人生就坍塌成了一堆乱石。"虽然已经是太平岁月，宋武生也已经是在美国读书的留学生，但人生苦难却一样不会轻易放过她。由于生父布夏教授突然中风，他对她在美留学的暗中资助无法持续，宋武生的生计就成为一个迫在眉睫的现实问题。但正所谓屋漏偏逢连夜雨，就在生父布夏教授因病“断奶”的前后，本来应该从精神到物质都给宋武生以大力支持的男友刘邑昌却倒过来不断向她“求援”添乱。万般无奈之际，宋武生只好委屈自己，与自己其实并不爱的杜克结婚，以维持自己在美国的学业。但在内心里，宋武生却一直深爱着这位刘邑昌：“其实她是真正爱过他的，他是唯一一个可以搅动她一身的血，让她感悟到生命热度的男人，只是她在美国的那个艰难开头毁掉了他们之间的一切可能。她最需要他的时候，他却在向她呼救。她精疲力竭的时候，他却还浑然不觉地从她那里支取能量。两个低谷相叠在一起，并没有叠出一个高潮来。其实他们都具备施以援手的能力——在另外一个时间，另外一种环境。他们在不该相遇的时候相遇了，又在不该分离的时候分离，那是命运的错位。”是的，两颗相爱的灵魂却不能够走到一起，只能是一向乖谬的命运作祟的缘故。而且，这种乖谬命运的缠绕也同样降临到了家族中其他女性的身上：“还要过很多年，等她走到了可以回首往事的年龄，她才会意识到：她这个家族的女人，血脉里似乎都有一样说不清道不明的东西，叫她们忍不住要为一个血气方刚的青壮男人情迷意乱，而最终却都嫁了一个四平八稳的老男人。”在上官吟春，是那位日本军人与大先生，在勤奋嫂，是仇阿宝与谷医生，在孙小桃，是黄文灿（克劳德·布夏）与宋志成，在宋武生自己，则是刘邑昌与杜克。

正因为自己的家族曾经经受过如此一种乖谬命运的困扰，尤其是母亲与外婆有过那样惨烈的生产体验，所以才会在宋武生的心里留下极难消除的精神阴影：“等她被逼到那个绝境时，她就不得不告诉他实情：她对生育有一种无法排斥的恐惧。当然，如果她嫁的是一个她真爱的男人，她兴许可以为他赴汤蹈火粉身碎骨一回，可惜他不是。”对于宋武生的这种心理痼疾，我们只应该从精神分析的角度来加以理解。当杜克逼问她为什么要吃避孕药的时候，宋武生说：“我一直想告诉你，我外婆生我妈的时候，是在山洞里，她用石头砍断了脐带。我妈妈生我的时候，是在枪声里，没有麻药没有缝伤口的线。她们的经历，让我对生孩子，充满了恐惧。”一方面，外婆与母亲的经历在宋武生这里投下了巨大的精神阴影；另一方面，她也的确谈不上对杜克有多少爱情，所以她才固执地不肯怀孩子。但所有的这一切，却因为避孕的失败而彻底改变了轨迹。或许是血缘中的法国成分作祟的缘故，宋武生利用一次停薪休假的机会来到了巴黎。正是在法国休假期间，她忽然发现自己居然怀孕了。没有想到的是，意外怀孕的事实，竟然唤醒了她内心里隐伏已久的母性："过去的八九年里，她每天都在提心吊胆地怕不小心怀上身孕，可是自从她知道怀孕的那一刻起，她就毫不犹豫地决定生下这个孩子。……超声波图像里的那个圆球毫无预兆地唤醒了在她灵魂里冬眠了三十多年的一样东西——那就是母性。"只有在怀孕之后，宋武生方才觉得自己真正地理解了外婆与母亲，理解了她所归属于其中的这个女性家族："自从怀孕之后，她和母亲之间的联系就突然密切了起来。她肚腹里的那团肉像一张最精良的砂纸，一下子磨平了她和母亲之间的所有疙瘩和划痕，至此她才明白，原来世上所有的叛逆、转折点都在孩子，而归宿总是母亲。"宋武生本来准备飞回上海在母亲身边生产，没想到由于意外获知了"九一一"恐怖袭击的消息，更因为杜克就在纽约世贸大楼工作，她突然早产。结果，就在乘坐出租车赶往医院的路上，她生下了自己的女儿杜路得。之所以要命名为"路得"，一方面固然是因为生在路上的缘故，但在另一方面，这一命名也能够让我们联想到《圣经》中的那位路得。我不知道张翎在写作时是否曾经产生过类似的联想，但一个明显的事实是，假若这种联想能够成立，那么，其中所透露出的就自然是一种宗教救赎的意味。这一点，在宋武生临产前的一段意识活动中，即有所流露："这一辈子她欠了太多条人命，比如仇阿宝——那是快刀杀的；再比如她的两个父亲——那是慢刀剐的；甚至还有杜克。……她虽然没有亲手杀死他们，可他们的死里却到处找得见她的指痕。"如果把"路得"的命名与这种强烈的罪感意识联系起来，则一种宗教救赎意味的存在，就是显而易见的事情。

就这样，从上官吟春的"逃产篇"，到孙小桃的"危产篇"，再到宋武生的"路产篇"，张翎紧紧地抓住一个家族三代女性的非正常艰难生产这一问题，将二十世纪下半叶以来堪称曲折苦难的中国历史图景艺术性地呈现在了读者面前。在其中，我们所真切感受到的，正是历史与人性两种因素之间尖锐激烈的碰撞与冲突。一方面，是历史因素对于人性世界的强制压抑，另一方面，则是人性世界对于不合理历史因素的强劲对抗。前者直接导致小说中三代女性苦难命运的生成。假若不是置身于残酷的抗战期间，自然就不会有吟春被强奸事件的发生，缺失了这样一个故事起点，那未来的故事走向也就不会是现在这个模样。同样的，假若不是面对着土改那样疾风暴雨式的阶级斗争方式，上官吟春也就无须变身为勤奋嫂隐姓埋名去到温州城开老虎灶，那此后的一切，自然也就无从谈起。宋武生虽然生活在所谓的太平岁月里，但一方面是家族既往历史的缠绕，另一方面却又遭逢“九一一”恐怖袭击。从更为开阔的视野来看，“九一一”既是美国人的灾难，但也是全人类的灾难。这就意味着包括宋武生在内的这一以女性为主导的女性家族三代女性，都是人类苦难命运的体验与承载者。但关键问题更在于，正因为不断地有各种各样的苦难降临到这个女性家族的三代女性身上，在克服对抗这些苦难的过程中，方才充分显示出了女性本身一种坚忍生命力的存在。在写实的意义上，张翎的“阵痛”当然是指女性生育时一种必然的生命征候，这一点，恰如作家在小说题记中所引述的旧约《创世记》中的那段话语：“（耶和华）又对女人说：‘我必多多增加你怀胎的苦楚，你生产儿女必多受苦楚。’”但是，请注意，如果从一种艺术象征的层面上说，这“阵痛”却又可以被理解为生命哲学意义上对于苦难命运的一种坚决抗争。而且，也正是在这三代女性对抗历史苦难的过程中，强有力地彰显出了女性那样一种坚忍不屈的生命力量。与此同时，我们也得注意到，与其他那些更多是在性别对比意义上凸显女性存在力量的小说不同，张翎《阵痛》的独特价值在于，作家鲜明地超越了狭隘的两性比照格局，在一种相对宏大的历史时空中，书写表现着女性强力的生命意志。

“在我们看来，衡量评价一部文学作品尤其是大中型文学作品优劣与否的一种重要标准，就是要充分地考量作家在这部作品中是否成功有效地传达出了某种浑厚深沉的命运感。”[①]作为一部旨在充分彰显女性生命抗争力量的长篇小说，命运感的有力呈现，自然是张翎《阵痛》的题中应有之义。从叙事层面来说，作家凸显命运感一个非常有效的艺术手段，就是对预叙手法的恰切征用。所谓“预叙”，就是指故事尚未发生时一种提前的暗示性叙述。比如：“尽管这个绞尽了脑汁编出来的故事最终没有派上任何用场，她撒谎圆谎的才华却在这里开始了第一次的展示。在她后来的岁月里，这个本事还将守护着她走过无数沟壑坎坷，化险为夷——她当时只是不知道而已。”再

① 王春林：《人道主义情怀映照下的苦难命运展示》，载《当代作家评论》2009年第6期。

比如："那天她隐隐觉得是在跟她生命中的某个阶段道别，当然她还要在更后来的日子里才会明白，这只不过是她人生诸多道别的序曲和开场。每一次道别都会有疼痛，但是她会慢慢学会不再为每一次疼痛流泪哀伤。"细读《阵痛》，可以发现，作家对于类似预叙手法的运用特别娴熟老练。在事情尚未发生时，以一种犹抱琵琶半遮面的方式把未来故事的发展演变信息提前透露给读者，带给读者的一种突出感觉就是，这命运就如同事先安排好的埋伏者一样，早就隐伏在人生的前路上随时准备袭击小说中的那些人物。一方面是对于家族女性艰难生产方式的强力渲染，另一方面则是如上一种预叙手段的成功运用，二者有机结合的文本效果，自然就是某种浑厚深沉命运感的有效艺术传达。

行文至此，无论如何都不能忽略的一点，是小说中几位主要人物为时势所迫的更名改姓。上官吟春更名为勤奋嫂，月桂婶更名为刘玉贵，孙小陶更名为孙小桃，黄文灿更名为克劳德·布夏。这些人物的更名改姓，当然是出于求取生存权力的缘故。但张翎的《阵痛》之所以特别热衷于此类现象的设定，其实与张翎自己海外作家的身份，也有一定的内在联系。因为张翎自己在人生历程中真切地感受着游走于两种不同文化之间的那种精神分裂感，所以她才会特别倾心于对人物身份转换的艺术描写。同样的，作为小说主体的三代女性，都不同程度地面临过两个不同国度男人的选择问题，在上官吟春，是那位日本军人和大先生；在孙小桃，是黄文灿与宋志成；在宋武生，是杜克与刘邑昌。毫无疑问，在这样的情节设计背后，起根本支撑作用的，恐怕同样是张翎作为海外作家一种特别的人生经验。

《闷与狂》：形式探索的失据与精神犬儒

多少年之后，回首2014年，一个无论如何都绕不过去的话题，恐怕就是我们到底应该在怎样的一个意义上来理解评价王蒙那部最新的长篇小说《闷与狂》（北京联合出版公司2014年版）。2014年，王蒙整整80周岁。一位已届耄耋之年的作家，仍然在写作长篇小说，而且这长篇小说还有着特别鲜明的实验探索色彩。别的且不说，单只是这种写作姿态本身，就应该赢得我们足够的敬意。一部长达六十多年的中国当代文学史，王蒙绝对是一个不容忽视的庞大存在。是也罢，非也罢，王蒙毫无疑问是未来的文学史书写所必须面对的重要作家。从文学文体上看，精力格外充沛的王蒙，涉猎可谓特别庞杂广泛，举凡诗歌、散文、报告文学、文学批评乃至关于《红楼梦》与李商隐的学术研究，以及晚近一个时期对于老与庄的高密度关注，他都有所介入并产生过相当的社会影响。可以说，除了话剧之外，其他所有的文学文体，王蒙皆做出过积极有益的尝试。但相比较而言，小说还终归是王蒙的文学主业，他主要还是以一位优秀小说家的身份而奠定其文坛举足轻重地位的。“反顾王蒙迄今为止的小说写作历程，如果从创作方法的角度来看，他的小说作品大约可以被切割为三种不同的方式。一种是典型的现实主义小说。写作于20世纪50年代的长篇小说《青春万岁》、短篇小说《组织部新来的青年人》，完成于20世纪80年代初期的系列小说《在伊犁》，都属于这一类型。一种是具有明显的探索实验色彩的现代主义小说。20世纪80年代曾经在文坛引起强烈反响的，包括短篇小说《春之声》《海的梦》《夜的眼》与中篇小说《蝴蝶》《布礼》《杂色》等作品在内的所谓‘集束手榴弹’，以及后来的中篇小说《一嚏千娇》、短篇小说《来劲》等，皆可以被归入这一类型之中。王蒙在中国当代小说史上之所以一度被视为先锋作家，根本原因显然在此。第三种，则是介乎现实主义与现代主义之间的所谓现代现实主义小说。一方面，王蒙以一种开放的心态吸收着西方现代主义的艺术营养，另一方面，一种强烈的社会责任感与艺术使命感却又从根本上决定着作家的现实主义底色。以上两方面因素有机结合的一个必然结果，就是如此一种现代现实主义小说的出现。长篇小说《活动变人形》、‘季节’四部曲以及一度被称为‘后季节’的《青狐》，都属于这一类型。”[①]假若承认以上的切割分类确有道理，那么，毫无疑问地，王蒙的这部《闷与狂》显然就应该被划归到其中的第二类，亦即具有明显的探索实验色彩的现代主义小说。

虽然说此前就曾经在一些刊物上读到过《闷与狂》的片断，当时就已经强烈地意识到对于王蒙此作的阅读，恐怕不会是一件愉悦的事情，但衡量评价一部作品的前提，却显然是必须对作品首先进行完整细致的阅读。因此，在拿到《闷与狂》的单行本之后，尽管很是有些畏难情绪，但我还是硬着头皮开始了自己这次不无艰难的阅读过程。事实证明，自己阅读前的预感竟然是惊人地准确。应该说，作为一位批评从业者带有明显职业性特征的小说阅读，在我，已经差不多有三十年的历史了。近三十年来，无论古今中外，认真读过的小说作品的确称得上是难以计数。其中，也还包括如同乔伊斯的《尤利西斯》这样一向以晦涩著称的曾经被很多人视为“天书”的现代派作品。但我必须承认，这次对于《闷与狂》的阅读，不仅谈不上什么愉悦，而且的确是一个艰难而痛苦的过程。常规意义上，小说阅读所带给读者的，应该是一种审美的愉悦，应该是一个充满趣味性的过程。尽管我们并不否认优秀的小说作品所应该具备的深刻思想性，但阅读的趣味却无论如何都是不可或缺的。否则，我们也就不必阅读小说，干脆直接去读哲学或者社会学著作好了。然而，尽管是硬着头皮的一个非常郁闷的过程，但王蒙这部字数为28万字的长篇小说到最后总算读完了。怎么说呢？我觉得，我们在某种意义上完全可以套用王蒙的小说标题来描述自己真切的阅读感受。那就是“闷与狂”，因其过于沉闷，所以几乎发狂。我注意到，在王蒙此作推出之后，曾经有一些批评家发声赞美，要么誉之为老年王蒙的一次成功的“青春逆袭”，要么把它干脆比作中国版的“追忆似水年华”。是吗？是“追忆似水年华”吗？

---

① 王春林：《沉郁雄浑的人生“中段”——评王蒙长篇小说<这边风景>》，载《当代作家评论》2014年第1期。

有普鲁斯特那么好吗？如果不是这些批评家头脑发烧，那就一定是我自己的审美感觉出现了大问题。从我自己一种真切的阅读感受出发，王蒙的这部《闷与狂》，不仅称不上是什么中国版的“追忆似水年华”，反而应该被判定为是一部不成功的失败之作。

这么说，倒也并不就意味着《闷与狂》一无是处，其中的确有一些散落的部分，如珍珠般闪耀着迷人的光泽。比如，在第七章“灯下的十九岁”里，就曾经非常形象地描写记述过“我”对于若干文学大师的真切阅读感受。关于契诃夫，王蒙写道：“读书的时候我常常会听到作家的声音，契诃夫的声音温良而且忧郁，平静而且沉重。我甚至看到了他说话时候眉毛的挑动。我无法设想他为什么心性是那样柔软，而环境是那样粗暴；语言是那样清纯，而周围是那么混乱；头脑是那样清明，而其他的男男女女的生活是那样皱巴与污秽。‘多么野蛮的生活啊’，他的人物的叹息摧残了也激活了我的少年的心。他的话语里有太多的遗憾、痛惜与无奈。”然后，是巴尔扎克：“巴尔扎克的声音稍稍有一点严厉，同时悲伤，他的眼睛像X射线一样照穿了所有人的脏腑，他的耐心也令我叫绝，他解剖了你的正面再解剖你的侧面与反面，他的冷冷的外科手术报告，呈现了血痕，却隐藏了泪水。他的历史感和社会感使他同时像一个神父，他听到了全世界男女的忏悔告解，他无法表态是不是上帝会宽恕他们。即使上帝原谅了，他的手仍然因了卑鄙的人众而痛心疾首地发抖。你怎么看得这么透这么深这么血泪交加，我问道。因为我是作家，我是人生的见证者与记录者，我是痛苦的分析师、化验师，我是一切假面的揭开者，我是掘墓与送葬的人，我是惩罚者、行刑者，没有谁比我更知晓丧者的苦处，也知晓违章者的卑劣。”还有托尔斯泰，“托尔斯泰是一个巨大的存在与悲哀，由于自己的与社会的他人的罪恶，他不仅解剖与记录罪恶，他更为罪恶而焦灼、而燃烧、而忏悔、而呼号。”“还有陀思妥耶夫斯基呢，他是怎么折磨人怎么写，怎么让你难受他怎么写，怎么让你发疯他怎么写，怎么让你抓起自己的与旁人的头发满地打滚他怎么写，怎么让你吐血他怎么写。”我真的就想这么一直抄下去，因为的确很少有机会读到如同王蒙这样形象生动、犀利到位谈论文学大师的文字，这样的文字简直称得上是字字珠玑。但遗憾在于，《闷与狂》只是长篇小说，并不是一部文学批评著作。因此，我们只能够用长篇小说的思想艺术标准来衡量要求王蒙的这部新作。

在既往的写作历程中，王蒙不仅曾经有过足称丰富的现代主义小说写作实践，而且这种写作实践也取得了相当的成功。到了耄耋之年，王蒙依然有信心以一部具有鲜明实验探索色彩的现代主义长篇小说来回顾自己走过的人生道路，依照作家所拥有的思想能力与艺术智慧，依照他丰富异常的创作经验，更依托于他对中国社会历史的透辟理解，他完全有可能做好这件事，有可能给文坛奉献出一种独一无二的小说文本。我们既期待能够从中发现一种新的艺术表现方式，获得一种具有原创性的审美体验，更期待能够从中看到作家对于中国社会历史的认识与反思抵达了一个新的之前从未抵达过的高度。但在艰难地从文本中跋涉而出之后，我的艺术直觉清醒地告诉自己，自己的以上这些美好期待事实上已经落空了。那么，这部长篇小说的问题究竟出在什么地方呢？

首先，是艺术形式实验探索层面上的令人失望。应该承认，王蒙在《闷与狂》的酝酿写作过程中，的确憋足了一股劲，的确有着一种彻底打破传统小说艺术规定性的强烈愿望。从这种愿望出发，王蒙差不多已经放逐了几乎所有的小说艺术元素。从故事情节，到人物形象，甚至于小说细节，所有这些，在《闷与狂》中全都销声匿迹了无踪影。某种程度上，我们完全可以把《闷与狂》理解为一部“三无小说（即无情节、无人物与无细节）”。至今犹记，大约在20世纪80年代中后期，在现代主义文学一度大行其道的时候，的确曾经有文学界人士提出过所谓“三无小说”的艺术理念。但在那个时候的中国，这种过于激进的小说艺术理念，仅仅只是停留在理论探讨的层面上，并没有真正进入创作实践层面。但如果放大我们的视野至整个世界文坛，就应该知道，尽管没有明确地提出过“三无小说”的说法，但类似的极端艺术实验，却曾经一度在法国的“新小说派”那里变成过现实。这一方面的一部代表性作品，就是萨洛特的长篇小说《金果》。“《金果》的问世在萨洛特发表《向性》二十四年之后，其写作手法已浑然天成，完美地体现了萨氏的创作美学和理念。与萨洛特的其他十二部小说相比较，这是一部分水岭式的作品，它进一步瓦解了传统文学中的人物、情节、叙述的概念，将声音和话语充斥到文字的每个角落。此后，萨洛特的每部小说创作，就都只是话语的堆积和发散。萨洛特认为，在没有行动的情况下，言语具备一切捕捉内在心理活动的必要素质。它们表达起来灵活自由，语义微妙丰富，既可透明，又可隐晦，可以将那种既急促焦躁又忐忑不安的情绪加以保护或外露。《金果》则将对话推向了极致，发展成一部多声部的交响曲。”“萨洛特认为：‘小说的本质就是描述我们每个人身上所存在的那种心理状态，而不再是去纠结复杂的情节和人物，也不再是去描绘风俗习尚。如何将那种莫名其妙的，存在于每个人和每个社团的心理因素昭之于众才是小说的根本意义所在。’”[①]虽然说所有的先锋都难免会遭遇寂寞孤独的命运，都难免会显得曲高和寡高处不胜寒，但从艺术审美的角度说，萨洛特的极端艺术实验，应该说取得了相当程度上的成功。这一点，从她初期被视为“新小说派”的一员骁将，就可一窥其端倪。其实，只要认真端详一下萨洛特的小说文本，尤其是《金果》，我们就不难发现，作家不过是放逐了传统意义上的故事情节而已。人物虽然还在，但人物的外部动作与外貌描写什么的，却统统都不见了，读者所能看到的，只不过是这些人物带有明显潜意识意味的心理世界。但请一定注意，细节还在。只不过，萨洛特的笔端的细节，已非寻常意义上的细节，而是一种高度主观化的很容易就会被淹没在话语洪流中的细节。读者稍不留意，这些难以捕捉的细节，就极有可能稍纵即逝。然而，尽管萨洛特小说细节的辨识难度极高，但细节的存在却是毋庸置疑的事情。

说过了萨洛特，再来说王蒙的《闷与狂》。单就小说写作实践的先锋性追求来说，王蒙较之于萨氏只能说是更加激进更加彻底。萨洛特小说中的人物与细节处理方式，尽管与读者所惯见的传统小说大为不同，但这些关键性因素毕竟还都在。然而，到了王蒙这里，不只是情节消失了，而且连同人物，甚至细节，也都不见了。从头到尾，我们读到的不过是“我”关于自己漫长人生极具主观化色彩的感觉描述而已。全书共计十六章，只有在细究文本，并且对王蒙生平有相当了解的前提下，才能够约略辨析出这十六章内容其实可以被切割为四大块加以理解。第一块是从第一章到第三章，主要记述自己对于童年生活的印象。第二块是从第四章到第七章，叙写着少年布尔什维克王蒙的青年生活。第三块是从第八章到第十二章，是王蒙被打成右派打入另册后自我流放新疆的那段生活记忆。第四块就是剩余的部分，记述着新时期

① 王晓侠：《从〈金果〉的多声部看新现实主义中的真实》，载《世界文学》杂志2014年第5期。

王蒙再度复出后的生活境况。不能不强调的一点是，我们以上的分析与切割带有相当勉强的成分，实际的阅读感觉只可能是，读者自始至终都面对着一片可谓是漫无边际的话语洪流，似乎有一位话痨症者面对着你无休无止地开合着自己多少有些失控的嘴巴。很大程度上，王蒙的这部《闷与狂》可以被看作是通篇皆是内心独白的现代心理小说。读过之后，能够给读者留下印象者，大概也就是那通篇如同印象画一般随意弥漫的主观感觉，情绪化色彩极其鲜明的情绪表达。类乎萨洛特那样的人物与细节，在《闷与狂》中几可以说是踪迹全无，更遑论对于人类潜意识领域的尖锐穿透与表达了。无论如何，能够大胆放逐情节、人物以及细节诸小说因素而写作《闷与狂》的老年王蒙诚然勇气可嘉，但这勇气却不能够替代小说实际的艺术效果。尽管很可能被目为艺术观念保守，但在我看来，传统意义上的故事情节可以被放弃，甚至于人物，也都可以不要，但一部被标明为小说的文学作品，又怎么可能没有细节呢？！从根本上说，小说是细节的艺术，细节是小说的生命。连细节都被弃之不顾了的小说作品无论如何都难言成功。而这，正是导致王蒙《闷与狂》艺术失败的关键症结所在。

然而，与形式层面上实验探索的令人失望相比较，更加难以让人接受的，恐怕却是王蒙那样一种特别犬儒的面对历史的精神姿态。说实在话，因为王蒙那特有的与共和国同步缠绕的人生阅历，尤其是他一种超乎寻常的思想能力的具备，在读到他这部意欲回顾自己全部人生的《闷与狂》之前，我最真切的一种期望，就是王蒙能够彻底打破思想禁忌与长期以来的自觉或不自觉的自我束缚，能够以肆无忌惮的精神姿态对中国当代历史做深切的历史反思。但在不无艰难地读过全篇之后，却不能不痛感失望。却原来，王蒙费了九牛二虎之力，弄出来的不过是一个狐假虎威的东西，作家依然没有足够的勇气戳破那“皇帝的新装”。一味地粉饰之外，剩下的居然还是乔装后的粉饰。在这一点上，王蒙与自己同时代的知识分子比如邵燕祥先生相比较，他那样一种面对现实和历史问题时极善于闪挪腾移的犬儒姿态，端的是让一直对他有殷切期待者如我极端失望了。首先，我们必须承认，王蒙有极强的艺术感受和表达能力。这一点，即使在这部总体上令人失望的《闷与狂》中也时有表现。比如关于自己童年记忆的第一章“为什么是两只猫”中，就曾经出现过这样的文字：“咔哧，咔哧，咔哧……是马在吃草？是车夫在铡草？我闻到了浓馥的干草香气。是在三岁的我的睡梦里。这是我第一次对黑夜的确认，此前的黑猫也罢，大坑也罢，祖母去世也罢，更像是梦，像错落的飘移，像对于我的感觉与理解的撑胀，就是说，我不知道也没有想那是什么，是不是梦，是不是真实，是不是发现，是不是困倦，那只是一闪，是稍纵即逝。”到底是什么呢？说到底，恐怕也就是童年时期的一种记忆幻影而已。但王蒙却能够把自己童年时“受想行识”地对世界的初始印象如此灵动地写出，其写作才气自然不能令人小觑。“尔后你想念午夜的铡草与大车店，你再也听不到了，已矣，已矣。风萧萧兮易水寒，壮与非壮之士一去兮不复还。”毫无疑问的是，自此之后，那午夜的铡草声和大车店，就成了“我”记忆中难以磨灭的童年印记。

但令人遗憾处在于，出现在《闷与狂》中的，更多的却是叙述者一种毫无节制的话语连绵与排列堆砌。比如第十二章“荣获斯大林文学奖纪盛”中：“祸兮福之所倚，福兮祸之所伏，塞翁失马，焉知非福？中华文化之丰腴伟力，炉火纯青，出神入化，凤凰涅槃，千载难遇。造化奇缘，奇功通异，妙遇如仙，神思创意，碧海掣鲸，鲲鹏展翼，天地翻覆，台风暴雨，举重若轻，也不过雕虫小技！”“难道这就是上甘岭？是淮海战役？是狼牙山五壮士？怎么像是过家家的游戏成真？是斗鸡还是斗蟋蟀？是爆竹？炒豆儿？崩玉米花儿？钢琴敲打？琵琶弹拨？小鼓频敲？冰裂雪崩？割喉滴血？醉酒发疯？究竟为了什么。浴血奋战的同时是生活的大逍遥与大空洞、假大空、不经心、大自在、大松心、大不在意……”本来一句话就能够说清楚的，王蒙却偏偏就要同义反复地罗列堆砌出一大堆相关的语词出来。除了能够凸显作家一种语词联想能力的突出之外，我还真想不出这样处理的必要性来。这里的一个严重问题在于，王蒙只是一味地同语同义自我重复，罗列堆砌再多，都毫无对语意的更深一步推进。套用一句摄影术语来说，大概就叫作景深的极端匮乏。景深的存在，很多时候，是决定摄影作品成功的关键所在。对于王蒙来说，景深的缺失，很显然也导致了这部貌似先锋的《闷与狂》的失败。

但更重要的却显然在于，正是在这样一种典型的王蒙式的语词重复与堆砌中，作家彻底丧失了更加深入地追问反思历史的可能。这一点，在第九章“你就是回忆中的那首情歌”中，有着突出的表现。比如这样两段：“真是成长啊，真是恶治呀，真是手术台手术刀运作精巧、止痛消炎、妙手回春。多愁善感了半天，常含泪水了半天，自作多情了半天，难舍难分了半天，不安困惑迟疑恐惧了半天，最后小小的一条奇祸，一把挫折，去了病根，治了顽症，你的神经硬是茁壮强悍了起来。”“奇祸就是此生的奇缘，更是明日的奇葩，而且是阴虚阳痿内热外寒腹胀目眩的奇药神医！更不要说长了力气，增了饭量，粗了手脚，壮了体魄了。还说什么呢？大了视野，新了见闻，深了体会，健了心气。你还哭什么呢？泪什么呢？酸什么呢？装什么毕里奇呢？”真的很难相信这些极具消解性的文字居然出自当年的右派作家笔端。无论是对于我们的整个国家民族而言，还是对于那些曾经不幸地被卷入其中的个体而言，发生于 20 世纪 50 年代中后期那场规模巨大的反右派运动，都堪称一种精神劫难。在时隔多年之后，尤其是在反思条件已经足够成熟的当下时代，我本以为能够在那一代作家群体中最具艺术智慧者的笔下读到较之从前更有思想力度的对那场劫难的批判与反思，但谁知，在《闷与狂》中，我最后读到的竟然是如此一种充满着谄媚气息的轻飘飘的文字。什么叫“多愁善感了半天，常含泪水了半天，自作多情了半天，难舍难分了半天，不安困惑迟疑恐惧了半天”？什么叫“长了力气，增了饭量，粗了手脚，壮了体魄”？什么叫“大了视野，新了见闻，深了体会，健了心气”？当一位曾经深受其害的作家这样来描述当年的劫难的时候，我真的就欲哭无泪了。究竟怎样才算得上是俗话所谓的“好了伤疤忘了疼”呢？我想，王蒙《闷与狂》中关于那场反右派运动的理解与认识，显然就应该是非常典型的一个例证。是没有追问反思的能力吗？抑或是根本就不愿意去真切地寻根究底呢？我想，答案恐怕只能是后者。我清楚地知道，王蒙自己当然可以以所谓此乃个人的真实体会云云来进行自我辩护，但问题的关键症结在于，对于那场历史劫难，我们早已形成了一种公共性的认识。即使是王蒙自己，早在 20 世纪 80 年代复出之初的《布礼》《蝴蝶》《杂色》等一些作品中，也已经对这场历史劫难有所反思，虽然说由于时代和个人的制约和局限，王蒙的反思其实十分有限。但如果把《闷与狂》中的这些文字与作家自己当年的作品进行比较，我们将会不无惊讶地发现，这么多年过去了，在对于那场反右派运动的理解与认识上，王蒙不仅不能够有所推进，反而还出现了令人担忧的立场倒退。对此，我们必须保持高度的警惕。我们需要进一步追问的问题就是，王蒙为什么会这样？这就不能不让我联想到很多年前批评家李子云对王蒙做出过的一种论断，那就是王蒙有着一种可谓根深蒂固的“少年布尔什维克”情结。只有在时过境迁之后的现在，在不无艰难痛苦地从《闷与狂》中跋涉而出的时候，我才再次确认李子云作为一位批评家的思想艺术识力果然惊人，王蒙包括《闷与狂》的写作在内的一系列犬儒色彩明显的当下表现，一次又一次充分地证实着李子云当年所作出的尖锐犀利判断。王蒙的表现，也只能够让我们联想起一句当下颇为行时的流行语来。那就是，你永远也叫不醒一个装睡的人！

读过《闷与狂》之后，我如上一些感受特别强烈，如鲠在喉不吐不快，于是，就写下了这样的一些文字。吾爱王蒙，但吾更爱真理。然而，无论如何，王蒙是中国当代文学史上一位有着超过六十年写作经历，而且也取得了突出创作成就的重要作家，以上我对于《闷与狂》的种种不满意并不就意味着对王蒙创作的全面否定。我真的不知道《闷与狂》是否就是王蒙写作的终点。但愿不是如此。因为自己对于王蒙有过很多年追踪研究的经历，在内心中，我其实一直有着一种对先生的尊重。我真的希望已届耄耋之年的王蒙，能够有一次堪称脱胎换骨的浴火重生，能够在自己的思想精神境界上来一次真正的化蛹为蝶凤凰涅槃，能够以迥然不同于《闷与狂》的思想和文字向我也更向世人证明，王蒙还是那位曾经以极大的思想艺术勇气在中国当代文学史上引领过风骚的王蒙。

《水旱码头》：顿悟后的艺术超越

很多时候，文学创作的确带有一种令人难以捉摸的神秘色彩。与其他诸多行当相比较，文学创作一个十分突出的特点即投入与产出之间并不一定构成一种同步增长关系，作家写作的勤奋与虔诚并不一定就能保证作家取得相应的艺术成就。于是，我们所经常看到的一种情形便是，一位作家在已经写作发表了数量颇丰的作品之后，其实却仍然未能真正地一窥艺术之堂奥。在我所接触过的许多作家，尤其是那些一直生存写作于远离文化中心的边缘地区的作家当中，这样的一类作家其实并不在少数。面对这些作家的时候，我的心情往往会异常矛盾。一方面，我敬佩于他们对艺术的那样一种永不懈怠孜孜不倦的追求精神，另一方面，却又总是遗憾于他们艺术表现上一种近乎本能的墨守成规，以至于总是在同样的一种艺术水准平面上顺势滑行，难以实现某种令人惊喜的超越性突破。形成这种情形的重要原因之一当然在于他们所处的边缘地区缺乏必要的文化气息与文化氛围，信息交流沟通的不畅对于他们的创作而言，当然是一种明显的制约。然而，地域的局限性固然会对边缘地区作家的写作形成一定的负面影响，但这样的一种地域性局限其实却又不是不可克服的。相反意义上一种成功的例证同样不乏其人，刘维颖就是其中的优秀代表之一。

应该说，与刘维颖相识相交已有十多年的时间了。对于刘维颖小说写作的勤奋与努力，对于刘维颖十多年来的总体写作历程，我还是比较了解的。毫不讳言地说，一段时间以来，虽然刘维颖总是不断地有新的小说问世，但他的这些作品带给我的却总是一种似曾相识的陈旧感，很难让人产生眼睛一亮的惊喜感，以至于，我都曾经产生过将刘维颖也归入那类投入与产出总是难以呈同步增长关系的作家之列的想法。实在地说，我正是在这样的一种心理状态下开始阅读刘维颖的长篇小说《水旱码头》（文化艺术出版社 2004 年版）的。岂料一读便被完全地吸引住了，《水旱码头》带给我的是与作家前次的长篇小说《滴翠崖》《相约在故园》完全不同的一种阅读直感与艺术享受，真可谓“士别三日，当刮目相看”了。我觉得，在《水旱码头》的写作过程中，刘维颖终于突破了自己小说创作的瓶颈，终于实现了一种难能可贵的艺术超越。

那么，导致刘维颖小说创作产生这样一种近乎脱胎换骨式的根本变化的原因究竟何在呢？在笔者看来，作家的小说写作发生艺术嬗变的主要原因其实就潜藏于他的一篇名为《码字匠的反刍》的创作谈之中。《码字匠的反刍》发表于《黄河》2004 年第 4 期，是一篇既饱蕴着作家的艺术体验同时却又闪烁着作家艺术灵性的达到了相当深度的理论文字。只有将这篇理论文字与刘维颖的小说创作联系起来，我们才能够真正地理解作家在《水旱码头》的写作过程中实现自我艺术超越的根本原因所在。由《码字匠的反刍》可知，近几年来，刘维颖不仅阅读了大量的中外优秀现代小说，举凡卡夫卡、卡尔维诺、加缪、博尔赫斯、马尔克斯等具有世界性影响的作家以及中国当代的莫言、张炜、贾平凹、陈忠实、阎连科、铁凝等作家具有代表性的作品，都进入了作家的阅读视野之中，而且还阅读了一些必要的小说理论文字，从纳博科夫的《优秀读者与优秀作家》到马尔库塞的《审美之维》，再到中国当代批评家曹文轩的《小说门》等，都在不同程度地对刘维颖的小说写作产生着潜在的制约和影响。虽然曾经有过接受正规大学教育的经历，但由于置身一个众所周知的文化封闭时代的缘故，如刘维颖这样一个年龄段的作家，事实上在自己的大学阶段并没有能够接受真正意义上的现代大学教育，当然更没有可能接触阅读诸多优秀的中外现代文学作品，从这个层面上来看，刘维颖能够以这样一种积极的姿态去阅读上述优秀的现代小说作品与小说理论，对于他的小说写作而言，当然具有十分重要的意义。然而，如果仅仅只是大量地阅读中外现代小说名作与现代小说理论，实际上并不就能保证作家的小说写作一定会产生某种质的变化，关键的问题还是要看作家是怎样去阅读这些小说文本与理论作品的。这也就是说，如果作家本身确实具备着某些必要的艺术潜质，那么他就很可能在大量阅读的过程中，产生一种类乎茅塞顿开的艺术觉悟。如果确实产生了这样的一种艺术顿悟，那么作家的小说写作本身，方才可能实现某种真正意义上的艺术超越。在我看来，刘维颖正是这样的一位作家。耐心细致的阅读确实使刘维颖对小说写作形成了诸多更切合艺术本身的新的理解和认识。比如关于小说的主题，过去一直以为应该是鲜明且深刻新颖的，只有在阅读大量中外经典之后，刘维颖方才觉悟到“真正的好作品，主题往往是含糊的、混沌的。那是重雾看花，那是深水窥鱼，那是隔云望月，那是叶隙赏雀。于是花非花，鱼非鱼，月非月，雀非雀。唯其如此，那花那鱼那月那雀才更能激发人探究窥视的欲望，才更有‘味道’”。再比如对于张爱玲小说的认识：“在取材上，张爱玲始终坚守着日常性原则，在普通人庸常的生活中撷取素材，在人类普遍的情感层面上去做文章。在主题开掘上，张爱玲在意的是人性……在艺术表现上，张爱玲是现实主义的，但同时也是现代主义的。”事实上，正是在以上诸多来自阅读过程中的艺术顿悟发生作用的情形下，刘维颖的小说创作才产生了某种脱胎换骨式的变化。如此看来，刘维颖《水旱码头》中实现的自我艺术超越也并非是空穴来风，直截了当地说，刘维颖的这种自我艺术超越正是建立在阅读中产生的艺术顿悟的基础之上的。

然而，虽然我们一再充分地肯定《水旱码头》是一部作家实现了自我艺术超越的长篇小说，但这并不意味着《水旱码头》就已经是一部不存在艺术缺憾的近乎完美的优秀之作了。我们对《水旱码头》的肯定更多地乃是相对于刘维颖的总体小说写作历程而言的。如果以一种更高的艺术标准来衡量要求这部小说，比如说将其置放到当下时代愈来愈繁荣的长篇小说竞写热潮之中，更具体地说，与中国小说界进入2004年以来已经产生了的诸如王刚《英格力士》、孙惠芬《上塘书》、李洱《石榴树上结樱桃》等具有突出的年度艺术标高意味的优秀长篇小说相比较，刘维颖的《水旱码头》在艺术上的确存在着明显的不足之处。准确地说，从2004年全国长篇小说创作的总体状况来衡量，《水旱码头》只是属于其中较具特色的比较优秀的一部。从山西省本年度长篇小说的写作情况来看，这部作品已经足可以被称为佼佼者了。在我看来，《水旱码头》的成功乃主要表现在日常生活叙事特色的具备和复杂人性的触摸与表现这两个方面。

我们注意到，或许是因为受到了“山药蛋派”小说潜在制约影响的缘故，或许更多地却是因为自身成长成熟于一个极具意识形态化色彩的特定时代的缘故。在《水旱码头》之前刘维颖的小说写作过程中，总是自觉不自觉地表现出一种突出的“政治化叙事”的特征来。对于这一点，刘维颖自己也有着足够清醒的认识：“在中国，五十岁以上的作家大抵都是意识形态‘化’了的一代。所谓‘化’，即有深入骨髓、溶入血液之意。”而正是因为已经认识到了自我艺术经验的缺陷所在，所以刘维颖才不仅要进行必要的艺术调整，而且还特别强调：“在这个调整中，我以为反复读读张爱玲，读读沈从文，读读废名，甚至读读张恨水，并将他们的创作放到当时的历史背景之下以对其文学观念、创作思想进行一番认真探索对我们是大有裨益的。”（《码字匠的反刍》）在以上的认识产生之后，刘维颖由此前一贯的“政治化叙事”而走向《水旱码头》中的日常生活叙事也就自然是题中应有之义了。因此，虽然从题材上看是一部描写清王朝由鼎盛转向衰亡时期山西碛口这一水旱码头上晋商生活的小说，其中自然少不了经商过程的点染介绍，但在实际上，作家却将更多的笔墨倾注到了诸如婚丧嫁娶、男女情爱这样一些极为普通的日常生活场景的描写上，同时还以浓墨重彩的笔触将极富地域文化色彩的当地的民俗民情有机地融进小说的整体叙事过程之中。因此，虽然作者曾在后记中特意强调“这部小说是写晋商的”，刻意强调自己的写作目的乃是“要致力于发掘、彰显并提升晋商赖以生存发展的精神，也即我们这个民族所以能生生不息并走向繁荣的根本所在”。为此，作者还煞费苦心地“设计并通过‘古会特行’‘粥场鞭子’‘年关送银’‘节庆分红’‘抢险救灾’‘入号学徒’‘运饷换引’‘为国筹募’‘打假绝伪’等情节的感性描绘进一步丰富、凸显了这方面的内容”。但在我看来，作者的这种刻意追求在小说文本中其实并没有得以完满地实现。在我的理解中，刘维颖之刻意强调这是一部晋商小说，甚至多少有一些赶时髦的意味。既然置身于市场经济时代，既然晋商文化又红极一时，而且山西省委省政府对一切与晋商相关的人与事都有着强烈的关注兴趣，那么为什么不搭上晋商这个顺风船呢！在这样的意义上说，其实刘维颖还并没有能够完全从旧的写作思维中解脱出来。事实上，在我的阅读过程中，真正吸引我注意力的其实并非刘维颖所刻意设计的那些经商过程，反倒是作者于经商的线索之外于不经意间渲染表现出来的那种种充满艺术质感的日常生活场景，给我留下了极深刻的印象。从这个角度来看，刘维颖《水旱码头》的创作再一次印证了这样的一种艺术铁律，那就是，凡是作家所刻意追求营造的部分其实往往会留下较为明显的理念化痕迹，往往在艺术上是不成功的。成功的部分反倒是那些并非刻意经营并未过度用力的部分，正所谓“文章本天成，妙手偶得之”是也。因此，在我看来，与其说《水旱码头》是一部晋商小说，反倒不如将其视之为一部较为成功的“世情小说”更为合理。而所谓“世情小说”云云，强调的也正是小说中表现很突出的日常生活叙事这样一种艺术特色的具备。其实，从中国小说的基本传统来看，其中很重要的一部分便是以日常世俗生活为主要表现对象的，从宋元话本到三言二拍，从《金瓶梅》到《红楼梦》，基本上都可划入“世情小说”的范围之中。在这个意义上，则正可以说，刘维颖的《水旱码头》在不经意间契合了中国的小说传统。然而，《水旱码头》与中国小说传统的契合却又并不仅止于对日常世俗生活的关注，同时还表现为基本叙事方式上对中国小说传统叙事方式的熟练运用。虽然刘维颖接触阅读了大量的现代主义名作，虽然他曾经坦陈自己的艺术追求目标是“现实主义现代化，现代主义本土化”（《码字匠的反刍》），虽然在《水旱码头》中确也留下了比如“杀麒麟”这样带有明显现代主义色彩的痕迹，但在我看来，从《水旱码头》所采用的基本叙事方式来看，其成功之处还在于对中国小说传统叙事方式的运用上。具而言之，《水旱码头》所采用的传统叙事方式乃主要体现在小说的结构方式与话语方式上。从结构方式来看，虽然小说并没有采用显在的章回体形式，但从文本的实际情形来看，这样一种讲完一个相对完整的故事之后再讲述另一个相对完整的故事，且故事与故事之间又是那样一种似断实连的连接方式，再加上往往在故事的紧要处暂告一个叙事段落，以上种种，都可以明显见出对中国章回体小说结构方式的传承与借鉴来。从话语方式来看，则可以发现，在《水旱码头》中，很少有一大段一大段静止冗长的心理描写出现，构成了小说叙事话语主体的乃是对话以及对于行为动作的描写，而于对话和行为动作的描写过程中不动声色地推进小说的叙事进程，则也正是中国传统小说叙事上的一大特色所在。

除日常生活叙事之外，《水旱码头》的另一个成功之处乃是对复杂人性的触摸与表现。而所谓对复杂人性的触摸与表现，其实也正是在强调刘维颖在这部小说中较为成功地塑造出了若干充分地体现了人性之复杂性的人物形象。如果说得再极端一些，那么一部连人物形象也塑造不好的小说文本其实是很难进入优秀小说行列的。就我的阅读感受而言，《水旱码头》这样一部人物颇为众多的小说中给我留下深刻印象的是以下几位。首先是盛书璧。盛书璧是盛氏家族中的长子，而盛氏家族乃是财势最为雄厚的碛口商界的执牛耳者。盛书璧既是盛氏家族的家长，又是碛口的商会会长。这双重身份的具备就使得盛书璧获得了一言九鼎的威势。无论是在家族内部，还是在碛口商界，情形均是如此。作为商人，盛书璧有极精明干练的一面，作为家长，盛书璧又有着极强烈的责任感。如果说精明干练与强烈的责任感乃是盛书璧性格中的正面因素的话，那么专横残暴与贪婪好色则构成了盛书璧性格中的负面因素。他性格中的这些负面因素在他以强硬的姿态干预侄儿景涛的婚姻大事，在他因通奸而致使女仆怀孕后将女仆悄然处死，在他逼奸弟弟盛书瑜的恋人冯彩云，在他以灌大粪的方式对待结发妻子李秀珠等一系列小说细节中得到了有力的凸显。一半是天使，一半是魔鬼的说法，用到盛书璧身上是最恰当不过的。可以说盛书璧乃是刘维颖在《水旱码头》中塑造出的最具人性深度的一个人物形象。从人物谱系学的意义上说，盛书璧这一人物可以让我联想起张炜《古船》中的四爷爷赵炳，李佩甫《羊的门》中的呼天成，成一《白银谷》中的康老太爷等人物形象来。虽然有时会显得有些生硬，虽然刘维颖把握塑造人物的艺术功力与其他几位优秀作家相比尚欠些火候，但如赵炳、呼天成、康老太爷，如盛书璧这样的一种人性构成极其复杂的人物形象，在某种意义上，其实无一例外地正是只有在中国这样一种特定的文化土壤中才可能生长出来的文化精灵，却是毋庸置疑的。在我看来，盛书璧这一人物形象在刘维颖笔下的最终出现，所昭示出的正是作家一种相当难能可贵的艺术水准的明显提升。其次是盛书璞。盛书璞是盛书璧的弟弟，虽然出身于经商世家，但盛书璞的人生志向却与乃兄有根本性的差异分歧。盛书璧总是千方百计地试图更大规模地扩大盛氏家族的财势基业，而盛书璞却对读书科举以求取功名抱有更加浓厚的兴趣。应该说，盛书璞是一位带有一定正义感与理想色彩的知识分子形象。这种正义感与理想色彩既表现在当盛书璞了解到科举考试需向考官行贿的真相后毅然决然地退出乡试的行为之中，更表现在盛书璞面对着朝廷的日益腐败所作出的那样一种相对幼稚的反抗行为之中。然而，盛书璞又是一位精神世界极其脆弱的知识分子，他在因罪入狱后不久就难耐酷刑的折磨，精神迅速瓦解崩溃。这样，虽然大哥和三弟为救出盛书璞而搭上了自己的生命，但被救出之后的盛书璞其实已经不再是当初那位勇于为民请命的读书人了。在狱中吓破了胆的盛书璞在出狱之后实际上已经成为一具丧失了必要的精神支撑之后的行尸走肉了（应该指出的是，在小说中，刘维颖让崔壮一巴掌将女婿从迷梦中击醒的设计是并不成功的。在我看来，将盛书璞的人生处理成完全意义上的悲剧结局，让他就这样一直处于浑浑噩噩的被酷刑异化了的状态之中，既合乎人物的性格发展逻辑，同时也能更有力地凸显当时社会的黑暗腐败）。第三则是莺莺这位女性形象。莺莺是父亲李运旺的掌上明珠，既聪明机灵，又善良多情。然而只是因为生性活泼好动的莺莺曾经抛头露面在大庭广众之下唱过戏，所以她与景涛的婚事便遭到了盛书璧无情的拒绝。自此开始，由小说开头处“杀麒麟”这一荒诞细节所象征代表的噩运便降临到了莺莺头上。先是嫁到徐家饱受恶婆婆的虐待，之后便是被休之后的父母双亡。于是，孤苦无依的莺莺只好与弟弟相依为命，苦苦守护撑持父亲所遗留下来的那份家业。虽然刘维颖不无同情地让莺莺与景涛鸳梦重温，最终了结了一份孽债，但从总体的人生发展历程来看，莺莺其实更多地还是一个悲剧性的形象。但也正是在其悲剧性人生历程的展示过程中，莺莺的刚烈与疾恶如仇，莺莺的偏狭与感情用事，莺莺爱的执着与恨的绵长，都给读者留下了极其深刻的印象。以上三个人物之外，其他的一些人物形象，比如崔炳文、盛书瑜、李秀珠、盛景涛等，也都别具个性色彩，属于小说中塑造较为成功的人物形象。惜乎篇幅所限，在此就不一一赘述了。

总之一句话，正是依托于日常生活叙事特色的具备，依托于对若干具有复杂人性的人物形象的相对成功的刻画塑造，刘维颖才在《水旱码头》中切实地实现了一种难能可贵的自我艺术超越。或许在今后的写作历程中，顿悟后的刘维颖将会奉献给我们较之《水旱码头》更为成功的优秀小说作品来，我们期待着。

图书在版编目（CIP）数据

新世纪长篇小说观察 / 王春林著. —北京：中国书籍出版社，2018.1
ISBN 978-7-5068-6498-5

Ⅰ.①新… Ⅱ.①王… Ⅲ.①长篇小说—小说研究—中国—当代 Ⅳ.①I207.425

中国版本图书馆CIP数据核字（2017）第312070号

新世纪长篇小说观察

王春林　著

责任编辑　许艳辉
责任印制　孙马飞　马　芝
封面设计　中尚图
出版发行　中国书籍出版社
地　　址　北京市丰台区三路居路 97 号（邮编：100073）
电　　话　（010）52257143（总编室）（010）52257140（发行部）
电子邮箱　eo@chinabp.com.cn
经　　销　全国新华书店
印　　刷　三河市顺兴印务有限公司
开　　本　710 毫米 × 1000 毫米　1/16
字　　数　350千字
印　　张　22.25
版　　次　2018 年 1 月第 1 版　2018 年 1 月第 1 次印刷
书　　号　ISBN 978-7-5068-6498-5
定　　价　58.00 元